| 施蛰存先生 |

《北山楼诗·住天心永乐庵三日得十绝句》

释文见《北山诗文丛编》

施蛰存游武夷诗十绝手迹

长马少女踏春阳　春阳何处

春阳不惄肠苒袖

弓弯浑涴却罗衣去

按九秋霜

沈亚之诗为

伟经仁兄书　庚午秋此山

施蛰存书唐沈亚之《春阳曲》手迹

释文见本书第七十二篇

既解唐诗诗又说唐史

tang
唐

shi
诗

bai
百

hua
话

施蛰存——著

华东师范大学出版社

图书在版编目(CIP)数据

唐诗百话/施蛰存著.—上海：华东师范大学出版社，2017

ISBN 978-7-5675-6732-0

Ⅰ.①唐… Ⅱ.①施… Ⅲ.①唐诗-诗歌研究-文集 Ⅳ.①I207.22-53

中国版本图书馆 CIP 数据核字(2017)第 186464 号

唐诗百话

著　　者　施蛰存
项目编辑　范耀华
组稿编辑　刘　凌　刘效礼
特约审读　刘　凌
责任校对　时东明
装帧设计　俞　越

出版发行　华东师范大学出版社
社　　址　上海市中山北路 3663 号　邮编 200062
网　　址　www.ecnupress.com.cn
电　　话　021-60821666　行政传真 021-62572105
客服电话　021-62865537　门市(邮购)电话 021-62869887
地　　址　上海市中山北路 3663 号华东师范大学校内先锋路口
网　　店　http://hdsdcbs.tmall.com

印　刷　者　浙江临安曙光印务有限公司
开　　本　787×1092　16 开
印　　张　40
插　　页　2
字　　数　627 千字
版　　次　2018 年 7 月第 1 版
印　　次　2019 年 6 月第 3 次
书　　号　ISBN 978-7-5675-6732-0/I·1720
定　　价　128.00 元

出版人　王　焰

目　录

| 初唐诗话 |

| 中唐诗话 |

| 晚唐诗话 |

　　拙著《唐诗百话》，一九八七年九月由上海古籍出版社印行了初版本，一九八八年以后曾多次重印。一九九四年，台北文史哲出版社印行了一个用繁体字排印的台湾版本。古籍出版社初版本行世以后，陆续收到许多读者来函，指正了书中不少错误：有误字失实处，有引文不合原文处，也有我的议论、观点可以商榷处。在台湾版中，我都作了改正。但台湾版还有少许文句，与大陆版不同，那是由于海峡两岸的政治观念不同而改写的。

　　现在，华东师范大学出版社为我编印八卷本的文集，要把这本书也收进去。我趁此机会，请责任编辑刘凌仁棣用大陆和台湾两个版本参改校订，择善而从。此外，刘凌仁棣还就本书的唐诗原文、引文、典故、地名和历史与人物纪年等，分别作了校核，并经我审定，又使许多疏误得以修改订正。因此这个版本，应该视作本书更臻完善的第三个版本。

　　我希望读者或文论家如果引用拙著，请说明所依据的版本。

一九九六年四月十六日

一九七七年冬天，上海古籍出版社编辑部陈邦炎先生来访问，寒暄几句之后，他就开门见山，说是来为出版社组稿的。他希望我编一本古典文学方面的书稿给他们的出版社印行。我感到很抱歉，无法报答他的好意。从一九五七年起始的二十年间，我虽然还能偷闲看了不少书，也积有不少札记，但因为内容庞杂，要尽快编一本稍稍像样的书，还不可能。不过一九七七年是中国知识分子龙蛇起蛰的年头，我一方面是有点不甘寂寞，另一方面，看见许多久已不知下落的老朋友都已有文章见于报刊，我也未免见猎心喜。因此决心活动活动笔杆子，写那么一二本小书出来，在社会主义文化复兴的大事业中充当一个小卒子。当时我就向陈邦炎先生建议，用一年时间写一本关于唐诗欣赏的书。陈邦炎先生赞同我的建议，希望我能在一年内交稿。他回去后，就把我的计划作为一九七九年的出版选题。

我于一九七八年一月二日开始写第一篇。按当初的设想，仅仅是选讲几十首唐诗，使它们能代表整个唐代三百年的诗风。我想一共写六十篇，每篇讲一首或几首诗，介绍一位或几位诗人，用串讲的方法，把我对这些诗或诗人的了解讲解一番。我当了四十年的语言文学教师，课堂讲解是我的老本行。我不会写研究文章，我能写的文章，人家读起来也还像是课堂教学用的讲稿。因此，我把书名定为《唐诗串讲》，表示我还有点儿自知之明。我打算每个月写五篇，到一九七八年底，准可完成任务。

但是，我一鼓作气地写了几个月，信心慢慢地出现了裂纹。原来这本书并不容易写，至少不像我最初设想的那么容易。我把这本书的读者假定具有文科大学生的文化水平。在讲解每一首诗的时候，我碰上许多诗以外的事情，估计我的读者恐怕未必了解，我以为应当顺便讲一讲，于是我离开讲诗而去跑野马。我要讲一个典故的意义，讲一首诗所反映的时代、政治背景和社会风俗，或要讲一种诗体的源流，就必须在讲一首诗之前，或同时，还得讲关于诗的文学史、文学概论和有关的文学基础知识。

过去我自己读唐诗，是以我自己的语文水平为基础，凭我的直觉去理解的。我从来没有发现我的理解和别人的理解，会有很大的距离。现在要凭我的理解写成一本书，就有必要看看别人的理解。因此，我搜集了许多唐诗的注本来，也参看了许多关于唐诗的论文和诗话。谁知不看犹可，一看却常常会大吃一惊。原来有许多脍炙人口的唐诗，从宋、元、明、清以来，就有许多距离极远的理解。不但是诗意的体会，各自不同，甚至对文辞的理解，也各不相同。这样，我对自己向来以为没问题的理解，也未免有些动摇。怎么办呢？为了要核实情况，从语言文字中求得正确的含义，我又不得不先做些校勘、考证的工作。这样，我的野马又跑进史学的园林里去了。

信心有了裂纹，胆就怯了。写作的速度也因此而缓慢下来。到一九七九年十月，才写成六十篇。但是只讲到刘禹锡的诗，还有许多中唐诗人没有讲到，晚唐诗更是还远呢。看来这六十篇也还编不成书。于是把成稿搁置在架上，打算一边续写，一边修改，把内容扩大为一百篇。

一九八〇年到一九八二年，这三年是我极为忙碌的年头。不过现在回忆起来，也不知道究竟忙些什么。这部稿子依然搁在架上，没有时间、也没有勇气继续写下去，它几乎已等于废品。只有在几个刊物来要稿的时候，曾抄出几篇去发表过。一九八三年初，正想挤出时间来完成这个工作，想不到从三月中旬起患了一场大病。我在医院中住了十八个月，于一九八四年九月病愈出院。回家以后，第一件事就是找出这六十篇旧稿从头再看了一遍。看后的结果是放弃了修改的意图，下决心继续写下去。这回不想用串讲的方法了，我改用漫话的方法，可以比较自由活泼地和读者漫谈唐诗，因而把书名改为《唐诗百话》。从一九八四年十月起，到一九八五年六月，总算凑满了一百篇。今天把笔写自叙，回顾这部书稿，经历了八年之久，终于还能完成，自己也料想不到。

我把这部书稿的写作经过向读者汇报，是希望读者原谅我前半部和后半部的写法不同。距离虽然不太大，但后半部写得似乎较为活泼，而前半部却是讲义。我希望，连同本书其他方面的缺点，读者能不吝指教。

施蛰存

一九八五年七月五日

初
唐
诗
话

1

野望｜王绩

东皋薄暮望，徙倚欲何依。

树树皆秋色，山山惟落晖。

牧人驱犊返，猎马带禽归。

相顾无相识，长歌怀采薇。

王绩，字无功，绛州龙门（今山西龙门）人。隋大业末，官为秘书正字。因不愿在京朝任职，就出去做六合县丞。天天饮酒，不理政事。不久，义兵四起，天下大乱，隋朝政权有即将崩溃之势。他就托病辞官，回到家乡。李唐政权建立后，武德年间，征集隋朝职官，以备选任。王绩还应征到长安，任门下省待诏。贞观初年，因病告退，仍回故乡，隐居于北山东皋，自号东皋子。王绩与其兄王通，都不热中于仕宦。王通隐居讲学，为河汾之间儒学宗师，著有《文中子》。王绩以诗赋著名，其文集名《东皋子集》。

隋文帝杨坚结束了南北朝对峙的历史，在政治、经济、文化上统一了中国。南北两个文化系统，逐渐趋于融合。但是杨坚的政权，被他的荒淫无度的儿子杨广断送了。统一的新文化，没有来得及发展。在初唐的几十年间，唐代文化，特别是文学，基本上是隋代的继续。

王绩身经隋末唐初，文学史家一般把他列为最早的唐代诗人。我们现在选讲唐诗，也就从王绩开始。《野望》是王绩的著名诗作。这首诗一共八句，每句五字。古人称一个字为一"言"，故每句五字的诗，称为五言诗。第三句和第四句词性一致，句法结构相同。第五句和第六句也是词性一致，也是句法结构相同。这样形式的结构，称为"对子"，或称"对偶"、"对仗"。每两句称为一联。词性一致的对句，如"树树皆秋色，山山惟落晖"，称为"对联"。上、下两句不对的，如"东皋薄暮望，徙倚欲何依"和"相顾无相识，长歌怀采薇"，都称为"散联"。每一联末尾一个字，都是"韵"，或称"韵脚"。这首诗第一联末尾是"依"字，于是以下三联末尾一字就必须用与"依"同韵的字。

按照这样的规律结构起来的诗,称为"五言四韵诗"。后来称为"五言律诗",简称"五律"。我国古代诗歌,最早的是《诗经》里的三百零五篇四言诗。其后有了以六言句为主的《楚辞》。汉、魏、南北朝诗才以五言为主。这些古诗,都不在声、韵、词性、句法上作出严格的规律。因此,在唐代以前,还没有"律诗"。王绩这一首诗是最早的唐代律诗,但在王绩的时候,"律诗"这个名词还没有出现,故一般仅称为"五言四韵"。

这首诗是作者在故乡北山下东皋上傍晚眺望时有感而作。东皋,即东边的高原。第一句"东皋薄暮望",说明了诗题。地:东皋;时:薄暮;事:望,全都交代了。这种表现方法,叫做"点题"。五、七言律诗的第一句,或第一、二句,通常都得先点题。第二句是说出作者在眺望时的思想感情。如果从字面上讲,对照上一句,他是觉得转来转去没有一个可以依靠的地方。但这样讲却是死讲、实讲。他并不是找不到一个可以依靠的地方,而是找不到一个可以依靠的人物。一方面是没有赏识他的人,另一方面是没有他看得中愿意去投奔的人。因此,在社会上"徙倚"多年,竟没有归宿之处。这是活讲、虚讲。诗和散文句法的不同,就在这里。在散文里,"徙倚"必须说出在什么地方,"依"必须说出依的是什么对象:是人物还是树木或山石。像这一句诗,不增加几个名词是无法译成散文句的。因此,散文句子绝大多数不会有双关意义。

第三、四句,即第二联,描写眺望到的景色。每一株树都显出了秋色(树叶的黄色),每一个山头都只有斜阳照着。这也还是按字面死讲,而其含蓄的意义却是:眼前所见尽是衰败没落的现象,不是我所愿依靠的和平、繁荣的世界。

第三联是描写眺望到的人物。牧人赶着牛羊,骑马的猎人带了许多狩获物,都回家去了。第四联就接上去说:这些牧人和猎户,他们看看我,我也看看他们,彼此都没有相识的人。于是作者写出了第八句。在一个衰败没落的环境中,又遇不到一个相识的人,便只好放声高歌,想念起古代隐居山中、采野菜过活的伯夷、叔齐了。

一首律诗,主题思想的表现,都在第一联和第四联。第二联和第三联,虽然必须做对句,较为难做,但在表达全诗思想内容,并不占重要的地位。如果把这首诗的第二、三联删去,留下第一、四联,这首诗的思想内容并没有重要的缺少:

> 东皋薄暮望,徙倚欲何依。
>
> 相顾无相识,长歌怀采薇。

这样一写,第二句的"依"字更清楚了。作者所要依的肯定是人,而不是树木山石。

学习一切文学作品,必须先了解这个作品及其作者的时代背景。在我国古代文学批评的传统上,有一个成语,也可以说是文学批评术语,叫作"知人论世"。要了解一个作家之为人,必须先讨论一下他所处的是个什么时世。但是,了解一个作家的时代背景较为容易,这个作家的传记资料愈多,我们对他的"知人论世"工作便愈容易做。至于一篇作品的时代背景,就较难了解。因为一个人的时代背景是几十年间的事,一篇作品的时代背景,可能只是作者的一小段生活环境。对于一个诗人,我们要知道他的某一首诗是在什么情况下写的,除非作者本人在诗题或诗序中自己交代明白,否则就很不容易明确知道。

王绩生活于隋唐二代,对于他这首诗,似乎必须先知道它是在什么时候写的,才能了解它针对的是些什么。著《唐诗解》的明人唐汝询说:"此感隋之将亡也。"这样,他是把此诗的写作时间定在隋亡以前。如此,第二联就成为比喻隋代政治的没落了。清人吴昌祺对唐汝询的见解,表示异议,在《删订唐诗解》中加上一个批语:"然王尝仕唐,则通首只无相识之意。"唐汝询以为王绩感隋之将亡,因而为了忠于隋代,有效法伯夷、叔齐归隐首阳山之志。吴昌祺提醒了一句,王绩也做过唐代的官,不能把这首诗理解为有隐居不仕之志。唐汝询以"长歌怀采薇"为这首诗的主题思想,吴昌祺则以为诗的重点在"相顾无相识"、"徙倚欲何依"。何文焕在顾安的《唐律消夏录》中增批了一句:"王无功,隋之遗老也。'欲何依'、'怀采薇',可以见其志矣。"这样讲,就把诗的写作时间定在隋亡以后,而以为王绩是隋之遗老,所以赋诗见志,表示要做一个"不食周粟"的隐士。

许多著名的唐诗,历代以来曾经许多人评讲,同一首诗往往有很多不同的理解。关于王绩这首诗,我选取了三家的评论,以为代表。何文焕的讲法,显然是不可取的,因为王绩在唐代做过门下省待诏、太乐署丞,虽然没有几年,已不能说他是隋代的遗老。至于他在贞观初年,已经告老回乡,这里很可能有政治上的利害得失,史书没有记录,后人就无从知道。

我以为这首诗很可能作于隋代政权将亡或已亡之时,但王绩并不效忠于这个一片秋色和残阳的政权。他的"长歌怀采薇"是为了"徙倚欲何依",是为了个人的没有出路。待到唐皇朝建立,李渊征集隋代职官,王绩就应征到长安出仕,可见他并不以遗老自居。

　　我这样讲，完全是"以意逆志"，没有文献可以参证。但是恐怕也只有这样讲法，才比较讲得通。

一九七八年一月四日

2

杜少府之任蜀州 王勃

城阙辅三秦，风烟望五津。

与君离别意，同是宦游人。

海内存知己，天涯若比邻。

无为在歧路，儿女共沾巾。

现在再讲一首五言律诗，一则因为它也是初唐名作，二则借此补充讲一点五言律诗的艺术技巧。

作者王勃，字子安，是文中子王通的孙子，东皋子王绩的侄孙。他从小就能作诗赋，应进士举及第，还不到二十岁。但他恃才傲物，常常因文章得罪人。旅居剑南（四川），多年没有事做，好不容易补上了虢州参军，不久，又因事罢官。连累到他父亲福畤，也降官去做交阯县令。他到交阯去省亲，在渡海时溺水而死，只有二十八岁。他的诗文集原有三十卷，大约作品不少，但现在只存诗八十馀首。被选在《古文观止》里的《滕王阁序》，是他最著名的作品。

这首诗的题目，在有些选本中题为《送杜少府之任蜀州》，这就更明白了。有一位姓杜的朋友到四川去做某县县尉，作者就写此诗送行。唐代的官制，一个县的行政长官称为"令"，县令以下有一名"丞"，处理文事；有一名"尉"处理武事。文丞武尉，是协助县令的官职。文人书简来往，或者在公文上，常用"明府"为县令的尊称或代用词，县丞被称为"赞府"，县尉则称为"少府"。这些名词，在唐诗题目中经常见到。现在诗题称"杜少府"，可知他是去就任县尉。

蜀州，即蜀郡。成都地区从汉至隋均为蜀郡。唐初改郡为州，故王勃改称蜀州。但当时成都地区已改名为益州，不称蜀州。故王勃虽然改郡字为州字，仍是用的古地名。向来注家均引《旧唐书·地理志》所载"蜀州"作注，这个蜀州是武后垂拱二年（公元六八六年）从益州分出四县设置的，其时王勃已死，他不可能知道有这个蜀州。

此诗第一联是点明题目。上句"城阙辅三秦"，是说蜀州是物产富饶的地方，那里每一个城市都对三秦有辅佐之功。下句的"五津"是蜀州的代用词,"风烟"即风景,此句说自己遥望蜀州风景。上句对杜少府说:你并不是到一个边荒的地方去作官,而是到一个对京都有重要贡献的地方去作官。下句从送行者立场说:你走了,我只能遥望那边的风景。

送人远行,就要作诗,这是唐代知识分子的风俗。一部《全唐诗》,送行赠别的诗占了很大的百分比。这类诗的作法,多数是用第一联两句来点题,照顾到主客双方。例如崔曙《送薛据之宋州》诗云:"无媒嗟失路,有道亦乘流。"第一句说自己:因为无人介绍,至今失业。第二句说薛据:你是有道之士,可也得乘舟东去谋食。郎士元《送孙侍郎往容府宣慰》诗第一联云:"春原独立望湘川,击隼南飞上楚天。"也是第一句说自己:在春原上独立遥望你去的湘水流域。第二句恭维孙侍郎:此行是像鹰隼那样高飞上楚天。卢照邻《送郑司仓入蜀》诗起两句云:"离人丹水北,游客锦城东。"用"离人"、"游客"点明题目中的"送"字,用"丹水"、"锦城"点明"蜀"字。王勃此诗也用了同样的方法,但他组织得更均衡。上句表达了杜少府、蜀州和长安的关系,下句表达了作者、送行者与蜀州的关系。

"城阙辅三秦"这句诗,历来有不同的讲法。多数人以为"城阙"指京都长安。如果依句子结构讲,这一句就应当讲作"长安辅助三秦"。但是,从事理上想一想,这样讲是讲不通的。北京与郊县的关系,总是郊县辅助北京,不能说是北京辅助郊县。于是一般人都讲作"长安以三秦为辅",使这个"辅"字成为被动词。即使说这样讲对了,这句诗和题目又有什么关系呢?

于是有人觉得"城阙"应当是指蜀州的。可是,一看到"阙"字,就想到宫阙,蜀州既非京都,怎么会有"城阙"呢?于是吴昌祺说:"蜀称城阙,以昭烈也。"他是从历史上去求解释。巴蜀是刘备建国之地,成都是蜀都,所以也可以用"城阙"。

按"城阙"两字,早已见于《诗经》。"佻兮达兮,在城阙兮",这是《郑风·子衿》的诗句。孔颖达注解说:"谓城上别有高阙,非宫阙也。"他早已怕读者误解为京城的宫阙,所以说得很明白,城阙是有高楼的城墙。只要是州郡大城市,城头上都有高楼,都可以称城阙。王勃和孔颖达同时,他当然把"城阙"作一般性的名词用,并不特指京都。再看唐人诗中用"城阙"的,固然有指长安的,也有不指长安的。李颀《望秦川》诗云:"远近山河净,逶迤城阙重。"这"城阙"是多数。韩愈《题楚庄王庙》诗云:"丘坟满目衣冠尽,城阙连云草树荒。"韦应物《澧上寄幼遐》诗云:"寂寞到城阙,惆怅返柴荆。"这几个"城阙",显然不是指长安。

巴蜀为富饶之地，自从开通了秦、蜀之间的栈道，秦中人民的生活资料，一向靠巴蜀支援。从汉武帝以来，论秦、蜀经济关系的文献，都是这样说的。与王勃同时的陈子昂也说："蜀为西南一都会，国家之宝库，天下珍货聚出其中，又人富粟多，顺江而下，可以兼济中国。"（《谏讨生羌书》）后来杜甫也说："蜀之土地膏腴，物产繁富，足以供王命也。"（《论巴蜀安危表》）由此可见王勃送杜少府去蜀州，第一句就赞扬蜀中城市是三秦的支援者，这也是代表了一般的观点。可是现在还有许多人注唐诗，坚持"城阙"是指长安，于是把这句诗讲得很不合理。我感到不能不在这里详细辩论一番。

"风烟望五津"句历来注释都以为"五津"是说蜀州地势险恶，"风烟"是形容远望不清。唐汝询释云："蜀州虽有五津之险，而实为三秦之辅，故我望彼之风烟，而知今之离别，仍为宦游，非暌离也。"他这样讲法，可知他对于"风烟"一句，实在没有明确理解，以致下文愈讲愈错。

我说"风烟"即"风景"，这也是新近才恍然大悟的。唐太宗李世民有一篇《感旧赋》，是怀念洛阳而作。有两句云："地不改其城阙，时无异其风烟。"此处也是以"城阙"对"风烟"，意思就是城阙依然，风景无异。王勃此诗，完全用太宗的对法，可知这个"风烟"应解作"风景"。唐人常常为平仄关系，改变词汇。"景"字仄声，"烟"字平声，在需要用平声的时候，"风景"不妨改为"风烟"。李白《春夜宴桃李园序》有句云："大块假我以文章，阳春召我以烟景。"这个"烟景"，也就是"风景"。

现在，我们接下去讲第二联。作者说：我和你今天在这里离别，同样是游宦人的情意。离开家乡，到远地去求学，称为"游士"或"游学"。如去做官，就称为"游宦"，也称"宦游"。强调"游"，就用"宦游"；强调"宦"，就用"游宦"。

第三联大意是：只要四海之内还有一个知己朋友，虽然远隔天涯，也好似近在邻居。这是对杜少府的安慰，同时也有点赞扬。对杜少府来说，你远去蜀中，不要感到寂寞，还有知己朋友在这里，不因距离远而就此疏淡。对自己来说，像杜少府这样的知己朋友，纵然现在远去蜀中，也好像仍在长安时时见面一样。这两句是作者的名句，也是唐诗中数一数二的名句。但这两句并非王勃的创造，他是从曹植的诗"丈夫志四海，万里犹比邻"变化而成，他利用"万里犹比邻"这个概念，配上"海内存知己"，诗意就与曹植不同。后来王建也有两句诗："长安无旧识，百里是天涯。"这是把王勃的诗意，反过来用，不能不说是偷了王勃的句法。

第四联是紧跟第三联而写的。既然"天涯若比邻"，那么，现在在岔路口分别，大家就不必像小儿女那样哭哭啼啼。诗歌的创作方法，往往用形象性的具体语词来代替抽象概念。人哭了就要用手帕（巾）拭眼泪，于是"沾巾"就可以用来代替哭泣。这种字眼叫做"代词"或"代语"，运用代语对寻找韵脚有很大的方便。

这首诗和王绩的《野望》虽然都是五言律诗，但句法的艺术结构却完全不同：（一）《野望》的第一联是散联，不是对联。《杜少府》的第一联是很工致的对联。这里我们首先见到律诗的两种句式，即第一联可以是对句，也可以不是对句。（二）《野望》的第二联和第三联是同一类型的对句。"树树"对"山山"，"秋色"对"落晖"，"皆"对"惟"，四声、词性都是对稳的，每一句都是一个完整的句子，表现一个完整的概念。这种对句，每一联上、下两句的思想内容是各自独立、没有联系的。如果看一看《杜少府》的第二、三联，可以发现，每句都不是完整的句子。"与君离别意"，不成为一个完整的概念，必须读了"同是宦游人"才获得一个概念。因此从语法的角度讲，《野望》的第二、三联是四句，《杜少府》的第二、三联只有两句，这里我们看到了律诗的两种对句法。《野望》式的对句，称为"正对"，这是刘勰在《文心雕龙》里定下的名词。他举出四种对法，正对是最常用最低级的对法。《杜少府》的对法，宋朝人称为"流水对"，又称"十字格"。因为从字面结构看，它们是一式两句；但从表现的思想内容看，只是不可分开的一个十字句，就像流水一般，剪不断。这种对句，艺术性就较高。

王勃这首诗，两联都用流水对，使读者不觉得它们是对句，只觉得像散文一样流利地抒写赠别的友谊，因而成为千秋名句。

一九七八年一月七日

3

从军行　杨炯

　　烽火照西京，心中自不平。

　　牙璋辞凤阙，铁骑绕龙城。

　　雪暗凋旗画，风多杂鼓声。

　　宁为百夫长，胜作一书生。

　　五言律诗是唐诗的主体，其形式与格律在初唐时已经完成。五律的一切规律和创作方法，可以通用到其他诗体。为此，这里我们再讲一首五律，顺便补充讲一点关于律诗的基础知识。

　　杨炯是华阴县(今陕西华阴)人。唐高宗显庆六年(公元六六一年)，被举为神童，送入朝廷，授校书郎，才只十一岁。永隆二年(公元六八一年)，为崇文馆学士，迁詹事、司直。他也和王勃一样，自以为有才，对人态度傲慢，武则天当政时，降官为梓州司法参军。三年任满，改任盈川县令(今四川筠连县)，卒于任所。后人称他为杨盈川，他的诗文存于今者，称《杨盈川集》。

　　这首诗，先要讲题目。"从军行"本来不是诗题，而是一个乐府曲调的名词。远在西汉时代，汉武帝喜爱音乐歌曲，建置了一个中央音乐院，名为"乐府"。他聚集了著名的音乐家和诗人，收集全国各地民歌，制定许多新的歌曲，颁布天下，供公私演奏。这种歌曲，称为"乐府歌曲"。配合这种歌曲的唱词，称为"乐府歌辞"①，或称"乐府诗"。在中、晚唐的时候，又称"歌诗"。从形式来讲，它们有五言的，有七言的，也有三、五、七言混合的，一般都是歌行体诗，采用律诗体的很少。从作用来讲，它们是给伶人歌伎唱的。诗与乐府诗的区别，不在于形式，而在于能唱不能唱，或谱曲不谱曲。

　　这里必须补充一下，在汉代以前，所谓"诗"，就是指能唱的曲词。一部《诗

———————————

① 这个"辞"字，魏晋以后，省作"词"。但唐宋以后，"词"字又多了些意义。在写作文学论文时，最好保留古写法，以示区别。本书在必要的时候，仍用"辞"字。

经》，三百零五首诗，都是可以唱的。到了秦汉时期，古诗已失去了曲谱，这个"诗"字渐渐成为文学形式的名词。在东汉时期，谱曲歌唱的称为"乐府歌辞"，《诗经》式的四言诗，称为"诗"。当时新流行的五、七言诗，称为"五言"或"七言"。可以想见，"诗"是四言诗的传统名词，五、七言诗还不算是诗。刚才我说，能唱的称为"乐府歌辞"或"乐府诗"，不能唱的称为"诗"，这是魏晋以后的文学概念。

《从军行》是汉魏流传下来的乐府歌曲。汉魏诗人作《从军行》，是乐府曲辞。但是到了唐代，《从军行》古曲已经不存在了，杨炯作这篇《从军行》，只是用古乐府曲调名为题目，而这首五言律诗，事实上是不能配合乐曲歌唱的。在这种情况下，这个诗题称为"乐府古题"。它并不表示这首诗的曲调，而是表明这首诗的内容。因为每一个古代乐府曲调，都有一个规定的内容。例如《孤儿行》是描写孤儿生活的，《从军行》是反映从军的辛苦的。杨炯做了这首五言律诗，用了这个乐府古题，但诗的内容已不同于汉魏时代的《从军行》，可知初唐诗人用乐府古题作为诗题，大多已失去了古义。这一种体式的诗，很难分类，可以列入"乐府诗"一类，也可以列入"五言律诗"一类。

这首诗的写作方法也是一般的，只要先读第一联和第四联，整首诗的内容都清楚了。第一联"烽火照西京，心中自不平"。意思是说，边境上有敌人来犯，警报已传递到长安，使我心中起伏不平。为什么心中起伏不平呢？因为自己只是一个书生，没有能力为国家御敌。于是第四联接下去说："我宁可做一个小军官，也比做一个书生有用些。"周武王时的兵制，以百人为一队，队长称"百夫长"。后世就用以表示下级军官。

第二联说：领了兵符，辞别京城，率领骁勇的骑兵去围攻蕃人的京城。牙璋即牙牌，是皇帝调发军队用的符牌。凤阙，指京城，不是一般的城市，与城阙不同。汉朝时，大将军卫青远征匈奴，直捣龙城。这龙城是匈奴首领所在的地方，也是主力军所在的地方。匈奴是游牧民族，龙城并不固定在一个地方，唐人诗中常用龙城，意思只是说敌人的巢穴。

第三联是形容在西域与敌人战斗的情景。围困了敌人之后，便发动歼灭战，其时大雪纷飞，使军旗上的彩画都凋残了，大风在四面八方夹杂着鼓声呼啸着。这时，正是百夫长为国效命的时候，一个书生能比得上他吗？

此诗第二、三联只是修饰部分，对诗意并无增加。这正是律诗初形成时的风格，艺术手法还没有发展到高度严密。

关于此诗的主题思想,有两种看法:唐汝询在《唐诗解》中以为是作者看到朝廷重武轻文,只有武官得宠,心中有所不平,故作诗以发泄牢骚。吴昌祺在《删订唐诗解》中以为作者看到敌人逼近西京,奋其不平之气,拜命赴边,触雪犯风,以消灭敌人,建功立业,不像书生那样无用。前者以为这是一首讽刺诗,后者以为这是一首爱国主义的述志诗。这样,从第二联以下,两人的体会都不同了。我以为吴昌祺的理解比较可取,因为第一联已说明作者心中的不平是为了"烽火照西京",如果说他是为了武人显赫而心有不平,这一句就不应该紧接在"烽火"句下了。

五、七言八句律诗,一共四个韵脚,在第二、四、六、八句尾。例如《野望》这首诗,"依"、"晖"、"归"、"薇",是韵。"依"字是第一个韵,称为"起韵"。起韵一定,以后就得跟着用同韵的字。但《杜少府》的第一句"城阙辅三秦",这个"秦"字已经是韵脚了。这首诗有五个韵:"秦"、"津"、"人"、"邻"、"巾"。现在,《从军行》第一句"京"字也是韵,这首诗也有五个韵。在这里,我们注意到律诗的两种协韵法。

律诗一般都用平声韵。这就意味着每首律诗第二、四、六、八句的末尾必须是平声字,于是第一、三、五、七句的末尾,相应地必须用仄声字。《野望》第一句"东皋薄暮望",这个"望"字是仄声字,不必协韵,故这首诗的起韵是第二句的"依"字。但律诗第一句末尾也可以用平声字,例如《杜少府》和《从军行》。这第一个平声句尾必须与第二句的起韵协韵。因此这样的诗,就有了五个韵脚。但律诗的正格是用四个韵。第一句尾的韵称为引韵,不算入正韵。

关于律诗第一句的格律,有两句歌诀:"平起仄收"和"仄起平收"。起是指第一句第二字,收是指第一句第五字(七言律诗则指第七字)。"东皋薄暮望","皋"是平声,"望"是仄声,这是平起仄收。"烽火照西京","火"是仄声,"京"是平声,这是仄起平收。这两种句法的声调不一样,影响到以下七句的声调全不一样。平起仄收的律诗声调高亢雄壮,仄起平收的律诗声调较为低沉柔婉。唐人律诗以平起仄收为正格,仄起平收为变格。

学习或欣赏唐诗,要在具有四声平仄的基础知识上注意其对偶、和声和协韵。这是唐诗语言的三种艺术手法。对偶表现诗的文字美,和声、协韵表现诗的音乐美。关于对偶与协韵,我们已经谈到过一些。现在要讲一讲和声,唐人也称为调声。

刘勰在《文心雕龙·声律篇》中说:"异音相从谓之和,同声相应谓之韵。"上句是和声的定义,下句是协韵的定义。"异音相从"就是说平仄相从,平声字要和仄声字配搭。无论在一句或一联中,平仄声字必须有适当的配搭。从陈隋到初唐,诗人们已摸索到平仄配搭的规律。现在把《从军行》全诗的平仄标出来,就易于体会平仄声对诗句音调美的关系:

烽火照西京　平仄仄平平

心中自不平　平平仄仄平

牙璋辞凤阙　平平平仄仄

铁骑绕龙城　仄仄仄平平

雪暗凋旗画　仄仄平平仄

风多杂鼓声　平平仄仄平

宁为百夫长　平平仄平仄

胜作一书生　仄仄仄平平

我国汉族人民的语言或文字,通常用两字组成一个语词,成为一个语文音节。在每一句五言诗中,第二字、第四字,最要注意和声结构(七言诗还要注意第六字的和声)。这首诗除第七句外,每句的语法结构都是两个语词(名词)加一个动词或副词。例如:

烽火——照——西京

铁骑——绕——龙城

而第七句则是:

宁为——百夫长

但是在吟诵的时候,这三句都会读成:

烽火——照西——京

铁骑——绕龙——城

宁为——百夫——长

这里就可以看到第二字和第四字的重要,语法结构和音节结构出现了矛盾。许多人朗诵古诗,只会按照语法结构读,所以读不出诗的音节美来。看了《从军行》的平仄表,你可以发现,在第一句之中,第二字如果是仄声,第四字一定要用平声,在一联之中,上句第二字如果用仄声,下句第二字必须用平声。第四字也同样。这就叫"异音相从"。第二联上句,即全诗第三句,应当仍和第一句异音,而与第二句音调相同。接下去,第三联上句应当和第二联下句音调相同,而和第二联上句异音。第四联也是同样,上句和第三联下句音调相同,而和上句异音。异音相从的方法,唐代人称为"粘缀"。该用平声字的地方,你用了仄声字,该用仄声字的地方,你用了平声字,这就犯了"失粘"的声病。

如果你有多读五言诗的经验,你会发现五言诗的句法总是二字带三字,即所谓"上二下三"。上二字是一个音节,下三字是一个半音节。可以是一、二组合,例如"照西京",也可以是二、一组合,例如"白日晚",也可以是一个三字名词,例如"维摩诘"。这种三字组合的名词绝对不能用在句子前面,造成"上三下二"的句式,就不可吟诵了①。

以上讲的是五言律诗的和声原则。这个原则也适用于七言律诗,不过七言律诗还要讲究每句第六字的和声。相传有两句歌诀,可以帮助记忆:"一、三、五不拘,二、四、六分明。"这是说:律诗的每句,第一、三、五字,可以不拘平仄,自由运用,但第二、四、六字必须按照和声规律用平声或仄声字。这是指七律而言,对于五律,则应当说:"一、三不拘,二、四分明。"一、三、五虽然不拘,但平仄两字,声调毕竟有区别,熟悉律诗声调的人,在这些地方,还应当选用一个声音较美的字。

一九七八年一月十二日

---

① 盛唐以后出现拗句,便突破了这个规律,有"上三下二"的五言句式。这是变格,下文将讲到。

4

五七言绝句四首

骆宾王 宋之问
杜审言 沈佺期

在军登城楼

骆宾王

城上风威冷，江中水气寒。

戎衣何日定，歌舞入长安。

渡汉江

宋之问

岭外音书断，经冬复历春。

近乡情更怯，不敢问来人。

渡湘江

杜审言

迟日园林悲昔游，今春花鸟作边愁。

独怜京国人南窜，不似湘江水北流。

邙山

沈佺期

北邙山上列坟茔，万古千秋对洛城。

城中日夕歌钟起，山上惟闻松柏声。

这里选了四首另一种形式的诗。每句五言的两首，每句七言的两首。每首都是四句，用两个韵或三个韵。这种形式的诗称为绝句。五言的简称五绝，七言的简称七绝。绝句是唐代最广泛流行的抒情诗形式，有许多是谱入乐曲中供歌唱的。

这四首绝句的文字很浅显,一读就懂得,不劳多讲。我选这四首诗,一则是给初唐的绝句诗举几个样品,二则是借机会讲一讲绝句诗的源流和演变。

第一首是骆宾王的五言绝句。骆宾王是义乌(今浙江义乌)人。徐敬业起兵讨伐武则天,他做徐敬业的秘书,代徐起草了讨伐武后的檄文(即宣言)。这篇檄文罗列了武后的罪状,颇能感动人,武则天读了极为震动,责问宰相,为什么不早重用此人,却为徐敬业所用。这篇著名的檄文,收在《古文观止》里,为历代人们所传诵。

《在军登城楼》是他率领起义军登上某一个城楼时所作。第一、二句写景,城上风威,江中水冷,组成一联对句。在这样寒冷的时令,想到革命斗争的艰难,希望早日取得胜利。于是接下去说:"戎衣何日定。"这句话是用了一个典故,否则这个"定"字很难讲。古书上有一句"一戎衣而天下定",是说周武王一穿军服,起来号召诸侯革命,于是商纣暴君政权崩溃,天下大定。"戎衣何日定"就是化用这一句,应当讲作革命何时胜利,戎衣是武装革命的形象语言。第四句表示他对革命胜利以后的期望,那时可以"歌舞入长安"了。骆宾王为徐敬业的革命行动留下了一文一诗,但他们的事业却是失败的。骆宾王在兵败后逃亡,不知所终。后来有传说,他在杭州灵隐寺做和尚。

宋之问,虢州弘农(今河南灵宝)人。武则天时,曾降官泷州参军。不久,由于武三思的提携,召回起用为鸿胪丞,以后官至考工员外郎、修文馆学士。武氏政权消亡以后,他被流放到钦州(今广东钦县),随即就被"赐死"。《渡汉江》这首五绝,大约是从岭南奉召回乡时所作。四句,不作对偶,是绝句的一般形式。第一联说:降官到岭外,离家乡很远,音信都断绝了。"经冬复历春",这样的诗句,一般应解释为经过好几年,但根据宋之问的传记资料,他在泷州的时间不久,那么,这一句恐怕应理解为经过一个冬季和春季。就是说,他大约是上一年秋季降官到泷州,下一年春晚召回的。大半年不得家乡消息,现在回乡的路已走了一大半,渡过汉水已近家乡。可是,第二联叙述这时的心情,越是已近家乡,遇到从家乡来的人,越是不敢打听家乡的消息。在交通不便、书信难通的古代行旅情况下,这首诗刻划出了回乡旅人的心情。

杜审言是襄阳(今湖北襄樊)人,是杜甫的祖父,诗文为武则天所称赏,官至膳部员外郎。因为勾结张易之、张昌宗兄弟,被流放到峰州(在今越南境内)。不久,又召回为国子监主簿、修文馆直学士。《渡湘江》这首诗大约是流放到峰州去的时候所作。宋之问渡汉水是从岭南复官回家,杜审言渡湘江是降官去岭南,两人的心情不同。杜诗第一联用今昔对照的写法。过去整天在园林里宴乐,现在怀念起来不胜悲哀。而今年春天的花鸟,却为我提供引起边愁的资料。迟日,即长日;边愁,旅居边远地方的愁绪。"悲昔游"是一个成语,《楚辞》有一篇《悲昔游》。第二联也用对照手法,湘水北流,而旅客南下。独怜,即自怜。自怜京朝的人,今天被窜逐到南荒,不像湘水那样还能向北去。这首诗两联都是对句,也是绝句的一种格式。

沈佺期,字云卿,相州内黄(今河南内黄)人。上元二年(公元六七五年)进士。武后时官协律郎、考功郎。因勾结张昌宗兄弟,受贿,长期流放到驩州(今亦属越南),但他没有加入武三思一伙。武则天死后,中宗复位,被召见起用,官至中书舍人、太子少詹事。沈佺期工于五言律诗,与宋之问齐名,文学史上称为"沈宋",他们二人是唐代五言律诗的奠基人。

洛阳城北的邙山,是东汉以来洛阳人的墓地,又称"北邙"。沈佺期因邙山而兴感,写了这首小诗。第一联是叙述,很容易懂,不必讲。"万古千秋"是夸张语,从东汉到唐初,不过六七百年。第二联也用对比手法,也用对句。城中日日夜夜的歌舞,山上只有松柏声。作者把洛阳城里的繁华与邙山上的凄寂景象作对比,慨叹富贵荣华的空虚。这一类主题思想,在古典文学作品中出现得很多,虽然对封建贵族、大官僚、大地主的奢侈糜烂生活有些讽刺,但从作者的人生观来说,终是太消极的。

绝句这个名词,在齐梁时代已经出现。陈代徐陵编的一部诗选集《玉台新咏》,收有四首五言四句诗,不知作者名字,就题为"古绝句"。既然把前代的诗称为古绝句,可知当时人写的五言四句,就是绝句了。北周庾信的诗集里,也有题为"绝句"的诗。这种绝句,仅仅指五言四句二韵的小诗,还没有像唐人绝句那样要求平仄和谐。

远在晋宋时代,诗人论诗常常说:"二句一联,四句一绝。"意思是说:每二句为一联,不管对不对,只要每二句末协一个韵就是一联。每四句,即二联二韵,就是一绝。绝句这个名称,即起源于此。

联与绝是作诗的基本功,因此"联绝"就成为诗的代词。刘宋时,吴迈远爱作诗,宋武帝刘裕说他"联绝之外无所解",就是说他除了做诗之外,什么都不懂。

"绝"的意义是断绝。"四句一绝"是用四句诗来完成一个思想概念,古人称为

"立一意"。简单的主题思想,四句就可以表达清楚,这就称为一首绝句。繁复的主题思想,可以用八句、十二句、十六句来表达,我们就可以说这首诗里有两绝、三绝或四绝。但不能说这是两首、三首或四首绝句。绝与绝句不同。绝是与思想段落契合的诗的段落,绝句是四句诗的形式名词。

一个完整的概念,用四句诗来表达,是我国诗的老传统。《诗经》《楚辞》、汉魏乐府,差不多全是四句一个概念,或说思想段落。《诗经》以四句为一章,乐府歌辞以四句为一解。现代民间山歌小调也以四句为一首或一段,苏州人就干脆称为"四句头山歌"。长篇的诗,主题思想或叙述内容繁复的,也总是在第五句、第九句或第十三句上开始转折。在读诗的时候注意这一个现象,就可以了解四句一绝的意义。

现在我们看几首唐以前的绝句:

汉乐府杂曲

枯鱼过河泣,何时悔复及。

作书与鲂鱮,相教慎出入。

晋大道曲

（晋）谢　尚

青阳二三月,柳青桃复红。

车马不相识,音落尘埃中。

玉阶怨

（宋）谢　朓

夕殿下珠帘,流萤飞复息。

长夜织罗衣,思君此何极。

答诏问

（齐）陶弘景

山中何所有,岭上多白云。

只可自怡悦,不堪持赠君。

人日思归

（隋）薛道衡

入春才七日，离家已二年。

人归落雁后，思发在花前。

　　这五首诗，论形式，与唐人五言绝句没有什么不同。论音调，却全不一样。前三首的一句之中，一联之内，都不合平仄粘缀的规律。第四首和第五首只有第二句失粘，已经很接近唐人绝句。从第一首到第五首，可以看清五首二韵诗在音调方面的发展过程。汉诗质直，像散文一样。晋宋以后，在考究声调了。到了陈隋，诗家已注意异音相从，但还不严格。这五首诗，还是古诗（五言古体诗），不是唐人所谓绝句。所以我们说：绝句这个名词，虽然起于齐梁，还不是唐代的绝句。

　　宋代以后的诗家，对绝句作了一种古怪的解释。他们以为绝就是"截"。五言绝句是从五言律诗中割截了一半；七言绝句是从七言律诗中割截了一半。凡是第一联是散句，第二联是对句的绝句，就是割截了律诗的前半首。凡是第一联对句，第二联散句的绝句，就是割截了律诗的下半首。凡是第一、二联都是对句的绝句，就是割截了律诗的中间二联。凡是第一、二联都用散句的绝句，就是割截了律诗的首尾二联。由于这样的理解，清代诗人常把绝句称为"截句"。他们以为先有八句的律诗，后有四句的绝句，所以说绝句是割截了律诗的一半。这个观点是错误的，事实并非如此，绝句的形成早于律诗。

　　在唐代人的观念里，凡是必须遵守对偶、和声、协韵三条规律的诗，不管是五、七言二韵、四韵、六韵、八韵……都是律诗，因此绝句也是律诗。白居易自己编定的《白氏长庆集》，就有"大律诗"、"小律诗"两项分类。大律诗卷内都是五、七言四韵八句的律诗；小律诗卷内都是二韵四句的律诗，也就是绝句诗。宋人编的王安石诗集《王临川集》，把七言绝句编在七言律诗一起，五言绝句编在五言律诗一起，可知唐宋时代的诗家都以为绝句也是律诗。后世人把五、七言四句二韵的诗称为绝句，把五、七言八句四韵的称为律诗，另外把五、七言六韵以上的诗称为排律，于是绝句和律诗分了家。明代高棅编《唐诗品汇》时把绝句和律诗分卷选录，此后几乎没有人知道绝句也是律诗了。

　　关于绝句的情况，我们已大致弄清楚了。现在再概括一下：

　　（一）绝句的"绝"字起源于晋宋诗人"四句一绝"的概念。用四句诗来表达一个完整的概念,故绝句的特征是每首诗限于四句。

(二)绝句这个名词,齐梁时期已有,但当时的绝句只是四句二韵,并不讲究和声。这种绝句,还是古体诗,可以称为古绝句,不属于唐代的律诗。

(三)唐代诗人作绝句,特别是五言绝句,还常用齐梁体,大多用仄声韵,不很讲究粘缀。例如王维诗集中有《辋川集》四十首,诗序中说明是绝句,实在仍是古诗。

(四)绝句本来也是律诗的一种形式,在唐人的语文习惯中,从来不把"律"和"绝"对立起来。宋元以后,才出现了"律绝"这个名词,成为"诗"的代词。

一九七八年一月十七日

代悲白头翁

刘希夷

洛阳城东桃李花，飞来飞去落谁家。（韵一）

洛阳儿女惜颜色，行逢落花长叹息。（韵二）

今年花落颜色改，明年花开复谁在。

已见松柏摧为薪，更闻桑田变成海。（韵三）

古人无复洛城东，今人还对落花风。

年年岁岁花相似，岁岁年年人不同。

寄言全盛红颜子，应怜半死白头翁。（韵四）

此翁白头真可怜，伊昔红颜美少年。

公子王孙芳树下，清歌妙舞落花前。

光禄池台开锦绣，将军楼阁画神仙。

一朝卧病无相识，三春行乐在谁边。（韵五）

婉转蛾眉能几时，须臾鹤发乱如丝。

但看古来歌舞地，惟有黄昏鸟雀悲。（韵六）

这首诗的体裁，名为"七言歌行"。魏晋以来，这种诗体多用于乐府歌辞。到了唐代，渐渐脱离乐府，成为一种七言古诗的形式，名曰"歌行"。歌行是诗，不是乐府曲辞了。卢照邻、骆宾王等初唐诗人都有篇幅较长的歌行，不过他们的句法，还继承齐梁诗的秾丽风气，又多做对句。刘希夷的歌行极少用对句，也不多用典故。文字明白流利，诗意也不隐晦。这些特征都是继承了古诗的传统，和当时流行的文风不合。因此他这一类诗在同时代是被认为肤浅俚俗，有乖风雅。直到六七十年以后，玄宗天宝年间，丽正殿学士孙翌，字季良，编选了一部《正声集》，把刘希夷这首诗选进去，以为全集中最好的诗，从此才被人注意。

《唐才子传》称：刘希夷，字延芝，颍川人。《全唐诗》小传说：刘希夷，一名庭芝，颍川人。历代选本，或称刘庭芝，或称刘希夷，大概他的名与字已无法辨正了。《唐才子传》又记录他是上元二年（公元六七五年）的进士，是宋之问的外甥。但宋之问也是上元二年进士及第的，可知甥舅年龄差不多。刘希夷作《代悲白头翁》，宋之问看到"年年岁岁花相似，岁岁年年人不同"一联，极其喜爱，知道这首诗还没有流传出去，就向刘要这一联，用入他自己的诗中。刘希夷当时答应了，但后来又反悔，因而泄漏了这件秘密，使宋之问出丑。宋之问大怒，叫人用土袋压死刘希夷，当时刘还不到三十岁。这是唐人小说中所记的一段文艺轶事，未必可信，但由此可知这首诗是很著名的。当时及后世都有人摹仿，甚至剽窃。《才调集》选录贾曾的一首《有所思》云：

> 洛阳城东桃李花，飞来飞去落谁家。
>
> 幽闺女儿爱颜色，坐见落花长叹息。
>
> 今岁花开君不待，明年花开复谁在。
>
> 故人不共洛阳东，今来空对落花风。
>
> 年年岁岁花相似，岁岁年年人不同。

这完全是剽窃了刘希夷的主题和诗句，甚至连宋之问赞赏的两句也据为己有。直到清朝，曹雪芹作《红楼梦》，代林黛玉作《葬花词》，还偷了好几句。

这首诗的题目，各个选本都有不同。《唐音》、《唐诗归》、《唐诗品汇》、《全唐诗》均作《代悲白头翁》。《文苑英华》、《乐府诗集》、《韵语阳秋》作《白头吟》。尤袤《全唐诗话》作《白头翁咏》。此诗又见于宋之问诗集，题作《有所思》。唐人编《搜玉小集》题作《代白头吟》。闻一多以为应当以《代白头吟》为是，因为《白头吟》是乐府旧题，晋宋人拟作古乐府，都加一个"代"字，例如鲍照所作乐府，就有《代白头吟》、《代东门行》等。

按《乐府古题要解》说：《白头吟》是汉代卓文君所作。因为司马相如要娶一个茂陵姑娘为妾，卓文君乃作《白头吟》表示要与司马相如离婚，相如才放弃了娶妾之意。后世诗人拟作此曲，都以女人被丈夫遗弃之事为主题。如果用比兴的方法，也大多是写忠臣失宠于帝王的苦闷。刘希夷这首诗的主题，显然并无此意。

《韵语阳秋》作者葛立方又误解"红颜子"为妇女,因而说此诗是写男为女所弃,离作者的本意更远了。刘希夷另外有两首诗,题为《代闺人春日》《代秦女赠行人》,这两个"代"字之后,并不是乐府旧题,可见《代悲白头翁》决不是《代白头吟》之误。又同时诗人崔颢有《江畔老人愁》,张谓有《代北州老翁答》,都是代老人诉苦的作品,可知当时曾流行过这样的主题。因此,我以为这首诗的题目仍当以《代悲白头翁》为是。题意表示,不是作者自己悲叹白头翁,而是代别人悲叹。代什么人呢?代那些"红颜美少年"。全诗的主题是警告青年人,不要耽于行乐,须知青春不能长驻,公子王孙的歌台舞阁,最后都成为黄昏时鸟雀悲鸣的地方。今天看见一个白头翁,应当怜悯他,也就是怜悯自己的将来。作品的思想倾向是消极的,它只有指出华年易逝,而没有鼓励青年如何抓住华年的积极因素。

全诗二十六句,第一句至第十二句为前半篇,以落花为中心。大意说:花有谢落之时,但明年仍然开花,人则红颜一改,便成老翁。从此转到下半篇,劝告青春旺盛时代的青年人,应该怜悯"半死白头翁",自己警惕。今天你看到的白头翁,当年也是"红颜美少年",他也曾和公子王孙一起在花前清歌妙舞,在光禄勋、大将军的园林、楼阁里饮酒作乐。可是,一转眼就病了,老了,不再有人邀请他去参加"三春行乐"。从前在筵席上歌舞的姑娘也不经久,不到几年便已满头白发。著名一时的豪家的园林、楼阁,曾经是多少青年宴饮作乐的地方,到后来都成为一片荒地,只有鸟雀在黄昏时候喧噪,好像是有所悲悼。后半篇是全诗的主体,前半篇只是一个引子。这样的艺术手法,用古典文学批评的术语来说,叫做"以落花起兴"。

什么叫"起兴",说来话长。但既然讲到了这个语词,就不能不全面地讲解一下。在汉朝的时候,有一位姓毛的学者,不知其名。有人说是毛亨,有人说是毛苌,弄不清楚,相传称为毛公。毛公研究《诗经》,给每一篇诗标明了主题思想,称为"诗序"。卷首有一篇总序,称为"大序",于是每首诗的序,就称为"小序"。在《大序》中,他提出了诗的"六义"。他说:"诗有六义焉:一曰风,二曰赋,三曰比,四曰兴,五曰雅,六曰颂。"他所谓诗的六种意义,其实是诗的体裁和创作方法。"风、雅、颂"是诗的三种作用,因作用不同而体裁也不同。《诗经》这部古代诗选集是按照"风、雅、颂"三种作用来编定的,"赋、比、兴"是创作方法。但是这位毛公解释了"风、雅、颂",而没有解释"赋、比、兴",好像这是人人都知道的。后来郑玄笺注《诗经》,常常在诗的第一章下注曰:"兴也。"但是他绝不注出"比也"或"赋也"。他以为比和赋是人人都知道的,不用注明。只有兴,他还特别作了解释:"兴是譬喻之意,意有不尽,故题曰兴。"意思是说:兴也是譬喻(比),不过不是单纯的对比,而是超越了对比的范围的。因此,他专把用"兴"的手法做的诗注明,使读者了解比和兴的区别。从此以后,我国古典诗歌的创作方法,就一直用"赋、比、兴"三字来说明。刘勰的《文心雕龙》里有一篇《诠赋》,又有一篇《比兴》,对这三个字作了细致的解释。现在把他对赋、比、兴所下的定义节录在这里:

> 赋——赋者,铺也。铺采摛文,体物写志也。
>
> 比——何谓为比?盖写物以附意,扬言以切事也。
>
> 兴——比者,附也。兴者,起也。附理者切类以指事,起情者依微以拟议。起情,故兴体以立;附理,故比例以生。比则蓄愤以斥言,兴则环譬以托讽。盖随时之义不一,故诗人之志有二也。

这些诠释,为六朝人的文体所局限,今天看来还不够明确。到南宋时,朱熹作《诗集传》,他在每一首诗下都注明了"赋也"、"比也"或"兴也"。他还给每一个字下了简明的定义:

> 赋——赋者,敷陈其事而直言之也。
>
> 比——比者,以彼物比此物也。
>
> 兴——兴者,先言他物,以引起所咏之词也。

用我们今天的话来讲,赋就是正面描写某一事物,修辞上可以用渲染、夸张的手法。比是引用一个事物来比拟另外一个事物。兴是先讲一个事物,引起主题思想中要用到的事物。这三种创作方法,赋最单纯,比和兴则似同实异,在某些作品中,不易区别。刘勰也说:"比显而兴隐。"(《文心雕龙·比兴》)朱熹对某些诗的注释,曾用"赋而兴也",或"比而兴也",可知他也感到不容易划定。由此,我们应当注意,这三个字并不代表绝然不同的三种创作方法,特别是比和兴。我们可以说,比是直接的比喻,兴是间接的比喻。从比喻这一作用来看,它们原是相同的。所以在文学批评的术语中,"比兴"总是结合成为一个名词,和"赋"对立。而做诗为什么要用比兴手法,为什么不能像散文一样直说,而偏要用一个事物来比喻或兴起另一个事物?这是为了要用具体的事物形象来说明一个抽象的思想概念,即所谓形象思维。

现在,我们回头来再看刘希夷这首诗。前半篇里的落花与人的关系是比,但前半篇对后半篇的关系却是兴。按照朱熹的方法来讲，这就是"比而兴也"。先以落花为比，以引起白头翁之可悲。

这首诗的比兴方法运用得简单，所以一读就可悟到。前半篇和后半篇，区分得很明显。初学作诗的人，可以从这一类诗的习作入门。歌行体诗发展到盛唐，李白、杜甫等大诗人都写了不少著名的歌行。他们的艺术手法更高超，比兴的运用也更复杂、更深刻、更隐晦。

歌行与律诗不同之处，第一是句数可随作者自由，不像律诗那样有规格。第二是不需要用对句。有些作者偶尔用几联对句，例如此诗只有第四、六、十联是对句。也有作者通篇都用对句，例如卢照邻的《长安古意》、骆宾王的《帝京篇》。第三是平仄粘缀没有律诗那样严格。第四是它不限韵数，可以一韵到底，也可以随便转韵。这些特征，都与古体诗同，而与律体诗不同。所以歌行属于古诗，而不属于律诗。

这首诗用了六个韵脚，即转韵五次。第一联和第二联都是两句一韵。第三、四联四句一韵，第三句（即第四联上句）不协韵，这和一首绝句同。第五、六、七联六句一韵，第三、五句不协韵，这和一首律诗同。第八、九、十、十一联八句一韵，也和一首律诗同。第十二、十三两联四句一韵，第三句不协韵，亦和绝句同。由此可见，一首歌行的句法、章法组织，包含了各种诗体在内。学作歌行体诗，同时就是学作各体诗。

歌行都是长篇。如果一韵到底，一则音乐性太单调，二则作者不易选择韵脚，因此就需要转韵。盛唐以后，歌行转韵渐渐地有了规律，一般都是四句或八句一转。转韵处总是在一个思想段落处，隐隐还保存四句一绝的传统。刘希夷这首诗的转韵方式，特别是第一联一韵之后，第二联立刻转韵，第三联又转韵，这种不规则的转韵方式，在以后的歌行中是极少见到的。

一九七八年一月二十日

春豫灵池会，沧波帐殿开。

舟凌石鲸度，槎拂斗牛回。

节晦莫全落，春迟柳暗催。

象溟看浴景，烧劫辨沉灰。

镐饮周文乐，汾歌汉武才。

不愁明月尽，自有夜珠来。

　　这是一首五言律诗，不过比一般的"五律"多二联四句，也就是比四十字的五言律诗多二十字，全诗共六十字。这一类型的五言诗，唐代人就称之为"五言六韵律诗"。元人杨士弘，选了一部唐诗，名曰《唐音》。在这部唐诗选集中，他把这一类型的律诗称为"排律"。从六韵开始，一直可以多到百韵，甚至一百二十韵，一对一对的联句，一排一排地延长下去。明代高棅编的《唐诗品汇》，也跟着杨士弘使用这个名词，于是，排律作为律诗的一种体式，这个名词便普遍被承认了。到了清代初期，有不少人反对这个名词，例如冯班以为这个"排"字容易使诗成为呆板的对句堆砌，所以他曾说："此一字大有害于诗。"

　　在唐代人的观念里，从二韵到一百二十韵的五言或七言诗，只要平仄粘缀，词性、句法都成对仗，就都是律诗，一概称为五律或七律。二韵四句的称为绝句。绝句也是律诗，故又称"小律诗"，六韵以上的称为"大律诗"。宋元以后，绝句不属于律诗。"五律"、"七律"这两个名词仅指四韵八句的诗。于是，有必要给六韵以上的律诗另外定一个名目，"排律"这个名词是在这样的需要下产生的。它有方便处，也未必"有害于诗"。

　　唐中宗李显，在一个正月三十日到昆明池去游玩，高兴地做了一首诗，命令随从的官员们大家和他一首。当时有一百多人做了诗，宋之问这首诗是被评为最好的作品。题目"奉和"，这个"奉"字，如果按照它的本义来讲，就是"捧"字。意思是双手捧了皇帝的原作，照样也做一首。但现在，它已成为恭敬的礼貌词，如"奉答"、"奉命"、"奉询"等。

许多人用同一题目做诗,第一个人做的第一首诗,称为"首唱";大家跟着做,称为"和"。这整个赛诗的行动,称为"唱和"。和诗也有几种不同的情况。用同样的题目,同样的诗体,但不用同样的韵脚,这是"和诗"。题目、诗体、韵脚,全都与原唱一样,这是"和韵"。在唐代,"和"与"和韵",意义不同。宋元以后,凡是和诗都必须用原韵,于是"和"与"和韵"就没有区别了。

晦日是每月最后一日。大月是三十日,小月是二十九日。前面不标明月份,就是正月晦日。唐代的礼俗,以正月晦日、上巳和重阳定为三大节日。在这三天,公私休假,官吏和人民都郊游宴乐。到了宋代,这种风俗已不时行,所以宋代以后的诗中,见不到晦日游宴的题目。

"幸"是一个封建政治动词。皇帝到了什么地方,就说是"幸某处",因为这是某处的荣幸。皇帝在某一位妃子的屋里歇宿,就说是"幸某妃",因为这是某妃的荣幸。

昆明池在长安东南,原是汉武帝所开,以训练水军的。在唐代,成为一个名胜的游览区。

"应制"也是一个封建政治语词。皇帝的命令,称为"制"或"诏",其书面文件称为"制书"或"诏书"。唐初几位皇帝都能作诗,他们常在令节宴会的时候作诗首唱,命诸大臣和作。因此,初唐诗人集中有不少"应制"或"应诏"的诗。题目用"奉和"或"奉和圣制"的,表示皇帝自己先作了一首。有"和",当然必须先有"唱"。题目有"应制"而没有"奉和"的,表示是奉皇帝之命而作,但皇帝自己并没有作。例如宋之问有一首《幸少林寺应制》,是他随从武后游幸少林寺,奉命而作。因为武后没有作诗,故只有"应制"而不是"和"。应制诗也有限定韵脚的,例如宋之问有《九月晦上阳宫侍宴应制得林字》一诗,是九月晦日武后在上阳宫设宴,命诸大臣各作一诗,每人分配到一个韵脚,宋之问得到"林"字,他的诗就必须用"林"字韵。

"应诏"和"应制"本来没有区别,但武则天规定用"制"字,不用"诏"字,故武后以后都用"应制"而不用"应诏"。奉皇后、太子的命令,称为"应令",例如李百药有一首《奉和初春出游应令》,这是随从皇太子初春出游,太子作了一首诗,命大家和作。还有用"应教"的,那是奉诸王之命而作,例如虞世南有一首《奉和咏风应魏王教》。太宗的第四子李泰,封为魏王,他作了一首咏风的诗,请陪同的大臣也作一首,所以题作"应魏王教"。还有一首诗题为《初晴应教》,就不知道是应哪一位王子的教了。

"应制"、"应令"、"应教"诗,总称为"应制诗"。这种诗大多是五言四韵的五律,或六韵至十二韵的长律,偶尔也有绝句。由于这是君臣之间的文字酬答,措辞立意,必须顾到许多方面。要选择美丽吉祥的词藻,要有颂扬、祝贺、箴规的意义,要声调响亮,要对仗精工,要有富贵气象,切忌寒酸相。这样,它就成为一种典型的宫廷文学。唐代诗人官位高的,差不多人人有这种诗。后世皇帝爱好文学者少,自己能作诗的更少,这种君臣唱和的风气就衰歇了。

为皇帝晦日游昆明池而作诗,题材中主要部分当然是皇帝、晦日、昆明池三项。宋之问这首诗就使用了与此三者有关的典故。第一联是先叙述这件事:春天参与了灵池上的宴会,池边设置了帐殿。灵池、沧波,都是指昆明池。第二联描写乘船在昆明池上游览:船划过了石鲸,好像从北斗星和牵牛星之间回来。昆明池有石刻鲸鱼,又有牵牛、织女石像分立于池之东西,使池水仿佛银河一般。槎,就是船。第三联就得照顾晦日:这个节日是正月三十日,春气还没有到来,只是暗暗地催杨柳发芽。传说唐尧的时候,阶下生了一株草,每月一日开始长出一片荚来,到月半共长了十五荚。以后每日落去一荚,月大则荚都落尽,月小则留一荚,焦而不落。这一荚称为"莢",后世诗文家就用莢字代替荚。此诗说"莢全落",可知是三十日。于是,这一联诗,就扣住了正月晦日。第四联要扣住昆明池:像北海那样茫茫无涯的水中,正好看落日的景色;看到池底的黑泥,便想到这是劫火烧馀的残灰。这两句用的都是昆明池的典故。

当年汉武帝开凿此池,取象北海(溟,即北海)。在池底掘得黑灰,以问东方朔。东方朔说:天地大劫将尽,就会发生大火,把一切东西都烧光,叫做劫火。这是劫火后遗留下来的残灰。第五联就转到皇帝。周武王建设了镐京(今陕西长安),与群臣宴饮。这是历史上第一次君臣宴会的故事。汉武帝曾和他的大臣们乘船泛游于汾水之上,自己作了《秋风辞》这首著名的歌。这是历史上第一次君臣游乐唱和的故事。宋之问就很适当地用这两个典故组织了两句诗,顺便歌颂了李显为周王、汉武。"镐饮"是周武王的事,但这一联诗中不能以"周武"对"汉武",于是只好硬派作周文王的事了。最后一联是结束,应当使皇帝、晦日、昆明池三者都有交代。宋之问又用了一个汉武帝的故事。据说汉武帝曾救过一条大鱼,后来在昆明池旁得到一对夜光珠,是大鱼报恩献给他的。于是这一联诗就说:不怕三十夜没有月亮,自然会有报恩的夜光珠送来的。

像这样的诗,全靠运用适当的典故,工致地组织起来。内容是非常空虚的,你不能说它有什么中心思想。这就是宫廷文学的特征。

唐人小说记载了有关这首诗的故事。据说当时有一百多人作了和诗,皇帝命他的昭容(女官名)上官婉儿评选出一篇最好的诗以供谱曲。昭容在帐殿旁一座搭起的彩楼上评选,臣僚们都在楼下。一张一张落选的诗笺被扔下来,各人自己取回。最后只剩沈佺期和宋之问两人的诗笺没有下来。过了好久,才飞下一纸,乃是沈佺期的诗。沈、宋两人当时是齐名的,他们的作品不容易区别高下。这一次,却是宋之问夺得了冠军。上官婉儿是一位女诗人、女学士,对沈、宋两人的诗,好久不能评定甲乙,最后才取宋而弃沈。她的评语说:"二诗工力悉敌,沈诗落句词气已竭,宋犹健笔。"她是从结尾一联决定的。沈诗结尾已经没有意义了,而宋诗的结尾却还很矫健。现在我们参看沈佺期的诗:

> 法驾乘春转,神池象汉回。
> 双星移旧石,孤月隐残灰。
> 战鹢逢时去,恩鱼望幸来。
> 山花缇骑绕,堤柳幔城开。
> 思逸横汾唱,欢留宴镐杯。
> 微臣雕朽质,羞睹豫章材。

用的也是这几个典故,但全诗只是写昆明池,没有照顾到晦日。这里其实已经可以区别高下。尾联用《论语》"朽木不可雕也"句意,表示自谦:我现在应制作诗,好比雕刻朽木,看到别人的佳作,自愧不如。这两句诗已经离开了题目,硬凑来做结束,不如宋之问的结句,既扣住晦日和昆明池,又有颂扬的意义。上官婉儿的评语,历代以来,诗家都是同意的。明代诗人王世贞说,沈佺期的结句是"累句中累句",宋之问的结句是"佳句中佳句"。可见后世评论,亦认为这两联结句差距很大。

一首诗的开端和结束都很重要,沈、宋两首诗的结尾,给我们以形象的认识。宋诗的结尾已做到了"言尽意不尽",而沈诗的结尾却是"言浮于意"。尽管这两首诗都是宫廷文学,但宋之问作了六韵十二句,才气未尽,沈佺期作了十句,便无法扣紧题目发展诗思了。

一九七八年一月二十三日

7

遥同杜员外审言过岭

沈佺期

天长地阔岭头分，去国离家见白云。

洛浦风光何所似，崇山瘴疠不堪闻。

南浮涨海人何处，北望衡阳雁几群。

两地江山万馀里，何时重谒圣明君。

这里讲一首沈佺期的七言诗。这种诗体，初唐时还未定名，就按照韵数计算，称为"七言四韵诗"。后来才称为"七言律诗"，简称"七律"。《旧唐书·沈佺期传》说他"尤长于七言之作"，指的就是这一形式的诗。唐代七言律诗的格式，是沈佺期和宋之问两人奠定下来的。在初唐诗史中，他俩以"沈宋"齐名。

杜审言于唐中宗神龙元年(公元七〇五年)流放峰州(今越南北境)，同时，沈佺期亦因贪污罪流放驩州。杜审言在过岭的时候做了一首诗，有人传给沈佺期看。因为有共同的思想感情，就用同一题目做了这首诗。题目上用"遥同"两字，表示两人距离很远，不是一路同行。过岭，是指过五岭。唐代法律规定，官吏罪行严重者，要流放到当时认为是蛮荒之地的岭南。杜审言降官的时候，官职是膳部员外郎，故称"杜员外"。

我国古诗，秦以前以四言一句为主要形式，这是《诗经》的传统。汉、魏、南北朝诗以五言一句为主，这是《古诗十九首》的传统。汉武帝曾和他的大臣在新造的柏梁台上饮酒，君臣连句赋诗。皇帝带头作了一个七言句，群臣就跟着用七言句连接下去，这是七言诗的开始。以后虽然有人作七言诗，但当时还不算是诗。《后汉书·文苑传》说杜笃的著作有"赋、诔、吊、书、赞、七言、女诫及杂文，凡十八篇"，又说崔琦的著作有"赋、颂、铭、诔、箴、吊、论、九咨、七言，凡十五篇"。这里都不说是诗，而说"七言"，可知东汉时还不把七言列入诗，而且似乎把它作为一种文学形式的名词，与辞赋为一类。

魏文帝曹丕有一首《燕歌行》，七言十五句，每句都协韵。一韵到底，不换韵。这是最早的一篇七言乐府歌辞。以后追随他的还不多，要到齐梁以后才见到有张率的《白纻歌》九首,吴均的《行路难》五首。徐陵有《乌栖曲》,江总有《芳树》,庾信有《乌夜啼》、《杨柳枝》,但这些都是乐府歌辞,不是诗。因此可知,从汉武帝柏梁台连句以下,一直到陈、隋,七言句一向属于乐府歌曲。沈、宋创造的七言律诗,应当看作是从乐府歌辞演变而来,不是五言律诗的增字发展。

现在我们举两首南北朝晚期的七言八句乐府歌辞,看它们与唐代七言律诗的关系:

芳树

(陈)江 总

朝霞映日殊未妍,珊瑚照水定非鲜。

千叶芙蓉讵相似,百枝灯花复羞然。

暂欲寄根对沧海,大愿移华侧绮钱。

井上桃虫谁可杂,庭中桂蠹岂见怜。

乌夜啼

(北周)庾 信

促柱繁弦非子夜,歌声舞态异前溪。

御史府中何处宿,洛阳城头那得栖。

弹琴蜀郡卓家女,织锦秦川窦氏妻。

讵不自惊长泪落,到头啼乌恒夜啼。

这两篇乐府都用平声韵。江总一首四联都是对句,庾信一首第一、二、三联都是对句,它们都已具备了七言律诗的规格。但是,它们的上下句之间、上下联之间,平仄还没有粘缀。所以它们仍是齐梁体的七言乐府,而不是唐代的七言律诗。现在我把这两篇中平仄失粘的字用×标出,改换这些字,就都是律诗了。

沈佺期这首诗的古本,还有一个题目:《独不见》。这也是一个乐府古题。大约沈佺期原来是写了一首七言八句的乐府歌辞,用"独不见"为正题,是这首歌辞的曲调名。再用"遥同杜员外审言过岭"为副题,是这首歌辞的内容。但是他在和声方面加了工,使这首七言八句的乐府歌辞和江总、庾信等的作品不同,于是它奠定了唐代七言律诗的格式,脱离了乐府歌辞而归入诗的队伍,正如杨炯的《从军行》一样。

我们把这首诗作为初唐七言律诗的样板。全诗不用典故,句法都是平常的结构,诗意也明显。在唐律中,这是朴素的新产品形式。第一联说:这个山岭分隔了天地,去国离家的人,在此所见唯有白云。"天长地阔"、"去国离家",这种成语都是用两组形象语词表达一个概念。"天长地阔"就是"天地悠远","去国离家"就是远行的旅人。"长"、"阔"两字并不一定要分别属于天地,万不可死讲天如何长,地如何阔。"去国"就是"离家",不必一定要区别"家"、"国"的不同。欣赏诗歌,要从全篇着眼,不要从一字一语中去求作者的用意。固然有些字是作者寓有深意的,所谓"诗眼",这是应当特别注意的,但有许多字为作者随意凑用,读者不必求之过深。

第二联说:这时不知家乡的风光如何美好,在这里,每天只是听到人家讲高山瘴气使人病死的消息。洛浦,洛水之滨,用来指他的家乡,今河南。第三联说:被流放的人还要向南去,渡大海,不知身在何处。回头看望衡阳,有多少大雁已经因为飞不过衡山而折回去了。民间传说:大雁南迁,飞不过衡山。这是形容衡山之高,并非真有这回事。这句诗的意思是:我现在所到的地方,连大雁都不会来。第四联说:南北两地,相隔万里江山,不知哪一天才能重见圣明的皇帝。这是一切流放到边远地区的官吏经常在诗里表现的始终忠于皇帝的思想。这是极有必要的,因为常常有人会诬告他心怀怨恨,有不忠不臣的思想言行。没有这样一首诗,就拿不出为自己辩护的证据。"两地江山"是照应上文"洛浦风光"和"崇山瘴疠"。"南浮涨海"和"北望衡阳"也照应了第一句的"分"字。

近来有人讲"两地江山"这一句,以为指沈佺期和杜审言两人分在两地。这样讲恐怕不是。如果此诗的题目是"和杜员外过岭",那么这是一首和诗,结尾应当照顾到杜审言。现在沈佺期这首诗是"遥同",杜审言没有请他和作,也根本不知道沈佺期有这首诗。所以沈佺期在前三联中既没有照应到杜审言,第四联当然不会关涉到杜审言了。

此诗第一、二联写过岭以后的见闻。所见者白云,所闻者瘴疠,都是蛮荒景象。第三、四联写旅途心境。结构很简单,是顺着思维逻辑写的。用字重复的很多,"何"字用了三次,"地"字用两次,"山"字也用两次。在初唐的律诗中,这些都还不算毛病。盛唐以后,这情况称为"犯重",诗家都要避免。

七言律诗的句法是上四下三。上四又应当是二二组合,下三则或为一二、或为二一组合。例如:

> 天长地阔——岭头——分,
>
> 去国离家——见——白云。

这是第一联,本来不必用对句,但作者用"天长地阔"对了"去国离家"。形式很像是对句,词性结构却不成对偶。这种似对非对的句式,也为以后的诗人所忌用。

"见——白云"是按词性区分的,在吟诵的时候,还应该读作"见白——云"。"头"字、"白"字,都是全句中第六字,也都要符合粘缀规律。

一九七八年一月二十五日

8

新曲

长孙无忌

回雪凌波游洛浦，遇陈王。

婉约娉婷工语笑，侍兰房。

芙蓉绮帐还开掩，翡翠珠被烂齐光。

长愿今宵奉颜色，不爱吹箫逐凤皇。

拟古神女宛转歌

崔　液

日已暮，长檐鸟不度。

此时望君君不来，

此时思君君不顾。

歌宛转，宛转那能异栖宿。

愿为形与影，出入恒相逐。

采莲女

阎朝隐

采莲女，采莲舟。

春日春江碧水流。

莲衣承玉钏，

莲刺胃银钩。

薄暮敛容歌一曲，

氛氲香气满汀洲。

以上三首诗是另一种形式。它们是三言句、五言句和七言句的混合体，称为"杂言"。从汉代的乐府歌辞开始，就有了这种杂言体的诗。不过汉代的杂言，是三言、四言和五言句的混合，魏晋以后，四言句渐渐不用，被七言句代替了。

第一首是长孙无忌的《新曲》，原有两首为一组，现在选了一首。长孙无忌是唐太宗李世民的内弟，文德皇后的哥哥。他辅佐李世民起义，建立唐朝政权，成为唐代的开国功臣、新兴大贵族。这首诗题名《新曲》，其实既非诗题，也不是曲调名，只表示是他新做的曲词。因此，这也是一首乐府诗。

全诗以七言六句、三言二句组成，用一个韵（王、房、光、皇）。第一句，即全诗主题，用了一个典故，魏陈思王曹植做过一篇《洛神赋》，描写他在洛水边梦见的一个神女。后世人就用洛神来代表妓女。这句诗是说：有一个神女在洛水边上漫步，遇到了陈王。回雪，是形容她的白色衣裳被风飘动；凌波，是形容她从水面上走过来。第二句写神女的姿态又婉约，又娉婷，又会说会笑，在兰麝芬芳的房间里侍候陈王。以下两句是描写神女与陈王欢会的情景：绣花的罗帐时开时掩（"还开掩"即"开还掩"），翠色的珠被灿烂着一色的光辉。第五、六句说神女愿意永远像今夜一样侍候贵人，不爱跟随吹箫的仙人一起骑凤凰上天去。这里用了一个神话典故：传说古代秦穆公的女儿弄玉，爱上了一个能吹箫的仙人，和他一同骑了凤凰上天。

此诗的思想内容非常庸俗，不过描写一个封建贵族玩弄一个女人。把这女人比之为洛神，把自己比为陈王，还说那女人爱他，不愿意离开他去嫁给别人。这种近乎色情的诗，文学上称为"艳诗"。齐梁以来，从皇帝太子、王公贵人一直到无聊文人，都喜欢做。帝王贵族统治阶级在宫廷里做的，又称为"宫体"。徐陵编的一部《玉台新咏》，就是宫体诗的选集。

第二首诗的作者崔液，与其兄崔湜，都是武则天时期诗人。《宛转歌》是晋宋时代的东吴民歌，崔液此诗是摹仿古代的"神女宛转歌"。"拟"就是摹仿。历代诗人，常常喜欢摹仿一首古代诗歌，以为习作。这一类诗歌，亦自成一体，称为"拟古"。我国诗歌本来有悠久的民歌传统，《诗经·国风》里有许多诗都是民歌。从汉魏以下，民歌一向被文人所注意。如果出现了风行一时的民歌，很快就被文人接过去，或者摹仿，或者改造，成为一种新诗的形式。南北朝的民歌，对唐代诗人的影响也很大，像崔液此诗和第三首阎朝隐的《采莲女》，都是例子。

崔液这首诗不用一个典故，字句也很浅显，可能是有意用接近民间口语的文字写作。诗的内容是描写一个女子，在屋檐上已没有归鸟飞过的傍晚，等待她的丈夫。但她的丈夫却把她抛弃不顾。她唱起《宛转歌》，想到既要"宛转相随"，哪能又分居两地呢？因此，希望自己成为丈夫的影子，可以永远跟随他出入。

这一类主题思想，在我国诗歌中很多，一般称为"闺情"或"闺怨"。光从字面上看，这些诗大多是描写女人怀念丈夫或情人的思想情绪，或者写一个未婚少女希望配合一位称心如意的丈夫。但是这种思想情绪，可以被用来作为一种比喻。例如此诗的"君"字，可以理解作"你"，即丈夫或情人；也可以理解作"君王"。如果这样讲，这首诗的主题思想就成为一个没有被君王所重用的官员的感慨了。由此可见，如果以为这个"君"字指的是丈夫或情人，那么这首诗的创作方法是"赋"；如果以为这个"君"字是指皇帝或任何一位政治人物，如宰相、节度使之类，那么这首诗的创作方法就是"比兴"。唐代诗人常写闺情诗献给帝王将相，目的是求他们提拔荐举。我们读唐诗，必须了解以闺情诗为比兴的习惯。崔液这首诗，可能也另外有针对性，而不是单纯的描写闺情。但是从文字外表看，还无法判断它是赋，还是比兴。

第三首诗的作者阎朝隐也是为武则天赏识的诗人，可惜现在他的诗只留存十三首，故后世的名声不大。他还是著名书法家，现在还有他写的碑流传着。这首《采莲女》是描写采莲女子的诗，纯用正面描写的赋体，没有什么比喻作用。汉魏以来，一向就有歌咏采莲女子的歌曲，题作《采莲曲》。但阎朝隐此诗题作《采莲女》，显然表示不用乐府古题，因而它不是乐府歌辞，而是杂言的诗，也就是后来所谓"歌行"。

这首诗正面写一个采莲姑娘划着小船在春江绿水中采莲。莲衣即荷叶，托住了腕上的玉镯，莲茎上的刺钩住了采莲钩子。天色晚了，采莲姑娘唱起歌，使整个水域都飘浮着香气。这样一首诗，作者既无抒情，又无比兴，可以说是没有诗意的诗，也是宫体诗的特征。

"采莲"的本意是采莲子，南北朝的民歌里，常有歌咏采莲子的小曲，大多是湘鄂一带，那里的莲子是农民的经济作物，姑娘们去采莲是她们的生产劳动。这种民歌的形式和题材，被文人，尤其是宫廷诗人所采用后，往往会歪曲了本义，成为歌咏美女采莲花的艳诗。阎朝隐这首诗虽然不能肯定他也误为采莲花，但他强调的是"氤氲香气"，似乎也咏的是采莲花了。玉钏、银钩，都不是一个采莲的农民姑娘所能有的饰物，他却把一个农民姑娘装饰成贵族小姐。这些都是齐梁宫体诗的影响,只顾追求辞藻的美丽,而无视作品的现实性。

我把这三首诗标题为"杂言歌行",已表明了它们是唐代作品。因为"杂言"虽是六朝时代的名词,"歌行"却是唐代的名词。六朝时代的杂言诗都是乐府歌辞,这三首诗如果在六朝时代,应标题为"乐府杂言"。但唐代的杂言诗,不一定是乐府歌辞,它们是诗,但不是律诗,更不是古体诗,于是出现了一个新名词,把这一类诗称为"歌行"。汉魏以来,乐府歌曲常用"歌"、"行"这些字来做曲调名。例如:"团扇歌"、"子夜歌"、"怨歌行"、"东门行"、"饮马长城窟行"等,唐人用这两个字来概括这一类诗,并表示这类诗已脱离了音乐的关系,成为一种不入乐而可吟唱的诗。

"歌行"这个名词,在初唐时还没有成立,当时人还用"乐府诗",例如李颀有一首诗,题云:《送康洽入京进乐府诗》。"歌行"又称"杂歌",殷璠评李颀的作品云:"颀诗发调既清,修辞亦绣,杂歌咸善,玄理最长。"(《河岳英灵集》)到中唐时,白居易编定他自己的诗集,有一卷是"歌行杂体"。元稹在《乐府古题序》一文中说:"近代唯诗人杜甫《悲陈陶》、《哀江头》、《兵车》、《丽人》等,凡所歌行,率皆即事名篇,无复依傍。"又同时诗人张碧的诗集,也名为《歌行集》,可知"歌行"是中唐时代出现的新名词。元稹更说明了唐代的歌行体诗,都是"即事名篇,无复依傍"。这就是说,这一类诗都是作者从内容来定题目,并不依傍乐府古题。如杜甫的《丽人行》、"三吏"、"三别"等,都不是古代乐府调名,也不是唐代的乐府歌辞,它们是唐诗的一种独立形式。

一九七八年一月三十日

9

陈子昂是初唐时期一位复古诗人，他的主要作品是三十八首《感遇诗》。这些诗的形式都是五言古体（简称"五古"）。自从齐梁以来，诗体日趋浮夸、靡丽，只有文字之美，不见作者的思想怀抱。有汉魏风骨的五言古诗，几乎已没有人做。陈子昂作这三十八首诗，直接继承了汉魏古风，从它们的渊源来讲，可以说是复古。但是，他的诗扫除了齐梁旧格，为唐代五言古诗建立了典范，成为先驱者。从他的影响来讲，也可以说是创新。正如后来韩愈的古文运动一样，口号是复古——"文起八代之衰"，而效果却是开创了一种新的散文。文学史上有过好几次复古运动，我们应当分别看待。有些复古运动是开倒车，例如明代李攀龙等人的复古运动。他们主张诗复于唐，文复于秦汉——"非三代秦汉之书不读"。又如清代同光朝的一部分桐城派文家。有些复古运动是向前有所发展的，例如陈子昂的诗和韩愈的散文。顺便提一提，十五世纪中期起源于意大利的文艺复兴运动，也是以复古为口号，实质上是对当时奄奄无生气的教会文化的革命，从而产生了人文主义文化。

陈子昂，字伯玉，梓州射洪（今四川射洪）人，是个富家子弟，但能刻苦读书。唐高宗开耀二年（公元六八二年）进士及第。高宗崩于洛阳，他上书请在洛阳建高宗陵墓。武则天召见，有所咨询，很欣赏他的对答，拜麟台正字。武则天将发兵讨伐西羌，他又上书谏止，历官至右拾遗。武攸宜统军北伐契丹，以陈子昂为记室，主撰军中一切文件。屡有建议，武攸宜不能用。圣历初，以父老辞官归。父殁后，县令段简以其家豪富，罗织入罪，逮捕狱中，忧忿而死，年四十三。

关于陈子昂的生平，两《唐书》本传所记，大略如此。说他是被县令关入狱中，忧忿而死,这是根据当时官方文件,其实他是被县令段简杀害的。段简也不是为了垂涎他的财产,而是由于一个政治阴谋。这件事,大约当时人人知道,但是没有文献纪录。过了一百多年,才由诗人沈亚之透露出来。沈亚之在《上郑使君书》中说:"武三思疑子昂排摈,阴令桑梓之宰拉辱之,死于不命。"这是他真正的死因。大约陈子昂在政治上、言论上触犯了武三思,使武三思恨得非杀他不可。

《感遇诗》三十八首,全是五言古诗体,有四韵的,有六韵的,有八韵的,字数不等。它们的内容,可以分为三类:(一)引述古代历史事实,借古讽今。这一类诗可以说是继承了左思的八首《咏史》。(二)主题并不涉及历史事实,只是抒写自己的感慨。这一类诗可以说是继承了阮籍的八十二首《咏怀》和庾信的二十七首《咏怀》。(三)既不涉及历史事实,又不明显地表达自己的感慨,而字里行间,好像反映着某一些时事。这一类诗可以说是继承着陶渊明的《饮酒》和《拟古》,称为"感事"。但这三类也不是泾渭分明的,咏史和感事,有时混同;咏怀诗也有时引用一些历史事实来作比喻。

陳子昂

关于诗题"感遇"的解释,最早见于元代杨士弘编的《唐音》。他注释道:"感遇云者,谓有感而寓于言,以摅其意也。"又有一节说:"感之于心,遇之于目,情发于中,而寄于言也。"前一个注往往使人误会,以为"寓于言"是注释"遇"字的,因此,清初钱良择编《唐音审体》,就在题目下注云:"遇一作寓。"这就错了。

清初吴昌祺在《删订唐诗解》中注释云:"感遇者,感于所遇也。"沈德潜在《唐诗别裁》中注释云:"感于心,困于遇,犹庄子之寓言也。与感知遇意自别。"此外或者还有不同的解释,手头书不多,未能尽检。我以为吴昌祺的注释最简单明白。"遇"字的涵义很广,凡是见到的、听到的、想到的,从书中读到的,都是"所遇"。因为有所遇,而有所感,就拉杂作了三十八首诗,总题曰《感遇》。它们和阮籍的《咏怀》并没有区别,所以诗僧皎然指出陈子昂的《感遇》原出于阮籍《咏怀》。

《旧唐书·陈子昂传》说,子昂"善属文,初为《感遇》诗三十首,京兆司功王適见而惊曰:'此子必为天下文宗矣。'由是知名,举进士。"《新唐书》所记也差不多。这样说,《感遇》诗是陈子昂举进士以前的作品了。但三十八首诗中,所暗指的有许多是武则天执政时的事,第二十九首起句云:"丁亥岁云暮。"全诗是为"荷戟争羌城"而作,这分明是武后垂拱三年(公元六八七年)的事,可知史传所述有误。作《诗比兴笺》的陈沆以为陈子昂屡次触犯武氏,深恐得罪,告退归隐。其中有几首诗是归隐后所作。我们可以假定,《感遇》诗非一时一地所作,随遇兴感,陆续写成,大多数在武则天酷政猖狂的几年间。至于成进士以前,或归隐以后,可能也有几首,则为少数。

现在我们选讲两首属于咏史类型的《感遇》诗。

第四

> 乐羊为魏将,食子殉军功。
> 骨肉且相薄,他人安得忠。
> 吾闻中山相,乃属放麑翁。
> 孤兽犹不忍,况以奉君终。

这首诗关系到两个历史人物:乐羊和秦西巴。乐羊是魏国的将军,魏文侯命他率兵攻中山。中山君逮捕了乐羊的儿子,把他杀死后,煮成肉羹,派人送给乐羊。乐羊为了表示忠于魏文侯,就吃下了这碗肉羹。魏文侯虽然重赏他的军功,但是怀疑他心地残忍,毫无父子骨肉之情。秦西巴是中山君的侍从,中山君孟孙出郊狩猎,得到一只小鹿(麑),吩咐秦西巴牵回去。小鹿的母亲一路跟着悲鸣不已,秦西巴心中不忍,就把小鹿放走。孟孙以为秦西巴是个忠厚慈善的人,任命他为太子太傅,教导太子。

陈子昂用这两个故事,每一事概括为四句,作了对比。乐羊为贪立军功,骨肉之情薄到如此,这样的人,对别人岂会有忠心? 而中山国的傅相,却是一个不奉君命,自作主张,释放一只孤兽的秦西巴。

陈子昂为什么忽然想到这两个历史故事,做一首诗来批判乐羊、赞美秦西巴呢? 陈沆笺释说:这首诗是讽刺武则天的。武则天为了篡政夺权,杀了许多唐朝的宗室,甚至杀了太子宏、太子贤、皇孙重润。以至于满朝文武大臣,为了表示忠君,纷自"大义灭亲"。例如大臣崔宣礼犯了罪,武则天想赦免他,而崔宣礼的外甥霍献可却坚决要求判处崔宣礼以死刑。这种残忍奸伪的政治风气,使陈子昂十分愤慨。他写这首诗,表面上是咏史,实质是讽谕时事。

第二十六

荒哉穆天子,好与白云期。
宫女多怨旷,层城闭蛾眉。
日耽瑶池乐,岂伤桃李时?
青苔空萎绝,白发生罗帷。

　　这首诗用的是穆天子与西王母的故事。穆天子即周穆王,生活荒淫,爱好狩猎,曾骑八匹骏马,远游至西域,访求神仙。见到西王母,王母在瑶池上设宴奏乐款待他。他流连忘返,不理国事。其神话化的事迹见于《穆天子传》。此诗首联说周穆王荒于酒色,爱好游仙。第二联说:他后宫的许多年轻宫女都虚度青春,不得配偶,一辈子被关闭在宫城里。第三联说:穆王天天耽溺于瑶池宴乐,哪里会关心到宫女的桃李年华。第四联说:宫门长闭,满院青苔,这许多终年居于罗帷中的宫女已满头白发了。

　　这首诗也是咏史。为什么咏起穆天子的事来呢?陈沆以为是暗指唐高宗李治的。武则天本来是高宗宫中的昭仪(女官名),高宗曾于永徽元年(公元六五○年),立妃王氏为皇后,其后逐渐被武昭仪所媚惑。永徽六年,废皇后为庶人,立武昭仪为皇后。从此以后,高宗所曾宠爱的妃嫔,陆续都被武则天清除掉。多少宫女,长年禁闭在宫中。院子里青苔一年一度地萎谢,罗帷中的宫人白发满头。在此诗中,穆天子的故事起了比兴作用,在咏史的外表下,成为对当时政治的讽谕诗。

　　自从左思以来,历代都有诗人作咏史诗,绝大部分是借古讽今的比兴体。另有一些咏史诗,是用诗的形式来评论历史人物或事实,并不影射当时现实。关于这一类咏史诗,我将在讲到晚唐时胡曾《咏史》诗的时候再讲。

一九七八年二月十七日

10

第二

兰若生春夏，芊蔚何青青。

幽独空林色，朱蕤冒紫茎。

迟迟白日晚，嫋嫋秋风生。

岁华尽摇落，芳意竟何成！

第二十三

翡翠巢南海，雄雌珠树林。

何知美人意，骄爱比黄金。

杀身炎洲里，委羽玉堂阴。

旖旎光首饰，葳蕤烂锦衾。

岂不在遐远？虞罗忽见寻。

多材信为累，叹息此珍禽。

以上《感遇诗》两首，既没有引用历史事实，也并不针对时事有所感慨。只是借芳草珍禽作比喻，抒写自己的遭遇。我把它们作为咏怀式的例子。

上一首用芳草来作比喻。"兰若生春阳"，原是一句古诗，陈子昂改了一字借用了。兰是兰花，春天生于幽谷。若是杜若，草本药用植物，花很香，夏初生于水滨。这两种芳草香花，生长在空寂无人的树林中，上面是红花，下面是紫茎，表现出幽独的丽色。可是，慢慢地白昼尽了，秋风渐渐吹起，这些花草也随着年华而零落。她们的芬芳的意图毕竟有何成就呢？第三句"幽独空林色"，唐汝询解作："虽居幽独，而其花茎之美，足使群葩失色。"这样就把"空"字作动词用，意思是"使林中群花丽色为之一空"。吴昌祺解作"言幽独自高而显空林之色"，这个注解却很含糊。我现在解作"空林中幽独的丽色"，与吴解相近而较为明白。"空林"是人迹不到之处,所以空林中的芳草香花是幽独的。"朱蕤"即"红花",兰和杜若都不是红花,这个"朱"字只表示鲜艳的意思。

下一首用翡翠作比喻。翡翠是生长于南方的珍贵禽鸟。羽毛翠绿色,有光泽,古代妇女用来做装饰品,价钱很贵。全诗说翡翠雌雄双栖于南方的树林中,本来生活很安全,岂知有许多贵家妇女,却爱上它们与黄金同价的羽毛。于是这些珍禽便被猎人所杀死,拔取羽毛,卖到贵家后堂,或者作首饰,或者用来装饰锦被。这些翠鸟生长在南海,岂不很遥远,可是避免不了猎人罗网追寻,可见它们是由于多"材",以致逢到杀身之祸。对于这种珍禽的遭遇,作者不胜慨叹。

美丽的羽毛是翠鸟之材,因有此材而累及生命。以翡翠的"多材为累"比喻多才的人,亦不免于人世间的罗网。

"芳意竟何成",是前一首诗的主题。空山幽林中的芳草香花,无人赏识,虚度了春夏,就被秋风所摇落。"多材为累"是后一首诗的主题。尽管生长在蛮荒邈远的地方,还是逃不过猎人的搜索。我们讲这两首诗,只能讲到这里为止。作者当时在什么具体的情况下发生这样的感慨,我们就无从知道。读者对这两首诗有何反映,也要由读者各人的生活经验、个人体会来决定。

朱熹说:"比,以彼物比此物也。"(《诗集传》)我在前文曾解释道:"比是利用一个事物来比拟另一个事物。"朱熹所谓的物,是包括事在内的,为了明确起见,我加了一个"事"字。兰若和翡翠都是物,这是以物来作比喻;"乐羊食子"、"西巴放麑"、"穆天子见西王母",这些都是事,这是以事来作比喻。早期的诗,都以物作比喻,如《诗经》里的诗。《楚辞》才开始用事作比喻,但多数还是用物喻。汉魏诗也是用物作比,晋代左思作《咏史》、阮籍作《咏怀》,才用历史事实作比兴手法。到了唐代,陈子昂恢复了这条旧路,用历史故事作比兴,逐渐盛行起来。冯班《钝吟杂录》云:"古人比兴都用物,至汉犹然。后人比兴都用事,至唐而盛。"这是有深知灼见的经验之谈。用物作比兴,明白易晓,用事作比兴,较为难懂。因为读者必须先了解诗人所用的史事,然后才能懂得所比的意义。唐宋以后的诗人,以用物作比为肤浅,用事为高深渊博,于是用事的手法愈来愈复杂,有明用的,有暗用的;有正用的,有反用的,一般称为"使事",亦曰"用典"。诗本来是抒情言志的文学作品,用了典故,就等于给读者设置了语文障碍,不能一读即懂。今天我们读汉魏诗,反而比读某些唐宋诗容易了解,大多是由于汉魏诗不用典故,而唐宋人爱用典故。

作诗用典忽然盛于唐代,自有其客观原因。律诗产生以后,诗的语言离散文愈远。诗句既要调声，又要协韵，还要对偶，接近散文的五言古诗句法不适用了。有些思想感情如果用散文来表达，需要一二十字，现在要纳入五、七言律诗的一联一句，便很困难。因此不得不借用典故作比喻，以少数字表达多数字，同时容易协韵，容易找对子。从此以后，使用典故成为一种作诗的艺术手法。初唐、盛唐诗人，用典故者还不多；到中、晚唐时，韩愈、李商隐、温庭筠这些诗人，几乎每首诗都用典故了。

一九七八年二月十八日

感
遇
诗
(下)

陈
子
昂

11

第三

苍苍丁零塞，今古缅荒途，
亭堠何摧兀，暴骨无全躯。
黄沙漠南起，白日隐西隅。
汉甲三十万，曾以事匈奴。
但见沙场死，谁怜塞上孤？

第十九

圣人不利己，忧济在黎元。
黄屋非尧意，瑶台安可论。
吾闻西方化，清净道弥敦。
奈何穷金玉，雕刻以为尊？
云构山林尽，瑶图珠翠烦。
鬼工尚未可，人力安能存。
夸愚适增累，矜智道愈昏。

以上两首诗，可以代表《感》遇诗的第三类：感事。这两首诗中，虽然有"丁零"、"汉甲"、"匈奴"、"黄屋"、"瑶台"等历史名词，但全诗并不牵涉到历史事实，因而不是咏史。字句之间，好像在指一些时事，而不是为个人身世遭遇发感慨，因而也不是咏怀。

前一诗的大意是：乌沉沉的边塞，无论在今人或古人的思想里，都以为是荒远的地方。在那里，可见者只有高耸的亭堠（碉堡），阵亡战士的枯骨。黄沙从南方大漠中吹来，太阳向西方沉落。中国曾以三十万战士对付匈奴，至今只见到沙场上累累尸骸①，而没有人怜惜这些塞上孤军。"丁零"，是汉代西北的羌族人。"丁零塞"是汉人防止丁零人入侵的国防工事，这里用以代表唐朝与契丹的边境。"汉甲"即汉军，这里用以代表唐军。以古代的语言事物，代替现代的语言事物，这是诗词的一种修辞手法，我们称之为用"代词"，不算是用典故。

后一诗的大意是：古代圣人并不自私自利，所关心的都在人民的生活②。尧帝的车上开始装饰了黄绸的车篷，原来不是尧帝自己的意志，可是后人已有批评，至于纣王为了荒淫酒色而起造瑶台，更不用说了。我听说西方佛教的宗旨，最重视清净，为什么要用大量的金玉珍宝雕刻佛像，以为尊奉供养的对象。高耸入云的建筑物，用尽了山林中的木材；富丽庄严的宝塔，用去了无数珠宝。这些宏伟的雕塑、建筑，叫鬼工来做，也还做不起来，要用人民的劳动力来做，哪里能够干得了。这种愚蠢的行为，只能使自己更多受累，自以为聪明，而治道却愈加黑暗。

"化"是教的代词，"西方化"就是佛教。"教化"本来是一个同义连绵词，可以互用。诗词里的单字代词，往往用同义相代。如悲惨、怜爱、疑惑、意志，都可以互相代用。"雕刻以为尊"，原句并没有说明是雕刻佛像，这是为讲解方便而加进去的。

这两首诗，从语言文字所表现的来看，我们似乎感到它言之有物，总是针对某一件时事，前者大约与边塞战争有关，后者大约与佛教有关。但这还是从"丁零塞"、"西方化"等词语中推测出来，终是雾里看花，不够清楚。因此，必须从诗篇以外去求帮助我们了解的资料。

孟轲有过一段话："诵其诗，读其书，不知其人可乎？是以论其世也。"(《孟子·万章》)后世学者把这段话节约为一个成语："知人论世。"我们在讲王绩诗的时候已提到过。读古代文学作品，必须了解作者的生平及思想，这是"知人"。要了解一个作家的生活与思想，又必须了解这个作家所处的时代，有些什么重大的政治事件、社会事件，这是"论世"。现在我们来查一查陈子昂所处的时代，有过一些什么事情，足以引起他这样的感慨。

《旧唐书》和《资治通鉴》都记载道："万岁通天元年(公元六九六年)，武后遣曹仁师、张元遇等二十八将击契丹，全军覆没，大将皆被掳。武后诏募囚犯及奴隶以

---

① 沙场死，即沙场尸。这个"死"字是名词。死、屍、尸，三字通用。

② 在古典文学作品中，有许多"圣人"是指帝王的，所以常常和人民(黎元)对称。

击契丹。"这件事,陈子昂曾上书谏阻,可知是陈子昂最为感慨的。诗中所谓"暴骨无全躯",就是指此次征伐契丹的三十万大军。武则天好大喜功,屡次因用人不当而引起边祸。等到契丹、回纥、吐蕃等大举入侵,她又不能用名将壮士去捍卫国防,只是派遣自己亲信的佞臣或姓武的公子哥儿,让他们去挂帅立功,升官发财。结果是这些将军都打了败仗,使数十万人民死于战场。"汉甲三十万,曾以事匈奴。但见沙场死,谁怜塞上孤?"可知这四句就是咏叹武则天这种军事行动的。

武则天又迷信佛教。她本来是太宗的宫女,太宗死后,曾走出宫廷在感业寺落发做尼姑。后来被高宗所宠幸,才又选进宫去,封为昭仪。不久就夺取了皇后的大位,逐步篡夺了李唐政权。当时有一群以法明为首的和尚,伪造了一部佛经,名为《大云经》,其中颂扬武则天是西方弥勒佛化身,应当代替唐朝,为中国之主。这些伪造的预言,迎合了武则天的私心,于是下诏各州都要建立大云寺,还要造极大的佛像,佛像的小指里可以容几十个人。为了建寺造像,动用几十万人民的劳动力,耗费了全国的财富。当时宰相狄仁杰曾为此上疏进谏,可是武则天没有听从。陈子昂第十九首诗显然是反映了这件事,并表示了他的愤慨情绪。"夸愚适增累,矜智道愈昏。"这两句尖锐地申斥了武则天的昏愚政治。

陈子昂的《感遇》诗为唐诗开辟了一条讽谕现实的道路,对封建统治阶级各种不得民心的措施,进行口诛笔伐。在陈子昂以后,张九龄、李白、杜甫、白居易、元稹、韩愈、张籍等诗人,都有这一类诗作。不过各人的风格不同,有的写得直率,有的写得委宛;有的明写,有的暗写。这一类诗,以后都要讲到。

一九七八年三月十二日

12

　　王维诗集中有两首五言排律,题目是《与胡居士皆病,寄此诗,兼示学人》。题下有一个注:"二首,梵志体。"这两首诗的内容是宣扬佛教无生无有思想的,既说它们是梵志体,可知梵志也是一个禅理诗人。

　　与王维同时而稍后的和尚皎然,写了一本论作诗法的书,名为《诗式》,其中也提到梵志,称为王梵志,并且引了他一首诗:

> 我昔未生时,冥冥无所知。
>
> 天公强生我,生我复何为。
>
> 无衣使我寒,无食使我饥。
>
> 还你天公我,还我未生时。

　　这首诗虽然似乎否定人生,但实质上是饥寒交迫的人民的怨毒语。皎然用它来作"骇俗"诗的例子,说此诗:"外似惊俗之貌,内藏达人之度。"这是说:表面看是怪论,内涵却是通达世故的话。但皎然说这是一首道情诗,可见他以为王梵志是个道士。

　　唐末人范摅写了一部《云溪友议》,记录了十八首王梵志的诗:五言绝句十五首、七言绝句三首,并且有关于王梵志其人的介绍:

> 或有愚士昧学之流,欲其开悟,则吟以王梵志诗。梵志者,西域人,生于西域林木之上,因以梵志为名。其言虽鄙,其理归真。所谓归真悟道,徇俗乖真也。

在范摅以后不久,有一个署名"冯翊子子休"的人,写了一部《桂苑丛谈》,其中较详细地记载了王梵志的小传。今全录于此:

> 王梵志,卫州黎阳人也。黎阳城东十五里,有王德祖者,当隋之时,家有林檎树,生瘿,大如斗。经三年,其瘿朽烂。德祖见之,乃撤其皮。遂见一孩,抱胎而出,因收养之。及七岁,能语。问曰:"谁人育我,复何姓名?"德祖具以实告:"因林木而生,曰梵天。后改曰梵志。我家长育,可姓王也。"作诗讽人,甚有意旨,盖菩萨示化也。

《太平广记》卷八十二也收有此文,注曰:"出《史遗》。"所谓《史遗》,就是《桂苑丛谈》里的一卷,并非另外一部书。这个故事,除去它的神话部分,可知王梵志是生于隋代,因为失去生身父母,收养在王家,故以王为姓。他作了许多感化世人的诗,其中有道家思想,故皎然以为他的诗是道情诗。较多的是佛教思想,故有人传说他是菩萨化身。

五代时,何光远作《鉴诫录》,其中有一篇记刘自然变为驴子的现世报故事,也引到一首王梵志的诗:

> 欺谎得钱君莫羡,究竟还是输他便。
>
> 不信但看槽上驴,只是改头不识面。

但这首诗已见于《云溪友议》,而文句不同:

> 欺谎得钱君莫羡,得了却是输他便。
>
> 来生报答甚分明,只是换头不换面。

二诗对勘,可知何光远是从《云溪友议》中转引而加以改动,以适合于他所记故事的。

北宋时,诗人黄庭坚曾引用了两首王梵志诗:

> 梵志翻着袜,人皆道是错。
>
> 乍可剌你眼,不可隐我脚。

> 城外土馒头,馅草在城里。
>
> 一人吃一个,莫嫌没滋味。

第一首诗,黄庭坚引用来比喻他的做诗,但求自己适意,不顾别人的爱憎。他说这是梵志翻着袜的办法。古人的袜是用粗布做的,外表光洁,里面粗糙。梵志反穿袜子,人家说他穿错了。他说:宁可叫你看不顺眼,不可使我的脚不舒服。

南宋时,费衮作《梁溪漫志》,他记录了九首王梵志诗,其中八首已见于《云溪友议》,只有一首未见前人著录:

> 他人骑大马,我独跨驴子。
>
> 回顾担柴汉,心下较些子。

这是一首教人安分知足的诗。骑驴子虽然不如骑大马,但回头见到挑柴步行的人,心里就会好些了。"较"是唐人俗语,有"胜过"的意思。

稍后一些,作《庚溪诗话》的陈岩肖也记载了一首王梵志诗:

> 幸门如鼠穴,也须留一个。
>
> 若还都塞了,好处却穿破。

此诗劝人凡事当留余地。像堵塞老鼠洞一样,要留一个洞让老鼠出入。如果全都堵塞住,老鼠势必在别的地方再咬一个洞,而这地方可能倒是较好的地方。"幸门"是侥幸之门,即让人家钻空子的地方。

以上是见于唐宋人著作中的王梵志的传记和诗。《旧唐书·经籍志》和《新唐书·艺文志》都不收王梵志的诗集。大约当时还把它看作释道偈颂之类的俗书,故不得厕于文人诗集之列。到了宋代,佛家的语录、偈颂和道家的道情、步虚,为文人所注意,摹拟之作很多,故王梵志诗也往往为文人所齿及。《宋史·艺文志》有《王梵志诗集一卷》,可知它在宋代流行过。

以后,元、明、清三朝,没有人提起过王梵志。只有在康熙年间,冯班的《钝吟杂录》中,又引了一首王梵志诗:

> 辛苦因他受,肥甘为我须。
>
> 莫教阎老判,自取道何如?

冯班引这首诗是为了讨论杀生有无报应的问题。他说:天主教徒不信报应之说,故以为杀生无妨。儒家也不信报应,但儒家非但不忍杀生,甚至连正在萌芽的草木都不忍折取。这是由仁心出发，而不是怕报应。下面就引了王梵志这首诗。但这首诗的意义不很明白。它似乎说：为了饲养牲畜，使我很辛苦，所以宰杀生物，是我养生的需要，不必教阎王来判案，这些生物之被杀、被吃，应该说是自取其祸。你说对不对？从文字上看，这首诗只能这样讲，但显然不是王梵志的思想。王梵志是以轮回报应之说劝戒世人不要杀生的，怎么会这样说呢？我一查，原来《云溪友议》中已经引过这首诗，但文字大不相同：

苦痛教他死，将来自己须。

莫教阎老判，自想意何如。

诗意却是：为自己的需要而使生物死得很痛苦，不必等阎王审判，自己想想也应该知罪。《云溪友议》还引了另外一首：

劝君休杀命，背面被生嗔。

吃他他吃汝，轮回作主人。

这两首都是以因果报应劝戒杀生的，与冯班所引的文本完全相反。我怀疑冯班是取《云溪友议》所载妄自改窜，并不是他见过《王梵志诗集》。

清光绪二十六年（公元一九〇〇年），甘肃省敦煌县莫高石窟寺中忽然发现一个封闭了将近一千年的秘密石室，其中堆藏着数千卷古代写本佛经及其他儒道古籍、公私文件。这些古代文物的发现，先后为英国考古学家斯坦因、法国考古学家伯希和所知，他们盗买了一大部分，捆载而去，收藏在伦敦博物馆和巴黎国家图书馆。等到清政府的学部（教育部）知道此事，赶忙派人去收拾，所得者已是被拣剩的少数次货了。这一批文物，称为敦煌卷子，或称敦煌写本。

收藏在巴黎的敦煌卷子中，有五个卷子都是《王梵志诗集》。今抄录它们的内容及编号如下：

（一）王梵志诗一卷（第一卷）

汉乾佑二年（公元九四九年）己酉樊文昇写本（编号4094）。

（二）王梵志诗残卷（存十余行，亦第一卷中诗）。

己酉年高文□写本（编号2842）。

（此乃儿童习字本。）

（三）王梵志诗一卷（第一卷，最完整）。

宋开宝三年壬申阎海真写本（编号2718）。

（按壬申为开宝五年〔公元九七二年〕，所写有误。）

（四）王梵志诗一卷（亦第一卷，首尾残缺）。

无书写人名，当在缺纸中（编号3266）。

（五）王梵志诗卷第三

汉天福三年庚戌金光明寺僧写本（编号2914）。

（按天福三年为戊戌〔公元九三八年〕，庚戌乃乾祐三年〔公元九五〇年〕。）

这五个卷子，保存了王梵志诗的第一卷和第三卷。第一卷是完全的，第三卷情况不明，可惜不见有第二卷。第三卷以后有没有第四卷，亦无从知道。一九二四年，刘半农到巴黎去抄录敦煌文献，回国后整理出一部分，刊为《敦煌掇琐》。其中有《王梵志诗一卷》，就是编号2718的那一个卷子。第三卷没有刊出。胡适选了五首，发表在他的《白话文学史》中。一九三六年，郑振铎编《世界文库》，集合《敦煌掇琐》中的一卷、胡适选录的五首，以及范摅、黄庭坚、费衮等人所引的几首，刊印在第五集中，但还遗漏了陈岩肖、冯班所录二首。

第一卷诗共九十二首，都是五言四句的古诗，有几首也近似绝句。这些诗所宣扬的是：（一）儒家的伦理道德。（二）佛家的因果报应思想。（三）待人接物的处世方法，基本上亦是儒家的论调。现在分别举一些例子：

> 立身行孝道，有事莫为愆。
> 行使长无过，耶娘高枕眠。

> 耶娘年七十，不得远东西。
> 出后倾危起，元知儿故违。

> 养儿从少打，莫道怜不答。
> 长大欺父母，后悔定无疑。

以上前二首是宣扬孝道的。第一首教子女不要做坏事，使父母耽忧，不能安眠。第二首说父母年老时，不要出远门。万一父母有生命危险，就是儿子故意不关心父母。这就是儒家"父母在，不远游"的思想。第三首主张教育子女，必须从小就笞打，不要因怜爱孩子而纵容姑息。待到孩子长大来欺侮父母，那就要后悔自己对孩子教育不严了。这亦是儒家"朴作教刑"的观念。

> 杀生最罪重，吃肉亦非轻。
> 欲得身长命，无过点续朋。

> 师僧来乞食，必莫惜家常。
> 布施无边福，来生不少粮。

> 六时长礼忏，日暮广烧香。
> 十斋莫使缺，有力煞三场。

前两首是佛教的果报教育。不杀生，不食肉，就可以长寿。不惜家常所有之物，多多布施僧尼，来生就不愁没有粮食。第三首劝戒世人修道，要勤于烧香礼忏，多设斋供。"点续朋"、"煞三场"，不可解，恐怕是佛家语，也可能有错字。

> 好事须相让，恶事莫相推。
> 但能辨此意，祸去福招来。

> 逢人须敛手，避道莫前荡。
> 忽若相冲着，他强必自伤。

> 有儿欲娶妇，须择大家儿。
> 纵使无姿首，终成有礼仪。

以上三首都是道德格言。第一首教世人把好事让给别人，不要把恶事推给别人，才可以免祸招福。第二首教人不要和别人冲突，免得万一打起架来，遇到比你强的人，自己就受伤了。第三首说：娶媳妇该选大家闺女，即使面貌不美，到底是个有礼仪的妇女。这首诗充分反映了士大夫的门第观念,以为小家女是不懂礼仪的。

费衮说王梵志诗"词朴而理到",文词朴素,说理精到。我们今天读这些诗,觉得文词朴素到没有诗味,既无兴感,亦无形象思维,所以唐人选诗从来不选王梵志的诗,大概是把它们列入民间通俗文学的。至于诗中所宣扬的道理,有许多已和我们的思想认识距离很远,我们不会承认它们精到了。

在一个偏僻边远的敦煌石室中,就有许多王梵志诗写本,而且其中有小学生习字本,这就反映着王梵志诗在唐宋时代曾广泛流行过。虽然士大夫不承认它们是诗,但人民大众却承认它们是诗。人民对于诗的要求,和士大夫不一样。人民要求整齐的句法,要求韵文,是为了便于记忆。散文句法的格言,不如韵文格言的容易记诵。所以劳动人民往往把自己的生活经验编为整齐的韵语,以传诵给子孙辈。我国古代有许多谣谚,都是整齐的四言或五言排句,四句的都用韵。例如:

> 触露不掐葵,日中不剪韭。 （古农谚）
>
> 百里不贩樵,千里不贩籴。 （古谚）
>
> 射人当射马,擒贼先擒王。 （古谚）
>
> 瓜田不纳履,李下不整冠。 （古谚）
>
> 善御不忘马,善射不忘弓。 （《韩诗外传》）

梵志诗中的"好事须相让,恶事莫相推"、"逢人须敛手,避道莫前荡",都继承了这种形式。

印度佛教经典,在一段散文之后,总有一段韵文的结束语。汉文译本都把它们译为五言四句,称为"偈",这是梵文"Gita"的音译名。Gita,意为诗颂。梵志的诗正像这种偈语,故费衮直接称它们为偈颂。

以上所说,是王梵志诗体的来源。王梵志可能是一个以儒家思想为主,而接受佛家教义的知识分子。他写了许多格言诗,在民间广泛地流传着,被王维所欣赏,摹仿了他的诗体。传到晚唐,这个人被神话化了,在民间传说中出现了关于他出生的故事。因为他的家世无可考,就说他是从树瘿中生出来的。因为他的名字古怪,就附会出关于他的姓名的故事。其实梵志也是一个梵文名词的意译。信仰佛教而不出家做比丘的,叫作梵志,就是今天所谓"居士"。这个名词在佛经中常见,一般世俗人不知道,就编造出"因林木而生,故曰梵天,改曰梵志"的解释,显然是很牵强的。诸家记载都说王梵志是隋代人,似乎也没有根据。初唐时期没有人提到过王梵志,王维是首先提到他的人。我估计他的诗开始流传也正在王维的时候,所以我把王梵志作为初唐诗人的最后一个。

王梵志的诗对后世也有相当的影响。中唐时期出了一个寒山子,给我们留下了一卷混合儒、释、道思想的格言诗。唐、宋、元三代高僧大德的禅偈,也是梵志诗的变体。或者可以说,梵志诗先受佛经中偈颂的影响而产生,宋元和尚又受梵志诗的影响而为偈颂。此外,还有宋代道学家的诗,特别是邵尧夫的诗,也可以说是梵志诗的苗裔。

用诗的形式来宣传道德观念或宗教思想,在东西方各国古典文学中都有。在古希腊的一部诗选《花束集》中,特别有一个门类,称为"说教诗铭"（Didactic Epigram）,又称"格言诗铭"（Gnomic Epigram）,所收录的也是这样的诗。由此,我们可以理解,王梵志诗在唐诗中虽然显得突出,但在古诗的传统中,它们也代表着一个若隐若显的流派。

一九七八年十月十二日

【补 记】

以上王梵志诗话一篇,作于一九七八年。当时仅据我所知见的资料编述,明知必有遗误,但亦无能求其完备正确。一九八三年十月,中华书局印行了张锡厚编的《王梵志诗校辑》,此书我到最近才见到。检阅一过,深愧三十年来,见闻闭塞,关于王梵志诗的许多文献,全未寓目。我这篇诗话,虽然写于一九七八年,其时代性实在只能代表一九四九年。现在已无兴趣重写此文,仅就张氏书提供的一些信息,条列于此,略为补记,以正拙文之缺误。顺便对张氏此书,纠评一二,以贡愚见。

（一）张氏此书的《附编》极有参考价值,其中《敦煌写本王梵志诗著录简况及解说》尤为重要。张氏从下列诸书中汇录各方面所藏敦煌写本王梵志诗目录及编号,这些资料,我均未见到。因此,拙文中所列巴黎藏本目录,应予增补。不过巴黎所藏十四个卷子,并非都题明为王梵志诗。故所写是否梵志诗,还待考核。

敦煌遗书总目索引

　　商务印书馆出版，1962年。

敦煌汉文写本书解题目录

　　翟理斯编，伦敦版，1957年。

亚洲民族研究所敦煌特藏汉文写本解说目录（第一、二卷）

　　莫斯科东方文献出版社出版，1963年、1967年。

敦煌出土文学文献分类目录（附解说）

　　日本金冈照光编，东洋文库敦煌文献研究委员会出版，1971年。

　　（二）本书所著录的王梵志诗写本，最早的是大历六年（公元七七一年）五月沙门法忍的写本。最迟的是宋开宝三年（公元九七〇年）正月阎海真的写本。可知二百年间，王梵志诗一直流传在民间，仅有一二文人偶然记录了几首。

　　（三）巴黎所藏第4094卷樊文昇写本说明"王梵志诗上中下三卷为一部"，可确定王梵志诗原本为三卷。但第2914及第3833两卷均题作"王梵志诗卷第三"。可知王梵志诗有以一、二、三分卷的，也有以上、中、下分卷的。

　　（四）巴黎所藏第2718卷题云："王梵志诗一卷。"其后有"乡贡士王敷撰《茶酒论》一卷，乃变文。尾有题记云：'开宝三年壬申岁正月十四日，知术院弟子阎海真自手书记。'"

　　（五）张氏此书编辑体例颇为芜乱。王梵志诗既然只有三卷，张氏应先写定三卷的内容，而将不知属于何卷者依各个写本的编号移录，不宜另分卷帙。今张氏此书，将王梵志诗编为六卷，其第一、二、三卷亦非原写本的内容。如此则王梵志诗集原本的面目完全丧失了。

　　（六）唐宋人笔记、诗话中所录存的数十首王梵志诗，均不见于敦煌诸写本中，这一情况亦极可研索。难道王梵志诗有许多不同的传抄本，各人所见都不同吗？

　　（七）敦煌写本多用民间俗体字，移录写定正楷，颇非易事。张氏此书校注中的释文，有不少尚待商榷。有许多注释，亦不免谬误。如第二二一诗：

　　　　　　饮酒是痴报，如人落粪坑。

　　　　　　情知有不净，岂不岸头行？

　　此诗"岂不"二字原写本作"岂合"，本来不错。张氏据别本改作"岂不"，却是用讹本改是本了。"岸头"即"昂头",张氏注释云:"岸边,佛家指苦海之岸。"这样一注,可知编者并未了解梵志诗意。梵志把饮酒比为落粪坑。人走过粪坑,明知这是不净之处,岂可不小心避开,反而昂头走去,视而不见,就免不掉要落入粪坑里去了。"岂合"是唐宋人俗语,意思是"怎么可以"。改成"岂不",这句诗就讲不通了。

又,《庚溪诗话》所载"幸门如鼠穴"一首,张氏注"幸门"云:"权贵亲幸之门。"并引用白居易诗:"奸邪得籍手,从此幸门开。"按:幸门,是侥幸之门。这个"门"是"走门路"的"门",不能实讲。张氏此注,可知连白居易这两句诗也未了解。

注释中诸如此类的谬误不少,不敢多举。

一九八五年六月十日记

13

　　李渊、李世民父子在公元六一八年建立了唐朝政权，传了二十代。中间经过武曌的篡夺，安禄山、史思明的叛乱，王仙芝、黄巢的农民起义，李氏政权都几乎倾覆，但最后还是转危为安。到公元九○七年，朱全忠篡夺政权成功，建立了他的后梁王朝，唐朝才彻底灭亡。

　　在李唐王朝二百九十一年的统治期间，中国基本上是统一的。其前半期，从太宗李世民到玄宗李隆基，这一百三十年，国家形势不断地有所发展，政治相当清明，中央的权力、命令，亦能贯彻到全国，经济文化都在日益繁荣。人民虽然处于新兴封建贵族、官僚和大地主的重重剥削之下，生活还比较安定、小康。经过安史之乱，虽然李氏政权幸而保持下来，但社会组织和农业生产，在大动乱中起了极大变化。府库空虚，田地荒芜，公私经济都已耗竭。藩镇拥兵割据，中央政令几乎不出两京。皇帝深居宫禁，被几个当权的宦官蒙蔽、欺侮、指挥，甚至谋杀。中间虽然有一段贞元、元和之间二三十年的中兴时期，但总的说来，这下半个时期的大唐帝国，早已是分崩离析，李家政权只存一个名义，奄奄一息地拖延着而已。

　　随着国家形势、政治经济的兴衰升降，文学艺术也相应地起着变化。二百九十一年唐诗，也经过好几个阶段。宋人严羽作《沧浪诗话》，把唐诗分为五个时期：初唐，盛唐，大历，元和，晚唐。元人杨士弘作《唐音》，把唐诗分为三段时期：从高祖武德元年至玄宗天宝十五载，共一百三十八年，划为初盛唐，他选了王绩至张志和六十五人的诗，以代表这一时期。从玄宗天宝末年至宪宗元和末年，共六十三年，划为中唐，他选了从皇甫冉至白居易四十八人的诗，以代表这一时期。从穆宗长庆元年至唐代结束共八十六年,划为晚唐,他选了从贾岛至韦庄四十九人的诗,以代表这一时期。杨士弘又把唐诗分为"始音"和"正音"两种。初盛唐、中唐、晚唐的诗都是正音,王、杨、卢、骆四杰的诗则列入始音,不划在初盛唐诗之内。他以为四杰的诗还没有脱尽梁陈遗风,对唐诗来说,还在胚胎时期,还不是业已成熟的"唐音"。

杨士弘这一唐诗分期方法,后人颇有意见。既然按历史年代分为初、盛、中、晚,却又不把四杰列入初唐。那么,始音的诗人,岂非超时代了?既然有初、盛之分,为什么又合并为一个时期?这都是不合理的。明朝高棅编《唐诗品汇》,把杨士弘的分法稍稍改正。他把初、盛、中、晚分为四个时期。从高祖武德元年至武后长安四年,共八十六年,是为初唐,四杰当然应属于初唐诗人,不能另外提开。从中宗神龙元年至代宗大历五年,共六十五年,是为盛唐。杜甫卒于大历五年,故以这一年来结束盛唐。从大历初至文宗大和末,共六十四年,是为中唐。以后七十一年,才是晚唐。按照杨士弘的分法,称为"三唐";按照高棅的分法,称为"四唐"。现在一般都用四唐分法。

关于唐诗的分期,有一个问题,似乎从来没有人注意。为什么严羽的分期法中没有中唐,而改用大历、元和?为什么杨士弘知道四杰是初唐时人,而不把他们列入初盛唐诗人的队列?为什么他不把初、盛分开?这几个问题,从来没有人思考过。现在我们要明确的是:初、盛、中、晚这四个字,到底是指唐代的政治历史阶段呢,还是指唐诗的各种风格流派?严羽的观点,以为初唐、盛唐、晚唐,这三个时期的唐诗,各有自己一致的风格。但是从大历到元和,这一段时期的唐诗,风格却前后不同,不能用"中唐"这个词语来概括。因此,他的分期法中没有中唐,杨士弘的观点和严羽近似。如果说是历史年代,他也知道四杰是初唐人。他把四杰屏除在初唐之外,可知他的所谓初唐,是指诗的风格。他把初、盛唐合并为一个时期,这说明他认为初、盛唐的诗,在风格上没有什么不同。但是他也划出了一段中唐时期,这就无视于大历、元和诗风之不同。高棅的四唐分法,只是按照唐代国家形势之兴衰而划分的年期,所谓初、盛、中、晚,不能理解为唐诗风格的分期。

明清以来的诗人及文学史家,总是把盛唐视为唐诗的全盛时期。他们指导后学,也总是教人做诗宜以盛唐为法。李、杜、王、孟,是盛唐诗人,不错。我们可以说,作诗应当向李、杜、王、孟学习,但不能认为这个时期是唐诗全盛时期,更不能认为盛唐以后的唐诗就差得很了。我以为应当纠正这个错误观点,要知道,盛唐是唐代国家形势的全盛时期,而唐诗的全盛时期却应当排在中唐。

我们已选讲了十二位诗人的诗,共十九首,可以代表初唐了。初唐虽说占了八十六年,但在最初的三四十年中,文人还都是陈隋遗老,文艺风格,还没有突出时代的新气象。这十二位诗人中,除王绩之外,都是高宗和武后时期的著名诗人,他们是在太宗所缔造的新政体、新制度、新社会、新文化中培养出来的。他们在继承前代文学遗产的基础上,运用新的题材,创造新的形式与风格,于是在文学史上出现了"唐诗"。

唐诗这个名词,不但表明这些诗所产生的时代,它还有别的意义。对前代来说,它表明的是诗的一种新形式。对后代来说,它表明的是诗的一种独特的风格。

初唐诗人,在齐梁以来五、七言诗的基础上,重视并采用沈约的声病理论,使五、七言诗的调声、协韵、对偶,逐渐规律化,从而创造了前代所没有的"律诗"。律诗是唐代的新诗,唐人称为"今体诗"。另一方面,继承汉魏以来五、七言诗的形式,并不需要守一定的规律,而在题材、内容、风格上要有新的发展,在旧形式中要表现时代的新精神。这种诗,唐人称为"古诗",意义是"古体诗"①。古诗和律诗,是唐诗的两大类别,正如我们今天的新诗和旧诗。后世人就把"古律"作为一个文学名词,用以概括唐代以后的诗体。例如韩愈的诗集,就用"古诗"和"律诗"来作为分卷的标题。宋代的苏舜卿,给石曼卿的诗集作序文,称石曼卿有"古、律四百馀篇",这就是说,有各体诗四百多首。

诗发展到宋代,形式上已没有什么创新,而在风格上,特别是在修辞、造句、对偶的技巧上,却出现了新的道路。从两代诗的总体看,它们的面目大不相同。于是,文学批评中出现了"唐诗"和"宋诗"两个有特殊意义的名词,它们表示两种不同风格的诗。

唐诗所特有的形式和风格,萌芽于隋代,形成于初唐,而成熟于盛唐。王勃、杨炯、卢照邻、骆宾王,文学史上称为"初唐四杰",是从齐梁诗演进到唐诗的枢纽人物。明代诗人王世贞评论他们说:"卢、骆、王、杨,号称四杰。词旨华丽,沿陈隋之遗,气骨翩翩,意象老境,故超然胜之。五言遂为律家正始。"(《艺苑卮言》)意思是说:四杰的辞藻还不脱陈隋的华丽,但题材意境,却变得苍老,不像陈隋的浮浅。

---

① 萧统编的《文选》、徐陵编的《玉台新咏》,都有"古诗"这个名词,例如"古诗十九首"。这个"古诗",意义是古代不知名作者所写的诗。两个时代,"古诗"这个名词的意义不同。

五言诗已讲究声韵粘缀，开始了唐代的律体。这个评论，可以概括四杰的风格。但在五言律上，还有不同的看法。明人胡应麟说："五言律诗，兆自梁陈。唐初四子，靡缛相矜，时或拗涩，未堪正始。"（《诗薮》）这段话显然是针对王世贞而说的。胡氏以为五言律诗，在梁陈时已见萌芽，而初唐四杰的五言诗，在辞藻上还有靡丽的倾向，在声韵上还有拗涩的缺点，不能算是唐代律诗的正始（正式的开始）。

王世贞以为初唐四杰的五言诗是唐律正始，这就是杨士弘以四杰为始音的观点。胡元瑞不承认四杰为正始，也就是杨士弘在始音之外，另分正音的依据。王世贞说四杰是始音，胡元瑞说四杰不是正音，其实并不矛盾。

从来文学史家，都是以沈佺期、宋之问作为唐代律诗的创造者。他们的诗，声律谨严，对仗精工，尤其是创造了排律，使诗人多一块用武之地。《新唐书》论曰："魏建安后讫江左，诗律屡变。至沈约、鲍照、庾信、徐陵，以音韵相婉附，属对精致。及沈佺期、宋之问，又加靡丽。回忌声病，约句准篇，著定格律，遂成近体，如锦绣成文，学者宗之。语曰：'苏、李居前，沈、宋比肩。'谓唐诗变体，始自二公，犹古诗始自苏武、李陵也。"这就肯定了沈、宋为唐律正始的文学史地位。

当许多诗人都在作新形式的律诗的时候，一个四川射洪县的青年陈子昂却独自走复兴汉魏古体诗的道路。这是一条不合时宜的、寂寞的道路，他的《感遇》诗在当时并不为群众所注意。只有他的朋友卢藏用竭力赞美说："子昂卓立千古，横制颓波，天下翕然，质文一变。《感遇》之篇，感激顿挫，显微阐幽，庶几见变化之朕，以接乎天人之际。"（《右拾遗陈子昂文集序》）但是尽管有这样高的评价，在一般文人间，还没有反应。因为这样的古诗，不是求名求官的文体，应试、应制、交际、酬答，都用不到。只有不为名利的诗人，才用它来抒发自己的思想感慨。

杜甫对陈子昂极为推崇。他曾到射洪县去瞻仰陈子昂的故居，写了一首《陈拾遗故宅》：

拾遗平昔居，大屋尚修椽。

悠扬荒山日，惨淡故园烟。

位下曷足伤，所贵者圣贤。

有才继骚雅，哲匠不比肩。

公生扬马后，名与日月悬。

……

> 盛事会一时，此堂岂千年。
>
> 终古立忠义，《感遇》有遗编。

又有《观陈子昂遗迹》诗，其最后四句曰：

> 陈公读书堂，石柱仄青苔。
>
> 悲风为我起，激烈伤雄才。

有一位姓李的朋友到梓州去作刺史，杜甫在《送梓州李使君之任》诗中又嘱托他，如果到他的属县射洪去视察，请他代表自己去祭奠陈子昂。诗的最后四句曰：

> 遇害陈公殒，于今蜀道怜。
>
> 君行射洪县，为我一潸然。

韩愈也对陈子昂诗的高古一再赞扬。他在举荐诗人孟东野给河南尹郑馀庆的《荐士》诗中，叙述了五言诗的源流：

> 五言出汉时，苏李首更号。
>
> 东都渐弥漫，派别百川导。
>
> 建安能者七，卓荦变风操。
>
> 逶迤抵晋宋，气象日凋耗。
>
> 中间数鲍谢，比兴最清奥。
>
> 齐梁及陈隋，众作等蝉噪。
>
> 搜春摘花卉，沿袭伤剽盗。
>
> 国朝盛文章，子昂始高蹈。
>
> 勃兴得李杜，万类困陵暴。
>
> 后来相继生，亦各臻阃奥。（下略）

在以卢藏用、杜甫、韩愈为代表的评论中，陈子昂为唐代古诗的正始，这个文学史地位亦已经确定了。

初唐诗人是唐诗的奠基人，在他们创业的基础上，唐诗迅即获得发展，王维、孟浩然的五言，李白、杜甫的七言，高适、岑参的歌行，接踵而起，唐诗进入了新的阶段。这时，初唐诗人的作品已经过时，少年气盛的诗人便有些瞧不起他们，在文章中肆意讥笑。杜甫在《戏为六绝句》之二中愤慨地申斥道：

> 王杨卢骆当时体，轻薄为文哂未休。
>
> 尔曹身与名俱灭，不废江河万古流。

　　杜甫认为评价前代文学要联系到初唐诗人的时代条件。他指出四杰的作品是"当时"的文体。他们只能在当时的时代条件下，达到最高的造诣。现在你们这些轻薄少年，无休无止地写文章讥笑他们。要知道你们现在虽然小有名望，如果不能在现代条件下达到最高造诣，那么你们也只有身名同尽，不会像四杰那样留名于后世，如万古长流的江河一样。

　　可是，尽管杜甫这样声色俱厉地斥责了当时那些否定初唐诗人的轻薄之徒，在六七十年以后，还有一个诗人李商隐写了一首《漫成五章》之一，讥笑初唐诗人：

> 沈宋裁辞矜变律，王杨落笔得良朋。
>
> 当时自谓宗师妙，今日惟观属对能。

　　他以为沈、宋、王、杨的成就，在今天看来，可以肯定的，只是对仗精工而已。这一句诗，把初唐诗人的其他一切长处，一笔抹杀了。

一九七八年三月二十五日

盛唐诗话

14

汉江临泛

楚塞三湘接，荆门九派通。

江流天地外，山色有无中。

郡邑浮前浦，波澜动远空。

襄阳好风日，留醉与山翁。

山居秋暝

空山新雨后，天气晚来秋。

明月松间照，清泉石上流。

竹喧归浣女，莲动下渔舟。

随意春芳歇，王孙自可留。

终南别业

中岁颇好道，晚家南山陲。

兴来每独往，胜事空自知。

行到水穷处，坐看云起时。

偶然值林叟，谈笑无还期。

　　唐玄宗李隆基统治的四十三年（公元七一三—七五六年，开元共二十九年，天宝共十四年），是唐代国家形势的全盛时期。在这时期中涌现了许多优秀诗人，在诗的内容和形式方面，显示了百花齐放的新兴气象，留下了大量传诵千古的诗篇。最著名的有李白、杜甫（简称李杜），其次是王维、孟浩然（简称王孟），还有高适和岑参（简称高岑）。杜甫得名最迟，他的著名诗篇都是在天宝末年安史叛乱时期写的。李白是在天宝年间应诏入宫，供奉翰林，暴得大名的。在较早一些的开元年间,最著名的诗人却是王维。

王维,字摩诘,太原人。他深于佛学,熟悉佛教经典。有一部《维摩诘经》,是佛教中智者维摩诘和弟子们讲学的书,王维钦佩维摩诘的辩才,故拆开了他的名字,给自己命名为维,而字曰摩诘。开元九年,王维以状元及第,官右拾遗,后迁给事中。天宝末,安禄山攻占长安,王维不及逃出,为安禄山所得,将他拘禁于洛阳菩提寺,被迫做了伪官。当他听说安禄山在凝碧池上召集梨园子弟奏乐开宴的消息,写了一首诗:

> 万户伤心生野烟,百官何日再朝天。
>
> 秋槐叶落空宫里,凝碧池头奏管弦。
>
> (《菩提寺禁,裴迪来相看,说逆贼等凝碧池上作音乐。
>
> 供奉人等举声,便一时泪下。私成口号,诵示裴迪。》)

这首诗总算表明了不附逆的心迹。当肃宗李亨重建政权之后,把附逆的官吏分三等定罪,对于王维特予赦免。但是,如果他的胞弟王缙不是宰相,恐怕也不能得到如此宽大的处分。此后,王维继续任职,他的最后一任是尚书右丞,故后世称王右丞。

王维在文学艺术上有多方面的才能,诗文、书画都很著名,又深于音乐,善弹琴,弹琵琶。唐人小说记一个故事:他的状元及第,是因为九公主欣赏他的诗和琵琶,关照主试官录取的。他的第一任官职是太乐丞,大概就因为他懂得音乐。他的诗与画,同样以清淡见长,描绘山水、田野风景,充分表现出大自然的静穆闲适。苏东坡曾说:"味摩诘之诗,诗中有画;观摩诘之画,画中有诗。"这两句话,至今成为王维的定评。

王维的诗,有两种风格。一种还比较绮靡秾丽,是沈、宋馀波,大约其中多早年作品;另一种淳朴清淡,其中写田园生活的,继承了陶渊明的诗境;描写山水风景的,便有鲍照和谢灵运的馀韵。这种风格的诗,已有一百多年不流行了。王维重新走这条晋宋诗人的道路,对初唐诗人的宫体遗风来说,既是复古,也是创新。不过陶、谢的田园山水诗中,常常反映当时文人的道家思想,而王维的思想基础,却是佛家。淳朴清淡,是王维五言诗的本色,而五言诗又是初、盛唐诗的主体。因此,我讲王维诗,只选他的五言律诗。

律诗的结构,主要是中间二联,应当是对偶工稳的警句。前面有一联好的开端,后面有一联好的结尾。这三部分的互相照应和配搭,大有变化,大有高低,被决定于诗人的才情和技巧。

中间二联是律诗的主体,但这是艺术创作上的主体,而不是思想内容的主要部分。一首律诗的第一联和第四联连接起来,就可以表达出全诗的思想内容,加上中间两联,也不会给思想内容增加什么。因此,我们可以说,律诗的中间两联,只是思想内容的修饰部分,而不是叙述部分。

正因为这两联是艺术创作上的主体,就要求对得精工。首先是要避免死对,这是初学作诗的人最容易犯的。所谓死对,也很难说死。例如,"青山"对"绿水",有时可以说是对得好的,有时却反而成为死对。这要看作者如何运用,必须联系全篇来看。词性对偶之外,还要讲究句法,动词、名词、状词之间的安排,往往与散文不同,有倒装句,有节略句,有问答句,也是千变万化的。总之,盛唐诗人,在律诗的章法、句法,乃至字法,各方面都有新颖的创造,我们先在这里略略一提,以后遇到具体例子,随时讲解。

这里所选的第一首诗《汉江临泛》,是作者在汉水上泛舟的印象。"临"字是登临的意思。登山望远,称为"临眺";水上泛舟,称为"临泛";冲锋上阵,称为"临阵",都是同样的用法。

第一联就用对句概括了汉水的形势。"接"与"通"两个动词用倒装法,本该是"楚塞接三湘,荆门通九派"。"楚塞"和"荆门",是同义词,因为楚国古时称荆国。楚国的边塞,荆国的门户,所指的是同一地区。湘潭、湘乡、湘源,合称"三湘",代表汉代长沙王国的领域。"九派"二字初见于刘向《说苑》:"禹凿江,通于九派。"郭璞《江赋》也说:"流九派乎浔阳。"本意是说长江东流到浔阳,一路吸收了许多川流。"九"字表示多数。这两句诗只是说:汉水流出楚境,注入长江,可以通到许多地方。"荆门"也不是指湖北的荆门县。这些都是用古代地理名词而已。明清以来,有人死讲这两句。唐汝询注曰:"汉与湘合而分为九道。"简直是不明地理。汉水何曾与湘水合流,更何从分为九道?近来有人注解说"汉水流过荆门县,分为九派",也是沿袭了前人的错误。其实,"九派"两个字在诗词中往往泛指长江,是长江的代用词,无须研究长江有哪九个支派。

接下去两联,就是描写在汉水上泛舟时所见的风景了。江水好像流到天涯地角之外。这是说江水浩渺,一望无尽。唐汝询把"天地外"讲作"殆非人世",未免想得太远了。山色在若有若无之间,这是形容晴朗日子里的远山。再看前面江边的城市,好像浮在水面上,而江上的波澜,又似乎使遥远的天空也在浮动。

律诗的第二联,称为颔联。因为第一联既然称为首联,就用人体来作比,第二联的地位恰似人的下颔。于是第三联便是头颈,故称为颈联。第四联是全诗结束处,称为尾联。如果是排律,则颈联以下,尾联以上,也有称为腹联的,但这些名词都是宋元以后人定出来的。

晚唐诗人作律诗,最忌颔联与颈联平列。他们主张要一联写景,一联抒情。或者先写景,后抒情;或者先抒情,后写景。这个窍门,也很有道理,但在盛唐诗人中,还没有意识到,所以王维这两联,同样都是写景。

尾联两句,用了一个典故。晋朝的山简,做襄阳太守,常常到山水园林中去游玩,醉倒才回家。王维用这个故事,说襄阳这么好的天气,应当留给山老先生饮酒游玩。山翁是比喻自己,这一句的语法是"留与山翁醉"的倒装。

《山居秋暝》这首诗的组织和《汉江临泛》一样,第一联就点明题目。这种手法,在诗家就称为"点题"。宋代以后,在八股文、试帖诗的规格上,也要求第一联或第一、二句必须贴到题目,称为"破题"。这个"破"字,含有分析的意味,把题目分析开来用一二句诗或文概括一下。破题显然是起源于诗家的点题。

这首诗的中间两联,也是平列的写景句,文字浅显,不用解释。"归"与"下"两个动词,就是倒装的。听见竹林中笑语喧哗,知道是洗衣的姑娘回家了。看到荷叶摇动,知道有渔船下来了。尾联两句,暗用《楚辞》的修辞。淮南王《招隐士》有句云:"王孙游兮不归,春草生兮萋萋。"意思是说:在春草丛生的时候,外出远游的王孙为什么还不归来。王孙就是士,也就是知识分子。古代的知识分子,都是王侯的子孙,故称王孙。王维在此处反用原句,他说:尽管现在已是秋天,春草已经凋零,王孙还是可以居留的。这个"王孙",是指他自己。魏晋以来的诗人,经常用"春草王孙"这两句来作种种不同的比喻。这不是用古事,所以不是用典故,一般称为"出处"。

"随意春芳歇",这"随意"二字向来无人注解,大家都忽略了。其实这个语词的意义和现代用法不同,它是唐宋人的口语,相等于现代口语的"尽管"。王昌龄有一首《重别李评事》诗云:

> 莫道秋江离别难,舟船明日是长安。
> 吴姬缓舞留君醉,随意青枫白露寒。

这首诗的结句也用"随意"。两句的意思是：尽管在青枫白露的秋天，吴姬还在歌舞留客。明代的顾璘在《唐音》里批道："随意二字难解。"可见明代人已不懂得这个语词了。谭友夏在《唐诗归》里批道："随意字只可如此用，入律诗用不得。"这个批语可以说是莫名其妙。为什么这两个字只能用在绝句，而不能用在律诗呢？他如果看到王维已经在律诗里用过，只好哑口无言了。其实谭友夏也像顾璘一样的不懂，却故意卖弄玄虚，批了这样一句，使读者以为他懂得而没有说出来。唐汝询在《唐诗解》里讲王维此句云："春芳虽歇。"这是很含糊的讲法，大概他也不知道"随意"的正确意义。

第三首《终南别业》，八句全是叙述，没有一个描写句。别业，即别墅。终南别业就是辋川别业，王维的庄园。全诗说：过了中年，很喜欢修道养性，因此在晚年时就迁居到终南山脚下。兴致来时，常常独自出游。这种乐趣，也只有自己知道。胜事，即乐事。是什么乐趣呢？例如：沿着溪流散步，一直到泉水尽处，坐在石上看山中云起。或者偶然在树林中遇到一二老年人，在一起谈谈笑笑，忘记了回家。

"谈笑无还期"，这个"无"字是平声字，在这里是失粘的。《国秀集》中选录此诗，作"谈笑滞归期"，平仄就粘缀了。但恐怕这已不是王维的原作。因为这首诗与前二首不同，前二首的声韵都符合律诗规格，是五律正体，而这首诗的第一、二联，已经不合律诗规格，试看：

中岁颇好道　　平仄仄仄仄

晚家南山陲　　仄平平平平

兴来每独往　　仄平仄仄仄

胜事空自知　　仄仄平仄平

这四句根本不是律诗，即使把末句的"无"字改为"滞"字，仍然无济于事。我以为王维作此诗，并不要它成为律诗。这是一种古诗与律诗杂糅的诗体，也是从古诗发展到律诗时期所特有的现象。在孟浩然的诗集里，这种五言诗有好几首。高棅编的《唐诗品汇》里，把这一类诗都编在古诗卷中，这是对的。

《唐律消夏录》的著者顾小谢对此诗有一段评释："行坐谈笑，句句不说在别业，却句句是别业。'好道'二字，先生既云'空自知'矣，予又安能强下注释。"这两个观点，都使人不解。"句句是别业"，这句解释，似深实浅。既然诗题是"别业"，全诗所写当然是别业中生活。但是，和王维同时的殷璠所编的《河岳英灵集》里，这首诗的题目却是《入山寄城中故人》。我以为这是王维的原题,不知从什么时候起,被人妄改了。因此,也可知顾小谢的解释是胡说。"空自知"明明是指"胜事",就是指下面两句所叙的山居生活,与"好道"毫无关系。

"行到水穷处,坐看云起时",是王维的名句。对偶工稳,两句一贯而下,是高超的流水对。作这一联,好像极其自然,并不费力,但当时恐怕也曾苦思冥想了好久,才能得此佳句。

王维这三首诗都是正面描写,并无比兴,没有什么寓意,也并不歌颂什么。在诗的创作方法中,这种作法纯然是赋。因此,我们可以一读就了解,无须从字里行间去寻求隐蔽的诗意。王维诗的风格大多如此,正和他的画一样,用的是白描手法。

一九七八年四月十日

15

使至塞上

单车欲问边，属国过居延。

征蓬出汉塞，归雁入胡天。

大漠孤烟直，长河落日圆。

萧关逢候骑，都护在燕然。

观猎

风劲角弓鸣，将军猎渭城。

草枯鹰眼疾，雪尽马蹄轻。

忽过新丰市，还归细柳营。

回看射雕处，千里暮云平。

这里再选两首王维的五律。这两首诗的风格和前三首不同，比较雄健。唐代自开国以来，各方面的蕃夷部落不时入侵，唐政府不能不加强边塞防守，以应付战事。有时也乘胜逐北，有扩张领土的意图。开元、天宝年间，有很多诗人参加了守边高级将帅的幕府，做他们的参军、记室。这些诗人把他们在边塞上的所见所闻，写成诗歌，于是边塞风光和军中生活，成为盛唐诗人的新题材。这一类诗，文学史上称为"边塞诗"。在王维的诗集中，这一类诗篇并不多，而同时代的诗人高适、岑参和王昌龄，却专以边塞诗创作著名。

王维这两首诗是许多唐诗选本都选入的名作。第一首《使至塞上》，描写一个负有朝廷使命的人到达边塞时所见景色。有人以为这个"使"是王维自己。因为王维曾于开元二十五年（公元七三七年）出使塞上，在凉州节度使崔希逸幕府中任判官。如果这样，题目就应当写作《奉使至塞上》。现在没有"奉"字，可见这个"使"字是指一般的使者。再看此诗内容，完全是客观的写法，没有表现作者自己的语气,也可知此诗不能理解为王维的自述。

第一联中的"单车"、"属国",都是"使者"的代词。李陵答苏武书云:"足下昔以单车之使,适万乘之虏。"原意是说使者没有带许多人马,只用一辆车就够了。后世诗文家就把"单车之使"简化为"单车",作为使者的代词。"属国"是秦汉官名"典属国"的省略,这个官掌管投降归顺的蛮夷部族。因此,"属国"就成为外交官的代词。"居延"是古地名,在今甘肃省张掖、酒泉一带,在汉代,此地与匈奴接境。讲明白这三个名词,这一联诗就容易懂了。两句十个字,意思只是说使者要到边塞上去,已经行过居延,进入胡地。上下两句实在是重复的,既用"单车",又用"属国","过居延"就是"问边"。两句只有一个概念。在诗学上,这算是犯了"合掌"之病,好比两个手掌合在一起。这种诗病,唐代诗人都不讲究,宋以后却非常注意,不做这种联语。杜甫诗曰:"今欲东入海,即将西去秦。"(《奉赠韦左丞丈二十二韵》)"今欲"就是"即将","东入海"就是"西去秦",两句诗只说了一件事。白居易诗曰:"远芳侵古道,晴翠接荒城。"(《赋得古原草送别》)这是咏草的诗,下句就是上句。郎士元诗:"暮蝉不可听,落叶岂堪闻。"(《送别钱起》)"不可听"就是"岂堪闻"。这些都是被宋代评论家举出过的合掌的例子。

王维

颔联是说使者过了居延,就像滚滚尘沙一样出了汉家的边塞,又像北归的大雁一样飞入胡天的上空。"征蓬"是在地上飞卷的尘沙,现在江南人还把随风卷地而来的尘土叫作"蓬尘"。"出汉塞"和"入胡天",也犯了合掌之病,所以这种对法也是死对。

颈联两句,气象极好。在一片大沙漠上看到远处烽烟直冲霄汉,大河上一轮落日,没有云翳,显得格外圆而且大。大漠、长河、孤烟、落日,抓到了西北高原的特色。"孤烟直","落日圆",表示天气平静,无风无云,也是沙漠上的气候特征。

结尾一联说使者到了萧关,遇到巡逻侦察的骑兵,一问,才知道都护的军部还在离这儿很远的燕然山呢。萧关在今甘肃省固原县,唐时是防御吐蕃的军事重地。燕然山，即杭爱山，在今蒙古人民共和国境内。汉时大将军窦宪征伐单于，曾进驻燕然山，在山上刻了纪功的铭文。都护是汉代官名，西域都护是守卫天山南北两路的最高军官。

王维这首诗的主题是描写当时西域领土的广大。过了居延，已经出了汉代的边塞，可是现在却还是大唐的领土。再向前走，到了萧关，才知都护（当时是节度使）的驻扎地还很远呢。这样看来，唐代的边塞比汉代向西扩张了几千里。但是，王维的地理概念，似乎有错误。萧关在东，居延在西。如果过了居延，应该早已出了萧关。王维另外有一首《出塞作》，自注云："时为监察，塞上作。"此诗第一句就说："居延城外猎天骄。"可知他曾到过居延，不知为什么这里却说过了居延，才出萧关。至于燕然山，更不是西域节度使的开府之地，王维用这个地名，恐怕只是对当时的节度使恭维一下，比之为窦宪。这最后一联，非但用燕然山使人不解，而且这两句诗，根本不是王维的创作，他是抄袭虞世南的。虞世南《拟饮马长城窟》诗云："前逢锦衣使，都护在楼兰。""在楼兰"倒是符合地理形势的。王维此诗本来可以完全借用虞世南这一句，但为了韵脚，只好改"楼兰"为"燕然"，这一改却改坏了。

第二首《观猎》是完美无疵的好诗。开头一联照例是点题。将军在渭城外狩猎，观众只感到寒风峭紧，弓弦乱响。用"将军"二字，可知是观众口气。颔联接上去就描写狩猎场面。作者抓了两个典型景象：牧草已经干枯，野兽失去荫蔽，放出去追踪的猎鹰一眼就看到奔逃的野兽。积雪已消，驱马逐兽，便觉得马蹄轻快。颈联写的是狩猎归来，很快就经过新丰市，就在市上饮酒休息。新丰市在临潼县东，在唐朝是著名产酒的地方，多酒店。长安人出郊春游，多在新丰买醉。唐诗中讲到新丰，都含有在此饮酒之意。饮酒休息之后，就整队回营。细柳是地名，在渭水北。汉朝的名将周亚夫，驻军在细柳营，治军森严。故后世诗人要提到军营，就用细柳营或亚夫营，不管它是不是在细柳。尾联结束全诗，在回归军营的路上，回头看刚才射雕的地方，只见大野茫茫，已与暮云合成一片了。

这首诗八句结构很紧。前四句写出猎，后四句写猎归。观猎的人所得到的印象，只是一番雄壮迅速的军事行动。顾小谢在《唐律消夏录》里评论此诗最好。他说此诗"全是形容一'快'字，耳后风生，鼻端火出，鹰飞兔走，蹄响弓鸣，真有瞬息千里之势。"这段话确已体会到这首诗的精神。

施补华在《岘傭说诗》里也有一段分析。他在谈到作诗法的时候说："起处须有峻嶒之势,收处须有完固之力,则中二联愈形警策。如摩诘'风劲角弓鸣,将军猎渭城',倒戟而入,笔势轩昂。'草枯'一联,正写猎字,愈有精神。'忽过'二句,写猎后光景,题分已足。收处作回顾之笔,兜裹全篇,恰与起笔倒入者相照应,最为整密可法。"这段话,注意在律诗的首尾起结。起联有突兀的气势,结联有馀力,可以使中二联相得益彰。王维此诗的起联,不说"将军猎渭城,风劲角弓鸣",而以"风劲"句放在前面,这就是所谓倒戟法。自从宋之问以尾联战胜沈佺期以后,诗人们都注意到律诗的起结了。

一九七八年四月十五日

16

临洞庭赠张丞相

八月湖水平，涵虚混太清。

气蒸云梦泽，波撼岳阳城。

欲济无舟楫，端居耻圣明。

坐观垂钓者，徒有羡鱼情。

与诸子登岘山

人事有代谢，往来成古今。

江山留胜迹，我辈复登临。

水落鱼梁浅，天寒梦泽深。

羊公碑尚在，读罢泪沾襟。

岁暮归南山

北阙休上书，南山归敝庐。

不才明主弃，多病故人疏。

白发催年老，青阳逼岁除。

永怀愁不寐，松月夜窗虚。

孟浩然，襄阳（今湖北襄樊）人，生于载初元年（公元六八九年），卒于开元二十八年（公元七四〇年），比王维年长十岁。王维官运亨通，做了安禄山的伪官，还能获得赦免，继续在朝。孟浩然一辈子没有成进士，更没有一官半职。早年隐居家乡鹿门山，苦吟，有诗名。四十岁才到长安，结识了许多达官名士，诗名大噪，遂与王维并称。但两人穷达不同，孟浩然始终是个襄阳布衣。

王、孟齐名，由于他们的诗格很相近，都以清淡闲逸为主。在他们的影响下，有储光羲、刘慎虚、王湾、常建等后起之秀，都以同样的诗格形成为开元、天宝时期五言诗的特征。

孟浩然死后五年，王士源搜集他的遗诗编成四卷，序文中说共二百十八首。这本诗集传到现在，却有二百五十七首，恐怕已被后世人加入一些可疑的诗篇了。今本孟浩然诗集中有五言律诗一百二十四首，五言古诗六十二首，可知他平生作诗以五律为主。因此，我们也选讲他的五言律诗。

第一首开头一联直叙八月中的洞庭湖，水涨湖平。涵虚，是涵泳于虚空；混太清，是混合于天空。"虚"与"太清"，都是指天而言。涵虚，实在就是混太清，句意只是说水天一色。第二联描写此时湖上的景色。水气从湖面上蒸发出来，波浪冲激着岳阳城。云梦泽是洞庭湖的古名。这一联是孟浩然的名句，十个字表现了洞庭湖的空阔浩瀚。历代诗人歌咏洞庭湖，都没有能创造更好的句子。第三、四联忽然转了方向，说自己想渡过湖，而没有船可用，在圣明的时代，徒然闲住着，觉得很可耻。因此，坐在湖边看人家钓鱼，空有羡慕鱼儿上钩的心情。

这首诗在许多选本中，题目都是《临洞庭》，这样就无从了解下半首诗的意义。《初白庵诗评》云："后半首全无魄力，第六句尤不着题。"也由于他没有见到全题。此诗的原来题目是《临洞庭赠张丞相》。张丞相是张九龄，开元二十四年（公元七三六年）从尚书右丞相降官为荆州都督府长史。孟浩然集中有好些陪张丞相游荆州名胜的诗，此诗即其中之一。上半首是写洞庭湖，下半首却是赠张丞相的话。第五句的"济"字是一个关键性的字。济字的本义是渡河越水，引申而有工作或事业成功的用法。孟浩然说"欲济无舟楫"，表面上仍是在说洞庭湖。隐藏的意义却是说：我要获得一官半职，可是没有人帮助我。他希望得到张九龄的荐举、提拔，好比给他一条船，使他能渡过大湖。他看见张九龄提拔过许多人，犹如钓上了许多鱼，他的心情就是羡慕这些鱼的被钓上去。

　　孟浩然一生不得志,后世称赞他是一位敝屣功名富贵的隐士。其实他也很希望成进士,由吏部选派一个官职给他。只是他胸怀高洁,不屑作不择手段的钻营。没有机会,也不介意。宁可游山玩水,饮酒赋诗。要说他绝对不求名利,恐怕未必。他和官位较高的人,一起游玩宴饮,诗的末尾常常流露出一些要求荐举之意,例如《陪卢明府泛舟回岘山作》末句云:"犹怜不调者,白首未登科。"《与白明府游江》末句云:"谁识躬耕者,年年梁甫吟。"《姚开府山池》末句云:"今日龙门下,谁知文举才。"即使在描写农民生活的诗中,结尾还说:"乡曲无知己,朝端乏亲故。谁能为扬雄,一荐《甘泉赋》。"这些诗句,还比较含蓄,因为"明府"只不过一个县令,官还不大。赠张丞相的诗,就把求荐之情表现得很急切了。不过,我这样讲,并不是说孟浩然不配称为隐士。他还是隐士。唐代知识分子由进士及第而从政,叫做入仕。落第回家,终生不得官职,叫做归隐。唐代所谓隐士,仅仅意味着此人没有功名,不像宋以后的隐士,根本不参加考试,不求功名,甚至韬光养晦,甘心使自己默默无闻,老死无人知道。

　　写景而兼赠人的诗,一种是赠别,为送人远行而作诗。以写景开始,结尾寓送行之意。另一种便是求荐,动机本来是写景,但借题发挥,转到求荐的意思。如何转法?这就要看作者的艺术手法了。孟浩然此诗的第五句,是转得很高明的。

　　初唐时期的诗人,多半是高官、贵族、豪富。他们没有乞怜求荐的需要,所以当时还没有以求荐结束的写景诗。盛唐以后,诗人多半是寒士,总盼望有一位达官贵人提挈一下,于是求荐的诗就多起来。连杜甫、韩愈这样的大诗人,也曾作过这样的诗。

　　第二首《与诸子登岘山》,是游岘山而作的诗。"诸子"是"诸君子"的省略,意思是"几个朋友",不可解作"几个儿子"。岘山在襄阳城外汉水上,是一处与羊祜有关的古迹。必须先了解羊祜的故事,才能了解这首诗。

　　羊祜是晋朝人,做襄阳太守的时候,常到岘山上与同僚饮酒游玩。一天,他感慨地对朋友们说:"自古以来,就有这个山;自古以来,有过许多贤人名士在这里游玩,可是这些人都默默无闻地消逝了,真使人悲伤。如果我死了之后,魂魄也将留恋这个山呢。"后来,羊祜果然死在襄阳,百姓追悼他,在岘山上为他立了一块碑。其后,来读这块碑文的人,都歔欷感慨,不觉下泪。因此,人们就把这块碑称为堕泪碑。

　　孟浩然这首诗的前四句,就是概括羊祜的话。"人事",人物及其事迹,是有新陈代谢的。一代的人去了，一代的人接上了，这就成为古今。岘山山水至今依然是名胜，却轮到我们这一代人来游玩。第三联写眼前所见景色：冬季水落，鱼梁中水浅了，在山上看，云梦泽因水浅而觉得深了。这个"深"字，不是说水深，而是形容从山顶到湖面的距离深远。这里用"梦泽"，只是表示江水、湖水，并不实指洞庭湖。在唐代，襄阳已看不到洞庭湖了。鱼梁是在江水中竖竹积石，做成一道堰，用以捕鱼。利用这道堰，作为一个渡口，就称为鱼梁渡。孟浩然的《夜归鹿门歌》有句云："鱼梁渡头争渡喧。"即指此处。这两句诗写的是一种萧条荒落的情调，用来陪衬上下文。接下去说：羊祜的碑至今还在，我读了碑文，也为之感伤得掉泪。这首诗的主题思想，当然是感生命之短促，精神状态很空虚、消沉，大约是诗人在极不得意的时候所作。陈子昂有一首古诗，和孟浩然这首诗是同一种情调：

> 前不见古人，后不见来者，
> 念天地之悠悠，独怆然而涕下。

第三首《岁暮归南山》，是因为在长安没有出路，到了年底，回终南山去住一时，乃作此诗。北阙是皇宫的北门。汉代的制度，人民要向皇帝有建议或申诉，可以把文件送到皇宫北门去，那里有人收纳。"休"字在唐诗里有两种用法：（一）不要，等于"莫"字或"勿"字；（二）罢休，停止。这里是用第二义，意思是说：不用再向北阙去上书了，还是回到终南山简陋的屋子里去居住一时，归字是倒装用，本该作"归南山敝庐"。第二联说：上书无效，可见是自己才学不够，为贤明的皇帝所弃；自身又多病，连老朋友都很少来往。第三联写迟暮之感，头上渐生白发，正在催我入老境。"青阳"即"青春"，这里是泛指时序，已逼近年终了。因此有满怀愁绪，不能入睡，只看着空虚的夜窗上，照着松林间的月光。

关于这首诗，《唐才子传》记载了一个故事。有一天，王维在宫中办公，私下把孟浩然请进去闲谈。忽然玄宗皇帝来了，两人大惊，孟浩然赶紧躲在榻下。王维不敢隐瞒，只好直言请罪。皇帝听说是孟浩然，就说："这位诗人，我已听人讲起过，还没有见到。"当下就叫孟浩然出来，并问他："带了新诗来没有？"孟浩然回说没有。皇帝就要他念几首新作品，孟浩然就念了"北阙休上书"这一首。皇帝听了很不高兴，说："你自己不要做官，怎么诬蔑我，说我弃你呢？"于是命他仍回终南山去。

《唐诗纪事》里也有这个故事,稍稍不同。由于丞相张说的推荐,玄宗皇帝召见孟浩然。孟浩然念了这首诗,因而忤旨放归。当时皇帝还说:"你为什么不念'气蒸云梦泽,波撼岳阳城'呢?"这个故事,显然是后世人编造出来的。《临洞庭》一诗求荐之情非常诚恳,容易得人同情;所以编造故事的人断定这个张丞相是张说,并且确定举荐了孟浩然。《归南山》一诗既消沉,而且有怨愤之情,把自己的穷途潦倒归咎于"明主",做皇帝的当然听不进去。这个故事虽非事实,但可以从此知道,这两首诗,由于表现方法的不同,而所得的效果也很不同。编《唐诗别裁》的沈德潜在这首诗下批道:"时不诵《临洞庭》而诵《归南山》,命实为之,浩然亦有不能自主者耶?"可知沈德潜只看到《唐才子传》的记载,而没有见到《唐诗纪事》。

一九七八年四月二十日

【增 记】

今日偶阅《临洞庭》诗诸家旧注,发现有对此诗理解大不同者,增记于此,以备参考。

唐汝询《唐诗解》在末句下注引《汉书·董仲舒传》云:"古人有言曰:'临渊羡鱼,不如退而结网。'"这样一注,把"羡鱼"两字的意义弄复杂了。他又把"欲济无舟楫"讲作孟浩然欲求仕而自知无才。因此,他解此诗道:"此临湖而兴求仕之思,复量其才而不欲进也。……见钓者得鱼,不无欣慕意,然结网未遑,则亦徒然兴羡耳。盖襄阳本不欲仕,乃临湖而有此叹,岂抱道之情,犹未战胜耶?"

唐汝询首先肯定孟浩然不是要求仕的人,而此诗明显地有羡慕别人得仕之情,因而说他好像还不能安贫抱道,思想上未能战胜利禄的引诱。

这样讲,已经弄错了孟浩然的思想情况。可是还有一个著《而庵说唐诗》的徐增出来把唐汝询大骂一通,而且是站在比唐汝询更不理解这首诗的立场上批斥唐汝询的。现在先看徐而庵对"欲济无舟楫"一句的注释:"'无舟楫',言无用我为舟楫者。《书经》云:'若济巨川,用汝为舟楫。'"孟浩然这句诗并没有用典故,"舟楫"两字亦不必有根据。"要过湖,可惜没有船。"这句话,谁都能说,不必一定要读过《书经》。可是现在引用《书经》此句,就把"舟楫"与"用汝"连结起来,把孟浩然此句讲作"要过湖,没有人用我作船",怎么能讲得通?

接下去，徐而庵说："垂钓者，喻出仕之人也。垂钓则可得鱼，然不如网之稳。徒有羡鱼之情，见出仕者不能大有所济，亦犹垂钓者之未必得鱼，徒羡鱼耳。此句当在垂钓者身上说。唐仲言谓浩然'抱道之情，犹未战胜'，真无目人语。襄阳本不欲仕，何羡鱼之有哉？看诗须细细循作者之思路，方有所得。若泛然论去，所谓有意无意之间，不必求甚解，于诗究为门外汉而已。"

这位而庵先生一口咬定孟浩然是不要做官的人。他没有通读《孟浩然诗集》，不知道孟浩然有过许多求仕、求汲引的诗句。因此，根据他的注解，此诗后半首的意义便成为："这个世界，没有人用我为船，因此就无人济世。在这个圣明之世，我却贫贱闲居，深感羞耻。我看那些已做了官的人（垂钓者），也未必能有所作为。因为钓鱼终不如下网，所得的成果不大。"

唐汝询是从小就双目失明的人。徐而庵评他的注解为"真无目人语"，可谓刻毒。而他自己讲这首诗，比唐汝询更为不通，又何尝不是"瞎说"？唐、徐两家都不知道此诗题下还有"上张丞相"四字，也都没有从孟浩然全部诗集中去"细循作者之思路"，仅仅就这四句诗中去穿凿典故，曲解诗意。至少，对这首诗的理解，他们两位都不免是"门外汉"。

一九八〇年七月十一日增记

17

洞庭湖寄阎九

洞庭秋正阔，余欲泛归船。
莫辨荆吴地，惟馀水共天。
渺弥江树没，合沓海湖连。
迟尔为舟楫，相将济巨川。

都下送辛大之鄂

南国辛居士，言归旧竹林。
未逢调鼎用，徒有济川心。
余亦忘机者，田园在汉阴。
因君故乡去，遥寄式微吟。

洛下送奚三还扬州

水国无边际，舟行共使风。
羡君从此去，朝夕见乡中。
余亦离家久，南归恨不同。
音书若有问，江上会相逢。

　　孟浩然专作五言诗，现在所有的《孟浩然诗集》中，共收诗二百五十七首，五言诗占了二百二十首。五言四韵的律诗又占了五言诗中的大半。开元时期五言律诗的各种篇法、句法、调声、对偶的形式，都可以从孟浩然诗中见到。这里又选了三首孟浩然的诗，它们不是名作，从来也没有选录，宋元以来的诗话里，也没有人提到过。我现在选取这三首诗，目的是想讲一讲初、盛唐五言律诗的格律，用它们来作例子。

　　这三首诗都容易了解。第一首是以洞庭湖为题，寄给一个朋友阎九的。阎是姓,九是排行。中国知识分子,大约从春秋时代以来,每人都有一个名,一个字。名是正式公文书上用的,长辈叫小辈,可以称他的名,平辈之间,就不能直呼其名,只能称他的字。例如王维,同时友好都叫他摩诘,而不能叫他王维。但是,唐代人连字都不常用,一般熟人都以排行相称呼。排行是从祖父算起的,阎九不是他父亲的第九个儿子,而是他祖父的第九个孙子。例如祖父有三个儿子,不管哪一个儿子,首先生的孙子就是老大,以后第二、第三排下去。诗人高适的排行是第三十五,所以李欣的诗题有《答高三十五留别》。这种诗题在唐人诗集中常见,后世读者往往不知这"高三十五"是谁。史学家岑仲勉费过一番功夫,把《全唐诗》中用行辈称呼的人名大都考查出来,写了一本《唐人行第录》,对研究唐诗的人,很有帮助。

此诗大意是说:洞庭湖到了秋天水涨,很阔大了,我也想乘船回襄阳去。接着就用两联描写湖水之空阔,只见水天一片,分不清哪儿是楚,哪儿是吴。古代这地区是吴楚接境,向来称为吴头楚尾。江水和树木都隐没在空虚渺茫之中,湖与海好像也合并为一了,这一句的意义是说湖广大得像海了。最后二句说:等你来做我的船,大家一起渡过这个大湖。这一联的意义和赠张丞相诗一样,用一个双关的"济"字,用舟楫作比喻,就从写景转入为抒情。大约作者希望等阎九回来,给他做一个介绍人,向达官贵人推荐一下。末句说"相将济巨川",可知是双方有利的事。

第二首是在长安送辛大回鄂州去的诗。前四句叙述辛大,后四句叙述自己。南方的辛居士,要回家乡去了。他空有"济川"之心,而没有发挥"调鼎"之用。信佛教而不出家的称为居士。"济川",在这里也是求官的比喻。"调鼎"本来是宰相的职责,这里用来比喻做官。这两句诗,写得很堂皇,说穿了,只是说:他想求个一官半职,可是竟没有到手。有人把"济川心"讲做"救世济民的心",未免抬得太高了。

后半首说自己也是一个"忘机者",家园也在汉水边上,因为听说你要回家去,所以从远地寄这首诗给你,以表慰问之情。"忘机者"是忘却了一切求名求利、勾心斗角的机心的人。这是高尚的比喻,事实上是指那些在功名道路上的失败者。《诗经·邶风》有一首诗,题名《式微》。有一个黎国的诸侯,失去了政权,寄居在卫国。他的臣子做了这首诗,劝他回去。"式微"的意义是很微贱。亡国之君,流落在外,是微贱之至的人。孟浩然说这首诗是"式微吟",是鼓励辛大回家乡的意思。这个辛大,想必也是一位落第进士,和孟浩然一样的失意人物。所以这首送别诗,没有惜别之意,而表达了自己的式微之感,从而抒写了自己的乡愁。古典文学中用"式微"一词,相当于现在的"没落"。"式微吟"就是"没落之歌"。

第三首是在洛阳送奕三回扬州的诗。主题、结构,和送辛大的诗完全一样。前四句说扬州是茫茫无涯的水乡,乘船回去都要依仗顺风。我羡慕你从此路回去,不久就可以见到家乡。"朝夕"即"旦夕",亦即"不久"。下四句说自己也离家已久,恨不能同你一起回南。将来如果你有书信来,我们也许可以在江上会晤。这意思是说:那时我也可能回家了。

三首都是送人的诗,第一首是寄赠友人,第二、三首是送别友人。第一首诗还有挣扎着求仕进之意,第二、三首则流露了灰心绝望的没落情绪。孟浩然诗的主题思想,大多如此。许多不得志的唐代诗人,他们的投赠诗也大多如此。史传说孟浩然"文不为仕,行不为饰,游不为利",恐怕是美化得过分了。

在讲王绩的《野望》诗时,我曾说五、七言律诗的中间两联必须是对句,但这里三首孟浩然的诗就不符合这条规律,上一篇讲过的《与诸子登岘山》也不符合这条规律。第一首是颔联不对的例子,第二首是颈联不对的例子,第三首是中二联全不对的例子,《与诸子登岘山》是第一联对而第二联不对的例子。这种对法,宋代人称为"移柱"。一联好比一条柱子,第一、二联移换了柱子,以致第一联反而是对句,第二联反而不作对句。

这些诗的平仄、音节,无疑都是五言律诗,决不是五言古诗。这个情况,值得注意。孟浩然的五言诗,当时是"天下称其尽美"的。他作诗,决不会破体失格,也决不是没有能力作对句。那么,这是什么理由呢? 答案很简单:这是初、盛唐五言律诗的格式,是从五言古诗发展到五言律诗的道路上留下来的轨迹。平仄、音节已经固定了律诗的规格,对偶的规格还没有固定,因而还可以有全不对或一联不对的形式。这种形式的五言律诗,在李白、杜甫及其他同时诗人的诗中,常可以见到,然而在中唐以后,除非偶尔有人摹仿,一般地说是绝迹了。

《岘佣说诗》的作者施补华说:"五言律有中二语不对者,如'倚杖柴门外,临风听暮蝉'是也;有全首不对者,如'挂席几千里'、'牛渚西江夜'是也。须一气挥洒,妙极自然。初学人当讲究对仗,不能臻此化境。"他以为这种形式是五言律诗的最高艺术手法,是入于"化境",初学作诗的人应当先讲究对仗,从能作对句上升到不作对句。这个理论,我颇有怀疑,为什么中、晚唐诗人都不想追求这个"化境"呢?

奇怪的是,盛唐诗人作七言律诗,绝没有不对的联句,移柱的方法倒是有的。这或者是因为七言律诗不作对句,就近似歌行,不如索性作歌行体了。

一九七八年五月十日

燕歌行

高 适

18

开元二十六年，客有从御史大夫张公出塞而还者，作《燕歌行》以示適。感征戍之事，因而和焉。

汉家烟尘在东北，汉将辞家破残贼。

男儿本自重横行，天子非常赐颜色。（韵一）

摐金伐鼓下榆关，旌旆逶迤碣石间。

校尉羽书飞瀚海，单于猎火照狼山。（韵二）

山川萧条极边土，胡骑凭陵杂风雨。

战士军前半死生，美人帐下犹歌舞。（韵三）

大漠穷秋塞草腓，孤城落日斗兵稀。

身当恩遇常轻敌，力尽关山未解围。（韵四）

铁衣远戍辛勤久，玉箸应啼别离后。

少妇城南欲断肠，征人蓟北空回首。（韵五）

边庭飘飖那可度，绝域苍黄何所有？

杀气三时作阵云，寒声一夜传刁斗。（韵六）

相看白刃血纷纷，死节从来岂顾勋。

君不见沙场征战苦，至今犹忆李将军。（韵七）

这首诗的作者高适,字达夫,渤海郡蓨(今河北景县)人。少时家道贫寒,流浪在中原一带。年过五十,才学做诗,进步很快,数年之间便已成名。他曾在河西节度使哥舒翰幕中任书记,因而熟悉边塞生活,写了许多边塞诗。肃宗时,官至成都尹、剑南西川节度使。和杜甫有交情,杜甫有几首诗为他而作。唐代诗人,官至节镇的,只有高适一人。他的诗与岑参齐名,称为"高岑"。

高
適

《燕歌行》是高适的著名诗作,唐诗选本中差不多都选取的,近年来也有过许多注释本。但是,这首诗文字虽易懂,解释却颇不容易,因为有三个问题,似乎一向没有弄清楚。

第一个问题是这首诗所反映的历史事实是什么?作者的自序说:"开元二十六年,客有从御史大夫张公出塞而还者。"但在《河岳英灵集》和《文苑英华》中却是"开元十六年,客有从御史张公出塞而还者"。这个张公,是张守珪。开元十五年(公元七二七年),官瓜州刺史、墨离军使。开元二十一年,官幽州长史并兼御史中丞、营州都督、河北节度副大使。开元二十三年,以河北节度副大使兼御史大夫。根据这个政历,开元二十六年称"御史大夫张公"是对的,而开元十六年张守珪还没有兼御史衔,称"御史张公"是错了。由此看来,原文似乎应当是"开元二十六年"。但《河岳英灵集》编成于天宝末年(公元七五六年),收录的都是开元、天宝年间流传众口的著名诗篇。《文苑英华》是北宋初年编集的,所根据的都是唐人写本。这两部书都较为可信,而它们同样作"开元十六年",似乎原本确实如此。因此,我以为,可能高适作此诗及诗序时,是在二十一年以后,二十六年以前,则称"御史张公"也不错,而"开元十六年"则是他追记的年份。

无论是开元十六年或二十六年,这个年份只是那个曾经从张守珪出塞的幕客回来的年份。回到什么地方?诗序中没有说明。我们知道这时期高适还流浪于梁宋之间(今开封地区),正在学做诗。这位幕客做了一首《燕歌行》,给高适看。

于是高适"感征戍之事",也和作了一首。这位幕客不知是谁,他的《燕歌行》内容也不详,可能是叙述或歌颂张守珪的功绩的。高适这首和作里,有没有引用原作中的事实? 这些情况,我们现在都无法知道,因此就不容易正确地理解。

第二个问题,是这首诗的主题思想。作者对于这些"征戍之事"的"感",到底是什么态度? 肯定呢,还是否定? 歌颂呢,还是讽刺? 我看过一些笺释,对于这个基本问题,似乎都没有说明白。

第三个问题,是这首诗的结构,到底是集中描写一件事实呢,还是概括了许多"征戍之事"? 这些地名,是记实呢,还是借用? 所提到的人物,是一个人呢,还是许多人? 如果是一个人,是特写张守珪呢,还是另有别人? "汉将"是谁? "男儿"是谁? "身当恩遇"是谁? "死节"又是谁? 这些辞句,都有些捉摸不定,因而笺释者就意见纷纭。

以上三个问题是有联带关系的,不能一个一个地分别解决。《旧唐书·张守珪传》有一段记载,极可注意:

> 开元十五年,吐蕃寇陷瓜州,王君㚟死,河西汹惧。以守珪为瓜州刺史、墨离军使,领馀众修筑州城。板堞才立,贼又暴至城下。城中人相顾失色,虽相率登陴,略无守御之意。守珪曰:"彼众我寡,又创痍之后,不可以矢石相持,须以权道制之也。"乃于城上置酒作乐,以会将士。贼疑城中有备,竟不敢攻城而退。守珪纵兵击败之。于是修复廨宇,收合流亡,皆复旧业。

这一段历史启发我们两件事:(一)开元十六年,有一个张守珪的幕客从瓜州回来。他曾作了一首《燕歌行》,叙述或歌颂张守珪这一次的军功。高适读了,印象很深。过了几年,就采取这个题材,也作了一首。事情原是发生在瓜州,但高适作此诗时,张守珪已转官为幽州长史兼御史中丞、河北节度副大使,因此他的诗序中称"御史张公",而诗中的地名都是在幽州国防线上了。(二)诗中最有关系的两句:"战士军前半死生,美人帐下犹歌舞。"多数注释者都以为讽刺主将荒淫,耽于酒色,而不恤士兵的生命。但是从这两句的上下文看来,分明不是作者对张守珪的讽刺。这个谜,向来没有人解通,只有陈沆在《诗比兴笺》中曾引用这一段史传,认为这两句与瓜州的"空城计"有关。但是,他又说:"然其时守珪尚未建节,此诗作于开元二十六年建节之时,或追咏其事,或刺其末年富贵骄逸,不恤士卒之词,均未可定。"这样,他虽然注意到张守珪在瓜州以空城退敌这一史实,还是不敢确定这两句诗是歌颂,还是讽刺。这是因为他没有注意到诗序原本是"开元十六年"。

开元十六年至二十三年是张守珪功名极盛时期,瓜州之胜,虽然是一时侥幸,但也可见其胆略。当时必然众口喧传,非但幕客以之入诗,而且历史传记里也写了进去,可知高适作此诗,决不是有讽刺之意。

《燕歌行》是乐府古题,吴兢在《乐府古题要解》中解释这个曲调的内容是"言时序迁换,而行役不归,佳人怨旷,无所诉也。"高适所感的"征戍之事",这也是其中之一,既然用此题作诗,就应该符合这个曲调的内容要求。所以,"铁衣远戍"以下四句,就离开了张守珪的故事,而表现《燕歌行》的本意了。

开元、天宝年间,唐朝对突厥、回纥、吐蕃,连年有战争。对于这些战争,当时的诗人,一般是不反对的,因为是卫国战争。对于参加这些战争的将士,又常常歌颂他们为民族英雄,认为他们是为国死节,不是为了贪功受赏。"死节从来岂顾勋"一句就表现了这个观点。但对于战争本身,他们是反对的,或说憎厌的,因为"沙场征战苦",驱使无数人民去"暴骨无全躯"。因此,归根结底,最好还是有一位像李牧那样的将军,驻守边塞,以守备为本,既不让敌人侵入,又不至于发生战争。

现在,我们可以看清楚,高适这首诗的前半篇十六句是有感于张守珪瓜州战功而作,显然就是那个幕客原作的题材内容,否则,为什么说是"和"呢?其后半篇十二句是表现了他对"征戍之事"的复杂的,或说矛盾的"感",同时,也是为了符合题目。"杀气三时作阵云"一联是描写边塞上随时都有战争。"三时"是春、夏、秋,见《左传》。春、夏、秋是耕桑的季节,古人作战一定选择冬季,可以不妨碍生产,而且容易征召兵士。"阵云"是某一种状态的云,据说出现了这种云,就预兆着会发生战争,因为这种云是"杀气蒸腾而成"。现在说春、夏、秋三时都有阵云,可知终年都有战事。

这首诗一共用了七个韵,每韵成为一首绝句。第二、四、七韵是平韵绝句,其馀都是仄韵绝句。每一首绝句都押三个韵脚。第四韵"大漠穷秋塞草腓",这个"腓"字有许多本子都作"衰"字,肯定是错的,因为"腓"字是韵。第六韵"边庭飘飘那可度",这个"度"字与下句的"有"、"斗"二字现在读起来好像不押韵,但在唐代可能是押韵的。"度"应当读如"豆",如果不是古音,准是方言韵。

这是一首歌行体的乐府诗,但从句法、韵法和平仄粘缀的角度看来,却是七首绝句的缀合。("君不见"的"君"字可以说是衬字。)每一首绝句表达一个完整的观念,绝不与上下文联系,这种结构是极少见的。

　　从来评选唐诗的人,似乎都把这首诗评价得过高了。其实,主题思想的不一贯,句法结构的支离散漫,仍然都是缺点,在高适的创作过程中,这首诗还是他的早期作品,不能作为他的代表作。高、岑虽然齐名,论七言古体的边塞诗,毕竟高不如岑。

一九七八年四月二十六日

白雪歌送武判官归

北风卷地白草折，胡天八月即飞雪。（韵一）

忽如一夜春风来，千树万树梨花开。（韵二）

散入珠帘湿罗幕，狐裘不暖锦衾薄。

将军角弓不得控，都护铁衣冷难著。（韵三）

翰海阑干百丈冰，愁云惨淡万里凝。（韵四）

中军置酒饮归客，胡琴琵琶与羌笛。（韵五）

纷纷暮雪下辕门，风掣红旗冻不翻。（韵六）

轮台东门送君去，去时雪满天山路。

山回路转不见君，雪上空留马行处。（韵七）

岑参，南阳（今河南南阳）人，天宝三载（公元七四四年）进士及第。安禄山叛乱，攻占长安的时候，岑参年在四十左右。代宗时，官至嘉州刺史。为西川节度使杜鸿渐所器重，奏请以岑参为从事。杜鸿渐罢官后，岑参就终老于蜀中。天宝末年，封常清为安西节度使，岑参在其幕府中，因而熟悉西域情况，写了许多描写边塞的歌行体诗，与高适齐名。

《白雪歌送武判官归》是岑参名作之一。他的同事武判官要离职回家，节度使置酒送行，其时正在大雪天，岑参在酒席上作此诗送行。全诗以描写边地雪景开始，转到送行的意思。论这首诗的作用，也是一首赠别诗。

此诗前十句都是"白雪歌"。西北塞外，八月就下雪了。好像一夜之间，吹来了春风，使千万树梨花都开放了。这是描写雪之白。下面四句形容雪之寒：将军的弓都拉不开，都护的铁甲也穿不上身。唐代有北庭大都护，是西北边防的统帅。"翰海阑干百丈冰"这一句却有问题，已有人指出过。"翰海"就是沙漠，没有水，不会结成百丈坚冰。大约作者用错了名词，指的是蒲类海之类的大湖泊了。

岑参

下面八句就转到送行的事。判官东归，节度使为他送行。中军是中军之将，这里用来代替主将，即指节度使封常清。宴会上有音乐歌舞，以"胡琴琵琶与羌笛"一句来表达。宴会到傍晚，辕门口大雪纷飞，红旗在风中也因冻结而不能翻展。轮台是县名，北庭大都护驻守的地方。在轮台东门送行，这时天山下的大路已为积雪所封，行人转过一个弯，就看不见了，只留着雪上的马蹄迹，供我怀念。

这首诗不能说有什么突出的好处。武判官大约不是作者的亲密朋友，送行的话并没有深刻的情感。全诗只不过词句通俗流利，集中一个主题，从各方面刻画塞外雪景。在开元、天宝年间，这是一种新题材、新形式的诗歌，一时风行，成为一个新的流派。

《白雪歌》相传是黄帝时的琴曲。楚大夫宋玉对襄王云："有客歌于郢中，歌《阳春》、《白雪》，国中和者数十人。"可知当时能唱此曲的人很少。唐高宗显庆二年（公元六五七年），太常寺乐官取帝所作雪诗，依旧传琴曲制谱，成《白雪歌》曲进呈。岑参此诗歌咏边塞雪景，即以《白雪歌》为题，是借用乐府歌曲名，不是自创题目。下文"送武判官归"才是诗题。

再读一首岑参的歌行：

走马川行奉送出师西征

君不见，走马川，

雪海边，

平沙莽莽黄入天。

轮台九月风夜吼，

一川碎石大如斗，

随风满地石乱走。

匈奴草黄马正肥，

金山西见烟尘飞，

汉家大将西出师。

将军金甲夜不脱，

半夜军行戈相拨，

风头如刀面如割。

马毛带雪汗气蒸，

五花连钱旋作冰，

幕中草檄砚水凝。

虏骑闻之应胆慑，

料知短兵不敢接，

车师西门伫献捷。

　　这一首也是许多选本都选取的名作，走马川不见于地理书，大约在轮台附近。在走马川送封常清出师西征，因此做一首描写走马川的诗，带便写进了送行之意。题目没有说明送谁出师西征，但岑参另外有一首《轮台歌送封大夫出师西征》，可知这一首也是送封常清的。沈德潜在《唐诗别裁》中把这首诗也题为《奉送封大夫出师西征》，虽然大概不错，但总是随意添改。

　　川，本义是河流。沿着河流两岸的平原，称为"川原"，也简称为川。"行"是歌行的行，不是行走的行。《走马川行》是这首诗的正题，是歌曲名；《奉送出师西征》是副题，是诗题。

　　这首诗的第一句，各个版本均有不同。《唐诗纪事》作"君不见走马沧海边"，显然漏掉一个"川"字。《唐音》、《全唐诗》、《唐诗别裁》都作"君不见走马川行雪海边"，显然多了一个"行"字。这首诗是每三句一韵，如果依照上面两种句法，则第一韵少了一句。现在我们把它写作：

> 君不见走马川，
>
> 雪海边，
>
> 平沙莽莽黄入天。

句法、韵法就与全诗统一了。"川"字也是韵，而且是起韵，下面"边"、"天"二字是跟着"川"字协韵的。"沧海"的沧字肯定是错的，现在定作"雪海"。岑参《轮台歌》有一句"四边伐鼓雪海涌"，可以为证。

《白雪歌》描写的是雪，这首诗描写的是风。"轮台九月"两句描写沙漠里的大风，设想和造句，极为雄健。下面三句就转到副题上去，"汉家大将西出师"，尤其是一个关键性诗句。金山不知现在是什么山，注释者都引用《嘉庆一统志》，说是"在陕西永昌卫城北"。这样，反而在轮台之东，而且是内地了。《轮台歌》一开头就说："羽书昨夜过渠黎，单于已在金山西。戍楼西望烟尘黑，汉兵屯在轮台北。"这两首诗写的是同一件事，可知金山必在轮台之西。"烟尘"是烽火的烟尘，是敌人入侵的警报。

"将军金甲"三句写军容之盛，但仍然联系着风。不过"风头如刀面如割"这一句却大有语病。从语法的角度看，既然头面对举，那么这一句的散文结构，就应该是"风头如刀，风面如割"。但作者的意思似乎是"风头如刀，吹在人面上犹如被割裂了一样"。那么，这句诗实在是不合语法了。（问题在这个"头"字用得不好。）

"马毛带雪"三句，都写寒冷，前两句写奔驰的战马，汗气从身上的积雪下蒸发出来，随即凝结为冰。"五花"、"连钱"是马毛的纹饰，此处用来作马鬃的代用词。第三句联系到自己，在幕府中起草文书，砚水也结冰了。

最后三句是颂扬封常清的，也是奉送出征的礼貌语。敌人听到你的大军出动，一定恐慌万分。估计他们决不敢和我军短兵相接，肯定会投降的。那时我们当在车师西门迎接你凯旋归来。车师是古代匈奴部族名，也是他们居住的地名，在今新疆吐鲁番奇台一带。从地形来看，应在轮台东北。如果封常清从轮台向西出师，则敌人不可能在其东北。因此，这里所谓车师，或者是用一个历史名词，以代替轮台，反正这一带都是汉代匈奴的车师前后王庭所在地。

岑参在西域多年，写了不少以边塞为题材的诗歌，每一首里都有些精警的句子，为后世所传诵。但观其全篇，往往还有美中不足之处。例如叙述凌乱，重复字多。此诗第五韵上二句写马,第三句忽然写到"幕中草檄",便毫不相干。也许作者想到的是"据鞍草檄"的典故,故尔有此一句。如果是这样,则"幕中"二字便用得不适当,不如就用"据鞍草檄",就与马联系上了。

第三韵中两个"西"字也没有重复的必要。《轮台歌》第一段云:

> 轮台城头夜吹角,轮台城北旄头落。
>
> 羽书昨夜过渠黎,单于已在金山西。
>
> 戍楼西望烟尘黑,汉兵屯在轮台北。
>
> 上将拥旄西出征,平明吹笛大军行。

这八句诗中,"西"字三见,"轮台"三见,"头"字二句中再见,"旄"字二见,都是语病。善于琢磨的作者,都能避免,而岑参却不免粗疏。当然,我并不是说每一首诗中,绝对不许重复一个字。例如此诗第一、二句的"轮台"是故意要重复的,但第六句的"轮台北"就应当考虑了。

《白雪歌》的用韵方法很不整齐。第三韵与第七韵是四句一韵,其馀都是两句一韵。在一般情况下,一韵表示完成了一个思想概念。全诗用韵的方法,要求匀称。此诗第七韵四句是一个不可断绝的概念,所以应该是四句,况且又在篇末。如果上文都是两句一韵,此处忽然改为四句一韵,可以使读者有从容结束之感。但第三韵的四句却很不适当,分明是两个概念,应当仍用两句一韵,以取上下文的统一。

《走马川行》的韵法就整齐了。三句一韵,每句尾都协韵,每三句表达一个概念(只有第五韵不合格),使人读起来就觉得音节流利,意义明白。这种韵法,起源于秦始皇的《峄山刻石》。那是三句一韵的四言诗,现在把这种韵法用于七言歌行,不知是不是岑参的创造。

韵与音节有关。五、七言歌行的韵法,最普通的是全篇一致,四句一韵,仄声韵与平声韵互用。这样,诗的音节是和缓的。如果两句一韵,音节就较为急促。也有逐句协韵,一韵到底绝不转韵的,其音节就最为急促。如为了调剂音节,可以改变韵法。在四句一韵中插入两句一韵,或在两句一韵中插入四句一韵。但是要求在变化中有规律,不能忽此忽彼,漫无次序。

韵法约束了思想概念。两句一韵,必须把一个概念约束在两句之中。如果不可能,则改用四句韵。像《走马川行》那样的三句一韵,毕竟很少使用。这种技巧,文学批评家常常称之为"剪裁"。做衣服要把衣料剪裁得合身,做诗也要把诗意剪裁得配韵。或者说,韵要配合思想概念。

　　以上所讲韵法,只是普通的、一般的规律,到了李白,由于他才气大,敢于突破常规,他的歌行常有独创的韵法。为了配合他自己的韵法,甚至还敢于改变句法,有时把散文句法也用到诗歌里来了。这种例外情况,每一位大诗人都有某些独创,不独李白一人为然。

一九七八年四月三十日

20

早朝大明宫呈两省僚友

贾　至

银烛朝天紫陌长，禁城春色晓苍苍。

千条弱柳垂青琐，百啭流莺绕建章。

剑佩声随玉墀步，衣冠身惹御炉香。

共沐恩波凤池上，朝朝染翰侍君王。

和贾至舍人早朝大明宫之作

王　维

绛帻鸡人报晓筹，尚衣方进翠云裘。

九天阊阖开宫殿，万国衣冠拜冕旒。

日色才临仙掌动，香烟欲傍衮龙浮。

朝罢须裁五色诏，佩声归到凤池头。

和贾至舍人早朝大明宫之作

岑　参

鸡声紫陌曙光寒，莺啭皇州春色阑。

金阙晓钟开万户，玉阶仙仗拥千官。

花迎剑佩星初落，柳拂旌旗露未干。

独有凤凰池上客，《阳春》一曲和皆难。

奉和贾至舍人早朝大明宫

杜　甫

五夜漏声催晓箭，九重春色醉仙桃。

旌旗日暖龙蛇动，宫殿风微燕雀高。

朝罢香烟携满袖，诗成珠玉在挥毫。

欲知世掌丝纶美，池上于今有凤毛。

这里有四首七律唱和诗，是宋元以来许多谈诗的人喜欢评论的。唐肃宗至德二载九月，广平王李俶率朔方、安西、回纥、南蛮、大食之兵二十万人收复长安，平定了安禄山父子之乱。十月丁卯，肃宗还京，入居大明宫。三年二月丁未，大赦天下，改元乾元。此时李唐政权，方才转危为安，朝廷一切制度礼仪，正在恢复。中书舍人贾至在上朝之后，写了一首诗，描写皇帝复辟后宫廷中早朝的气象，并把这首诗给他的两省同僚看。两省是门下省和中书省，在大明宫宣政殿左右，是宰相的办公厅。中书省有政事堂，是宰相和大臣会议政事的地方。当时，杜甫官为左拾遗，属门下省。岑参官为右补阙，属中书省。王维本来是给事中，做了安禄山的伪官，此时刚才获得赦免，降为太子中允。他们都是诗人。贾至是中书舍人，是他们的上司，因而每人都做一首诗来奉和。当时和诗的一定不止他们三人，不过现在只能见到这三首。贾至首先作诗，称为原唱，王、岑、杜三人的诗是和作，合起来称为唱和诗。

官位较高的诗人，有资格每天进宫朝见皇帝。他们对于宫廷中那些威严而又华贵的礼仪，印象极深，往往有诗记录。唐宋诗人作这一类诗的不少。方虚谷编《瀛奎律髓》，给这一种诗取了一个分类目，名为"朝省诗"。

朝省诗和应制诗同样都是宫廷文学。字句要求富丽，对仗要求精工，思想内容要有感恩颂德之意。创作方法纯然是赋，不能用有言外之意的比兴。这种诗，在初、盛唐时期尤其多，诗人们往往用这种作品表示其写作翰苑文章的才学。我们研究唐诗，也应该了解一下，虽然现在它们已没有用处。

贾至的诗第一联是描写一个"早"字。进宫去朝见皇帝的时候，天还没有亮，还得用蜡烛；到了宫城里，才是黎明。"天"代表皇帝，朝见皇帝称为"朝天"。"紫陌"是紫红泥铺的路。第二联写大明宫的景色：千株嫩柳挂在宫门外，飞来飞去的黄莺绕着宫殿鸣啭。"建章"是汉高祖造的宫殿，规模宏大，传说有千门万户，后代诗人就用来泛指宫殿。第三联写百官上殿朝见的情况：穿着朝服的官员肃静无声，走上白玉的阶陛，只听得身上悬挂的剑和佩带物的声音。衣冠端正的身上，沾染着两旁香炉里散发出来的香气。第四联就是感恩效忠的话了：我们大家都在凤池中享受皇帝的恩泽，应该天天写文章侍候皇上。"凤池"是凤凰池的简称，代表中书省的官署。此诗末一句，《唐诗纪事》作"终朝默默侍君王"，错得可笑。

王维的和作紧紧扣住贾至原唱。第一联也写"早"：戴红头巾的卫士在宫门外传呼天亮了，宫里专管皇帝衣服的女官才把翠云裘送来伺候皇帝视朝①。汉朝时，卫士在宫门外学作鸡鸣以报晓，称为"鸡人"。"翠云裘"见于宋玉的赋，用来指御衣。"晓筹"是铜壶中报晓的筹子。第二联写朝见情况：宫殿的门都开了，各国官员都来朝拜皇帝。"九天"是最高的天，"阊阖"是天门。这一句实际上是宫殿开门的倒装句法。"衣冠"代表人物，"冕旒"是皇帝的朝冠，此处用作皇帝的代词。第三联写朝见时的景色：太阳光才照临到殿前的承露盘，薰炉中的香烟要飘浮到皇帝的衣服上去。汉武帝曾铸铜为仙人，掌上托着一个承接露水的铜盘，放在宫殿前。此处用来指宫殿前陈列的装饰物。皇帝的衣服绣有龙纹，称为龙衮，亦可称衮龙。第四联讲到自己的职司：朝罢之后，回到中书省，就应当为皇帝办事，起草各种诏书。"五色诏"是用典故，石季龙的诏书是用五色纸写的，故曰"五色诏"。此处只是用来作"诏"字的修饰语，其实唐代的诏书是用黄麻纸写的。

岑参的诗，前三联的内容也是同样的。第一联说：鸡鸣的时候，路上还有黎明的寒气；在这暮春时节，黄莺在皇城里鸣啭不已。从这一句看，可知这些诗都是在乾元元年三月里作的。第二联说：晓钟一响，宫中的千门万户都开了；白玉阶两旁，警卫的仪仗队簇拥着许多官员。"万"、"千"二字，都是多的意思，"金阙"指宫廷。上一句就是王维的"九天阊阖开宫殿"。第三联也是写"早"：花儿迎接这些剑珮铿锵的官员，正是星星刚才隐落的时候；柳条吹拂着旌旗，还带着露水。第四联就和贾至的原作不同了。他说：只有这位凤凰池上的人，能做这样一首好诗，正如《阳春》、《白雪》的曲子一样，使大家都难于奉和。这一联就是恭维贾至了。

杜甫的和诗用一半篇幅来写早朝，另一半篇幅来恭维贾至。第一联说：五更时候，铜壶滴漏的声音，催出了晓箭。这一句只是说：天亮了。古代无钟表，以铜

---

① 皇帝在正殿接受群臣朝见，称为"视朝"。

壶滴水计时。每一个时辰有一支竹筹，或称箭，从水壶中升起，所以说"漏声催晓箭"。下面的对句是说：皇宫里的春风使桃花都红了。"九重"是最高的地方，指皇宫。人醉则脸红，桃花红了，就像是醉了。天上的人是仙人，地上的人是凡人，皇帝既称天子，皇宫就是天庭。皇宫里的人物就可以用仙字来形容，"仙杖"、"仙桃"是同样的用法。第二联写宫中日暖风微，画着龙蛇的旌旗在微微飘动，宫墙殿角上有燕雀在高飞。第三联说贾至朝见以后，满袖带着香烟回到中书省，提起笔来写成了一首像珠玉般的好诗。第四联的含意，必须先了解几个有关的典故，方能明白。原来贾至的父亲贾曾在开元初年也做过中书舍人，玄宗皇帝在先天元年即位的时候，玉册文便是贾曾作的。后来玄宗避难入蜀，传位于肃宗，这个传位玉册文是贾至作的，所以他们父子是"世掌丝纶"，两代都职掌皇家的文书。"丝纶"，代表皇帝的话，见于《礼记》。刘宋诗人谢凤的儿子谢超宗，诗文学问都好。有一天，皇帝对谢庄说："超宗很有些凤毛。"这是一句开玩笑的话，意思是说：谢超宗的才学，得到他父亲的遗传。后世文人就用"凤毛"来代表能继承家学的儿子。杜甫把这些典故组织在第四联中：要知道世掌丝纶的美事，但看现在凤凰池上有了凤毛。这两句对贾至的恭维，比岑参的两句更贴切了。

这四首诗是研究唐诗的好资料。同一题材，同一形式，出于同时四位著名诗人之手，后世人就有兴趣给他们评比甲乙，像上官婉儿评比沈、宋二诗一样。

现在我先抄录明清人的四诗优劣论，看看前人有过多少意见：

> 岑作精工整密，字字天成。颈联绚烂鲜明，"早朝"意宛然在目。独颔联虽绝壮丽，而气势迫促，遂致全篇音节微乖。王起语意偏，不若岑之大体。结语思窘，不若岑之自然。颈联甚活，终未若岑之骈切。独颔联高华博大而冠冕和平，前后映带宽舒，遂令全首改色，称最当时。但服色太多，为病不小。而岑之重两"春"字，及"曙光"、"晓钟"之再见，不无微颣，信七律全璧之难。

以上是明代胡元瑞的话，见《少室山房笔丛》。他把王维、岑参二诗作比较，以为王维的起、结和颈联都不如岑作，但颔联却好到使"全首改色"，成为四诗之最。至于缺点，则王诗中"绛帻"、"尚衣"、"翠云裘"、"衣冠"、"冕旒"、"衮龙"，尽管作用不同，总觉得衣服方面的词汇太多。岑诗则"曙光"和"晓钟"亦不免重复。

《早朝》四诗，名手汇此一题，觉右丞擅场，嘉州称亚，独老杜为滞钝无色。 富贵题出语自关福相，于此可占诸人终身穷达，又不当以诗论者。

这一段是明代胡震亨的话，见《唐音戊签》。他排定了考案：王维冠军，岑参亚军，杜甫殿末。理由是杜甫此诗最为寒伧，富贵庄严的气象不足。接下去讲到有福相的人说话自然有富贵气，不能说富贵话的人，必定是穷途潦倒汉。因此，从诗看人，可以预测杜甫一辈子不会显达。这是他的定命论观点，我们不必重视，也无暇在此批判。他既以"富贵语"为衡量这四首诗的标准，可知他把王维列为第一，是因为王诗的富贵气象胜于岑诗。

岑王矫矫不相下，舍人则雁行，少陵当退舍。 盖尺有所短，寸有所长，不当以一诗议优劣也。

这是明末唐汝询的意见，见《唐诗解》。在岑、王之间，他不能定甲乙，贾至则挂名第三，杜甫考得了背榜。但又赶快申明这仅是四首诗的高下，并不是四人全部诗作的定评。

岑诗用意周密，格律精严，当为第一。 贾亦不能胜杜。

这是吴昌祺的一段眉批，写在唐汝询的评语上边，见《删订唐诗解》。他定的考案是：岑参、王维、杜甫、贾至。

岑参《和贾至舍人早朝大明宫之作》，起二句"早"字，三、四句大明宫早朝，五、六正写朝时，收和诗句称。 原唱及摩诘、子美，无以过之。

这是清人方东树的意见，见《昭昧詹言》。他以岑参诗为第一，理由是全诗章法匀称。其他三诗，他没有排名次。

和贾至舍人《早朝》诗究以岑参为第一。 "花迎剑佩，柳拂旌旗"，何等华贵自然。 摩诘"九天阊阖"一联失之廓落，少陵"九重春色醉仙桃"更不妥矣。 诗有一日短长，虽大手笔不免也。

这是晚清施补华的意见,见《岘傭说诗》。他的最后二句,意思与唐汝询同,表示并不因此诗而否定杜甫的伟大。其实他们这些话是多馀的,为什么不反过来说,他们并不以为岑参的诗都是第一呢?

> "早朝"唱和诗右丞正大,嘉州明秀,有鲁卫之目。 贾作平平。 杜作无"朝"之正位,不存可也。

这是沈德潜的评价,见《唐诗别裁》。他以为王、岑之间,旗鼓相当,不易分高下。贾至诗虽平平,还可列入第三。杜甫诗只做"早"字,没有把"朝"字放在正位上,就使主题落空,因此他根本不选这首诗。

以上选录了明清二代七家的评语,只是现在手头所有的资料。宋元人诗话中也有过个别论议,但似乎还没有人作综合评比。单就这七家的论定来看,杜甫不及格是肯定的了。岑得三票,王得二票,弃权二票。岑诗的冠军地位,较王诗为稳。

从全诗的结构、章法、句法来看,我以来这样的定案是公允的。但从部分诗句的评论来看,还可以有所商榷。胡元瑞说王维诗"结语思窘,不若岑之自然"。这是牵涉到诗的结尾方法的问题。贾至诗是首唱,可以不谈,岑参、杜甫二诗的结尾都是针对原作、谀颂贾至的。因为贾至是中书舍人,是长官。王维诗的结尾,虽然用贾至原意,却并不对贾至一人而言,只是泛说两省僚友退朝之后,就得回到省中去办公。这是因为王维的官位是太子中允,和中书舍人同为正五品上阶。他的资格也比贾至老,因此他不作恭维贾至的话。岑参官右补阙,是从七品官;杜甫官左拾遗,是从八品官,他们当然应该恭维一下长官。从恭维的辞藻来比较,杜甫的结联实在高于岑参。胡元瑞说王维思路窘弱,恐怕没有考核一下当时王维的身分。

贾至的原作,虽然工稳,但没有一联警句,比起来真是平平。其馀三诗,各有一联被推为名句。王维是"九天阊阖"一联,岑参是"花迎剑佩"一联,杜甫是"旌旗日暖"一联。王维这一联,胡元瑞以为"高华博大,冠冕和平,使全诗为之生色",而施补华却说是"失之廓落"。这两家的评价,相去甚远。"廓落"就是空泛,大约岘傭以为这一联是抽象的描写。他把"九天阊阖"误解为天庭,把"万国衣冠"误解为全世界的人,于是便觉得诗意不切"朝"字,流于空泛了。其实王维此联的重点在"万国衣冠"一句。当时有契丹、吐蕃、回纥、南蛮等许多国家和部落的军队来协助平定安禄山之乱,每天都有各国的可汗、君主或将帅参与朝会。王维写的正是当时现实的盛况，而这正是贾、岑、杜三诗所没有表现的。因为有了下一句，才配了上一句来形容宫殿之高大。所以胡元瑞感到这一联所描写的朝会气象和其馀三首诗不同。它非但不是"廓落"，而正是写出了当时朝会的一个特征。

岑参的一联，也有过不同的看法。唐汝询解释道："花柳芬菲，星沉露滴，早朝之景丽矣。"吴山民在《唐诗评醉》中也批评这二句"花星无涉，柳露相粘"。可知他们都以为两句之中写了四景，每句的上四字与下三字不相干。这是没有足够的体会。吴昌祺指出："'花迎'二句，或谓为两截语，非也。盖言迎于星落之时，拂于露湛之际耳。"这就把作者的句法讲明白了，怎么能说"花星无涉"呢？至于"柳露相粘"，是说这一句中犯了用双声字之病。一句诗中忌用双声字，这是关于调合四声的八病之一。在盛唐时候，诗人还不重视这种声病，我们可以存而不论。

杜甫的"旌旗日暖"一联，是苏东坡极口称赞的。但这一联的下句与上句不很相称，因为用了"燕雀"二字便不够富丽。封建时代的宫廷文学，对花鸟之类，也有选择。讲到花，总得用牡丹、芍药、桃李之类。讲到鸟，总得用凤凰、鹦鹉之类。"雀"是田野里的小鸟，放在宫里，就显得寒伧。杜甫这一句本该用"莺燕"，就没有问题，可是这里只许用两个仄声字，老杜也只好配上一个"雀"字了。

一九七八年五月四日

21

五言律诗二首

王湾

江南意

南国多新意，东行伺早天。

潮平两岸失，风正一帆悬。

海日生残夜，江春入旧年。

从来观气象，惟向此中偏。

次北固山下作

客路青山外，行舟绿水前。

潮平两岸阔，风正一帆悬。

海日生残夜，江春入旧年。

乡书何处达，归雁洛阳边。

现在选讲一首王湾的诗。这首诗从唐代传流下来，一开始就有两个文本。除了中二联只差一字外，起结二联，完全不同，连题目也不同。这是研究唐诗的人都感到兴趣的。

王湾，洛阳人，不知其字。《唐诗纪事》说他登先天进士，开元初为荥阳主簿。以后被马怀素选请去校正秘阁群书，最后的官职是洛阳尉。《唐才子传》说他是开元十一年（公元七二三年）进士，比先天迟了十年。天宝年间，国子生芮挺章编选了一部同时代人的诗集，叫做《国秀集》。此书一共选录了诗二百二十篇，王湾这首诗也在内，题作《次北固山下作》。过了十年，丹阳进士殷璠也编了一部当代诗选，题名为《河岳英灵集》。此书一共选诗二百三十四首，都是开元、天宝年间的名作，王湾这首诗也被选讲了，但题目却是《江南意》。同时的书，选的又是同时代的作品，两个本子文字如此不同，这是极为少见的。后世人选录这首诗，有人用芮本，有人用殷本，对于这首诗的体会和解释，也就不同。

幸而中间两联只差一个字。颔联写长江水涨风静之景，芮本作"两岸阔"，殷本作"两岸失"，这就有人评比过。沈德潜在《唐诗别裁》中说："两岸失，言潮平而不见两岸也。别本作'两岸阔'，少味。"可是，我却觉得用"阔"字好得多。潮与岸平，则感觉到两岸开阔。若"两岸失"，则潮水泛滥成灾了。如果从"平"的情景去体会，我以为"阔"字是作者的改定本。

颈联是盛唐名句。王湾的诗名，全靠这一联，垂于不朽①。海上已涌出一轮红日，这边还是残夜；江上已有春意，而旧年还未过完。这是说江南春早。两个动词"生"和"入"都用得灵活，"生"字还比较平常，"入"字却非经过苦心锻炼不能想到。他用的是倒叙句法。不说腊月里已有春意（可能这一年立春在腊月），而说春意进入了旧年。殷璠说这两句是"诗人已来，少有此句"。又说：张说作宰相的时候，曾亲手写了这首诗，贴在政事堂中，教人学习。

这两个文本，不但题目不同，连起结两联也绝然不同，因此我们可以断定不是被别人改了诗题，很可能是原作者一诗二用。初稿也许是《江南意》，写北方人初到江南所见的景色。起联作正面叙述：南方有很多新的意思，趁大清早就开船东下。接下去两联就描写江水、海日和早春。在北方人看来，这些都是新意。这个"意"字，现在文言里似乎已没有这样用法，但在口语里却还存在。我们看到好风景或新鲜事物常常说："有意思。"就是这个"意"字的注解。最后一联说：向来我看过各处地方大自然的美景，只有这里是非常特别的。这个"偏"字，在现代语文中已没有这样用法，但在唐代却是一个普通状词。岑参的《敦煌太守后庭歌》结句云："此中乐事亦已偏。"又孟郊《边城吟》云："西城近日天，俗禀气候偏。"都是同样的用法，"偏"字本来有不正、欹侧的意义，大约唐人引申而有"独特"、"别致"的意义。

"次北固山下"，即在北固山下宿夜。"次"字作停顿解，无论驻马、泊舟、停车，都可以用"次"字。这个诗题的意义是停船在北固山下过夜，待明天一早开船。北固山在镇江。如果把《江南意》的中间两联用于这个诗题，起结两联就必须改作。于是，作者把起联改为"客路青山外，行舟绿水前"，以点明题目。结联改作"乡书何处达，归雁洛阳边"，以旅客怀乡的情绪作结束。

芮挺章的《国秀集》先出，他得到是题为《次北固山下作》的文本，殷璠的《河岳

---

① 谭友夏在《唐诗归》中评此联云："不朽。"

英灵集》迟出，他得到的是《江南意》文本。但是我以为芮挺章得到的是改定本，殷璠所得却是初稿本。因此，我以为"潮平两岸失"是初稿，而"两岸阔"是作者自己的改定本。

方回编的《瀛奎律髓》选了这首诗的《次北固山下》文本，在评语中说："《江南意》似不如此篇之浑全。"周伯弼的《三体唐诗》亦用此本。《唐诗纪事》、《唐才子传》都采录了《江南意》文本。沈德潜的《唐诗别裁》录用了《次北固山下作》文本，但是他把"两岸阔"改回来，仍作"两岸失"。可见他以为从全体看，这首诗以《次北固》本为佳，但在"阔"与"失"之间，他坚持以为"失"字有味，硬是改乱了两本的真面目。

顾小谢的《唐律消夏录》选用了《江南意》文本。他有一段很好的评解，今全录于此：

> 第三、四句潮平岸失，风正帆悬，寻常之景。 第五、六句因海天空阔，见日出恁早，故曰"生残夜"。 江树青葱，觉春来亦恁早，故曰"入旧年"。 句法虽佳，意亦浅近。 妙在是北人初到江南，处处从生眼看出新意，所以中间两联，便成奇景妙语。 后人将此题改作《次北固山下》，起结全换，是何见解，可叹可叹。

这一段话对我们很有启发。它说明了诗与题目的密切关系。中间两联写的本来是寻常景色，诗意亦是浅近的。在《次北固山下》这个题目之下，这两联便显不出妙处。用《江南意》为题，而且第一句就点明"南国多新意"，于是这两联便突出了。它使读者感到是典型的江南气象，是初到江南的北方人生活经验中的新意。由此可见，读古代文学作品，连题目都应当注意，看看作品本文与题目是否呼应？题目能否概括本文全篇？孟浩然的《临洞庭》一诗，岂不是也因为被删去了"赠张丞相"四字而使读者感到结尾几句不着题吗？

至于顾小谢认为《次北固山下》是后人改换的题目和诗句，这是不可能的。后人窜改古人诗，从来没有这样大幅度的改。而且这两个文本，见于同时代人所编的书，相去不过十多年，要改也只能是同时代人所改，决不可能是后人所改。所以我估计这是王湾自己的改本。

一九七八年五月五日

22

凉州词

王　翰

蒲桃美酒夜光杯，欲饮琵琶马上催。

醉卧沙场君莫笑，古来征战几人回？

凉州词

王之涣

黄河远上白云间，一片孤城万仞山。

羌笛何须怨杨柳，春风不度玉门关。

出塞

王昌龄

秦时明月汉时关，万里长征人未还。

但使龙城飞将在，不教胡马度阴山！

逢入京使

岑　参

故园东望路漫漫，双袖龙钟泪不干。

马上相逢无纸笔，凭君传语报平安。

初、盛唐时期，东北、西北、西南各处国防线上常有战事，唐朝政府不得不派大军守卫边境。统率这些国防军的节度使都是著名的将帅，他们需要带一批文人去掌管文书事务。文人进入节度使幕府，有希望由于长官的举荐而获得一官半职。在玄宗开元、天宝年间，许多著名诗人都被收罗在边防节度使的幕下。这些诗人熟悉了边塞风物和将士的生活、情绪，用各种形式的诗歌来歌咏、表现它们，于是唐诗中大量出现了这一类的新题材。历代把这一类诗歌称为边塞诗。我们已讲过了高适、岑参的三首七言歌行形式的边塞诗，现在再选讲四首七言绝句形式的边塞诗。

第一、二首都题作《凉州词》。"凉州"是当时新流行的曲调。据说有一位龟兹国王爱好音乐，他在大山中听风声水声，和他的乐师们一起谱成许多歌曲，在西域风行一时。唐朝的陇右节度使郭知运搜集到这些曲谱，进献给玄宗，玄宗就交给教坊翻成中国曲谱，并配上新的中国歌词，就以歌曲产生的地名为曲调名，有"伊州"、"甘州"、"凉州"等十多个曲调。诗人们热烈欢迎这些新鲜的歌曲，大家都为它们作词，因此许多人的诗集里都有以"凉州词"、"伊州词"或"甘州词"为题的诗歌，它们是唐代新的乐府曲名，不是诗题。

王翰的《凉州词》写一个即将奔赴战场的将军，在临阵以前，僚属为他欢送出征。葡萄酒是凉州名产，夜光杯是最好的白玉酒杯，也是凉州名物，用这一句来概括宴席的丰盛。将军还想多喝几杯，可是军士们已骑上马，不便口头催促，只是拨响着琵琶。将军一听，就知道伙伴们在催促他了。但将军此时已喝得醉醺醺的。他是贪杯酗酒吗？不是。他是贪生怕死吗？也不是。他说：我醉倒在战场上，你们也别笑我。你们看，从古以来，上阵作战的人有几个活着回来的？这就表现了将军抱着必死之心，以及醉酒后上马杀敌的豪壮气概。施补华评这两句道："作悲伤语读便浅，作谐谑语读便妙，在学人领悟。"他的体会没有错，我们应当把这两句看作幽默话。

第二首王之涣的《凉州词》，就用另外一种边塞风光来谱词了。他先写塞上边城，在高山之间露出一片城墙，山下的黄河好像从白云中流出来。他把这个国防重镇的地理形势勾勒出来了。于是在这里听到有人在吹笛子，所吹的曲调恰是《折杨柳》。这是西北一带的横吹曲。从南北朝以来，人民有一种折杨柳枝送别的风俗，因而《折杨柳》的曲子又成为离别时奏的乐曲。现在听到又有人在吹这个曲子，体会到吹笛人一定有怀乡怨别之情。于是，诗人说：玉门关外，只有黄沙白草，春风都吹不到，哪里有杨柳可折。你吹笛的人，也不要怨杨柳了吧。结合前面两句，就可以感觉到这首诗的主题思想是说玉门关外如此荒芜寒冷，身居其地，怀乡恨别之情，极其深刻。"何须怨"不是真的劝他不要怨，而是说怨也无用，这是更深刻的反话。羌笛是西羌人做的笛子，吹笛子的人还是守卫边塞的大唐战士，不能理解为羌人在吹笛子。李白有一首《春夜洛阳闻笛》诗，有两句云："此夜曲中闻折柳，何人不起故园情。"可以为解释王之涣此诗的参考。近来有人注释此诗，知道"折杨柳"是曲名,却没有注明这个曲子的意义,因而对全诗的主题思想就无所知了。

这首诗最早见于《国秀集》。第一、二句云:"一片孤城万仞山,黄河直上白云间。"次序与今本不同。其次是《集异记》所引,第一句作"黄沙远上白云间"。后来在许多宋人书中,都作"黄沙直上白云间"①。"黄河"与"黄沙","远上"与"直上",孰是孰非,引起了后人的推敲。

许多人主张应以"黄沙"为是,"黄河"为误。理由是凉州城外没有黄河。我以为"河"与"沙"是传写之误,今天已无法确定到底原本是什么。论句法气势,则应当以"黄河远上"为较好。李白诗"黄河之水天上来"就是同一意境,这都是当时诗人对黄河上游的印象。至于说凉州不在黄河边上,因而肯定了"黄沙",这也有问题。因为"凉州词"是谱唱《凉州曲》的歌词,其内容本来不限定要描写凉州城。王之涣此诗只是写一个边塞上的戍城,"孤城"是泛用,并非专指凉州。再说,凉州也不在万仞山中,如果认为此诗是描写凉州的,那么连这第二句也得否定了。

王昌龄一首题为《出塞》,即出关。在唐诗中,一般用以表示出征,而"入塞"则表示凯旋归来。第一句"秦时明月汉时关",先从字面排列讲:看看天上的明月,还是秦朝时候的明月;看看雄壮的关城,也还是汉朝时候的国防建筑。第二句接着说:在这个从古到今景色不变的关塞中,出关万里去参加远征的人都没有回来。于是,诗人不免有些厌恶这种战争。他想,为什么要很远地走出国境去征伐胡人呢?如果有一位像李广一样的飞将军,能坚守边防,不让胡人的骑兵越过阴山来侵略中国,岂不是可以使许多兵士免于死亡吗?显然,这是一首反对侵略战争的诗,写得很含蓄,用"但使"、"不教"两个词语,让读者自己去体会。

"秦时明月汉时关"这一句曾引起过许多争议。王世贞以为是"可解不可解"(《全唐诗说》)的诗句。吴昌祺以为这地方在秦朝还是明月照着的荒野,到汉朝便已有关城了。这都是从字面排列的呆讲,把"秦时明月"和"汉时关"分为不相干的两部分。其实,诗人用"秦汉"两字是活用,也是形象用法。意义只是说:这里天上的月色和地上的关城,都仍然和秦汉时代一样。但他不能把诗句写成"秦汉明月秦汉关",这不成为诗,于是他改作"秦时明月汉时关"。无论是"秦"是"汉",这两个字都代表一个抽象的概念——"古",并不是要把明月和关分属于两个朝代,而是把"秦汉"两字分在两处作状词。这种诗句的修辞方法,称为"互文同义"。卢纶有

---

① 《文苑英华》、《乐府诗集》、《唐诗纪事》均作"黄沙直上白云间",《全唐诗》亦用此句。

一首《送张郎中还蜀歌》，起句是"秦家御史汉家郎"。张郎中是御史兼郎中，都是秦汉以来古官名，诗人亦用互文式的修辞来造句。这可以说是唐人句法，宋以后就不见这样的句子了。

第三句的"龙城"与"飞将"，注释家也有许多意见。龙城是汉代匈奴的都城，大将军卫青征伐匈奴，直捣龙城。但匈奴是游牧民族，他们没有固定的都城。所谓都城，只是指匈奴各个部落首领所在地，或者说军事主力所在。"飞将军"是汉代将军李广。他驻防边疆，匈奴人称之为"飞将军"，形容他用兵神速。这里是两个典故的合用，"龙城飞将"只是说能打败敌人的名将，并不实指某处某人。有些注释者太拘泥于历史事实，考证出龙城应当是卢龙塞，飞将应该是卫青而不是李广，因为李广与龙城无关。这样讲诗，真是"固哉"！试参看唐诗中用这两个名词的，都是活用，不可死讲。杨炯《从军行》云："铁骑绕龙城。"卢照邻《战城南》云："笳喧雁门北，阵翼龙城南。"沈佺期《杂诗》云："谁能将旗鼓，一为取龙城。"虞世南《从军行》云："涂山烽候惊，弭节度龙城。"这几位诗人都在王昌龄以前。如果要把他们诗中的"龙城"确定在某一地方，那么一会儿在雁门，一会儿在涂山。后来温飞卿有诗云："昔年戎虏犯榆关，一败龙城匹马还。"这个"龙城"，又在榆关外了。岂不是也很难解释？"飞将"也是唐诗人常用的语词，只是猛将、勇将的意思，不必牵扯到卫青或李广，更不必和上下句中的地名联系考索。贺朝《从军行》云："天子金坛拜飞将，单于玉塞振佳兵。"杜甫《秦州杂诗》云："故老思飞将，何时议筑坛。"都和王昌龄同样用法。

最后一首岑参的诗，用另外一种手法来表现他旅居边塞的寂寞。"故园东望"即"东望故园"，因为调声关系，把它们倒装了。东望故乡，路程遥远，被怀念家乡的情绪所激动，两个袖口抖索地擦不干眼泪。恰巧路上遇到一个回京城去的使者，就想托他带一封家信回去。可是随身没有纸笔，无法写信，只好托他带个口信回家，说自己身体健康，平安无恙。这首诗是平平直直的叙述，没有寓意，全用赋的手法。因为所叙的事实深刻地表现了边塞征人的怀乡情绪，尽管是质朴的素描，也仍然很能感动人。

关于王昌龄、王之涣这两首诗，唐人小说中记录了一个故事：有一天，王昌龄、高适和王之涣同在旗亭上游春饮酒。恰有几个歌妓在侍候贵人，唱歌劝酒。他们三人便约好，听这些妓女唱什么人的诗最多，借此评定三人中谁最有名。第一个妓女唱了王昌龄的"寒雨连江夜入吴"。第二个妓女唱的是高适的"开箧泪沾臆"。第三个妓女唱的是"奉帚平明金殿开"，又是王昌龄的诗。于是王之涣指着一个最美的妓女说："如果这个姑娘唱的不是我的诗，我就一辈子不做诗了。"后来，轮到这个妓女唱，果然唱的是王之涣的"黄沙远上白云间"。接着，她又唱了两支歌，也都是王之涣的诗。这个故事见于薛用弱的《集异记》，它说明二王、高、岑诸人，在当时同样著名，不易分别甲乙，而小说的作者是以王之涣为第一的。

这些绝句直到后世还有人评比。明代的李于鳞，以王昌龄的"秦时明月汉时关"为唐人绝句第一。王世贞以王翰的"蒲桃美酒夜光杯"为第一。清代的王渔洋以王维的"渭城朝雨浥轻尘"，李白的"朝辞白帝彩云间"，王昌龄的"奉帚平明金殿开"，王之涣的"黄河远上白云间"为唐人七绝最佳作品，而且说：从此以后，直到唐末，也没有人能超过这四首。施补华也举出"秦时明月"、"黄河远上"二诗为唐人边塞名作："意态雄健，音节高亮。情思悱恻，百读不厌。"可知这几首诗之为唐代七绝之最，已是众口一辞的定评了。

一九七八年五月八日

【增 记】

唐时玉门关外没有杨柳，故王之涣诗云："羌笛何须怨杨柳，春风不度玉门关。"清代左宗棠收复新疆，想到王之涣这两句诗，就命令各地官员在天山南路大道两旁种了几十万株杨柳。当时称为"左公柳"。左宗棠幕下诗人、将军都作诗歌颂。邓廷桢诗云：

羽林壮士唱刀环，齐裹貂裘振旅还。
千树桃花万行柳，春风吹过玉门关。

又杨昌濬诗云：

上相筹边未肯还，湖湘子弟遍天山。
新栽杨柳三千里，引得春风度玉关。

近来从清人笔记中见到这两首诗，我以为可作唐诗佳话，故附录于此。

一九八四年八月五日

23

五言绝句四首

王维 王之涣

金昌绪 佚名

相思子

王 维

红豆生南国，春来发几枝？

愿君多采撷，此物最相思。

登鹳鹊楼

王之涣

白日依山尽，黄河入海流。

欲穷千里目，更上一层楼。

春怨

金昌绪

打起黄莺儿，莫教枝上啼。

啼时惊妾梦，不得到辽西。

哥舒歌

佚 名

北斗七星高，哥舒夜带刀。

至今窥牧马，不敢过临洮。

现在选讲四首五言绝句。律诗与古诗的关系，在五言绝句这一形式中显示得最为密切。因此，现在来看从古诗演化为律诗的历程。

请先读一下这四首古体五言诗：

枯鱼过河泣，何时悔复及。

作书与鲂鲏，相教慎出入。

> ——汉诗

歌谣数百种，子夜最可怜。

慷慨吐清音，明转出天然。

> ——（晋）子夜歌

门前一株枣，岁岁不知老。

阿婆不嫁女，那得孙儿抱。

> ——（北朝）折杨柳枝歌

客游经岁月，羁旅故情多。

近学衡阳雁，秋分俱渡河。

> ——庾信：和侃法师三绝

第一首是汉代的五言诗，不讲究平仄粘缀，第一、二、四句尾是韵，用的是仄声韵。这一形式的诗，在徐陵编的《玉台新咏》里，给题上了"古绝句"的名目。第二首是晋代的民歌，也不讲究平仄粘缀，第二、四句尾是韵，用了平声韵。第三句第五字仍用平声字，但不协韵。第三首是北朝的民歌，也没有讲究平仄粘缀。第一、二、四句尾是仄声韵，第三句末也是仄声字，但不是韵。第四首是北周诗人庾信的诗，平仄粘缀，完全符合唐人律诗。第二、四句尾是平声韵，第一、三句尾都用仄声字。诗题已称为"绝"。庾信另外有一首五言诗，题目就是"绝句"。由此可见，五言绝句不是唐代诗人的创造，而是已完成于南北朝末期。不过，在那时候，像庾信这样平仄和谐、完全符合唐律的五言绝句还是不多，不论是民歌或文人作品，仍以前三首的古诗形式为主。

在唐代律诗形式完成以后，五律、七律、七绝，这三种诗体都已摆脱了古诗传统，保持着古诗传统的独有五绝。唐代诗人作五言绝句，兼用平韵和仄韵。用仄韵的几乎仍是古诗形式，连平仄都无须粘缀，试举孟浩然的一首《春晓》为例：

春眠不觉晓，处处闻啼鸟。

夜来风雨声，花落知多少。

这首诗，尽管选诗的人把它列入近体诗的五言绝句，其实与古诗没有什么不同。因此，我们可以说，在五言绝句中，古诗和律诗的关系最为密切，因为它们的界线并不清楚。

现在要讲的四首唐人五绝，都用平声韵，平仄粘缀合律，这是五言绝句的正格。作五言绝句，一般都依照这种形式。五绝只有二十个字，比七绝还少八个字，更容不下复杂的内容。因此，我们对五绝的题材内容，不能有奢望。只要它能使人获得清新的感觉，在短小的形式中有回味，这就够了。希腊古代有一种诗铭（Epigram），也是小诗，希腊人比之为蜜蜂的刺。虽然小，却能刺痛人。这个比喻，也可以用于我们的五言绝句。

这四首诗，文字都浅显，表现方法都是正面叙述，一读就懂，不必逐句解释。唐宋以来的文学评论家，对于诗，也要求符合"起承转合"的逻辑性，像散文一样。他们甚至规定了律诗的第一联必须是起，以下三联，必须分别为承、转、合各一联。对于一首绝句，则第一句至第四句，必须依次序为起、承、转、合。这样论诗未免太机械，有些诗人不很理睬这一要求。但是，尽管起承转合的句法可以移易，逻辑上的三段论法，每一首诗总是不可违背的。这四首诗的起承转合表现得很清楚，可以用来说明一首诗的逻辑性。

第一首和第三首，都是起承转合各一句。"红豆生南国"，"打起黄莺儿"，概念都不完全，必须有下面一句，才完成一个概念。所以，"春来发几枝"和"莫教枝上啼"是承接上句以完成一个概念的。第三句都是转句。没有这一句，那么第四句就和第一、二句找不到关系，也就是这首诗上下无从结合。第二首"白日依山尽"两句是平列的对句，没有起和承的关系，只能说这两句都是起。第三句仍然是转。可见这首诗只有起、转、合，而没有承。第四首以"北斗七星高"一句起兴，而第二句"哥舒夜带刀"，不能说是承接句，因为它和第一句没有关系，我们只能说两句都是起句。这样看来，所谓起承转合的规律，在于活用，而许多绝句，可以没有承句。

第一首王维的《相思子》，这是生长在南方的植物，结出鲜红的像豆一般的子，俗名红豆。民间传说以为身上佩带这种红豆，能永远怀念关心的人。王维用这个传说写了这首诗，送给到南方去的朋友。

这首诗,刘须溪校本《王右丞集》中没有收。《唐诗纪事》说:安禄山之乱,著名的宫廷歌人李龟年流落在湖南。在湘中采访使的酒席上,他唱了两个歌,都是梨园里作谱的王维的诗,其中之一就是"红豆生南国"。李龟年唱的第二句是"秋来发几枝",第三句是"赠君多采撷"。《唐诗别裁》选入了这首诗,第三句作"劝君休采撷"。《全唐诗》所载此诗,注明了各本异文,而第二句却采用了"秋来发故枝"。这样一首小诗,第二句和第三句有许多异文,使读者感到困难,不知原本到底如何,甚至连这首诗是否王维所作,也可怀疑。

"春"和"秋"的问题,我以为应作"秋"字。红豆子结于秋天,"发几枝"是说结出几枝红豆,不是说红豆树的枝叶。因此,"发故枝"肯定也是错的,因为如果指枝叶而言,则"故枝"早该在春天就萌发了。"劝"与"赠"的问题,显然"赠"字是错的,因为使这个句子不通了。"劝"与"愿"没有大区别,都可以用。"多采撷"与"休采撷"的距离却远了。因为"此物最相思",所以劝朋友多采些,就是希望他别后时常想念。这就是汉代人临别时常用的"长毋相忘"的意思。如果劝他不要采,那就是希望他不要想念,免得损了健康。这也就是李陵答苏武的信中所说"勿以为念,努力自爱"的意思。两个字义虽然相反,诗意却都可以讲得通。而用"休"字则诗意似乎更深一层。

现代青年看到"相思"两字,想到的只是男欢女爱。看到"情人"两字,想到的只是男女情侣。用这一观念去读古代文学作品,容易想入非非。古代作家用这些语词,有庄重的用法,用于朋友;有侧艳的用法,用于男女私情;还有比兴的用法,表面上是说男女之间的关系,实质上是用以比喻君臣、朋友的关系。这些都要根据作品的涵义作具体的区别。古诗:"客从远方来,遗我一书札。上言长相思,下言久离别。"鲍明远诗:"回轩驻轻盖,留酌待情人。"都是指朋友的。费昶诗:"窥红对镜敛双眉,含愁拭泪坐相思。"晋《子夜歌》:"情人刘碧玉,来嫁汝南王。"都是指男女之爱的。张九龄诗:"情人怨遥夜,竟夕起相思。"就是比兴的用法了。王维这首诗是一般的给朋友的赠别诗。近来有人解释这首诗,先把红豆说成是爱情的象征,于是肯定诗中的"君"字是指一个女子所恋爱的青年。这样讲诗,我看是走错门路了。

第二首王之涣的《登鹳鹊楼》。这个楼在今山西省永济县,在唐代是河中郡的城楼,以高敞宏伟著名。唐诗人登此楼作诗者不少,除王之涣这一首之外,现在我们还可以读到畅诸、李益、吴融等人的作品。王之涣登此楼,一眼看去,太阳正靠着中条山背后沉下去,黄河正在滔滔滚滚地奔向大海。这样已是用尽了目力,再也不能眺望得更远了。于是他说:如果要看到千里之外,非得再上一层楼不可。二十个字,诗意不过如此,有什么好处,为什么著名?因为他把登楼望远这一件平常的生活经验,用形象思维的方法表达了一个真理。前两句写登楼所见,是赋。赋可以夸张,在鹳鹊楼上,望不到黄河入海,离中条山也很远。这一夸张,离现实太远。后两句是比。俗话说:"站得高,望得远。"成语说:"高瞻远瞩。"这是从逻辑思维中得到的概念,放不进诗里去。诗人用比喻来说:"欲穷千里目,更上一层楼。"这样便耐人思索,不是干巴巴地直说道理了。现在,这两句诗已成为经常被引用的成语,适用于各种类似的情况,因而使此诗成为名作。

这首诗最初见于《国秀集》,题为《登楼》,作者是朱斌。钟惺的《唐诗归》选录此诗,也以为是朱斌的诗。但在其他选本和《全唐诗》中,都以为是王之涣的诗。另外还有一个不同的记载,见于《翰林盛事》:"朱佐日,吴郡人。两登制科,三为御史。天后尝吟诗曰:'白日依山尽,黄河入海流。欲穷千里目,更上一层楼。'问是谁作。李峤曰:'御史朱佐日诗也。'"《翰林盛事》是唐人笔记,记翰苑文人的故事。不知何人所作,现在此书已失传。这一段文字被引用在宋人朱长文所著《吴郡志》中。朱佐日,可能就是朱斌。由此看来,如果《翰林盛事》的记载可靠,那么,武则天已读到过此诗,恐怕其作者可能是朱佐日,而不是王之涣。再说,《国秀集》是一部可信的诗选集。编者与王之涣同时,他决不会把王之涣的诗改署朱斌的名字。又《国秀集》的诗题是《登楼》,不是《登鹳鹊楼》。从"黄河入海流"一句看来,我以为这首诗可能是登近海的楼台而作,因为这一句用在鹳鹊楼,实在太不适当了。

第三首"打起黄莺儿",此诗先见于《唐诗纪事》,题目是《春怨》,作者是金昌绪,馀杭人。"打起"作"打却","啼时"作"几回"。有注云:"顾陶取此诗为《唐类诗》。"顾陶是唐末人,编过一部《唐诗类选》,现在只存残卷。由这个注可知此诗从《唐诗类选》中选出。郭茂倩的《乐府诗集》也收有此诗,题目是《伊州歌》,作者是盖嘉运。注曰:"开元中,盖嘉运为西凉节度使,进此诗。"盖嘉运和陇右节度使郭知运一样,都是迎合玄宗皇帝的意志,在西域搜集新的歌曲。《伊州》曲是盖嘉运进呈的。但他进呈的是曲谱,不是歌词。注称"进此诗",这就错了。诗题《春怨》,恐怕是顾陶所改定。开元、天宝年间,《凉州》、《伊州》、《甘州》等歌曲盛极一时,许多诗人配合这些新曲调作歌词,大多用五、七言绝句形式。这首诗题作《伊州歌》,可能是原题,像王翰、王之涣的《凉州词》一样。

这首诗用一个妇女的口气来反映一种社会现实。她吩咐侍女赶掉树上的黄莺,不让它们鸣噪。因为黄莺不停地鸣叫,会惊醒她的梦,因而不能在梦中到辽西去会晤她的从军远征的丈夫。辽西是和契丹作战的地方。当时契丹屡次入侵,唐朝征发了众多百姓去作战,军事连年不解,使无数夫妻长期离别。诗人作此诗,反映了人民的厌战情绪。"辽西"是此诗的关键,当时人读了这首诗,立刻就体会到作者的意志,因为这正是人人都怕去的地方。

崔颢有一首诗,题目就是《辽西》。诗意是把远戍辽西的士兵的苦况,向安居乐业的洛阳人报导。李白诗有"相思不相见,托梦辽城东",也是说士兵的妻子不能见到丈夫,只能在梦中到辽城去会面。由此可知,此诗的主题,反映着当时的一种社会现实。后世人见了"辽西"两字,不会触目惊心,联想到战争给人民带来的苦难,因此就把这首诗看成仅仅是描写闺情的诗。作《唐诗合解》的王尧衢解释此诗云:"梦既惊断,辽西便到不得,连梦见良人也不能矣。写闺情至此,真使柔肠欲断。"近来有一个注释本,在"辽西"下注道:"辽西是她所思念的人的居住地。"这都是仅从文字表面来理解,什么"闺情"、"春怨"、"居住地",注解了一大堆文字,都没有指出诗的涵义。

第四首是西北一带的民歌。开元、天宝年间,吐蕃不时入侵。安西节度使哥舒翰骁勇善战,大败吐蕃主力部队于石堡城。占领之后,把石堡城修筑坚固,成为唐朝的国防要塞,从此吐蕃就不敢侵入青海。当地人民就编了这首歌谣来赞扬他。李白有一首诗,题目是《答王十二寒夜独酌有怀》,有句云:

> 君不能,学哥舒,
>
> 横行青海夜带刀,
>
> 西屠石堡取紫袍。

大约正是这首民歌流行的时候写的。这首歌谣第一句"北斗七星高"是用北斗星来起兴,同时也用来比喻哥舒翰。在全诗中的意义,可以说是"兴而比也"。天上有北斗星,使夜行人辨认方向,不至迷路。地上有哥舒翰,他通宵带刀警备,使人民高枕无忧。第三、四句就说:自从哥舒翰驻守在这里以后,吐蕃人不敢侵入临洮郡来牧马了。临洮是当时的郡名,在今甘肃临潭县。诗中说"过临洮",恐怕应理解为过洮河。意思是说吐蕃人涉过洮水,到临洮郡草原上来放牧。"窥牧"是一个语词,用作"马"的状词。外族人欺侮我们边防不严,胆敢侵入我们的领土上牧马,这叫做"窥牧","窥"有"偷"的意思。这两句诗,是化用了贾谊《过秦论》中的一个名句:"胡人不敢南下而牧马。"杜甫也曾化用此句入诗:"近闻犬戎远遁逃,牧马不敢过临洮。"

"窥牧"这个名词,似乎许多人都不知道。吴昌祺批道:"牧马加窥字,甚其词也。"这个批语,可谓奇特。他以为加一个"窥"字,就加强了"牧马"的语气。但"窥牧马"到底是什么马,他实在没有明白。近年来有许多唐诗注释本,对这一句的注释,几乎都是错误的。问题在于不了解"窥牧"的意义,而把"窥"字作为动词讲。有一本的解释云:"如今敌人只能远远地窥伺而不敢越过临洮。"又说:"牧马,指敌军的马队。"这个注解,使人愈看愈糊涂。既然"窥"是个动词,作窥伺解,而窥伺的又是敌人,那么,"窥牧马"应当是敌人窥伺我们的牧马了。可是又说:"牧马是指敌军的马队。"那么,敌军为什么窥伺他们自己的马队呢? 由此可知,注者非但不知道"窥牧"这个名词,连什么东西不敢过临洮也没有理解清楚。

这首诗原来是洮州一带的民歌。《太平广记》卷四百九十五引温庭筠的《乾𦠆子》所载《西鄙人歌》云:

> 北斗七星高,哥舒夜带刀。
> 吐蕃总杀却,更筑两重壕。

这是当时的原本,可见我们现在所读的,已是经过文人加工的改本。大概古书上所记载的民歌,都有文人修改的成分。"总杀却"即"统统杀掉"。第四句大约说哥舒翰在石堡城外掘了两道城壕,以加强防御工事。

一九七八年五月十日

24

清晨入古寺，初日照高林。

竹径通幽处，禅房花木深。

山光悦鸟性，潭影空人心。

万籁此都寂，但馀钟磬音。

常建，长安人，开元十五年与王昌龄同榜进士及第，但他的官运比王昌龄更差，《唐才子传》载："大历中，授盱眙尉。仕履颇不如意，遂放浪琴酒，有肥遁之志。后寓鄂渚，招王昌龄、张偾同隐，获大名于当时。"他的生平，可知者只有这一段记载。但殷璠在《河岳英灵集》中说："高才无贵仕，诚哉是言。曩刘桢死于文学，左思终于记室，鲍照卒于参军。今常建亦沦于一尉，悲夫！"可见在天宝末年，常建已为县尉，可能就是《唐才子传》所谓盱眙尉。大约安禄山乱后，就失去官职，寄情琴酒，隐居作诗，这是他的晚年生活。

常建与王昌龄、储光羲、孟浩然、王之涣，都是开元、天宝年间著名诗人，也同样都是潦倒不得意的诗人。他的诗现在只存五十多首，这首《题破山寺后禅院》是他的著名作品，几乎各个选本都选入的。破山寺在今江苏省常熟县虞山上，遗址犹存，因常建此诗而成为古迹。此诗可能是常建任盱眙尉时所作，因为在他的诗集里，这首诗之后就有《泊舟盱眙》一首，也是五言律诗，可能是同时所作。

这首诗只是从正面描写一所冷落岑寂的山中古寺，没有寓意，因而只是赋体，没有比兴。自从南朝的鲍照、谢灵运创始了山水诗以来，直到唐代，诗的领域里形成了山水风景诗一派，甚至影响到艺术领域里，从王维起产生了山水画派。

这一派山水诗与陶渊明的田园诗不同。陶渊明作田园诗是表现了他的人格的。他对农民，对田园生活和生产劳动有同情，有欣羡，也有怜悯。而鲍、谢诸人的山水诗大多是客观的描绘，不反映与人民有密切关系的社会现实。甚至可以说，这些诗没有主题思想。诗人在写作时，注意的只是如何用精美的词句来刻划自然风景。尽管诗的结尾有时也抒发一点感慨，但从全诗的写作态度来看，却并不是重点，不过借此来做结束而已。因此，这一派的诗，往往只有好的句子，少有好的全篇。鲍、谢等人所作，都是五言古体诗，描写的句子较多，但也不能句句都突出地好。钟嵘《诗品》称谢灵运的诗"名章迥句，处处间起；丽典新声，络绎奔会"，称鲍照"善制形状写物之词"，称谢朓的诗"一章之中，自有玉石，然奇章秀句，往往警遒"，这些都指出他们的优点是有美善的章句。所以谢灵运的诗最为人传诵的是"池塘生春草，园柳变鸣禽"；谢朓的名句是"鱼戏新荷动，鸟散馀花落"、"馀霞散成绮，澄江静如练"之类。在全篇中虽是警句，而全篇却并不都好。刘彦和总论宋齐间的诗风说："宋初文咏，体有因革，庄老告退，而山水方滋；俪采百字之偶，争价一句之奇，情必极貌以写物，辞必穷力而追新：此近世所竞也。"（见《文心雕龙·明诗》）也说这些山水诗的创作倾向在于刻意雕琢新奇的对句。初、盛唐诗人继承并发展了这个传统，几乎每人都有些描写山水风景的诗，不过已不用古诗体的五言，而改用律诗体的五言了。五言古诗篇幅较长，可以"俪采百字之偶"，五律则工夫都得放在中间两联二十个字上。随着诗人们的争奇斗胜，五言律诗在唐诗中成为艺术标准最高的一种诗体。

山水诗既以创造秀句为工，这一风气在文学批评上导致了一种极不好的倾向。即评论诗篇，不谈思想内容，不谈全篇的完整统一，而只摘取其一二"奇章秀句"。《世说新语》记录了一件东晋谢安石的轶事，他问子弟们：《诗经》里哪一句最好？他的儿子回答说，"昔我往矣，杨柳依依；今我来思，雨雪霏霏"，此句最好。谢安石说，我以为"訏谟定命，远猷辰告"这一句最好，因为有雅人深致。这是摘句论诗的开始。其后南朝梁代钟嵘作《诗品》，常常举出各个诗人的秀句。到唐代，殷璠作《河岳英灵集》，高仲武编《中兴间气集》，他们评论当时诗人，都举出其传诵一时的名句。宋元以后许多人作诗话，经常举出某诗人的一二联诗句，深致赞赏，却不论及全篇的思想内容，似乎诗的好坏，关系全在有无佳妙的联句。这样的文学批评，就犯了纯艺术观点的错误。

对于唐代诗人用力于炼句，讲究诗句精警，应全面辩证地看待。杜甫就说他自己作诗是"语不惊人死不休"，又说他是"为人性僻耽佳句"。杜甫还称誉李白的诗说："李侯有佳句，往往似阴铿。"又寄高适诗云："美名人不及，佳句法如何？"又答岑参诗云："故人得佳句，独赠白头翁。"这些特别强调"佳句"的资料，反映出盛唐时期诗人极重视锻炼句法，而这所谓"佳句"，往往是律诗中的两联。有人说做诗不宜苦思，苦思则丧失自然风韵。但诗僧皎然却在他的《诗式》中说："此亦不然。夫不入虎穴,不得虎子。取境之时,须至难至险,始见奇句。成篇之后,观其气貌,有似等闲,不思而得。此高手也。"这一段话大可注意。皎然以为:作诗取境,必须经过苦思,方能炼得奇句。但在全诗完成以后,要使这个奇句,并不显得突出,好像是随便写来,不见苦思的痕迹,这才是高手。由此可见,他是要求奇句与全篇面貌一致的。锻炼奇句,不是作诗的目的,而是作好诗的手段。所以,像杜甫那样的耽于创造惊人的佳句,我们是应当肯定的。

中、晚唐诗人渐渐无视句与篇的关系。他们作律诗,往往先有中间二联,然后配上头尾。他们并不是先有一种思想感情,而后用诗的形式来表达,而是先有佳句,然后配上合适的思想感情。这是一种虚伪的文学。尽管像贾岛那样"二句三年得",而不能使人"一吟双泪流",也就等于纸扎花果,徒费精神无补实用。这样的追求佳句,就不足为法了。

我们每读一首诗,第一总得研究它的主要思想。纯用赋体的叙事或写景小诗,就以它的诗意为主题。如果是一首用比兴方法写的诗,尤其应当研求它所寄托的意义,即所谓言外之意。其次才赏鉴它的章法、句法,乃至用字的艺术手法。宋元以后的诗话,很多的是摘句论诗,所以很少有高明的见解。

现在,我们回头来解释常建这首诗。第一联是很好的流水对,初读时不觉得它是对句。"初日"照应上句的"清晨","高林"照应下文的"竹径"和"花木"。第二联和第三联是平列的,用几个具体形象来表现古寺的幽静。第一联不必对,作者却做了对句;第二联必须对,作者却不对。这种形式,称为移柱对,又名偷春对,是律诗的变格,一般都出现在五言律诗中,七言律诗中如此者极少见。第三联说清晓的山光使鸟雀都感到喜悦,澄澈的池塘使人心也同样空虚。"山光"、"潭影"都是描写一个"清晨"、"初日"。在朝阳临照之处,亮的地方是光,暗的地方是影。"悦"与"空"都是动词。"山光悦鸟性"这一句的平仄是"平平仄仄仄"。虽然说一、三、五不拘,但连用三个仄声字,毕竟音节太硬。因此,下句就不能连用三个平声字。作者用"潭影空人心",这个"空"字不能作平声读,才可以挽救上句"悦"字的拗口。从前有许多人不了解,以为作者用的是平声的"空"字,引起过一些辩论。沈德潜说:"空字平声,此入古句法。"吴昌祺也说:"空字只作平声读,自佳。"他们都以为这是古诗句法,不知其他七句都是律诗音节,怎么可以在此插入一句古诗?

沈德潜解释这一联云:"鸟性之悦,悦以山光;人心之空,空因潭水。此倒装句法。"他只知道"悦"和"空"都是状词,因此他把"悦鸟性"解作"鸟性悦",把"空人心"解作"人心空",所以说这两句是倒装句。我们现在知道这个"空"字在诗律上必须读作仄声,那么它肯定是一个作动词用的字。"空人心",意为使人心地空虚。王昌龄诗云:"萧条郡城闭,旅舍空寒烟。"也是应读去声的。同样,"悦"字也是一个动词。

第四联结尾的大意说:这个地方除了寺里钟磬声音之外,一切都是寂静的。"此"字用在这里,可以省去下面的名词。不论此事、此物、此地、此时、此人,都可以单用一个"此"字,反正看上文总可明白。"寂"字是全诗的中心,因为整首诗写的只是一种寂静气氛。"但馀钟磬音"的"馀"字,一般都讲作"剩馀"。"但馀"就是"只剩"。但钟伯敬却强调这个"馀"字,解作"多馀"。他说:这里一切都是非常寂静,只有寺里的钟磬音是多馀的。我以为这样讲法,没有摸清作者的思路。作者并不以为寺里的钟磬音是破坏寂静境界的多馀之物,反之,他以为寺里的钟磬音加强了此地的寂静。王籍《入若耶溪》诗:"蝉噪林愈静,鸟鸣山更幽。"亦即此意。

诗就这样讲过,诗意也就这样表白无遗。如问这首诗的主题是什么? 这个问题,就很难回答。一个文艺作品,不可能没有主题。否则,作者为什么写它出来呢? 但这首诗是纯客观的描写,对读者既没有任何教育意义,也没有什么启发,甚至一点不用夸张手法,说它的创作方法是赋,也似乎说不上。这首诗只是冷冷地勾勒几笔,描绘出一个山中古寺的幽寂境界。这就算是它的主题了。王维、孟浩然、储光羲等盛唐诗人,都有这样的诗。历代评论家对这些诗都非常赞赏,说它们清秀、古淡、闲雅、朴素。"竹径通幽处"一联,更是欧阳修十分欣赏的,他说即使竭力摹仿,也写不出这样好的句子。

这一派的诗对后世有相当大的影响,以致历代许多诗人把精神浪费在雕琢字句、铸造两副精工的对联上。这类诗艺术成就可能不坏,而全篇意义却很空虚,终于只是一种消极的文学。

一九七八年五月二十日

25

长信秋词（五首之一）

奉帚平明金殿开，且将团扇共徘徊。

玉颜不及寒鸦色，犹带昭阳日影来。

闺怨

闺中少妇不知愁，春日凝妆上翠楼。

忽见陌头杨柳色，悔教夫婿觅封侯。

芙蓉楼送辛渐

寒雨连江夜入吴，平明送客楚山孤。

洛阳亲友如相问，一片冰心在玉壶。

寄穆侍御出幽州

一从恩谴度潇湘，塞北江南万里长。

莫道蓟门书信少，雁飞犹得到衡阳。

　　七言绝句的唐律声调，完成于初、盛唐之际，作者愈多。加以西域歌曲大量输入，需要新的歌词以配乐，诗人们都利用绝句的形式。因此，开元、天宝年间，绝句盛行，尤以七言绝句为主。

　　七言绝句一共只有二十八字，声韵、章法、句法的错综变化，题材的多样，诗人艺术手法的各有特色，使这二十八字能组织成种种不同图案的万花镜。在盛唐诗人中，王昌龄特别是作七言绝句的高手，他的七言绝句传到今天的也是最多。我们现在再选讲他四首七绝。关于从军、边塞的绝句，已经讲过一首，这里不再选了。现在选取的是其他两种题材的作品。

王昌龄,字少伯,京兆(今西安)人。开元十五年进士及第,官秘书郎。二十二年,中宏词科,调汜水尉,迁江宁丞。史传中说他因为"晚节不护细行",贬龙标尉。安禄山之乱,他回到家乡,不知因何事,为县令闾丘晓所杀害。所谓"晚节不护细行",竟无从查考,不知是怎么一回事。做江宁县丞的时候,大约是他作诗的全盛时期,因此当时人称他为王江宁。他最后的官职是龙标尉,故后世人称他为王龙标。

这里所选四首绝句,前两首属于宫词、闺怨一类,后两首属于朋友投赠一类。加上从军边塞诗,就是他全部七绝的题材了。

宫词是写宫中妃嫔的生活和思想感情。她们对君王的怨情,或者是失宠了,或者是求宠而不得,或者是悲叹青春虚度。闺怨是写一般民间妇女的情怀,或者失宠于丈夫,或者怀念离别已久的丈夫。二者实在是同样的题材,不过作宫词就要多用些华丽的辞藻,而且往往是借古喻今,不能明白地直说是当今皇宫中的事情。这一类闺情诗,虽然《诗经》中已开始出现,但在晋宋之间民歌流行以后,助长了它的波澜。《乐府诗集》中有许多晋代的民间情歌,如《子夜歌》、《读曲歌》,也都是五言四句。到了梁陈时代,文人用这种题材来描写贵族妇女的生活和爱情,就成为宫体诗。唐代诗人继承这一传统,但采用比兴方法,将失宠或不得宠的妇女的怨情,隐喻自己不得志的遭遇。于是使这类诗具有新的意义,形成了一个新的传统。

《长信秋词》共有五首,这里选的是第三首。五首诗的题材是汉成帝两个妃子的故事。成帝先宠爱上班婕妤,不久又宠爱了赵飞燕。班婕妤失宠后,自请到长信宫去侍候太后,这样才得避免赵飞燕的妒害。班婕妤是史学家班固的祖姑,也有文才。她留下了一篇自叙性的赋,其中有句云:"奉供养于东宫兮,托长信之末流;供洒扫于帷幄兮,永终死以为期。"就是叙述她退居东宫,为太后执洒扫之役,甘心从此终老。王昌龄运用这个历史故事,作《长信秋词》,描写班婕妤在长信宫中秋天里的思想感情。

第一句说：天色黎明，殿门开了，她捧了扫帚进去打扫。第二句说：暂且拿一把团扇在殿前徘徊休息。将，作持字解。为什么这里忽然用到团扇？因为秋风一起，团扇被人抛弃了，恰好象征妇女的失宠。班婕妤在殿前徘徊，是和团扇在一起，一个是失宠的人，一个是失宠的物，所以诗人说"共徘徊"。昭阳是赵飞燕居住的华丽的宫殿。班婕妤看到从昭阳宫那边飞来的乌鸦，背上还带着太阳光，而自己身上却照不到，因而感叹自己的容颜反而不及乌鸦。太阳，在文学上常是君王的象征；太阳光，是君王恩宠的象征。这样一说明，这两句的形象思维就清楚了。从散文的语法观点来看，"犹带"的主语，应当是"玉颜"，但这是讲不通的。从诗意的分析来看，主语应当是"寒鸦"。这是诗与散文语法结构的不同之处。

第二首较为简单，用正面描写的赋体。一个不知忧愁的青年妇女，在春天里打扮得齐齐整整，上楼去眺望。忽然看到路边杨柳已经抽青，才后悔不该让丈夫离家远去，追求封侯做大官。凝妆即严妆、盛妆。翠楼、朱楼、红楼都是指妇女所居，诗人可以随便用，但青楼却专指妓女所居了。觅封侯，是从军的代用词。只有从军杀敌，建立军功，才能得封侯之赏。所以这一句等于说"悔教夫婿去从军"。这首诗有两个曲折。第一个曲折是第三句与第四句的关系。为什么她看到陌头柳色，就后悔不该让丈夫远行？未经细想，就不能了解；不能体会封建时代妇女的思想感情，也不能了解。原来柳色青青，表示春意浓厚，这时孤独的妇女，为春意所感动，迫切需要爱人在身边。"觅封侯"是没有把握的事情，而孤独无伴却是当前忍受不了的生活。她这时才觉悟到：牺牲青春和爱情，去追求无把握的富贵，完全是错误了。第二个曲折是前两句和后两句的关系。这里，关键全在"忽见"二字。虽然在春天，她原先并没有什么感伤，照样打扮齐整，高高兴兴地上楼去望远景。这是她"忽见"以前的情况。"忽见"以后，情况大变。从"不知愁"剧变而为悔恨了。四句诗刻划了一个出征军人妻子的心理过程。如用散文写，二十八字肯定不够。这就是王昌龄所作七绝的凝炼的特色。

唐汝询在《唐诗解》中评解此诗时指出了一个问题："伤离者莫甚于从军，故唐人闺怨，大抵皆征妇之辞也。"我们看唐代诗人的闺怨诗，果然大多描写军人的妻子。这是为什么呢？伤离为什么莫甚于从军呢？这里就必须联系到唐代的兵役制度。原来唐代采用府兵制，府兵就是分别隶属于各个军府的常备兵，这种兵士的服役期极长。最初的规定，是二十一岁入伍，年满六十退役。武则天时改为二十五岁入伍,五十岁退役。一个青年如果被征召入伍,他的妻子就差不多要做一辈子寡妇。因此兵士的妻子,特别有伤离怨别之情。这就是唐人闺怨诗的社会背景。

第三首是在芙蓉楼上送朋友辛渐回洛阳去而作。芙蓉楼在今江苏省镇江市,是当时的北门城楼,面临长江,大约船码头就在城下。这个楼最近已修饰一新,一定是王昌龄此诗的影响。全诗大意说,自己从寒雨中乘江船来到吴地,已是夜晚了。可是第二天清早却要在这里,孤独的楚山下,送人远行。镇江是吴地,也曾经属于楚。上句用吴,下句用楚,可视作"互文",总之这两个字都代表"此地"。送客时要托他带个口信去给洛阳亲友。如果在洛阳的亲友问起我的情况,请你告诉他们,我的心正像玉壶里的一片冰一样。这是一句隐语,也是一种比喻。向来注解者都引鲍照的诗句"清如玉壶冰",以为这是王昌龄诗意的来源,以为作者借用来比喻自己对于做官已经冷淡得很。玉壶是比喻自己的清高,冰是比喻自己宦情之冷。

我们如果查考一下当时诗人用"冰壶"二字的含义,恐怕对王昌龄这句诗,就不能这样解释。开元初,姚崇做宰相时,曾写了一篇《冰壶赋》以告诫官吏。赋前有一段小序,文曰:

> 冰壶者,清洁之至也,君子对之,不忘乎清。夫洞澈无瑕,澄空见底,当官明白者,有类是乎?是故内怀冰清,外涵玉润,此君子冰壶之德也。

赋的最后有铭,铭文的最后几句云:

> 嗟尔在位,禄厚官尊。固当耸廉勤之节,塞贪竞之门。冰壶是对,炯戒犹存。以此清白,遗其子孙。

姚崇要求官吏廉洁奉公,像冰壶一样的内清外润。这篇文章在当时是澄清吏治的指导文件,为官吏和士大夫所熟读,而且连考试也以此为题目。王维有一首诗,题曰《赋得玉壶冰》,注曰:"京兆府试,时年十九。"《文苑英华》有佚名作《玉壶冰赋》,题下注云:"以坚白贞虚,作人之则为韵。"又陶翰、崔损各有一篇《冰壶赋》,题下注云:"以清如玉壶冰,何惭宿昔意为韵。"这三篇赋显然都是考试时做的限韵的律赋。同时诗人王季友也有《玉壶冰试诗》,其结句云:"正值求珪瓒,提携共饮冰。"

卢纶亦有一首题作《清如玉壶冰》的诗,有句云:"玉壶冰始结,循吏政初成。"韦应物有一首《寄洪州幕府卢二十一侍郎》诗,其句云:"文苑台中妙,冰壶幕下清。"李白有一首诗,赠其侄清漳县令李聿,也说:"白玉壶冰水,壶中见底清。清光洞毫发,皎洁照群情。赵北美佳政,燕南播高名。"这许多诗赋,都是响应姚崇的《冰壶赋》而作,玉壶冰的意义是比喻为官廉洁清正。王昌龄此诗,应该也是寓同样的意思,请辛渐回去告诉洛阳亲友,说自己做官,一定会守冰壶之戒。沈德潜代表了明清许多选家,于此诗批道:"言己之不牵于宦情也。"(《唐诗别裁》)我以为全都错了。王昌龄不是一个"不牵于宦情"的人。

第四首是作者在龙标寄给一位姓穆的朋友,此人官为侍御史,正要到幽州(今河北省地区)去。诗意说:自从我蒙恩降官,渡过潇湘二水来到龙标,我在江南,你却已到塞北去了。我们相隔万里,可是你不要说:你从蓟门寄信来不容易。要知道在秋天里,从北方飞来的大雁也飞得到衡阳呢!这两句是希望他多写信来。封建时代的官吏,因有罪而被降职,还得感激皇帝,说是受到恩惠,定罪从宽。"恩谴"二字就是降谪的礼敬语。

王昌龄这四首绝句,每一首都符合"起承转合"的逻辑程序。第一句当然都是起句,又称为发句。这一句要起得不平凡,不闲空,还要能够控制全诗的主题思想。有些著名的诗,起句非常突然,好像桂林的山拔地而起,一句就抓住了全篇。例如鲍照的《登黄鹤楼》起句云"木落江渡寒",谢朓的《赠西府同僚》起句云"大江流日夜",吴均的《春咏》起句云"春从何处来",王维《观腊》的"风劲角弓鸣",王昌龄的"秦时明月汉时关",都是以起句雄健著名的。第二句是继承第一句的思路而作补充或发展的。到这里,必须完成一个概念,而全诗的主题思想还没有透露出来。第三句应当转一个方向,提出一个新的概念。然后用第四句来完成这个概念,从而说明了第三、四句与第一、二句的关系,这一句称为结句,或曰落句。一首诗,能否使读者感到有馀味,就要看结句的艺术手法。起句和结句是固定的,承句并不固定,也许第一、二句都是起句而没有承句。第三句转也是固定的,它是全诗的关键句子,读到这里,就看出诗人的用意来了。学习古代诗歌,应当注意绝句的第三句,看作者用什么方法表现全诗的主题。

现在引用《岘傭说诗》两条,以供参考:

七绝用意宜在第三句,第四句只作推宕,或作指点,则神韵自出。

若用意在第四句，便易尽矣。

若一、二句用意，三、四句全作推宕或指点，又易空滑。故第三句是转舵处，求之古人，虽不尽合，然法莫善于此也。

一九七八年五月二十七日

26

渔父歌 | 李颀

白头何老人，蓑笠蔽其身。

避世常不仕，钓鱼清江滨。

浦沙明濯足，山月静垂纶。

寓宿湍与濑，行歌秋复春。

持竿湘岸竹，蒸火芦洲薪。

绿水饭香稻，青荷包紫鳞。

于中还自乐，所欲全吾真。

而笑独醒者，临流多苦辛。

用渔父为文学题材，来源也很古了。传说中有太公姜尚，八十岁还在磻溪钓鱼，被周文王请去做军师，打倒了商朝纣王的腐败政权，成为周朝的开国功臣。从此，文学上用磻溪渔父的典故，就代表了怀抱文武全才的隐士。庄周写了一篇散文《渔父》，借一个渔人和孔子的对话，批判了儒家讲礼乐的虚伪性。屈原跟着也写了一篇小品文《渔父》，通过他自己和一个渔人的对话，表现了自己洁身自好、不受污辱的品德，而渔父却嘲笑他自鸣孤高，不能与世浮沉。于是在文学上，渔父又代表了一种浪迹烟波，自食其力，不问世务的人格。陶渊明写了一篇诗序《桃花源记》，叙述一个以捕鱼为业的武陵人发现了一处与乱世隔绝的太平社会。于是文学上的渔父，又添了一个新的意义，他成为发现理想社会的探险者。盛唐诗人储光羲、高适、岑参、李颀，都有《渔父词》，其主题思想大概都继承了这些传统。中唐诗人有张志和，也写过五首《渔父词》，并创造了新的形式，后来成为词的始祖。此外，还有不少歌咏渔人生活的诗歌，以后有机会时还将讲到。

现在选了李颀的这一首《渔父歌》，借此了解一下初、盛唐五言古诗演变到五言排律的一种特殊形式。因为这首诗的声调和句法都在五言古诗和律诗之间，既不同于六朝的五古,又还不是唐代的律诗,题目用"歌"字,而诗体又不是歌行。从形式上看来,这首诗可以说是一个"四不像"。

现在先讲全诗大意。前四句叙述一个白发老人,也不知他是谁,身上披蓑戴笠,远避人间,在清澈的江水边钓鱼。下四句开始描写这个渔父的生活情况:他常常在明亮的沙滩边洗脚,在寂静的月光下垂钓。他住宿的地方无非是浅水沙滩,一年四季只是唱歌消遣。再下面四句继续是描写句:他手里的钓竿是湘江岸上的竹枝,他在船中生火做饭,用的是芦塘里取来的芦柴。他用江中清水煮饭,用青荷叶包裹钓得的鱼。最后四句是结束:这个渔人在这样的生活中悠然自乐,因为他所要的是保全自己天真的品性,因而对那些自以为"众醉独醒"的人,如屈原那样徘徊于水边,有许多悲哀、苦闷之感,倒觉得很可笑。全诗的主题思想都在这最后四句,而这最后四句也正是屈原《渔父》的缩影。

这首诗的形式,可以说是加了一倍的五言律诗,每四句只抵得律诗的一联。我们不妨把它删减一半,诗意并无损失:

白头何老人, 钓鱼清江滨。

浦沙明濯足, 山月静垂纶。

于中还自乐, 所欲全吾真。

而笑独醒者, 临流多苦辛。

这样就成为一首五言律诗。由此可知,所谓排律,就是把五言律诗扩大一倍、二倍、三倍……除了起结之外,中间都是对句。主题思想复杂或丰富的,这些对句还可以有许多变化、转折;主题思想简单的,就只是堆砌许多同样的描写句。这首诗的中间八句,就是其例子。杜甫的五言排律之所以好,就因为他的诗意层出不穷,富于变化转折,不是永远停留在一个概念上。

但李颀这首诗还不能称为排律,因为它的声调还不合律体,差不多每一联都有失粘的字。我已把它们用×号标出来,如果改换了这些字的平仄,它就成为排律了。另外一方面,这首诗又因为已经有了调声的倾向,一联之中粘缀处多于失粘处,声调还是近于律诗,而不能说它是古诗。

这种四不像的五言诗,正是从古诗发展到律诗的过渡形式。齐梁以前古诗不讲究平仄谐和,齐梁以后开始注意到平仄谐和。但声韵格律还不严,就像李颀这首诗。盛唐以后,声律严密了,不容许一联中有失粘的字,像李颀这样的诗就很少出现。关于对偶，谢灵运以前的古诗绝大多数不用对句，谢灵运开始用对句，但是还不成规格，而且不讲究平仄粘缀，还是古诗的对句，不是律诗的对句。李颀这首诗中间八句虽是律诗的对句，然而是失粘的。这种对句以后也不再有了，总结起来说，这首诗代表着古诗、律诗界限未清时期的形式。盛唐以后，做古诗就不管平仄谐和，也不作对句；做律诗就严守格律，不许有一字失粘，于是古诗和律诗的界限清楚了。

李颀，不传其字，东川人（四川东部），从幼小时即住在颍阳（今河南许昌）。《唐才子传》说他是开元二十三年贾季邻榜进士。《全唐诗》小传说他是开元十三年进士，官新乡尉。二说相差十年，未知孰是。从他的诗集中，可知他和王维、高适、綦毋潜、王昌龄都是好友，这几位诗人都是开元十年前后的进士。看来李颀和他们是同辈，大约以开元十三年举进士为近是。

李颀的诗，殷璠选入《河岳英灵集》，并评云："发调既清，修辞亦绣，杂歌咸善，玄理最长。"可知他不以律诗见胜。与李颀同时的高适也有《渔父歌》，是七言歌行；岑参有一首《渔父》，是五七言歌行；储光羲有一首《渔父词》，完全和李颀此诗一样，也是一首四不像的五言诗。可知这个题材，当时正在流行。

一九七八年六月九日

27

听董大弹胡笳声兼
语弄寄房给事

李 颀

　　《国秀集》选录李颀诗四首：五律二首、七绝二首。《河岳英灵集》选十四首：五言古诗七首、七言歌行五首、五律一首、七绝一首。编者殷璠称"颀诗发调既清，修辞亦绣，杂歌咸善，玄理最长。"可知《国秀集》所选是他早年的诗，其时尚未以歌行著名。后来多作歌行，又耽于学道，诗格因而一变。如《谒张果老先生》、《送王道士还山》等，都是语参玄理的诗。歌行诗除《渔父歌》之外，还有一首也常被选录：

听董大弹胡笳声兼语弄寄房给事

蔡女昔造胡笳声，一弹一十有八拍。
胡人落泪向边草，汉使断肠对归客。
古戍苍苍烽火寒，大荒沉沉飞雪白。
先拂商弦后角羽，四郊秋叶惊摵摵。
董夫子，通神明，深山窃听来妖精。
言迟更速皆应手，将往复旋如有情。
空山百鸟散还合，万里浮云阴且晴。
嘶酸雏雁失群夜，断绝胡儿恋母声。
川为净其波，鸟亦罢其鸣。
乌珠部落家乡远，逻娑沙尘哀怨生。
幽阴变调忽飘洒，长风吹林雨堕瓦。
迸泉飒飒飞木末，野鹿呦呦走堂下。

长安城连东掖垣，凤凰池对青琐门。

高才脱略名与利，日夕望君抱琴至。

　　诗并不高明，"董夫子"以下七韵十四句都是形容琴声，每句都是孤立的。中间插入五言两句，非但没有好的效果，反而破坏了七言歌行的气韵。我选这首诗，主要是为了解释诗题。因为好久以来，由于无人了解题意，就随便把题目改动。题目改错，作者的本意不明白，讲这首诗也就不很清楚了。

　　董大是董庭兰，当时著名的琴师。房给事是给事中房琯。李颀作此诗，是把董庭兰推荐给房琯。房琯为给事中，在天宝五载正月，可知此诗作于天宝年间。大约董庭兰就由于李颀的推荐，做了房琯的门客。肃宗时，房琯为宰相，常常招集琴客，大开筵宴，听董庭兰弹琴。这时董庭兰已成为房琯门下的红人。朝廷官员要见房琯，往往走董庭兰的路子。董庭兰又倚势招纳贿赂，连累房琯，为御史弹劾。至德二载五月，房琯罢相，贬为太子少师，董庭兰亦得罪而死。

　　《胡笳十八拍》是琴曲。相传东汉末年，蔡邕的女儿蔡琰，又称蔡文姬，因董卓之乱，流落在匈奴。她听到匈奴人吹胡笳的声音，谱入琴弦，创造了表现胡笳声的琴曲，名曰《胡笳十八拍》。建安十二年，曹操派人去匈奴赎回文姬，嫁给董祀，《胡笳十八拍》遂流传于中国，成为最早受胡乐影响的中国琴曲。

　　李颀这首诗的题目，在《河岳英灵集》中是：

听董大弹胡笳声兼语弄寄房给事

　　这是李颀自己写下的原题，懂得这个琴曲的人，当然看得懂这个诗题。

　　《唐文粹》、《唐诗纪事》、《唐音》都照录原题，可知编者都了解题义。但在北宋早年编定的《文苑英华》中，这首诗却题为：

听董庭兰弹琴兼寄房给事

　　此后，明代的《唐诗纪》、清代的《全唐诗》都题作：

听董大弹胡笳声兼寄语弄房给事

　　明代《唐诗品汇》、《唐诗解》和清代《唐诗三百首》都作：

听董大弹胡笳兼寄语弄房给事

　　最近出版的《唐诗选》也选入此诗，题作：

听董大弹胡笳弄兼寄语房给事

《文苑英华》的编者最为干脆,他们把不懂的字一概删掉。《唐诗纪》以下的编者都不了解"语弄"两字,有人以为应当连读,有人以为应当分属上下文。或者以为题中有误抄入的衍文,或者以为有抄写颠倒之字。于是各就己意改定,题尾都改成"弄房给事"。"语"字属上文,于是改成"寄语"。但是,"弄"是戏弄、调谑之意,此诗中实在看不出有戏弄房给事的话。于是近人又把"弄"字移在前,成为"胡笳弄"。

一九五九年,因为讨论郭沫若的话剧《蔡文姬》,牵连到李颀这首诗,对这个诗题,也引起了一番辩论。有人把诗题读作"声兼语",声是指琴曲而言,语是指唱词而言。他以为董庭兰是一边弹琴,一边唱歌词的。这个讲法,被许多人否定了,因为诗中看不出有描写歌唱的句子。也有人以为诗题应读作"声兼语弄",但没有找到"语弄"的释义,只得暂时存疑。后来,有关这些问题的讨论停止了,这个诗题至今没有被弄明白。

《河岳英灵集》的编者殷璠在评论李颀时,引述这首诗说:"又《听弹胡笳声》云⋯⋯"他把诗题简缩为五个字,而在"声"字上读断,这是第一个读破句的人。后人跟他误读,下文的"兼语弄"云云就无法理解了。现在我们应当把这个诗题标点清楚:

听董大弹胡笳,声兼语弄,寄房给事

"声兼语弄"是一句,用来形容董庭兰的琴声。"寄房给事"是这首诗的作用,用这首诗来推荐董庭兰,寓意都在最后四句中。"声兼语弄"是说董庭兰弹奏《胡笳十八拍》,兼有"语"的声音,又有"弄"的声音。什么是"语"呢?

> 千载琵琶作胡语,分明怨恨曲中论。(杜甫:《咏怀古迹》)
>
> 不解胡人语,空留楚客心。(刘长卿:《听杜别驾弹胡琴》)
>
> 大弦嘈嘈如急雨,小弦切切如私语。(白居易:《琵琶行》)
>
> 今夜闻君琵琶语,如听仙乐耳暂明。(白居易:《琵琶行》)
>
> 声似胡儿弹舌语,愁似塞月恨边云。(白居易:《听李士良琵琶》)
>
> 学语胡儿撼玉铃,《甘州》破里最星星。(元稹:《琵琶》)

这里六个"语"字,都是形容琵琶声的。白居易索性将琵琶声说成"琵琶语"了。原来唐人对西域来的音乐或歌曲,都比之为胡语。"弄"是琴曲的名称,例如《梅花三弄》,至今还有曲谱。"声兼语弄"是形容董庭兰弹奏《胡笳十八拍》,兼有胡笳和琴的声音。也就是说，他的琴声中充分表达了胡笳的声音。戎昱有一首《听杜山人弹胡笳歌》，杜山人是董庭兰的学生。戎昱描写他的琴声之美妙，都用蔡文姬在匈奴的生活情况为比拟，虽然不用"胡"字，可知他亦以为琴声表现了胡地风光。李颀这首诗中有"断绝胡儿恋母声"一句，亦比之为胡语，尤其可证。

本文目的仅在于解释诗题，为唐诗学者解决一个问题。诗容易懂，而且已有许多注释，故不再拾人牙慧。我说这首诗的作用是向房琯推荐董庭兰，以前也没有人说过，这是我从最后一句体会出来的。"高才"，即指房琯。"乌珠"，今本多误作"乌孙"。"逻娑"，即今西藏的拉萨。

一九七九年十月七日

28

黄鹤楼与凤皇台

崔颢 李白

黄鹤楼

崔　颢

昔人已乘白云去，此地空馀黄鹤楼。

黄鹤一去不复返，白云千载空悠悠。

晴川历历汉阳树，春草萋萋鹦鹉洲。

日暮乡关何处是，烟波江上使人愁。

登金陵凤皇台

李　白

凤皇台上凤皇游，凤去台空江自流。

吴宫花草埋幽径，晋代衣冠成古丘。

三山半落青天外，二水中分白鹭洲。

总为浮云能蔽日，长安不见使人愁。

　　现在选了两首极著名的七言律诗。作者崔颢和李白是同时人。崔颢登武昌黄鹤楼，题了一首诗写景抒情，当时被认为是杰作。据说其后李白上黄鹤楼游览时，看见崔颢的诗，就不敢题诗，只写了两句："眼前有景道不得，崔颢题诗在上头。"后来李白到南京游凤凰台做的一首诗，显然是有意和崔颢竞赛。从此以后，历代欣赏唐诗的人，都喜欢将这两首诗评比一下，从而，议论纷纭，各有看法。现在我们也来欣赏这两首诗，把前人各种评论介绍一下，然后谈谈我的意见。

　　崔颢，不知其字。汴州（今开封）人。唐玄宗开元十三年（公元七二五年）登进士第，累官司勋员外郎，天宝十三载（公元七五四年）卒。《河岳英灵集》说："颢少年为诗，属意浮艳，多陷轻薄。晚节忽变常体，风骨凛然，鲍照、江淹，须有惭色。"崔颢的诗，现在只存数十首，并没有浮艳轻薄之作，可能已删除了少年之作。《唐诗纪事》说他"有文无行"，似乎他的品德很坏，但到底如何"无行"却不见于唐宋人记载。元代辛文房的《唐才子传》中才有具体的记载，说他"行履稍劣，好蒲博，嗜酒，娶妻择美者，稍不惬即弃之，凡易三四。"原来只是爱赌钱、喝酒、好色而已。说他"行履稍劣"也还公平，说他"有文无行"恐怕太重了。

黄鹤楼是在武昌长江边的名胜古迹，五十年代因建长江大桥被拆除。拆除下来的建筑材料都被妥善地编号保存，易地用原材料重建。因此，现在的黄鹤楼已经不在原来的地方了。

崔颢这首诗有不同的文本。第一句"昔人已乘白云去"，近代的版本都是"昔人已乘黄鹤去"。唐代三个选本《国秀集》、《河岳英灵集》、《又玄集》，宋代的《唐诗纪事》、《三体唐诗》，元代的选集《唐音》，都是"白云"，而元代另一个选集《唐诗鼓吹》却开始改为"黄鹤"了。从此以后，从明代的《唐诗品汇》、《唐诗解》直到清代的《唐诗别裁》、《唐诗三百首》等，都是"黄鹤"了。由此看来，似乎在金元之间，有人把"白云"改作"黄鹤"，使它和下句的关系扣紧些。但是晚唐的选本《又玄集》在诗题下加了一个注："黄鹤乃人名也。"这个注非常奇怪，好像已知道有人改作"黄鹤"，因此注明黄鹤是人名，以证其误。这样看来，又仿佛唐代末年已经有改作"黄鹤"的写本了。我们现在所见到的《又玄集》，是从日本传回来，一九五九年由上海古典文学出版社据日本刻本影印，未必是原本式样。这个注可能是后人所加，而不是此书编者韦庄的原注。《唐诗解》的著者唐汝询在此句下注道："黄鹤，诸本多作白云，非。"他所谓诸本，是他所见同时代流行的版本。他没有查考一下唐宋旧本，不知道当时的诸本，都作"白云"。他武断地肯定了"黄鹤"，使以后清代诸家都跟着他错了。此外，"春草萋萋"，唐宋许多选本均同，只有《国秀集》作"春草青青"。从《唐诗鼓吹》开始，所有的版本都改作"芳草萋萋"了。可见这个字也是金元时代人所改，现据唐宋旧本抄录。

黄鹤楼的起源，有各种不同的记载。《齐谐志》说：黄鹤楼在黄鹤山上，仙人王子安乘黄鹤过此山，因此山名黄鹤。后人在山上造一座楼，即名为黄鹤楼。《述异记》说：荀环爱好道家修仙之术，曾在黄鹤楼上望见空中有仙人乘鹤而下。仙人和他一同饮酒，饮毕即骑鹤腾空而去。唐代的《鄂州图经》说：费文祎登仙之后，曾驾黄鹤回来，在此山上休息[1]。总之，都是道家的仙话。有仙人骑黄鹤，在此山上出

[1] 此条见《唐诗鼓吹》郝天挺注中所引。

现,然后把山名叫做黄鹤山。有了黄鹤山,然后有黄鹤楼;或者是先有山名,然后有传说。为了附会传说,才造起一座黄鹤楼。中国的名胜古迹,大多如此。但说黄鹤是人名,却毫无根据,这个注是胡说。

自从唐汝询否定了"白云"之后,还有人在讨论"白云"与"黄鹤"的是非。于是金圣叹出来助阵,在《选批唐才子诗》中,极力为"黄鹤"辩护。他说:

> 此即千载喧传所云《黄鹤楼》诗也。有本乃作"昔人已乘白云去",大谬。不知此诗正以浩浩大笔连写三"黄鹤"字为奇耳。且使昔人若乘白云,则此楼何故乃名黄鹤?此亦理之最浅显者。至于四之忽陪白云,正妙于有意无意,有谓无谓。若起手未写黄鹤,先已写一白云,则是黄鹤、白云,两两对峙。黄鹤固是楼名,白云出于何典耶?且白云既是昔人乘去,而至今尚见悠悠,世则岂有千载白云耶?不足当一噱已。

金圣叹这一段辩解,真可当读者一噱。他煞费苦心地辩论此句应为"黄鹤"而不是"白云",但是对于一个关键问题,他只好似是而非地躲闪过去。我们以为崔颢此诗原作,必是"白云"。一则有唐宋诸选本为证,二则此诗第一、二联都以"白云"、"黄鹤"对举。没有第一句的"白云",第四句的"白云"从何而来?金圣叹也看出这一破绽,颇觉得无以自解,就说好就好在"有意无意,有谓无谓"。这是故弄玄虚的话。这四句诗都可以实实在在地按字面解释,没有抽象的隐喻,根本不是"有意无意,有谓无谓"的句法。所以我们说他讲到这里,便躲躲闪闪地把话支吾开去了。"昔人已乘白云去",是说古人已乘云仙去,接着说今天此地只剩下黄鹤楼这个古迹。第三、四句又反过来说:黄鹤既已一去不返,楼上也不再见到黄鹤,所能见到的只是悠悠白云,虽然事隔千年,白云却依然如故。四句之中用了两个"去"字、两个"空"字,可说完全是"有意"的、"有谓"的。总的意思只是说:仙人与黄鹤,早已去了;山上的楼台和天上的白云却依然存在。"空"字有徒然的意思,在这千年之中,没有人再乘白云去登仙,所以说这些白云是徒然地悠悠飘浮着。金圣叹又以为"白云"与"黄鹤"不能对峙,因为黄鹤是楼名,而白云没有出典。这个观点也非常奇怪。第一,律诗的对偶,只要求字面成对,并不要求典故必须与典故成对。按照金圣叹的观念,则李商隐诗"此日六军同驻马,当时七夕笑牵牛"(《马嵬二首》之二)中,牵牛是星名,"驻马"又是什么?岂非也不能对吗?第二,如果一定要以典故对典故，那么，此句中的"白云"，正是用了西王母赠穆天子诗中的"白云"①的典故，金圣叹不会不知道。第三，在这首诗中，"白云"和"黄鹤"不是对峙，而是双举。唐人七言律诗中，常见运用这一手法。这四句诗，如果依照作者的思维逻辑来排列，应该写成：

> 昔人已乘白云去，——白云千载空悠悠。
>
> 黄鹤一去不复返，——此地空馀黄鹤楼。

原诗第一句的"白云"和第三句的"黄鹤"是虚用，实质上代替了一个"仙"字。第二句的"黄鹤"和第四句的"白云"是实用，表示眼前的景物。经过这样一分析，谁都可以承认原作应该是"乘白云去"，而金圣叹却说："白云既是昔人乘去，而至今尚见悠悠，世岂有千载白云耶？"这话已近于无赖。依照他的观念，昔人既已乘白云而去，今天的黄鹤楼头就不该再有白云了。文学语言有虚用、实用之别，金圣叹似乎没有了解。

元稹有一首《过襄阳楼》诗，以"楼"与"水"双举，今附见于此，作为参考：

> 襄阳楼下树阴成，荷叶如钱水面平。
>
> 拂水柳花千万点，隔楼莺舌两三声。
>
> 有时水畔看云立，每日楼前信马行。
>
> 早晚暂教王粲上，庾公应待月华明。

此诗接连三联都用"楼"与"水"，而彼此都没有呼应作用，手法还不如崔颢严密。而金圣叹却大为称赞，评云："一时奇兴既发，妙笔又能相赴。"由此可见金圣叹评诗，全靠一时发其"奇兴"，说到哪里是哪里，心中本无原则。他的《选批唐才子诗》，尽管有不少极好的解释，但前后自相矛盾处也很多。

这四句诗虽是七律的一半，但是用双举手法一气呵成，并无起承的关系。况且第三、四句又不作对偶，论其格式还仍是律诗音调的古诗。下面第五、六句才转成律诗，用一联来描写黄鹤楼上所见景色：远望晴朗的大江对岸，汉阳的树木历历可见。江中则鹦鹉洲上春草萋萋，更是看得清楚。可是，一会儿已到傍晚，再想眺

---

① 西王母赠别穆天子诗云："白云在天，丘陵自出。道里悠远，山川间之。将子无死，尚复能来。"（见《穆天子传》)亦以白云起兴，希望穆天子能再来。

望得远些，看看家乡在何处，这时江上已笼罩着烟雾，看不清了，叫人好不愁恼。这样就结束了全诗。

方回（字虚谷）说："此诗前四句不拘对偶，气势雄大。"（《瀛奎律髓》）李东阳（字宾之）说："然律犹可间出古意，古不可涉律。此篇律间出古，要自不厌。"（《怀麓堂诗话》）吴昌祺说："不古不律，亦古亦律，千秋绝唱，何独李唐。"（《删订唐诗解》）以上三家，都注意于诗体。前四句不对，平仄也不很粘缀，是古诗形式，后四句忽然变成律诗。这种诗体，在盛唐时期，还是常见的，正是律诗尚未定型时期的作品，并不是作者的特点。"气势雄大"，成为"千秋绝唱"，其实与诗体无关。这首诗之所以好，只是流利自然，主题思想表现得明白，没有矫作的痕迹。在唐诗中，它不是深刻的作品，但容易为大众所欣赏，因而成为名作。

李白的诗，绝大多数也是这样的风格，所以他登上黄鹤楼，看到壁上诗牌上崔颢这首诗，感到自己不易超过，就不敢动笔。但是他还写了一首《鹦鹉洲》，其实可以说是《黄鹤楼》的改名，却写得不好，后世也没有人注意。大概他自己也有些丧气，心中不平，跑到南京，游凤凰台，再刻意做了一首，才够得上和崔颢竞赛的资格。

凤凰台在南京西南凤凰山上。据说刘宋元嘉年间曾有凤凰栖止在山上，后来就以凤凰为山名。李白在唐明皇宫中侍候了一阵皇帝和贵妃，被高力士、杨国忠等人说了许多背话，皇帝对他开始有点冷淡。他就自己告退，到齐、鲁、吴、越去旅游。在一个月夜，和友人崔宗之同上凤凰台。最初的感想和崔颢一样：曾经有过凤凰的台，现在已不见凤凰，只剩一座空台，台下的江水还在滔滔东流。第二联的感想是崔颢所没有的，他想起：金陵是东吴、东晋两朝的国都，如今吴大帝宫中的花草早已埋在荒山上小路边，晋朝的那些衣冠人物也都成为累累古墓了。"花草"是妃嫔、美人的代词，"衣冠"是贵族人物的代词。这一联使这首诗有了怀古的意味，如果顺着这一思路写下去，势必成为一首怀古诗了。幸而作者立即掉转头来，看着眼前风景：城北长江边的三山，被云雾遮掩了一半；从句容来的一道水，被白鹭洲中分为二，一支流绕城外，一支流入城内，就成为秦淮河。不说山被云遮了半截，而说是半个山落在天外。一则是为了要和下句"白鹭"作对，二则是埋伏一个"云"字，留待下文点明。"二水中分白鹭洲"，其实是白鹭洲把一水中分为二，经过艺术处理，锻炼成这样一联。这一联相当于崔颢的"晴川"、"春草"一联。最后一联结尾，就和崔颢不同了。李白说：总是由于浮云遮掩了太阳，所以无法望到长安，真叫人好不愁恼。

崔颢因"日暮"而望不到"乡关",他的愁是旅客游子的乡愁。李白因"浮云蔽日"而望不到长安,他的愁属于哪一类型?这里就需要先明白"浮云"、"太阳"和"长安"的关系,以及它们在文学上的比喻意义。古诗有"浮云蔽白日,游子不顾返"两句,这是"浮云蔽日"被诗人用作比喻的开始。陆贾《新语》有一句"邪臣之蔽贤,犹浮云之蔽日月",这是把浮云比为奸邪之臣,把日月比为贤能之臣。此外,太阳又是帝王的象征。《诗经》里就有"时日曷丧,予及汝偕亡",就是人民把太阳来代表君王的。因此,"浮云蔽日"有时也用以比喻奸臣蒙蔽皇帝。《世说新语》里记载了一个故事,晋明帝司马绍小时,他父亲元帝司马睿问他:"是长安近呢,还是太阳近?"这位皇太子回说:"太阳近。"皇帝问是什么理由。他说:"现在我抬眼只见太阳,不见长安。"原来他的所谓太阳,指的是皇帝,他的父亲。从这个故事开始,"日"与"长安"又发生了关系。李白这两句诗,是以这些传统比喻为基础的。"浮云蔽日"是指高力士、杨国忠等人蒙蔽明皇。"长安不见"是用以表示自己不能留在皇城。这样讲明白了,我们就可知李白的愁是放臣逐客的愁,是屈原式的政治性的愁。

这两首诗,在文学批评家中间引起了优劣论。严羽认为:"唐人七言律诗,当以崔颢《黄鹤楼》为第一。"(《沧浪诗话》)刘克庄说:"今观二诗,真敌手棋也。"(《后村诗话》)方回说:"太白此诗,与崔颢《黄鹤楼》相似,格律气势,未易甲乙。"(《瀛奎律髓》)这是宋元人的意见。顾璘评《黄鹤楼》诗曰:"一气浑成,太白所以见屈。"(《唐音》)王世懋以为李白不及崔颢。他的理由是:二诗虽然同用"使人愁",但崔颢用得恰当,李白用得不恰当。因为崔颢本来不愁,看到江上烟波,才感到乡愁。这个"使"字是起作用的。李白是失宠之臣,肚子里早已装满愁绪,并非因登凤凰台才开始感到愁,他这个"使"字是用得不符合思想情绪的现实的。(见《艺圃撷馀》)徐献忠评曰:"崔颢风格奇俊,大有佳篇。太白虽极推《黄鹤楼》,未足列于上驷。"(《唐音癸签》引)这都是明代人的意见。吴昌祺批李白诗道:"起句失利,岂能比肩《黄鹤》。后村以为崔颢敌手,愚哉。一结自佳,后人毁誉,皆多事也。"(《删订唐诗解》)这意思是说李诗起句不及崔诗,故没有与崔诗"比肩"的资格。但又暗暗地针对王世懋说,结句是好。金圣叹对李白此诗,大肆冷嘲。他说:"然则先生当日,定宜割爱,竟让崔家独步。何必如后世细琐文人,必欲沾沾不舍,而甘于出此哉。"这是干脆说李白当时应该藏拙,不必作此诗出丑。沈德潜评崔诗云:"意得象先,神行语外,纵笔写去,遂擅千古之奇。"(《唐诗别裁》)这一评语是恭维得很高的。他又评李白诗云："从心所造，偶然相似。必谓摹仿司勋，恐属未然。"这是为李白辩解，说他不是摹仿崔颢，而是偶然相似。以上是清代人的意见，此外肯定还有许多评论，不想再费时间去收集了。

大概《黄鹤楼》胜于《凤皇台》，这是众口一辞的定评。《凤皇台》能否媲美《黄鹤楼》，这是议论有出入的。到金圣叹，就把《凤皇台》一笔批倒了。现在我们把这两首诗放在一起作出评比。我以为，崔诗开头四句，实在是重复的。这四句的意境，李白只用两句就说尽了。这是李胜崔的地方。可是金圣叹《选批唐才子诗》却说：

> 人传此诗是拟《黄鹤楼》诗。设使果然，便是出手早低一格。盖崔第一句是"去"，第二句是"空"……今先生岂欲避其形迹，乃将"去"、"空"缩入一句。既是两句缩入一句，势必句上别添闲句。因而起云："凤凰台上凤凰游。"此于诗家赋、比、兴三者，竟属何体哉？

吴昌祺也跟着说："起句失利，岂能比肩《黄鹤》?"可见他们都认为李白此诗起句疲弱，不及崔作之有气势。其实他们是以两句比两句，当然得出这样的结论。不知崔作第三、四句的内容，李诗已概括在第一、二句中，而李诗的第三、四句，已转深一层，从历史的陈迹上去兴起感慨了。方虚谷说："此诗以《凤皇台》为名，而咏凤凰台不过起语两句，已尽之矣。"方氏此说有可取处，不过他没有说得透彻。他肯定李诗只用两句便说尽了崔诗四句的内容，故第一句并不是金圣叹所说的闲句。诗家用赋比兴各种表现手法，不能从每一句中去找。李诗前四句是赋体，本来很清楚。"凤皇台上凤皇游"虽然是一句，还只有半个概念，圣叹要问它属于何体，简直可笑。请问《诗经》第一篇第一句"关关雎鸠"属于何体，恐怕圣叹也答不上来。方虚谷的评语是指出李白用两句概括了凤凰台的历史和现状，而崔颢却用了四句。但是他把话说错了，使人得到一个印象，仿佛下面六句就与凤凰台无关了。一个"不过"，一个"已尽"，都是语病。这个语病，又反映出另外一个问题，这里顺便讲一讲。

诗人作诗，一般都是先有主题思想。主题思想往往是偶然获得的，可以说是一刹那间涌现的"灵感"。这个主题思想经过仔细组织，用适当的形象和辞藻写成为诗，然后给它安上一个题目。题目可以说明作品的主题，例如《白雪歌送武判官归京》；也可以不透露主题，例如《登金陵凤凰台》；更简单些，例如《黄鹤楼》。不透露主题的诗题，对诗的内容没有约束。在《黄鹤楼》这样的诗题下，可以用赋的手法描写黄鹤楼，也可以用比兴的手法借黄鹤楼来感今、怀古、抒情或叙事。方虚谷说李白用起语两句咏尽了凤凰台，这是他把这首诗看成咏物诗似的，两句既已咏尽，以下六句岂非多馀。崔颢的四句，李白的两句，都只是全诗的起句，还没有接触到主题。句"尽"或"不尽"，都没有关系，甚至"咏"或"不咏"，也没有关系。作者，尤其是读者，都不该拘泥于诗题。苏东坡说过："作诗必此诗，定知非诗人。"（《书鄢陵王主簿所画折枝》）就是对这种情况而言。例如做一首咏梅花的诗，如果每句都写梅花，绝不说到别处去，这就可知作者不是一位诗人。所以我说，李白以两句概括了凤凰台，在艺术手法上是比崔颢简练，但不能说是咏尽了凤凰台。

崔颢诗一起就是四句，占了律诗的一半，馀意便不免局促，只好以"晴川"、"春草"两句过渡到下文的感慨。李诗则平列两联，上联言吴晋故国的人物已成往事，下联则言当前风景依然是三山二水。从这一对照中，流露了抚今悼古之情，而且也恰好阐发了起句的意境。

最后二句，二诗同以感慨结束，且同用"使人愁"。两人之愁绪不同，前文已予分析。崔颢是为一身一己的归宿而愁，李白是为奸臣当道、贤者不得见用而愁。可见崔颢登楼望远之际，情绪远不如李白之积极。再说，这两句与上文的联系，也是崔不如李。试问"晴川历历"、"春草萋萋"与"乡关何处是"有何交代？这里的思想过程，好像缺了一节。李白诗的"三山二水"两句，既承上，又启下，作用何等微妙！如果讲作眼前风景依然，这是承上的讲法；如果讲作山被云遮、水为洲分，那就是启下的讲法。从云遮山而想到云遮日，更引起长安不见之愁，全诗思想过程表达得很合逻辑，而上下联的关系也显得更密切了。萧士赟注曰："此诗因怀古而动怀君之思乎？抑亦自伤谗废，望帝乡而不见，乃触景而生愁乎？太白之意，亦可哀也。"这个诠释可谓完全中肯。因怀古而动怀君之思，"三山二水"两句实在是很重要的转折关键。

由此，我们可以做出结论：李白此诗，从思想内容与章法、句法来看，是胜过崔颢的。然而李白有摹仿崔诗的痕迹，也无可讳言。这也决不是像沈德潜所说的"偶然相似"，我们只能评之为"青出于蓝"。方虚谷以为这两首诗"未易甲乙"，刘后村以李诗为崔诗的"敌手"，都不失为持平之论。金圣叹、吴昌祺不从全诗看，只拈取起句以定高下，从而过分贬低了李白，这就未免有些偏见。

一九七八年六月八日

29

古风三首 李白

古风第十四

胡关饶风沙，萧索竟终古。

木落秋草黄，登高望戎虏。

荒城空大漠，边邑无遗堵。

白骨横千霜，嵯峨蔽榛莽。

借问谁凌虐？天骄毒威武。

赫怒我圣皇，劳师事鼙鼓。

阳和变杀气，发卒骚中土。

三十六万人，哀哀泪如雨。

且悲就行役，安得营农圃。

不见征戍儿，岂知关山苦？

李牧今不在，边人饲豺虎。

从王维以下，我们已选讲了十多位盛唐诗人的各体诗。这些诗人及其作品，都是有代表性的。但是他们合起来，还不能代表这个时期的唐诗。没有李白和杜甫，盛唐诗和初唐诗还没有显著的区别。李白和杜甫之所以成为伟大的诗人、盛唐诗风格的创造者，并不是他们遗留给我们的诗多至千馀首，而是由于他们的诗在思想内容及艺术表现方法上都有独特的创造，在过去许多诗人的基础上开辟了新的道路、新的境界。在天宝至大历这二十年间，他们的诗是新诗。李白才气奔放，提起笔来就用各种形象思维来表达他的豪迈、忧郁、苦闷、愤慨的情绪，而以游仙和饮酒作为他的外衣。他不甘心于搜索枯肠，句斟字酌，因此他的诗虽然极流利，却比较粗疏。他又不肯为律诗所束缚，随时都任情高唱，唱出来就是诗句。有许多句子在别人是以为只能用在散文里的，而他却大胆地组织在诗里。

杜甫和李白恰恰相反。杜甫的性格沉静稳重，他的诗都是千锤百炼出来的。

他刻意创造杰出的句法、章法，要做到"语不惊人死不休"。他非但严守格律，而且还使格律有所发展。他晚年的诗作，句法变化愈多，用他自负的话说："晚节渐于诗律细。"（《遣闷戏呈路十九曹长》）在题材方面，他比李白更广泛、更深刻地反映了政治、社会的现象和人民的生活状况。这两位同时代的大诗人，从性格到创作风格，完全不相同。用外国文学的术语来说，李白是浪漫主义的诗人，杜甫是现实主义的诗人。

李白的诗，五言多于七言，古诗和歌行多于律诗。而他的传诵千载的诗篇，大多是歌行。这是由于他的艺术创造，在歌行体最为突出，易于惊动世人耳目。他的古诗，在形式上并没有创造，表现手法比较浅显、直露，因此不惹人注意。其实他的古诗倒是继承了陶渊明的一脉真传，以古淡取胜。一般人读古诗，往往有一种脾气，遇到艰涩难懂的诗，尽管心里不懂，口头却偏要赞赏，恭维这位诗人写得深刻；遇到明白易晓的诗，便有点不屑一顾，以为作者幼稚。再加上青年人大多喜欢辞藻秾丽的诗，不喜欢清淡朴素的诗。因此，从陶渊明到李白这一派五言古体诗，非中年以上的人不能欣赏。

现在选讲三首李白的《古风》。这个"风"字是"风雅颂"的"风"，用以代表一种反映人民思想和生活的诗。李白写了五十九首五言古诗，总称之为《古风》，古体的风诗。他的第一首诗就有自叙的意味，大意说：《大雅》一类的诗，久已没有人作了。《国风》一类的诗，也因为战国乱世，几乎埋没在荒烟蔓草之中。到了秦代，诗人只有哀怨之歌，而没有中正和平的诗。汉代则有扬雄、司马相如等人创作了许多淫靡的赋，使文风佚荡。魏晋以后，诗体日益绮丽，更不足珍贵。到我们大唐，古道复兴，政治文教以清真为贵，出了许多诗人才子，各有新的作品，像秋空中万点明星。我也有志于此，想用诗歌来垂名于千秋。这篇叙诗，可以说是他对"古风"的解释。

《古风》五十九首是陈子昂、张九龄《感遇》诗以后的又一组汉魏古体诗，其内

容也有咏史、咏怀、感事等各方面。但是李白喜欢以餐霞炼丹、修真入道这一类道家思想和辞藻组织在诗里，因此他有些诗又很像晋代郭璞的《游仙》诗。他又经常喜欢歌咏饮酒，这些诗又很像陶渊明的《饮酒》诗。读李白的诗，必须了解游仙与饮酒是他的艺术外衣，切不可认为是他的主题思想。清代陈沆在他的《诗比兴笺》中有一段论李白诗的话：

> 诗有必笺而后明者，嗣宗《咏怀》、子昂《感遇》是也。有必选之而始善者，太白《古风》是也。夫才役乎情者，其色耀而不浮；气帅乎志者，其声肆而不荡。不浮，故感得深焉；不荡，故趣得永焉。世诵李诗，唯取迈逸，才耀则情竭，气慓则志流。指事浅而易窥，摅臆径以伤尽。致使性情之比兴，尽掩于游仙之陈词。实末学之少别裁，非独武库之有利钝也。

这是对《古风》五十九首说的，我以为也适用于李白的全部诗作。陈沆以为李白的《古风》不浮不荡，有深刻的感情，无穷的意趣。而一般人读李白诗，却喜爱他那些豪雄放逸的作品，殊不知这些作品，虽然才气焜耀，可是感情和思想都比较肤浅，而且没有含蓄，反而使比兴的意义，都被游仙的陈词滥调所掩盖了。这不单是由于李白的武器（诗作）本身有好坏，也由于读者没有鉴别能力。

陈沆这一段话，我以为评论得极为深刻。他说李白的诗"必选之而始善"，我也完全同意。李白的诗如长江大河一泻千里，但是挟泥沙以俱下。我们决不要以泥沙来代表李白。

现在我选了三首《古风》，都是比较平正而接近陈子昂的风格。第十四首也是以边塞为题材，更可以和其他诗人的作品参读。这首诗开头八句概括了新近被胡人入侵，遭到破坏后的边城景状。诗意说：那地方从古以来都是遍地风沙，景色萧条。每到秋天，树叶脱落以后，登高一望，就见得到戎虏嚣张。大沙漠中我方所有的碉堡戍所，都已空空无人，连完整的墙也不留一堵。草莽之中，到处都是古来战死兵士的残骸。接下去四句是一个转折点。是谁在我们边疆上大肆暴虐呢？这是用发问句法。下面一句就是答语：是那些耀武扬威的匈奴人干下的勾当。匈奴人自以为是"天之骄子"（天帝所宠爱的儿子，见于《汉书·匈奴传》）。后来，文学上即以"天骄"代表匈奴，或其他强悍的少数民族。王维《观猎》诗云"居延城外猎天骄"，是同样用法。"毒"是一个动词，"毒威武"的意思就是"大大地炫耀了他们的威武"。这两句,在诗的修辞上称为问答格。上句问,下句答。陶渊明诗:"问君何能尔?心远地自偏。"(《饮酒》之五)也就是用了问答句的格式。"我圣皇"是指玄宗皇帝,他闻报胡人入侵,勃然大怒,立即派遣军队去征讨。李白对这次战争是持反对态度的,所以他用一个"劳"字表明了他的立场。以下六句,就描写皇帝驱使人民出关作战的情况。"阳和"是春天的气象,现在却一下子变为杀气,因为征兵骚动了全国。征募到三十六万兵士,人人都泪下如雨,不得不茹苦含悲去服兵役,还怎么能顾得到经营自己的田园呢?最后四句是诗的结束,说明了主题思想:如果不看见这些从军青年的苦况,岂能知道边疆生活的艰难?由于今天没有李牧那样能保卫国防的名将,以致边塞上的人民被豺虎般的胡人所伤害。这四句诗应当和陈子昂的《感遇》诗第三首的结尾四句参看,同时也可以体会到它们就是王昌龄的"但使龙城飞将在,不教胡马度阴山"。

古风第二十四

大车扬飞尘,亭午暗阡陌。

中贵多黄金,连云开甲宅。

路逢斗鸡者,冠盖何辉赫。

鼻息干虹霓,行人皆怵惕。

世无洗耳翁,谁知尧与跖?

这是一首讽喻时事的诗。前四句先描写一下富有多金的"中贵",即权势烜赫的宦官。他们所住的都是甲级大宅院,"连云"是形容房屋高耸入云。他们出来的时候,大车成长列,尘土飞扬,虽在正午,也使道路阴暗。"阡陌"是道路的代词,不必讲做"田间小路"。宦官是在皇宫里服侍皇帝和后妃的人,他们本来没有政治地位,为什么会变得如此阔气呢?因为他们会迎合皇帝的爱好。玄宗皇帝有一个时候,喜欢斗鸡。宦官们就向民间去搜索能斗的鸡,以此得到皇帝的赏赐。以下四句,就说:路上碰到斗鸡的人,他们都是冠带巍峨,气派非常显赫,鼻孔里出气也上冲虹霓。路上行人遇到他们,都战战兢兢,非常害怕。唐人小说中有一篇陈鸿作的《东城父老传》,记载了一个宦官贾昌,因为能斗鸡,玄宗任命他为"五百小儿"的首领。"五百小儿"是宫中训练的五百名斗鸡队员。贾昌声势显赫,玄宗天天赏赐他金帛,当时人民称他为"神鸡童"。李白这首诗,就是为贾昌这类人物写的。最后两句说：现在没有像许由那样高尚的人，谁知道当今皇帝像尧一样好呢，还是像跖一样坏？古史相传，许由是尧帝时的人。尧要把帝位传给许由，许由听了，赶紧到河边去洗耳朵，表示不要听这些污秽的话。唐尧总算是个好皇帝了，可是许由还不以为好。今天没有许由这样的人物，皇帝的好坏更没有人知道了。

徐祯卿说："此篇讥时贵也。"（郭云鹏重刊《李太白文集》引）我看此诗的讽刺对象还不是"时贵"，而是直接指向玄宗皇帝李隆基的。李隆基在位四十三年，他的政治设施，有好的一面，也有坏的一面。李白从他的荒淫腐败的行为，看穿了他残虐人民的盗跖面目，因此有这两句诗。《古风》第四十六首有句曰："斗鸡金宫里，蹴踘瑶池边。"也是讽刺玄宗斗鸡踢球的生活的。

古风第五十六

越客采明珠，提携出南隅。
清辉照海月，美价倾皇都。
献君君按剑，怀宝空长吁。
鱼目复相哂，寸心增烦纡。

这首诗的大意是说：南越商人采得了明珠，像海天明月一样光辉。贩珠商人从南方把明珠带到京都，价值之高轰动都城。可是当他把这颗明珠献给皇帝的时候，皇帝却按剑而有怒色，以为它是假货。贩珠人看到皇帝不识宝物，只好怀珠长叹。而这时候，那些冒充明珠的鱼目珠，却纷纷来讥笑他，使他愈感到心中愤闷。

这首诗的寓意很明显。李白自比为南海明珠，而玄宗皇帝不能认识，因此没有留用他。玄宗左右那些坏人，如李林甫、杨国忠之流，都是冒充珍珠的鱼目，却对他讥笑不已。这首诗显然是李白被放出长安以后所作。《古风》第三十六首以卞和向楚王献玉为比喻，与此诗同一个主题，可以参看。

以上选讲了三首李白的《古风》，都是陈沆所谓"指事浅而易窥"的作品。既不披游仙的外衣，也不作曲折隐约的比喻，它们易于为一般读者所欣赏，这是李白诗的大众化倾向。但正因为如此，对于一些文学修养较深的人，他的诗又常常被认为浅俗。元稹曾经对李、杜二人的诗作过比较，他以为李白的"壮浪纵恣，摆去拘束，模写物象及乐府歌诗"，可以比得上杜甫，但在"属对律切，而脱弃凡近"这方面，则李白远不如杜甫。（见《工部员外郎杜甫墓系铭》）"属对律切"，是指律诗的对偶功夫。李白作律诗不多,他似乎不屑费工夫去做对句,这一点确是不如杜甫,至于说杜甫能"脱弃凡近",分明是说李白的诗浅俗了。苏轼也说:"李白诗飘逸绝尘,而伤于易。"(《东坡题跋·书学太白诗》)这个"易"字,也是平凡浅显之意。历代以来,有许多人作过李杜比较论。有人扬李而抑杜,有人尊杜而贬李。种种议论,尽管从各种不同的观点出发,但本质却反映了一个诗歌要不要大众化的问题。我们今天研究、学习或欣赏李白的诗,在参看各方面评论的时候,必须体会到这一意义。

一九七八年六月二十八日

30

蜀道难 李白

噫吁嚱！危乎高哉！

蜀道之难，难于上青天。（韵一）

蚕丛及鱼凫，开国何茫然。

尔来四万八千岁，不与秦塞通人烟。

西当太白有鸟道，可以横绝峨眉巅。

地崩山摧壮士死，然后天梯石栈相钩连。

上有六龙回日之高标，

下有冲波逆折之回川。（韵二）

黄鹤之飞，尚不得过，猿猱欲度愁攀缘。

青泥何盘盘，百步九折萦岩峦。

扪参历井仰胁息，以手抚膺坐长叹。

问君西游何时还，

畏途巉岩不可攀。

但见悲鸟号古木，雄飞雌从绕林间。

又闻子规啼，夜月愁空山。

蜀道之难，难于上青天，

使人听此凋朱颜。

连峰去天不盈尺，（韵三）

枯松倒挂倚绝壁。

飞湍瀑流争喧豗，（韵四）

砯崖转石万壑雷。

其险也若此，嗟尔远道之人胡为乎来哉？

剑阁峥嵘而崔嵬，

一夫当关，万夫莫开。

所守或匪亲，化为狼与豺。

朝避猛虎，夕避长蛇，（韵五）

磨牙吮血，杀人如麻，

锦城虽云乐，不如早还家。

蜀道之难，难于上青天，侧身西望长咨嗟！

　　李白的作品，以乐府和歌行最为著名，他的豪迈狂放的风格，在这些作品中表现得特别淋漓痛快。乐府和歌行，在诗的形式上原无分别。如果以乐府曲调为题目，就属于乐府诗；如果自己制造题目，不谱入任何曲调，就属于歌行体诗。"蜀道难"是魏晋时代早就有的歌曲，它属于相和歌辞中的瑟调曲。这个歌曲的内容，就是歌咏蜀道之艰难与行旅之辛苦。李白此诗以《蜀道难》为题，所着意描写的也是蜀道的艰险，所以它属于乐府诗。

　　李白此诗极力渲染"蜀道之难，难于上青天"。他为什么忽然想到这个题材，为什么做这首诗，对于这一疑问，历来就有好几种解说。

　　唐人王定保的《摭言》首先记录了这首诗的故事。李白初到长安，去拜访贺知章。贺知章是玄宗皇帝器重的诗人，他读了李白这首诗，十分赞赏，夸奖李白有"谪仙之才"。接着，孟棨所著《本事诗》也说：李白从蜀郡到京师，住在旅馆里。贺知章闻其名，首先去拜访他，看到他的状貌姿态，大以为奇。又请他拿出作品来看，李白就把《蜀道难》取出来请教。贺知章读后，赞不绝口，称他为"谪仙"。这两段都是晚唐人的记录，大同小异，可知当时人以为李白作此诗是描写他从蜀郡出来漫游时的行旅艰苦，又可知李白作此诗的时候相当早。李白到长安，在开元、天宝年间，此诗大约作于开元末年。

　　《新唐书·严武传》说：严武在蜀中，任剑南节度使兼成都尹，骄恣放肆，其时房琯在他部下任刺史。房琯做宰相时，曾推荐严武。后来房琯因得罪降官，做了严武的下属，可是严武对他却极为倨傲。其时杜甫在严武幕府中，任节度参谋，因为误犯了严武的父亲挺之的讳字，严武几乎要杀他。李白得知此事，遂作《蜀道难》，为房、杜两人耽忧。《新唐书》这一段记载是从唐人范摅所著《云溪友议》中采录的，可知唐代人对《蜀道难》的写作背景，还有这样一种说法。宋祁、欧阳修把这个故事写入了官方正史，就肯定了它的正确性。但严武任剑南节度使，是在肃宗末年。请杜甫任节度参谋，是在肃宗上元三年，即代宗宝应元年（公元七六二年）。这年的十一月，李白便故世了。当时李白远在江东，似乎来不及知道房琯、杜甫在严武部下的情况。而且从杜甫写赠严武的诗来看，他们两人间的关系未必坏到如此。因此，如果说《蜀道难》是为房琯、杜甫两人的安危而作，在时间与史实上都有矛盾。

李白诗集有元人萧士赟的笺注本，他对《蜀道难》提出了新的解释。他以为这首诗是作于安禄山叛军攻占长安，明皇仓皇幸蜀的时候，即天宝十五载（公元七五六年）六七月间。当时李白在江南，听到这个消息，以为皇上幸蜀不是上策，"欲言则不在其位，不言则爱君忧国之情不能自已，故作此诗以达意。"

明代的胡震亨，在其《唐音癸签》中，也谈到过这首诗。他以为上文所引三家的解说都是"傅会不足据"。他认为"《蜀道难》自是古曲，梁陈作者，止言其险，而不及其他。李白此诗，兼采张载《剑阁铭》'一人荷戟，万夫趑趄，形胜之地，匪亲弗居'等语用之，为恃险割据与羁留佐逆者著戒。惟其诲说事理，故包括大，而有合乐府讽世立教本旨。若但取一人一事实之，反失之细而不足味矣。"

以上是历代诗评家对《蜀道难》主题思想的探讨。把这些意见和原诗参研之下，萧士赟的讲法似乎最合情理，而且使这首诗含有高度的比兴意义。由此，明清两代讲唐诗的人，大多采用他的讲法，例如唐汝询、陈沆、沈德潜等，都肯定《蜀道难》是为明皇幸蜀而作，分析得很详细。

但是，有一件事，他们都没有注意。丹阳进士殷璠编选的《河岳英灵集》，选录了与他同时代的二十四位诗人的作品，共二百三十四首。他在自序中说明这些诗起于甲寅，即开元二年（公元七一四年）终于癸巳，即天宝十二载（公元七五三年）。他选了李白的诗十三首，其中就有《蜀道难》。这是一个无可推翻的证据，证明《蜀道难》作于安史之乱以前。那么，它显然不是讽谕明皇幸蜀的诗了。如果《摭言》、《本事诗》的记载可信，则此诗的创作年代还可以提早到开元末年。为此，我们不取以上那些讲法，而把此诗定为李白赠入蜀友人的诗。

初唐以来，乐府歌行的形式，一般都是七言古体诗，但李白却创造了新的形式。他善于把三言、四言、五言、七言各种句法混合运用，成为一种不同于魏晋的新型的杂言体。甚至,他有时还大胆地在诗里运用散文句法。这是远远地继承着楚辞和汉代乐府歌辞的传统,而加以推陈出新的。就像这首《蜀道难》,七言句不到一半,其馀大半是不拘一格的杂言句。读他的诗,要跟着作者的豪放的感情和参差的句法,一气贯注,而以它的韵脚为段落。长篇的诗,不论歌行或排律,换韵的地方一般总是思想内容分段的地方。读诗的人应当懂得这个窍门。这一点,我在上文已经谈到过,现在再提一提。这首诗,我就用依韵分段、以一韵为一句的方法来写定。

第一段以"天"字起韵,连押五韵:"噫吁戏!危乎高哉!蜀道之难,难于上青天。"虽然分二行写,实在只是一句。全诗一开头就用三字惊叹词"噫吁戏"。屈原用过"已矣哉",汉乐府歌辞有"妃呼豨"、"伊那何",都是三字惊叹词。此后也许在民间歌曲里一向存在着,但在魏、晋、南北朝诗人的作品中却不再出现。不过"噫吁戏"是"噫"字下再加一个"吁戏",不必一定说是三字惊叹词,应当标点作"噫!吁戏!""吁戏"就是"於戏",而"於戏"是"呜呼"的古代写法。《宋景文笔记》云:"蜀人见物惊异,辄曰'噫嘻'。李太白作《蜀道难》,因用之。"可知"噫吁戏"是"噫嘻"的衍声词。胡元任又引苏东坡的文章来作证。东坡《后赤壁赋》云:"呜呼噫嘻,我知之矣。"又《洞庭春色赋》云:"呜呼噫嘻,我言夸矣。"也就是李白的"噫吁戏"。李白把"噫嘻"衍为三字,苏东坡更衍为四字,都用了蜀郡方言。

诗的创作方法,完全用赋体。全诗都是夸张地描绘蜀道的危险、行旅的艰苦。第一句先提纲总述:由于山路既高且危,所以蜀道之险比上登青天还难。以下四句,从蜀国古代史讲起。据扬雄所作《蜀王本纪》:上古时蜀国之王有蚕丛、柏灌、鱼凫、蒲泽、开明等,其时人民椎髻咙言,没有文化。从蚕丛到开明,共三万四千年。李白节取了两位蜀王的名字,说蜀国的开国史多么悠远。"茫然"是悠久不可知的意思,和现在的用法稍有不同。扬雄说蜀国古史三万四千年,已经是夸大了;李白又加上一万四千年,说是四万八千年以来,一直没有和三秦人行旅往来。太白山,或称太乙峰,是秦岭的主峰,峨眉是蜀中大山。这两句说:从太白到峨眉,只有一条狭窄而危险的小路。因此,秦蜀之间一向无人来往。

《蜀王本纪》又记载了一个关于蜀道的神话。据说秦惠王的时候,蜀王部下有五个大力士,称为"五丁力士"。他们力能移山。秦惠王送给蜀王五个美女,蜀王就命五丁力士移山开路,迎娶美女。有一天,看见有一条大蛇进入山洞,五丁力士一齐去拉蛇。忽然山岭崩塌,压死了五丁力士。秦国的五个美女都奔上山去,化为石人。这个神话,反映着古代有许多劳动人民,凿山开路,牺牲了不少人,终于打开了秦蜀通道。李白运用这个神话的母题①,写了第五韵二句。"地崩山摧壮士死",也可以说是指五丁力士,也可以说是指成千累万为开山辟路而牺牲的劳动人民。他们死了,然后从秦入蜀才有山路和栈道连接起来。第一段诗到此为止,用四韵八句叙述了蜀道的起源。

第二段共用九个韵,描写天梯石栈的蜀道。"六龙回日"也是一个神话故事,据说太阳之神羲和驾着六条龙每天早晨从扶桑西驰,直到若木。左思《蜀都赋》有两句描写蜀中的高山:"羲和假道于峻坂,阳乌回翼乎高标。"羲和和阳乌都是太阳的代词。文意是说:太阳也得向高山借路而最高的山还使太阳回飞避开。"上有六龙回日之高标",这一句就是说:上面有连太阳都过不去的高峰。"高标"是高举、高耸之意,但作名词用,因而可以解作高峰。萧士赟注引《图经》云:高标是山名。这是后代人误读李白诗,或有意附会,硬把一座山命名为高标。原诗以"高标"和"回川"对举,可知决不是专名。

这两句诗有一个不同的文本。《河岳英灵集》、《极玄集》这两个唐人的选本、敦煌石室中发现的唐人写本,还有北宋初的《唐文粹》,这两句却不是"上有六龙回日之高标,下有冲波逆折之回川",而是"上有横河断海之浮云,下有逆折冲波之流川"。从对偶来看,后者较为工整,若论句子的气魄,则前者更为壮健。可能后者是当时流传的初稿,而前者是作者的最后改定本。故当时的选本作"横河断海",而李阳冰编定的集本作"六龙回日"。现在我们根据集本抄录。

以下一大段又形容蜀山之高且险。黄鹤都飞不过,猿猴也怕攀缘之苦。青泥岭,在陕西略阳县,是由秦入蜀的必经之路。这条山路百步九曲,在山岩上纡回盘绕,行旅极为艰苦。参和井都是二十八宿之一,蜀地属于参宿的分野,秦地属于井宿的分野。在高险的山路上,从秦入蜀,就好似仰面朝天,屏住呼吸,摸着星辰前进。在这样艰难困苦的旅程中,行人都手按着胸膛,为此而长叹。这个"坐"字,不是坐立的坐,应该讲作"因此"。

以上是第二段的前半,四韵八句,一气贯注,渲染了蜀道之难。下面忽然接一句"问君西游何时还",这就透露了赠行的主题。作者不像作一般送行诗那样,讲些临别的话,而在描写蜀道艰难中间插入一句"你什么时候才能回来呀?"由此反

---

① 母题,是英语 Motif 的译名。用在文学上,即是主题。用在民俗学上,指神话、传说的本意。

映了来去都不容易。这一句本身也成为蜀道难的描写部分了。

"畏途巉岩"以下四韵七句,仍然紧接着上文四韵写下去,不过改变了描写的对象。现在不写山高路险,而写山中的禽鸟了。诗人说:这许多不可攀登的峥嵘的山岩,真是旅人怕走的道路(畏途)。在这一路上,你能见到的只是古树上悲鸣的鸟,雌的跟着雄的在幽林中飞绕。还有蜀地著名的子规鸟,常在月下悲鸣。据说古代有一个蜀王,名叫杜宇,号为望帝。他因亡国而死,死后化为子规鸟,每天夜里在山中悲鸣,好像哭泣一样。这一句诗的读法,一向有不同的意见。近年来出版的选注本,都断句为"又闻子规啼夜月,愁空山",成为七字一句,三字一句。我以为这样读法是错的,应该是两个五字句。古书没有标点,也不断句,很难知道古人把这句诗如何读法。但吴昌祺的《删订唐诗解》、钱良择的《唐音审体》,都是清初刻本,都是圈断了句子的。他们把这一句定为"又闻子规啼,夜月愁空山",我以为这样断句较为适当。它是两个五言句,不是七、三句法。理由是:"愁空山"三字不成句。歌行中的三字句,常常是两句连用,很少单独用的。这在李白诗中可以找到不少例证。只因为"子规啼月"、"蟋蟀啼月"在唐诗中往往可见,所以许多人不敢把"夜月"二字和"啼"字分开,于是读成了上七下三的句法。至于"夜月愁空山"这一句的意思是:在空山之中,明月之下,使行人为之忧愁。李白有一首《闻王昌龄左迁龙标遥有此寄》的绝句也用同样的意境:

> 杨花落尽子规啼,闻道龙标过五溪。
> 我寄愁心与明月,随风直过夜郎西。

以这首诗的第一句和第三句为证据,可知李白写的是两个五言句,而不是上七下三的句法。作《而庵说唐诗》的徐增,把此句十字连为一句读而解释道:"'又闻子规啼夜月愁空山',并无有人迹;空山古木间,日之所见者,但是悲鸟雌雄成群而飞;夜之所闻,但是子规月下啼血最苦。"历来讲唐诗者,这段讲解最为突出。他躲躲闪闪地讲了一通,我们竟看不出他怎样分析这个十字句法。

以下还有一韵二句,是第二段的结束语。先重复一句"蜀道之难难于上青天",接着说:使人听了这些情况,会惊骇得变了脸色。"凋朱颜"在这里只能讲作因惊骇而"色变"的意思,虽然在别处应当讲作"衰老"。

第二段以下,韵法与章法似乎有点参差。现在我依韵法来写,分为三段。但如果从思想内容的结构来看,实在只能说是两段。从"连峰去天不盈尺"到"胡为乎来哉"是一段,即全诗的第三段。从"剑阁峥嵘而崔嵬"到末句是又一段,即全诗的第四段,第三段前四句仍是描写蜀道山水之险,但作者分用两个韵。"尺"、"壁"一韵,只有二句,接下去立刻就换韵,使读者到此,有气氛短促之感。在长篇歌行中忽然插入这样的短韵句法,一般都认为是缺点。尽管李白才气大,自由用韵,不受拘束,但这两句韵既急促,思想又不成段落,在讲究诗法的人看来,终不是可取的。

这一段前两句形容高山绝壁上有倒挂的枯松,下两句形容山泉奔瀑,冲击崖石的猛势犹如万壑雷声。最后结束一句:"其险也若此。"这个"若此",并不单指上面二句,而是总结"上有六龙回日之高标"以下的一切描写。在山水形势方面的蜀道之险,到此结束。此下就又接一个问句:你这个远路客人为什么到这里来呢?这又是出人意外的句子。如果从蜀中人的立场来讲,就是说:我们这地方,路不好走,你何必来呢? 如果站在送行人的立场来讲,就是说:如此危险的旅途,你有什么必要到那里去呢?

接下去转入第四段,忽然讲到蜀地的军事形势。"一夫当关,万夫莫开",易于固守,难于攻入。像这样的地方,如果没有亲信可靠的人去镇守,就非常危险了。这几句诗袭用了晋代张载《剑阁铭》中的四句:"一人荷戟,万夫趦趄;形胜之地,匪亲弗居。"李白描写蜀道之难行,联系到蜀地形势所具有的政治意义,事实上已越出了乐府旧题《蜀道难》的范围。巴蜀物产富饶,对三秦的经济供应甚为重要。所以王勃《送杜少府之任蜀州》诗第一句就说蜀地"城阙辅三秦",也是指出了这一点。李白作乐府诗,虽然都用旧题,却常常注入有现实意义的新意。这一段诗反映了初唐以来,蜀地因所守非亲,屡次引起吐蕃、南蛮的入侵,导致生灵涂炭的战争,使三秦震动。

这一段诗,在李白是顺便提到,作为描写蜀道难的一部分。但却使后世读者误认为全诗的主题所在。有人以为此诗讽刺章仇兼琼,有人以为讽刺严武,有人以为讽刺一般恃险割据的官吏,都是为这一段诗所迷惑而得出这些结论。但是,这几句诗,确是破坏了全诗的统一性,写在赠友人入蜀的诗中,实在使人有主题两歧之感。明代的李于鳞曾评李白的歌行诗云:"太白纵横,往往强弩之末,间以长语,英雄欺人耳。"(《艺苑卮言》卷四引)对于这一段诗,我也认为是"强弩之末"的"长语"(多馀的话)。

现在把全诗的骨干句子集中起来：

> 蜀道之难，难于上青天，
>
> 问君西游何时还？
>
> 蜀道之难，难于上青天，
>
> 嗟尔远道之人胡为乎来哉？
>
> 锦城虽云乐，不如早还家。
>
> 蜀道之难，难于上青天，
>
> 侧身西望长咨嗟！

这就是《蜀道难》的全部思想内容，其他许多句子，尽管写得光怪陆离、神豪气壮，其实都是这些骨干句子的装饰品。读李白这一派豪放的乐府歌行，不可为一大堆描写的句子所迷乱，应当先找出全诗的骨架子。

李白的乐府诗，其句法、章法都是直接继承楚辞和汉乐府的。他用的都是乐府旧题，诗的内容也大多依照传统的题意。从这三方面看，他的乐府诗，对齐梁以来的乐府诗来说，确是复古。但是，他有针对现实的主题，他的辞藻表现着充沛的时代精神，诗的形式也大胆地摆脱了一切古典的束缚。从这三方面看，他的乐府诗是新创的唐诗。他给古老的乐府诗注入了新的生命，影响了以后许多诗人，使乐府诗也成为唐诗的一个重要传统。

历来对李白乐府诗的评论，我以为胡震亨的一段话讲得最好，现在抄录在这里，以代结语：

> 太白于乐府最深，古题无一弗拟。 或用其本意，或翻案另出新意。合而若离，离而实合，曲尽拟古之妙。 尝谓读太白乐府者有三难：不先明古题辞义源委，不知夺换所自。 不参按白身世遭遇之概，不知其因事傅题、借题抒情之本旨。 不读尽古人书，精熟《离骚》、选赋及历代诸家诗集，无由得其所伐之材与巧铸灵运之迹。 今人但谓李白天才，不知其留意乐府，自有如许功力在，非草草任笔性悬合者，不可不为拈出。
>
> （《唐音癸签》卷九）

一九七八年七月二十日

【增 记】

近日又阅唐写本诗选残卷，李白《蜀道难》诗写本文句与今世传本大有异同，有可以校正今本之误者，亦有抄写者的笔误，不可信从的。惟"子规"一句，唐写本作"又闻子规啼月愁空山"，乃是二、七句法，与上文"然后天梯石栈相钩连"句式相同。"然后"、"又闻"都是衬字，下面各带一个七言句，我以为这个句式比较好，它与上下句和谐，读起来流畅。但是，这一句在《河岳英灵集》中已作"又闻子规啼夜月愁空山"，还在敦煌写本以前，亦不可能定为后人删去"夜"字。因此，李白此句原本如何，已无从考定，我只能依今本字句，读作五言二句。

又，唐人写本没有"锦城虽云乐，不如早还家"两句，我也以为较好。因为上文没有描写锦城之乐，这里就不应该忽然提到锦城之乐。这两句如果用作全诗的结语，倒也还可以，但下面明明还有一句重复的"蜀道之难，难于上青天"。全诗以这一句领起，底下两大段，都以这一句作结束。可知李白作此诗，章法很整齐。唯有这"锦城"一句，又是多馀话中的多馀话。

一九八四年十月五日

31

战城南｜李白

去年战，桑乾源；
今年战，葱河道。（韵一）
洗兵条支海上波，
放马天山雪中草。
万里长征战，
三军尽衰老。

匈奴以杀戮为耕作，
古来唯见白骨黄沙田。（韵二）
秦家筑城备胡处^①，
汉家还有烽火然。

烽火然不息，
征战无已时。（韵三）
野战格斗死，
败马号鸣向天悲。
乌鸢啄人肠，
衔飞上挂枯树枝。
士卒涂草莽，
将军空尔为。
乃知兵者是凶器，
圣人不得已而用之。

---

① "备胡"诸本均作"避胡"，惟唐写本作"备胡"，较胜，今从之。

　　"战城南"是汉代鼓吹乐中铙歌十八曲之一。铙歌是一种军乐,行军时用短箫和铙钹伴唱,故又称短箫铙歌。汉代的"战城南"曲辞,大意是描写将士英勇作战,身死阵地,自以为对君对国效忠尽节,可是刀笔之吏还有非议,以致功高而赏薄,欲为忠臣而不可得。李白此诗,也是描写捍卫边防的战士。题材是继承了旧传统的,但主题思想却稍有改变,针对着当时的现实情况了。

　　《旧唐书·王忠嗣传》说:天宝元年,王忠嗣率师北讨契丹,战于桑乾河,三战三胜。又《李嗣业传》说:李嗣业曾讨伐勃律,打通了去葱岭的道路。李白此诗开头两句,如果就指这两次战役,那么可以推测此诗作于天宝二载(公元七四三年)。

　　条支是汉代西域一个小国,在青海边上。这里两句是说唐军在青海上洗兵器,在天山下牧马,他们离家万里,永远过着战斗生活,人都衰老了。以上是全诗第一段,即第一韵六句,首先就说明了题目虽旧,内容却是时事。

　　第二段即第二韵四句,说匈奴没有农业生产,他们的生产劳动,就是以杀牛杀羊,乃至劫掠杀人,以代替耕作。自古以来,他们的田,不是稻田、麦田,而是白骨田、黄沙田。秦朝时在边境上构筑的城堡,到了汉朝时还经常燃烧着报告敌人入侵的烽火。这一段是简练地概括一下,在我国漫长的边境上,历代以来都有各个种族的敌人入侵,引起了战争。

　　第三段较长,也用一个韵,十句。"烽火然不息"两句是第二、三段之间的一个连锁:从秦汉到如今,烽火燃烧不熄,战争永远没有停止。参加野战的兵士在格斗中死亡,留下来的败阵之马在向天悲嘶,乌鸢飞下来啄食死人的肠子,衔着飞去挂在枯树枝上。在如此剧烈的激战中,兵士的血污染了草莽,将军也只剩一个空名。"将军空尔为"这一句,在语法上是"空尔为将军"的倒装。空尔,即徒然,"尔"字是副词的语尾形式。全句用现代语来说,就是"只成了一个空头将军"。结尾两句,完全用老子《道德经》的话:"兵者,不祥之器,非君子之器,圣人不得已而用之。"由于看到了这样惨酷的战争,才知道武器实在不是好东西,圣人非到万不得已的时候,决不贸然使用的。圣人,指帝王。这两句完全是散文句式,李白开始大胆地用在诗里。"者、而、之"这些虚字,虽然先已有人用过,也没有李白那样突出地用。这都是李白诗的特征。"败马"、"乌鸢"一段,只是稍稍改变了汉乐府的辞句。现在把汉乐府的前半首抄在这里,以供对照。

战城南，死郭北，

野死不葬乌可食，

为我谓乌："且为客豪，

野死谅不葬，腐肉安能去子逃。"

水深激激，蒲苇冥冥，

枭骑战斗死，驽马徘徊鸣。

在开元、天宝年间，玄宗好大喜功，在各方面边境上，对奚、契丹、突厥、吐蕃等经常用兵。虽然最初总是敌人先来侵犯，劫掠我边境，但在打退敌人以后，就不免要乘胜远征，而那时便会转胜为败，全军覆没。所以盛唐诗人以边塞为题材的诗，常常反映出一种既肯定战争又否定战争的矛盾心理，这在岑参、高适、王维的诗里，都可以找到例证。李白这首诗的第二段，明白地说战争起于胡人入侵，那么第三段应当描写我军人卫国战争的壮烈场面。可是作者却描写了战争的惨酷，而且结句又并不对这场战争有什么赞扬。他主张兵器应该是"不得已而用之"，什么情况才是"不得已"呢？作者没有在这里说明，但已在《古风》第十四首中说了：

不见征戍儿，岂知关塞苦？

李牧今不在，边人饲豺虎。

王昌龄也说：

但使龙城飞将在，不教胡马度阴山。

他们都有同样的思想，以为只要坚守国防，不让敌人侵入，就可以免得"士卒涂草莽"。万一敌人竟敢于入侵，那就只好动用武器，把他们打退。这就是所谓"不得已"的时候。在我国的历史上，对待强邻压境的政策，一向是"人不犯我，我不犯人"。偶尔有几个皇帝发动扩张主义的战争，就会受到人民的讽刺或责怨。盛唐诗人写边塞战争的诗，可以说是反映了人民的意愿的。

《战城南》是李白几十首乐府诗中最浅显明白的。运用汉代乐府歌辞的那几句，可以说是有点抄袭嫌疑，因为基本上还是用了原意，没有脱胎换骨。选李白诗的人，不很愿意选这一首，因为不够代表李白的豪放风格。我现在选讲这一首，是为了给学诗或作诗的青年提供一个适当的范本，如果参看汉乐府原作，可以懂得古诗变为近体诗的道路，用"旧瓶装新酒"的手法，以及正统乐府诗的模式。

一九七八年七月二十六日

32

将进酒｜李白

君不见黄河之水天上来，（韵一）

奔流到海不复回。

君不见高堂明镜悲白发，（韵二）

朝如青丝暮成雪。

人生得意须尽欢，

莫使金樽空对月。

天生我材必有用，

千金散尽还复来。（韵三）

烹羊宰牛且为乐，

会须一饮三百杯。

岑夫子，丹邱生，（韵四）

将进酒，君莫停。

与君歌一曲，

请君为我侧耳听：

钟鼎玉帛岂足贵，

但愿长醉不愿醒。

古来圣贤皆寂寞，

惟有饮者留其名。

陈王昔时宴平乐，（韵五）

斗酒十千恣欢谑。

主人何为言少钱？

径须沽取对君酌。

五花马，千金裘，（韵六）

呼儿将出换美酒，

与尔同销万古愁。

　　现在再讲一篇李白的古题乐府诗《将进酒》，也是汉代短箫铙歌之一。汉代乐府歌辞原文，因为声辞杂写，故不能了解其意义。只有第一句是"将进酒"，后世文人拟作，都是吟咏饮酒之事。李白此诗，也沿袭旧传统，以饮酒为题材。

　　这首诗用三言、五言、七言句法错杂结构而成，一气奔注，音节极其急促，表现了作者牢骚愤慨的情绪。文字通俗明白，没有晦涩费解的句子，这是李白最自然流畅的作品。

　　全诗转换了六个韵，第一、二韵六句合为一段，此后每韵自成一个思想段落。开头四句用两个"君不见"引起你注意两种现象："黄河之水天上来，奔流到海不复回"是比喻光阴一去不会重回，"高堂明镜悲白发，朝如青丝暮成雪"是说人生很快便会衰老。青春既不会回来，反而很容易马上进入老年，所以人生在得意的时候，应当尽量饮酒作乐，不要使酒杯空对明月。这是第一段的内容，它也像《蜀道难》一样，一开头就从题目正面落笔。"君不见"，是汉代乐府里已经出现的表现方法，意思是："你没有看见吗？"跟现在新诗里用"看啊"、"你瞧"一样，是为了加强下文的语气。李白诗中常用"君不见"，这三个字不是诗的正文，读的时候应当快些。我们如果把两个"君不见"都删掉，也没有关系，诗意并无残缺。而且删掉之后，这一段就是整整齐齐的六个七言句，更可以看出这两个"君不见"是附加成分。在七言歌行中，这一类的附加成分，我们借用一个南北曲的名词，称之为"衬词"，因为它们只起陪衬的作用，不是歌曲的正文，唱起来也不占节拍。但是，如果"君不见"三字不在七言句之外，那就不能算是衬词。李白另一首诗云："君不见梁王池上月，昔照梁王樽酒中。"（《携妓登梁王栖霞山孟氏桃园中》）这又是一种用法。如果把这个"君不见"也作为衬词，则第一句只有五字，而全诗却都是七言句。如果把"君不见"认为诗的正文,则这一句有八言了。在这种情况下,我们只能说:全句仍是七言,多出来的一个字是衬字。"君不见"三字只抵两字用,应当读得快,让它们只占两个字的音节。南北曲和弹词里,这种衬词很多,因此产生了这个名词。唐代虽然还没有这个名词,但像"君不见"之类的附加成分,实在已是曲子里用衬词的萌芽。此外,李白还有一首《答王十二寒夜独酌有怀》,其中也有"君不见"的用例:

> 君不见,李北海,
> 英风豪气今何在?
> 君不见,裴尚书,
> 土坟三尺蒿藜居。

这是构成了两个三字句,也不能说是衬词了。

第二段四句,大意说:天既生我这个人材,一定会有用处。千金用完,也不必担忧,总会得再有的。眼前不妨暂且烹羊宰牛,快乐一下。应该放量饮酒,一饮就是三百杯。这一段诗,表面上非常豪放,其实反映着作者的牢骚与悲愤。言外之意是像我这样的人材,不被重用,以致穷困得在江湖上流浪。

第三段再对两个酒友发泄自己的牢骚。岑夫子是岑勋,年龄较长,故称为夫子。丹邱生是一个讲究炼丹的道士元丹邱,李白跟他学道求仙,做了许多诗送他。这里,诗人劝他们尽管开怀畅饮,不要停下酒杯。我唱个饮酒歌给你们两位听:钟鼎玉帛,这种富贵排场的享乐,我以为不值得重视,我只愿意永远醉着不醒。自古以来,一切圣人、贤人都已经寂寞无名,谁也不知道他们。只有喝酒的人,像刘伶、陶渊明这些人,倒是千古留名的。从前陈思王曹植有两句诗道:"归来宴平乐,美酒斗十千。"(《名都篇》)是说他打猎回来,在平乐观里宴请朋友和从臣,饮万钱一斗的美酒,大家尽情欢乐谈笑,现在我们的主人为什么说没有钱,舍不得打酒呢?应该立刻就去打取美酒,来请大家喝个痛快。这一段四韵八句就是"请君为我侧耳听"的一曲歌,是诗中的歌。"钟鼎"是"钟鸣鼎食"的简用,"玉帛"是富贵人的服御。这四个字就代表富贵人的奢侈享受。诗人说,这些都不足贵重,只要有酒就成了。"主人"是讽刺他自己,也可以说是自嘲。上文说过"千金散尽还复来",可见现在正是"少钱"的时候。钱少,也不要紧,酒总得要喝,于是引出了最后一段三句:好吧,现在手头虽然没有钱,家里还有一匹五花骏马,还有一件价值千金的狐裘,立刻叫儿子拿出去换取美酒,和你们喝个痛快,把千秋万古以来的愁绪一起销解掉。

李白的诗，以饮酒、游仙、美女为题材的最多，后代的文学批评家常以此为李白的缺点。例如王安石就说："李白诗词，迅快无疏脱处，然其识污下，十句九言妇人与酒耳。"所谓其识污下，就是世界观庸俗。这种批评，虽则也有人为李白辩护，但在李白的诗歌里，高尚、深刻的世界观确是没有表现。他只是一个才气过人的诗人，能摆脱传统，创作流利奔放的诗篇。至于对人生的态度，他和当时一般文人并没有多大不同。早期的生活，就是饮酒作诗，到处旅游。后来跑到长安，认识了贺知章。贺知章极欣赏他的诗，把他推荐给玄宗，于是玄宗留他在宫里做一名翰林供奉。"翰林供奉"是所谓"文学侍从之臣"，当明皇和杨贵妃赏花饮酒作乐的时候，找他来做几首新诗谱入歌曲。这就是翰林供奉的职务，它并不是一个官。然而李白做了翰林供奉却骄傲得很，他有好些诗自画他当时的得意情况："归来入咸阳，谈笑皆王公。"（《东武吟》）又云："王公大人借颜色，金章紫绶来相趋。"（《驾去温泉后赠杨山人》）这是说王公宰相都来和他交朋友了。"昔在长安醉花柳，五侯七贵同杯酒。"（《流夜郎赠辛判官》）是说当时和他饮宴的都是王公贵人。"当时笑我微贱者，却来请谒为交欢。"（《赠从弟南平太守之遥二首》）是说从前瞧不起我的人，现在都来巴结我了。此外，他还有不少诗句，夸耀他的得意时候。大约正是这种骄傲自大态度，得罪了不少人，使玄宗左右那些李林甫、杨国忠之流对他不能容忍，在玄宗面前挑拨了几句，他就被放逐出宫廷。他自己说当时是"骑虎不敢下，攀龙忽堕天"，可见他自己也早就觉察到已经处于骑虎之势，正在无法脱身，而被龙尾巴一掉，便从天上摔下来了。此后，他又恢复了饮酒浪漫的生活，把自己装成一个飘飘然有仙风道骨的高人逸士，不时在诗里讽刺一下政治，好像朝廷不重用他，就失去了天下大治的机会。《盐铁论》里有一段大夫讥笑文学的话："文学衰衣博带，窃周公之服；鞠躬踧踖，窃仲尼之容；议论传诵，窃商赐之辞；刺讥言治，过管晏之才；心卑卿相，志小万乘。及授之政，昏乱不治。"这些话都切中文人之弊。他们平时高谈阔论，目空一切，"心卑卿相"，人人自以为是伊、吕、管、晏。及至给他一个官做，也未见得能尽其职守。唐代进士初入仕途，往往从县尉做起，可是诗人中也没有出类拔萃的好县尉，而他们常在诗中发牢骚，嫌位卑官小，屈辱了他这样的人才。这种孤芳自赏的高傲情绪，从屈原以来，早就在我国文学中形成一个传统，而李白的表现，特别发扬了这个传统。

我以为学习古典文学，对历代作家这一种世界观的过度的表现，可以不必重视，更不宜依据他们的自我宣扬，而肯定他们真是一个被压制的人才。李白的诗，是第一流的浪漫主义作品，他在盛唐时期诗坛上的情况，正和雨果在法国、拜伦在英国一样。游仙、饮酒、美人，是他的浪漫主义形式；嶔崎、历落①、狂妄、傲岸，是他的浪漫主义精神。但是他对政治和社会的认识，还是消极因素多于积极因素。因此，我以为李白的诗，还不能说是一种积极的浪漫主义。就以饮酒为例，李白的饮酒和陶渊明的饮酒，显然不同。陶渊明的饮酒是作为一个农民，在劳作之后，饮几杯酒，以养性全神。他的饮酒的态度是："泛此忘忧物，远我遗世情。"（《饮酒》之八）李白的态度是："人生得意须尽欢。"陶渊明说人家"有酒不肯饮"是因为"但顾世间名"（《饮酒》之四），而李白却说："惟有饮者留其名。"陶渊明为逃名而自隐于酒，李白则为争名而"一饮三百杯"。由此可知，陶渊明的饮酒，对人世社会好像是消极的，但他的人格却是积极的。李白则相反，他对人世社会好像还积极，而其人格却是消极的。我觉得李白的饮酒诗，只能比之为古代波斯诗人莪玛·哈耶谟和哈菲兹②，而不能和陶渊明相提并论。

　　"古来圣贤皆寂寞，惟有饮者留其名。"这两句诗曾引起过一些封建卫道者的批评，以为李白过于狂妄，难道连先圣先贤如孔子、孟子者，都是默默无闻，只有酒鬼留名于后世吗？编《唐文粹》的姚铉就把"圣贤"改为"贤达"，代李白纠正了失言。这种批评，其实是多馀的，读文艺作品不能如此认真、如此老实。这两句诗，仅是艺术上的夸张手法，不必看成思想的真实。宋代人讲究诗的各种炼句方法，把这种格式的诗句称为"尊题格"。在一个对比中，为了强调甲方而大大地压低乙方，这叫作"强此弱彼"的句法，也就是"尊题"的意思。李白为了夸大饮者，而贬低了圣贤的后世之名。白居易的《琵琶行》云："岂无山歌与村笛，呕哑嘲哳难为听。今夜闻君琵琶语，如听仙乐耳暂明。"为了夸张商妇弹琵琶的美妙，就说成江州地方没有中听的音乐，有的只是很难听的山歌与村笛。韩愈的《石鼓歌》云："陋儒编诗不收入，二雅褊迫无委蛇。"为了夸大石鼓诗的典雅，甚至责怪孔子编《诗经》为什么不把这首诗收进去，还说《诗经》中的大雅、小雅两部分的诗都是很"褊迫"而无曲折的，甚至还说孔子是一个"陋儒"。又为了夸大石鼓文的书法，而贬低王羲之的书法是庸俗的："羲之俗书逞姿媚，数纸尚可博白鹅。"以上两例，也都是尊题手法，在唐诗中是常见的。

一九七八年八月二日

① 李白自己说："仆嶔崎历落可笑人也。"见其《上安州李长史书》。
② 莪玛·哈耶谟的《鲁拜集》，有郭沫若译本。哈菲兹也是古代波斯（伊朗）诗人。

33

梦游天姥山别东鲁诸公

李白

海客谈瀛洲，烟涛微茫信难求。

越人语天姥，云霓明灭或可睹。

天姥连天向天横，势拔五岳掩赤城。

天台四万八千丈，对此欲倒东南倾。

我欲因之梦吴越，一夜飞渡镜湖月。

湖月照我影，送我至剡溪。

谢公宿处今尚在，渌水荡漾清猿啼。

脚著谢公屐，身登青云梯。

半壁见海日，空中闻天鸡。

千岩万转路不定①，迷花倚石忽已暝。

熊咆龙吟殷岩泉，栗深林兮惊层巅。

云青青兮欲雨，水淡淡兮生烟。

列缺霹雳，丘峦崩摧。

洞天石扉，訇然中开。

青冥浩荡不见底，日月照耀金银台。

霓为裳兮风为马，云之君兮纷纷而来下。

虎鼓瑟兮鸾回车，仙之人兮列如麻。

忽魂悸兮魄动，恍惊起而长嗟。

---

① "千岩万转"疑为"千岩万壑"之误。李白《送王屋山人》诗云："遥闻会稽美，且度耶溪水。万壑与千岩，峥嵘镜湖里。"可证。但各本皆作"万转"，不敢妄改。

惟觉时之枕席，失向来之烟霞。

世间行乐亦如此，古来万事东流水。

别君去兮何时还？

且放白鹿青崖间，

须行即骑访名山。

安能摧眉折腰事权贵，

使我不得开心颜①！

    这是一首描写梦游天姥山的诗，杂用四、五、六、七言句，句法错落有致。转韵至十二次之多，或两句一韵，或三句一韵，或四句一韵，或五句一韵。韵法亦变化多端，或逐句押韵，或隔句押韵。这是李白最具有代表性的作品之一，"非太白之胸次、笔力，不能发此。"（见《唐诗品汇》）因为全诗以七言句为主，故一般选本都编入七言古诗或七言歌行类。

    诗题据《河岳英灵集》作《梦游天姥山别东鲁诸公》，近代版本都已省作《梦游天姥吟留别》。前者说明是"别东鲁诸公"，可知是在离开齐鲁，正要南游淮泗的时期所作。当时听到有人夸赞越中（今浙东）天姥山风景之奇，因而中心向往，居然梦到天姥山去游览了一番，醒来就写出了这首诗，并且把它作为向东鲁几位朋友的告别辞。诗的内容是"梦游天姥山"，诗的作用是"留别"。要了解这首诗，必须把它的内容和作用联系起来：为什么作者要把一首记梦诗作为告别辞？这首诗与告别朋友的思想感情有什么关系？

    因为韵法与思想程序有参差，这首诗不宜按韵法来分段。现在我们按思想程序把它分成三段：第一段是开头四韵十句，这是全诗的引言。第二段从"湖月照我影"到"失向来之烟霞"，共五韵二十八句。这是全诗的主体，描写整个梦境，直到梦醒。以下是第三段，二韵七句，叙述梦游之后的感想，总结了这个梦，作为向东鲁朋友告别的话。

    李白在好几首诗中，向往于蓬莱仙界，希望炼成金丹，吞服之后飘然成仙，跨

---

① 此句《河岳英灵集》作"暂乐酒色凋朱颜"。

鹤骑鹿,远离人世,遨游于神仙洞府。但在这首诗中,一开头就否定了瀛洲仙岛的存在。他说:航海客人谈到瀛洲仙岛,都说是在渺茫的烟波之中,实在是难以找得到的地方。可是,越人谈起天姥山,尽管它是隐现于云霓明灭之中,却是有可能看见的。这四句是全诗的引言,说明作此诗的最初动机。"瀛洲"只是用来作为陪衬,但却无意中说出了作者对炼丹修仙的真正认识。"信难求"这个"信"字用得十分坚决,根本否定了海外仙山的存在,也从而否定了求仙的可能性。然则,李白的一切游仙诗,可知都不是出于他的本心。连同其他一切歌咏酒和女人的诗,都是他的浪漫主义的外衣。杜甫怀念李白的诗说:"不见李生久,佯狂真可哀。世人皆欲杀,吾意独怜才。"(《不见》)已把李白当时的情况告诉我们了。他是"佯狂",假装疯疯颠颠。他这种伪装行为,在杜甫看来,是很可哀怜的。因为杜甫知道他有不得不如此的理由,下面更明白说出"世人皆欲杀",这也不是一般的夸张写法。可以想见,当时一定有许多人憎恶或妒忌李白,或者是李白得罪了不少人。而杜甫呢,他是李白的朋友,他对李白的行为即使不很赞同,但对李白的天才却是佩服的,所以他说"吾意独怜才"。

第三韵四句是概括越人听说天姥山的高峻。它高过五岳,掩蔽赤城。赤城,是天台山的别名。天台山已经很高了,对着天姥山,却好像向东南倾倒的样子。四万八千丈,当然是艺术夸张,珠穆朗玛峰也只有八千八百四十多公尺高。因为听了越人的宣传,我就想去看看。谁知当夜就在梦中飞渡镜湖(在今绍兴),再东南行,到达了天姥山。"吴越"在此句中用的是复词偏义,主要是"梦越",为了凑成一句七言诗,加了一个"吴"字。

第二段,全诗的主体,描写梦游天姥山的所见所遇。文辞光怪离奇,显然是继承了楚辞的艺术传统。作者告诉我们:他飞过镜湖,到了剡溪(今嵊县),看到了南朝大诗人谢灵运游宿过的地方。湖泊里有渌波荡漾,山林中有猿啼清哀。他也仿效谢灵运,脚下跶着为游山而特制的木屐,登上了高山①。从此一路过去,到了天姥山。走在半峰上就看到海中日出,又听到天鸡的啼声。经过了许多崎岖曲折的山路之后,正在迷途之间,天色忽已暝暮。这时听到的是像熊咆龙吟的瀑布之声,看到的是雨云和烟水。这种深山幽谷中的夜景,别说旅客为之惊心动魄,就是林木和峰峦,也要觉得战栗。这时候,忽然又遇到了奇迹,崖壁上的石门开了。其中

---

① 谢灵运游山,把他的木屐改装了一下,上山时去其前齿,下山时去其后齿,当时称为"谢公屐"。

别有一个天地,别有一群人物。他看到许多霓裳风马的"云之君"和鸾凤驾车、虎豹奏乐的"仙之人",不觉吓了一跳,蓦然醒来,只看到自己的枕席;而刚才所见的一切云山景物都消失了。

"云之君"是神,"仙之人"是仙人,合起来就是神仙。李白爱好修道求仙,为什么遇到这许多神仙,非但并不高兴,反而惊慌起来呢?这一惊慌,使他的游兴大受打击,在惊醒之后,便勾引起深深的感慨,甚至长叹起来。于是接下去产生了第三段。

就全篇诗意来看,第三段才是真正的主体,因为作者把主题思想放在这一段里。但是在这第三段的七句中,我们可以找到两个概念。一个是"世间行乐亦如此,古来万事东流水"。意思是说:人世间一切快乐的事都像做了一个美梦,一下子像水一般流失了。这是一种消极的世界观,对人生的态度是虚无主义的。另一个概念是"安能摧眉折腰事权贵,使我不得开心颜"。这是一个不为权贵所屈的诗人,从趋炎附势的社会中脱逃出来以后的誓言,它反映一种积极的世界观,一种反抗精神。这两种思想显然是不同路,甚至是相反的,然而作者却把它们写在一起。这就引出了一个问题:到底哪一个是作者的主题呢?

当然,从来没有读者会只看见作者这一种思想,而无视于另一种思想。但在二者的轻重之间,或说因果之间,看法稍有不同,就可能从这首诗得到不同的体会。作《唐诗解》的唐汝询是偏重于前一种思想的。他说:

> 将之天姥,托言梦游以见世事皆虚幻也。……于是魂魄动而惊起,乃叹曰:"此枕席间岂复有向来之烟霞哉?"乃知世间行乐,亦如此梦耳。古来万事,亦岂有在者乎?皆如流水之不返矣。我今别君而去,未知何时可还。且放白鹿于山间,归而乘之以遍访名山,安能屈身权贵,使不得豁我之襟怀乎?

这样讲法,就意味着作者基于他的消极的世界观而不屑阿附权贵,因为这也是一种虚幻的事情。诗中所谓"世间行乐亦如此",这个"此"字,就应当体会为上面二句所表现的梦境空虚。

作《诗比兴笺》的陈沆提出了另一种解释。他偏重在后一种思想:

> 此篇即屈子《远游》之旨,亦即太白《梁甫吟》"我欲攀龙见明主,

雷公砰訇震天鼓，帝旁投壶多玉女，三时大笑开电光，倏烁晦冥起风雨，阊阖九门不可通，以额扣关阍者怒"之旨也。太白被放以后，回首蓬莱宫殿，有若梦游，故托天姥以寄意……题曰《留别》，盖寄去国离都之思，非徒酬赠握手之什。

这样讲法，情况就不同了。它意味着作者基于他的积极的世界观，揭发和控诉了明皇宫中充满着忌才害贤的小人，使他来不及有所作为，就被排挤出来。他回忆在宫廷中的生活，简直像个恶梦，至今心有馀悸。于是"世间行乐亦如此"这一句就应当理解为指宫廷中的快乐生活，也像恶梦一样，只会使人心悸。作者有了这样的觉悟，于是就鄙弃一切，对"古来万事"都有空虚之感。为了保持自己的人格，为了维护自己的心灵，宁可从此骑鹿游山，决不再低眉折腰去讨好权贵们了。

我同意陈沆的讲法。把第二段诗句仔细体会一下，可知作者所要表达的不是梦境的虚幻，而是梦境的可怕。游天姥山是一个可怕的梦；在皇帝宫中做翰林供奉，也是一个可怕的梦。如果说本诗主题是描写梦境的虚幻，那又与"摧眉"句有什么关系？依照唐汝询的讲法，这第二段的创作方法是单纯的赋；依照陈沆的讲法，却是"赋而比也"。

陈沆引用李白另一首诗《梁甫吟》来作旁证，确实也看得出这两首诗的描写方法及意境都有相似之处。李白有许多留别诗，屡次流露出他被放逐的愤慨。把这些诗联系起来看，更可以肯定游天姥山是游皇宫的比喻。有一首《留别曹南群官之江南》的五言古诗，就紧接编在《梦游天姥山》之后。曹与鲁是邻境，前诗留别东鲁诸公，后诗留别曹南群官，可知是作于同一时期。这首诗开头说自己早年修道求仙，后来碰上运气，供奉内廷。有过一些建议，很少被采用，只得辞官回家。下文说："仙宫两无从，人间久摧藏。"这是明白地说学道做官都失败了，只落得在民间没落和流浪。《梦游天姥山》开头两句是说求仙"无从"，其次两句是说进宫或有希望。此下描写天姥山景色一大段，实质是描写宫廷。结论是宫廷里也"无从"存身。"仙宫两无从"这一句可以说就是《梦游天姥山》的主题。

一九七八年八月十六日

34

现在选讲李白的三首五言律诗，代表他的律诗的几个方面。李白的诗，无论在数量或质量上，以乐府歌行为主。其次是古体，再次是绝句。五、七言律诗只能挂在最后。在五、七律之间，七律更是既少且弱，《登金陵凤凰台》一首，恐怕要算是最杰出的了。五律第一首，选《送友人》。

送友人

青山横北郭，白水绕东城。

此地一为别，孤蓬万里征。

浮云游子意，落日故人情。

挥手自兹去，萧萧班马鸣。

这是典型的唐律。李白诗才奔放，适宜于纵横错落的歌行句法。碰上律诗，就像野马被羁，只好俯首就范。这首诗是他的谨严之作，风格已逼近杜甫了。

诗是为送别友人而作，开头两句就写明送别之地。北郭东城，不宜死讲，总在城外山水之间。看到这种修辞方法，不必提出疑问：到底是在东城呢，还是在北郭？反正你可以体会作东北郊，也就差不多。如果作者说北郭南城，或西郊东野，那就该研究一下了。

第三句紧接上文，点明题目，底下即承以"孤蓬万里征"一句，说明这位朋友是孤身漂泊，远适异乡。可见主客双方，都不以此别为乐事。萧士赟注此句云："孤蓬，草也。无根而随风飘转者。自喻客游也。"（见《分类补注李太白诗》）他说此句是作者自喻客游,大误！被他这样一讲,这首诗变成"别友人"而不是"送友人"了。这一联诗句,从思想内容来讲,是一个概念,或说两句一意:我们在此地分别之后,你就像蓬草似地飘零到远方去了。上句与下句连属,都不能独自成为一个概念。但从句子形式来讲,它们是很工稳的一对。词性结构,毫不参差。它们和王勃的"海内存知己,天涯若比邻"同样,也是一副流水对。不过,"一为"对"万里",也有人计为不够工整。"为"是虚字,"里"是实字。凡词性不同的对仗,例如以状词对名词,像"云雨"对"长短"之类,又如这一联的以虚字对实字之类,晚唐以后的诗人都尽量避免。宋人称为这是犯了"偏枯"之病,但在初、盛唐诗中,经常可以见到,当时不以为是诗病。

"浮云"、"落日"一联是即景抒情。友人此去成为万里孤蓬,他的心情岂非宛如眼前的浮云;送行的老朋友,对此落日斜阳,更有好景不长、分离在即之感。唐汝询在《唐诗解》中引古诗"浮云蔽白日,游子不顾返",为此两句作注释,很容易迷惑读者。因为"浮云蔽日"与"浮云落日"这两个成语,诗人使用时大有分别,决不可混而为一。此诗"浮云"与"落日"分开用,便无"浮云蔽日"之意。"浮云游子意"也不是"游子不顾返"的意思,这里的"落日",如果要注明来历,似乎可以引用陈后主的诗"思君如落日,无有暂还时"(《自君之出矣六首》之四)较为适当。李白有许多送别诗,常用"落日"暗示离别之情。例如《送裴大泽诗》:"好风吹落日,流水引长吟。"又《灞陵行送别》:"古道连绵走西京,紫阙落日浮云生。"又《送杜秀之入京》诗:"秋山宜落日,秀木出寒烟。"又《送族弟锦》诗:"望极落日尽,秋深暝猿悲。"皆明用"落日"。此外还有《送张舍人》诗:"白日行欲暮,沧波杳难期。"《送吴五之琅琊》诗:"日色促归人,连歌倒芳樽。"《送裴十八归嵩山》诗:"日没鸟雀喧,举手指飞鸿。"都是写到落日的。这是因为唐人送别必有饮宴,主客分手,必在日落之时。看了以上这些同样的诗句,可以肯定这是即景抒情的句子。

结尾一联写友人既已挥手上路,送行者情绪很忧郁。但作者不直说出来,而用"萧萧班马鸣"来表达。班马是离群之马,送行者的马与友人的马,也早就是好朋友。一朝分别,马也不免悲嘶。马尚如此,更何况人！清人顾小谢《唐律消夏录》在此句下批释道:"尚闻马嘶,荡一句。"他的意思是说:友人既别,行行渐远已望不见,然而还听到马嘶之声,故以此句为荡开一笔的写法。这样讲固然也通,但作者用"班马"一词的意义却透豁不出来。所以我还宁可用我的讲法,认为这是深入一句,而不是荡开一句。

第二首选取《夜泊牛渚怀古》。

夜泊牛渚怀古

牛渚西江夜，青天无片云。

登舟望秋月，空忆谢将军。

余亦能高咏，斯人不可闻。

明朝挂帆席，枫叶落纷纷。

牛渚是一座山名，在今安徽省当涂县。山北突出在长江中，称为牛渚矶，是江船停泊的地方。"怀古"是诗的内容类别，在"咏怀"与"咏史"之间。方虚谷云："怀古者，见古迹，思古人。其事无他，兴亡贤愚而已。"（《瀛奎律髓》）讲得似乎太简单，但大致如此。咏史诗是有感于某一历史事实，怀古诗是有感于某一历史遗迹。但历史事实或历史遗迹如果在诗中不占主要地位，只是用作比喻，那就是咏怀诗了。怀古诗不知起始于何人，《文选》里有"咏史"、有"咏怀"，而无"怀古"，大约当时还没有这个名称。

李白停船在牛渚矶下，想到了这个地方的一个故事：东晋时代，有一个出身孤贫的青年袁宏，颇能做诗。他有五首咏史诗，是得意之作。他以用船为地主或豪门公家运送租米谋生。有一天夜里，米船停在牛渚矶下，他闲着就吟诵自己的咏史诗。这时，镇守牛渚的镇西将军谢尚，是当时的大贵族、大诗人。他恰巧带着部下泛船巡江，听到袁宏的吟诗声，便派人查问是谁。知道了是袁宏，便请他上自己的大船，与他一见如故地谈了通宵，此后就请他在自己幕府中担任参军，从此袁宏的名气大了，逐渐官至东阳太守。

李白在牛渚停船，感怀袁宏和谢尚的流风遗韵，便写出了这首诗。诗很浅显，只要知道这个故事，便能懂得。开头两句是叙述：地点是在西江上的牛渚，时间是夜里，风景是"青天无片云"。这样就点明了诗题《夜泊牛渚》。南朝的京都是建业（今南京）。从建业到现在的九江，这一段长江，当时称为西江。第三、四句说自己在船上赏月，因而想起了谢将军。这就交代了诗题的"怀古"。为什么说是"空忆"呢？因为光是怀念，也无用处。这个"空"字的意义在下面两句：我也能像袁宏那样的高声吟诗，而像谢尚那样的人却听不到。这五、六句是全诗的主题思想。所谓"怀古"，其实是慨叹当今没有赏识他的人，没有提拔他的人。于是，只得待到明天，在纷纷落叶中，挂帆开船而去。

这首诗是李白的著名作品。写得极自然、清净，修辞全用白描手法，一点不渲染、夸张，和他的乐府歌行对读，好像是两个人的作品。这是因为他既采用律诗形式，便无法施展其豪迈奔放的才华。但这首诗和第一首诗不同，他的不受拘束的性格，还是表现在这首诗里。我曾讲过孟浩然的《洛下送奚三还扬州》，那是一首全篇无对句的五言律诗，我提出来作为五言古诗发展为五言律诗的轨迹。李白此诗也是同一类型，音节、平仄全是律诗，可是没有一联对句。

可以设想，李白大概愿意接受音节和平仄粘缀的规律，而不愿意接受对偶的规律。所以这首诗仍然表现了他的不羁的性格。杨升庵说这种诗是平仄稳贴的古诗，这是依据句法来给它归类。但是，从来选诗者都没有把它选入古诗类中，可知大家都承认它是律诗。

李白有《宫中行乐词》八首，现选讲其第二首：

柳色黄金嫩，梨花白雪香。

玉楼巢翡翠，金殿锁鸳鸯。

选妓随雕辇，征歌出洞房。

宫中谁第一？飞燕在昭阳。

《宫中行乐词》是乐府旧题，这一组诗原来也编在"乐府"类中，但它们的形式完全是五言律诗，所以和其他两首律诗放在一处讲。

李白以布衣身份被玄宗召见后，就被留下为"翰林待诏"。翰林是学士办公的屋子，待诏是职称，还不是官名，意思是还在等待正式任命。他的职务是撰写宫中随时需要的文件，但不是正式的诏令文件。玄宗很欣赏李白的诗才，每当他和杨贵妃赏花饮酒，常常命李白撰作歌词，使乐工谱为新曲，现在李白诗集中有《清平调词》三首和这《宫中行乐词》八首，都是在宫中奉诏而作。

孟棨的《本事诗》中记载了《宫中行乐词》的故事，今节录于此：

玄宗尝因宫人行乐，谓高力士曰："对此良辰美景，岂可独以声伎为娱。倘得逸才词人吟咏之，可以夸耀于后。"遂命召白。时宁王邀白饮酒已醉，既至，拜舞颓然。上知其薄声律，谓非所长，命为《宫中行乐》五言律诗十首。白顿首曰："宁王赐臣酒，今已醉。倘陛下赐臣无畏，始可尽臣薄技。"上曰："可。"即遣二内侍扶掖之，命研墨濡笔以授之，又令二人张朱丝栏于其前。白取笔抒思，略不停缀，十篇立就，更无加点。笔迹遒利，凤跱龙拏，律度对属，无不精绝。其首篇曰："柳色黄金嫩，梨花白雪香……"

从这段记载，可知《宫中行乐词》原有十首，今李白诗集中只有八首。"柳色黄金嫩"原是第一首，今本诗集中却编在第二首。采用五言律诗形式，乃是玄宗故意考验李白的。李白总算没有考个不及格，十首诗还写得相当可观。不过，孟棨的《本事诗》只能看作小说家言，未必都是记实。关于《宫中行乐词》的故事，也未可尽信。

这是为封建统治阶级游乐宴会服务的作品，风格还继承着南朝宫体，使用华丽秾艳的字句，描写宫中奢侈享乐的生活，最后以颂扬作结束。这里没有作者自己的思想感情，也没有自己的本色文字。只要能配合曲子，使歌妓唱出一支新歌，博得皇帝与贵妃高兴，就是成功。

这首诗第一联写时季：是柳色嫩黄、梨花如雪的时候。第二联写地点：是养畜着翡翠和鸳鸯的玉楼金殿。第三联写行乐：精选的妓女，随着妃嫔的车子，她们都从闺房里出来献歌。第四联用问答句法颂扬贵妃：宫中谁是第一美人呢？是在昭阳宫中的赵飞燕。这首诗对仗极工稳，声调平仄，字字合律。除了重复一个"金"字之外，可以说是标准的五言律诗。但是内容却十分空虚，几乎没有主题思想。一切为封建统治阶级服务的文学作品，不论是奉诏、应制、应令、应教、省试，以至于明清二代的试帖诗，全都是这样一种徒有华丽的衣饰而无血肉灵魂的伪文学。萧士赟解这几首诗，以为有讽谏的意义。"玉楼金殿"一联是讽刺玄宗不延请贤人君子，而使女子小人居住在那里。这种解释，岂不可笑？

李白把杨贵妃比之为赵飞燕，自以为恭维得很恰当。在《清平调词》第二首中，也用同样的比喻："借问汉宫谁得似，可怜飞燕倚新妆。"赵飞燕得宠于汉成帝，因得立为皇后。她在宫中做了不少争宠的坏事，甚至谋杀太子，当时朝野称之为"祸水"。李白以赵飞燕比拟杨贵妃，只是比喻其美貌和得宠，却没有想到高力士在贵妃面前挑拨离间，说李白贱视贵妃，有诽谤之意。因此贵妃听信了高力士的话，玄宗几次要给李白授官，都为贵妃阻挠，终于只得把李白"赐金放还"。这就是李白为封建统治者服务的失败史。

一九七八年八月二十日

哀江头

杜甫

35

李白和杜甫都是盛唐诗人。他们二人的诗数量既多,又各有独特的风格。李白树立了浪漫主义风格,杜甫树立了现实主义风格。在文学史上,他们是齐名的大诗人。但是在当时,杜甫的声望却没有李白高。李白于开元末年到长安,得到贺知章的吹嘘,玉真公主的提拔,玄宗皇帝的赏识,很快就供奉翰林,成为炬赫一时的宫廷诗人,每一篇新诗,都传诵天下。杜甫比李白小十一岁。他于开元二十三年进士落第后,漫游伊、洛、齐、赵,至天宝五载才回到长安。这时,李白已失宠于玄宗,被放出宫廷,开始其漫游生活。杜甫在长安六七年,默默无闻。后来,由于进呈《三大礼赋》《封西岳赋》,歌颂了玄宗皇帝的几次大典礼,才得授官为右卫率府胄曹参军。翌年就发生安禄山之乱,从此在兵荒马乱中过了三年狼狈生活,此后便寓居成都。

他的诗篇,主要是记录安史之乱这段时期的个人生活,同时也反映了当时朝野的现实。在安史之乱以前,他的诗作不多,或者是留存不多。在开元、天宝年间,人们只知道李白,而不知道杜甫。殷璠编选的《河岳英灵集》,收玄宗开元二年(公元七一四年)至天宝十二载(公元七五三年)间二十四位著名诗人的诗二百三十四首,其中有李白的诗十三首,而没有杜甫的诗。可知在开元、天宝年间,杜甫虽身在长安、洛阳,他的诗还没有得名。寓居成都以后,诗越写越好,但是因为远离了文艺中心的长安,也还是不很著名。高仲武编选的《中兴间气集》,收至德元载(公元七五六年)至大历末年(公元七七九年)二十六位著名诗人的诗共一百三十二首,也还是没有杜甫。由此可知杜甫与李白在当时并非齐名。一直要到元稹作杜甫的墓志铭,才极力推崇杜甫,以为非李白所能及。韩愈作诗,有"李杜文章在,光芒万丈长"(《调张籍》)之句,从此以后,论诗者才以李、杜并称。元稹的扬杜抑李,使后代的文学批评家提出了"李、杜优劣论"的问题,对于李、杜二人诗篇的谁优谁劣,历代以来有过不少论辩。

李、杜二人都写了大量诗篇,李有诗一千首,杜甫诗一千四百首。选诗的人,常感到从他们二人的诗集中要选几首代表作,很不容易。元代的杨士弘编选《唐音》,干脆不收李白、杜甫和韩愈的诗。他的理由是"李、杜、韩诗,世多全集,故不及录",这是掩饰之词。王维、白居易、李贺等人的全集,并未亡失,为什么都有选录呢? 其真正的理由,首先是宋元时人以李、杜、韩为唐诗中杰出的三大家。他们地位高了,不可与其他诗人平列。另外一个理由是感到不容易选,故索性不选。

我现在选讲唐诗,对李、杜两家,同样也感到难于选材。不过我不是在编唐诗选集,不一定要选他们最好的诗。只因为他们的风格表现在各体诗中,为了全面欣赏,不能不多讲几首,因此反复考虑后决定,每人精简到十首。

讲杜甫的诗,从《哀江头》开始:

> 少陵野老吞声哭,春日潜行曲江曲。
> 江头宫殿锁千门,细柳新蒲为谁绿?
> 忆昔霓旌下南苑,苑中万物生颜色。
> 昭阳殿里第一人,同辇随君侍君侧。
> 辇前才人带弓箭,白马嚼啮黄金勒。
> 翻身向天仰射云,一箭正堕双飞翼。

明眸皓齿今何在？　血污游魂归不得。

清渭东流剑阁深，去住彼此无消息。

人生有情泪沾臆，江水江花岂终极。

黄昏胡骑尘满城，欲往城南望城北。

　　天宝十五载六月九日，潼关失守，安禄山军队逼近长安。十二日，玄宗下诏亲征，事实上是仓皇逃难。此时杜甫在鄜州。七月初，太子李亨在灵武即皇帝位，改元至德，历史上称为肃宗。杜甫听到消息，就奔向灵武。可是在中途被安禄山军队截获，送回长安。在长安住到明年四月，才得脱身，到凤翔去谒见肃宗。被拘在长安的时候，杜甫看安禄山占领下的京都，一片荒芜杂乱的景象。许多贵族子弟，求生无计，困苦万状。他写下了《哀王孙》、《哀江头》等诗篇。

　　《哀江头》是至德二载春天，杜甫经过曲江时有感而作。曲江在长安城东南，是一个大池，故又名曲江池。据说这里是汉武帝开辟的一个风景区，当时称为宜春下苑。池中种满了荷花，隋文帝改名为芙蓉苑。唐玄宗也喜欢这里的景致，开元年间曾大加修治，周围造起了离宫别馆，种上几万株杨柳花木。池中除荷花外，还有菱芡蒲苇。玄宗常和贵妃来此游览。长安人民也以此为游乐之处，每年正月晦日、三月上巳、九月重阳这三大节日，游人最盛。现在曲江遗址已在西安城外，只剩一块洼地。

　　这首诗的结构也像一般的乐府歌行一样，四句一转。开头四句用哭字韵。"少陵野老"是杜甫给自己题的别号，他又自称"少陵布衣"。因为他家住在长安城东南的少陵。"吞声哭"就是古文所谓"饮泣"，不敢出声的哭。"潜行"是偷偷地走过去，不敢公然在大路上走。"江曲"即"江头"，是弯曲的岸边。他独自一人，偷偷地到曲江去看了一下，只见江边的宫殿，如紫云楼、彩霞亭、芙蓉苑、杏园等，千门万户都已锁上。江头依旧生长着细柳新蒲，可是它们已失去了主人，不知为谁而绿了。看了这样荒凉败落的景象，回忆过去的繁华热闹，这位少陵野老不禁暗暗地哭了。

　　以下四句转色字韵。回忆不久以前皇帝还同贵妃一起到南苑来游览，使苑中万物都大有光辉。"昭阳殿里第一人"是赵飞燕，杜甫也和李白一样，借来指杨贵妃。她和皇帝同坐在一辆车里，侍候在皇帝身旁。"霓旌"即彩旗。皇帝出来，前后有彩旗簇拥，故以霓旌代表皇帝的车驾。"南苑"即"芙蓉苑"，因为在曲江池的南头。

以下又是四句,仍用原韵。诗意说:御驾前扈从的才人带着弓箭,骑着以黄铜为勒具的白马。她们回身仰天向云端里发射一箭,就射下了一只双飞的鸟。这四句诗,向来都解释为回忆玄宗与贵妃行乐的事。"忆昔"以下八句,吴昌祺在《删订唐诗解》中以为都是"追忆昔时之盛"。许多选本都采用"一笑"而不用"一箭",以为这是指贵妃看到才人射鸟,破颜一笑。这是描写贵妃得宠的娇态。

对于这样讲法,我很怀疑。总觉得下文"明眸皓齿"一句接不上。我以为"忆昔"这二字只管到第四句"同辇随君侍君侧",这是作者回忆到玄宗与贵妃同游曲江的盛况。"辇前才人带弓箭"以下四句,仍用原韵,改用象征手法,暗指贵妃之死。"辇"字是盛衰生死的转折点。前一个"辇"字是与君王"同辇",后一个"辇"字是"辇前才人"。才人是宫中正五品的妃嫔,共有九名,她们是皇后的侍从,不是武官,向来不带弓箭。而作者却说她们带了弓箭。翻身、向天、仰射,接连用三个形容射箭姿态的词语,有何必要?我以为是作者暗示"犯上"的意思。尤其明显的是"双飞",岂不是指玄宗与贵妃同辇逃难?一箭射下了其中之一,岂不是象征了贵妃之死?只有这样理解,才能与下句钩连。

以下四句,仍用原韵,写贵妃死后的情况。明眸皓齿的美人如今在哪里呢?她已经成为无家可归的血污游魂了。这两句也是问答句法。贵妃之死,正史上的记载是缢死的。既不是被杀,也不是中箭。此句用"血污"字样,不过夸张其死状之惨,不必根据杜甫此诗,为贵妃之死造成疑案。但是,以贵妃的身份,当时执行缢杀的人,决不会是军将,故作者安排了带弓箭的才人。射箭是虚构,才人可能是实情。以下两句写贵妃死后,玄宗入蜀的情况。一群人随渭水而东流,一群人深入剑阁。"去住彼此"这一句,向来有几种解释:朱熹以为"去"是指从剑阁入蜀的玄宗,"住"是指杜甫自己。唐汝询说:"所幸惟清渭之流,能通剑阁,然而去住消息,彼此无闻矣。"(《唐诗解》)这是讲错了上句,而没有明释下句。吴昌祺说:"清渭二句,言父子相隔也。"(《删订唐诗解》)这是以为"去"指玄宗,"住"指肃宗。杨伦注曰:"清渭,贵妃缢处;剑阁,明皇入蜀所经。'彼此无消息',即《长恨歌》所谓'一别音容两渺茫'也。"(《杜诗镜铨》)这是把"去"指玄宗,"住"指贵妃了。以上四种解释,朱熹、吴昌祺所释,几乎没有人赞同;杨伦所释,本于唐汝询,大概获得多数读者的同意,一般都是这样讲法。但我还觉得有些讲不通,因为贵妃已死,怎么还能说"彼此无消息"呢?这和"一别音容两渺茫"的意义是不同的。"彼此"是两个人。

"两渺茫"的"两"字是指"音"和"容"。意思是既不能听到她的声音,又不能见到她的容貌,所以说"两渺茫",并不是两个人彼此都感到渺茫。因此,我以为杜甫在此句中用"去住"、"彼此",必然另外有意义。考《唐书·玄宗纪》说:当时杀死杨国忠、缢死杨贵妃之后,随从玄宗出奔的将士、官吏、宫女都口出怨言,不愿从行。玄宗无可奈何,只得说:"去住任卿。"①于是走散了许多人。玄宗到成都时,只剩军将官吏一千三百人,宫女二十四人。这就是杜甫用"去住"二字的根据。因此,我以为"去"指散伙的人,"住"指留下来护卫玄宗入蜀的人。从此,去者如渭水之东流,住者深入剑阁,彼此都不相干了。

最后四句仍用原韵,大意说:人因为有情,所以看到曲江衰败的景况,不免要下泪;可是江水江花,却是无情之物,永远如此,没有兴衰成败。于是作者在悲怆之中,转身回家。此时已在黄昏时分,安禄山部下那些骑兵在城里乱闯,扬起了满城尘沙,使他提心吊胆,以致迷失了方向。本想到城南去,却望城北走了。

这最后一句,也有不同的文本。句尾三字,有的作"忘南北",有的作"往城北",同样都表现迷路之意。但历来注释者有不同的讲法。有的说杜甫家住城南,故"欲往城南"。因为肃宗即位于灵武,而灵武在长安之北。杜甫渴想到灵武去,故"望城北"。近人陈寅恪说:"杜少陵《哀江头》诗末句'欲往城南望城北'者,子美家居城南,而宫阙在城北也。自宋以来,注杜者多不得其解,乃妄改'望'为'忘',或以'北人谓向为望'为释。殊失少陵以虽欲归家而犹回望宫阙为言,隐示其眷念迟回,不忘君国之本意矣。"(《元白诗笺证稿》)

这两种讲法都以"望"为看望。或者说杜甫要看望灵武,或者说他要看望宫阙。使人不能理解的是:为什么要走回家去看望城北,为什么不干脆到城北去看呢?再说,此时的宫阙,已被安禄山所占有,杜甫既"不忘君国",似乎也不会恋念这个伪政权所在的宫阙。

把"望"字讲作"向"字,是陆游在《老学庵笔记》中提出的。他说,他看到的杜甫诗集,此句作"欲往城南向城北"。但王安石有两首集句诗,都引用杜甫这一句,都是"望城北"。当时有人以为王安石写错了,也有人以为王安石妄改。陆游以为传抄本偶有不同,其意则原是一样。北方人以"望"为"向","望城北"就是"向城北",亦就是遑惑避死,不能记南北之意。

---

① 要走的就走,愿意留下的就留下,随你们的便。

这些不同的讲法,都由于没有找出杜甫用字的来历,把一个比喻句误认为实写的叙事句了。朱鹤龄引用曹植《吁嗟篇》的两句作注:"当南而更北,谓东而反西。"(见《杜诗详注》)这才揭出了杜甫用"南北"二字的依据。可知它与家住城南没有关系,与灵武或宫阙也没有关系。只是说在"胡骑满城"的情况下,惶恐迷路而已。不过朱鹤龄这个注,还没有找到根源。徐幹《中论·慎所从篇》云:"譬如迷者,欲南而反北也。"这才是杜甫诗的原始出处,"欲往城南"分明就是"欲南"的演绎。徐幹和曹植同时,徐幹卒时,曹丕还没有受禅,他的《中论》早已流传于世。曹植此诗,大约作于黄初年间,可知他是引申徐幹此句作诗的。此外,杜甫自己也有两句同样意义的诗:"过客径须愁出入,居人不自解东西。"(《将赴成都草堂途中有作先寄严郑公五首》之二)这就可以用曹植的"谓东而反西"来作注了。又,《贤首楞伽经》是六朝人译的佛经,其中有句云:"譬如迷人,于一聚落,惑南为北。"这是印度哲人与中国学者同样用迷失方向来比喻一个人在学术上走错了路。

这首诗并不很艰深,也没有隐晦的辞句。一千多年来,读杜诗者都认为是好诗,有人喜欢将此诗和《丽人行》一起读。《丽人行》写杨贵妃的黄金时代,这首诗是写她的悲剧性下场。借贵妃的盛衰来反映玄宗后期政治从腐败走向崩溃。杜甫的大部分诗篇都是当时政治和社会的一面镜子。在北宋初期,文艺批评家已肯定他的诗是"诗史",用诗的形式写成的历史。这个称号,已经写进《新唐书》的《杜甫传》,成为定评了。

但是,我讲这首传诵已久的浅显的诗,还能提出几处与前人不同的解释。这就说明,对古代诗歌的了解,并非简单的事。作者的本意,怎样才能体会得正确,从而作出正确的解释。这个问题,几乎是无法回答的,我顺便在这里讲一个孟轲的故事:孟子的学生咸丘蒙,有一天问老师道:"《诗经》里有四句诗:'普天之下,莫非王土;率土之滨,莫非王臣。'这是说全国都是舜统治的土地,全国人民都是舜的臣子。那么,难道舜的父亲瞽叟也是舜的臣民吗?"孟子回答道:"这几句诗不能这样理解。整首诗的主题是有人抱怨劳逸不均:既然人人都是舜的臣民,为什么我特别劳苦呢?"接着,孟子说:"讲诗的人不能以文害辞,更不能以辞害意。必须以意逆志,才有所得。"这是说:讲诗不要死讲一个字,以致误解了一个词语;不要死讲一个词语,以致误解了诗意,必须用你的意志去迎合作者的意志。再接下去,孟子又举了一个例说:"《诗经》里还有一首诗,描写周朝时旱灾严重,人民死了不少。诗人说:'周馀黎民,靡有孑遗。'如果照字句死讲,'靡有孑遗'就是没有一个活下来。那么,事实难道真是这样吗?"

孟子提出的"以意逆志",成为理解或欣赏诗歌的一个方法,也成为文学批评的术语。对于古人的诗作,不可拘泥于字面,要揣摩作者的本意。不过孟子和咸丘蒙所谈的是怎样对待文学上的夸张手法。我们还可以找一个例子来说明。杜甫写过一首《古柏行》,描写一株古柏树。诗句云:"霜皮溜雨四十围,黛色参天二千尺。"宋朝一位科学家沈括在他的《梦溪笔谈》中就批评这两句诗不对。他用数学观念来理解这两句诗,就说这株古柏太细长了。但杜甫的本意不过形容树之高大,他不会考虑数字的准确性。我们用"以意逆志"的方法读这两句诗,知道这是夸张手法,也决不会给这株树推算体积比例。

对于一首诗的主题思想,我们也只有用"以意逆志"的方法求解。不过,作者的志有时隐而不显,读者的意又是各不相同,于是一首诗可以有许多不同的讲法。从阮籍的《咏怀》到陈子昂的《感遇》,有过许多人作笺注,都是以各人的意去逆作者的志。到底谁的解释接触到作者的本意,这也无法判断,读者只能挑选一个比较讲得有理的,就此满足了。

可是,以意逆志也不能完全从主观出发。必须先尽可能地明确这个作品的写作时期,作者的思想情况、生活情况,把这个作品纳入一个比较近似的环境里,然后用自己的意去探索作者的志。例如《蜀道难》这首诗,自从萧士赟说是为玄宗幸蜀而作,以后几乎成为定论。许多笺注家都用这个观点去分析作品,讲得似乎很能阐发作者的主题思想。可是,一看到《河岳英灵集》中已收入这首诗,证明了李白这首诗是在安禄山叛乱以前所作,才知道萧士赟的解释是逆错了作者的志。由此可知,主观主义的以意逆志也是很危险的。

一九七八年八月二十五日

36

安禄山之乱,使唐玄宗李隆基的外强中干的政权迅速崩溃,暴露出官吏的腐败,将士的懦怯,军队的无组织、无纪律、无斗志,社会秩序的紊乱,人民的贫困。杜甫在这几年中,漂泊于长安、洛阳之间,把所见所闻所感,写下了许多诗篇。其中有许多组诗,如"二哀"(《哀江头》、《哀王孙》),"二悲"(《悲陈陶》、《悲青坂》),"三吏"(《新安吏》、《潼关吏》、《石壕吏》),"三别"(《新婚别》、《垂老别》、《无家别》),都是著名的作品。现在从"三吏"中选讲一首。许多选本都选的《石壕吏》,最近又已选入中学语文教材,我就不选了,改选《新安吏》:

客行新安道,喧呼闻点兵。

借问新安吏:县小更无丁?

府帖昨夜下,次选中男行。

中男绝短小,何以守王城?

肥男有母送,瘦男独伶俜。

白水暮东流,青山犹哭声。

莫自使眼枯,收汝泪纵横。

眼枯即见骨,天地终无情。

我军取相州,日夕望其平。

岂意贼难料,归军星散营。

就粮近故垒,练卒依旧京。

掘壕不到水，牧马役亦轻。

况乃王师顺，抚养甚分明。

送行勿泣血，仆射如父兄。

　　这首诗的时代背景是乾元元年（公元七五八年）冬，安庆绪退保相州（今河南安阳），肃宗命郭子仪、李光弼等九个节度使，率步骑二十万人围攻相州。自冬至春，未能破城。乾元二年三月，史思明从魏州（今河北大名）引兵来支援安庆绪，与官军战于安阳河北。九节度的军队大败南奔，安庆绪、史思明几乎重又占领洛阳。幸而郭子仪率领他的朔方军拆断河阳桥，才阻止了安史军队南下。这一战之后，官军散亡，兵员亟待补充，于是朝廷下令征兵。杜甫从洛阳回华州，路过新安，看到征兵的情况，写了这首诗。

　　第一段八句，二句一意。诗人说：有旅客在去新安的路上走过，听到人声喧哗，原来是吏役在村里点名征兵。旅客便问那些新安县里派来的吏役：新安是个小县，人口不多，连年战争，还会有成丁的青年可以入伍吗？吏人回答说：昨夜已有兵府文书下达，规定点选中男入伍了。旅客说：啊，中男还是短小的青年，怎么能让他们去守卫东都啊？

　　唐代的兵士隶属于折冲府。每一个应服兵役的青年，都应在成丁后入伍，为本府卫士，到六十岁方能退伍。"府帖"就是折冲府颁发的文书。玄宗天宝二年，规定二十三岁为成丁，满十八岁为中男。新安县的二十三岁以上男子，都已征发去从军，有的死亡，有的伤残，有的逃散了，所以现在要征发其次的中男，即满十八岁的青年。旅客以为这些青年还没有成长，不能担负守卫王城的任务。洛阳是东都，故称为王城。"借问"的"借"字是一个礼貌词，等于"请问"，现在口语中还用"借光"，亦是礼貌词。

　　第二段也是八句，描写旅客所见到的那些应征的中男。肥胖的青年大概家境还不坏，他们都有母亲来送行。瘦弱的青年大多来自贫户，他们都孤零零的，无人陪送。时候已到黄昏，河水东流而去，青山下还有送行者的哭声。旅客看到如此景象，觉得只好对那些哭泣的人安慰一番。他说：把你们的眼泪收起吧，不要哭坏了眼睛，徒然伤了身体。天地终是一个无情的东西啊！这里，"白水"、"青山"二句是比喻写法。前一句指应征的中男向东出发了，后一句指留在那里的送行者。我们如果联系《哀江头》中的那句"清渭东流剑阁深"，便可以看出杜甫惯用这样的比喻，并且还可以引"白水暮东流"一句，以证明"清渭东流"确是指那些散伙的百官、宫女。

"天地终无情"一句，作《杜臆》的王嗣奭以为"天地"指朝廷，不便正面怨朝廷役使未成丁的青年，故以"天地"代替。作《读杜心解》的浦起龙既同意王说，又说："然相州之败，实亦天地尚未悔祸也。"这两个讲法，我以为都可讨论。试看这首诗的后段，杜甫并没有谴责朝廷征用中男的意思。对于这次战事，他还肯定是"王师顺"，那么，在这里讲作指斥朝廷无情，就显得不可能了。我以为这"天地"二字是实用，而且是复词偏义用法。作者只是说"天道无情"，在无可解释而又要安慰人民的时候，只得归之于天意。这是定命论的观点，在古代作家作品中是常见的。浦起龙虽然也以为天地是实指，但他说这"无情"是由于"天地尚未悔祸"，却是迂儒之见了。

接下去十二句为一段。开头四句提一提相州之败的军事形势：官军进攻相州，本来希望一二天之内就能平定，岂知把敌人的形势估计错了，以致打了败仗，兵士一营一营地溃散了。"星散营"，杨伦注曰："谓军散各归其营也。"（《杜诗镜铨》）这个注解恐怕不对。战败的军队，一般总是逃散，决不会"各归其营"。这三个字应理解作"散营"再加一个副词"星"。如何散法？如星一样地分散。散的是什么？是营的编制。一伙一伙地溃散，称为散伙。一队一队地溃散，称为散队。一营一营地溃散，称为散营。"日夕"在此句中应当讲同"旦夕"，而不必讲作"日日夜夜"。当时郭子仪统率大军二十万围攻相州，满以为旦夕之间可以攻下，所以下句说"岂意"。如果讲作"日日夜夜"地望其平定，那么"贼难料"就不是意外之事了。

接下去八句，给被征入伍的中男说明他们将如何去服兵役，从而予以安慰：伙食就在旧营垒附近供应，训练也在东都近郊。要他们做的工作是掘城壕，不会要深到见水，牧马也是比较轻的任务。这是说，不要他们去远征，而是就在当地保卫东都，粮食不缺，工作不烦重。接着又说：况且这一场战争是名正言顺的正义战争，参加的是讨伐叛徒的王师。主将对于兵士，显然是很关心抚慰的。你们送行的家属不用哭得很伤心，仆射对兵士仁爱得像父兄一样。仆射，指郭子仪，当时的官衔是左仆射。

这首诗的主题思想是复杂的。前半篇诗，对于点选中男，作者感到的是同情和怜悯。但这种怜悯的情绪，并没有发展成为反对战争的思想。因为他不能反对这场战争。于是转到下半篇，就以颂扬郭子仪、安慰送行的家属作结束。"天地终无情"说明前半篇的主题思想；"仆射如父兄"说明后半篇的主题思想。这两个主题思想是矛盾的，但杜甫把它们并合起来，成为全诗的一个主题，表达了他当时复杂而又矛盾的心理状态。

浦起龙在《读杜心解》中分析这首诗云："此诗分三段：首叙其事，中述其苦，末原其由。先以恻隐动其君上，后以恩谊劝其丁男，义行于仁之中，此岂寻常家数。"他以为杜甫此诗，前半篇是表现了诗人的仁，他要以这种恻隐之心感动皇帝。后半篇是表现诗人的义，他要以从军卫国的责任去鼓励兵士。这就不是平常的创作方法了。

如果用这一讲法，这首诗就成为维持封建统治政权的作品。前半篇对中男的怜悯成为虚伪的同情，其目的是劝诱他们去为维护统治阶级的政权而卖命。所谓"义行于仁之中"，这句话的意味就是用假惺惺的仁来实现阴险的义，这就符合于"温柔敦厚"的诗教了。

许多人用浦起龙的观点解释这首诗，自以为抬高了杜甫，称颂这首诗"措词得体"，继承了《诗经·国风》的传统，其实是贬低了杜甫。在前半篇中，实在看不出杜甫有把点中男入伍的惨状去感动皇帝的意思。近来有人说这一段诗是"对封建统治阶级的谴责"，我也看不出有什么谴责的意味。我以为杜甫当时只是抒述自己爱莫能助的感情，不得已而只好喊出一声"天地终无情"。我在讲高适的《燕歌行》的时候，已经提到过唐代诗人对战争的态度，各有不同。对战争本身，他们都是反对的；对于每一次战争，他们的态度就有区别。拥护正义战争，反对不义战争。因此，在从军、出塞的题材中，主题思想常常会出现矛盾。高适的《燕歌行》和杜甫这一首《新安吏》是同样的例子。

所以，我宁可说这首诗反映了杜甫的矛盾心理，这就是他的现实主义。他并不是为了"温柔敦厚"，而组织成一首"义行于仁之中"的麻醉人民的诗。

一九七八年九月十六日

37

无家别

杜甫

"三别"与"三吏"都是三篇一组的新乐府诗。它们是姊妹篇,都是记录乾元二年春杜甫从洛阳回华州时路上的所见所闻。"三别"是记兵灾后人民生活困苦之状:第一篇《新婚别》,写一个女人,结婚后第二天,便送丈夫应征入伍的景象。第二篇《垂老别》,写一个子孙均已战死的老人,生活无依,只好投杖出门去从军的景象。第三篇《无家别》,写一个战败归家的农民,正要在荒寂无人的乡里中,重新种田过活,却还是被县吏召去服本地的徭役。内容虽各有差异,却都反映了唐代府兵制度对人民的迫害。

这里,我们研读《无家别》:

> 寂寞天宝后,园庐但蒿藜。
>
> 我里百馀家,世乱各东西。
>
> 存者无消息,死者为尘泥。
>
> 贱子因阵败,归来寻旧蹊。
>
> 久行见空巷,日瘦气惨凄。
>
> 但对狐与狸,竖毛怒我啼。
>
> 四邻何所有,一二老寡妻。
>
> 宿鸟恋本枝,安辞且穷栖。
>
> 方春独荷锄,日暮还灌畦。
>
> 县吏知我至,召令习鼓鞞。

虽从本州役，内顾无所携。

近行止一身，远去终转迷。

家乡既荡尽，远近理亦齐。

永痛长病母，五年委沟溪。

生我不得力，终身两酸嘶。

人生无家别，何以为蒸黎。

此诗第一段六句。用一个战败归家的农民的自述，描写天宝十五载以后，陕、洛一带人民的田园庐舍都已毁灭，只剩一望无际的蓬蒿藜藋。我的乡里原有一百多家，因为避乱，各自东西逃难，至今活着的人既无消息，死者已化为尘泥。

第二段是八句。接着说：我因为相州战败，脱身归来，寻找旧时的道路。走了好久，才找到自家的巷子，可是已经空空洞洞没有人迹了。这时，太阳也灰白无光，天气非常凄惨，所见到的只有狐狸，竖起尾巴对我凶恶地嗥叫。再访问一下四邻，只见到一二老寡妇。"贱子"是自称的谦词。女曰"贱妾"，男曰"贱子"，汉魏乐府民歌中已早有用例。

第三段四句。叙述自己回到荒芜的家乡之后，好比鸟雀留恋住惯了的树枝，不愿到别处去栖宿，因此，对于这样穷苦的老家，也不欲辞去。气候正是春天，就独自负着锄头去垦地，傍晚还得在菜地里浇水。

以下十四句为第四段。县吏知道我回家了，就来命我去参加军事训练。虽然这是在本地服役，不比远征，可是反正家里已没有人需要告别了。如果服役就在近地，也只是个孤身；如果要我到远处去，最终也不过流落在异乡。家乡既已毁灭殆尽，无论要我到什么地方去，反正说起来也都是一样的。"内顾"，本意是"向屋里看"，"携"字作"分离"解。向屋里看，也没有人可以分别。意思是说：我已经是个没有妻室的鳏夫，随处都可安身。还有一件悲痛的事，是长病的母亲，躺了五年，终于死亡。生了我这个儿子，不能得到我的养生送死，这是我终身辛酸痛哭的事。"两酸嘶"指妻去母亡两件事。最后说：人生到了无家可别的境地，还凭什么来做老百姓呢？这是说无家之人，只是一个流民而已。"蒸黎"是将"烝民"与"黎民"二词合用，是"人民"的代词。"蒸"字误，应当是"烝"字。"蒸藜"另有典故，与此不相干。此处是"黎"字，不是"藜"字。

此诗一韵到底，每两句一韵，不转韵，也不用排句、对句。这是五言古诗的正规格式。这些韵脚，今天也同属于上平声八齐韵，可知这些韵脚的读音从唐代以来没有改变。

明代诗人李于鳞说：作五言古诗要像说话一样。杜甫此诗，和他的许多五言古诗，都可为例证。这些诗都是直接继承了汉代的《古诗十九首》的传统，语言文字全是平铺直叙，写景、抒情、叙事，随着思想感情的过程，一路倾吐出来，使读者仿佛在听那个农民的喃喃诉苦，这就容易感动人了。施补华在《岘佣说诗》中说："五言古诗，以简质浑厚为正宗。"又说："古诗贵浑厚，乐府尚铺张。凡譬喻多方，形容尽致之作，皆乐府遗派也，混入古诗者谬。"杜甫此诗，从诗题看，应该是乐府诗，但他写得正是简质浑厚，不作乐府的铺张，不作比兴，所以在风格上，也是五言古诗的正格。

此诗只有"宿鸟恋本枝"一句是比，此外全不用比，也不用兴，甚至也说不上是赋体，因为一点没有夸张采饰。这是一种超于赋比兴以外的诗体。我以为唐宋以后，还应当加一个诗创作手法的名目，称之为"叙"。像这首诗，从其内容来看，简直是一篇记叙文，杜甫以后只有韩愈能作这样的诗。宋代诗人如梅尧臣、苏东坡，也有过这一风格的诗，此后便渐渐地成为一种没有诚挚感情的道学诗、伦理诗了。

从《哀江头》到《无家别》，我选讲了杜甫的五首乐府诗。它们的题目都是作者依据其题材内容创造的。在古代乐府中未曾有过，杜甫自己也没有用同一题目再作一篇。而以三字制题，又遵照着古乐府题的传统，这是杜甫在乐府诗方面的艺术特征。李白用乐府古题来写新事物，杜甫则创造了乐府新题。比较起来，李白还是个保守派。

杜甫的诗，要到中唐以后，才发生影响。他这种乐府诗，要等到白居易和元稹等出来继承和发扬，才确定为一种新的诗体。白居易给它们定了一个名称，叫作"新乐府"。

一九七八年九月十八日

悲
陈
陶
悲
青
坂

杜甫

38

　　天宝十五载（公元七五六年）七月，皇太子李亨即皇帝位于灵武，改元为至德。九月，左相韦见素、文部尚书房琯、门下侍郎崔涣等奉玄宗逊位诏书、皇帝册书及传国玺等自蜀郡至灵武完成禅让大典。十月，房琯自请为兵马大元帅，收复两京。肃宗同意了，又令兵部尚书王思礼为副元帅，分兵为南、北、中三军。杨希文、刘贵哲、李光进各将一军，共五万人。南军自宜寿进攻，中军自武功进攻，北军自奉天进攻。房琯自督中军为前锋。十月辛丑，中军、北军与安禄山部将安守忠的部队在陈陶斜遭遇。房琯是个空有理论的书生，他效法古代战术，采用车战，被敌军纵火焚烧，又受骑兵冲突，人马大乱，不战而溃。杨希文，刘贵哲投降敌军。房琯狼狈逃回，本想暂时坚守壁垒，却被监军使宦官邢延恩敦促反攻。于是房琯又督率南军，与安守忠军战于青坂，再吃了一次大败仗。两次战役死伤了四万馀人，残馀者不过几千人。

　　这时杜甫沦陷在长安城中，听到这一消息，便写了《悲陈陶》、《悲青坂》两首诗。次年四月，杜甫逃出长安，到达凤翔，谒见肃宗，拜左拾遗。此时房琯正因兵败待罪。杜甫和房琯是老朋友，便上疏营救房琯。肃宗大怒，诏令三司推问。幸有宰相张镐救援，才得无事。八月，放杜甫还鄜州省视家族。十月，随从肃宗还都。次年，乾元元年六月，改官华州司功参军。这就是因为上疏救房琯，而被放逐出京朝了。

　　两首诗所叙述的是同一件事实。陈陶、青坂虽是两个地方，所悲者同样是房琯被安禄山军队打败。我们且看诗人如何把同一件事分写为二篇：

悲陈陶

孟冬十郡良家子，血作陈陶泽中水。

野旷天清无战声，四万义军同日死。

群胡归来血洗箭，仍唱胡歌饮都市。

都人回面向北啼，日夜更望官军至。

此诗说：在十月里，从十个郡县中征发来的兵士，他们的血都流作陈陶池河中的水了。清天旷野中，没有听到战斗的声音，而四万义勇军在同一天内死亡。这是写房琯的军队不战而溃。杜甫在长安城内看见安禄山部队得胜回来，箭头上都沾满了人血，他们仍然像出征时一样，唱着胡歌，在酒店里酗酒。这两句写长安城中安禄山军队猖獗的情况。长安城里的人民呢？他们只有回面向北哭泣，日日夜夜地再盼望官军到来。这里"仍唱"和"更望"两个词语用得意义非常深刻，是杜甫炼字精工的例子。"仍唱"表现胡人从占领长安以来，每天都是歌唱饮酒。"更望"表现人民已经望过一次，官军虽然来到，却是不争气，没有能够解救人民。人民只得日夜地再盼望下去。

"十郡良家子"，注释者都引用《汉书·赵充国传》里的"六郡良家子选给羽林期门"这一句，其实不相干。杜甫所谓"十郡"与汉代的"六郡"不同，诗中指长安四周的十个郡：扶风、冯翊、咸宁、华阴、新平等十郡，即所谓畿辅郡，不是汉代郡国的郡。隋代行政区域称郡、县，唐高祖建国后改郡为州，玄宗天宝元年（公元七四二年）又改州为郡，肃宗乾元元年（公元七五八年）又再次改郡为州，以后相沿不改。唐三百年间，只有玄宗天宝年间才有郡的名称，杜甫所谓"十郡"正是当时的行政区域名，而不是用汉代"六郡"的典故。"良家子"是汉代征召禁卫兵的人选标准，只有"良家"子弟才能入选充当禁卫军。什么才是"良家"呢？首先是人民，不是奴隶。人民之中，还要排除巫、医、百工的子弟。事实上，只有士（文士、武士）和农两个阶级的子弟才算是"良家子"。唐代实行府兵制，已不用这个标准。杜甫用这个名词，只是代替"兵士"而已。

"孟冬"是十月。一年四季，每个季度的第一个月称为孟：正月为孟春，四月为孟夏，七月为孟秋。第二个月为仲，第三个月为季。杜甫作诗，常常喜欢标明年月，这也是他创造的诗史笔法，以前未曾有过。《早秋苦热》诗云："七月六日苦炎热。"《送李校书》诗云："乾元三年春，万姓始安宅。"《北征》诗云："皇帝二载秋，闰八月初吉。"《上韦左相》诗云："凤历轩辕纪，龙飞四十春。"此诗作于天宝十三载，时玄宗在位已四十二年，"四十春"是举其整数。《草堂即事》诗云："荒村建子月，独树老夫家。"此诗作于上元二年（公元七六一年），是年九月取消上元年号，并以十一月为岁首。十一月为子月，故称"建子月"。这句诗不用年号，又称"建子月"，一望而知是上元二年十一月所作。

"群胡归来血洗箭"，此句从来没有注释，却很不易了解。箭已射中官军，故箭镞上有血。但这枝箭不会仍在群胡手中。我不了解古代战争情况，不知是否在战斗结束后，还要收回这些已发射出去的箭。我怀疑这个"箭"字是"剑"字之误。

悲青坂

　　我军青坂在东门，天寒饮马太白窟。
　　黄头奚儿日向西，数骑弯弓敢驰突。
　　山雪河冰野萧瑟，青是烽烟白人骨。
　　安得附书与我军，忍待明年莫仓猝。

　　诗人说：我军驻扎在武功县东门外的青坂。天气严寒，兵士都在太白山的泉窟中饮马。这是说官军占据了太白山高地坚守着。可是黄头的奚兵每天向西推进，只有几个骑兵，居然敢弯弓射箭向我军冲击。这时，山上是雪，河中有冰，旷野里一片萧瑟气象。青的是报警的烽烟，白的是战死兵士的枯骨。杜甫在长安城中，听到这个消息，心中非常激动，他想：怎么能托人带个信给我军，嘱咐他们暂时忍耐一下，等到明年再来反攻，千万不要急躁。奚是东胡的一种。有一个名为室韦的部落，以黄布裹头，故称为"黄头奚"。

　　此诗中"数骑"和"敢"字都是经过锻炼的字眼，只用三个字就表现了安禄山叛军的强壮和官军的怯弱。"青是烽烟白人骨"这一句，本来应该说："青是烽烟，白是人骨。"缩成七言句只好省略一个"是"字。《同谷歌》有一句"前飞驾鹅后鹜鹕"，本来是"前飞驾鹅，后飞鹜鹕"，省略了一个"飞"字。又《李潮八分小篆歌》有一句"秦有李斯汉蔡邕"，省略了一个"有"字。这种句法，仅见于七言古诗，五言诗中绝对不可能有，七言律诗中也少见。

　　"青是烽烟白人骨"只是一个描写句，"白人骨"还属于夸张手法，不能死讲。阵亡士兵的尸体暴露在荒野里，至少要几个月才剩一堆白骨。杜甫此句，只表现

"尸横遍野"的情景。他另有一首《释闷》诗,其中有一联道:"豺狼塞路人断绝,烽火照夜尸纵横。"也是写战后的原野,它和"青是烽烟白人骨"是同一意境的两种写法。

现在,我们来研究一下,房琯兵败这一个历史事件,杜甫怎样分作两首诗来叙述。我们先把两首诗的第二联和第三联比较一下。《悲陈陶》的第二联写官军士气怯弱,无战斗力。第三联是其后果,所以写"群胡"的飞扬跋扈。《悲青坂》的第二联写安禄山部队的强悍,第三联是其后果,所以写官军死亡之惨。这一对比,可以理解杜甫从两个不同的角度来描写同一事件的艺术手法,第四联都是写被困在长安城内的人民和作者自己的思想感情。陈陶一败之后,长安城中的人民在痛哭之余,还希望官军马上再来反攻。可是在青坂再败之后,人民知道敌我兵力相差甚远,只得放弃"日夜更望官军至"的念头,而设想托人带信给官军,希望他们好好整顿兵力,待明年再来反攻。这两首诗的结尾句深刻地表现了人民对一再战败的官军的思想感情的合于逻辑的转变。

但是,《杜诗镜铨》引用了邵子湘的评语云:"'日夜更望官军至',人情如此;'忍待明年莫仓猝',军机如此。此杜之所以为诗史也。"这个评语,反映出邵子湘认为两个结句有矛盾,因此他把《悲陈陶》的结句说是人民的感情如此;把《悲青坂》的结句说是军事形势有这样的需要。他以为这样讲可以解释矛盾,其实是似是而非。要知道,"军机如此",也同样是长安城中人民听到青坂之败以后的认识和感情。杜甫写的正是人民思想感情的转变,根本不能以为两首诗的结句有矛盾。

一九七八年九月十八日

七言律诗二首

杜甫

39

　　七言律诗虽然兴起于初唐，定型于沈宋，但诗人致力于这种诗体者还不很多，一般人也不重视七言律诗。高仲武编《中兴间气集》，所选录的是肃宗至德元载（公元七五六年）至代宗大历末年（公元七七九年）这二十多年间的诗，他在自叙中说："选者二十六人，诗总一百三十二首。分为两卷，七言附之。"他所选的主要是五言诗，偶有几首七言诗，都编排在各人的五言诗之后，作为附选。这就反映出，直到中唐初期，五言诗仍然是正统，七言诗只是附庸。在律诗中间，五言律的地位也高于七言律。

　　律诗的"律"是初唐以来逐渐形成的。由于诗人们对声调、音节、对偶的研究逐渐深入，"律"也从宽疏发展到细密。杜甫移居四川以后，作了大量的五、七言律诗。他从丰富的实践中，掌握了律诗的种种条件和变化。他自己说过："晚节渐于诗律细。"这个"细"字就是细密的意思。他自许晚年的诗，音律极为细密。他又曾写一首诗夸奖他的小儿子宗武，有一联道："觅句新知律，摊书解满床。"（《宗武生日》）这是说宗武近来作诗，已经懂得律法。为了锻炼律法细密的诗句，就得摊开满床的书去找诗料。杜甫给律诗开辟了新的境界。他的律诗里出现了许多新颖的字法和句法，使唐代的律诗，无论在字句结构和思想感情的表现两方面，都达到高度的发展。尽管高仲武当时还不很重视七言诗，但在中唐后期，杜甫的七言律诗已发生很大的影响。

　　现在选两首杜甫的七言律诗，都是在大历元、二年旅居夔州（今四川奉节）时所作。同时他还写了《诸将》五首、《秋兴》八首、《咏怀古迹》五首等极有名的七言律诗。但这些都是组诗,最好作为一个整体来欣赏。如果抽取一二首来讲,只是窥豹一斑,不能见到杜甫对同一题目的各种变化处理。现在选讲的两首,从思想内容的角度来评价,未必是杜甫的代表作。我之所以选这两首,企图从一些浅显易懂的作品中找一个"诗律细"的典型。因为诗的内容浅显易懂,可以不必多作字句的解释,而偏重于谈谈律诗的律。

返照

楚王宫北正黄昏, 白帝城西过雨痕。

返照入江翻石壁, 归云拥树失山村。

衰年肺病惟高枕, 绝塞愁时早闭门。

不可久留豺虎乱, 南方实有未招魂。

这首诗第一联是把一个景色分两句写。楚王宫北,正是黄昏时候;白帝城西,还可见下过雨的痕迹。楚王宫和白帝城都是夔州的古迹,诗人用来代表夔州,这两句诗只是说夔州雨后斜阳的时候。第二联说斜阳返照到江水上,好像山壁都翻倒在江中,从四面八方聚拢来的云遮蔽了树林,使山下的村庄都看不见了。第三联写自己年迈病肺,只有高枕而卧,况且身在这遥远的边塞,感伤时事的心情,也只好早早闭门,意思是说:没有观赏晚景的心情。夔州是川东的门户,故称绝塞。"愁时"和"肺病"作对,应讲作"哀时",哀伤时世,不能讲作忧愁的时候。最后一联说:夔州时局不稳,即将有豺虎作乱,这个地方不可久留,一心想回北方去而未能成行。

"豺虎乱"袭用了王粲的《七哀》诗:"西京乱无象,豺虎方遘患。"杜甫有《夔府书怀四十韵》长诗一首,其中叙述了当时夔州人民的困苦和军人的跋扈。到大历三年,果然不出诗人所料,发生了杨子琳杀死夔州别驾张忠、据城夺权的乱事。末句意义比较隐晦,旧注以为此句:"言在此屡遭寇乱,旅魂已将惊散也。"(见《杜诗详注》)这是臆解,没有扣上原句字面。"未招魂"不能讲作"旅魂惊散",而且"南方"二字也没有着落。"实"字是杜甫的特殊字法,有几处用得出人意外。《秋兴》第二首有一句"听猿实下三声泪",和这里的"实有未招魂",从来都是含胡读过,没有人讲出作者本意。

我以为,要理解这两个"实"字,都必须揣摩作者的思想基础。屈原被放逐在江南,形容憔悴。他的学生宋玉写了一篇《招魂》,以振作他老师的精神。其中有一句:"魂兮归来,南方不可以止些。"杜甫想到了这一句,用来比喻自己,所以说南方确实还有一个未招归的旅魂,用以表达自己想回北方去的意志。读杜甫此句,如果不联想到宋玉的《招魂》,就无法体会这个"实"字的来历。杜甫还有一首《归梦》诗云:"梦魂归未得,不用楚辞招。"可以作为此句的笺证。吴昌祺释此句云:"南方非久居之地,何无人招我魂而去此土也。"(《删订唐诗解》)沈德潜注云:"己之惊魂,不能招之北归。"(《唐诗别裁》)这两个注都是仅仅阐发诗意,而没有联系《楚辞·招魂》,因而没有接触到"实有"二字的作用。

《水经注》在描写长江巫峡风景的一段中记录了两句渔民的歌谣:"巴东三峡巫峡长,猿鸣三声泪沾裳。"杜甫思绪中涌现这个歌谣,所以说:听了巫峡的猿啼,真要掉下眼泪。"三声泪"是摘用原句中三个字。其实"三声"是猿啼三声,"泪"是行人旅客听了猿啼而下泪。如果杜甫思绪中没有这两句歌谣为依据,"三声泪"本来不能成为一个词语。杜甫诗集中已注明了这首渔民歌谣,故读者容易了解这个"实"字。但是,除了《唐诗解》以外,都没有注出《招魂》二句,故"南方"与"实有"都使人不易了解。

登高

风急天高猿啸哀,　渚清沙白鸟飞回。

无边落木萧萧下,　不尽长江滚滚来。

万里悲秋常作客,　百年多病独登台。

艰难苦恨繁霜鬓,　潦倒新停浊酒杯。

这首诗的结构和《返照》一样,第一联也是用两句来概括眼前风景:渚清沙白,风急天高;猿啼悲哀,飞鸟回翔。第二联分别描写两种印象最深的事物:无穷的落叶和不尽的长江。这两句虽然是登高即景,但也是化用了屈原《九歌》的两句:"嫋嫋兮秋风,洞庭波兮木叶下。"不过把洞庭改为长江。登高是九月九日重阳节的民俗,故登高所见都是秋景。第三联才点明题目:远离家乡的人,常常在客中感到悲秋的情绪,一生多病的人今天又独自登高台、度佳节。按照思想逻辑来体会,这两句的次序应当倒过来。因"百年多病独登台"而感慨到"万里悲秋常作客"。这种情况,律诗中常见,因为要凑平仄与韵脚的方便。"万里悲秋常作客"这一句的思维逻辑是"万里作客常悲秋"。杜甫作此联,肯定是先有下句而后凑配上句的。因为下句是与散文句法相同的自然句子,上句却是构思之后琢磨出来的句子。做律诗的对句,艺术手法的过程大概如此。先抓住一个思想概念,定下一个自然平整的句子。然后找一句作对,这就要用功夫了。在觅取对句的过程中,也需要把先得的句子改动几个字或词语,使平仄或词性对得更工稳贴切。"万里"只是用来代替一个"远"字;"百年",杜甫常常用来代替"一生"。此处如果用"一生多病"也可以和"万里悲秋"作对,但诗人选用"百年",就比"一生"好得多。因为他把一个实词改用虚词,就是把逻辑思维改为形象思维。

第四联以倾吐自己忧郁的情怀作结束,完成了登高悲秋的主题。"艰难",是指乱离的时世;在这困苦艰难的时世中,愈觉得怨恨自己的满头白发。"潦倒",是指自己的遭遇:在流浪不定的生活中,又因病肺而停止了饮酒。

杜甫的晚年生活,真是穷愁潦倒。这一时期的诗都是哀音满纸,使读者悱恻无欢。但是他从代宗广德元年(公元七六三年)夏季,离成都东游,在渝州(重庆)、忠州(忠县)、夔州住了一个时期,又南下到沅、湘而最后死在耒阳,这六七年间写的诗却最多。大概无聊之极,只有天天吟诗,才能稍稍发泄他的忧郁悲愤的情绪。这时他的诗律愈细,艺术上达到了高度精妙,真可以说是"穷而后工"了。

现在我们来比较一下这两首诗的全篇结构,或者说篇法。第一首诗的前三联都是对句,尾联不对。第二首则四联都是对句。律诗的要求,本来只要中间两联是对句,首尾两联不需要对偶。但是,从初唐以来,有些诗人却喜欢增加对句。前三联是对句而尾联不对的,已见于王维、常建的诗。首联不对而后三联全对的,已见于杨炯的《从军行》。但这一形式的七律,后人作的极少。四联八句全对的,恐怕创始于杜甫。沈德潜评《登高》云:"八句皆对,起二句对举之中,仍复用韵,格奇而变。"(《唐诗别裁》)这个评语,只有一半没错。八句皆对,是杜甫的"奇变",而首联起句用韵,并不是始于杜甫。王勃的《送杜少府之任蜀州》诗第一联"城阙辅三秦,风烟望五津",早已是既对而又用韵了。

不论是律诗或古诗,最后几句总得点明主题思想。律诗尾联如果用对句,必须有很高明的艺术手法才能完成这一任务。《登高》的尾联,好像仍然和第三联平列,叙述自己的老病情绪,而不像全诗主题思想的结束语。它不如《返照》的尾联,不作对句而意旨明白。沈德潜也有一个评语云:"结句意尽语竭,不必曲为之讳。"

(《杜诗偶评》)意思是说:此诗最后两句没有结束上文,表达新的意旨。勉强凑上一联,实际是话已说完。这是一个缺点,不必硬要替作者辩护。这个评语,我以为是正确的。杜甫的五律及七律,八句全对的很多,其尾联对句,往往迷失了主题思想。七律中只有《宿府》一首的尾联云:"已忍伶俜十年事,强移栖息一枝安。"此联可以说是既对偶而又明白、又雄健的结句。

两首诗的第一句第七字,都用平声字,都是韵。但两首诗的声调不同。"风急天高"句是仄起平收;"楚王宫北"句是平起平收。所谓起,是指第二个字;所谓收,是指末尾一字。一首律诗的第一句第二字,决定了第四、六字的平仄,也决定了全诗各句的平仄。现在把这两首诗每句第二、四、六字的平仄对照如下:

	返 照			登 高		
〔句一〕	王(平)	北(仄)	黄(平)	急(仄)	高(平)	啸(仄)
〔句二〕	帝(仄)	西(平)	雨(仄)	清(平)	白(仄)	飞(平)
〔句三〕	照(仄)	江(平)	石(仄)	边(平)	木(仄)	萧(平)
〔句四〕	云(平)	树(仄)	山(平)	尽(仄)	江(平)	滚(仄)
〔句五〕	年(平)	病(仄)	高(平)	里(仄)	秋(平)	作(仄)
〔句六〕	塞(仄)	时(平)	闭(仄)	年(平)	病(仄)	登(平)
〔句七〕	可(仄)	留(平)	虎(仄)	难(平)	恨(仄)	霜(平)
〔句八〕	方(平)	有(仄)	招(平)	倒(仄)	停(平)	酒(仄)

这两首诗的平仄粘缀完全符合规律,没有一字失粘。每一首诗第二句的平仄与第一句对,第三句的平仄与第二句同。第四句的平仄与第三句对,第五句的平仄与第四句同。第六句的平仄与第五句对,第七句的平仄与第六句同。第八句的平仄与第七句对,与第一句同。这是五、七言律诗调声的正格。但是这两首诗由于第一句的平仄彼此不同,故全诗的平仄完全相反。

我们再从句法的观点来分析这两首诗。我曾讲过,律诗的第一联和第四联可以合起来成为一首绝句,这个方法却不能用于这两首诗。因为这两首诗都以前两联写景,后两联抒情。前两联之间没有起承的关系,后两联之间也没有转合的关系。《登高》的首尾两联,不能表达一个完整的概念,因而无法截下来合成一首绝句。《返照》的尾联可以相当于绝句的第三、四句,可是它的首联却没有思想的发展,使尾联接不上去,因此也不能合成绝句。

一般的律诗,艺术中心在中间两联,思想中心在首尾两联。中间两联要求对偶工稳,一联写景,一联抒情,或一联虚写,一联实写,切不可四句平行。首尾两联要通过中间两联,完成一个思想概念的起讫。杜甫《登高》一首却以前两联写景,后两联抒情。艺术中心强了,思想中心便削弱了。故吴昌祺评云:"太白过散,少陵过整,故此诗起太实,结亦滞。"他指出了杜甫此诗的缺点在过于求整,以致起结两联失之呆板。这个"滞"字就是沈德潜所谓"气竭意尽"。由此诗可见杜甫的过于追求"诗律细",有时亦会损害思想内容的表现。许多人读此诗,只觉得它声调响亮,对仗工整,气韵雄健,而不注意它思想内容的不明确、不完整。杨伦竭力赞美此诗,评云:"高浑一气,古今独步,当为杜集七言律诗第一。"这样高的评价,必不为吴昌祺、沈德潜等深于诗道者所赞同。至于《返照》一首,由前四句的写景,兴起后四句的抒情。尾联不作对句,仍用散句说明自己衰老厌乱、无家可归的情怀,使读者感到辞旨通畅,气韵苍老沉郁,不失为七律的杰作。

以上讲的句法是句与篇的关系。现在再讲一讲每一句的结构。这也称为"句法",唐人称为"句格"。两首诗共十六句,全是上四下三的句法,但上四与下三结构各不相同。这里先看每句的上四字,可以分出下列五个类型:

    (型一)风急 / 天高　渚清 / 沙白　⎱
                                一对词组
           衰年 / 肺病　绝塞 / 愁时　⎰

    (型二)无边落木　不尽长江　⎱
                            状词＋名词组
           万里悲秋　百年多病　⎰

    (型三)艰难苦恨　潦倒新停　⎱
                            有动词
           南方实有　不可久留　⎰

    (型四)返照入江　⎱
                  主谓语全
           归云拥树　⎰

  (型五)楚王宫——北　⎱
                 三字加一字结构,读作二加二。
    白帝城——西　⎰

每句下三字的结构只有两种类型:

（型一）猿啸——哀　飞鸟——回

萧萧——下　滚滚——来

繁霜——鬓　浊酒——杯　＞音节与词性结构统一。

豺虎——乱　未招——魂

过雨——痕

（型二）常——作客　独——登台

正——黄昏

翻——石壁　失——山村　＞此三字或连读，或读作二加一。

惟——高枕　早——闭门

《返照》首联的"正黄昏"与"过雨痕"实在不成对偶，故诵读时必须互相迁就读成"正黄——昏"或"过——雨痕"。

七言律诗的句法结构，大概不外乎此。上四字必须是二加二格式，第二字与第三字必须分得开。像"楚王宫北"与"白帝城西"这种结构，读时也只能是"楚王/宫北"、"白帝/城西"。如果把"凤凰"、"松柏"、"琵琶"、"萧条"、"骨肉"等分不开的连绵词，作为诗句中的第二、三字或第四、五字，这是绝对不可能的。

一九七八年九月二十三日

40

愁

江草日日唤愁生，巫峡泠泠非世情。

盘涡鹭浴底心性？独树花发自分明。

十年戎马暗南国，异域宾客老孤城。

渭水秦山得见否，人今罢病虎纵横。

暮归

霜黄碧梧白鹤栖，城上击柝复乌啼。

客子入门月皎皎，谁家捣练风凄凄？

南渡桂水阙舟楫，北归秦川多鼓鞞。

年过半百不称意，明日看云还杖藜。

　　杜甫在夔州的时候极其讲究诗律，写出了不少调高律细的诗篇，同时又想突破律的束缚，尝试一种新的诗体。有一天，他写了一篇非古非律、亦古亦律的七言诗，题目是《愁》，题下自己注道："强戏为吴体。"接着，他又陆续写了十七八首这样的诗，于是唐诗中开始多了一种"吴体诗"。"强"是勉强，"戏为"是写着玩儿。可知是在无聊的时候，勉强做着玩的，它不是正式的律诗。

　　但是，什么叫作"吴体"呢？杜甫自己没有说明，大概当时是人人知道的，而后世却无人能解释。宋朝人改称"拗字诗"，或称"拗体"。清人桂馥说："吴体即吴均体。"（见《札朴》）吴均是梁朝诗人，他的五言诗已讲究平仄，但还不像唐代律诗那样讲究粘缀，所以他的诗还是古诗。吴均的诗文风格轻丽，当时有许多人摹仿他，称为吴均体。这个名词在文学史上代表的是一种文学创作风格，并不是指诗体。故桂馥的话，不能信从。否则，杜甫为什么不注明"吴均体"而要简称"吴体"呢？

　　从两汉到魏晋，我国的文化中心一向在中州。文化人的语言及吟诵诗文都用中原音，吴越方言被视为鄙野。吴越人到洛阳，被称为伧父。东晋以后，文化中心随政治而移到江南，吴越方言语音，成为北方来的士大夫争相学习的时髦语言。江南民间的歌谣也成为流行的吴声歌曲。从隋朝到唐初，政治和文化中心回到中州，吴语又恢复了它的乡土语言的地位。安禄山之乱，江南没有兵灾，中州人士过江避难者很多，吴语吴声又时髦起来。颜真卿、韦应物、白居易、元稹，都曾在吴越做官，同时吴越诗人如皎然、顾况、张志和、严维、戴叔伦、张籍等又以他们的吴语吴音影响了北方诗人。在中唐诗人的诗中，常常可以看到吴音、吴吟、吴歌、越吟、越调等词语。可以推测，用吴音吟诗，其音节腔调，一定不同于中州。杜甫大约得风气之先，首先依照吴音作诗，成为这种拗体的七律。按中州音吟诵这些诗，平仄是拗的；但用吴音来吟诵，也许并不拗。因此，杜甫戏作十多首，命名为吴体，这个名词从此确定。直到晚唐，皮日休、陆龟蒙都作过吴体诗。

现在先把这两首诗的大意解释一下。第一首《愁》是看到眼前景物而抒写他的愁怀：江边的丛草每天在生长起来，都在唤起我的愁绪。巫峡中泠泠流水，也毫无人情，惹得我不能开怀。白鹭在盘旋的水涡中洗浴，你们有些什么愉快的心情呢？一株孤独的树正在开花，也只有你自己高兴。这四句是描写一个心绪不好的人，看了一切景物，都烦恼得甚至发出咒诅。"世情"是唐宋人俗语，即"世故人情"。"非世情"或作"不世情"，即不通世故人情。在这句诗里，可以讲作"不讨好我"。"底"字也是唐宋俗语，用法同"何"字，是个疑问词，即现代语的"什么"。"分明"二字与杜甫在别处的用法有些不同，意义较为含胡，大约强调的是"自"字。现在释为"自己高兴"，还是揣测，恐怕似是而非。

下四句从写景转到抒情。十年来兵荒马乱，使南方也成为黑暗的地区，我这个异乡来的旅客，衰老在夔州孤城中，很想回长安去，可不知渭水秦山，这一辈子还能再见否。因为人已老病，而路上仍然是豺虎纵横。

这首诗意义很明显，没有曲折隐晦之处。前四句虽然写景，但与《登高》、《返照》二诗的前四句不同。作者已在写景之中表现了自己的"愁"，不是客观的写景了，每一句的艺术手法都表现在下三字。"暗"字也是杜甫的独特用字法，末句"虎纵横"是指上文的"十年戎马"。《杜诗镜铨》引张璁说："虎纵横，谓暴敛也。时京兆用第五琦十亩税一法，民多流亡。"浦江清《杜甫诗选》亦用此说作注，以为末句是"借喻苛政"。这是从诗外去找解释，大约脑子里先有一句"苛政猛于虎"，看到杜甫的"虎纵横"就附会到苛政上去。于是再从唐史中寻找当时有什么苛政，往往就找到第五琦的新税法。不知杜甫诗中屡次以豺虎比兵灾。此处的"虎纵横"显然是照应上文的"十年戎马",杜甫怎么会忽然丢开上文而无端扯到第五琦的苛政呢？毛大可论读《西厢记》的方法说："词有词例,不稔词例,虽引经据史,都无是处。"我颇赞同此论,读诗也是这样。诗也有诗例,不从诗中去求解,而向诗外去引经据史,决不能正确地解得这首诗。

第二首《暮归》,篇法与前一首同。前四句写暮归的景色:白鹤都已栖止在被浓霜冻黄的绿梧桐上;城头已有打更击柝的声音,还有乌鸦的啼声;寄寓在此地的客人回进家门时,月光已亮了;不知谁家妇女还在捣洗白练,风传来悲凄的砧杵声。"黄"字是动词。"柝",现代称为"梆子"。天色晚了,城上守卫兵要打梆子警夜。唐诗中写夜景,常有捣练、捣衣、砧杵之类的词语。大约当时民间妇女都在晚上洗衣服,木杵捶打衣服的声音,表现了民生困难,故诗人听了有悲哀之感。

下半首四句也同样转入抒情。要想渡桂水而南行,可没有船;要想北归长安,路上还多兵戎,都是去不得。年纪已经五十多岁,事事不称心,明天还只得挂着手杖出去看云。这最后一句是描写他旅居夔州时生活的寂寞无聊,只好每天挂杖看云。浦起龙说:"结语见去志。"(《读杜心解》)此评也不确。应该说第三联见去志,结句所表现的并不是去志,而是寂寞无聊。

现在,我们且看看吴体七律和正体七律的不同处。宋人称吴体为拗体,其实这两个名词的意义并不一样。拗体有两种:一种是一首诗中只有一二句平仄不合律,成为拗句。这种拗句往往由下面一句或一联挽救过来,故全诗还是正格律诗。另一种是每句都拗,不合律诗调声法度,读起来恰像古诗。所谓吴体,是指这一种拗体。

在该用平声字的地方,用了仄声字。反之,在该用仄声字的地方,却用了平声字,使诗句读起来拗口,这便是拗字的意义。在上一篇里我讲过:一首律诗的第一句第二字,决定了全诗的平仄粘缀格式。现在即以《愁》这首诗为例,第一句第二字"草"是仄声字,那么第四、六字必须是平、仄声字。我们依正体律诗的调声规律列为甲表,再按杜甫此诗的实际平仄列为乙表,就可以看出此诗的声调如何拗法:

	甲	乙
(句一)	仄平仄	仄仄平
(句二)	平仄平	仄平仄

（句三）平仄平	平仄平
（句四）仄平仄	仄仄平
（句五）仄平仄	平仄平
（句六）平仄平	仄仄平
（句七）平仄平	仄平仄
（句八）仄平仄	平仄平

乙表中与甲表不合的字，都是拗处。

一首诗中偶尔有一二处平仄不合律，谓之失粘。失粘之病，有时是作者平时读字音不正，弄错了平仄。也有些是故意为之，这就称为拗句。《愁》这首诗全是拗句，这就是吴体。这种拗法，只有在七言诗中出现，它们是律诗的形貌与古诗的声调的混血儿。

此外，还有一种拗句，在五、七言诗中都有。那是每句拗在倒数第三字，即五言诗的第三字、七言诗的第五字。例如，杜甫的《大云诗》诗句：

> 夜深殿突兀，风动金琅珰。
>
> 仄平仄仄仄，平仄平平平。

这一联上句第三字必须用平声字，现在用了仄声的"殿"字。使全句有三个连用的仄声字，声调便急促而僵硬。下句第三字本来必须用仄声字，现在却用了平声的"金"字。这是因为上句既拗了一字，此处不得不再拗一字，使这两句不会影响到下面一联的声调，避免一路拗下去。所以这个"金"字的用法是为了补救上句的"殿"字，这就称为"拗救"。

又如杜甫《咏怀古迹》之二：

> 怅望千秋一洒泪，萧条异代不同时。
>
> 仄仄平平仄仄仄，平平仄仄仄平平。

上句第五字必须用平声字，或第六字用平声字，声调方能谐和。现在连用三个仄声字，就成为拗句。人们也许会问，律诗的平仄既然一、三、五不拘，为什么五言诗的第三字和七言诗的第五字还要斤斤较量。对于这个问题的解答，应当先请注意五言句的上二下三结构，七言诗的上四下三结构。上面二字或四字是一个音段,下面三字又是一个音段。前一个音段,五言诗只有二字,可以随意用平仄。七言诗则有四字,应当使第二字和第四字平仄粘缀。下一个音段,五言和七言都是三个字,只要不连用三个平声或仄声字就没错了。"一洒泪"三字皆仄声,此句的音调就显得僵硬。必须把"一"字改用平声,使其成为平仄仄的句格,才可与下句仄平平和谐。如果"一"字不能改,可以把"洒"字改用平声,成为仄平仄的句格,也可以补救。不过句子还是嫌硬。

诗有两个"腰"。在每一句中,五言的第三字,七言的第五字,是一句的腰。腰的平仄失粘,就是犯了"蜂腰"之病。"蜂腰"是调声八病之一,以蜂腰来比喻一句诗中两个音段中间的细弱。在整首诗中,绝句的第三句,律诗的第三及第五句,都是腰。这两处腰的平仄不合声律,就称为"折腰体"。这是诗的一种体式,不算诗病。

《中兴间气集》有一首崔峒的诗,题目是《清江曲内一绝》,题下注曰:"折腰体。"这是这个名词最早出现的地方。可知在天宝至大历年间,诗人们已注意到律诗的这一种变化,给它定了名称。崔峒的诗是:

> 八月长江去浪平,片帆一道带风轻。
> 极目不分天水色,南山南是岳阳城。

此诗第二句第二、四、六字是平仄平句格,第三句的第二、四、六字本来应当重复这一句格。可是现在却用了仄平仄,这就好比折了腰,使第四句的句格也不合律了。七言律诗的第三句应当和第二句平仄同,第五句应当和第四句平仄同,第七句应当和第六句平仄同。如果不是这样,也是折腰体了。折腰是律诗的变体,杜甫诗中折腰之例很多。但在七言律诗中,一般只许折腰一次。何义门以为崔峒此诗之所以称为折腰,"似指第四句第三字,非不用粘之谓。"按,此诗第四句第三字"南",并无问题,不知何氏此言是什么意思。但他不知折腰是第三句的问题,却出人意外。

一九七八年九月二十八日

五言律诗二首　杜甫

41

旅夜书怀

细草微风岸，危樯独夜舟。

星垂平野阔，月涌大江流。

名岂文章著，官应老病休。

飘飘何所似？ 天地一沙鸥。

登岳阳楼

昔闻洞庭水，今上岳阳楼。

吴楚东南坼，乾坤日夜浮。

亲朋无一字，老病有孤舟。

戎马关山北，凭轩涕泗流。

杜甫诗一千四百馀首，大半是五言诗，五言诗中又大半是律诗。晚年所作五言律诗，气格高古，律法严密；声调响亮，情感沉郁。诗中所反映的虽然是穷愁潦倒的个人生活遭遇，但他对政治动乱、民生凋敝的殷忧，也同时有充分的表达。可见他的世界观还是积极的，不像后来的孟郊、贾岛那样，写的诗仅是失意文人的哀鸣。

这里选讲他的两首五言律诗，都是东出夔门时所作。这两首未必是他最好的作品，但也常常有人提及。不过，对于杜甫的诗，要问哪几首是最好的，恐怕从来没有一致的挑选。

这两首诗都是前四句写景，后四句抒情；首联都是对句，尾联都是散句，篇法和以前讲过的四首七律相同。两首诗所用的韵也恰好相同。

第一首《旅夜书怀》，前四句写"旅夜"，后四句写"书怀"。在细草微风的江岸边，孤独的夜里，停泊着桅杆很高的江船。天上的星星在四空中闪着光，显得原野很旷大；月亮照在江面上，好像是从大江流水中涌现出来。"垂"是自上而下，"涌"

是自下而上。用这两个字分别写天和水,是极费苦心、锻炼出来的。宋朝人论诗,把诗句中突出的、不平凡的字称为"诗眼"。好比人的眼,有眼才见精神。这里的"垂"与"涌",也就是句中之眼。

下四句转到写自己的情怀:我的名望并不是因文章写得好而为人们所知道;我的官职应该说是因为年老多病而退休的。"名岂文章著",用的是问句式。"文章"是指诗,唐人把诗和散文一起称为文章。一般人以为杜甫在当时就以诗著名,其实不是。他出名的时候,人家还不很欣赏他的诗。他是以上疏救房琯而著名的,因为当时房琯以兵败得罪,无人敢替他申辩。杜甫不顾自身危险,毅然决然向肃宗上疏。他这一行动,震惊了满朝官员,一时朝野传言,使他出名了。至于罢官,按照制度,年至七十,才算老病,到了退休年龄。但杜甫是因为救房琯得罪,从左拾遗降为华州司功参军。又因关中饥荒,弃官而去,流浪到蜀中。他的罢官,还没有到老病退休的年龄。这两句诗讲的是同一件事,而这件事又是他一生的牢骚,一辈子的思想矛盾。现在用两个反语,很含蓄地发泄他的牢骚。一个"岂"字,一个"应"字,都是诗眼。最后一联点明主题思想:我现在像个什么呢? 像一只在辽阔的天地间飘飘荡荡的沙鸥。这就写出了旅夜的情怀。这一联也是问答句:上句问,下句答。

第二首《登岳阳楼》的主题也是书怀。前四句也是写景,但第一联与前一首的第一联不同。前一首的第一、二联是平列的,无起承之别。这一首的第一联以叙述语气起始,第二联是承:过去听人家讲过洞庭湖,今天亲自上岳阳楼,看到这个著名的湖泊。在这个大湖之东,是吴国的地域;南方是楚国的地域。在浩瀚的湖面上,天地好像日夜地在浮动。"水"是"湖"的代用词,因为此处不能用平声字。"坼"是土地分裂,此处借作表示"区分"的意义。

下四句也和前一首诗同样转到自身。在离乱的时世,亲戚朋友的消息,一个字也得不到。现在既老且病,所有的只是一条漂泊异乡的船。想回北方去,可是关山以北还有战事,无法回去。每天靠着楼窗,只有流泪而已。

这两首诗的思想内容,并没有什么突出。杜甫在这时期所写的诗,多半表达这种情绪。用艺术观点来看,这两首诗可以说是写得极自然、极工稳,是律诗的典型作品。每一首诗的前三联,词语、词性的对法都是正对。如"细草"对"危樯","微风"对"独夜","岸"对"舟","星垂"对"月涌","平野"对"大江","阔"对"流"。这种对偶,是律诗的正格,故称为正对,也称为"正名对",又称为"的名对"。"阔"是状词,"流"是动词,在今天我们以为词性不同,但在古人的观念中,它们都是虚字,可以成对。

　　词性完全对稳的联语，容易拘束思想的表达，成为两个平行的呆板对句。因此有时也可以不必遵守正对的规律，改用词性不同而结构相同的词语作对偶。例如杜甫的"两边山木合，终日子规啼"（《子规》），此联"两边"与"终日"，一个是抽象概念，一个是具体概念，不能算是正对。又，"不知云雨散，虚费短长吟。""云雨"是两个名物词的结合，"短长"是两个状词的结合，也不是正对。这种形式的对偶，唐人称为异类对，宋人称为偏对。偏对当然不如正对，但它可以使联语流利、灵活，故作者很多，不以为病。

　　"山木"与"子规"，字面不成对偶，只是以鸟对树。又如《山寺》诗："麝香眠石竹，鹦鹉啄金桃。"是以鸟对兽。又《遣愁》诗："江通神女馆，地隔望乡台。"是以馆名对台名。这些名词的字面都不成对。律诗中这种对偶也很多。唐人称为事对，意思是对事物不对字面。宋人称为散对，许多人不屑用，以为对法太宽。

　　另外有一种字面对：词性对，而意义不对。如杜甫的"风物悲游子，登临忆侍郎"（《和裴迪登新津寺寄王侍郎》），此联对偶都不是正格：以"登临"对"风物"是偏对；以"侍郎"对"游子"，字面、词性都对，但"游子"是旅客，"侍郎"却是官名，此处用来代表一个官为侍郎的朋友。又杜牧诗云："当时物议朱云小，后代声华白日悬。"（《商山富水驿》）以"白日"对"朱云"，字面及词性都对，但"朱云"是人名，意义与"白日"不对。这种对偶，称为假对，亦名假借对。

　　还有一种借同音字作对偶的，例如杜甫的"江汉思归客，乾坤一腐儒"（《江汉》）。"一"与"思"是不成对偶的，但"思归客"可以读成"四归客"，那就成对了。又孟浩然诗："厨人具鸡黍，稚子摘杨梅。"（《裴司士见访》）以"杨"字对"鸡"字，是取"羊"字的谐音。又杜甫诗："枸杞因吾有，鸡栖奈尔何。"（《恶树》）是以"枸杞"读成"狗杞"，就可与"鸡栖"成对了。这种对法，唐人名为声对，宋人也列入假借对。

　　此外还有一种对法，其对偶在一句之中。如杜甫诗："小院回廊春寂寂，浴凫飞鹭晚悠悠。"（《涪城县香积寺官阁》）"小院"与"回廊"成对，"浴凫"与"飞鹭"成对，而"小院"与"浴凫"却不成对。又李嘉祐诗："孤云独鸟川光暮，万里千山海气秋。"（《同皇甫冉登重玄阁》）"孤云独鸟"与"万里千山"各自成对，而上下联却不成对。这种对法，称为当句对，《沧浪诗话》称为就句对。李商隐有一首诗，题曰《当句有对》，每一句都用当句对，而中间两联又是上下句对稳的：

密迩平阳接上兰，秦楼鸳瓦汉宫盘。

池光不定花光乱，日气初涵露气干。

但觉游蜂绕舞蝶，岂知孤凤忆离鸾。

三星自转三山远，紫府程遥碧落宽。

这首诗虽然作者自以为每句中有对偶，其实只有游蜂与舞蝶、孤凤与离鸾二组可以成对。此外平阳、上兰与秦楼、汉宫及紫府、碧落三组平仄都没有对上。池光、花光，日气、露气，三星、三山，这三组均有一字相同，都不是对偶。

与当句对相反，还有一种隔句对。它不是上下两句相对，而是以第三句对第一句，第四句对第二句。例如古诗："始见西南楼，纤纤如玉钩；来映东北墀，娟娟似蛾眉。"又："昨夜越溪难，含悲赴上兰；今朝逾岭易，巧笑入长安。"又杜甫《哭郑广文、苏少监》："得罪台州去，时危弃硕儒；移官蓬阁后，谷贵殁潜夫。"又韩愈《送李员外分司东都》："去年秋露下，羁旅逐东征；今岁春光动，驱驰别上京。"这种对句，大多用于诗的开头，而且必有双重意思。如第一例咏月是"始见"和"来映"；第二例是"昨夜"和"今朝"；第三例第一、二句是哭郑广文，第三、四句是哭苏少监；第四例是"去年"和"今岁"。宋人把这种对法称为扇对，如一柄扇子的左右对称。

律诗的对偶，还须注意词语的声韵。最好是双声字对双声字，叠韵字对叠韵字，互相对偶也可以。连绵词必须与连绵词作对，重字必须用重字为对。例如杜甫的《湘夫人祠》："晚泊登汀树，微馨借渚萍。"此联"登"、"借"两个动词本来可以随意选用，但杜甫在"汀树"前用"登"字，在"渚萍"前用"借"字，使"登汀"、"借渚"都获得双声效果，这也是他"诗律细"的一例。

盛唐是五、七言律诗的形式与规律完成的时期，中唐是继续发展的时期。诗律愈严，变化也愈多。当时有一位日本僧人遍照金刚在我国学道、学文[1]，回国后写了一部介绍我国诗学理论的书《文镜秘府论》。其中有《论对》一卷，记录了二十九种对法。除正对、偏对、声对等几种之外，大多流于琐碎苛细，并不为诗家所注意。宋人诗话中也常常讨论到各种对偶方法，但作者总以正对为主，其他对法，只可偶一为之。

一九七八年十月二日

---

[1] 弘法大师(公元七七四—八三五年)，法名空海，遍照金刚是他的灌顶名号。他于贞元二十年(公元八〇四年)来中国，回国后著书多种，介绍中国佛学及文化。《文镜秘府论》抄集了当时我国许多论诗法的著作，其中有些书早已亡佚。《文镜秘府论》有人民文学出版社新印本(一九七五年)。

　　以上讲盛唐诗二十九篇，作者十七人，李白、杜甫占了一半。以后世的观点来评价盛唐诗，李白、杜甫有特殊的重要性，讲盛唐诗以李、杜为主，是当然的。但如果依据当时诗坛的现实情况，则王维、李白，诗名不相上下，杜甫的声望，远不及他们。我们现在评论杜甫诗，都认为他的《兵车行》、《丽人行》、"三吏"、"三别"、《北征》、《自京赴奉先咏怀》等诗是他的杰作，但宋朝人论诗，大多推崇他入蜀之后，在成都、云安、夔州这一时期的作品。特别是他在夔州所作的许多律诗，为黄庭坚所激赏。这是因为宋元时代的诗人，论诗、作诗，都以律诗为主，他们把杜甫奉为唐律之祖。他们所崇拜的是杜甫的诗律，宋人诗话中讨论的，多半是杜甫的句法、字法。对于他在天宝离乱时期所作许多乐府歌行，即使讲到，也还是从其艺术手法去评论，而极少注意它们反映社会现实的高度思想性。因此，宋人选杜甫诗，都取他的《秋兴》、《咏怀古迹》之类的作品。

　　但是，在唐代，情况还更不如。《河岳英灵集》不选杜甫诗，还可以说是他早期的作品尚未知名。《中兴间气集》也不选杜甫的诗，似乎连他晚年的律诗也还没有引人注意。五六十年之后，元稹竭力赞扬杜甫，以为非李白所及。韩愈也有"李杜文章在，光芒万丈长"（《调张籍》）的诗句，这时杜甫的声望才得与李白并列。但是晚唐初期诗人姚合编选《极玄集》，还是不选杜诗。唐末诗人韦庄编选《又玄集》，虽然选了杜甫七首诗，只是五律五首、七律二首。又过了二三十年，后蜀诗人韦縠编选《才调集》，其序言中明明说："因阅李、杜集，元、白诗，遂采摭奥妙，并诸贤达章句。"可是他所选的一千首诗中，只有李白诗二十八首，杜甫诗还是一篇都没有。

可知他虽然看过杜甫诗集,竟以为无"奥妙"可供"采摭"。一个伟大的诗人,其作品在生存时默默无闻,在身后一百多年,虽有文坛巨子为他表扬,仍然是无人赏识。这种情况,在中国文学史上,恐怕仅此一例。

盛唐诗在唐诗中的成就,可以从其承先与启后两个方面来看。"承先"的收获有二点值得注意:

(一)律诗的规范确定了。初唐沈、宋的五言律诗,还没有完全脱离古诗的音调与风格,平仄粘缀或词句对偶还不够细密。王维、孟浩然的五言律诗中,还有许多句格、音调留有古诗痕迹。但在杜甫的五言律诗中,这种痕迹几乎都不见了。至于七言律诗,盛唐诗人所作还不多。我们如果从岑参、高适的七言律诗读到杜甫的七言律诗,便可以发现对偶愈来愈工稳,声调愈来愈嘹亮。不过,绝句的第三句与律诗的第五句,盛唐诗人还不考究其平仄应当与上句重复,因此,盛唐七律仍以折腰体为多。中唐诗人才注意到这一音律问题,然后才以折腰为病。

(二)乐府诗有所发展。初唐诗人作乐府诗,还是沿用乐府旧题,题材内容也还受古乐府的拘束。多数作品,只能说是拟古。盛唐诗人大作乐府诗,岑参、高适的边塞乐府,李白的游仙、饮酒、抒怀、述志乐府,杜甫的记述天宝离乱的乐府,都用新题目、新题材,为汉魏以来的乐府诗开拓了一大片新的园地。

"启后"的影响可以指出以下几项:㊀七言诗的地位渐高,中唐以后,不再以五言为诗的主要形式。㊁初唐诗的面貌是艳丽秾缛,还有齐梁体余风。盛唐诗开始变为秀丽清新。初唐诗的贵族性、宫廷体,在盛唐作品中已逐渐消失。这是由于初唐诗人大多数是朝廷大臣或豪贵子弟,盛唐诗人多数是官位不高的进士,还有一些是像孟浩然那样的潦倒文人。诗人的成分,从封建贵族、官僚地主下降到普通知识分子。这种变化影响到中唐,诗的面貌风格愈加清淡朴素。㊂长篇歌行和律诗的出现。李白的长篇歌行和杜甫的一百韵排律,都是前古所未有。中唐以后这两种诗体大有发展,使卖弄才学的诗人多了一种武器。㊃开始了摘句论诗的风气。古人论诗,都论全篇的思想内容。钟嵘作《诗品》,开始举出某一诗人的精警诗句,加以评论。这一风气,到盛唐而大为发展。由于律诗兴起,中间二联是精华所在,诗人都用力于这二联:对偶要工,诗意要新。杜甫在许多诗里,都表现了他对句法的重视。《答岑参》诗云:"故人得佳句,独赠白头翁。"《寄高适》诗云:"美名人不及,佳句法如何。"《自述》诗云:"为人性癖耽佳句。"要求句法佳妙,也是他"诗律细"的一个方面。虽然他的所谓佳句,未必全指律诗的中二联。此外,《河岳英灵集》在介绍每一位诗人的风格时，也常常举出其一二名句。如称王维的诗是"一字一句，皆出常境"，称高适则云："至如《燕歌行》等，甚有奇句。"又举出薛据的《古兴》诗中数句，誉之为"旷代之佳句"。这一切都反映着当时诗家特别重视句法。影响到晚唐成为一种不好的倾向。许多诗人先刻意苦吟，作得中二联，然后配上首尾，变成为只有佳句而不成佳篇的、没有真实情感的诗。他们只是为作诗而作诗了。

以上仅是举出一些显著的现象。此外，在题材、风格、气氛各方面，盛唐诗也都有其特征，不过不能划断年月来讲。明代的王世懋在他的《艺圃撷馀》中有过一段论唐诗的话：

> 唐律由初而盛，由盛而中，由中而晚，时代声调，故自必不可同。然亦有初而逗盛，盛而逗中，中而逗晚者。何则？逗者，变之渐也。非逗，故无由变。如四诗之有变风、变雅，便是《离骚》远祖。子美七言律之有拗体，其犹变风、变雅乎？唐律之由盛而中，极是盛衰之介。然王维、钱起，实相唱酬，子美全集，半是大历以后，其间逗漏，实有可言，聊指一二，如右丞"明到衡山"篇，嘉州"函谷"、"磻溪"句，隐隐钱、刘、卢、李间矣。至于大历十才子，其间岂无盛唐之句？盖声气犹未相隔也。学者固当严于格调，然必谓盛唐人无一语落中唐，中唐人无一语入晚唐，则亦固哉其言诗矣。

南宋中期，有一群所谓江湖诗人，专学做晚唐诗。他们的影响，直到明代初期。于是有李于鳞等人出来提倡初、盛唐诗，以改革诗风。他们的理论犯了机械地划分初、盛、中、晚的错误，硬把某甲的诗说是晚唐，某乙的诗说是盛唐。但又无法一篇一篇地说明其特征，王世懋这一段议论就是针对这一派理论而说的。我以为他讲得很透彻，故全文转引在这里。

他的意见是：唐诗固然有初、盛、中、晚的时代区别，一般说来，其声调、风骨，确有不同。但在初唐诗中，也会有几首诗已逗（透）入盛唐的，盛唐也会有些已逗入中唐的，这就是变化的开始。正如《诗经》中有些篇章已经可以看出《离骚》的迹象。杜甫的拗体律诗，已经是中、晚唐硬句的先兆。总的说来，盛唐到中唐是唐诗的分水岭。大历以后，唐诗便趋于衰落了。但是从个别诗人的情况来看，又不能截然区分。王维和钱起是朋友，彼此都互有唱和。只因钱起辈分略晚，到大历间才成为著名诗人,故王维算是盛唐诗人,钱起却被列为中唐诗人。杜甫虽然列入盛唐,可是他集中的诗,半数以上都作于大历元年至四年。又如王维的"明到衡山与洞庭"（《送杨少府贬郴州》）这首七律,岑参的"到来函谷愁中月,归去磻溪梦里山"（《暮春虢州东亭送李司马归扶风别庐》）这一联诗句,都已经有些大历诗人的风格了。至于大历诗人的作品,也可能有些盛唐的风格。总之,时代虽然不妨划分,当时的文风,并未彼此隔断。所以,学诗的人,一方面固然应该严格区分时代风格,另一方面也不能说:盛唐诗人句句是盛唐,中唐诗人句句是中唐。如果这样论诗,就未免太固执了。

王世懋这一段话是为某些人在文学史上机械地划分时代和流派而言。它不但适用于对唐诗的分期,也适用于讲别种文学作品的发展史。所以我既抄录了他的原文,又做了译解。不过,王世懋以为唐诗由盛而中,是盛衰之界。这仍然是沿袭了宋元以来对"盛唐"这个名词的误解。所谓"盛唐",应当首先理解为唐代政治经济的全盛时期。所谓"中唐",也应当首先理解为唐代史的中期。唐诗的时期是依历史时期来区分的,但"盛唐诗"并不表示唐诗的全盛时期,"中唐诗"也不是盛唐诗的衰落现象。甚至,我还以为,唐诗的全盛时期反而应当属于中唐。

现在,我们姑且采用分流派的方法以总结盛唐诗。王、孟、高、岑是第一派。他们是初唐诗的正统继承者。在初唐诗的基础上,有提高,有深入,有变化,有发展。李白是独树一帜的一派。他的创作过程,无论是在文学形式、创作方法及诗人气质各个方面,都是从古典主义进入了浪漫主义。第三派是杜甫,他选择了一条与李白相反的创作道路。他以王、孟、高、岑为基础,而排除了他们的纤巧、温雅和文弱,创造出许多苍老、雄健、沉郁、古淡的篇章词句。盛唐前期是李白诗"飞扬跋扈"的时代[①],他的诗反映着玄宗李隆基统治下的政治、经济上升的气象。盛唐后期是杜甫"暮年诗赋动江关"的时代[②],他的诗反映着李唐王朝由盛入衰的社会现实。王、孟、高、岑是盛唐诗的主流,中唐诗人是他们的继承人。李、杜诗是盛唐诗的新变,尽管李、杜是一代大家,在当时还没有产生影响。

一九七八年十月十六日

[①] "痛饮狂歌空度日,飞扬跋扈为谁雄"是杜甫《赠李白》的诗句。
[②] "庾信平生最萧瑟,暮年诗赋动江关"是杜甫《咏怀古迹》的诗句,也是他自己的比喻。

中唐诗话

43

西塞山前白鹭飞。　桃花流水鳜鱼肥。
青箬笠，绿蓑衣。　斜风细雨不须归。

钓台渔父褐为裘。　两两三三舴艋舟。
能纵棹，惯乘流。　长江白浪不曾忧。

霅溪湾里钓鱼翁。　舴艋为家西复东。
江上雪，浦边风。　笑著荷衣不叹穷。

松江蟹舍主人欢。　菰饭莼羹亦共餐。
枫叶落，荻花干。　醉宿渔舟不觉寒。

青草湖中月正圆。　巴陵渔父棹歌连。
钓车子，橛头船。　乐在风波不用仙。

　　我们讲过李颀的《渔父歌》，也提到过高适有《渔父歌》，岑参有《渔父》，储光羲有《渔父词》，同样都是描写渔人生活的，作者都是开元、天宝年间的著名诗人。这里再讲《渔歌》五首，作者张志和，时代稍后，他从仕宦而至退隐，都在肃宗、代宗两朝，应当属于最早的中唐诗人。《唐诗品汇》把他列入盛唐，恐怕不很适当。

　　张志和的传记资料不多，生平情况也不很能知其详。现可知颜真卿任湖州刺史时，他是颜公座上客。颜公又亲自看见他的死，还替他作了墓碑文，就是现存《颜鲁公文集》中的《浪迹先生玄真子张志和碑铭》。此外张彦远所著《历代名画记》中，也有关于张志和的记载，因为他又是著名的画家。《太平广记》卷二十七引用的一篇《续仙传》，记录了张志和升仙的情况，后世遂相传以为张志和是一位得道成仙的异人。以上这些资料,都是唐代人的记载,尤其是颜真卿的那篇墓碑铭,应当是最可信的史料。此后,则有《新唐书》的《张志和传》、宋人计敏夫的《唐诗纪事》、元人辛文房的《唐才子传》,其中亦有关于张志和生平的记载,但都是第二手资料了。

综合诸家记载,我们现在可以知道的是:张志和,本名龟龄,东阳金华人。清真好道,著有《南华象罔说》十卷、《冲虚白马非白证》八卷。这两部书都没有留传于后世,看来是一位道家兼名家的学者。父名游朝,志和的母亲姓留,梦见枫树生在肚子上,因而生了一个儿子,就是张龟龄。龟龄十六岁入长安,为太学生。不久,以明经擢第,大约是在天宝年中。安禄山乱后,龟龄献策于肃宗,深蒙器重,令其为翰林待诏并授官左金吾卫录事参军,又命他改名志和,字曰子同。不久,降官为南浦尉。此后又获得恩准量移,志和不愿赴任,辞官回家,遭逢亲丧,从此不再从政,泛舟垂钓,漫游于三山五湖之间,自称烟波钓徒。

以上这一段传记,在关键处都没有交代清楚。他向肃宗献策,获得肃宗器重,献的是什么策?肃宗为什么要他改名?为什么不久就降官?降官一定是由于得罪了朝廷,那么,到底是为了什么事得罪?量移是唐代政治制度,指对贬谪官员的初步宽赦,意思是酌量转移一个较高的官职,或转移到一个较近的地方。可是,当时张志和量移到什么地方去任官,又没有说明。因此,张志和从入仕到归隐,这期间一切重要情况,现在都无法知道。

张志和曾著述一部书,名曰《玄真子》,凡十二卷三万字。由于这个书名,便又自称为"玄真子"。此外还写了一部研究《周易》的书,名曰《太易》,凡十五卷二百六十五卦。这两部著作,现在也失传了。现在所有的一部《玄真子》,恐怕是后人托名的伪书。

大历七年九月,颜真卿从抚州刺史调任湖州刺史。大历十三年初,离湖州入朝,升任刑部尚书。在五年的湖州任期中,吴越一带的文士诗人,都在颜真卿幕中,或有来往,著名的诗僧皎然和张志和也成为颜真卿的门客。张志和在这几年中的生活,我们可以从颜真卿的墓碑文和皎然的诗中见到。最突出的是张志和的画,颜真卿的碑文说:"玄真性好画山水,皆因酒酣乘兴,击鼓吹笛,或闭目,或背面,舞笔飞墨,应节而成。大历九年秋八月,讯真卿于湖州,前御史李萼以缣帐请焉,俄挥洒,横抪而纤纩霏拂,乱抢而攒毫雷驰,须臾之间,千变万化,蓬壶仿佛而隐见,天水微茫而昭合。观者如堵,轰然愕贻。"皎然诗集中有一诗一文,都是描写张志和作画的神情的。一首诗是《奉应颜尚书真卿观玄真子置酒张乐,舞〈破阵〉,画洞庭三山歌》,其诗有云:"手援毫,足蹈节,披缣洒墨称丽绝。石文乱点急管催,云态徐挥慢歌发。乐纵酒酣狂更好,攒峰若雨纵横扫。尺波澶漫意无涯,片岭峻嶒势将倒。"又一首文是《乌程李明府水堂观玄真子置酒张乐,纵笔乱挥,画武城赞》,其句云:"玄真跌宕,笔狂神王。楚奏铮铿,吴声浏亮。舒缣雪似,颁彩霞状。点不误挥,毫无虚放。蔼蔼武城,披图可望。"从这里都可以想见张志和作山水画时豪放的姿态。他喜欢在音乐、歌舞、宴饮的环境中作画,他的画是与乐舞同一节奏的。李明府,是乌程县令李晤。

颜真卿的碑文中还提到他曾为张志和重造一条新的渔船。此事亦有皎然的诗可以参证,诗题曰:《奉和颜鲁公真卿落玄真子舴艋舟歌》,诗云:"沧浪子后玄真子,冥冥钓隐江之汜。刻木新成舴艋舟,诸侯落舟自兹始。得道身不系,无机舟亦闲。从水远逝兮任风还,朝五湖兮夕三山。停纶乍入芙蓉浦,击汰时过明月湾。"可知当时颜公为张志和造成新船,还为此举行了落至典礼。落,就是落至,也就是现代所谓"下水典礼"。舴艋舟是小船,形容它像昆虫蚱蜢一样。

颜真卿的碑文虽然详细地叙述了张志和的生平,但关于张志和的死,却说得非常含糊。此文最后只说:"忽焉去我,思德滋深,曷以置怀,寄诸他山之石。"铭文结句云:"辅明主,斯若人。岂烟波,终此身。"这里所谓"忽焉去我"、"烟波终身",都是隐隐约约地叙述张志和的最后。但到底是怎么一回事,却使后世读者无从了解。幸而《续仙传》留下了一段记录:"其后真卿东游平望驿,志和酒酣为水戏。铺席于水上,独坐饮酌啸咏,其席来去迟速,如刺舟声。复有云鹤,随覆其上。真卿亲宾参佐观者,莫不惊异。寻于水上挥手以谢真卿,上升而去。"这样一说,就明白了。原来张志和采用了道家水解的方法,在吴江平望结束他的生命。在世俗人的观念里,他是像屈原一样的自沉于水;而在道家的术语里,这是用水解的方法上升成仙。颜真卿不是道家思想者,不说张志和浮水升仙,只好说是"忽焉去我"、"烟波终身"。

《渔歌》五首是张志和的作品,颜真卿碑文里虽然没有记录,但别的文献中却都提到了。《历代名画记》说:张志和"自为《渔歌》,便画之,甚有逸思。"《续仙传》说:"颜真卿为湖州刺史,与门客会饮,乃唱和为渔父词,其首唱即志和之词'西塞山前'云云。真卿与陆鸿渐、徐士衡、李成矩共和二十五首,递相夸尚。"又《唐朝名画录》也说:"鲁公宦吴兴,知其高节,以《渔歌》五首赠之。张乃为卷轴,随句赋象,人物、舟船、鸟兽、烟波、风月，皆依其文，曲尽其妙。"依据这些记载，可知颜真卿、陆鸿渐、徐士衡、李成矩、张志和，每人都做过五首《渔歌》，而张志和还为这五首《渔歌》画成卷轴。

《渔歌》唱和二十五首和《渔歌图》五轴，在当时一定曾经广泛传抄或临摹。但《渔歌图》已不见于宋代的记载，而其影响则极为久远，宋、元、明代有许多画家画过渔歌图。《渔歌》的失传，年代更早。文宗时宰相李德裕有一篇《玄真子渔歌记》，他说："德裕顷在内廷，伏睹宪宗皇帝写真访求玄真子《渔歌》，叹不能致。余世与玄真子有旧，早闻其名，又感明主赏异爱才，见思如此。每梦想遗迹，今乃获之，如遇良宝。"原来唐宪宗皇帝李纯在位时，仰慕张志和，要访求其所作《渔歌》，可是始终没有见到。于是画了一幅张志和的像，并题了字，记录了他的遗憾。李德裕在宫中见到宪宗留下的这幅画像和题记，对先帝的爱才思贤，非常感动。因为他家与张志和家有旧交，就注意访觅，才获得张志和《渔歌》五首的全文。他把这五首《渔歌》录存在他的文集《会昌一品集》中，并附了这篇题记。我们现在还能见到《渔歌》五首，应当归功于李德裕。从大历末年到宪宗元和末年，不过四十年。以皇帝之力，还无法得见《渔歌》，可知当时这些诗已无人知道了。

张志和这五首《渔歌》的内容，与李颀、岑参、储光羲诸家所作，没有什么不同，都是歌咏逍遥自在的渔人生活。但在文学形式方面，张志和却采用了三言七言混合的长短句法。他将一首七言绝句的第三句改为两个三言句，而且在第二个三言句尾协了韵。这样，这首诗的音节就离开绝句较远了。到了唐末五代时，有和凝、欧阳炯、李珣等人，也作同样形式的渔歌，被选入《花间集》，改题为《渔父》，正式被定为曲子词了。到宋代，又被改名为《渔歌子》，与《教坊记》所载曲名《渔歌子》相混。从此《渔歌子》成为一个词牌名，而张志和这五首《渔歌》也被视为唐词了。

张志和这五首《渔歌》描写他到过的各处江湖胜景。第一首写西塞山前的渔人生活，这是湖北的西塞山。陆放翁《入蜀记》云："大冶县道士矶，一名西塞山，即玄真子《渔父》词所云者。"韦应物有《西塞山》诗云："势从千里来，直入江中断。岚横秋塞雄，地束惊流满。"刘禹锡有一首著名的《西塞山怀古》诗，怀的是"王濬楼船下益州"的故事。皮日休《西塞山泊渔家》诗云："中妇桑村挑菜去，小儿沙市买蓑归。西塞山前终日客，隔波相羡尽依依。"可知唐代诗人所歌咏的西塞山，都是在湖北大冶县境内突出在长江中的一个石矶。但明清以来，许多人注释张志和此诗，常引用《西吴记》的一条："湖州磁湖镇道士矶，即张志和所云'西塞山前'也。"

由于张志和的渔钓生活，见于文献的，都是在休官归家之后。而且选本所录张志和的《渔歌》，一般都不是五首全部选取。因此，编《词林纪事》的张泳川，竭力申辩这个西塞山是在湖州，他甚至说张志和"踪迹未尝入楚"。可知他非但没有见到《渔歌》五首全文，连张志和的传记资料也没有看过。张志和曾降官为南浦县尉，南浦县就是现在四川省的万县。如果说张志和生平踪迹未尝入楚，他怎么能去做巴东的南浦县尉呢？而且《渔歌》第五首中所提到的青草湖与巴陵，难道也在湖州吗？

《渔歌》第二首写的是严子陵的钓台，这是富春江上的渔人古迹。"长江白浪"，应该是泛指富春江。第三首写的是雪溪湾里的渔人生活，这就在湖州了。第四首是写松江上捕蟹的渔人，松江就是吴江。"菰饭莼羹"是用晋代松江人张翰的典故。张翰在洛阳，因秋风起而怀念家乡的菰米饭、莼菜和鲈鱼。菰，就是茭白；菰米是茭白的籽。古代茭白结籽，可以做饭，现在退化了，不再有菰米饭。

这五首《渔歌》的次序，看来在李德裕所得的抄本上，已经错乱了，我以为第五首应当是第二首。这两首是张志和回忆做南浦县尉时的渔钓生活。以下三首，是他归隐后从金华泛舟东下的情况。

《渔歌》有颜真卿、陆鸿渐等四人的和作共二十首，李德裕的《玄真子渔歌记》中没有讲到，看来他当时仅得到张志和的原作五首，而没有得到和作。北宋初期，出现了一本词选集，书名《金奁集》，题云："温庭筠飞卿撰。"这是《花间集》以后的又一部唐五代词的选集，虽然题作温飞卿撰，其实温飞卿的词只有六十二首，其馀都是韦庄、欧阳炯、张泌等人的词，多数已见于《花间集》。显然，这是一部投机牟利的出版物，东抄西袭，托名于温飞卿的。但是在这部词集的卷尾，却有张志和的《渔父》十五首，其中没有一首是附见于李德裕文集中的。据清末词家曹元忠、朱孝臧的研究，认为这十五首词本该题作"和张志和渔父"，历代传钞，被不学无术的人删去了一个"和"字，于是误传为张志和的作品。又因全书题作"温飞卿撰"，又好像这十五首是温飞卿和张志和的作品。

《宝庆会稽续志》中有宋高宗赵构作的十五首《和渔父词》，有小序云："绍兴元年七月十日，余至会稽，因览黄庭坚所书张志和《渔父》词十五首，戏同其韵，赐辛永宗。"原来高宗在会稽看到黄庭坚写的张志和《渔父》词十五首，一时高兴，和韵作了十五首，写了一本给辛永宗。后人就从辛永宗家藏的高宗手迹抄录下来，编入《会稽续志》。宋高宗的十五首《和渔父词》的用韵次第，完全和《金奁集》中所有十五首一样，由此可知黄庭坚所写的，也正是这十五首。既然黄庭坚也以为这十五首《渔父》词的作者是张志和，而《金奁集》这部书的出现也正在黄庭坚的时代，由此我们可以推测，这十五首词早已迷失了作者的姓名，在北宋初期已被误认为张志和的作品。《金奁集》的编者也以为这是张志和所作，或者以为是温飞卿的和作。这样看来，决不可能是《金奁集》的传钞本被妄人删去了一个"和"字。

南宋中期有一位藏书家陈振孙，曾收集张志和的《渔歌》及其有关文献，编成一部《玄真子〈渔歌〉碑传集录》。他在《直斋书录解题》中记录道："玄真子《渔歌》，世止传诵其'西塞山前'一章而已。余尝得其一时唱和诸贤之辞各五章，及南卓、柳宗元所赋，通为若干章。因以颜鲁公碑述、《唐书》本传，以至近世用其词入乐府者，集为一编，以备吴兴故事。"由此文可知在南宋中期，张志和的五首《渔歌》，只有第一首广泛地流传着，其馀四首，几乎无人得见。陈振孙收集到的"一时唱和诸贤之辞"，想必就是颜真卿、陆鸿渐等四人之词二十首。但陈振孙没有列举人名及篇数，我们就无法肯定。陈振孙还收集到柳宗元和南卓的和作，那么也应当有十首。《金奁集》中的十五首，到底是哪三家的和作呢？现在也无法知道。颜真卿、柳宗元的诗集中都没有《渔歌》和作，陆鸿渐、南卓等人，都没有诗文集留传至今。总计和者六人，应当有三十首，而现在只有失去了主名的十五首，还不能不感谢《金奁集》编者。

《渔歌》在《金奁集》中已改名为《渔父》，并注明属黄钟宫，可见它已成为词调名。但苏东坡还无法唱张志和的词，他于是加几个字，用《浣溪沙》的曲调来唱。其小序云："玄真子《渔父》词极清丽，恨其曲度不传。加数语，以《浣溪沙》歌之。"词云：

　　　　西塞山边白鹭飞。　散花洲外片帆微，桃花流水鳜鱼肥。　　　　自庇
一身青箬笠，相随到处绿蓑衣。　斜风细雨不须归。

一九八四年十月七日补入

44

年轻时读唐宋名家诗，遇到好处，不觉拍案叫绝。与同学朋友们谈起，也常常有人表示同感。我一向以为既然大家都同样地欣赏这首诗，对于这首诗的了解一定也是彼此一样。当时还没有用详细分析的方法来讲解唐宋诗的出版物，有的只是注明典故的选本。编者批注了某一首诗好，我也以为好，就以为编者对这首诗的了解和我契合了。

近年来，在单行选本或期刊上看到许多唐诗的分析讲解，才常常发现许多人对诗的理解和我不一样。尽管对某一首诗，我们双方都以为好，可是好的理由却很不相同。

李冶，字季兰，是开元、天宝至大历年间一位风流放诞的女道士、女诗人。高仲武在《中兴间气集》中选了她六首诗，还有一段评论云：

> 士有百行，女惟四德，季兰则不然也。形气既雄，诗意亦荡，自鲍照以下，罕有其伦。尝与诸贤集乌程开元寺，河间刘长卿有阴重之疾，乃谓之曰："山气日夕佳。"长卿对曰："众鸟欣有托。"举座大笑，论者两美之。如"远水浮仙棹，寒星伴使车"，盖五言之佳境也。上仿班姬则不足，下比韩英则有馀。不以迟暮，亦一俊姬也。

高仲武在这一段短短的介绍中告诉我们，李季兰的形象性格像个男子，而诗意却很放荡，无所顾忌。接着高仲武记录了她和刘长卿的一次对答，这是一个当时传为雅谑的故事。但这个故事的实质却十分不雅，因此有些刻本的《中兴间气集》中没有这一段。接下去，高仲武摘出了她的一联最著名的诗句，从而给她下了定评。

刘长卿、李季兰这一番对话，恐怕已有些人看不懂，不知为什么"举座大笑"。我只得用来译成一段白话文的《笑林广记》。原来刘长卿生的"阴重之疾"，中医称为"疝气"，俗名"小肠气"。病象是肠子下垂使肾囊胀大。这是中年男子的病，患者经常要用布兜托起肾囊，才可以减少痛楚。李季兰知道刘长卿有这种病，所以吟了一句陶渊明的诗："山气日夕佳。"（《饮酒诗二十首》之五）这山气是借作疝气的谐音，意思是问刘的疝气病近来好些没有？刘长卿立刻也用一句陶渊明的诗来回答："众鸟欣有托。"（《读山海经诗十三首》之一）这个"托"字借作"托"字，而这个"鸟"字就是黑旋风李逵常用的"鸟"字了。

这个故事反映了唐代诗人的浪漫精神，男女之间谈笑谐谑，毫无顾忌。李季兰的风流放诞，也从这个故事中充分表现了出来。她的诗现在只存十六首，但是没有一首不是好诗。最为人传诵的就是高仲武摘句的一首：

寄校书七兄

无事乌程县，差池岁月馀。

不知芸阁吏，寂寞竟何如？

远水浮仙棹，寒星伴使车。

因过大雷岸，莫忘几行书。

讲解这首诗，应当先说明情况。题目所谓"校书七兄"，是作者的兄长，排行第七，官为校书郎。作者耽搁在家乡乌程县（今浙江湖州）已一年多了，遥念她的七兄，因而寄一封信去问候。这位七兄，大约出使在外，因此作者叮嘱他，在行旅之时，不要忘记给她来一封信。

唐代诗人作送别怀人的诗，大多是一开头就用一句说自己，一句说对方；或者用一联说自己，一联说对方。这首诗第一联是作者自述：住在乌程县里，虽然没有什么事，却已差不多有一年多了。差池，就是参差。《诗经·邶风》："燕燕于飞，差池其羽。"但唐代人用参差或差池，往往作"几乎"或"差不多"解。后代人不了解唐人用词语的习惯，就把这句改为"蹉跎岁月馀"。从《唐诗品汇》到《唐诗别裁》都已改作"蹉跎",现在依古本《中兴间气集》改正了①。

第二联"不知芸阁吏,寂寞竟何如",这是问询校书七兄的话。古人藏书之处多种芸草,书页中也往往夹着晒干的芸草,因为芸草能辟蠹鱼。校书郎是在宫中藏书处工作的,故称之为芸阁吏。这三个字就代替了一个"你"字,这一联的意义只是说:"不知道你近来寂寞到怎样?"

第三联果然是特异的佳句。一句说船,一句说车。这船又是使者的船,车也是使者的车。何以见得一定是使者的船?因为"远水浮仙棹"是暗用汉代博望侯张骞奉使乘槎探索河源的故事。至于使者的车,那么"使车"这个词语早见于《左传》,不妨直接用上。但是,为什么要说"寒星伴使车",而不说"明月伴使车"呢?这里又是暗用了一个关于使者的典故。根据汉人的传说,天上有一种使星,地上皇帝派使者到什么地方去,天上的使星就向那个地方移动。《后汉书·李郃传》记了这样的故事:据说汉和帝分别派遣许多使者到各州县去微服察访,汉中小吏李郃懂得天文,他望见有二座使星在向益州移动,因而他就预知朝廷派使者来了。由于这个典故,后世的文学修词,就把使者称为"星使"。现在,李季兰又把"星使"二字拆开,描写使者的车在地上行进,天上的使星也伴着同行。这一联二句,从文字表面看都是写景,描写校书七兄出使在外乘船坐车的旅况。无论什么人都知道这二句写得好,不必注出典故,大家都能同意是"五言之佳境"。但对于能知道这一联中所使用的典故的读者,这一联之所以为好,体会就更深一层了。

刘宋时诗人鲍照,旅行过大雷口(在今安徽省望江县),把沿途所见山水风景写了一封信给他的妹妹鲍令晖。这是一篇著名的散文,收在《文选》中,题作《登大雷岸与妹书》。李季兰运用这个故事,写了这首诗的结句。文字表面是说:你如果经过大雷岸,不要忘了写几行信给我。但是,读者应当了解,她的校书七兄,并不真的会经过大雷岸。这两句诗,实在只有下句的作用,即希望他有信来。上句的作用,只是表明她和校书七兄的关系是兄妹。唐汝询在《唐诗解》中解释此句云:"倘出使而理棹驱车,因得经大雷之泽,幸无忘裁书寄我。"这样讲便把上一句讲死了。吴昌祺在《删订唐诗解》中给他纠正,加了一个眉批道:"此借鲍书以见为兄妹,非真过大雷也。"但是吴昌祺另外又加了一个眉批道:"诗极清丽,但不知校书

---

① 其实"蹉跎"与"差池"是古今字。"差"字加了一个"足"旁,"池"字换成"足"旁,"也"与"它"是同一个字的异体写法。

228

果为其兄否,亦千秋之玷也。"吴昌祺能了解李季兰运用典故的方法,但又怀疑校书七兄未必真是她的兄长,甚至怀疑这位校书七兄是她的情人,因而认为李季兰作此诗是一个永久的污点。这就反映了吴昌祺的道学气。他评论唐诗,在艺术性方面,常常表现得比唐汝询高明,但对于唐诗思想内容的解说,却有不少封建气、道学气乃至迂儒气。他既知道李季兰此诗用大雷岸的典故,目的是为了点明兄妹关系,为什么还要怀疑他们到底是否兄妹呢? 李季兰作诗寄情人,何必一定要讳言是兄妹? 唐代的女道士、女校书,有点像是日本的艺妓。她们的生活,主要是在筵席上给主客侍酒,歌舞弹唱,以娱嘉宾。有文才的,便也参加诗酒唱和。李季兰那样的风流放诞,也还是公开的,并不下流淫滥。她也有寄情人的诗,如送阎伯钧赴剡县诗,结句也不过说:"归来重相访,莫学阮郎迷。"这又有什么不可告人之处,而必须假装是兄妹呢?

李季兰这首诗之所以能获得极高的评价,因为它是一首完整无瑕的标准唐律。论文字,明白易解,雅俗共赏;论音韵,声调格律,毫无缺点;论结构,第一联说自己,第二联说七兄,第三联又说七兄,第四联归结到自己。凡是赠别怀人的诗,唐代诗人通用这种结构,而李季兰这一首可以作为合格的代表。

第三联、第四联的运用典故,更显出李季兰诗才之高。第三联是暗用典故,从文字上看不出其中隐藏着典故。这种例子在唐诗中很多,有许多注释家常常忽视失注。但多读几遍,一般读者还是能了解诗意的。第四联是虚用典故,大雷岸与诗意毫无关系,但如果不用这个地名,则诗题中的一个兄字就没有着落。作者既然虚用,读者就切忌实讲。

近来看到一篇对此诗的分析鉴赏,作者概括此诗内容云:"可知此人其时当在自乌程赴任所沿江而上的途中。"这样说来,第一联也成为校书七兄的事。他沿江而上去赴任所,就与奉使无关,第三联用星使的典故就落空了。作者指定这位校书七兄也要经过大雷岸,并且要他摹仿鲍照,寄一封信给他的妹妹。于是这首诗的结句便坐实了。一首圆活隐秀的好诗,如此赏鉴,所得到的恐怕只有禅家所谓"干矢橛"了。

一九七九年十一月十日

45

刘长卿,字文房,河间(今河北献县)人。少时读书嵩山中,后移家鄱阳(今江西),开元二十一年(公元七三三年)进士及第。至德中,自监察御史出为转运使判官。为鄂岳观察使吴仲孺诬告犯赃罪,系姑苏狱久之,贬为潘州南巴(今广东茂名县东)尉。因有人为之辩白,量移睦州司马。官终于随州(今湖北随县)刺史,故其诗文集名为《刘随州集》。

刘长卿进士及第时比王维仅迟了三年,他应当属于盛唐诗人。但他诗名著闻于上元、宝应年代以后,因此文学史上把他列为中唐诗人。其实在中唐诗人中,他是前辈了。他的诗也属于王、孟一派,五言诗最著名,也最为自负,曾自以为"五言长城",即是无人能超越的意思。

现在选讲他的三首五言诗:两首五言四韵律诗,一首五言十韵律诗,即元明时人所谓排律。

馀干旅舍

摇落暮天迥, 青枫霜叶稀。

孤城向水闭, 独鸟背人飞。

渡口月初上, 邻家渔未归。

乡心正欲绝, 何处捣寒衣。

馀干是江西省的一个县,他住在馀干旅馆中作此诗。起联说明时候是暮秋傍晚。天空非常幽远,秋风摇落,青枫树上经霜的树叶已很稀少。第二联写眼前景

色。水滨的孤城已闭了城门，孤独的鸟正在背人飞去。孤城、独鸟，从写景中透露自己的孤独。第三联仍是写景。此时渡头已升起了明月，旅舍旁边渔家的人还在捕鱼，没有归来。尾联点出了主题：在这秋暮孤独的情景中，怀乡之情正要达到极度；然而非但没有什么东西来安慰此心，反而听到不知什么地方有捣洗衣服的砧杵声，使我的乡心更加沉重。这一联结句写得非常凝炼。我们必须补充许多话，才能解释清楚。而这些补充的话，都是从"正欲"二字中体会得来的。

这首诗似乎很平淡，可是音调和修辞都很工稳，为当时传诵之作。我们看张籍的一首诗，即可知受刘长卿的影响：

宿江上馆

楚泽南渡口，夜深来客稀。

月明见潮上，江静觉鸥飞。

旅望今已远，此行殊未归。

离家久无信，又听捣征衣。

这首诗是次刘长卿韵而作，但题下未标明"次韵"。全诗的用意、修词、结构，简直逐句摹仿刘长卿，我们不能不说张籍偷窃了刘长卿的诗，同时也可以想到皎然《诗式》有"三偷"之说：皎然以为偷语、偷意，罪无可逭；偷势则不妨任其漏网。张籍此诗，三偷俱全，可为盛名之玷。而宋元以来，竟无人议及。大约此一窃案，还是我首先发觉。

穆陵关北逢人归渔阳

逢君穆陵路，匹马向桑乾。

楚国苍山古，幽州白日寒。

城池百战后，耆旧几家残。

处处蓬蒿遍，归人掩泪看。

　　穆陵关在今湖北省麻城县北，渔阳即今河北省的蓟县。桑乾水即今之永定河，蓟县在永定河北。这首诗大约作于安史之乱平定以后。安禄山从渔阳起兵，攻入关中。败退后渔阳人民都离乡背井地逃难，现在回老家去。刘长卿在穆陵关北遇到一个回渔阳去的人，便写了这首诗。这首诗不是赠行送别的诗，故没有送行的语气。这个人也不是刘长卿的朋友，故没有表达与此人有交情的语气。它只是描写一个乱后回家的人的观感。

　　第一联用直叙法点明题目。在穆陵关路上，碰到你单身匹马回渔阳去。第二联上句照应第一联上句。这里是古代楚国，现在惟有青苍的山还是古物。你去的地方是古代幽州之地，淡白无光的太阳也很寒冷。第三联写从穆陵关到幽州，一路上的城池都已因屡次战争而残破了。耆老大户，不知还有几家留存。尾联上句结束第三联的二句，下句结束题意。到处都是蓬蒿野草，你这个乱后归乡的人，恐怕只得擦着眼泪一路看去。

　　以上刘长卿五言律行旅诗两首，中间两联全是平列的写景，诗的内容未免贫弱。当时还不以为病，中、晚唐以后，诗人渐渐考究到律诗中二联的情景虚实。到宋人作律诗，便以这种句法为一种缺点了。

负谴后登干越亭作

天南愁望绝，亭上柳条新。

落日独归鸟，孤舟何处人。

生涯投岭徼，世业陷胡尘。

江入千峰暮，花连百越春。

秦台怜白首，楚水怨青萍。

草色迷征路，莺声傍逐臣。

独醒翻取笑，直道不容身。

得罪风霜苦，全生天地仁。

青山数行泪，沧海一穷鳞。

牢落机心尽，空怜鸥鸟亲。

这首诗是刘长卿得罪降官以后，游了干越亭有些感伤，乃作此诗。干越亭是馀干城外一处名胜。刘长卿另有一诗，题云：《初贬南巴，至鄱阳，题李嘉祐江亭》，还有一首《初闻贬谪，续喜量移，登干越亭赠郑校书》。这三首诗可能是同时所作。从此可以揣测，他得到贬官的处分以后，就回到鄱阳，旅居于馀干。此时朝中有人为他辩冤，才得恩许量移。"量移"是唐宋二代的政治名词，意思是酌量移至较近处，这是对谪降官的从轻处置。刘长卿降为南巴尉，到南巴后不久，即奉敕到苏州去重新推问他的罪案。问题弄清楚后，量移为睦州司马。

诗的第一、二联点明题目，兼写自己如落日中的独归之鸟，在此地孤舟旅泊，不知要到怎样一个荒远的地方去。以下四联，一联抒情，一联写景。最后四联，正面吐露自己的感伤。篇法极为整齐。

登上亭子，看见柳条新绿，正是春二三月的时候。亭在山上，远望天南，是自己即将赴任的南巴，不免忧愁至极。看到在落日中孤飞的归林之鸟，不禁想起我这个孤舟南去的人，将到一个什么地方。我今后的生活，即将投身岭外；回顾老家的产业，此刻还沦陷在胡虏的战尘中。接下去说：江水流入千山万山的暮色中，花一路盛开，与南越的春色相连。如今对镜自照，可怜已有星星白发；感怀遭遇，却像屈原一样，无罪被放，行吟泽畔，怨青萍白芷之香消叶萎。再遥望南方，草色青青，将迷失我的旅路；听听树上莺啼宛转，却不是对一个有闲情逸志的人在歌唱，而是在一个被放逐的小臣身旁歌唱。因而它们的啼声，只能使人悲哀。到此为止，一共四联八句，都是上联抒情，下联写景。写景也不用纯客观手法，每句都有一二字表达作者的心情。

律诗的中间两联，一般作者都用一联写景、一联抒情的方法，这就是宋元诗家所谓虚实相生法：写景是实句，抒情是虚句。但南宋时，有一个诗人周伯弼，编了一部《三体唐诗》，选录七绝、七律、五律三种诗体的唐诗，以发挥他的虚实论。对于绝句，他分为虚起实接和实起虚接两种格式。对于五、七言律诗，他分为四虚、四实、前虚后实、前实后虚四种格式。所谓四虚、四实，指的是律诗的中间两联四句。他以为一首律诗，以四实为上，四虚为中，虚实各半为下。这部书是针对其时江湖诗人的空虚浮滑而作，在当时颇有影响，到后世则颇有异议。刘长卿的《馀干旅舍》，就是符合于他的四实论的。他认为这种创作方法，是唐律之上品，但近代诗家却以虚实各半为上。

在四句中间分虚实，专为四韵八句的律诗而言，作长篇律诗就不适用了。长篇律诗,唐人以韵数标题:八韵、十韵、十二韵、二十韵、四十韵,甚至百韵以上。高楝编《唐诗品汇》,给这一类的长篇律诗题了一个总名,称为"排律",以便于分类。这个名称,至今沿用。排律仍然要注意四句一绝的规格,无论写景或抒情,都必须以四句为一个段落。排律四句,等于四韵律诗的一联二句。试看杜甫的排律,无论转韵或转意,总是四句一转,没有二句一转的。刘长卿此诗是排律,却以二句为一个段落。一联实,一联虚,而且还重迭一次,这种句法也是极少见的。

最后四联八句,叙述负谴后的感伤,照应题目的前半。他的被贬谪,是由于被人诬告。而被人诬告,是由于得罪了贵人。他说:在人世间,我自以为是个众醉独醒的人,谁知却反而被人诽笑;我凭直道做人,却不能容身于官僚群中。因而得罪受尽风霜之苦,幸而还能保全生命,不能不感谢天地的仁慈。现在对此青山不禁下泪,感念身世,正如大海中一条无路可走的鱼。平时待人接物用尽心机,结果还是一个不谐于世的失败者,只有鸥鸟对我还有些亲近的感情。这里的"机心"二字,不是贬义字面,不过是说平时小心翼翼地接待人物。刘长卿另有一首《送路少府》诗的结句云:"谁念沧洲吏,忘机鸥鸟前。"又,韩翃有一句"机尽独亲沙上鸟"(《寄雍丘窦明府》),诗意皆同。

这首诗字句都很明显,容易了解。惟有"天地仁"是比喻用法,指的是皇帝的仁心。"秦台怜白首"一句,因"秦台"词语的意义不定,故有不同的理解。唐汝询在《唐诗解》中讲这两句诗云:"昔尝以御史居秦台,尚悲登庸之晚;今以逐臣趋楚泽,能不采萍而怨乎?"这是把"秦台"讲作朝廷的御史台。"登庸"即登用,这个名词出于《尚书》。官做到宰相执政,才可称为登庸。刘长卿做过监察御史,是谏议官,非执政官。谏议官的公署称为台,分东台、西台。执政官的公署称为省,在宣政殿东廊的是门下省,西廊的是中书省,宰相议事的政事堂在中书省。唐汝询以为刘长卿作监察御史时年岁已老,故诗云:"秦台悲白首。"吴山民在《唐诗正声评醉》中也在此句下注云:"长卿曾为御史。"他们都以"秦台"为御史的代词。唐、吴二人都是我的同乡先贤,都是明朝人,但不知谁早些。到了清初,又有一位同乡吴昌祺,作《删订唐诗解》。他对唐氏的讲法有怀疑,在书眉上批了一句:"'秦台'句疑文房必有老亲。唐解参。"他把"秦台"解作长安,把"白首"解作指老亲。他以为此句是作者悲念在长安的老亲,但他还不敢肯定自己的讲法,故在前面加一个"疑"字,而在后面再表示不推翻唐氏的讲法,可以备参考。"台"字可以指朝廷所在之地。曹魏以邺郡为京都,当时称为"邺台"。北宋以汴梁(今开封)为京都,当时称为"汴台"。唐都长安,在秦中,故可以称为"秦台"。

以上两种解释,都有可疑之处。刘长卿作监察御史,估计不会在安史之乱以后。当时他至多不会过四十岁,似乎还不会"悲白首"。再说,全诗都是抒写目前的情绪,中间忽然插一句回想做监察御史时"悲登庸之晚",从思想过程上推考,也是不很可能的。同样,全诗对老家的忆念,只用"世业陷胡尘"一句。如果还怀念到老亲,一定会把"老亲"和"世业"并为一联,而决不会隔了一段写景,忽然又想起了老亲。这里"秦台"、"楚泽"两句,显然是叙述自身的事,可知"白首"必然是指自己,而不是指老亲。

关键还是在于"秦台"两字,到底应当作何解释?刘长卿另有一首诗,是在至德三载(公元七五八年)摄海盐县令时《寄上浙西节度使李侍郎中丞行营》的诗,也是一首五言长律。李侍郎大约是提拔刘长卿的人。全诗上半叙述安史之乱,后半叙述自己的遭遇,其中有一段云:

> 昔忝登龙首, 能伤困骥鸣。
> 艰难悲伏剑, 提握喜悬衡。
> 巴曲谁堪听, 秦台自有情。
> 遂令辞短褐, 仍欲请长缨。
> 久客田园废, 初官印绶轻。
> 榛芜上国路, 苔藓北山楹。

大意说:成进士后,仍然是一个困骥,没有得志。后来幸喜得到你的提拔。我的那些下里巴人的诗歌,无人赏识,只有你对我很有感情。因此,你使我得以释褐入仕。可是,刚才做官,却逢到安禄山作乱,于是去请缨参军。离家多年,只做了一个江南小官。遥望长安,已是一路榛芜,自己的家屋,也已长满了苔藓。

这一节诗中,也用"秦台",显然是指浙西节度使李中丞的。中丞即御史中丞,正是台官。根据这一用法,似乎可以肯定"秦台怜白首"这一句,是说朝廷中有执法御史哀怜我年老。但是杜甫有一首诗,题目是《赠裴南部》,题下自注云:"闻袁判官自来,欲有按问。"这是一首五言六韵律诗,其中有两句道:"梁狱书因上,秦台镜欲临。"显然也是与官吏下狱之事有关。此处的"秦台"之下加了一个"镜"字,当然是指铜镜了。铜镜创始于秦代,故文学中常称秦镜。古人用铜镜都放在一个镜架上,称为镜台。故"秦台镜"也可以说就是秦镜,这并不是没有依据的猜测。梁昭明太子萧统有一篇《锦带书》，其中有一句云："萍叶飘风，影乱秦台之镜。"这里的"秦台"，绝无御史台的含义。"秦台之镜"，干脆就是一个"镜"字的繁文。但是，诗文中用"秦镜"，通常也比喻"明察秋毫"的意思。杜甫诗"秦台镜欲临"，并不是说有一面镜子要来临，而是说御史台中派一位公正清明的官员来审问案情了。这样讲，可见杜甫是把御史台和镜台两个意义混合用了，这又和萧统的"秦台之镜"取义不同。刘长卿诗中的两个"秦台"，一个是指御史台（"秦台自有情"）；一个是指镜台，也就是镜子。"秦台怜白首"，应解作对镜自照，可怜已是头发白了。刘长卿有一首《峡石遇雨》诗，其中两句云："方寸抱秦镜，声名传楚材。"也以秦楚为对偶。上句意思是说自己心地清白，方寸是心的代词。另有一首《赴南巴书情寄友人》诗，有句云："直道天何在，愁容镜亦怜。"这两句又见于《罪所留系寄张十四》。可见这一诗意，刘长卿曾屡次写到。"秦台怜白首"就是"愁容镜亦怜"。

对于刘长卿这首诗，历代的好评都集中在"得罪风霜苦，全生天地仁"一联。因为上文既叙述了负谴后的冤屈情绪，又自己说明了得罪是由于"独醒"和"直道"，但在饱历风霜之苦的时候，还感激宽仁的"天地"，保全了他的生命。"天地"显然是指皇帝，"天地仁"实即"君恩"的代用词。他虽然因冤狱而受风霜之苦，还不敢抱怨皇帝，可以说是很忠诚的了。高仲武在《中兴间气集》中论刘长卿，就举出他这两句诗，评云："可谓伤而不怨，亦足以发挥风雅矣。"方虚谷在《瀛奎律髓》中说这两句是全诗中"尤佳"者。吴山民在《唐诗正声评释》中评云："语意温厚。"又说："诗多凄怆之旨，毕竟心灵冲逸，归宿安闲，怨悱不乱，《小雅》之伦矣。"沈德潜《唐诗别裁》评此两句云："归美君恩，风人之旨。"这些论点，都是根据于儒家的诗教理论，读古典诗歌，不可不熟悉"诗教"的意义。

孔子曾说过：

> 入其国，其教可知也。其为人也，温柔敦厚，诗教也。疏通知远，书教也。广博易良，乐教也。洁静精微，易教也。恭俭庄敬，礼教也。属辞比事，春秋教也。故诗之失愚，书之失诬，乐之失奢，易之失贼，礼之失烦，春秋之失乱。其为人也，温柔敦厚而不愚，则深于诗者也。疏通知远而不诬，则深于书者也。广博易良而不奢，则深于乐者也。洁静精微而不贼，则深于易者也。恭俭庄敬而不烦，则深于礼者也。属辞比事而不乱，则深于春秋者也。（《礼记·经解》）

这是孔子论六经的教育作用。到一个地方，看到这地方人民的思想行为的各种表现，就可以知道他们受了哪一部经典的教育影响。但这种教育作用也有缺点，如果人们能避免这种缺点，那才是真正接受了这部经典著作的影响。一部《诗经》，是六经中的文学书，"诗教"就是文学教育。这个地方的人民性格温柔敦厚，就可知他们受到良好的诗教。但温柔敦厚的人往往有一个缺点：愚。因为一味温柔敦厚的人，容易成为不辨是非的老好人，这就是愚笨了。既温柔敦厚而又并不愚笨，这就可知他们是深于诗教了。

为什么《诗经》这部书能教育人民，使他们的思想、行为都温柔敦厚呢？因为《国风》里的诗都是"好色而不淫"，《小雅》里的诗都是"怨悱而不乱"，《国风》是各地人民的抒情诗。其中有歌咏男女爱情的，但没有淫诗。《小雅》是士大夫作的讽谕诗，有指摘政治得失废兴的诗，但并不流于暴乱。不淫不乱，就是温柔敦厚的基本条件。男女关系，可以自由恋爱，但不许越礼私奔，越礼就是淫。对于政治，可以诉怨，可以诽议，但矛头只能对准宰相大臣以下的官吏，不能对准皇帝。对准了皇帝，就是鼓动造反，就是乱。儒家把淫与乱作为两个极限，以维护封建统治阶级的礼法与政权，所以把温柔敦厚作为文艺的教育目标。

一切文艺作品的思想内容，符合温柔敦厚这个标准的就受到赞扬，否则就会受到严厉的批判。许多人对刘长卿这两句诗的评价，都是继承了这个传统而肯定它们体现了温柔敦厚的态度。在封建社会中，士大夫阶层的文人所能写出来的最进步的文学作品，仅仅是暴露政治、社会的黑暗面的作品，例如白居易的《秦中吟》之类。要求他们写鼓动革命的作品，这是不可能的，因为诗教的压力十分强大。倒是在民间文学中，有时还出现过一些大胆的歌谣或小说。但是，像《水浒传》那样的公然提出"替天行道"的革命口号，明目张胆地要夺取政权的也还是不多。而且即使是《水浒传》，最后还得把宋江写成一个接受招安的投降派，可见小说的作者还不能不顾到诗教的压力。

孔子虽然以温柔敦厚为文学作品的教育作用，但他并不反对革命。他知道无原则的温柔敦厚会导致愚忠愚孝，所以他立即提出一个"愚"字。对暴君苛政也温柔敦厚、驯如绵羊的人民，他认为是愚民。孟子说："闻诛独夫纣矣，未闻弑君也。"由此可知儒家并不以诗教来反对革命。革命非但不违背诗教，反而是"深于诗"者，这是以孔、孟为代表的早期的儒家观点。到了宋代，以程、朱为代表的儒家，就绝口不提孔子的这个"愚"字。从此以后，温柔敦厚的诗教遂成为对付革命思想的麻醉剂。

刘长卿是被诬为贪污而降官的事情弄清楚之后，仍得起用。他写诗感谢"天地仁"，也在情理之中。他和皇帝没有矛盾，怨悱的对象不是皇帝，本来不会得"乱"，而明清以来这些诗评家都用温柔敦厚来阐发他这两句诗，我以为全不适合，全是废话。

刘长卿诗的风格近于韦应物，仍是王、孟一派。语文功夫是清淡、工稳，篇章结构是自然流利，但是思想内容却与韦应物不同。第一是诗意没有韦应物的丰富多变。高仲武评刘长卿云："诗体虽不新奇，甚能炼饰。大抵十首以上，语意稍同，于落句尤甚，思锐才窄也。"（《中兴间气集》）这是指出他常常把同一个观念，重复地用在诗中，而在结句中尤多。刘长卿有诗九卷，三百多首，果然有许多诗意近似的句子。诗的结句，也往往意境相同。不过他的这一缺点，我以为并不是由于"思锐才窄"，而是恰恰相反，由于诗思不能多方变化，与其说是"思锐"，还不如说是"思俭"。不过说他"十首以上，语意稍同"，未免夸张，刘长卿的诗思还不至于如此贫乏。

不过也应看到，人的思想活动，各人都有自己的方法；人的意识，也各人都有一个区域。到了一定的年龄，这个方法和区域会得固定下来。作诗太多的诗人，往往会有许多雷同或类似的辞句，这就表明他不能超越自己的意识区域，也不能改变他自己的思想方法。高仲武偶然从刘长卿的诗中发现了这一情况，但这个情况并非单独存在于刘长卿的诗中。如果仔细阅读每一位诗人的全部作品，同样的情况肯定也可以发现，差别仅在于多些或少些。陆放翁的诗有一万多首，我曾摘出他许多重复的诗句，全句相同的就有几十句，意同而文字稍有改换者有一百多处。在一万多首诗中，有这些情况，似乎不能说放翁"思锐才窄"或"思俭"。因此，我以为语意稍同，不能算是刘长卿诗的缺点。

刘长卿与韦应物诗的思想内容，其第二点不同之处是两人性格不同的表现。韦应物自从改任文官之后，表现在诗里的是一个闲静淡泊的人，他的世界观比较消极。刘长卿是一个刚正不阿、负责任事的人，他的世界观非常积极。他的政治生活，屡经蹉跌，但他始终明辨是非，直道而行。被诬蔑，被降谪，虽然不免牢骚满腹、怨气冲天，但他并不后悔，并不变节。他的传记资料很简单，生平不甚可知。高仲武说："长卿有吏干，刚而犯上，两遭迁谪，皆自取之。"可见他是个坚持真理，不怕得罪上司的人。现有的传记资料中，只说他任转运使判官的时候，得罪了他的上司鄂岳观察使吴仲孺。吴仲孺诬告他贪赃二十万贯，因而贬谪为南巴尉。吴仲孺是郭子仪的女婿，是个极有权势的人，这就可知刘长卿的刚了。这件事大约是第二次迁谪。其第一次迁谪的情况，无可查考。刘长卿诗中，充分地反映了他对当时的政治和权贵的"怨悱"，颇有自比于屈原的情绪，这也是韦应物诗中所没有的。

一九七八年十月二十日

温泉行

出身天宝今年几，顽钝如锤命如纸。

作官不了却来归，还是杜陵一男子。（韵一）

北风惨惨投温泉，忽忆先皇游幸年。

身骑厩马引天仗，直入华清列御前。

玉林瑶雪满寒山，上升玄阁游绛烟。

平明羽卫朝万国，车马合沓溢四廛。

蒙恩每浴华池水，扈猎不蹂渭北田。

朝廷无事共欢燕，美人丝管从九天。（韵二）

一朝铸鼎降龙驭，小臣髯绝不得去。

今来萧瑟万井空，唯见苍山起烟雾。（韵三）

可怜蹭蹬失风波，仰天大叫无奈何。

弊裘羸马冻欲死，赖遇主人杯酒多。（韵四）

逢杨开府

少事武皇帝，无赖恃恩私。

身作里中横，家藏亡命儿。

朝持樗蒲局，暮窃东邻姬。

司隶不敢捕，立在白玉墀。

骊山风雪夜，长杨羽猎时。

一字都不识，饮酒肆顽痴。

武皇升仙去，憔悴被人欺。

读书事已晚，把笔学题诗。

两府始收迹，南宫谬见推。

非才果不容，出守抚惸嫠。

忽逢杨开府，论旧涕俱垂。

坐客何由识，惟有故人知。

在玄宗天宝年间，王维、孟浩然、高适、岑参的诗名鼎盛①。他们的诗流传于众口，许多青年诗人都效学他们的风格。这时，玄宗左右，有一个十五六岁的卫士，每当玄宗和贵妃出宫游乐的时候，他总是骑着御厩里的骏马，走在仪仗队的前列，气概非凡。这个青年卫士，不读书，不识字，只会横行乡里，做种种违法乱纪的事，倚仗他的官职和地位，使司隶校尉也对他无可奈何。就是这个青年卫士，经过安史之乱，大约一二十年以后，却成为继承王、孟、高、岑的一位大诗人，在文学史上成为一个突出的事例。这位诗人，便是韦应物。

韦应物的生平不甚可知，连他的字也不见于记载，编《唐诗纪事》的计有功从《宰相世系表》中查出了韦应物的家世，又从韦应物的诗题中考出了他的历任官职，凑合了一篇小传，大约已差不多了。他以为韦应物最后的官职是苏州刺史，罢任后，即寓居在苏州永定佛寺。但其生卒年份，还无从知道。刘禹锡文集中有一篇《除苏州举韦中丞应物自代状》，作于大和六年。其时刘禹锡为诸道盐铁转运使，因为改官苏州刺史，上表推荐太仆少卿兼御史中丞韦应物接任他的江淮留后官职。宋人沈作喆根据这篇文章，以为韦应物在任苏州刺史后，还做过盐铁转运使、江淮留后。他写了一篇《韦应物传》，把这一官职也写了进去。但是他自己也有点怀疑。因为根据这个履历推

---

① 这时，孟浩然已下世。

算,韦应物的年龄非九十多岁不可。所以在这篇传记的末尾,也提出了这个疑问。但到元朝时,辛文房作《唐才子传》,在韦应物传中干脆肯定了韦应物在"出为苏州刺史"以后,还在"大和中,以太仆少卿兼御史中丞为诸道盐铁转运使、江淮留后,罢居永定。"这篇传记,曾使许多人沿袭其错误。其实刘禹锡所推荐的韦应物是另外一个同名的人。诗人韦应物的官位是左司郎中,所以当时人称之为韦左司。这个时代略后的韦应物是御史中丞,所以刘禹锡的表文称之为韦中丞。白居易在谪官江州时,有信给他的好朋友元稹,竭力称赏韦应物的诗。说到韦应物在世时,人家还不很重视他的诗。可见白居易谪居江州时,韦应物已经逝世,而刘禹锡上表推荐韦中丞,还在此事十年以后。这就可以证明韦中丞不是诗人韦应物了。宋人叶梦得、胡元任、姚宽,清人钱大昕,近人余嘉锡,都有关于韦应物生平的讨论,可以参考。

从韦应物的诗里,可知他在天宝年间,才只十五六岁就充任"三卫"的卫士[1],完全是个使气任侠、桀骜不驯的青年。安史乱后,他才读书,学做诗。永泰元年,任洛阳尉,作诗渐多,此时已三十多岁。任苏州刺史时,已六十多岁。从大历到贞元,是他作诗的全盛时期。现在我们可以读到的有《韦苏州集》十卷。

韦应物的诗,古诗、律诗以清淡闲适著名。古诗继承陶潜的风格。五言律诗继承王维、孟浩然的风格。歌行继承岑参、高适的风格。现在选讲他的两首古诗,一首七言,一首五言,题材内容相同,都是他的自叙。

第一首《温泉行》是他在安史之乱以后,极其潦倒的时候,到温泉附近一个朋友家去作客,感慨过去的盛况而写的诗。《温泉行》是一个新乐府题目,虽然可以列入乐府诗一类,但事实上已不是乐府,因为并不谱入曲调。它和李白的《梦游天姥吟留别》、杜甫的"三吏"、"三别"等作品,一般都称为"歌行"。乐府诗的范畴小,歌行的范畴大。乐府诗都是歌行体,歌行并不都是乐府。

这首诗的体式是七言歌行,仍是四句一绝的结构,转韵三次。第一韵四句,大意说自从天宝年中开始担任官职以来,至今已好几年。自己知道性格顽钝得像锤子一样,命运薄得像纸一样,官没有做好,却回了老家,仍然是一个居住在杜陵的普通人。"出身"是一个政治名词,指一个人进入仕宦的最初资格。

韦应物最早的公职是卫士,他的出身就是三卫郎。以进士及第的资格进入仕

---

[1] 三卫是禁卫军。唐制以亲卫、勋卫、翊卫为三卫,各分左右卫。

宦的,就是进士出身。"不了",是不好的意思,这个"了"字是唐宋人俗语。我们现在也还说"这件事干不了",就是做不好。姓韦和姓杜的,都住在长安城南的杜陵,是两个大家族,也是官僚世家,当时有一句谚语:"城南韦杜,去天尺五。"意思是说,城南韦、杜两家人都和皇帝很接近。"天"指皇帝,"尺五",言其距离很近。三卫的卫士,大多从六品以下官的子弟中选拔充任,韦应物,也像杜甫一样,虽然穷困潦倒,门第还是清高的。"年几"即"几年","来归"即"归来"。

第二韵十二句,三绝。第一绝的大意是,在北风惨惨的天气来到温泉,忽然想起了玄宗皇帝游幸温泉的那几年。当时我总是骑着御厩里挑选出来的骏马,率引着仪仗队,一直走进华清宫,侍立在皇帝跟前。第二绝说:当时是十月寒天,满山尽是冰枝雪地,一路走上山顶的朝玄阁,仿佛在红色的烟雾中游览。次日天明,我们都拥卫着皇帝,接受万国使臣的朝见。此时车马喧阗,挤满了四面的街市。卫士亦称羽林军,故用"羽卫"。第三绝说自己也蒙受到皇帝的恩惠,常常在华清池中洗浴。在扈从皇帝出去狩猎的时候,绝不蹂躏渭北农民的田地。那时的朝廷,太平无事,君臣都兴高采烈地一同宴会,还有奏乐的美女也随从在九天之上。"九天",指皇帝所在的高楼杰阁。这十二句描绘了天宝年间,玄宗和贵妃每年十月中游幸温泉的繁华情景。《旧唐书·玄宗本纪》记载着有关此诗的几件事。天宝四载,册太真妃杨氏为贵妃。是年十月丁酉,幸温泉宫,以后每年十月,都到温泉宫去住一个月。天宝六载,改温泉宫为华清宫。七载十二月,玄元皇帝见于华清宫之朝玄阁,乃改为降圣阁。韦应物这首诗,称华清宫、华清池,又称玄阁,可知他所回忆的是天宝六载或七载之事。韦应物对于他这一段历史,是念念不忘的。他另有一首诗《酬郑户曹骊山感怀》,也描写他扈从华清宫的情况。

以下转入第三韵,四句。大意说:玄宗皇帝一朝仙去,小臣们不得跟从,流落在人间。今天重到温泉,所见的惟有烟雾中的青山。从前的万家市井,都已空无所有,只剩一片萧条的景象。"铸鼎"二句,是用黄帝乘龙升天的典故。据说黄帝在荆山(在今河南阌乡)下铸鼎,鼎成,其地陷为湖。湖中出龙,黄帝乘龙仙去。群臣争攀龙髯,髯断,群臣堕地,不得随帝升天。事见《史记·封禅书》。后世文学中即以喻帝王之死。

第四韵一绝叙述自己的潦倒以作结束:可怜我现在蹭蹬失势,如蛟龙之失去风波,纵使仰天大叫,也毫无办法。穿的是敝裘,骑的是瘦马,差一点要冻死。幸而碰到一位好客的主人,以丰盛的酒肴款待我,才得免于饥寒。

第二首是五言古诗,二十四句,一韵到底。五言古诗,不太长的,一般都不转韵。这首诗是因为遇到了一位知道他少年时情况的老朋友,因而慨念当年的浪漫生活,写下了这首诗。这位老朋友姓杨,却没有记下他的名字。开府是官名"开府仪同三司"的简称,等级是从一品。但只是文职散官的虚衔,并非真正做过从一品的职事官。如果这位姓杨的朋友,确实做过从一品的高官,就得称他的职衔,而不称此官衔了。

这首诗的结构篇法,仍是四句一绝。前面三绝总叙自己:年少时服事明皇,倚仗皇帝的恩私,成为一个无赖子弟。本人是里巷中横行不法的人,家里窝藏的都是些亡命之徒。早晨就捧着赌具和人家赌博,夜里还去和东邻的姑娘偷情。司隶校尉看见我,不敢逮捕,因为我天天在皇帝的白玉阶前站班。骊山上的风雪之夜,侍卫皇帝在长杨宫打猎的时候,我是一个字都不识,只会饮酒放浪的青年。我是顽钝和痴呆,什么也不懂得的。唐代诗人常用汉武帝来指玄宗,故称武皇帝。横字读去声,是蛮横不法的人。"樗蒲"是一种赌博。"局"是一块木板,例如棋盘也可以称为棋局。长杨宫是汉武帝狩猎的地方,这里是借用。司隶校尉相当于首都公安局长。

以下二绝说自从玄宗皇帝死后,失去了靠山,落魄得被人欺侮;再要改行读书,这件事已经太晚了,只好抓起笔来学做诗。做诗有了些成就,居然被两府所收留,也被南宫官所推许,选拔我去任文官。但是,毕竟我的才干不够,京朝中不能容留我,就把我派出去做安抚孤儿寡妇的地方官。"两府"大约是指吏部和兵部,"南宫"指中书舍人。韦应物作卫士时是武职,属于兵部。卫士应选的资格是六品以下官的子孙,年在十八岁以下,做卫士满十年,就可以简试。文理高超者送吏部,授以文职。中书舍人是掌管文武官员考绩的最高官员。韦应物由武职转为文职后,其历官是洛阳丞,京兆府功曹,鄠县令,栎阳令,比部员外郎,滁州刺史,江州刺史,苏州刺史。丞与功曹,都是辅佐官,不是长官。县令和刺史,才有抚育百姓的职责。此诗用"出守"二字,这个"守"字如果是一般用法,则可以假定此诗作于任鄠县或栎阳令时。如果是特定的用法,则应当说此诗作于任刺史时。因为唐代的州,相当于汉代的郡。郡的长官称太守,故汉人以出京去做太守为"出守"。唐人也沿用这个名词,以出去做刺史为"出守"。

最后一绝是结束语。大概是在一个宴会上遇到杨开府,彼此谈起旧事,不胜感慨。满座的客人都不会知道这些事,现在能知道的只有老朋友了。

这两首诗是韦应物的自传,他对自己少年时期的浪漫生活,非但并不后悔,反而不胜留恋,因此描写得非常生动,诗的风格很有李白的气息。但他在改任文官以后,性格却大有改变,据李肇《国史补》的记载,说他"为性高洁,鲜食寡欲,所居焚香扫地而坐"。他的许多五言律诗,都充分反映了他的生活和思想的恬退闲静。可见他的一生,后半和前半,判若两人。这也许是社会现实、生活经验和文学修养给他的影响。

一九七八年十月二十五日

47

初发扬子寄元大校书

凄凄去亲爱，泛泛入烟雾。

归棹洛阳人，残钟广陵树。

今朝此为别，何处还相遇？

世事波上舟，沿洄安得住。

寄全椒山中道士

今朝郡斋冷，忽念山中客。

涧底束荆薪，归来煮白石。

欲持一瓢酒，远慰风雨夕。

落叶满空山，何处寻行迹？

淮上喜会梁州故人

江汉曾为客，相逢每醉还。

浮云一别后，流水十年间。

欢笑情如旧，萧疏鬓已斑。

何因不归去？淮上有秋山。

这三首韦应物的诗，写在一处，乍看时，很像都是五言律诗。如果读一遍，辨辨音节，就知道前两首是五言古诗，末一首才是五言律诗。不过这两首五言古诗，完全采取律诗的篇法句法，同样是四韵八句，不过用的是仄声韵；同样有两联对句，不过次序小有移动；同样把四联分为起承转合。因此，也有人以为这是仄韵的律诗。不过，再研究研究，如果说它们是律诗，尽管用了仄声韵，平仄还得粘缀，第一、三、五、七句，应该都以平声字收尾，上下句中间的平仄也该协调，而这两首诗都不具备这个条件，所以，归根结蒂还是古诗。

第一首是作者从扬子津①乘船回洛阳时，向一位朋友告别。这位朋友姓元，排行老大，官职是校书郎，故称元大校书。按韦应物诗集中提到过不少姓元的，有元侍御、元仓曹、元六昆季、元伟、元锡、元常，还有弹琴的元老师、吹笛子的元昌。韦应物的哥哥住在广陵，韦家与元氏是姻亲，元家也住在广陵。韦应物有一首《滁州园池宴元氏亲属》，诗中有一句道："竹亭列广筵，一展私姻礼。"可以从而揣测这些情况。还有一首"送元锡、杨凌"的诗，其一联云："况别亲与爱，欢筵慊未足"，和此诗首句同。这位元校书，可能就是元锡。

第一联就点明和亲爱的朋友凄然分别，泛船在江天烟雾中。第二联接着说泛船者是归洛阳去的人，怀念的是广陵城的钟声树影。广陵就是扬州。第三联说今天彼此分别，不知将来还能在何处相遇？最后一联因离情别绪而引起感伤：人世间的事情也正像江上的船，跟着水淌去，永远飘浮无定。

第二首是因为怀念一个全椒山中的道士，因而寄一首诗去。全椒是滁州的一个属县，这首诗大约是韦应物做滁州刺史时作的。所以第一联说：今天我的郡斋里很冷，忽然想起住在山里的道士。如果作散文，接下去就该说明"冷"与"忽念"的关系，但韦应物作的是诗，这一关系留给读者自己去体会。第二联描写他想念的那个道士此时的生活情况：在山坳里砍了些木柴，捆束起来，挑回去煮饭。饭是什么呢？是白石子。古代曾有一个成了仙人的道士，住在山中煮白石子当饭米吃。后来就用这个典故，形容修道者的清寒生活。第三联说明自己的想念之情：在这风雨之夜，很想带一瓢酒，老远的到你那里去慰问你。可是，第四联说：在寂寞的空山中，满地都是落叶，叫我到何处去寻觅你的踪迹呢？

第三首是在滁州时，遇见一个梁州的老朋友，喜而作诗。唐代的梁州，即今陕西南郑县，在汉水的上游。故第一联追忆自己在江汉一带作客时认识了这位老友，每次相逢，总是喝醉了才回家。第二联说：人的行迹像浮云之无定，自从分别以后，时光像流水一样，转眼十年。第三联说：如今在淮河上又遇到了，虽然我们俩欢笑之情，依然和十年前一样，可是两人的头发都已稀疏而花白了。第四联是假设的问答句法：是什么原因，你不回梁州去呢？哦，大概是因为淮上秋山，风景秀美，使你舍不得回家吧！

———————

① 扬子津在江苏仪征县东南，是江淮联运转输处，唐时设扬子县。

这三首诗,文字浅显,绝无费人思索的词句,思想过程,层次分明,极为自然。译成散文,也是一篇散文诗。它们代表了韦应物全部五言诗的风格。历代以来,文学批评家都把这种风格用一个"淡"字来概括,或曰古淡,或曰雅淡,或曰闲淡。总之是表示文字和思想内容的质直素朴:文字不加雕琢,思想没有隐晦。

这一种风格的诗,创始者是陶渊明。梁代的钟嵘作《诗品》,品评汉魏以下许多诗人的作品,他对陶渊明的诗评论道:"文体省静,殆无长语,笃意真古,辞兴婉惬,每观其文,想其人德,世叹其质直。"大意是说陶渊明的文体简净,没有多馀的话。一意求真、求古,文辞和兴趣都和婉惬当,我每次读他的诗,总会想到他的人格。一般人都叹赏他的素朴。

陶渊明身后,非但没有人继承他的诗风,反而盛行了极其浓艳庸俗的宫体诗。直要到初唐的陈子昂、张九龄,才有意用陶渊明的风格来肃清宫体诗的流毒,跟着就出现了王维、孟浩然、储光羲诸人,使当时的五言诗趋向于清淡一派,成为盛唐诗的一个特征。

韦应物受王、孟的影响极大,他跟着走这条创作道路,但是后来居上。他是越过了王、孟而直接继承陶渊明的,我们应当注意,为什么钟嵘说:他每次读陶渊明的诗,总会想到他的人格。可见诗的风格,并不仅是艺术表现手法的成果,还有作者的性格在内。王、孟等人,只学到了陶渊明的艺术表现手法,他们的性格却远没有陶渊明的冲和旷达。他们的五言诗,多数是具有陶诗的态度仪表,而缺乏陶诗的精神。韦应物诗所反映的是一个品德极为高尚的人格。他淡于名利,对世情看得很透彻,不积极,但也不消极。他的生活态度是任其自然,他的待人接物是和平诚恳。这些性格,都可以从他的诗中感觉到。他的文学风格,主要是产生于性格的流露,其次才是艺术手法的高妙。一个"身作里中横"的无赖少年,到中年以后,却一变而为淡泊高洁的诗人,韦应物一生的思想过程,可见是非常突出的。

也像陶渊明和杜甫一样,韦应物的诗,在当时却并不被重视。我们说韦应物的诗高于王、孟,但在当时,王、孟的名气还是高于韦应物。白居易在《与元九书》中,曾提到过韦应物。他说:"近岁韦苏州歌行,才丽之外,颇近兴讽。其五言诗又高雅闲淡,自成一家之体。今之秉笔者,谁能及之?然当苏州在时,人亦未甚爱重,必待身后,然后人贵之。"可知韦应物诗的评价,是在他死后才逐渐高起来的。

在选讲的三首诗中,第二首《寄全椒山中道士》是最著名的作品。宋元以来,许多人都赞赏这首诗。对于"落叶满空山,何处寻行迹"这两句,几乎公认为奇特之笔。洪迈说："结尾两句，非复语言思索可到。"（《容斋随笔》）沈德潜也说这两句是"化工笔，与渊明'采菊东篱下，悠然见南山'，妙处不关语言意思。"（《唐诗别裁》）这两个评语的观点是相同的，都以为这两句出人意外，一般人想不到，但又觉得很自然，不像是苦心思索出来的。全诗八句，都是叙述自己，但其效果却都是描写这位山中道士的隐居修道生活。结尾两句，更点明了这位道士隐居之深。

苏东坡极喜欢韦应物的诗，他有两首诗刻意摹仿韦应物。其一首是在惠州时，读了韦应物这首《寄全椒山中道士》，就用原韵和了一首，寄给罗浮山中的邓道士：

> 一杯罗浮春，远饷采薇客。
> 遥知独酌罢，醉卧松下石。
> 幽人不可见，清啸闻月夕。
> 聊戏庵中人，空飞本无迹。

这首诗用很大的气力来摹拟韦应物诗格，但是得到的评论却不佳。洪迈说，东坡天才，出语惊世，他的和陶渊明诗，可以和陶渊明并驾齐驱，但是和韦应物这首诗，却是比不上。洪迈没有指出，为什么比不上。清人施补华的《岘佣说诗》作了解释："《寄全椒山中道士》一作，东坡刻意学之，而终不似。盖东坡用力，韦公不用力；东坡尚意，韦公不尚意，微妙之诣也。"这个分析，可以认为是中肯的。所谓用力、不用力，尚意、不尚意，实在就是自然和不自然，东坡诗中用"遥知"、"醉卧"、"不可见"、"本无迹"这些词语，都是竭力用描写手法来表现邓道士。这种句法，韦应物却不屑用。即此一端，东坡已是失败了。

一九七八年十月二十日

48

钱起，字仲文，吴兴（今浙江湖州）人，年轻时在家乡已有诗名。天宝九载，住在京口（今江苏镇江）旅馆中，一个月夜，听得有人在院子里吟诗，走来走去地吟着两句："曲终人不见，江上数峰青。"钱起就走到院子里，一看没有人，觉得很奇怪，但这两句诗却一直记省着。明年，到长安去参加礼部考试。试题是《湘灵鼓瑟》，钱起就用这两句诗为结尾。主试官李晤看了他的考卷，非常赞美这个结句，以为"必有神助"。于是录取了他，名次很高。从此钱起以进士成名，从校书郎开始，官至尚书考功郎中。他这首诗成为唐代三百年间省试诗中的著名作品：

> 善鼓云和瑟，常闻帝子灵。
>
> 冯夷徒自舞，楚客不堪听。
>
> 苦调凄金石，清音入杳冥。
>
> 苍梧来怨慕，白芷动芳馨。
>
> 流水传湘浦，悲风过洞庭。
>
> 曲终人不见，江上数峰青。

在唐代，各地品德、文学都好的士子，经过地方长官的访查考核，由县报名给州，由本州长官提名推荐到中央。这时这个士子就称为"乡贡进士"。乡贡进士还不是进士，只是由本乡贡献给朝廷，已取得参加进士考试的资格。

乡贡进士聚集在长安，参加礼部主持的考试。考上榜的就成进士，一日之间名扬全国。考不上榜的,永远是个乡贡进士。考上的称为及第,或曰登第。考不上的称为落第,或曰下第。乡贡进士每年有几百人到一二千人,进士及第的每年最多不过二三十人。礼部属于尚书省,故进士考试称为"省试",又称为"礼部试"。每一届考试,都任命一位文学和品德都有威望的大官为主试官。这个官职是临时性的,称为"知贡举"。

省试的考试项目,主要是诗赋。一篇律赋,一首律诗。赋用八韵,诗限作五言六韵。题目或用古事,或用时事;或用三字四字成语,或用一句五言古诗。应试者可任意取题目中一字为韵,也有由试官指定题目中某一字为韵的。一般都用平声韵。天宝十年的省试诗题是《湘灵鼓瑟》。这是屈原《远游》篇中的句子:"使湘灵鼓瑟兮,令海若舞冯夷。"古代神话相传,尧帝的两个女儿,一个名叫娥皇,一个名叫女英,都嫁给舜帝做妃子。舜帝南巡,死于苍梧(今梧州),二妃不久也悲伤而死于湘江之滨。她们死后成为湘水之神,故称为湘灵。灵就是神。湘灵常常在月夜弹琴鼓瑟,声调悲凄,感动旅客。屈原作《九歌》,也采用这个神话,有《湘君》、《湘夫人》各一首,就是湘灵。

省试诗不是诗人自己一时发兴,为抒情述志而作的。题目既由试官指定,题材就受了限制。作诗的目的是博得试官中意,榜上有名。一生的命运,全靠这一首诗。所以诗的思想内容,不能犯政治错误。因此,凡是省试诗,绝大多数都用赋体,而不用比兴。钱起这首诗也只是运用丰富的想象力,从一个听者的角度描写湘水女神的鼓瑟。

现在把全诗释译成散文:常常听说湘水之神善于弹奏云和瑟,而黄河之神只会跳舞①,楚地的人都不忍听她的哀音。这种悲苦的曲调使无情的金石都感到凄凉,清怨的声音一直传入太空。这种音乐也使苍梧山都感动得如怨如慕,使水边的白芷花也迸发出芳香。这种声音随着流水和悲风,传过湘江,吹过洞庭湖,直到曲终声寂。可是却看不见鼓瑟的人,所看见的只有湘水上的几座青山。

此诗第一联,以叙述句起始。第二联接着说瑟调的悲哀,也是叙述句。第三、四联是正面的描写,四个句子都是形容声音的悲哀。第五联虽然仍是描写,但已经在转向结句。用一个"传"字,一个"过"字,透露出曲终的意味。尾联两句再点

---

① 云和是产瑟的地名,冯夷是黄河之神。但屈原诗云:"令海若舞冯夷。"海若是北海之神,冯夷又似乎是舞名。此事从来没有人弄清楚。

明题目:鼓瑟的是湘灵。全诗只是形容湘水女神鼓瑟的哀音,没有别的含义。所以说它纯用赋体,一点没有比兴作用。省试诗都是这样的作品,能做到对偶工稳,辞句切题,声调嘹亮,文字华美,就算是佳作了。钱起这首诗的结句,设想得很巧妙,描写湘灵,能引起读者的幻想:在青山绿水之间,仿佛见到一个刚放下云和瑟,悠然远去的神女形象。这一联使全诗生动得有余味可寻。无怪主试官大为赞赏,以为有"神助"。可见它已远远超出一般省试诗的水平,因而成为名作。在传诵多年之后,爱好编造神话故事的小说家,从主试官的"神助"之说,得到了启发,就造出了镇江旅馆中的故事。

作诗得佳句,被称为有"神助",这也是一个文学典故。刘宋诗人谢灵运有一个族弟谢惠连,诗才亦高。谢灵运每次遇到惠连,常常会获得佳句。有一次,他做诗觅句,恍忽看见了惠连,就得到"池塘生春草,园柳变鸣禽"这一联名句。他说此句有神助,不是我自己做得出来的(见《诗品》)。

一九三五年,美学家朱光潜忽然也欣赏钱起这两句诗,写了一篇《说"曲终人不见,江上数峰青"》,把它们作为文艺作品中表现静穆境界的例子,用以阐发他的艺术哲学观点。鲁迅读了此文,不以为然,就在他的《"题未定"草》中提出了驳议。我们现在不想评论他们两人的论点,不过引用这一件事来说明钱起这两句诗,到现在还有影响。

钱起是中唐时期最著名的诗人。他和郎士元齐名,称为"钱郎"。高仲武编《中兴间气集》,卷上第一人就是钱起;卷下第一人就是郎士元,可见当时的口碑,以此两人为诗坛领袖。此外还有卢纶、吉中孚、韩翃、耿沣、司空曙、苗发、崔峒、夏侯审、李端等九人,和钱起合称"大历十才子",因为他们都是活跃于大历年间的诗人。刘长卿、郎士元、韦应物不在十才子之列,可能是他们得名较早,或年齿较长。

高仲武称钱起的诗"体格新奇,理致清淡"。又说:"右丞没后,员外为雄。芟齐宋之浮游,削梁陈之靡嫚。迥然独立,莫之与群。"高仲武编定《中兴间气集》是在大历末年,其时钱起官为考功员外郎,故称之为员外。王维死后,钱起为诗坛雄长,这大约代表了当时的公论,从此也可知钱起是以清新的五言诗继承王维的传统。《湘灵鼓瑟》这首诗,虽然著名,却不为当时选家所重视。从《中兴间气集》到《才调集》这几部唐人选的诗集,都没有选入《湘灵鼓瑟》。这是由于六韵的省试诗不算正式的诗,所以各种选本里都不收省试诗。除此以外,这首诗尽管结句很好,前八句的描写却很不够变化。作者费力地堆砌了许多同义字:苦、凄、清、怨、悲,无非是要表达声音的悲哀，这种句法都是很单调的。在钱起的全部诗作中，这首诗不是代表作。但在唐代的省试诗中，它却是杰出的作品。

《全唐诗》收陈季、王邕、庄若讷、魏璀四人所作《湘灵鼓瑟》。他们与钱起同榜及第，诗也幸存着。相较之下，看来确实不如钱起的空灵。今抄录陈季一首：

> 神女泛瑶瑟，古祠严野亭。
> 楚云来泱漭，湘水助清泠。
> 妙指征幽契，繁声入杳冥。
> 一弹新月白，数曲暮山青。
> 调苦荆人怨，时遥帝子灵。
> 遗音如可赏，试奏为君听。

这是四首中最好的一首，设想也和钱起相近。"一弹新月白，数曲暮山青"，也可以算作佳句。但钱起以这一诗意用作结句，配上"曲终人不见"，便觉空灵有馀韵。陈季此诗的结句，却离开了上文，另立一意，勉强凑合一联作结。正如沈佺期的《奉和晦日昆明池应制》诗，被上官婉儿评为"词气已竭"，其缺点完全相同。

一九七八年十月三十一日

49

　　韩翃,字君平,南阳人,天宝十三载(公元七二五年)进士。在淄青节度使侯希逸幕府中为从事,罢职后闲居十年。以后在永平军节度使李勉幕府中,郁郁不得意。但诗名日著,为"大历十才子"之一。德宗即位后,知制诰缺人,中书省提名两次,德宗都不批准。只好请旨,应该让谁做这个官。德宗批道:"与韩翃。"当时另有一个江淮刺史韩翃,中书省不知德宗的意思是要哪一个,便把两个韩翃的名单一起进呈。德宗便批道:"'春城无处不飞花'韩翃。"于是就任命诗人韩翃为驾部郎中知制诰,以后又升任中书舍人。大历十才子中,官位以韩翃为最高,而他之所以能做到中书舍人,却由于他的诗获得皇帝的欣赏。

　　高仲武《中兴间气集》评韩翃的诗:"兴致繁富,一篇一咏,朝士珍之。"又说:"比兴深于刘长卿,筋节成于皇甫冉。"这是说韩翃的诗意较为深隐,风格较为矫健。韩翃诗今存五卷,总的看来,这个评语也还合适。具体地说,韩翃的五、七言律诗,中间二联佳句很多,确在刘长卿之上。但现在我们只选讲他三首七言绝句。

寒食

春城无处不飞花,寒食东风御柳斜。
日暮汉宫传蜡烛,轻烟散入五侯家。

　　此诗就是德宗皇帝欣赏之作,大约当时万口传诵,连皇帝也记住了。要了解这首诗,必须先了解古代的寒食节,而寒食节又与古人用火的生活情况有关。每年从冬至节后一百零四日,就开始寒食节。寒食节一共三日,过了寒食节,就是清明节。从寒食节第一天起,到清明节后三日,共七日,在唐朝是假期。这几天里,无论官民,都举行郊游宴会娱乐,故唐诗中提到寒食、清明的很多。寒食节三日是禁火的日子,在这三日中不准用火,饮食都是前几天准备好的熟食。因为这三日中吃的都是冷餐,故名寒食节。关中人又名为熟食节。因为禁止烟火,故又名禁烟节。

古代没有火柴,人民取火很不容易,最原始的方法是钻木取火。春天钻榆、柳,夏天钻枣、杏、桑、柘,秋天钻柞、楢,冬天钻槐、檀。一直到唐宋,都是如此。用铁刀、艾绒,击石取火,方便得多,但这是宋元以后的事,恐怕是从西域传来的方法。因为取火不易,一般人家每天都留火种。留火种的方法是把烧红的木炭或炭结埋在草灰里,便可以随时用纸拈(江南人称纸煤头)点火。这个火种,继续不断地保持一年,到寒食节,便完全熄灭不用,因为人们认为这个火种已失去了热量,称之为旧火,或曰宿火。到清明节,再钻木取火,称为改火,这火就是新火。为什么寒食节要延长到三日? 为什么不在第二日就取新火呢? 这是为了便于检查人民是否遵守法令,连续三日不见炊烟,才可以知道这人家确是熄灭了旧火。这种风俗由来已古,据说在商周时代已有这样的法令。周朝有一个官职,名曰司爟氏,是主持火禁的官,与主持水利的官同样重要。但传到后世,不知其来源,山西人就以为是纪念介之推的节日。

寒食、清明,在唐朝是个大节日。清明日,宫中宴请百官,吃的还是冷餐。到傍晚,宴会散了,就取当日钻得的新火,燃点蜡烛,赐给贵戚近臣,这叫作"赐新火"。这个制度,到北宋时还沿用着。南宋以后,用燧石敲火,已很普遍,就淘汰了禁烟改火的风俗习惯。因而后世人都不很懂得了。

韩翃这首诗,应当从第二句讲起。在寒食节,东风把御苑中的杨柳吹得歪歪斜斜,使得城中到处都飞舞着杨花。为什么说这个"花"字是指"杨花"? 理由是:(一)第二句有"柳"字,可知是杨柳的花,这两句才有关系。第二句是因,第一句是果。(二)唐诗中用"飞花",多半是指杨花。或用"飞絮",是指柳絮,柳絮即是杨花。如果指别种花朵,一般都用"落花"。如果一定要用"飞"字,下面都避免"花"字,而改用"飞英"之类的字。(三)贾岛有诗云:"晴风吹柳絮,新火起厨烟。"(残句,见《艺文类聚》)陈与义诗云:"飞絮春犹冷,离家食更寒。"(《道中寒食》)胡仔诗云:"飞絮落花春向晚,疾风甚雨暮生寒。"(见《苕溪渔隐丛话后集》卷三十四)可见唐宋诗人咏寒食、清明的诗,经常提到满天飞舞的杨花。

　　还有一个问题:杨柳到处都有,为什么要专提"御柳",难道城中飞舞的都是宫苑里的杨花吗? 对这个疑问,可以有两个解释:(一)唐朝宫中杨柳最多,唐代诗人关于宫廷的诗,往往写到杨柳。贾至《早朝》诗云:"千条弱柳垂青琐。"岑参的和诗也说:"柳拂旌旗露未乾。"杜甫《晚出左掖》诗有云:"退朝花底散,归院柳边迷。"都可以为证。(二)"用御柳",就可以和第三句的"汉宫"互相照应,使这首诗的前半首和后半首有密切的关系。

　　第三句的"日暮",是指寒食节第三日的傍晚。寒食节总在三月初。开元七年颁布的历日,以三月九日为寒食节。那么,清明应该是三月十二日。"汉宫"就是"唐宫",当日下午,内侍们把用新火点燃的蜡烛分送给贵戚大臣,所以人们见到一路轻烟分散到"五侯"的家里。

　　"五侯"有三个出处,其一是西汉成帝河平年间,封王皇后的五个兄弟王谭等为列侯,当时称为"五侯",权势极盛。其二是东汉桓帝时,大将军梁冀擅权,他的儿子和叔父等五人都封为列侯,当时称为"梁氏五侯"。其三是梁冀失败后,诛灭梁冀的宦官单超等五人都封为列侯,后世亦称为"五侯"。在诗歌中用"五侯"这个典故,一般都是指最烜赫的贵族,或者是皇亲国戚,或者是皇帝最宠爱的官员。唐汝询讲这首诗,以为是讽刺肃宗、代宗时得宠弄权的宦官。吴昌祺以为作者是用王氏五侯,代表贵戚。沈德潜以为无论指哪一个"五侯",总之是指"贵近臣"。这三种讲法,沈德潜的讲法当然是较为灵活,无可非议。如果要在唐、吴两家的讲法中有所取舍,那就要考查韩翃这首诗作于什么年代。要是作于天宝年间,可以认为这是指杨贵妃一家人。贵妃的三个姐姐都封国夫人,两个堂兄国忠和铦都为大官,当时称为"五家"。要是作于大历年间,就可以认为是指擅权的宦官了。现在,我们既无法考定这首诗的写作年代,只得用沈德潜的解释。

　　唐汝询有一个评语:"时方禁烟,乃宫中传烛以分火,则先及五侯之家,为近君而多宠也。"(《唐诗解》)他以为寒食节还在禁烟,而宫中已传烛分火,可见这是五侯家享有的特权。他还引用元稹的诗句"特敕宫中许燃烛"为例证。吴昌祺则批道"清明赐火,则寒食之暮,为时近矣。"(《删订唐诗解》)这是他对唐氏提出的异议。他以为在寒食节末一天的傍晚,已经可以钻取新火,所以这并不是什么特权。这里就有了一个疑问:取新火是不是必须在清明日? 在清明日前一天的傍晚,是不是已经允许钻取新火? 这个问题,宋人葛立方早已在《韵语阳秋》中提出了:"按《辇下岁时记》云:"长安每岁清明,内园官小儿于殿前钻火,先得上进者,赐绢三匹,金碗一口。"这是明说宫中也是在清明日由管理御花园的官员的孩子在殿前树上钻火的。

杜甫《清明》诗云:"朝来断火起新烟。"又云:"家人钻火用青枫。"可知杜甫家是在清明日早晨在枫树上钻取新火的。戴叔伦《清明日》诗云:"晓厨新变火,轻柳暗飞霜。"王建《寒食》诗云:"田舍清明日,家家出火迟。"韦庄《长安清明》诗云:"内官初赐清明火,上相闲分白打钱。"从这些唐人诗句来看,可知都是在清明日早晨才开始用新火。张籍有一首《寒食内宴》诗,记寒食日宫中宴会,其情况是上午入宫,中午宴会。饮食的时候,殿前有打马球的游戏。宴会之后,还有杂技表演,到傍晚才散出。诗中有一句云:"廊下御厨分冷食。"可知当时筵席上所供都是冷食。寒食赐宴是唐代宫中的老规矩,一般是每年都举行的,可以说是一年一度的冷餐会。

但是,赐火与用火恐怕不同。用新火必须从清明日早晨开始,赐火则可以在前一日傍晚。韩愈有一首《寒食直归遇雨》诗,有句云:"惟时新赐火,向曙著朝衣。"这是记他在寒食日从宫中值班回家,被雨淋湿了衣服,幸而刚才得到赐火,可以把衣服烘干,在天明时仍可穿了去上朝。这个"曙"字,显然指清明日的黎明。由此可见,赐火是在清明日的前夕,即寒食节末一天的傍晚。

宋代沿用了唐代赐火的制度,据《迂叟诗话》说,能够获得赐火的只有"辅臣、戚里、帅臣、节察、三司使、知开封府、枢密直学士、中使"。这些高官贵族,除了新火之外,还有其他赏赐。王禹偁《清明》诗云:"昨日邻家乞新火,晓窗分与读书灯。"更可知非但赐火在前一天,即民间乞火,也在前一天傍晚。唐代情况想必亦是如此。可知"轻烟散入五侯家",并不是五侯的特权。吴昌祺的批注,大概是正确的。

赠李翼

王孙别舍拥朱轮,不羡空名乐此身。
门外碧潭春洗马,楼前红烛夜迎人。

这首七绝是赠李翼的。这个李翼,不知何许人。作者称他为"王孙",可知是皇族。"别舍"就是别墅。这位王孙不住在府第中,常住在别墅里,而这个别墅门前经常簇拥着许多达官贵人乘坐的车子。这第一句七个字已勾勒出李翼是一个纨绔公子了。第二句恭维他的奢侈淫佚的生活,说他是为了"不羡空名",而使此身得到享乐。这样一说,显得他的追求享乐是很高尚的了。第三、四句描写这位贵族公子的奢侈生活。只允许用十四个字,要概括一位贵族公子的奢侈生活,并不容易,你看作者如何处理? 他选择了两个特征:在这别舍的大门外,绿水潭中,驭夫都在洗刷马匹,可知他们的主人还在里面饮酒作乐,一时还不会回家。别舍里的楼前,还点着红烛迎接客人,可知虽在夜晚,还有宾客来参加宴饮。这两句诗说明了一个情况:朝朝取乐,夜夜追欢。

这一联是韩翃的名句,取材极好,对仗工整,能从侧面表现出富贵气象,与李翼的身份配合。北宋词人晏幾道曾偷取这两句写入他的《浣溪沙》词:"户外绿杨春系马,床前红烛夜呼卢。"但"系马"的意境就不如"洗马"的深了。

这首诗有一个缺点。第三、四句用平列的句法都是赋,因此全诗只有起、承,而无转、合。它好像只是半首七律,还该有下文,然而作者却截住了,不说下去,显得诗意没有结束。所有的选本中都不选这首诗,恐怕是这个缘故。

送客贬五溪

南过猿声一逐臣,回看秋草泪沾巾。
寒天暮雨空山里,几处蛮家是主人。

这首《送客贬五溪》倒是许多选本都收入的。客,不知何人,总不是他的亲戚朋友,故不必举出姓名及关系,只用一个"客"字。这是一种应酬作品,有人因贬官而到湘西去,作者因偶然的机会遇见了,就写一首诗赠行。作者和这个"客"既无交情,也无密切的关系,自然没有什么离情别绪可说,所以这首诗完全用描写的手法。

第一句的散文结构是:一个被放逐之臣,从猿啼声中一路南去。"逐臣"是主语,"过"是动词。"猿声"是宾语的精简,概括了李白的两句诗:"两岸猿声啼不住,轻舟已过万重山。"李白过的是巴东三峡,这个"客"过的是湘西五溪。有人说,诗句不讲语法,这是错的。诗句也有一定的语法,不过它和散文不同,为了平仄、对仗或押韵的方便,它的语法结构可以有极大程度的变易,甚至往往连动词也省掉。读诗的人,仍然应该从语法观点去推求作者的造句艺术。

第二句"回看"二字是照应上句的"过"字,这个被降谪的官员愈走愈远,深入五溪苗家所住的区域，就不免常常回头看看来路。而来路上只是一片秋草，早已望不到家乡，于是不禁泪落沾巾。下面两句说，这一段旅程尽是在寒天、暮雨和不见人迹的空山中。夜晚了，总是在苗家歇宿。"蛮"是古代汉人对少数民族的称呼。当时少数民族所住的地区，都是荒野的山区，故有"蛮荒"之称。作者设想这个"客"深入蛮荒，以蛮家为逆旅主人，是最不幸的遭遇。湘西的秋雨是整天整夜连绵不绝的，为什么作者偏说是暮雨呢？这是为了与下句挂钩，引出此"客"在暮雨中向苗家借宿的诗意。吴山民评此诗曰："一诗酸楚，为'蛮'、'主'二字挑出。"即以为此诗末句写出了贬官的酸楚之情。这是古代汉族人对少数民族的思想感情，今天我们读此诗，就不会和古人有同感了。住在兄弟民族的家里，有什么可酸楚的呢？

韩翃所作七言绝句不多，但大多是佳作。明代胡应麟最称赏韩翃的七绝，他在《诗薮》内篇中举出"青楼不闭葳蕤锁，绿水回通宛转桥"、"玉勒乍回初喷沫，金鞭欲下不成嘶"、"急管昼催平乐酒，春衣夜宿杜陵花"、"晓月暂飞千树里，秋河隔在数峰西"等五六联，以为是"全首高华明秀，而古意内含，非初非盛，直是梁陈妙语，行以唐调耳"。他又举出"柴门流水依然在，一路寒山万木中"、"寒天暮雨空山里，几处蛮家是主人"这两联，以为"自是钱、刘格，虽众所共称，非其至也"。这一段评论，反映出胡应麟所喜爱的是秾丽的句子，骨子里仍是梁陈宫体，风格却是唐诗。这种诗句之所以"非初非盛"，因为初唐则还没有唐调，盛唐则已排除宫体。而在中唐诗人，渐渐地又在唐调中纳入宫体诗的题材，成为一种秾艳的律诗。这个倾向，发展到晚唐的李商隐、温飞卿而达到了极度。至于"柴门流水"、"寒天暮雨"这样的句子，还是清淡一派，属于钱起、郎士元的家数，而且还不是其中最好的，所以胡应麟似乎不很喜欢。

一九七八年十一月二十五日

50

送中兄典邵州｜韩翃

官骑连西向楚云，朱轩出饯昼纷纷。
百城兼领安南国，双笔遥挥王左君。

一路诸侯争馆谷，洪池高会荆台曲。
玉颜送酒铜鞮歌，金管留人石头宿。

北雁初回江燕飞，南湖春暖著春衣。
湘君祠对空山掩，渔父焚香日暮归。

百事无留到官后，重门寂寂垂高柳。
零陵过赠石香溪，洞口人来饮醇酒。

登楼暮结邵阳情，万里沧波烟霭生。
他日新诗应见报，还如宣远在安城。

　　这里选的是韩翃的一首七言歌行。本来是应当连接写的，我现在把它每四句分为一段，段与段之间空出一行，这样，全诗被分为五段，每段是一首七言绝句。读者就容易看出全诗是用三首平韵绝句和两首仄韵绝句交织而成。每四句的音调，无论平韵或仄韵，都完全符合于七言绝句，而不是古诗。但这五段连起来，却是一首七言歌行，或说七言古诗（七古）。这种形式的七言歌行，其特征是以律诗的音调，用入古诗。在盛唐、中唐诗人的七言歌行中，此种作法比较多见，高适的《燕歌行》恐怕是其先例。

　　现在按照每四句一个段落的次序来讲，亦就是按照每一首绝句来讲。诗题是《送中兄典邵州》。"中兄"即仲兄，是作者的二哥。"邵州"，即今湖南省邵阳市。

"典邵州",即去邵州作刺史。做州郡的行政长官,用"典"字,汉代人称为"典郡"。去做县令、县长,该用"知"字,汉代人称为"知县事"。到了明、清两代,不用县令、县长,而改称"知县",又不用"州"、"郡",而改名为"府",于是古代的郡守、刺史,都改称为"知府"了。

韩翃是河南南阳人,他的二哥从南阳到邵州去上任,大约先向西行,沿汉水南下,渡长江,经湖北而入湖南,过长沙而抵邵州。这是从诗中所叙地理方位推想出来的。

第一段四句是一首平韵七绝。叙述他的二哥带着从人骑马出发,向西行,入湖北境。每到一城,都有乘坐朱漆车轮的地方官员为他迎送。并说邵州是个大州郡,管领着一百多个城市,还兼管着安南国。这是夸大得不合事实了。邵州本来是邵阳县,唐贞观十年,升为州。天宝元年,改为邵阳郡。乾元元年,又改为邵州。从县而州,是由于户口增多。从郡改为州,这是唐代政区名称改来改去的结果,与户口增减无关。在唐代,邵州全境东西为四百七十里,南北为三百七十六里。一共只有两个县:一个是邵阳,一个是武岗。两县的民户,在开元年间,一共只有一万八千户(据《太平寰宇记》)。邵州既没有一百个领县,更统治不到安南国。大概韩翃的地理知识很贫乏,把他的二哥吹捧得不像一个刺史,而像一个藩王了。第四句不甚可解。《唐书·百官志》云:"汉制,丞郎见二丞,呼曰左君、右君。"丞与郎,都是七、八品的小官,见到尚书左丞,就尊称为左君,见到尚书右丞,就称为右君。此句中所谓"王左君",也许是指王维;"双笔遥挥",是指他二哥能诗,不亚于王维。但王维的官职是尚书右丞,似乎应该称王右君才对。也许他的二哥擅长书法,故比之为王羲之。但王羲之的官职是右军将军,也不该用左君。我怀疑此句原文应是"右君"或"右军",否则,这个"王左君"就待考了。

第二段四句是一首仄韵七绝,设想他二哥经过湖北时的旅途情况。一路上的诸侯(即地方官)都争着供应住宿和饮食。到了洪池,有盛大宴会;到了荆台,听到美妙的歌曲。洪池,今日洪湖;荆台,即楚国的京都,即今江陵。到襄阳,有妓女给你唱《襄阳白铜鞮》(襄阳民歌),给你劝酒。在石城(今钟祥县),有人设宴张乐留你歇夜。这一绝中所提到的地方,都在今湖北省,但南北次序,并不符合地理现实。

第三段四句又是一首平韵七绝,设想他的二哥行到湖南境内的情况。南来过冬的北方大雁都回去了,江上有燕子飞了。这是春天。所以下句说南湖春暖,该换春衣了。湘君的祠庙，闭门对着空山。在傍晚，渔翁在庙里烧过香，都回家去了。湘君、渔父，都见于《楚辞》，是湖南的典故。

第四段又是仄韵七绝，设想他的二哥到邵阳后的情况。到官就职之后，公事随时办讫，一切都没有积压。官署中高柳垂荫，十分闲寂。第三句"过赠"二字不可解，恐有误字。零陵属永州，在邵阳之南三百多里。这里作者又弄错了地理方位，他的二哥到邵阳去上任，决不会过零陵的。大约他把邵阳误为祁阳了。石香溪，想必在零陵，也没有关系。第四句是说他二哥的治绩优良，使少数民族也对他有好感。在封建时代，少数民族居住的地方，每年春节或腊日，州县官都要请少数民族的头人来喝酒。他们肯来，就表示拥护。州县官以此作为自己能"安抚蛮夷"的政绩。"洞"字或写作"峒"，指少数民族聚居的山谷，现在称为"坝子"。

第五段以一首平韵七绝作结束。傍晚在酒家楼上为你饯行，从此相去万里，水有苍波，山生烟霭，使我将时时怀念邵阳，好比和邵阳结了情分。不久以后，希望你有新作的诗篇寄来，正如古代诗人谢宣远在安城时常有诗寄给他的堂弟谢灵运一样，这是已把他的二哥比为谢瞻（字宣远），而自比为谢灵运。

这首诗就内容而论，不是一首好诗。它只是一段一段堆砌着闲文，没有真挚的思想感情。但从形式上看，显然是作者有意在尝试这一种新体歌行。在作者的诗集中，还有《别汜水陈尉》、《寄雍邱窦明府》、《赠别华阴道士》等好几首七言歌行，也都是用平韵仄韵绝句交织而成。或者二平二仄，或者三平三仄，或者三平二仄，也有二仄一平的，篇幅长短不等。歌行长篇转韵，一般都是平仄交互的。平韵转仄韵，仄韵转平韵。以平声韵开始的，也以平声韵结束。以仄声韵开始的，最好亦以平声韵结尾。但作者有一首《送巴州杨使君》，以仄平仄三个绝句组合，这更是突出的尝试形式。

这种用许多绝句组成的七言歌行，向来没有人注意。高适的《燕歌行》，评讲者不少，但也似乎没有人注意到它的形式特征。因此，我选讲韩翃此诗，作为中唐诗人追求文学新形式的一个没有被发现的例子。

一九七八年十二月十日

七言律诗二首

卢纶

51

至德中途中书事却寄李偁

乱离无处不伤情，况复看碑对古城。
路绕寒山人独去，月临秋水雁空惊。
颜衰重喜归乡国，身贱多惭问姓名。
今日主人还共醉，应怜世故一儒生。

晚次鄂州

云开远见汉阳城，犹是孤帆一日程。
估客昼眠知浪静，舟人夜语觉潮生。
三湘愁鬓逢秋色，万里归心对月明。
旧业已随征战尽，更堪江上鼓鼙声。

卢纶，字允言，河中郡蒲城（今山西永济）人。天宝末，避安史之乱，流寓鄱阳。大历初，举进士不及第。由于宰相元载一向器重他，取其诗进呈，并为他推荐，因得补阌乡尉，逐渐升迁为监察御史。后因事托病辞职，回河中。其时浑瑊为河中帅，便请他为帅府判官。卢纶在朝中时，德宗皇帝也极欣赏他的诗，皇帝自己做了诗，常常令卢纶和作。纶既回河中，有一天，德宗忽然想起他，问卢纶在何处。既知其在河中帅府，便下诏召之入京。恰在此时，卢纶死了。从他的小传看来，卢纶虽然没有成进士，但他的诗常为皇帝、宰相所称赏，官运却也显赫。纶死后二十馀年，文宗皇帝也很爱读他的诗，问宰相李德裕："卢纶有多少诗作？有没有儿子？"李德裕说："卢纶有四个儿子，都成进士，在朝中任职。"文宗就派人到他家里去访求遗稿，得诗五百首。据此一事，更可知卢纶的诗，在中唐时曾传诵长久。他虽然是大历十才子之一，他的诗名却更盛于大历以后。

卢纶的诗，《全唐诗》编为五卷，大约有五百首左右，似乎并没有遗佚。诗大多是送别怀人之作,和其他大历诗人一样。因为十才子都是朋友,互相唱酬,也互相标榜,诗的题材很少接触到社会现实。现在选讲卢纶的七言律诗两首,可以作为中唐七律的典型。

第一首是在至德年间旅途中所作,寄给他的朋友李侗的。"书事"即"记事",但这首诗的内容并不记什么具体的事,只是记述他在旅途中的情绪,所以这个"事"字不可死讲,唐宋人诗题中常用"书事",几乎都和"书怀"相同。

现在我们用金圣叹的方法,把此诗分为前后解。前解四句是叙述在乱离中的飘泊生活,后解四句叙述乱平后回归家乡时的感慨。一开头就从正面说起,在乱离中,无论到哪里都是伤情的境地,何况天天在古城中看残碑断碣。下面用一联来概括这种凄凉孤独的生活:一个人在山路上曲曲折折地走去,月光照着秋水,使空中飞过的雁也饱受虚惊。上句是赋,下句是比,用雁来比喻自己。接着就转入后解。现在,虽然喜的是重返乡园,可已经是个垂老之人了。多年离开家乡,家乡的人都已不认识我,就有人来问我姓名,这一下,又感到惭愧了,因为我还是个微贱之人,没有名望,说出了名字,人家也从来没有听见过。今天幸而有东道主人款待我宴饮,想必是对我这个饱经世故的书生很有怜悯之情。从末联的诗意看来,大概作者在归家的途中,受到李侗的招待,在辞别李侗之后,又在路上寄此诗与李侗,有感恩之意。

第二首也是归乡时旅途所作。晚上,船停泊在鄂州(武昌),写了这首诗,抒写他的情绪。前解四句二联。第一联说云雾开朗的时候,可以远远望见汉阳城,既然望得见,应该是很近了,可是还需要一天的航程。武昌在长江南岸,汉阳在北岸,隔江相对,在古代的交通情况下,渡江还得费一天的时间。第二联以描写估客和舟人来反映自己的情绪:同船的商人们都安心地午睡,可知风平浪静,不用耽忧;夜间,船夫都在闲谈,可以感到潮水高涨,行船并不紧张。商人和船夫的闲适态度,和自己的归心如箭恰成对比。这种情绪,在"犹是"二字中充分表现了出来。因为到了汉阳,他就可以取陆路北上归家了。后解第一联就点明他此时此地的情绪:在三湘地区流浪了几年,已是两鬓秋霜,如今在船上独对明月,愈觉得万里外的归心急迫。然而,想到自己家乡的产业已被战争毁灭完了,即使回到故乡,也还是无家可归,更那堪江上还听到战鼓之声,似乎战争还没有结束。诗词里用"堪"字,往往就是"不堪"、"那堪"、"何堪"之意;正如"肯"字,往往就是"岂肯"、"不肯"或"肯否"之意。

在《唐诗鼓吹》中，廖文炳讲解此诗第一联云："在鄂州云开而望汉阳，固甚远矣，但以路计之，孤帆前去，不过一日之程耳。"这样讲法，完全没有体会到"犹是"二字的含义。朱东岩讲此诗前解非常精辟，现在抄录在这里：

> 通篇只写急归神理耳。卢公归心甚切，望见汉阳，恨不疾飞立到，无奈计程尚须一日，故曰"远见"，又曰"一日程"也。三、四承之，言明知再须一日，而心头眼底，不觉忽忽欲去，于是厌他"估客昼眠"，而"知浪静"。曰"浪静"，是无风可渡矣。喜他"舟人夜语"，而"觉潮生"。曰"潮生"，又似有水可行矣。总是彻夜不眠，急归情绪也。

但是他讲后解却有些迂曲，故不录取。

"舟人夜语觉潮生"句中的"潮"字，曾引起疑义。吴昌祺批道："此处无潮，岂诗人不必有据耶？"吴昌祺是松江人，生长海边，只知道潮就是海潮，因而以为武汉没有潮，怀疑诗人没有根据。其实这个"潮"字是指江潮，长江中水位高涨，船家就说是涨潮了。

卢纶这两首诗，都用赋体，没有什么比兴，也没有什么突出的诗意，在中唐诗中，也只能算是平稳之作。"估客"、"舟人"一联，是他的名句，一向获得长江旅客的称赏，因为写出了行旅生活的经验。我们现在乘轮船走长江，读这一联时就无动于衷了。

一九七九年三月十四日

女耕田行

乳燕入巢笋成竹，谁家二女种新谷？

无人无牛不及犁，持刀斫地翻作泥。

自言家贫母年老，长兄从军未娶嫂。

去年灾疫牛圈空，截绢买刀都市中。

头巾掩面畏人识，以刀代牛谁与同？

姊妹相携心正苦，不见路人唯见土。

疏通畦垅防乱苗，整顿沟塍待时雨。

日正南冈下饷归，可怜朝雉犹惊飞。

东邻西舍花发尽，共惜馀芳泪满衣。

屯田词

春来耕田遍沙碛，老稚欣欣种禾麦。

麦苗渐长天苦晴，土干确确锄不得。

新禾未熟飞蝗至，青苗食尽馀枯茎。

捕蝗归来守空屋，囊无寸帛瓶无粟。

十月移屯来向城，官教去伐南山木。

驱牛驾车入山去，霜重草枯牛冻死。

艰辛历尽谁得知？望断天南泪如雨。

戴叔伦，字幼公，润州金坛（今江苏金坛）人。贞元十六年进士，先在盐铁使刘晏幕下，后在嗣曹王李皋幕府，均被器重。迁任抚州刺史，再迁容管经略使，清明公正，民乐其治，是唐代诗人中官位较高、政绩卓著者。他的诗和政绩都为德宗皇帝所赞赏，《唐才子传》称他"诗兴悠远，每作惊人"。现在我们选讲他的两首七言歌行，可见他是能关心人民生活疾苦的。

《女耕田行》描写两个农民姊妹，家道贫困，有一个母亲，已是年老，不能劳动。有一个未娶嫂子的哥哥，已被征召去从军。有一头牛，去年生瘟病死了。现在已过春深，人家已经犁田播谷，而她们俩却无法耕种，不得已，只好在织机上割下一段绢来，到城里去买了刀。两姊妹用刀耕地，非常劳累，心头又极其痛苦。

第一句"乳燕入巢笋成竹"，是用形象思维的方法来说明季候。雏燕已经长成，住进了它们自己筑成的巢窝；笋也已经长成为竹。这就是说，在暮春的时候。以下三句是作者叙述他所见的情况：不知谁家的两个姑娘在耕田播谷；无人，意思是说没有男的劳动力；又无牛，就无法犁田，她们只得用刀在砍地，把泥土翻起来。"自言"以下六句是用二女自述的方法来说明情况，因为这不是作者能见到的。"牛囤空"，意思是说牛死了。"头巾掩面畏人识"是她们感到羞耻，除了她们俩之外，还有谁家用刀来代牛呢？"畏人识"是怕人家认识她们，所以将头巾遮掩了脸。以下八句，又用作者的叙述和描写。当作者知道了她们用刀耕地的原由之后，看到她们姊妹合力劳动，体会到她们心中的苦楚。又知道她们用头巾掩面，是为了"畏人识"，所以她们也不敢抬起头来看过路的人，只是低头看着土地。有人解释这两句，以为她们"低着头，只因有头巾遮面，所以看不见路人，只看见地面。"这样讲法，是没有注意"畏人识"三字的意味。"疏通畦垄"一联是概括她们艰苦的劳作。"日正南冈"是正午时候；"下饷"是停止田作回家吃饭。在回家的路上，看到山鸡雌雄相逐惊飞，便不禁有孤单无伴之感。又看到东邻西舍家家园子里的花都已开过，两姊妹对这些零落的残花，不胜惋惜，联想到自己的青春正在逝去，还未得到配偶，也好比残花一般的可怜。"馀芳"就是"残花"，因为上句用了"花"字，此处不宜重复，所以用"芳"字代替。在诗词的修辞技巧中，使用代字的理由，不外二种：第一是为了避免直说，改用形象思维。例如用"乌云"以代替"发"（妇女的），用"柔荑"、"春葱"以代替"手指"，用"断肠"以代替"悲哀"、"伤心"。用"沾巾"、"沾襟"以代替"哭泣"。第二就是为了避免字面与上文重复。但字面重复并非绝对的禁例，在某种情况下，有时也正需要重复。这就要随机应变了。

"朝雉惊飞"这一句，表面上看来，好像是叙述，是赋体。但事实上，作者是用了一个典故。乐府中有一个曲子，名叫《雉朝飞》，据唐人吴兢的《乐府古题要解》说：这个曲子是齐宣王时一个别号犊沐子的人所作。此人年七十而无妻，到野外去砍柴，看见山鸡雌雄相逐而飞，不觉心中悲哀，乃仰天长叹道："圣王在上，恩及草木鸟兽，而我独不获。"于是把他的悲感谱入了琴曲。后世就名此曲为《雉朝飞》。此后历代诗人作《雉朝飞》曲词，其内容都是表现男女孤独，过时不能成婚，而之所以不能成婚，是由于没有获得"圣王"之恩。这就是指政治不够清明，使人民不能获得室家之好。

懂得了《雉朝飞》这个曲子的来历，就能了解这一句诗的表现手法还是比兴。两姊妹回家去吃饭，已在午时，而作者在此句中还说是"朝雉"，可见作者是有意要联系到这个曲子的故事，所以把"雉朝飞"三字分拆开来使用，加一个"犹"字，意思是说：山鸡到正午还在惊飞，也就是象征受苦难的人民到如今还不能结婚成家。这样一讲，比兴的意义就明白了。

此诗的最后四句，显然是全诗的主题。作者看到了二女刀耕的辛苦，对她们的虚度青春，寄予同情。但是，上文十四句所表现的，尽是她们的贫困，没有人及牛的劳动力，故不得不含羞忍辱，采用了原始的刀耕火种，以维持生产。这完全是一个社会经济问题，如果要抱怨"圣王"无恩，也应该从经济角度去控诉民不聊生的原因，而作者却把观点一变，代她们表达了"共惜馀芳"的情绪，这样一来，使此诗的主题成为描写"有女怀春"，与上文描写劳动人民的悲苦辛酸极不相称。前十四句的描写，不是为了突出主题，后四句的主题，不是前十四句的自然结论。所以，我以为此诗存在着这一个很大的缺点。

为什么会出现这样的缺点？从作者的传记看，我们知道作者是一个能关心人民生活的好官。这两首诗，也证明了他有心记录人民的苦难，多少有一点向上层统治阶级反映社会现实的意图。但是他毕竟是个封建时代的知识分子，而且是个诗人，他不能在社会现实中看清楚矛盾的本质，或者说主要矛盾。以致用一大段关于人民生活艰苦的描写去烘托一个不相干的主题。这种缺点，不仅戴叔伦的作品中有，别的一些唐宋诗人的作品中也经常可以发现。但是，在杜甫、韩愈、张籍、白居易这几位大诗人的作品中，却找不到这种缺点，特别是杜甫和白居易所作反映劳动人民生活的诗篇，都是扣紧了主题思想来进行渲染描绘的。

但是，清初人贺裳在他的《载酒园诗话》中评论道："此诗语直而气婉，悲感中仍带勉励，作劳中不废礼防，真有女士之风，裨益风化。"后来沈德潜在他的《唐诗别裁》中又发挥了贺裳的论点，他批道："末二句一衬，愈见二女之苦，二女之正。"他们这样一讲，就意味着作者写两姊妹悲叹青春虚度，就是反映她们的贞洁无邪，不是淫荡妇女。这完全是一种迂腐的道学家观点。不用说唐代诗人决无这种思想，就是从诗句的文字本身去探索，也无从得出这样一个结论。许多唐诗被道学家架着礼教的眼镜来体会，往往会给以奇异的曲解，我们对于沈德潜批解的《唐诗别裁》，应当批判他这种不正确的观点。

第二首《屯田词》的结构就很完整了。屯田是唐朝的寓兵于农的制度，类似现在的生产建设兵团。《旧唐书·职官志》云："凡边防镇守，转运不给，则设屯田。"可知屯田制是在粮食运输困难或不足的边疆上，由驻守边防的兵士自力更生，开荒播种，以解决一部分粮食。由于田地是固定的，驻屯的兵士须时常换防。因此，屯田的劳动力随时在流动。这首诗开头四句写一些驻屯兵在戈壁滩上春耕种麦，老的少的都欢欢喜喜。可是等到麦苗渐长，天却不下雨，以致土地干燥得无法下锄。以下四句写种谷子的地方。庄稼没有熟，就闹了蝗灾，所有的青苗都被蝗虫吃尽，只留下满地枯茎。于是出动全体老少去驱捕蝗虫，好容易把蝗虫赶走，回到自己的屋子里，空洞洞地无衣无食。禾是谷物的总称，小米、玉米、高粱、稻都称为禾，不过此处肯定不会是水稻。以下四句叙述这些驻屯兵到了冬季，没有粮食，只好移屯到靠近城市的地方。他们应该生活得好些了，谁知又被长官派去南山中伐木。于是驾着牛车进山去，在霜重草枯的严寒气候里，牛都冻死了，人的命运可想而知。以上共十二句，四句一绝，每绝描写屯田兵士的一种艰辛的生活面。于是用两句来做结束：边疆上的驻屯军历尽种种艰辛，何人知道？仰望南天，有家而归不得，只有眼泪簌簌地如雨水一般落下。

《屯田词》也是一首边塞诗，但它和岑参、高适等盛唐诗人所作的边塞诗不同了。高、岑等人都是镇守边塞的节度使幕下的参军、记室或判官，他们所接触到的边塞生活，还是军府中统治阶级的生活，因此他们的题材不外乎宴会、送别、送主将出征或欢迎主将凯旋，偶尔带到一点兵士的生活，在诗中都是闲笔。像戴叔伦这样专题描写屯田兵士生活的，可以说是没有。开元、天宝年间，是唐代国势全盛时期，驻守边疆的文武官吏，都自信能威服戎夷，因此都是意气风发，抱乐观主义的。兵士的生活也比较丰衣足食。这些情况反映在诗里，除了思念家乡、厌倦沙碛之外，一般情绪是积极的。在戴叔伦的时候，国势衰弱，边境多事，许多地方又沦于吐蕃、回纥，驻屯在边境上的官兵，常常提心吊胆。加以府库空虚，军粮不继，不免要更多地依赖军垦。遇到旱灾蝗灾，就不能不移屯内迁。因此，中唐时期的边塞诗，都充满了愁苦之音。到晚唐时期，根本没有人作边塞诗了。

一九七九年三月二十日

53

除夜宿石头驿｜戴叔伦

旅馆谁相问，寒灯独可亲。
一年将尽夜，万里未归人。
寥落悲前事，支离笑此身。
愁颜与衰鬓，明日又逢春。

诗人作诗，如果是思想感情的自然发泄，总是先有诗，然后有题目，题目是全诗内容的概括。这首诗的题目是《除夜宿石头驿》，可知诗的内容主要是"除夜"和"夜宿"。夜宿的地点是"石头驿"，可知是在旅途中夜宿。

第一联"旅馆谁相问，寒灯独可亲"，就写明了一个孤独的旅客夜宿在旅馆中。接着用第二联"一年将尽夜，万里未归人"，补充说明这个"夜"是"除夜"，这个"人"是离家很远的人。

第三联就转到这个"人"，独宿在旅馆中，又是在大年夜。他的思想感情怎样呢？"寥落悲前事"，是说过去的一切事情，也就是种种生活遭遇，都是非常寂寞，非常失意，只会引起悲感。"支离笑此身"，是说现在这个漂泊天涯的躯体，又如此之支离可笑。上句回想过去，没有得意事可供现在愉快地回忆；下句是自怜，现在已没有壮健的躯体能忍受流浪的生活。

第四联紧紧地承接上句。"愁颜与衰鬓"，就是"此身"的"支离"形状。这样一个既忧愁又衰老的旅客，独宿在旅馆里，明日又将逢到春天，真不知今后的命运如何。"明日又逢春"这一句，有两个意义：第一，它的作用是点明题目，结束全诗。今晚是除夕，明天是新年初一，春季的第一天。写的是明日，意义却在今夕。第二，作者用了一个"又"字，有点出人意外。仔细玩味其意义，可以体会到作者的思想基础是对于"逢春"并没有多大乐观的希望。年年逢春，年年仍然在漂泊中，而到了明天，又是一年的春天了。这一句底下，作者还有许多话没有说出来，让读者去体会。这就是所谓"馀味"。

宋代诗人姜夔在他的《白石道人诗说》中曾谈到诗语以有含蓄为贵，他说：

> 诗贵含蓄。 东坡云："言有尽而意无穷者，天下之至言也。"山谷尤谨于此，清庙之瑟，一唱三叹，远矣哉。 后之学诗者，可不务乎？若句中无馀字，篇中无长语，非善之善者也。 句中有馀味，篇中有馀意，善之善者也。

可知最好的诗，必须做到句有馀味，篇有馀意，总起来说，就是不可把话说尽，要留有让读者思考的馀地。作诗者固然要达到这样一种艺术高度，读诗者也需要具备一种探索馀味、馀意的高度欣赏力。

这首诗，一向被认为是唐人五律中的著名作品。其所以著名，完全是由于颔联"一年将尽夜，万里未归人"。历代以来，到年三十还住宿在旅馆里的人，总会感伤地朗诵这两句，以为诗人已代他形象地说出了寥落支离的情绪。因此，这两句诗成为唐诗中的名句。但是，这两句诗并不是戴叔伦的创作成果，而是他偷得来的。早在二百年前，梁武帝萧衍有一首《冬歌》：

> 一年漏将尽，万里人未归。
> 君志固有在，妾躯乃无依。

王维《送丘为下第归江东》诗曰："五湖三亩宅，万里一归人。"这就是戴叔伦的赃证。梁武帝写的是一个妇女在除夕怀念她出门在外的丈夫。戴叔伦改了一个字，换了两句的结构，强调了"夜"和"人"，放在他这首诗中，就成为警句。

偷用古人现成句子，在文艺创作上并不是禁律，向来是允许偷的。一字不改的偷，也可以，只要运用得好。改换几个字，更不算"罪行"了。但是，与戴叔伦同时，有一个能作诗的和尚，法名皎然，写了一本书，叫做《诗式》。这是一部研究作诗方法的书，也算是唐代诗学理论书。他谈到诗有三种偷法：一曰偷语，就是偷取前人的句子。二曰偷意，是偷用前人的意境。三曰偷势，是偷袭前人的风格气势。他以为偷势者才巧意精，可以原宥，偷意就情不可原了，而偷语则是公行劫掠，最为钝贼，必须判罪。按照他的意见，戴叔伦作这两句诗是钝贼行为，完全要被否定的。

读唐诗的人，未必都知道诗人也能作贼。戴叔伦这两句诗，一般读者也不知道他偷用梁武帝的成句，只是就诗论诗，公认这两句写得很深刻，极能引起同情。于是，在梁武帝诗里默默无闻的句子，忽然在戴叔伦诗里发出光辉，这是点铁成金的技巧。这样偷法，恐怕不能说是"钝贼"。

但是肯定这两句诗为警句的评论家，也还有不同的看法。吴山民批道："翻古却健。"（《唐诗正声评释》）意思是说，虽然翻用古人成句，却翻得很矫健。而吴昌祺的批语却说："句警则不免于诞，犹胜'舍弟江南没'二句也。"（《删订唐诗解》）他承认这一联是警句，但以为情事虚诞。宋人笔记中曾记一件趣事，据说有人做了一首描写自己身世的诗，其中有一联道："舍弟江南没，家兄塞北亡。"有人读了，为之恻然，说："你真是太不幸了，兄弟都死于离乱。"那诗人回说："我实在没有弟兄，这是做诗罢了。"这是一个讽刺诗人虚夸的故事。吴昌祺说戴叔伦这一联不免于夸诞，但还比"舍弟江南没"好些。这个评语，我以为过火了。戴叔伦这一联，除了"万里"二字外，都是写实，岂可与无中生有的"舍弟江南没"作比较。吴昌祺这个评语是发挥唐汝询的评语。唐评云："幼公去石头不远，而曰万里未归，诗人多诬，不虚哉。"（《唐诗解》）他以为戴叔伦是金坛人，石头是指南京城，距离很近，所以用"万里未归"就是虚假不实之词。

考《全唐诗》中收戴叔伦此诗，注曰："一作石桥馆。"可知这个诗题原有问题，有过一个版本是题作《除夜宿石桥馆》的。再说，"石头"也不一定指南京城，湖北有石城，诗人们也常常称之为石头城。如此，则我们就不能肯定作者除夕所宿的旅馆，离开他的家乡并不远。以"万里"二字来代表一个"远"的概念，在诗人笔下是常用词，杜甫诗中就屡次用过，从来没有人评之为虚夸。李白诗"白发三千丈"，以"三千丈"代表一个"长"的概念。万里的旅途，是可有的，三千丈的头发，是绝对没有的，然则李白此句，岂不是更"诬"了吗？唐、吴两家评讲唐诗，常有很好的议论，但对于戴叔伦这一联忽然大肆奚落，对文学上的夸饰作用，几乎完全否定，这就未免有些迂气了。

刘勰在《文心雕龙》中特别写了一篇《夸饰》，专论文学修辞中的夸张作用，他以为用夸张的修辞手法来形容事物，可以获得"因夸以成状，沿饰而得奇"的效果。"成状"是描写得生动，"得奇"是描写得突出。但是他也说："饰穷其要，则心声锋起；夸过其理，则名实两乖。"所以应该"夸而有节，饰而不诬"，这就是夸张的限度。戴叔伦的"万里人未归"，还不能说是越过了这个限度。沈德潜对于"万里"二字也有怀疑，他作了一个新的解释，他说："应是万里归来，宿于石头驿，未及到家也。不然，石城去金坛相距几何，而云万里乎？"（《唐诗别裁》）他也肯定石头驿是南京城下，所以把"万里未归人"讲作从万里之外归来而尚未到家的人。这个讲法，似乎可通,实则还是讲不通。因为戴叔伦如果从万里之外归家,碰到除夕,船停在南京城下,那么,这一二天,他就可以到达金坛家中,他还会有这样的思想情绪吗?通读全诗,谁都可以感到这个讲法是不符合诗意的。

从汉诗到魏晋诗,从魏晋到宋齐,从宋齐到梁陈宫体,从宫体到唐诗,在形式、音调、句法、题材各个方面,每一个时代都有新的发展,形成各自的风格。但在语言文字、思想感情、表现方法上,后代的人总不免有向前代人借鉴的迹象。魏晋五言诗和乐府诗中,常常有借用汉诗成句的情况。唐代诗人的作品中,也有很多六朝诗句的影子。

王渔洋在《带经堂诗话》中曾指出:王维诗的"积水亦可极,安知沧海东"是用了谢灵运的"洪波不可极,安知大壑东",又"春草年年绿,王孙归不归"是用了庾信的"何必游春草,王孙自不归",又"结庐古城下,时登古城上"是用了何逊的"家本青山下,好登青山上",又"莫以今时宠,能忘昔日恩"是用了冯小怜的"虽蒙今日宠,犹忆昔时怜",又"飒飒秋雨中,浅浅石溜泻"是用了王融的"浅浅石溜泻,绵蛮山雨闻"。此外,还有孟浩然诗"木落雁南渡,北风江上寒"是用了鲍照的"木落江渡寒,雁还风送秋",郎士元诗"暮蝉不可听,落叶岂堪闻"是用了吴均的"落叶思纷纷,蝉声犹可闻"。以上所举王、孟、郎三家的诗,都是他们的名句,一经揭发其来历,才知道他们都是偷来的。有的全句偷用,有的略加改换,有的偷用其意。他们都在戴叔伦以前,可知戴叔伦偷取梁武帝诗句,在当时并不以为有损于创作道德。说不定当时还有许多人的诗句,都是明偷暗换得来,所以皎然要在他的《诗式》中特别提出,斥之为"钝贼",以煞住这一股风气。

但是,尽管如此,偷句的风气,还是历代都有。就说戴叔伦这两句,在他同时的或稍后的诗人中,也还可以找到互相套用的句法。司空曙《喜外弟卢纶访宿》诗云:"雨中黄叶树,灯下白头人。"崔涂《巴山道中除夜书怀》诗云:"乱山残雪夜,孤烛异乡春。"马戴《灞上秋居》诗云:"落叶他乡树,寒灯独夜人。"都可以说是一偷再偷。皎然说是"钝贼",黄庭坚说是"点铁成金"、"脱胎换骨",我们不妨说是"古为今用"。

一九七九年三月三十一日

54

凉州行

凉州四边沙浩浩，汉家无人开旧道。（韵一）

边头州县尽胡兵，将军别筑防秋城。

万里征人皆已没，年年旌节发西京。（韵二）

多来中国收妇女，一半生男为汉语。

蕃人旧日不耕犁，相学如今种禾黍。（韵三）

驱羊亦著锦为衣，为惜毡裘防斗时。

养蚕缫茧成匹帛，那将绕帐作旌旗。（韵四）

城头山鸡鸣角角，洛阳家家学胡乐。（韵五）

温泉宫行

十月一日天子来，青绳御路无尘埃。

宫前内里汤各别，每个白玉芙蓉开。（韵一）

朝玄阁向山上起，城绕青山笼暖水。

夜开金殿看星河，宫女知更月明里。（韵二）

武皇得仙王母去，山鸡昼啼宫中树。（韵三）

温泉决决出宫流，宫使年年修玉楼。

禁兵去尽无射猎，日西麋鹿登城头。（韵四）

梨园弟子偷曲谱，头白人间教歌舞。（韵五）

　　王建，字仲初，颖川（今河南许昌）人。大历十年进士，释褐，授渭南尉，调昭应县丞。诸司历荐，迁太府寺丞、秘书丞、侍御史。太和中，出为陕州司马，从军塞上，弓剑不离身。数年后归，卜居咸阳原上。

以上一段王建的小传，见于辛文房的《唐才子传》，以后诸书所载王建传记大多抄用此文。《全唐诗》所载也相同，但删去了一句"弓剑不离身"。辛文房编写唐代诗人小传，他的资料来源，极为可疑。有许多叙述，显然是从作者本人的作品中意会而得的。即如说王建在边塞时"弓剑不离身"，就见于他自己的《从军后寄山中友人》诗，其末句云："劳动先生远相示，别来弓箭不离身。"这是做诗，不能作为生活实录。辛文房却改掉一个字，作为诗人在塞上的生活实况。由此看来，他这部传记恐怕很不可靠，不能作为信史。《全唐诗》删掉这一句，可知也看出了这个缺点。

这段小传中最可疑的是说王建于"太和中出为陕州司马"。"太和"是"大和"之误，宋元人常把唐文宗的年号"大和"误为"太和"。"大和"共有九年，"大和中"假定是大和五年（公元八三一年）。王建于代宗大历十年（公元七七五年）举进士，假定此时二十五岁，到大和五年，已是八十一岁的老人了，岂能还出任陕州司马？因此，我怀疑"大和"是"元和"之误。"元和"是宪宗的年号，止于十五年。元和八年是公元八一三年，王建六十三岁，出任陕州司马就极有可能了。王建诗集里提到的人物，有武元衡相公、张弘靖相公、李吉甫相公、裴相公。考武元衡、李吉甫，元和二年拜相。裴垍，元和三年拜相。张弘靖于元和九年拜相。而文宗大和年初的历任宰相，如李宗闵、裴度、牛僧孺、李德裕诸人，王建集中均无其名，可知王建历官止于元和。长庆以后，以至大和，可能他还生存，但已经退隐于咸阳原上自造的新居中了。他有《原上新居诗》十三首，其中有句云："长安无旧识，百里是天涯。"又云："近来年纪到，世事总无心。"皆可推测其情况。

王建的文学活动时期主要是唐德宗、宪宗二朝，他和张籍、李益、贾岛、孟郊都有交往，也有寄上韩愈的诗。张籍是他三十馀年的老朋友，他们在未成进士前已相识，彼此一起从师学道，又以诗篇相切磋。这些情况，均见于他的《送张籍归江东》诗和张籍的《逢王建有赠》诗。

可能是由于"同声相应，同气相求"，王建和张籍都作了许多乐府诗，文学史上所谓"张王"，就是专指张籍和王建的乐府诗。张籍有《酬秘书王丞见寄》一诗，是王建官秘书丞时有诗给张籍，张籍回答一首，这首诗的前四句云："相看头白来城阙，却忆漳溪旧往还。今体诗中偏出格，常参官里每同班。"其第三句大概就是指他们二人作乐府诗，在当时是被目为"出格"的今体诗的。"出格"，是格调与众不同的意思。

现在我选讲两首王建的乐府诗。

第一首《凉州行》。凉州,今甘肃省武威县,在盛唐时期是河西节度使的治所。大历年间,州城为回纥所侵踞,此诗即描写当时的边防情况。

第一、二句是倒装句,"汉家"即指唐朝。"旧道"是指开元、天宝年间的西域通道。因为现在没有骁将能开拓边疆,以致凉州城外又是黄沙浩浩。

下四句说凉州所属各县都已为胡兵所据,守边的将军只好另外建筑防秋的城堡。西北胡人常常在秋季入侵中国,唐朝在每年秋季都要向河洛、江淮一带征发兵士,到西域去增防,当时称为"防秋"。这些万里从征的人都已战死在边塞上,可是京城里还在年年发令输兵。"旌节"指发兵的符节,"西京"即首都长安。张籍有《西州》诗一首,也描写这些情况。

下四句说入侵的胡人都从中国掳去妇女,其中有半数妇女生了男孩,都能说汉语。这些胡人从前是不懂农作的,如今却学我们汉人种起禾黍来了。"蕃人"即"胡人",唐宋人写作"蕃",明清人写作"番"。

再下四句说这些胡人,现在牧羊的时候也穿了丝织的锦衣。他们本来是披毛毡或兽皮的,但现在却爱惜毡裘,把它们收藏着,预备作战时用了。他们现在也能养蚕缫丝,织成一匹一匹的绢帛,却是用来做旌旗围绕在营帐四周。这里的"那将"二字用得较为少见,不知有无误字。"那",大概可以作"挪"字讲,"那将"犹言"拿来"。

最后两句说,城上的山鸡已经在角角地报晓,而洛阳城中,家家都还在演奏胡乐呢。

这首诗的主题是表现凉州沦陷、回纥入侵之后,胡人日渐汉化,而汉人却胡化了。胡人的汉化,是学习汉人的农桑生产,以加强他们的武备;汉人的胡化,却只是学习胡人的音乐歌舞,作长夜荒淫的宴乐。"此篇气骨顿高,讽刺深婉。"这是明邢昉对此诗的评语,颇有见地(见《唐风定》)。清贺裳并谓此诗"透快而妙"(见《载酒园诗话又编》),亦揭出此诗讽刺的寓意。

这首诗的韵法也真有些"出格"。全诗共十六句,如果四句一韵,可以使韵法很整齐,但作者却以开头两句为一韵,末尾两句为一韵,中间十二句用三个韵。这样,使读者不能在开头的时候就依照四句一绝的规格读下去,似乎有些不顺口。但是,如果仔细研寻诗意,可以体会到作者是按诗意配韵的。首两句点题,用一个韵。次四句描写凉州之荒芜和胡人的猖獗,也用一个韵。以下两组各四句,分写胡人也从事农耕和蚕织，各用一韵。最后写洛阳城中汉人之胡化，以为对比，又另用一韵。韵脚的转换，应当和诗意的段落相配合，这个原则作者没有违背，但如果首韵和尾韵的诗意，都能扩大为四句，这首诗的韵法就整齐了。尤其是尾韵，如果有四句，则诗意的对比性可以更为明显，现在，作者匆匆以两句表过，读者往往会忽略了它的讽喻意义。

第二首《温泉宫行》描写当时骊山温泉宫的衰败景象。前半篇八句，先描写唐玄宗全盛时期的温泉宫。玄宗于每年十月一日驾幸温泉宫，住一个月才回归长安。故第一句就点明"十月一日天子来"，确是玄宗的事。御驾从长安到骊山，一路都用青丝绳拦隔，不准人民侵入御路，以资警戒。路上还要打扫干净，铺洒黄沙，故无尘埃。宫前和宫内的温泉，各有区别，但每一处温泉浴池，都用雕刻莲花的白石砌成。"内里"是当时称宫内的名词。"芙蓉"是莲花，不是木芙蓉。朝玄阁在骊山上，天宝七载十二月，玄宗梦见了他的远祖老子（李耳），把朝玄阁改称降圣阁。但民间和后世诗人都仍称朝玄阁。这个"玄"字，因清朝人避康熙皇帝玄烨的讳，古书上所有的"玄"字都被改为"元"字，沿用了几百年，我们现在把它改正过来。骊山上下都是温泉宫的建筑物，四周有城垣围护，连骊山也围在城内，故曰"城绕青山"。"龙暖水"的"龙"字，诸本均同，惟《全唐诗》下注曰："一作笼。"可知有过一个古本是"笼暖水"。这样，这句诗就有两种讲法。如果原本是"笼"字，则是一个动词，其主语仍是"城"字。城绕青山，又把温泉笼在城里。如果是"龙"字，则是一个名词，而"暖"字是一个动词了。温泉浴池中，泉水都从铜龙口中流出，这样，可使泉水保暖，故曰"龙暖水"。但吴昌祺注曰："龙暖水者，烧铜龙投水中也。"这个讲法，异想天开，肯定是错的。温泉本来是暖的，何必烧铜龙投入水中呢？而且"烧铜龙"也不可想象，每人入浴，都要烧一条铜龙吗？下面"夜开金殿"二句就是写玄宗与杨贵妃在夜半同看天空中星河的故事。这是他俩爱情的秘史，宫女们不敢停留在殿里，都被打发到殿外月光下去守卫了。"知更"即每人值班守一个时辰。白居易《长恨歌》云："七月七日长生殿，夜半无人私语时。"李商隐《马嵬驿》诗云："此日六军同驻马，当时七夕笑牵牛。"都是说玄宗与贵妃在七月七日同看星河，有感于牛郎织女的故事，订了密约，愿意世世为夫妇。这件事也记载于《太真外传》，大概当时广泛地流传于人民口头。王建采用这件事写入这首诗，其实不很适当。"看星河"是七夕的故事，十月里已看不到星河了。

下半篇八句就描写安史之乱以后的温泉宫。"武皇"指玄宗，"王母"，指贵妃，

"得仙"与"去",都代替一个"死"字。山鸡是野禽,现在飞到宫中树上来叫了。华清池中的温泉,无人沐浴,决决地流出宫外。宫中楼阁,经常损坏,管理宫城的官员年年要加以修葺。守卫宫城的禁兵已经撤退,无人射猎,每到太阳西下,野鹿居然都跑上城头,这一切就是温泉宫的现状,至于往日住在宫中的人物呢,自从皇帝和贵妃死后,侍候他们宴乐的梨园子弟都失去了生活依靠,大家把宫中的曲谱偷走,流落在民间作歌舞教师。唐太宗名为世民,唐人都要避讳,遇到"世"字,都改用"代"字,遇到"民"字,都改用"人"字。因此,在唐人著作里,"人间"就是"民间"。

这首诗的韵法,也不能令人惬意。第三韵和第五韵,都是单句韵,音节太急促。第五韵的诗意与《凉州行》的尾联同样是表现得不够强烈。此外,"山鸡"和"麋鹿"两句意味重复,显得思想窘促。这些都不能不说是缺点。

我们不妨把这首诗与韦应物的《温泉行》作比较。韦应物是从自己的回忆来描写的,所以用一大段诗句写温泉宫的繁盛情况,也是他自己的得意时期。王建没有这种生活经验,所以用客观的写法。因此,他这首诗就显得缺乏感情了。

乐府诗复兴于李、杜。李白所作,多数还是拟古乐府,仍沿用乐府旧题,杜甫则创造了新乐府,为唐诗开辟了一个新园地。王建、张籍、李益继承杜甫的传统,也作了很多新乐府诗,于是后世有"张王"之称,实则张王之间还有优劣,历来诗评家大多以为王胜于张。

自从"张王"并称以后,李益却冤枉地被遗忘了。李益在当时也善作歌诗,与李贺齐名。《旧唐书》本传称李益:"每作一篇,教坊乐人以赂求取,唱为供奉歌辞。好事者画为屏障。"现存的李益诗,歌行只有《六州胡儿歌》、《汉宫少年行》等六七篇,而绝句式的小乐府却有数十首,或者就由于他专作小乐府,故后世不与"张王"并论。然而他的边塞绝句,也不在王昌龄、王之涣之下,只因生在中唐,不得与盛唐诸诗人角逐,这也还是一件冤事。

张王二家乐府,上不及杜甫,下不及白居易。杜甫雄浑沉郁,白居易讽喻锐利。至于结构布置,杜甫和白居易同样严谨。张王所作,则气息清淡,组织松懈,无惊人的章句,只能在大历、贞元间,暂时擅名而已。前人评论张、王乐府,都不免溢美,惟有胡应麟说:"张籍、王建,稍为真淡,而体益卑卑。"(《诗薮》)这个评语,我以为是颇中肯了。

一九七九年四月三日

宫词八首

王建

55

除了乐府诗之外，王建还有一百首《宫词》，也是诗史中应当注意的作品。他的乐府诗，还是继承前人传统的作品，《宫词》则是他的创造。从齐梁以来，已有许多诗人以宫女的生活和情感为题材，例如乐府诗《长门怨》，都是写失宠的妃子。王昌龄有《长信秋词》五首，《西宫春怨》、《西宫秋怨》各一首，韩翃有《汉宫曲》四首，也都是代宫中妃嫔申诉失宠或不得宠的情感。崔国辅有《魏宫词》一首，开始出现了"宫词"这个名称。但这些诗都写的是古代的宫女，即使作者用以影射当代的宫女，至少从文字上看来，还是赋咏古事。这一类的诗，后世称之为"宫怨"，因为它们的主题是宫女的怨恨情绪。

王建的《宫词》不属于这一类。他写的是当代宫廷里的种种生活琐事，从皇帝和宫女的调情说爱到后宫中的宴饮娱乐，每次听到一件事，就作一首七言绝句，一共写成了一百首。皇宫是个禁地，不用说人民绝对进不去，即使官吏，也只有少数几个宰执近臣，才偶尔有机会进宫。在人民大众心目中，皇宫是个神秘的地方。如果有关于皇宫里的事情流传出来，立刻就成为广泛传述的小道新闻。王建的《宫词》不假托古事，明明白白地暴露了当今皇帝的后宫生活，而且有一百首之多，可谓内容丰富，非但为当时人民所欢迎，而且还影响到后世，为历代诗人开辟了一块新的园地。

《唐诗纪事》记录了关于《宫词》一百首的故事：王建作渭南尉的时候，认识了一个太监王枢密，两人谈得很投机，就互相认为本家。但是后来大家都有些意见。王建作《宫词》后，有一天和王枢密一起宴饮，王建谈起汉代桓帝、灵帝，因为信任太监,惹起了迫害知识分子的党锢之祸。王枢密听了,觉得王建是在讽刺自己,心里很不高兴,就对王建说:"老弟所作《宫词》,天下人都传诵于口,皇宫是深邃之地,不知你怎么会知道这许多事情?"王建当时感到无从回答,心中害怕王枢密会给他罗织罪名。过了一二天,就做了一首诗送给王枢密,其诗曰:

> 先朝行坐镇相随,今上春宫见长时。
>
> 脱下御衣偏得著,进来龙马每教骑。
>
> 常承密旨还家少,独对边情出殿迟。
>
> 不是当家频向说,九重争遣外人知?

这首诗的意思是说:前代皇帝不论是在行或坐的时候,你总是随从在左右的,当今的皇帝,住在东宫做太子的时候,你是看他长大起来的。皇帝脱换下来的御衣,只有你能穿得着,外面进贡来的骏马,也常常给你试骑。你常常因为接受密令,很少还家,有时被留在殿里独自报告边塞军情,以致出来的时候很迟了。这一切事情,如果不是你这位本家老哥自己屡次对我讲,那么,宫禁森严,内里的事情怎么会让外边人知道呢?

这样,他把《宫词》的内容都说是王枢密讲给他听的。王枢密一看此诗,怕被他牵累,就不敢告发他了。

这个故事,不见于唐人记载,最早的记载是《唐诗纪事》,元人的《唐才子传》里也有此事,文字和诗句小有不同。这件事情可能是有的,但情况未必如此。王枢密是宦官王守澄,宪宗元和末年,他还是一个普通宦官。元和十五年正月十七日夜里,宪宗被宦官陈弘庆等杀害,年四十三。王守澄和中尉马进潭、梁守谦等人册立太子即皇帝位,因此擢升为枢密使。这位皇帝庙号穆宗,年号长庆,只做了四年皇帝就中风死了。以后,文宗皇帝即位,王守澄为骠骑大将军,充右军中尉。大和九年九月戊辰,迁左右神策观军容使,兼十二卫统军。十月辛巳,为李训诬陷,文宗使内侍李好古赐以毒酒,逼令自杀。根据这一节史传,可知王守澄为枢密使是在长庆元年至大和元年之间。长庆共四年,以下还有敬宗皇帝宝历二年。他这个枢密使一共任了六年。王建这首诗所谓"先朝",是指宪宗皇帝,所谓"今上",是指穆宗皇帝。《宫词》第九首云"少年天子重边功",可知也是指穆宗,因为穆宗死时才三十岁。由此推测,可知《宫词》一百首所透露的宫廷生活,都是长庆年间的事。但是,渭南尉是王建举进士后第一任官职,总在大历十二三年之间。王守澄为枢密使还在四十年之后，那时，王建已从陕州司马任上退休了。因此，说王建作渭南尉时认识了王守澄，这是可能的，但如果说认识了王枢密，则不可能了。

现在，我们可以假定，王建认识王守澄是早年的事，王守澄因册立穆宗有功，擢升为枢密使，成为掌大权的宦官。王建以桓灵时期中官乱政的历史教训讽喻王守澄，同时他把听得来的宫闱秘事写为《宫词》，都是长庆年间的事。但此时王建的年龄已在七十以上，王守澄即使比王建小十岁，也该有六十多岁了。

王建《宫词》一百篇，传到宋代，曾有遗佚，蜀中刻王建集时，只抄得九十首，就取王昌龄、张籍、杜牧诸人诗十首混入。谬本流传，引起过许多人的考校。幸而所失十首，存在于洪迈编的《唐人万首绝句》中，后人得以剔出伪篇，补足百首。但蜀中刻本，传到明代，还有七首不是王建原作。这些情况，见于宋赵与时的《宾退录》、周紫芝的《竹坡诗话》、明杨慎的《升庵诗话》和朱存爵的《存馀堂诗话》。现在依据《全唐诗》本选讲其八首。

> 丹凤楼前把火开，五云金辂下天来。
> 阶前走马人宣慰，天子南郊一宿回。

> 楼前立仗看宣赦，万岁声长拜舞齐。
> 日照彩盘高百尺，飞仙争上取金鸡。

以上两首是同一件事。《旧唐书·穆宗纪》云："长庆元年正月己亥朔，上亲荐献太清宫、太庙。是日，法驾赴南郊，祀昊天上帝于圜丘。即日还宫，御丹凤楼，大赦天下。"穆宗李恒是宪宗的第三子，元和十五年正月丙午即位后，至第二年正月朔日方才改元为长庆。这一天，他先到太庙去祭祖，后到南郊去祭天，回来后，登上丹凤门楼宣布大赦。丹凤门是大明宫南的正门。前一首诗说丹凤楼前火炬明亮，在天色未明时开了宫门。皇帝乘坐在彩绘的车中出宫来，阶前骑马的侍卫官员向群众传话，说皇帝现在到南郊去祭天，当日就回来的。"一宿"二字，有的版本作"当日"，这是因为不了解"一宿"的意义而误改的。其实"一宿"即"一夜"，亦即"当夜"。因为皇帝出宫去南郊时，还在残夜，故"一宿回"的意思就是说明天早晨就回来。

第二首是写皇帝回来之后在丹凤门楼上宣赦。唐代的制度，每逢大赦，都在丹凤门楼前举行宣赦仪式。楼前排列着皇帝的仪仗队,应被赦的罪犯(一部分代表人物)跪伏在楼下。楼前竖起一根长竹竿,竿顶上有一个彩盘。到正午时分,楼上放下一只用金纸饰首的鸡,鸡嘴里衔着赦书。这时,被赦的人和人民观众一齐拜舞,高呼万岁。于是,有五坊小儿爬上竿顶,争取金鸡,下来当众宣读。这首诗就是描写了这次的仪式。从"飞仙争上取金鸡"这一句看来,攀上竿顶的健儿大概是称为"飞仙"。这整个仪式,唐人诗文里常称之为"金鸡放赦"。李白诗云:"我愁远谪夜郎去,何日金鸡放赦回。"(《流夜郎赠辛判官》)

> 少年天子重边功,亲到凌烟画阁中。
>
> 教觅勋臣写图本,长生殿里作屏风。

唐太宗于贞观十八年画二十八位开国功臣像于凌烟阁上。以后诸帝,都有增加,故凌烟阁是唐朝历代功臣的画像陈列馆。这首诗说穆宗亲自到凌烟阁去看功臣画像,命令画师摹写功臣的像,放在自己寝殿里作屏风。唐代皇帝的寝殿都称为长生殿。这件事,本纪里不载,但穆宗对边防的重视,则是见于史书的。

> 罗衫叶叶绣重重,金凤银鹅各一丛。
>
> 每遍舞时分两向,"太平万岁"字当中。

这首诗所咏的是字舞,《乐府杂录》云:"舞有健舞、软舞、字舞、花舞。字舞者,以舞人亚身于地,布成字也。"这种舞法到现在还有。金凤银鹅,大概是穿著黄色和白色绣花罗衫的舞女,各自成为一丛。每一遍舞蹈的时候,她们分开在两边,中间一大队舞女卧在地上,排列成"太平万岁"四字。

> 新调白马怕鞭声,供奉骑来绕殿行。
>
> 为报诸王侵早入,隔门催进打球名。

> 对御难争第一筹,殿前不打背身球。
>
> 内人唱好龟兹急,天子鞘回过玉楼。

这两首诗是写宫中球戏的情况。"元和十五年十二月壬午,帝幸右军击鞠(即打球)。"又:"长庆二年十一月庚辰,帝与内官击鞠禁中,有内官欻然坠马,如为物所击。帝恐,罢鞠升殿,遽足不能履地,风眩就床。"这是本纪里提到的穆宗爱好打球的事,而且他就是因打球而得了中风症,终于在一年后"崩"掉。

前一首诗说新调驯的白马还怕鞭策,所以让内廷供奉先试骑着绕殿走一圈,这就是所谓"进来龙马每教骑","供奉"就是宦官。下两句说:要宦官们传令给诸位王爷,明天清早进宫来打球作乐。宦官们还隔着宫门催促外边的官员把打球人的名单送进来。

后一首写打球情况。球员们对着皇帝打球,不容易争取第一名,因为在殿前不允许背着皇帝打球。打球完毕之后,宫女们唱过了龟兹乐曲,皇帝就骑着马经过玉楼回宫去了。龟兹是西域国名,这里是指龟兹歌曲。鞘是马鞭,这里用来代表马。宋代诗人周彦质也有一首宫词,其句云:"当殿不教身背向,侧巾飞出足跟球。"也是说在殿前打球不许背向皇帝,只能用脚跟斜踢。这两句诗可以为王建诗的注释,也可知唐宋二代,都有这一条打球规则。

御前新赐紫罗襦,步步金阶上软舆。

宫局总来为喜乐,院中新拜内尚书。

唐代宫中女官有"六尚"。"尚"即"司",意义是管理。为皇帝管衣裳的女官,称为"尚衣";管膳食的女官,称为"尚食";管文书的女官,称为"尚书"。因这些官名与外廷尚书省的各部尚书相同,故加一个"内"字,称"内尚书"。这首诗是写宫中新近请到了一位内尚书,皇帝赐她一件紫罗袄子,她从殿上一步一步下阶,登上软车回自己的院里去,宫中各局的宫人都来贺喜。"总来"即"都来"。六尚女官的办公处称为"局",如"尚衣局"、"尚食局"等等。《穆宗纪》称:"元和十五年十二月戊寅,召故女学士宋若华妹若昭入宫掌文奏。"这首诗大概就是指这件事。贝州处士宋廷芬有五个女儿:若华、若昭、若伦、若宪、若茵,都有才学,欲以学名家,不愿嫁人。贞元中召入禁中,试文章,并问经史大义,帝叹美之,悉留宫中,呼为女学士。贞元七年,诏若华总管禁中图籍。元和末,若华卒,故穆宗于嗣位后诏若昭掌文书,历穆、敬、文三朝,皆呼为先生。若宪,文宗时以谗死。若伦、若茵早卒。王建有《宋氏五女》诗赞美之[1]。此诗所言,即指若昭。

---

[1] 宋氏五女事见宋尤袤《全唐诗话》,惟若华作若莘,若昭作若照,若茵作若荀。今从王建诗题。

御厨不食索时新，每见花开即苦春。

白日卧多娇似病，隔帘教唤女医人。

这首诗描写后妃的娇态。每逢花开时候（即春天），就娇弱得像生病一般。"苦春"是"春困"、"春倦"之意，就如夏天身体不健叫作"疰夏"。御厨房里供应的菜肴都不想吃，只要索取时鲜食物。白天都躺在床上，有时起身来隔着帘子吩咐宫婢去叫女医生来诊病。

从以上八首诗，王建《宫词》的题材可见一斑。一般的宫怨诗，题材总不过伤春、悲秋、望幸、失宠，毕竟是空洞的，而王建《宫词》的题材却是现实的、具体的。当时天下传诵，评价如何，我们现在固不可知，但可以设想，一定有许多人艳羡宫廷生活的奢侈逸乐，也一定另外有许多人憎恨封建帝王的生活腐化，这是随各人的感受而异。至于我们现在读这些《宫词》，则是把它们作为诗史。杜甫的诗是安史之乱的社会史料，王建《宫词》是元和、长庆年间的宫廷生活史料。

王建《宫词》对后世产生了两种影响。一种影响是"宫词"这种诗体的流行。五代时，孟蜀的花蕊夫人也作了一百首宫词，记录了蜀王孟昶宫中的情事，现在称为《花蕊夫人宫词》。北宋时有王珪亦作《宫词》一百首，又有杨太后《宫词》。此后几乎每一个朝代都有人作宫词，不过题材来源已不是直接从宫中传出，而是抄撮文献，编组为诗，不成为诗史了。另一种影响是用一百首七言绝句成为一个组诗，分之则为一百幅小景，合之则为一大幅画面，用这个方法，歌咏一种事物。例如晚唐时有胡曾作《咏史诗》一百首，评赞一百个历史人物；罗虬作《比红儿诗》一百首，追悼亡妓红儿。宋人许尚有《华亭百咏》，歌咏华亭（今上海市松江县）地方的风土、人情、古迹。这种诗，后世就称为"百咏诗"。

一九七九年四月十日

56

节妇吟

张籍

君知妾有夫，赠妾双明珠。

感君缠绵意，系在红罗襦。

妾家高楼连苑起，良人执戟明光里，

知君用心如日月，事夫誓拟同生死，

还君明珠双泪垂，恨不相逢未嫁时。

张籍，字文昌，先世苏州人，居于和州，贞元十五年进士，释褐，授秘书郎。历官太常寺太祝、水部员外郎，终于国子司业。唐宋以来，诗文中称人多用官名，同时人相称呼，则用其现任官名，官改则称谓亦改。如张籍为太常寺太祝时，则称之为张太祝；改官水部员外郎之后，即称张水部。后世人则称其最后的官名，如张籍为张司业。韩愈被后世称为韩吏部，也是因为他最后的官位是吏部侍郎。

张籍与韩愈为至友，韩愈给他以很大的帮助。他为水部员外郎时，已过五十岁，由于韩愈竭力举荐，才得任国子博士，由博士而至司业。他官位虽不高，但诗名极大。乐府诗与王建齐名，白居易赠以诗曰："张公何为者，业文三十春。尤工乐府词，举代少其伦。"但张王两家的乐府诗，后世人的评论颇不一致。或以为王胜于张，或以为张胜于王。大概他们两人的语言，都很平易通俗，不用艰涩隐晦的辞藻。张籍的乐府诗，纯用赋体，单叙事实，不下断语，绝不自己揭出主题思想。故胡震亨说他是"祖国风，宗汉乐府"（《唐音癸签》）。王安石《题张籍诗集》云："苏州司业诗名老，乐府皆言绝妙词。看是寻常最奇崛，成如容易却艰辛。"这是赞扬他语言虽然很浅显，功夫却很深，不是容易写成的。

现在选讲他的一首《节妇吟》。

全诗只用两个韵。第一韵四句，用五言。第二韵六句，四支四纸平仄通叶，用七言。五言四句是叙述这首诗的本事，七言六句是由事而抒情，都用一个女人对一个男子说话的口气。前四句说：你知道我已有丈夫，却还赠送我一双明珠。我感激你对我的爱情，就把这一双明珠系在红罗袄子上。后六句说：我家里有的是高楼大厦，我的丈夫是在明光殿里执着长戟当禁卫军的。我虽然知道你赠我明珠的意思非常明白，但是我不能背弃丈夫，立誓要和他同生同死。因此，我只好流着眼泪把明珠还你，只怪我们为什么不在我结婚以前遇到。

一个男子，热烈地恋爱着一个已结婚的女人，因而赠送她两颗明珠。这个女人对这个男子也有爱情，但她不能离弃她的丈夫。对这个矛盾，她就作出了这样的处理。把明珠收下，"系在红罗襦"，是表示接受了他的爱情。但终于又把明珠还给他，是表示自己既已结婚，就不应当背弃丈夫，改适他人。

张籍这首诗的全题是《节妇吟寄东平李司空师道》。洪迈《容斋随笔》云："张籍在他镇幕府，郓帅李师古又以书币辟之，籍却而不纳，作《节妇吟》一章寄之。"据此可知这首诗完全是个比喻。张籍已经接受了别人的聘任，而李师道又派人用厚礼来请他去参加幕府。张籍就写了这首诗辞谢他。诗中的"妾"是张籍自喻，"君"是指李师道。李师道是什么人呢？他原本是高丽人，父李正己，兄李师古，相继为淄青节度使。师古死，师道于元和元年十月，继任郓州大都督府长史，充平卢军及淄青节度副大使知节度事。当时的节度使虽是棣王李审，但只是名义上的遥领，李师道虽是副大使，却是实际上的节度使。他们父、兄、弟三人踞有平、卢、淄、青一带前后四十年，是今天的河北南部、山东北部地区的一个大军阀。李师道终因造反失败，于元和十四年被魏博节度使田弘正所杀。东平郡即郓州，是节度使治所。张籍诗题称"李司空师道"，《容斋随笔》称"郓帅李师古"，这里有一点疑义，查《唐书》本传，只有李正己的官衔有"检校司空"，师古、师道都是"检校尚书左仆射"，因此就不能确知张籍此诗是为谁而作，也不能考定此诗的年代。但李氏父子兄弟三人都是跋扈的军阀，为人民所怨恨，名声很坏。张籍不受他们的征聘，决不会表现得如此感激。大概是在畏惧李氏威权的情况下，他故意这样措辞，使李氏看了，不至于发怒结怨。或者也是当时文人明哲保身之计，我们可以存而不论。

如果撇开这首诗的比喻作用，单就其所表现的思想内容来研究，我们可以发现这首诗反映了一个封建礼教问题。

张籍给他这首诗题作《节妇吟》，肯定了这个女人是一个节妇。在北宋初姚铉编的《唐文粹》里，也把这首诗编在"贞节"类目下。可知唐宋人都认为一个女人可以接受另一个男子的爱情，也可以对他表示自己的"感"，只要她不抛弃丈夫私奔或改嫁给那个男子。这样一个女人还没有逾越礼教，她可以算是一个"节妇"。《毛诗·大序》解释"变风"之诗云："故变风发乎情，止乎礼义。发乎情，民之性也；

止乎礼义,先王之泽也。"张籍这首诗的女主人公的态度,先是"发乎情",暴露了她的得之自然的人性。接着是"止乎礼义",没有违反人为的礼教。可知这首诗应当属于"变风",因而也还是不违背诗教的。

到南宋时,以朱熹为首的道学家歪曲了儒家的礼教观念,他们对妇女的行为定出了许多灭绝人性的禁条。他们只要求妇女驯服地被束缚在礼教界限中,绝不容许她们暴露人性,非但不许暴露,甚至根本不许她们有人性。这种残酷的礼教观念,影响了以后的文人,在文学批评中也沾染上了毒素。

明末的唐汝询,在这首诗后批道:"系珠于襦,心许之矣。以良人贵显而不可背,是以却之。然还珠之际,涕泣流连,悔恨无及,彼妇之节,不几岌岌乎?"(《唐诗解》)

同时,贺贻孙在他的《水田居诗筏》中评此诗云:"此诗情辞婉恋,可泣可歌,然既系在红罗襦,则已动心于珠矣,而又还之。既垂泪以还珠矣,而又恨不相逢于未嫁之时。柔情相牵,展转不绝,节妇之节,危矣哉。"

这两段评论,对于系珠、还珠这一行为,已经有些贬意,但没有说这不是节妇的行为,只说这个"节"很危险了。

《诗筏》刻于清康熙二十三年。三十年之后,即康熙五十六年,沈德潜编成《唐诗别裁》,他不选这首诗,而在张籍的小传下说明其理由:"文昌有《节妇吟》,时在他镇幕府,郓帅李师道以书币聘之,因作此词以却。然玩辞意,恐失节妇之旨,故不录。"他断定诗中的女主人公不能算作节妇,可见他对"节妇"的观念与唐宋人不同。而且他对诗教的观念,也和汉代人大不同。《唐诗别裁》是有相当影响的书,从此以后,有许多唐诗选本都跟着不选此诗了。

贺贻孙还指出这首诗的主题思想是从汉代乐府诗《陌上桑》得来的,他把这两首诗作了比较:

> "恨不相逢未嫁时"即《陌上桑》"使君自有妇,罗敷自有夫"意,然"自有"二语甚斩绝,非既有夫而又恨不嫁此人也。"良人执戟明光里",即《陌上桑》"东方千馀骑,夫婿居上头"意。然《陌上桑》妙在既拒绝使君之后,忽插此段,一连十六句,絮絮聒聒,不过盛夸夫婿以深绝使君,非既有"良人执戟明光里"而又感他人"用心如日月"也。

贺贻孙以为罗敷之拒绝使君,态度严峻决绝,而在张籍此诗中,女主人公的态度太软弱柔婉，因而他提出了疑问：

> 忠臣节妇，铁石心肠，用许多转折不得，吾恐诗与题不称也。

"诗与题不称"，这是他的措辞委婉，如果坦率地说，就是这首诗里描写的并不是节妇。他以为，如果描写一个节妇，就应当表现她的"铁石心肠"，对赠送明珠的人坚决拒绝，不应该有一点感情。罗敷与此诗的女主人公的行为是同样的，但张籍把他的女主人公描写错了。这是基于宋元以来儒家的贞节观念，从描写手法来评论的。沈德潜所说"玩辞意，恐失节妇之旨"，亦是此意。

但贺贻孙又自己解答他的疑问：

> 或曰文昌在他镇幕府，郓帅李师古又以重币辟之。不敢峻拒，故作此诗以谢。然则文昌之婉恋，良有以也。

他把这首诗的描写方法结合到它的创作动机。张籍辞谢李帅，不能像罗敷辞谢使君那样决绝，所以不能不婉转其辞，表现得既有感情，又不受聘。因此他肯定此诗的描写方法，是有道理的。

现在把贺贻孙的观念总结一下：（一）从这首诗的本身来讲，它所表现的还不能算是节妇。（二）从这首诗的比喻作用来讲，可以这样表现。

我们知道，一个文艺作品的表现手法是为它的主题思想服务的，而主题思想是为这个作品的教育作用服务的。按照贺贻孙的观念，他显然认为这首诗的表现手法可以为它的教育作用服务，但不能为它的主题思想服务。这样，他的观念就显得矛盾了。

矛盾的根源产生于禁止人性的宋儒的礼教观念。

钟惺在《唐诗归》中给这首诗的评语，只有短短的一句，却很高明。他说："节义肝肠，以情款语出之，妙妙。"他肯定这首诗的女主人公是有"节义肝肠"的，但她不是从礼教观念出发，而是从对双方的感情出发。这首诗的好，就好在不宣扬礼教。这个评语，决非唐、贺、沈诸人所能了解，钟伯敬之所以被明清两代正统文人目为异端，我们从这首诗的评价中，也可以看出他们的分歧。

对于系珠这一行动，贺贻孙说是"已动心于珠矣"，似乎以为这个女主人公因得珠而动心。这就把她描写成为一个贪财的人了。汉乐府诗云："何以结相思，双珠玳瑁簪。"可知赠珠是表示爱情,这个女主人公所动心的是赠珠的意义,而不是两颗明珠,故诗句明白地说是"感君缠绵意"。

对于"妾家高楼连苑起"两句,贺贻孙的指摘却很有道理。这两句使读者得到的印象是夸耀丈夫的豪贵,因为有此豪贵的丈夫,所以"事夫誓拟同生死"吗? 那么,万一她丈夫是个贫贱的人,她又将怎样呢? 贺贻孙批评作者摹仿《陌上桑》而把这两句放在不适当的地方,这倒是击中了此诗要害的。

一九七九年四月十六日

【增 记】

前两天看明初瞿佑的《归田诗话》,也提到张籍的《节妇吟》。他大不以为然,给张籍改作了一首,题为《续还珠吟》:

> 妾身未嫁父母怜,妾身既嫁家室全。
> 十载之前父为主,十载之后夫为天。
> 平生未省窥门户,明珠何由到妾边。
> 还君明珠恨君意,闭门自咎涕涟涟。

这是一首封建礼教的顽固卫道者写的诗。他以为一个女人应当在家从父,既嫁从夫。平生连大门口都不去站一会儿,怎么会有人赠我明珠? 所以现在还你明珠,不是"感君意",而是"恨君意"了。为什么"恨君"呢? 不是赠珠的人不规矩,而是怪自己一定有行为失检的地方,引得人家来诱惑了。

不过这首诗有一个漏洞。既然把这个女人写得如此贞节,连大门口都不出,又怎么会收下这两颗明珠呢? 既未收下,又怎么说是"还君明珠"呢?

这位瞿诗人写了此诗,自己很得意,以为思想观点非常正确。还说:他的同乡杨复初读了他的大作,评云:"心正词工,使张籍见之,亦当心服。"

从这首诗看来,明末的唐汝询似乎还比这位瞿诗人开明些。

作《而庵说唐诗》的徐增,也有一段对张籍此诗的评语。他说:"君子之道,贵在守己,不恶人妄为。若在今人,则怒形于色,掷珠痛骂矣。"这位徐而庵讲唐诗,常常有些迂论,但对于此诗,他的理解却比瞿佑、唐汝询、沈德潜都通达得多。他能够理解古人"贵在守己,不恶人妄为"。也知道今人在礼教桎梏下逢到这种情况,必须"怒形于色,掷珠痛骂",才算贞节。

　　这是明清二代六百多年间,论张籍此诗最开明的论调,我却想不到在《而庵说唐诗》中发现。钟伯敬还只是从艺术手法这个角度去肯定此诗,徐而庵却是很了解唐人的伦理观念与宋元以后道学家的不同。

　　　　　　　　　　　　　　　　　　　　一九八〇年四月十七日

山石

韩愈

57

山石荦确行径微，黄昏到寺蝙蝠飞。

升堂坐阶新雨足，芭蕉叶大栀子肥。

僧言古壁佛画好，以火来照所见稀。

铺床拂席置羹饭，疏粝亦足饱我饥。

夜深静卧百虫绝，清月出岭光入扉。

天明独去无道路，出入高下穷烟霏。

山红涧碧纷烂漫，时见松枥皆十围。

当流赤足踏涧石，水声激激风吹衣。

人生如此自可乐，岂必局束为人羁。

嗟哉吾党二三子，安得至老不更归。

魏晋南北朝，是文学发展倾向于轻浮靡丽的时期，尤其是齐、梁、陈三朝一百年间，诗文都只讲文字之美，而内容空虚，思想庸俗。诗则盛行宫体，文则堆砌骈语。经过初唐的沈佺期、宋之问，盛唐的王维、孟郊、李白、杜甫，诗的风气总算纠正过来了。但文体却还以骈语为主。开元、天宝以后，张说、贾至、李华、独孤及、元结等人，曾有志于改变文风，写作醇朴通畅的新散文，但还只是个人的努力，而没有成为风气。到韩愈出来，猛力攻击近体文的陈言滥调，主张写散文要学习"三代两汉之书"，要学习孟子、荀子、司马迁、扬雄的文章。除了他自己的实践以外，他的学生李翱、皇甫湜等人也跟着写作新散文。他们的口号虽是复古，其成就却是在继承先秦、两汉的基础上创造了一种新的文体，扫荡了六朝以来浮靡骈俪的文风。因此，在文学史上，韩愈的地位，首先是一位古文运动的倡导者。

但是，在诗的领域中，韩愈也是一位唐诗的大家。他的作诗，也实践了他对散文的理论：文字要排除陈言滥调，排除隐晦诘曲。思想内容要"言之有物"，就是要求先有情感，然后作诗，不要无病呻吟。这也就是刘勰所谓要"为情造文"，而不是

"为文造情"(见《文心雕龙·情采》)。他把诗的语言和散文的语言统一起来,散文里用的词藻,也可以用在诗里。又把散文的语法结构和诗的语法结构统一起来,诗的句法并不需要改变散文的句法。这样,他的三百八十首诗就呈现了一种新的面目:因为不避免散文词语,他的诗里出现了许多人以为生涩、怪僻的词语;因为引进了散文的句法、篇法,他的诗就像是一篇押韵的散文。守旧的人不承认他的诗是诗,说他是"以文为诗",但无论如何他给唐诗开创了一个新的流派。

韩愈的诗,影响了一些同时的诗人,如孟郊、贾岛、卢仝、刘叉、李贺等。这些人又各自有发展和变化,创造了各人独特的风格。但是,在韩愈死后不久,他的影响就消失了,晚唐、五代的诗文,都起了回潮。直到宋代,才有穆修、欧阳修等人起来重振古文运动,而以黄庭坚为首的江西诗派,显然也是韩愈诗派的继承者。

宋元以来的诗论家,对韩愈的诗有极不相同的看法。《苕溪渔隐丛话》记沈括和吕惠卿二人谈诗,沈括说:"韩退之诗乃押韵之文耳,虽健美富赡,而格不近诗。"吕惠卿说:"诗正当如是。我朝诗人以来,未有如退之者。"这两人的观点,可以代表历代评价韩诗的两派。苏东坡说:"诗之美者,莫如韩退之;然诗格之变,自退之始。"(《苕溪渔隐丛话前集》卷十七引)这句话,和沈括的观点一样,承认韩愈的诗是好的。但是由于他们对于诗有一个固执的、保守的认识,他们从诗的面目看,终觉得韩愈是"以文为诗"。尽管"押韵",还是文而不是诗。吕惠卿从诗的精神看,肯定诗正应当这样做,尽管用了散文的表现方法,但表现得成为诗了。

"以文为诗",用我们今天的话来解释,就是不用或少用形象思维,像散文一样直说的句法较多。诗的装饰成分被剥落了,就直接呈现了它的本质。本质是诗,它还是诗;本质不是诗,它才是"押韵之文"。

韩愈的诗,已经一反他以前诗人的规律,极少用形象思维了。但由于他毕竟是个诗人,他的诗有丰富的诗意,所以他还有许多很好的诗篇。《山石》是韩愈的著名作品，可以代表他的七言古诗的风格。诗题《山石》，是用全篇开始二字为题，并不是赋咏山石。

全诗二十句，一韵到底。描写他在某一天下午游山，在寺里住了一夜，次日早晨出山归家途中的所见所感。这是一首朴素简净的纪游诗。开始用二句叙述游山到寺，一路上都是坚硬的山石，行走在若有若无的山路上，到寺时已是蝙蝠乱飞的黄昏时候了。接着又用二句写寺内景物：走上寺院里的客堂，坐在台阶上休息。由于连日雨水饱足，院子里的芭蕉叶都舒展得很大，栀子花也开得很丰肥。以下便写寺中和尚待客人的情况：和尚和客人闲谈，讲起佛殿里有很好的壁画，说着就取灯火照来给客人看，可是客人能见到的画面不多，因为墙壁年代古远，画面大多剥落或黝黑。于是和尚铺床拂席并供应客人晚饭。虽然饭米粗糙，仍然可以解饥。此下二句写夜晚的情况：夜深了，院子里各种昆虫的鸣声已都停止，客人静卧在床上，看见清明的月亮从山岭背后升起，立刻有亮光照进了窗户。接着用四句描写天明后出山回家的情况：这时晓雾还未消散，独自在山里走，出山又入山，上山又下山，随意走去，没有一定的道路。时时看到红的山花，绿的涧水，煞是缤纷烂漫，还有几人合抱的大松树和栎树。如果碰到溪涧，就赤脚踏石而过，这时水声激激，微风吹衣。最后就用四句感慨来结束：像这样的生活，自有乐趣，何必要被人家所拘束，不得自由自在呢？我们这两三个人，怎么能在这里游山玩水，到老不再回去呢？

韩愈在德宗贞元八年（公元七九三年）登进士第后，一直没有官职。贞元十一年，三次上书宰相，希望任用，都没有效果。贞元十二年，在汴州，宣武节度使董晋请他去当观察推官。到贞元十五年，董晋卒，军人叛乱，韩愈逃难到徐州。徐州节度使张建封留他当节度推官。十六年夏，辞职回洛阳。这首诗就是贞元十六年秋在洛阳所作。当时他还是初任官职，已经感到处处受人拘束，因而发出了这些牢骚。结句的"归"字是"回去"之意，有人讲作"归隐"，就和"不更"二字矛盾了。

初、盛唐诗人作七言古体，往往喜欢用一些对偶句法。即使在杜甫的大篇七古中，也屡见对句。只有韩愈的七古，绝对不用对句。他只像说话一样，顺次写下去，好像不在语言文字上做雕琢功夫。这就是"以文为诗"的一个特征。但是如果把这篇游记写成散文，字句一定还要繁琐，而韩愈则把他从下午到次日清晨的这一次游览的每一段历程，选取典型事物，用最精简的字句，两句或四句，表现了出来。这就毕竟还不同于散文了。他的叙述，粗看时好比行云流水，没有细密的组织，但你如果深入玩味，就能发现他是处处有照顾的。"无道路"呼应了上文的"行径微"，"出入高下"呼应了上文的"山石荦确"，"赤足踏涧石"呼应了上文的"新雨足"。在黄昏时看壁画，是"以火来照所见稀"；在清晨的归路上，则看见了山红涧碧和巨大的松栎。前后两个"见"字，形成对比。在一句之中，也有呼应。"蝙蝠飞"，是"黄昏"时候；"百虫绝"，所以"静卧"。只有"吾党二三子"和上文的"天明独去"似乎有些矛盾。他这次游山，恐怕是和两三个朋友结伴同行的，要不然，为什么说"嗟哉吾党二三子"呢？但如果有两三人同行，又为什么说"天明独去"呢？看来这个"独"字，不可死讲，不能讲作"独我一人"，而应该讲作"只有我们几个人"。《项羽本纪》叙述沛公兵败成皋时，"独与滕公出成皋北门"；又在鸿门宴上"脱身独去"，其实当时还有从人。这里的独字也是同样用法。

何义门（焯）在《义门读书记》中评这首诗云："直书即目，无意求工，而文自至。一变谢家模范之迹，如画家之荆关也。"这是赞扬作者的创作方法纯用自然，不刻意做作，而达到极高的境界。宋齐时代，谢灵运、谢惠连、谢朓等一派诗人，创造了描写风景的诗，极力模山范水，在选字造句方面，终有费力的痕迹，而韩愈此诗，却如"荆关画派"的白描山水，不用色彩渲染。

字句精简而朴素，思想内容直率地表现，使韩愈的七古有一种刚劲之气。施补华在《岘佣说诗》中评云："七古盛唐以后，继少陵而霸者，唯有韩公。韩公七古，殊有雄强奇杰之气，微嫌少变化耳。"这也可以说是公论。杜甫以后，韩愈的七古，确实可以独霸诗坛。至于嫌他"少变化"，则是思维方法的问题。韩愈为人直爽，他的诗，也像他的散文一样，不喜婉转曲折，始终是依照思维逻辑进行抒写，因而篇法上就没有多大变化。

元代诗人元好问写过三十首《论诗绝句》，其中有一首是涉及《山石》的：

"有情芍药含春泪，无力蔷薇卧晚枝。"
拈出退之"山石"句，始知渠是女郎诗。

"有情芍药"两句是秦少游《春雨》诗中的句子。元好问以为这样的诗句，如果和韩愈的《山石》诗来比较，就知道秦少游这两句是"娘儿们"的诗。说秦少游诗是"女郎诗"，是形容它柔弱无力，反过来也就烘托出韩愈此诗的"雄强奇杰"，有丈夫气了。美学上有温柔的美和刚健的美，韩愈的七古，属于刚健的美。

一九七九年四月二十五日

落齿

韩愈

58

去年落一牙，今年落一齿。
俄然落六七，落势殊未已。
馀存皆动摇，尽落应始止。
忆初落一时，但念豁可耻。
及至落二三，始忧衰即死。
每一将落时，懔懔恒在己。
叉牙妨食物，颠倒怯漱水。
终焉舍我落，意与崩山比。
今来落既熟，见落空相似。
馀存二十馀，次第知落矣。
倘常岁一落，自足支两纪。
如其落并空，与渐亦同指。
人言齿之落，寿命理难恃。
我言生有涯，长短俱死尔。
人言齿之豁，左右惊谛视。
我言庄周云：木雁各有喜。
语讹默固好，嚼废软还美。
因歌遂成诗，时用诧妻子。

选韩愈诗者，大多选他的五、七言古诗，因为韩诗的风格突出地表现在古体诗中。但在唐人的选集中，《极玄集》、《才调集》均不选韩愈诗。《又玄集》选韩诗两首，一为《贬官潮州作》七律，一为《赠贾岛》七绝，都是属于当时一般风格的诗。可知韩愈那些风格独特的古体诗，在当时还没有被重视。因此也和他的古文一样，没有立即产生影响。

选韩愈的古诗者,取舍亦有不同。有的选其"古",如《琴操》、《元和圣德诗》、《南山》之类;有的选其"怪",如《陆浑山火》、《月蚀》之类;有的选其比较流利平稳,如《山石》、《雉带箭》、《秋怀诗》之类。这三种面目必须合起来看,才能认识整个韩愈的风格。

《落齿》诗从来没有人选取,也几乎没有人齿及。现在我选讲这首诗,作为"以文为诗"的一个典型例子。

这首诗完全不用一般人所熟习的诗的修辞。除了押韵和五言句这两个诗的特征之外,可以说全是散文的表现法。因此,讲这首诗一点也不费力,思想段落仍是四句一绝,下面把它译成散文讲解。

第一绝说:从去年开始落一个牙齿,今年又落了一个,不久便连续落了六七个,看来落势还不会停止。牙与齿虽然有一点区别,但这里是互文同义。第二绝和第三绝说:留存着的牙齿都在动摇了,看来总要到落尽才完结,想当初落下第一个牙齿时,只觉得口中有了缺缝,怪羞人的。及至后来又落下两三个,才担忧年寿衰老,恐怕快死了。因此,每一颗牙齿将落的时候,常觉得心中懔懔。第四绝描写将落的牙齿:歪斜颠倒,既妨碍咬嚼,又不敢用水漱口,可是它终究还是舍弃我而落下了。这时我的情绪好比崩塌了一座山似的。"叉牙"是个连绵词,歪斜旁出之意,是状词,不是名词。第五绝和第六绝叙述习惯于落齿的心理状态。近来已经对于落掉牙齿习惯了,落一个,也不过和上一个差不多,现在还留存二十多个,也有了思想准备,知道它们会得一个一个地落掉。如果经常是每年落一个,那么还可以支持二十年。如果一下子全部落光,那么,和慢慢地落光也是一样。第七绝说:有人说,牙齿在掉了,看来生命也靠不住了。我说:人生总有一个尽头,寿长寿短,同样得死。第八绝说:有人说,牙齿落空了,左右的人看了也会吃惊。我说:庄子有山木和鸣雁的比喻,山木因不中用,故得尽其天年;雁因为能鸣,故得免于被杀,可知有才与无才,各有好处。我的牙齿落光了,说不定也是喜事。第九绝说:落了牙齿,说话多误,那么就经常缄默也好。没有牙齿,不能咬嚼,那么就专吃软的东西,也同样味美。最后两句是结束:因为歌咏落齿,就写成了这首诗,常常用它来给老妻和孩子们读读,让他们惊笑。

全诗只用了一个《庄子·山木篇》里的典故,此外没有必须注释才能懂的辞句,我们演译为散文,宛然是一篇很有趣味的小品文。牙齿一颗一颗地落掉,是每一个渐入老年的人都会遇到的事。作者就利用这一件平常的事,描写他每一个阶段的思想情绪。从紧张到旷达,从忧衰惧死到乐天知命,这整个过程反映了作者对人生的态度,是从执着到自然,基本上还是老庄思想。但是从另外一个角度来体会,也可以说,作者不因落齿而消沉,对人生的态度,仍然是积极的。

这样的题材,这样的表现方法,在初、盛唐诗中确是不曾有过。因此,韩愈的诗和文,在同时代人的心目中,都被认为是一种怪诞的文学。他的门人李汉在《昌黎先生集》的序文中说:"时人始而惊,中而笑且排。"这是记录了当时人对韩愈的态度:始而惊讶,继而讥笑,最后便大施攻击。但韩愈并不动摇,他坚守他的原则:第一,不用陈辞滥调("惟陈言之务去")。第二,有独创的风格("能自树立")。他说:"若皆与世浮沉,不自树立,虽不为当时所怪,亦必无后世之传也。"(《答刘正夫书》)这是说:如果跟着一般人的路走,而没有独创的风格,在当时虽然不被人排斥为怪,可是也必不能流传到后世。从此也可以了解,韩愈自己很清楚地知道他的文艺创作,不是迎合当世,而是有意于影响后世的。用我们今天的话来说,他的创作是为将来的。

韩愈所倡导的古文运动,是在复古的口号下实现革新的目的,所以他的第一个原则是"师古",要向古圣贤人学习。学习些什么呢? 他说:要学习古人的意,而不是学习古人的文辞。("师其意,不师其辞。")什么是古人之意呢? 就是"务去陈言"和"能自树立"。他的散文,以"司马相如、太史公、刘向、扬雄"为师,就是学习他们的创作方法。同样,他的一部分诗,虽然当时人以为怪,其实也还是远远地继承了汉魏五言诗的传统,或者还可以迟到陶渊明。从陶渊明以后,这种素朴的说理诗几乎绝迹了三四百年,人们早已忘记了古诗的传统,因而见到韩愈这一类诗,就斥为怪体了。

一九七九年五月十日

59

华山女 韩愈

街东街西讲佛经，撞钟吹螺闹宫庭。

广张罪福资诱胁，听众狎恰如浮萍。

黄衣道士亦讲说，座下寥落如晨星。

华山女儿家奉道，欲驱异教归仙灵。

洗妆拭面著冠帔，白咽红颊长眉青。

遂来升座演真诀，观门不许人开扃。

不知谁人暗相报，訇然振动如雷霆。

扫除众寺人迹绝，骅骝塞路连辎軿。

观中人满坐观外，后至无地无由听。

抽钗脱钏解环佩，堆金叠玉光青荧。

天门贵人传诏召，六宫愿识师颜形。

玉皇颔首许归去，乘龙驾鹤来青冥。

豪家少年岂知道，来绕百匝脚不停。

云窗雾阁事恍惚，重重翠幔深金屏。

仙梯难攀俗缘重，浪凭青鸟通丁宁。

　　这首《华山女》，在韩愈的诗作中，是另外一种风格。它和《落齿》比，是不怪，没有散文气；和《山石》比，是从清淡变为秾艳。

　　这首诗也是四句一绝，一韵到底。第一绝四句是叙述街东街西处处都有和尚在讲佛经。撞钟，吹法螺，使寺院里喧闹得很。宫庭是指梵王宫庭，即寺院，不是指皇帝的宫庭。和尚们宣扬积福赎罪，以此来诱骗、威胁愚民，听众像浮萍一样挤得满满的。

　　第二绝和第三绝共八句，叙述穿黄衣的道士也在讲道家经典，以对抗佛教，可是讲座下没有几个人听，可见当时佛教势力大于道教。忽然，这时来了一个华山女道士,她一心要驱逐佛教,使群众皈依道教。于是她洗妆拭面,穿著起华美的道家冠帔,红红的面颊,雪白的颈子,青黛的长眉,非常美艳。她就来到道观里升座讲道,叫人把大门关上,不许人开闭。真诀,就是仙诀,使人成仙的秘诀。演真诀,就是演讲道家经典。

第四绝和第五绝八句,叙述这位美艳的女道士正在讲道的消息,不知给什么人传了出去,一下子群众轰动,如雷震一般。在各个寺院里听讲佛经的人跑空了。骑马的男子,乘车的妇女,都一齐涌到道观里来。道观里人坐满了,后来的人只得坐在院子里,没有地方挤,也听不到。这位女道士讲经的收获,是许多妇女布施了金珠饰物,堆金叠玉,宝光青荧。

第六绝四句叙述这位女道士轰动京城的讲道,被皇帝知道了。就传出诏书召唤她进宫去,说是皇后妃子等都要见见她。在皇宫里耽了一时之后,皇帝才点头允许她回去。于是她乘着云龙仙鹤的车子从皇宫里回来了。天门贵人,指宫中派来的使者,如太监之类。玉皇,指皇帝。青冥是天的代词。来青冥,即来自天上。天上,即指皇宫。

最后六句叙述这位女道士自从进过皇宫以后,名气更大,就有许多豪家子弟来追求她。这些少年并不是真要修道,而是恋慕她的美色。他们两脚不停地在观门外面绕着走,尽管买通了人去传达情意,可是他们到底是俗缘太重,够不上成仙得道,托人也是徒然。至于那位女道士呢?她住在云窗雾阁之中,有重重翠幔和泥金屏风遮掩着。她屋子里的一切事情,都是恍恍惚惚,不是外人所能看见、所能知道的了。

整首诗的创作方法是赋,即描写和叙述。最后六句的赋体是隐寓讽刺意义的,但辞句也写得恍恍惚惚,使读者捉摸不定,不知道作者对这位华山女道士的态度到底如何,我们如果把这六句中的第三、四句抽出,把一、二、五、六句连起来读,可知豪家少年都没有能够攀上仙梯,获得女道士的青睐。如果这样讲,那么中间二句的意思,只是说那位女道士是深居修道,非讲经不露面的规矩人物了。

韩愈另外有一首《谢自然诗》,叙述贞元十年果州南充县一位女道士白日升天成仙的异事。这是一首五言古体诗,其末尾一大段是正面批判在秦皇、汉武的影响之下,人民崇道求仙的愚昧。以《谢自然诗》和《华山女》相比较,显然可见前诗主题明确,后诗主题隐晦。因为隐晦,所以这最后六句可以解为诗人对这位女道士还是肯定的。

宋人许彦周说:"退之此诗,颇用假借。"(《彦周诗话》)这"假借"二字,意义非常含蓄。他的意思是:韩愈虽然不喜欢佛道二教,但在二教之间,他的态度微有不同。他更反对佛教,因为这是外来的异端,而道教是唐朝的国教。一位女道士能讲经打垮佛教徒,他是赞扬的。至于这位女道士的私生活,尽管有各种流言,但豪家少年到底无人能勾搭到她。韩愈虽然没有从正面肯定她,但诗意并没有贬斥她。这就是"假借"的涵义。

但多数人讲这首诗,都以为是有讽刺的。沈德潜在《唐诗别裁》中批云:"《谢自然》诗,显斥之;《华山女》诗,微刺之。总见神仙之说惑人也。"又在"云窗雾阁"下批道:"中藏亵慢之意。"这两条批语,说明了沈德潜对此诗的体会。他以为从"云窗雾阁"这一句看来,作者透露了这位女道士的私生活是有暧昧的。以一个淫泆的女道士而能倾动京城里的男男女女,可见神仙之说很能迷惑人。因此得出评断,说这首诗只是微微地讽刺了一下,不像《谢自然》诗那样明显地谴责。

三百年来,大家都依照沈德潜的讲法,说这首诗是讽刺"神仙之说"的"惑人"。而且讽刺得并不尖锐,因为作者对这位女道士还有肯定的一面。我几次读这首诗,总觉得还有可疑。这首诗前半篇十韵二十句,可以说是笔酣墨舞地赞扬这位女道士"扫除众寺人迹绝"的功劳。开头四句叙述和尚讲经的盛况,显然是用了贬斥语气。"广张罪福资诱胁"是说佛家之说惑人,而接下去十六句描写女道士讲经,却全是正面舞墨,并没有揭出神仙之说惑人的意思。后半篇最后六句,除了"事恍惚"三字有点隐晦之外,其馀辞气也都明白。豪门少年追求不到这个女道士,那么她也并不坏啊!能说她是以神仙之说惑人吗?

我认为这首诗是讽刺诗,并不是微微地刺了一下,而是狠狠地刺了一下。不过所刺的不是"神仙之说之惑人",而是当今那"玉皇"和女道士之间的宫闱秘史。这首诗的关键全在"天门贵人"以下四句。这四句隐约地透露了一件事:皇帝派人来宣召华山女道士进宫去,说是六宫后妃都要见见她。既然是后妃要见她,那么见过之后,后妃就可以允许她回去。为什么要皇帝点头,她才能从宫中回来?如果"玉皇"不"领首",她还能回来吗?由此可以恍然大悟,原来"六宫愿识师颜形",不过是"玉皇"的托辞。懂得了这个秘密,才能解释"事恍惚"的"事"字。华山女道士既然和皇帝有过关系,她还瞧得起那些豪家子弟吗?

佛道二教极盛于唐代,和尚道士不必劳动而享受十方供养,生活比一般人民富裕得多。不但男子争求出家,妇女也愿出家。不过出家做尼姑要剃光头发,妇女不很愿意，因此女道士多于尼姑，妇女出家做女道士，称为"入道"。唐诗中有许多"送宫人入道"诗，就是送年老宫人出家的诗。她们只有入道，才能出宫，否则就得老死在宫中。道士又称为炼师。唐人有许多赠炼师的诗，多半是赠女道士的。

许多妇女以入道为摆脱礼教束缚，取得生活自由的手段。唐朝有许多公主都出家做女道士，著名的有睿宗李旦的两个女儿金仙公主、玉真公主和玄宗李隆基的女儿万安公主。她们入道之后，就从宫里搬出来，住在为她们修建的豪华的宫观里，过着奢侈而放浪的生活。金仙公主和玉真公主都招集诗人文士宴会作乐，俨然像法国十七八世纪贵族夫人主持的"沙龙"，当时许多诗人都有为这两位公主写的诗。

妇女入道也是改变阶级地位的一个办法。在宫里做公主，不能随便接见外人。做了女道士，就改变了身份，可以自由邀集门下清客了。社会阶级、家庭门第本来不高的妇女，做了女道士，就不属于她原来的阶级，因为僧道不在四民之列。这样，她们就有资格结交达官贵人。皇帝不能宣召一个平民妇女进宫去，但可以请一位有道行的女道士进宫去。

武则天本来是太宗李世民宫中的才人，被高宗李治看中了。太宗死后，高宗不能把父亲的宫嫔接收过来。他就暗示武则天出家做尼姑，这样就改变了她的前朝宫人的身份。然后把武则天召进宫去，封为昭仪。这就是宠爱了一个尼姑，不是宠爱了他父亲的宫女。

杨太真原来是玄宗第十八子寿王瑁的妃子，被玄宗看中了，就暗示她去做女道士。然后召她入宫，册为贵妃。这样就算爱上了一个女道士，不是爱上了自己的媳妇。

大约在盛唐、中唐这一段时期，女道士特别多。诗人李冶、鱼玄机都是女道士，名声也不很好。李冶曾被玄宗召进宫去，不过算来她那时年纪已老，不会有什么秘史。韩愈所写的华山女，是个美丽而有口才、轰动一时的女道士，她的被"玉皇"所赏识，这件事就有些"恍惚"了。

中唐诗人韦渠牟有《步虚词》十九首、张继有《上清词》一首，都是用道家的歌曲来歌咏女道士的。韦渠牟的第三首落句云："天高望不见，暗入白云乡。"第四首头尾四句道："鸾影共徘徊，仙官使者催……何须生羽翼，始得上瑶台。"张继的绝句云：

紫阳宫女捧丹砂，王母今过汉帝家。

春风不肯停仙驭，却向蓬莱看杏花。

这些诗句，恐怕都是暗射女道士入宫的"恍惚"事。

一九七九年七月二十日

竹枝词九首

刘禹锡

白帝城头春草生，白盐山下蜀江清。
南人上来歌一曲，北人莫上动乡情。

山桃红花满上头，蜀江春水拍山流。
花红易衰似郎意，水流无限似侬愁。

江上朱楼新雨晴，瀼西春水縠纹生。
桥东桥西好杨柳，人来人去唱歌行。

日出三竿春雾消，江头蜀客驻兰桡。
凭寄狂夫书一纸，家住成都万里桥。

两岸山花似雪开，家家春酒满银杯。
昭君坊中多女伴，永安宫外踏青来。

城西门前滟滪堆，年年波浪不能摧。
懊恼人心不如石，少时东去复西来。

瞿塘嘈嘈十二滩，人言道路古来难。
长恨人心不如水，等闲平地起波澜。

巫峡苍苍烟雨时，清猿啼在最高枝。
个里愁人肠自断，由来不是此声悲。

60

山上层层桃李花，云间烟火是人家。

银钏金钗来负水，长刀短笠去烧畲。

刘禹锡，字梦得，彭城（今徐州）人，德宗贞元九年（公元七九三年）进士。初在淮南节度使杜佑幕府中任记室，为杜佑所器重。后从杜佑入朝，为监察御史。贞元末，与柳宗元、陈谏、韩晔等结交于王叔文。时王叔文得宠于皇太子李诵，及德宗病，皇太子即位，是为顺宗。王叔文推荐韦执谊为宰相，而自为度支盐铁转运副使，这是执掌经济大权的官职。

转运使杜佑是挂名的，实权都在王叔文手里。其后，王叔文转官户部侍郎，刘禹锡转官屯田员外郎、判度支盐铁案，柳宗元为尚书礼部员外郎。这样就形成了一个以王叔文为首的政治集团。顺宗在即位以前，早已中风，口不能说话，躺在床上。因此王叔文得以结交太监王伾，专权执政。刘禹锡和柳宗元是这个政治集团的核心人物，故当时称为"二王刘柳"。王叔文当权只有八个月，因为当年八月，顺宗病危，传位于皇太子李纯，是为宪宗。宪宗即位后，立即贬斥王伾为开州司马，王叔文为渝州司户。刘禹锡贬为连州刺史，柳宗元贬为邵州刺史。接着又再贬刘禹锡为朗州司马，柳宗元为永州司马。此外，陈谏、韩晔等六人也都贬为远州司马。这就是唐代政治史上所谓"八司马"。王叔文这个集团的政治措施在新旧《唐书》里几乎没有记载，但反对王叔文最猛烈的是各地藩镇，可以想见王叔文必有抑制藩镇的计划。刘禹锡和柳宗元，在参与王叔文集团的时候，史书上说他们是"颇怙威权，中伤端士"，御史窦群弹劾刘禹锡的罪名是"挟邪乱政"，由此也可以想见这是封建官僚内部的权力斗争。关于这个政治集团的评价，我们让历史学家去探讨。

刘禹锡做了十年朗州司马，元和十年（公元八一五年）召还。宰相本想起用他为省郎。这时他做了一首《玄都观看花诗》，讥讽了执政官，于是又被放逐外出，去做连州刺史。后来改夔州刺史,又改和州刺史。到大和二年(公元八二八年),才又召还,拜主客郎中。可是他又做了一首《重游玄都观》诗,执政官大不高兴,虽然有宰相裴度的赏识,也只能举荐他为礼部郎中、集贤直学士。裴度罢相,刘禹锡也就被排挤出去做苏州刺史。任满回朝,任和州刺史,迁太子宾客、分司东都。会昌二年(公元八四二年)卒,年七十一。刘禹锡的最后一任是太子宾客,故后世题他的诗文集为《刘宾客集》。

刘禹锡和柳宗元的政治遭遇是相同的。文学声望,在贞元、元和年间,也同样是惊动一时的。但刘禹锡活到七十一岁,柳宗元只有四十七岁。柳宗元终于柳州刺史,刘禹锡在连州刺史之后,还做了三任刺史,一任郎官,晚年还和白居易结交为好友。白居易极口称赞刘禹锡的诗,称之为"诗豪"。因此,刘禹锡的诗名超过了柳宗元,在长庆、大和年间,他和白居易同为诗坛领袖。

因为做了多年的外州刺史,到的地方多,熟悉各处的风土人情,这就丰富了他的诗料。他特别注意民间歌谣,吸收民歌的题材和风格,创作了著名的《竹枝词》,为唐诗开辟了一块新的园地。

刘禹锡诗集中有《竹枝词九首》,又有《竹枝词二首》,又有《堤上行三首》,都是民歌风格的七言绝句。《竹枝词九首》是最初的作品,因为有一篇序引自作说明:

> 四方之歌,异音而同乐。 岁正月,余来建平,里中儿联歌《竹枝》,吹短笛,击鼓以赴节。 歌者扬袂睢舞,以曲多为贤。 聆其音,中黄钟之羽,卒章激讦如吴声。 虽伧佇不可分,而含思宛转,有淇澳之艳音。 昔屈原居沅湘间,其民迎神,词多鄙俚,乃写为《九歌》,到于今荆楚歌舞之。 故余亦作《竹枝》九篇,俾善歌者飏之,附于末。 后之聆巴歈,知变风之自焉。

这一段序引,讲到几个问题,需要解释。第一句是说各地的民歌,声音虽有不同,但都是乐曲。"岁正月",没有说明是那一年的正月。"建平"是个旧郡名,当时称为归州,即今之秭归。这两句,应当是说明作《竹枝词》的时和地,但时既不明白,地亦可疑,因此曾引起后人的研讨,我们留着以后再讲。下文是叙述作者在建平时听到儿童唱竹枝词的情况。这是一种联唱的歌曲,有人吹短笛伴唱,击鼓为节拍,歌的人同时也舞。谁能唱得多,就是胜者。以下五句,是作者对这种民歌的印象。黄钟是正宫音乐,其声调是和平中正的,但羽声是激昂慷慨之音。"黄钟之羽"是和平中带有激昂的音调。激昂是在歌曲的最后部分,像苏州的山歌那样。但也分不出哪里是吴声,哪里是楚声。"伧"是对吴人的鄙称,"狞"即"狞",唐诗中常用此字来表示猛烈、激越,这里是指楚声。总之这些歌曲所表现的思想感情是很宛转的,有些像《诗经·卫风》中的那些情诗。以下六句说屈原在湖南,因为民间巫师唱的迎神送神歌都用鄙陋的歌词,所以改作较文雅的《九歌》,至今当地人民还在用他的歌词作为舞曲。刘禹锡也摹仿屈原作了九首《竹枝词》,使能唱的人流传开去。最后两句是说他把这九首《竹枝词》附在屈原《九歌》之后,使后世听"巴歈"的人了解"变风"的来源。"巴歈"是巴郡(今四川东部)的民歌,"变风"是关于《诗经》的名词:郑、卫二国的诗,虽然是淫辞艳曲,但还是稍稍变样的"风"诗。十五国风中有正风、变风,文辞音调雅正的诗称为正风,文辞音调有些不端庄的称为变风。这里所谓"变风",就是指上文的"音中黄钟之羽,卒章激讦如吴声"。

从这一段序引看来,刘禹锡开始作《竹枝词九首》是有意继承《九歌》的,后来他又作二首,就另外题作《竹枝词二首》,并不合在一起。另外他又作了《堤上行三首》《踏歌词四首》,其实也是"竹枝词",因为这两组诗中都提到"竹枝"。

"竹枝歌"是有地区性的民歌,所以其第一个特征是地方色彩。刘禹锡在建平初次听到竹枝歌,仿效屈原拟作九首,也就运用这个地区的山水、古迹、风土、人物。他歌咏到白帝城、白盐山、瀼溪、昭君坊、永安宫、滟滪堆、瞿塘峡中的十二滩、巫峡,都是从夔州到归州这一段长江两岸的山水古迹。杜甫在这里旅居的时候,也有诗提到。《水经注》卷三十三对这些山水古迹有详细的叙述描写,可以参看。

至于风土、人物,在这九首歌词里反映出来的有人民在白帝城头和瀼溪桥上的唱歌,有昭君坊里和永安宫外的游女,有旅居在此地的妇人托返回成都的船带信给丈夫,有住在山头的女子到江边来取水,男子到山下来烧草灰肥田。九首诗组成了一幅风俗画。

民歌的第二个特征是不讲究平仄粘缀。七言四句的民歌往往用拗体,表现在第三句。刘禹锡这九首也都用拗体,而不用绝句正格。拗体绝句的下半首音调较为急促,苏州山歌也大多如此。所以杜甫作拗体绝句,即称为"吴体"。刘禹锡序引中所谓"激讦如吴声",也说明了民歌的这一个普遍特征。

所谓"竹枝歌",大概是当地青年男女在竹林里劳作时的对唱歌谣。这个名称也是当地特有的,正如苏州称为"山歌",是山上劳动人民的歌谣;福建有"采茶歌",是采茶姑娘的抒情歌谣;山东有"渔歌",是渔民的歌谣。各个地区的这一类歌谣,都是劳动人民歌唱他们自己的工作与生活,就是所谓"劳者歌其事"。因此,歌词的题材内容不会越出他们的生活范围以外。歌词的语气也大多自白,很少代言。这是民歌的第三个特征。刘禹锡的这九首诗中,第二、四、六、七、八首都是用唱歌者自白的语气。

民歌的第四个特征是用眼前景物来作比喻。第二首以"花红易衰"比男子的薄情,以"水流无限"比自己的愁绪。第六首以"波浪不能摧"的滩石来对比来去不定的情人之心。第七首以瞿塘峡中危险的水道来对比"平地起波澜"的人心。意思是说,江水之所以有波澜,是因为底下有石头,而人心则在平地上也会起波澜。

利用同音假借字作文学的隐语,是民歌的又一个传统特征。晋代的《子夜歌》有一句:"雾露隐芙蓉,见莲不分明。""芙蓉"即是莲花(荷花),在雾露里的莲花,看不分明。这个"莲"字被用来作"怜"的谐声字。"见怜"即是"被爱"。这里表达一个女子的忧虑,不知道那个男子到底爱不爱她。

又有《读曲歌》一首:"奈何许!石阙生口中,衔碑不得语。""石阙"即是碑。碑生在口里,即是口里含着碑。"衔碑"是"含悲"的谐声字。这首民歌是一个不幸的女子的叹词,"怎么办啊!我满含悲哀,话都说不出来"。"雾露隐芙蓉"和"石阙生口中"这两句都是为谐声字而作的比喻,不是诗歌的本意。刘禹锡另外有一首著名的《竹枝词》,也用这个传统手法:

> 杨柳青青江水平,闻郎江上唱歌声,
> 东边日出西边雨,道是无晴却有晴。

"东边日出西边雨",既是晴天,又不是晴天。一个女子听到她的爱人在江船上唱歌,捉摸不定,不知他对自己到底有无爱情。这里就用"晴"字来借作"情"字。

这种诗体,称为"风人体"。这个名词,最早见于钟嵘《诗品》。他说谢惠连"工为绮丽歌谣,'风人'第一",似乎是指民歌风格的诗。严羽《沧浪诗话》论杂体诗,有"风人诗"一格。注云:"上句述一语,下句释其义,如古《子夜歌》、《读曲歌》之类,则多用此体。"这就是以"晴"字谐"情"字音的方法了。张表臣《珊瑚钩诗话》云:"古有采诗官,命曰'风人',以见风俗喜怒、好恶。"这里说明了"风人"是古代的采诗官。但古书中却未见有这个官名。总之,这个名词虽然早已出现,但在唐代才开始流行。当时所谓"风人诗",后世却称为"谐音诗"。皮日休、陆龟蒙都有几首风人诗,大约在中、晚唐时代民歌中盛行这种谐声法,所以刘禹锡也采用在他的竹枝词中。

以上举出了民歌的五个特征。事实上,它们是一切民间文学的特征。民间文学的题材内容、创作方法和表现方法,丰富多彩,各地区有它自己的特征,当然不限于以上所提到的五种。刘禹锡能注意到巴东、湘、汉一带的民歌,汲取其内容和形式,写出自己的新颖的诗歌,这就可见他善于向人民学习。自从刘禹锡的竹枝词盛行于世,以后各地文人都摹仿他,用这种形式来歌咏本地的风土人情。于是出现了"广东竹枝词"、"扬州竹枝词"之类的作品,有些还在每首诗下附一段说明,于是"竹枝词"这个名词就变成了"风土诗"的代称,而失去了它的地区意义。

《旧唐书·刘禹锡传》说:

> 禹锡在朗州十年,唯以文章吟咏,陶冶性情。襄俗好巫,每淫祠鼓舞,必歌俚辞。禹锡或从事于其间,乃依骚人之作,为新辞以教巫祝。故武陵溪洞间夷歌,率多禹锡之词也。

这是说刘禹锡作《竹枝》是在贬官朗州司马时,朗州旧称武陵,就是现在的湖南沅陵。如此,则"竹枝歌"是湘西的民歌了。但是,刘禹锡的自序里明明说这些《竹枝词》是在建平时所作,而且刘禹锡从夔州刺史转扬州刺史时作过一首《别夔州官吏》诗:

> 三年楚国巴城守,一去扬州扬子津。
> 青帐联延喧驿步,白头俯伛到江滨。
> 巫山暮色常含雨,峡水秋来不恐人。
> 惟有九歌词数首,里中留与赛蛮神。

这首诗明确地说九首《竹枝词》是在夔州时所作,可知《旧唐书》的记载是错了。夔州和归州是邻郡,可能建平郡原先包括夔、归两州,后来分为两州,故夔州亦可用建平这个旧名。

刘禹锡创作的竹枝歌,很快便流传到长安、洛阳,成为流行的新歌词。孟东野的一首《教坊歌儿》诗有句云:

> 去年西京寺，众伶集讲筵。
>
> 能嘶竹枝词，供养绳床禅。
>
> 能诗不如歌，怅望《三百篇》。

可知佛寺讲经的时候，有伶人唱"竹枝词"的娱乐节目。伶人以能唱竹枝词，得到丰厚的供养。孟东野感慨自己能诗而遭遇不如能歌，因而悼念诗道的没落。又有《自惜》诗云：

> 倾尽眼中力，抄诗过与人。
>
> 自悲风雅老，恐被巴竹嗔。

这是说他竭尽昏花的老眼，抄写自己的诗送给朋友，却又怕自己的诗已经过时，反而会被唱巴州的竹枝歌者嗔笑。

在同时的诗人中，也有许多跟着做竹枝词。现在所能见到的有顾况一首，白居易四首，李涉四首。晚唐五代有皇甫松作六首，孙光宪作二首。

"竹枝歌"这个歌名的意义，从来未见解释。我们说它是巴东、湘、汉一带在竹林中劳动的青年男女的抒情歌，也只是一种比较合理的推测，没有文献可以证实。在《花间集》中收有孙光宪的《竹枝》二首，《尊前集》中收皇甫松的《竹枝》六首，都以"竹枝"和"女儿"二字为和声。因此，又可以推测它是以和声为歌名的。但是，为什么用"竹枝"和"女儿"为和声呢？这又可以回到第一个推测去，大概最初是有些在竹林里劳动的男青年，爱恋女青年，即景生情，唱出了他们的情感，就以"竹枝"、"女儿"为和声。现在抄录一首孙光宪的《竹枝》：

> 乱绳千结竹枝绊人深女儿，
>
> 越罗万丈竹枝表长寻女儿。
>
> 杨柳在身竹枝垂意绪女儿，
>
> 藕花落尽竹枝见莲心女儿。

由此可知当时每一个七言句都分二段唱，每段之后都有和声。唱的是一人，和的可以是许多人，这就是所谓"一人唱，千人和"。"千"是虚数，意思只是说"许多"，白居易《何满子》词云"一曲四词歌八叠"，我们也可以从竹枝词的形式中体会到它的意义。"四词"即四句，"八叠"即八段。四句诗分八段唱，可知是唐代歌唱绝句的谱式。

皇甫松的六首《竹枝》，形式和刘禹锡的《竹枝词》不同，它们每首只有两句，例如：

> 芙蓉并蒂竹枝一心莲女儿，
> 花侵槛子竹枝眼应穿女儿。

而且有一首是用仄声韵的：

> 山头桃花竹枝谷底杏女儿，
> 两花窈窕竹枝遥相映女儿。

皇甫松是巴蜀人，他这六首《竹枝》，显然不是依照刘禹锡的诗格写的，很可能他是直接采取了民歌的本来形式，只是两句的短歌。例如《水经注》所载巴东渔人的民歌，也只有两句：

> 巴东三峡巫峡长，猿鸣三声泪沾裳。

不论是两句或四句，它们的和声都同样用"竹枝"和"女儿"，这就可知不是文人随意制作，而是民歌的原来样式。竹枝歌之所以用"竹枝"为歌名，可以肯定是这个理由。

和声虽然只有两个字音，但也是协韵的。"枝"和"儿"是韵。皇甫松另外有一首民歌《采莲子》：

> 菡萏香连十顷波举棹，
> 小姑贪戏采莲迟年少。
> 晚来弄水船头湿举棹，
> 更脱红裙裹鸭儿年少。

此诗以"举棹"和"年少"作和声，"棹"与"少"也是协韵的。

竹枝词都用七言绝句的形式写作。绝句是言其诗体，竹枝词是言其内容。清代有一个刘大勤，去问他的老师王士禛："竹枝词和绝句有什么不同？"王老师回答道："竹枝词是专歌咏风土的，琐碎的、诙谐的，都可以写进去，一般是要求有风趣，

和绝句完全不一样。"（见《师友诗传录》）

　　看来这一对师生的观念都很糊涂，学生的问题已经不合逻辑，老师的回答也还是不合逻辑。这种情况，在清代人的诗话里，经常可以发现。

一九七九年八月二十五日

61

石头城

山围故国周遭在，潮打空城寂寞回。

淮水东边旧时月，夜深还过女墙来。

乌衣巷

朱雀桥边野草花，乌衣巷口夕阳斜。

旧时王谢堂前燕，飞入寻常百姓家。

　　刘禹锡没有到过南京，但他有五首赋咏南京的诗。南京是六朝故都，江东繁华之地。到刘禹锡的时代，这个城市已不是政治、经济和文化中心了，它已荒落得差不多成为一个"空城"。有人写了五首关于南京的诗：《金陵五题》，刘禹锡有感于这个废弃了的故都，也和作了五首。这里我选录了两首。

　　"山围故国"两句是白居易极为赞赏的，认为是"后之诗人不复措辞"的佳句。这个故国空城，现在只被山围潮打，不必说出寂寞，已写出了它的寂寞。到了夜晚，城里有些什么？还像当年一样的彻夜热闹，有灯火楼台、清歌妙舞吗？没有了。有的只是当年的明月，还在从女墙上照进城来。诗人说"过女墙来"，这是城里人的语气。夜深了，惟有旧时月色，还像当年一样地照进城来。可知这是一个"空城"。淮水是指秦淮河，不是淮河。

　　朱雀桥边、乌衣巷口，是以王导、谢安为代表的六朝豪门大族的聚居地点。刘禹锡想象中来到这里一看，只见桥边野草开花，巷口夕阳斜照。当年在王、谢家厅堂前结窝栖宿的燕子，倒也还在，不过它们现在已飞到普通老百姓家里去了。

　　两首诗都用"旧时"，今昔盛衰的对比就明白了。旧时月色，所照临的是什么？诗人没有说。旧时的燕子，当年曾飞入王、谢家的堂前，而现在的燕子则飞入了寻常百姓的屋里。前者是含蓄的对比，后者是正面叙述的对比。

　　唐人绝句，一般说来，都不难理解。有许多脍炙人口的诗，例如王之涣的"黄河远上白云间"、王昌龄的"秦时明月汉时关",人人都爱读,人人都以为好,似乎人人都懂得。其实不然,即使是一首二十八字的七言绝句,各人的理解也不会完全一样。现在选讲刘禹锡这两首诗,我打算以《乌衣巷》这首诗来作例子,搜集宋元以来许多人的解说,看看各人的理解有多少差距。

宋人蔡梦弼的《草堂诗话》和蔡正孙的《诗林广记》,都引用了刘斧的小说《青琐摭遗》来说明这首诗的本事:

> 王榭,金陵人,世以航海为业。一日,海中失船,泛一木登岸。见一翁一姬,皆衣皂,引榭至所居,乃乌衣国也。以女妻之。既久。榭思归,复乘云轩泛海,至其家。有二燕栖梁上,榭以手招之,飞至臂上,取片纸,书小诗系其尾曰:"误到华胥国里来,玉人终日苦怜才。云轩飘去无消息,洒泪临风几百回。"来春,燕又飞来榭身,上有诗云:"昔日相逢真数合,如今暌远是生离,来春纵有相思字,三月天南无雁飞。"至来岁,燕竟不至。因目榭所居为乌衣巷。刘禹锡有诗云:"朱雀桥边野草花……"

这是一个毫无历史知识的妄人胡诌出来的故事。他把王、谢改为王榭,作为一个人的姓名。又把乌衣说成是乌衣国,而乌衣又是燕子的别名。最后又引了刘禹锡这首诗,仿佛以为刘禹锡这首诗所咏的就是这个故事。幸而这个故事编得太离奇了,稍有历史知识的读者不会受其欺哄,因而它没有给后世留个影响。

> 世异时殊,人更物换,岂特功名富贵不可见,其高名甲第,百无一存,变为寻常百姓之家。……朱雀桥边之花草如旧时之花草,乌衣巷口之夕阳如旧时之夕阳,惟功臣王、谢之第宅今皆变为寻常百姓之室庐矣。乃云:"旧时王、谢堂前燕,飞入寻常百姓家。"此风人遗韵。

这是宋人谢枋得《唐诗绝句注解》中的评语。

> 此叹金陵之废也。朱雀、乌衣,并佳丽之地,今惟野花夕阳,岂复有王、谢堂乎!不言王、谢堂为百姓家,而借言于燕,正诗人托兴玄妙处。后人以小说荒唐之言解之,便索然无味矣。

这是明人唐汝询《唐诗解》的解释。他以为王、谢住宅依然存在,不过已为寻常百姓所居。燕子虽然还是飞来栖止,但已不是飞入王、谢堂前,而是飞入寻常百姓之家了。"小说荒唐之言",即指刘斧的《青琐摭遗》。对于这一解释,吴昌祺的《删订唐诗解》批了一句:"此解最是胜叠山(即谢枋得)。"

沈德潜在《唐诗别裁》中批云:

> 言王、谢家成民居耳,用笔巧妙,此唐人三昧也。

施补华《岘佣说诗》云:

> 《乌衣巷》诗:"旧时王谢堂前燕,飞入寻常百姓家。"若作燕子他去,便呆。盖燕子仍入此堂,王、谢零落,已化作寻常百姓矣。如此则感慨无穷,用笔极曲。

以上诸家的解释,互有同异。谢解以为王、谢第宅已百无一存,旧时燕子现在只能飞入寻常百姓人家。唐、沈两家以为王、谢第宅犹在,但已为寻常百姓所居。施氏之意,以为王、谢家已经式微,但还住在这屋子里。燕子虽然仍入此堂,可是此堂已不属于豪门大族,而沦为寻常百姓的住宅了。

一般人读此诗,对这第三、四句,从来不深入分析。总的体会,都以为作者借燕子来反映南京的盛衰。至于诗人笔下的那些燕子,到底是飞来原处呢,还是飞到别的屋子里,也没有人会提出这样的问题。谢枋得的讲法,还是一般读者所理解的。自从唐汝询指出了此诗的"托兴玄妙处",于是许多人若有所悟,觉得这是诗人的曲笔。原来这些燕子,今天飞进去的老百姓的堂屋,仍是从前王、谢家的堂屋。诗句"飞入寻常百姓家"不能讲作"飞到别处去了"。三百年来,许多人都以为这样说诗,深得作者之意。

但是,近来已有人提出了异议。刘永济在《唐人绝句精华》中评施补华之说云:"其说真曲,诗人不如此也。说诗者每曲解诗人之意,举此一例,以概其馀。"又沈祖棻在《唐人七绝诗浅释》中也说:"这'王谢堂'与'寻常百姓家'是二还是一,问题并不大。施说的好处在于较为深曲,毛病也在深曲。在文学作品中出现的客观现象,每每大于作者的主观思想,所以也无妨留供参考。"

刘、沈两家的意见是相同的。不过刘说得坚决,以为施补华所代表的讲法是曲解了诗人的本意。沈氏说得婉转。她也以为施补华的讲法是曲解,但她又以为作者并无此意,而讲者不妨如此讲。这就是她所谓"好处在较为深曲,毛病也在深曲"。

　　我把关于这首诗的材料提供在这里,请读者自己思考,应当怎样了解这首诗,怎样评断以上诸家的意见。至于我个人,觉得大家把问题集中在"王谢堂"和"百姓家",未免找错了重点。应当注意的是"旧时"两字。上句既用"旧时"来形容"王谢堂前燕",那么"飞入寻常百姓家"的应当是"现今"的燕子了。诗人想到南京的燕子,在六朝时代,常飞入王、谢家高堂大厦中去做窝,而现在呢,南京的燕子都只能"飞入寻常百姓家"了。"旧时王谢堂前燕",不能理解为就是今天的燕。旧时和现今,相差五百年,一群燕子,没有如此长的寿命。在诗的艺术方法上,"旧时王谢堂前燕"是虚句,是诗人的想象。"飞入寻常百姓家"是实句,诗人写当今的现实。如果我们从这一角度去思考,那么"王谢堂"和"百姓家"的关系就可以获得正确的解释了。

一九八四年十一月二十五日

【补 记】

　　关于《乌衣巷》一诗,续见几种诗选、诗话中的有关评论一并抄示,以作为深入了解此诗作者本意或诗艺的参考。

　　明瞿佑《归田诗话》:"予为童子时……又在荐桥旧居,春日新燕飞绕檐间,先姑诵刘梦得'旧时王谢堂前燕,飞入寻常百姓家'之句。至今每见红叶与飞燕,辄思之。不但二诗写景咏物之妙,亦先人之言为主也。"

　　明桂天祥《批点唐诗正声》:"有感慨,有风刺,味之自当泪下。"

　　清黄生《唐诗摘抄》:"本意只言王侯第宅变为百姓人家耳,如此措词遣调,方可言诗,方是唐人之诗。"

　　清朱之荆《增订唐诗摘抄》:"野草夕阳,满目皆非旧时之胜,堂前则百姓家矣,而燕飞犹是也。借燕为言,妙甚。"

　　近代俞陛云《诗境浅说续编》:"朱雀桥、乌衣巷皆当日画舸雕鞍、花月沉酣之地,桑海几经,剩有野草闲花,与夕阳相妩媚耳。茅檐白屋中,春来燕子,依旧营巢,怜此红襟俊羽,即昔时王、谢堂前杏梁栖宿者,对语呢喃,当亦有华屋山丘之感矣。此作托思苍凉,与《石头城》诗皆脍炙词坛。"

一九九六年二月十八日

62

　　柳宗元,字子厚,河东(今山西永济)人。德宗贞元九年(公元七九三年)进士及第,授校书郎,累迁监察御史里行。贞元二十一年初,参加王叔文政治集团,为礼部员外郎。王叔文与王伾执政,他们勇于革新政治,加强中央权力;在宫中杜绝宦官弄权,对地方则要削弱藩镇。大约操之过激,触怒了豪门地主的保守势力,不到一年就失败了。柳宗元和刘禹锡在这个集团中是颇受侧目的人物,与王叔文等被称为"二王刘柳"。

　　当年九月,任京西神策行营节度行军司马的韩泰贬官为抚州刺史,任司封郎中的韩晔贬为池州刺史,礼部员外郎柳宗元贬为邵州刺史,屯田员外郎刘禹锡贬为连州刺史。贬官的诏令宣布后,朝中人士还以为处罚太轻,于是在十月中又再度贬斥。韩泰从抚州刺史再贬为虔州司马,柳宗元从邵州刺史再贬为永州司马,刘禹锡从连州刺史再贬为朗州司马,韩晔从池州刺史再贬为饶州司马。另外又贬中书侍郎韦执谊为崖州司马,河中少尹陈谏贬为台州司马,和州刺史凌准贬为连州司马,岳州刺史程异贬为柳州司马,他们也被目为王叔文党与。这就是唐代历史上著名的永贞革新事件中的"八司马"。

　　八司马中间,刘禹锡和柳宗元是著名的诗人。但他们二人的诗,风格完全不同。柳宗元的散文与韩愈齐名,而他的诗却与韦应物并称。文学史上称"韩柳",是指两人的古文而言,称"韦柳"是指诗派而言。孟郊、贾岛与韦、柳四家诗风同出于盛唐的王、孟,但他们是同源而异流。郊岛的古淡,出于刻意做诗,苦吟觅句,不是自然的襟怀流露;韦柳的古淡,却是出于冲旷的心灵,随缘得句,没有雕琢的痕迹。然而韦与柳之间还是有一点分别,韦较丰腴,柳稍质朴,这或者是为不同的生活境地所决定。柳宗元的诗淡朴到几乎没有特征,在唐代无人称道,直到宋代苏东坡才将他和韦应物并举。苏东坡在《书黄子思诗集后》文中说:"李杜之后,诗人继作,虽间有远韵,而才不逮意。独韦应物、柳子厚发纤秾于简古,寄至味于淡泊,非馀子所及也。"这两句评语,上句指韦应物的诗,虽较纤秾,却是简古;下句指柳宗元的诗,虽然淡泊,却有至味,不像郊岛的枯槁。苏东坡在《东坡题跋·评韩柳诗》中还说:"所贵乎枯淡者,谓其外枯而中膏,似淡而实美,渊明、子厚之流是也。若中边皆枯淡,亦何足道?"这又把柳宗元与陶渊明并列了。

柳宗元的诗今存四卷,似乎都是贬斥以后十馀年间的作品。苏东坡赞扬的所谓"寄至味于淡泊"的诗,都是摹写山水景物的五言古诗,我们现在选讲三首。

雨后晓行独至愚溪北池

宿云散洲渚,晓日明村坞。
高树临清池,风惊夜来雨。
予心适无事,偶此成宾主。

秋晓行南谷经荒村

杪秋霜露重,晨起行幽谷。
黄叶覆溪桥,荒村惟古木。
寒花疏寂历,幽泉微断续。
机心久已忘,何事惊麋鹿?

中夜起望西园值月上

觉闻繁露坠，开户临西园。

寒月上东岭，泠泠疏竹根。

石泉远逾响，山鸟时一喧。

倚楹遂至旦，寂寞将何言？

柳宗元在永州（今湖南零陵）十年，寄情于游山玩水，写了许多游记文，有著名的《永州八记》，也写了不少山水诗，这三首是其中的一部分。愚溪本名冉溪，是流入潇水的一条溪流。柳宗元把它改名为愚溪，做了好些诗，编成一集，名曰《愚溪诗》。文集中有一篇《愚溪诗序》说明了这些诗的作意：

> 灌水之阳，有溪焉，东流入于潇水，谓之冉溪。余以愚触罪，谪潇水上。爱是溪，因家焉，更之为愚溪。又塞其隘，为愚池。

把冉溪改名为愚溪，借此说明他之所以得罪降官，是由于愚。这是从一肚子牢骚中发出来的讽刺话。但是，他在愚溪附近散步吟诗，却一点也不暴露牢骚的情绪。第一首写雨后晓行，以四句写景，两句抒情。宿云散在洲渚上空，表示雨停了。于是晓日照明了村坞。北池上的高树，被风所吹，使昨夜沾濡在树叶上的雨水受惊而洒落下来。这四句，把雨后晓行的情景生动地勾勒出来。最后说，我心里恰巧没事，因此，非常偶然地可以和这里的景物结个宾主交情。唐汝询解释这两句云："对此景而心无挂碍，所遇皆良朋也。"（《唐诗解》）这样讲，似乎没有重视原句中一个"适"字。作者并不是对此风景以后，才心无挂碍。他是恰好今天心境安静，因而有资格与山水为宾主。上句一个"适"字，下句一个"偶"字，互相呼应。从这两个字，读者又可以体会到，作者心无挂碍的时候，既然是偶然的，那么有心事的时候，倒是经常的了。

第二首诗以首两句点题，接着以四句写景，两句抒情结束。杪秋即季秋，农历九月。清早起身，在幽谷中赶路，霜露浓重，感到寒冷。溪桥上落满黄叶，荒村中惟见枝干纵横的古树。偶尔见到一些寒花，觉得它们稀疏得很寂寞的样子。溪涧里的流泉也因为秋冬水涸而若断若续。以上描写了幽谷荒村的深秋晓景，接下去两句却使人出于意外。作者忽然提出了"机心"，而下一句的意义又不甚明确。唐汝询解释这两句云："言机心已忘，则当入兽不乱，曷为惊此麋鹿乎？"吴昌祺把唐汝询的最后一句改为"何得复惊麋鹿乎"，又加一个眉批云："子厚自言不惊，唐似说惊，故易之。"（《删订唐诗解》）这样，他们二人对此诗末句的体会就不同了。依照唐汝询的了解，这两句可以解释为：我久已忘了机心，对人对物，都没有伤害他的念头，却不知为什么在这里又使麋鹿见我而惊骇。这样解释，则原句"何事惊麋鹿"的意义，肯定为已经惊了麋鹿。吴昌祺以为末一句应当了解作：怎么会使麋鹿见我而惊走呢！这就是他所谓"子厚自言不惊"。这个问题的关键在"何事"两字，既可解作"为什么"，又可解作"怎么会"，所得的意义恰好相反。不过，我以为这首诗的问题，不在于结句意义含糊，而在于作者突然提出机心，与上文毫无关涉。从诗创作的艺术角度讲，这首诗的结尾是很勉强的。

第三首的章法结构，和上一首相同。第一、二句点明题目。下四句写景，最后两句抒情结尾。"觉"字应当读去声，是睡醒的意思。醒来听到露水滴落的声音，就起来开门出去，望望西园。望到月亮已从东山背后升起。这一句是偷了陶渊明的诗句："素月出东岭。"（《杂诗》之一）"泠泠"是寒风的声音，月光所照，已可见竹根丛中泠泠风动了。远处的涧泉，此时听来，似乎比平时更响。偶然还听到山鸟在喧叫。"闻露坠"，"远逾响"，"时一喧"，这些辞语，都是刻画中夜的幽寂景色。这样，在半夜里眺望园林景色，靠在柱子上不知不觉就到了天明，在一个寂寞的境界中，心里也很寂寞，还将有什么话可说呢？这两句结语，含蓄着他在政治上失败之后的心境。"将何言"包括着双重意义：自己无话可说，也没有可以说话的人。

以上三首诗的形式，也代表了中唐时期的五言古诗。第一首《雨后晓行》只有六句，用三个仄声韵。这种形式的诗称为三韵五言古诗（三韵五古），亦称为五言短古。刘禹锡有三首《初夏曲》，现在抄录其第二首，以资比较：

> 时节过繁华，阴阴千万家。
>
> 巢禽命子戏，园果坠枝斜。
>
> 寂寞孤飞蝶，窥丛觅晚花。

这首诗也是六句三韵，不过用的是平声韵，第二联作对句，上下句平仄谐合，显然是八句的五言律诗缺少了一联。这首诗称为三韵五言律诗（三韵五律），亦称为半律诗。五言六句诗在齐梁时代已有，到中唐时代忽然又流行起来，还增加了七言六句的新品种。

第二首《秋晓行南谷》，全诗八句，第二、第三联都是对偶句，已具备了律诗的条件。但它用的是仄声韵，因此称为仄韵五言律诗。第三首《中夜起望》也是全诗八句，用平声韵，但不讲究四声谐合，中间二联不作对句，面目虽然像五言律诗，可是它只能称为平韵五言古诗。

柳宗元还有一首诗，题作《渔翁》也是著名的，并且引起过讨论的作品：

> 渔翁夜傍西岩宿，晓汲清湘燃楚竹。
>
> 烟消日出不见人，欸乃一声山水绿。
>
> 回看天际下中流，岩上无心云相逐。

这就是七言六句的古诗，也可以称为七言短古。此诗，写渔人夜宿岩下，晓炊竹柴，烟消日出，放舟中流的安闲生活。"天际下中流"句法与"黄河远上白云间"一样，写远望湘水上游的景色。岩上有无心的云正在浮过，好像互相追逐。"云无心以出岫"是陶渊明《归去来辞》的句子，以"无心"来形容云，这云是渔翁的主观认识。天上浮云，虽然形似互相追逐，实则彼此都是无心的。唐汝询解释此句云："泛舟中流，而与无心之云相逐，岂不萧然世外耶。"他以为"相逐"是渔翁与云相追逐，这样体会，恐怕没有人会赞同。这一句的意义，仿佛比喻渔翁的一切生活和行动，都像岩上的浮云一样，任其自然，毫不用心。

苏东坡极欣赏这首诗。他有一段议论道："诗以奇趣为宗。反常合道为趣。熟味此诗，有奇趣。然其末两句，虽不必亦可也。"（《冷斋诗话》引）他以为此诗之妙在有奇趣。他所谓有奇趣，是指那些好像反常，却仍是合于道理的作品。东坡这个观点，我很怀疑。这首诗所表现的并没有反常的思想感情，东坡所谓奇趣者，不知从何见得。他又以为此诗结尾两句是多余的，可以删掉。这一意见，我倒是同意的。大概柳宗元当时有意要写一首三韵的诗，可是他没有注意三韵诗的结构原则。三韵诗最忌是写成一首绝句加两句，而柳宗元恰好犯了这一错误。"烟消日出不见人"，这一联和"曲终人不见，江上数峰青"很相像，已经是结尾的句子。下面再加上"回看天际下中流"二句，就显得是多馀的了。

柳宗元做了十年永州司马，潇湘之间的清幽的山水给他提供了不少恬淡的诗文资料。元和十年（公元八一五年）三月，八司马同时获得升迁。不过此时已有三人故世，只有虔州司马韩泰升任漳州刺史，饶州司马韩晔升任汀州刺史，台州司马陈谏升任封州刺史,朗州司马刘禹锡升任连州刺史,而柳宗元则升任柳州刺史。

　　到了柳州之后,柳宗元的诗风显然有了转变。他写了较多的七言诗,思想情绪也活泼兴奋起来,永州时期的那种寄消沉于闲淡的风度退隐了。他积极从政,为柳州人民做了不少好事。还写了许多描写少数民族生活的诗,和刘禹锡一样,使唐诗中出现了一个新品种——风土诗。可惜的是,他在柳州的生活只有四年,在元和十四年就病故于柳州,不能像刘禹锡那样长寿,还有更多的诗篇传之后世。

一九八四年十月二十五日

63

　　自从陈子昂以《感遇》诗复兴了汉魏风格的五言诗，唐诗中一向存在着一派古淡的传统。开元、天宝年间，王维、孟浩然是陈子昂诗格的继承者。其后，元结选录《箧中集》，其中所收的诗也都是古淡一派。大历十才子的作品中，有不少王、孟的影响。五言古体诗，当然不必说，没有人再作梁陈宫体；就是五言律诗，也好像没有出现某些七言律诗那样的秾艳之作。我们仿佛觉得，五言诗与七言诗，不但是句子长短的不同，也有风格的不同。七言诗可以写得秾艳、流利、旋律快速；而五言诗，不管是古体还是律体，同样都只能写得古淡、庄重、声调缓慢。

　　王、孟虽然以风格相近齐名，但王维诗的古淡与孟浩然诗的古淡，毕竟还有不同。这是由于两人生活条件所决定的思想情绪的不同。王维是地主、宦门，生活富裕，无忧生之叹。他过的是冲和闲适的生活，依仗他的高度的语文艺术，写出了他那些古淡静穆的五言诗。王维诗集里极少七言诗，大概就因为七言诗体不适宜于表现他的思想情绪。孟浩然是个寒士，从襄阳到长安，周旋于达官贵人之门，写了不少乞求提拔援助的诗，可是始终不得进士及第。尽管他人品高洁，表现得非常旷达，但内心里是有痛苦的，不遇和贫困的叹息，在他的诗中经常可以听到。他的诗也都是五言诗。

　　孟浩然死后四十年，出生了又一位姓孟的诗人：孟郊。孟郊非但和孟浩然同姓，他的诗也和孟浩然同一风格。我们可以说孟郊是孟浩然的继承人，但他的诗比孟浩然的诗更为古淡清寒。

　　孟郊，字东野，湖州武康人，父庭珍，官昆山尉，生三子：郊、郱、郢。郊随父居洛阳，父早卒，郊奉母居，贫甚。他刻苦吟诗，不趋时尚，隐居嵩山，称为处士，认识韩愈后，韩愈极赏识他的诗。他和张籍、卢仝同为韩愈最契合的诗友。但他应进士试，竟一再失败，直到贞元十二年（公元七九六年），才得及第，已四十六岁了。成进士后，在洛阳及江南住了四年，再到长安，应吏部选，得任溧阳尉，于是奉母就任溧阳。但是这个五十岁的县尉，只会终日吟诗饮酒，不会办公事。县令无奈，只好另外找一个人代他办公，称为假尉，分掉他的一半俸禄。溧阳尉罢任之后，在洛阳闲居二年，河南尹郑馀庆奏请他为水陆运从事。他娶于郑氏，可能是郑馀庆的族人，故郑馀庆照顾了他，并且曾亲自去拜见他的母亲。但孟郊之得到郑馀庆的照顾，主要还是由于韩愈的推荐。孟郊为溧阳尉即将去任的时候，韩愈曾写了一首《荐士》诗给郑馀庆，竭力赞扬孟郊的诗才与品德，希望郑馀庆提拔孟郊。过了两年，这首诗才见效。不久，孟郊因母亲逝世，只好丁忧居丧。五年以后，郑馀庆为兴元军节度使，又奏请孟郊为参谋，于是孟郊带了他的妻郑氏同去兴元。岂知走到阌乡，忽然得了急病而死，这是元和九年八月乙亥日，享年六十四岁。十月一日，葬于洛阳城东先墓旁，韩愈为作墓志铭。张籍倡议私谥曰贞曜先生，故韩集中题《贞曜先生墓志》。

孟郊虽然博得一个进士及第，也总算做过一任县尉，一任河南府水陆运从事，功名似乎比孟浩然好些，但他的经济情况，恐怕远不如孟浩然。他搬家的时候有一首《借车》诗云："借车载家具，家具少于车。"其贫穷可想而知。此外，孟浩然有儿子，孟郊生了三个儿子，都不幸早夭。韩愈在他失去第三个儿子时写了一首《孟东野失子》诗安慰他，他自己也有《悼幼子》诗。此外，他还有《杏殇》诗九首，也是哭儿子的诗，其孤苦又可想而知。由此看来，孟郊的生活之艰苦与贫困，更甚于孟浩然。因此，孟浩然诗的古淡出于胸襟的旷达，而孟郊诗的古淡是寒士的悲鸣。

韩愈是唐代散文的革新家，在"文起八代之衰"的复古口号下，要求写文章必须用自己的语言，而千万不可用"陈言"。他的散文，在修辞造句各方面，都创造了新的路子。他的诗，也清淡得像散文一样，使后世人说他是以文为诗，孟郊的诗之所以获得韩愈的高度赞扬，就由于他们二人的艺术观念及实践走的是同一条路子。韩愈在《荐士》诗中赞扬孟郊是陈子昂、李白、杜甫以后的材力雄鸷的诗人：

国朝盛文章，子昂始高蹈。

勃兴得李杜，万类困陵暴。

后来相继生，亦各臻闳奥。

有穷者孟郊，受材实雄骜。

冥观同古今，象外逐幽好。

横空盘硬语，妥帖力排奡。

敷柔肆纡馀，奋猛卷海潦。

在《贞曜先生墓志》中，韩愈给孟郊的诗写下了最后的评语：

及其为诗，刿目鈦心，刃迎缕解。钩章棘句，掐擢胃肾。神施鬼设，间见层出。唯其大玩于词，而与世抹杀。

这两段评语，本身已不容易解释，但它们的用字造句，已体现了韩、孟二人共同的创作方法。韩愈称许孟郊的诗句是："横空盘硬语"，但是"妥帖"而有力。后来王安石就用这两句来称赞韩愈的作品。选用新的字眼，创造新的语词，不顾四声谐合，故意做生硬的句子，完全不用形象思维，以直说的方法表达自己幽忧的思想情感。有时推己及人，对被压迫、被奴役的下层人民寄予同情，使他的许多作品有了积极的社会意义。

孟郊的诗，现在还有《孟东野诗集》十卷，三百多篇。从来选诗的人，对于他的诗，没有一致的选录标准，因此就没有公认的代表作。许多选本里都选了他的《游子吟》：

慈母手中线，游子身上衣，

临行密密缝，意恐迟迟归。

谁言寸草心，报得三春晖。

《全唐诗》这首诗题下有一个小注："自注，迎母溧上作。"说明此诗是孟郊任溧阳尉时迎接他母亲而作。但看诗意却不对头。诗意分明是儿子出门旅游，临行时母亲为他缝制衣服，儿子有感而作。看来这个注不很可信。第三、四句从来没有注解，但如果不知道这里隐藏着一种民间风俗，就不能解释得正确。家里有人出远门，母亲或妻子为出门人做衣服，必须做得针脚细密，要不然，出门人的归期就会延迟。在吴越乡间，老辈人还知道这种习俗。"寸草心"是指儿子的一点孝心，"三春晖"是比喻母爱的温暖。

这首诗,刘须溪评之为:"诗之尤不朽者。"(《评孟东野集》)贺黄公云:"真是六经鼓吹,当与退之《拘幽操》同为全唐第一。"(《载酒园诗话又编》)这是从儒家教忠教孝的观点来评品其思想教育作用,若论诗的艺术,则此诗毕竟还浅,不能为孟郊的代表作。

现在我选讲三首诗,代表他的三个方面,第一首是具有社会意义的:

长安早春

旭日朱楼光,东风不惊尘。

公子醉未起,美人争探春。

探春不为桑,探春不为麦,

日日出西园,只望花柳色,

乃知田家春,不入五侯宅。

这首诗通体字句平顺,见不到"钩章棘句"的特征。"风不惊尘"即"风不扬尘"之意,只有这个"惊"字是孟郊的炼字法。"探春"是唐人春游的名词,《开元遗事》云:"都人士女每至正月半后,各乘车跨马,供帐于园圃,为探春之宴。"诗人看到在晴和的早春天气,城中美人都出郭作探春之游。可是,这些从五侯第宅中出来的公子美人,他们所探的春,只是花容柳色,而农民在这早春季候所关心的却是桑麦的收成。因此,诗人发出感慨,叹息田家的春光不是五侯第宅中的春光。长安早春,是封建贵族和农民所共有同享的,但是他们对春天的认识却如此之不同。作者只用最后十个字,刻画了封建贵族的不知稼穑之艰难。

其次,我再从《寒溪》诗八首中选了最后一首:

溪风摆馀冻,溪景衔明春。

玉消花滴滴,虹解光鳞鳞。

悬步下清曲,消期濯芳津。

千里冰裂处,一勺暖亦仁。

凝精互相洗,漪涟竞将新。

忽如剑疮尽,初起百战身。

《寒溪》诗八首，用许多奇特的描写和比喻来赋咏大地回春、雪消冰解的溪水。这八首诗的作者意图，不易捉摸，似乎是诗人的生活在艰难困苦了好久之后，获得好转，有春风解冻之感。这八首诗的用字、造句、构思，都可以见到孟郊的特征。

第一、二句，溪风摆脱了馀寒，就是说溪上的风有暖意了。因此，溪上的景色显露了明亮的春光。这个"摆"字和"衔"字，一般人都不敢用，也不愿用的。第三、四句形容溪水解冻，"玉消"表现冰块之白，融化时如玉之消，好像一滴滴的白花。"虹解"是形容整个冰溪如一条龙似地在融解，在阳光中闪亮着如一片片的龙鳞。第五、六句写诗人在清溪曲处，把脚伸下去，想在春芳的溪水中洗洗。"悬步"这个语词，也是诗人的新创，形容脚步像挂下去那样。"消期"的"消"字有点费解，不知是不是可以读作"稍"字。第七、八句说，在洗脚的时候，感到千里长溪，只有此处的冰已融裂，虽然只有"一勺"那么小的暖意，也可以觉得是大自然的仁心了。第九、十句是形容冰块互相冲洗，溪水流动着新的涟漪，"凝精"指冰块，"漪涟"是冰化成的溪流。最后两句把整个冰冻的寒溪比之为遍体疮痍的百战之身。现在冰融水暖，好像剑疮都已愈合消失，百战之身重又获得了新的生命，站起来了。

教坊小儿

十岁小小儿，能歌得闻天。

六十孤老人，能诗独临川。

去年西京寺，众伶集讲筵。

能嘶竹枝词，供养绳床禅。

能诗不如歌，怅望《三百篇》。

这是我选的第三首，用它来代表孟郊的许多悲叹生活遭际的愁苦诗。教坊是唐玄宗设置的宫廷音乐机构，这里培养出许多歌童舞女。诗人看到一个十岁的歌童，因为歌唱得好，便受到皇帝的恩遇。闻天，就是为皇帝所知名。接下去就对照到自身：一个六十岁的孤老人虽然以能诗著名，但却不为皇帝所知，只好独对川流，像孔老夫子一样叹息年华如逝水般过去（"临川"是用《论语》"子在川上"的典故）。去年在长安的大寺里曾经举行过盛大的佛会，许多歌伶都集中在那里赛歌。有人能唱"竹枝词"，就可以端坐在绳床上享受供养，而我这个能吟诗的孤老人，却不如那个能歌的后生小子，因此只好惆怅地翻看《诗经》，慨叹诗道凌夷。这里反映出一个情况:"竹枝词"是刘禹锡在巴鄂之间采访得来的民歌,经他写成诗体传诵一时。看孟郊这首诗,可知当时"竹枝词"已大为流行,能唱"竹枝词"的歌伶,极受欢迎。孟郊另有一首《自惜》诗,前四句云:"倾尽眼中力,抄诗过与人。自悲风雅老,恐被巴竹嗔。"也表示了他感到自己的诗已为陈旧的风雅,不如新流行的巴州"竹枝词"之为世俗所爱唱。

以上三首诗,大致可以代表孟郊的几种风格。这些风格,在思想内容方面,是他的孤苦贫寒的生活的表现,在艺术创作手法上,是他的孤僻、高洁、不谐俗的性格的表现。而他的独特的性格,也正是他的生活造成的。此外,韩愈的影响,恐怕也是酝酿成孟郊诗格的外来因素。

孟郊的诗,虽说上承陈子昂、王维、孟浩然的传统,但他的诗已不能用"古淡"二字来评品。韩愈《荐士》诗中称他为"酸寒溧阳尉",刘叉《答孟东野》诗中也称他为"酸寒孟夫子","酸寒"二字是概括他的生活和诗格的。与孟郊同时,有一个诗人,比孟郊小二十八岁,也为韩愈所赏识,这就是做过和尚的贾岛。贾岛的诗和孟郊同一风格,故苏东坡并称之为"郊寒岛瘦"。此二人在唐诗史上以寒、瘦著名,清代曾有过一个爱诗的贵族,为孟郊、贾岛二人合刻了一部诗集,即名为《寒瘦集》。

孟郊的诗,到了北宋时代,发生了两种影响,一种是他的诗法,随着韩愈的文艺理论,影响了宋诗。以黄庭坚为首的江西诗派,其间生涩的用字和拗硬的句法,都可以说是有孟郊、贾岛的影响在内。一方面是孟郊的诗在北宋曾引起过新的评价,宋人对孟郊的诗,一般是肯定的,但同时又不喜欢他的诗,以为是太枯槁无味。苏东坡有两首《读孟郊诗》,现在都引录在这里:

夜读孟郊诗,细字如牛毛。

寒灯照昏花,佳处时一遭。

孤芳擢荒秽,苦语馀诗骚。

水清石凿凿,湍激不受篙。

初如食小鱼,所得不偿劳。

又似煮蟛越,竟日嚼空螯。

要当斗僧清,未足当韩豪。

人生如朝露,日夜火销膏。

何苦将两耳,听此寒虫号。

不如且置之，饮我玉卮醽。

我憎孟郊诗，复作孟郊语。

饥肠自鸣唤，空壁转饥鼠。

诗从肺腑出，出辄愁肺腑。

有如黄河鱼，出膏以自煮。

尚爱铜斗歌，鄙俚颇近古。

桃弓射鸭罢，独速短蓑舞。

不恍踏船翻，踏浪不踏土。

吴姬霜雪白，赤脚浣白纻。

嫁与踏浪儿，不识离别苦。

歌君江湖曲，感我长羁旅。

　　两首诗表现了苏轼读孟郊诗后的感想。在寒灯下读小字的诗集，觉得时常发现"佳处"，仿佛从"荒秽"之中发现了"孤芳"，虽然都是些"苦语"，也还是诗骚之馀绪。这些诗，是一位饥寒诗人的呼唤，句句都是从肺腑中迸发出来，可是它们出来之后，却使读者也愁到肺腑。以上是苏东坡给孟郊诗的评价。但是，他却不爱读这种诗，他以为读这种诗，如食小鱼，得不偿劳。人生短促，何必使两耳去听这种寒虫哀鸣的诗呢？于是，孟郊诗的佳处，又正是苏东坡不爱读孟郊诗的理由。但是，在第二首诗中，苏东坡又说，尽管他憎厌孟郊的诗，自己却也不免要做几句孟郊式的诗，因为孟郊的诗，能触动他的羁旅之感。

　　苏东坡在这两首诗中，矛盾地表示了他对孟郊诗的感受，这也正代表了后世一般读者的看法。宋人诗话中，常有论到孟郊的，大多肯定他的诗的风格，而不喜欢他的愁苦的音调。苏东坡的弟弟苏辙说："唐人工于为诗，而陋于闻道。……郊耿介之士，虽天地之大，无以容其身，起居饮食有戚戚之忧，是以卒穷以死……甚矣，唐人之不闻道也。"（《诗病五事》）这就批评到孟郊的世界观，以为他不善于安贫乐道。可是，如果孟郊能像宋代儒生那样安贫乐道，也就不会留下这许多酸寒艰涩的诗了。

一九八四年十月八日

诗六首

贾岛

64

　　苏东坡在《祭柳子玉文》中顺便批评了四位唐代诗人："元轻白俗,郊寒岛瘦。"元、白是元稹和白居易,郊、岛是孟郊和贾岛。在元和、长庆年间,元、白和郊、岛是两种风格极不相同的诗派。元、白诗秾艳、流利、通俗;郊、岛诗清淡、寒涩、怪僻。元、白的诗,苏东坡用"轻"、"俗"二字来概括;郊、岛的诗,用"寒"、"瘦"二字来概括。这两派诗风,苏东坡都是不喜欢的。至于"轻俗"和"寒瘦"这两个状词,恐怕只能认为两个概念,而不是四个概念。因为"轻"与"俗","寒"与"瘦",并无多大区别,它们只是一个语词的分开来使用。

　　李嘉言在《长江集新校》的前言中说:"所谓'瘦',即指其表现日常眼前的寒苦、僻涩、狭窄、琐细的生活、思想与见闻所形成的风格而言。就其每首诗来说,突出地表现他这种思想作风的虽然不多,但片言只语地表现这种思想情绪的却为数不少。这就构成了一种倾向,给人一种消极低沉的感觉。"这一段话,比较具体地说明了贾岛诗的风格,但这一段话同样也适用于孟郊。我们无法在"寒"与"瘦"之间作出更具体的区别。因此,这一段话,事实上是"寒瘦"的诠解。不过李嘉言所编的是贾岛的诗集,他在这里只能引一个"瘦"字。

　　贾岛,字浪仙,范阳(今北京)人。《唐才子传》说他字阆仙,明清人诗话中也常称为贾阆仙,恐是传写之误。他早年出家做和尚,法名无本,从小就喜欢做诗。元和五年(公元八一〇年),到洛阳和长安,以诗谒见张籍、韩愈、孟郊。这时已三十二岁了。韩愈极赏识他的诗,劝他还俗应举。于是他脱下袈裟,一面应试,一面与张籍、孟郊、卢仝等为韩愈门下诗友。可是他历次应试,都不得及第。在长庆二年

（公元八二二年）的一次考试中，又因事与平曾等十人同遭贬斥，被称为"举场十恶"之一。贬斥的制书上说他们是"僻涩之才，无所采用"。这到底是怎么一回事，现在已无从知道。开成二年（八三七年），贾岛五十九岁，因飞谤事，贬为长江主簿。这是《新唐书》本传的记载，所谓"飞谤"，到底又是怎么一回事，也没有文献记录。他既然平生没有及第，不知由哪一条门路进身做官，既然史书上说是"贬为长江主簿"，可见原来已做了比主簿高的官职，可是这又不见记录。元和十年十二月，太行山百岩寺高僧怀晖卒于长安章敬寺，贾岛集中有《哭柏岩禅师诗》。宋《高僧传》的《柏岩禅师传》中说："岳阳司仓贾岛为文述德"，似乎贾岛曾为柏岩禅师撰写传记或碑志，而此文现在亦不可见。元和十年，贾岛三十七岁，已经做了岳阳司仓参军，这件事也没有别的记载可以参证。又《鉴戒录》称普州有岳阳山，贾岛死后即葬于此山下。然则所谓岳阳司仓即是普州司仓，那么也决不是元和十年的事。总之，贾岛的生平，虽然已有李嘉言编的年谱，还有许多情况无法了解。

孟郊以穷著名，贾岛虽然不比孟郊富裕，却以苦吟出名。他有一首《戏赠友人》诗，描写自己每日非作诗不可：

> 一日不作诗，心源如废井。
> 笔砚为辘轳，吟咏作縻綆。
> 朝来重汲引，依旧得清冷。
> 书赠同怀人，词中多苦辛[①]。

一天不做诗，心源就会枯涸如废井。以吟咏为绳索，以笔砚为转动绳索的辘轳，第二天清早再向心源中汲取，依然还有清冷的泉水。贾岛就这样地天天做诗，因此有了许多形容他苦吟作诗的故事。

一个故事说他在长安时，行坐寝食，苦吟不辍。有一天，骑了驴子走在大街上，看到秋风正厉，落叶满地，就得了一句诗："落叶满长安。"正在沉思配一个对句，忽然想到一句"秋风吹渭水"，自己大为高兴。这时京兆尹刘栖楚正在街上前呼后拥而来，贾岛痴不痴、呆不呆地不知避让，冲犯了京兆尹的队伍，被拘留了一夜，次日才得释放。

---

① 此诗用上声韵，但"辛"字现在却属于平声，不知是否唐人读作上声。

又一个故事说他有一天,骑了驴子去访朋友李馀,路上想到两句诗:"鸟宿池边树,僧推月下门。"又想第二句的"推"字应当改为"敲"字,在"推"、"敲"二字之间,无法选定,于是伸出手来作推门、敲门的姿势。不知不觉间,冲犯了京兆尹韩愈的队伍。皂隶把他拘捕到韩愈马前,韩责问他为何胆敢冲犯官家出行的队伍。贾岛老实地把情况讲明。韩愈想了一下,说道:"还是敲字好。"于是邀请贾岛一道回家,二人就此成为诗友。

还有一个故事,说贾岛住在长安法乾寺,及第后不久,有一天,宣宗皇帝李忱微行来寺游玩,听到钟楼上有人吟诗,就登楼访问,在贾岛书桌上取诗卷浏览。贾岛不认识皇帝,抢回诗卷,怒气冲冲地说:"你吃得胖胖的,也懂诗吗?"宣宗就不做一声,下楼而去。后来贾岛才知道他得罪了皇帝,大为惊恐,跪到宫门前去伏阙请罪。过了几天,宣宗有命令,给他分配一个远地的清流官,以示降谪。于是,吏部派他去做遂州长江县主簿。

这些都是唐宋以来流传的小说家言,与事实都不合。贾岛卒于会昌三年(公元八四三年);宣宗李忱即皇帝位,改年号为大中,在会昌六年,可知贾岛不可能遇见宣宗皇帝。不过这些故事,都反映了贾岛的刻苦吟诗,在唐代诗人中是很突出的。他有一首《送无可上人》诗,其颈联云:"独行潭底影,数息树边身。"这两句是他自己最得意的,他在这两句下自己注了一首绝句:

> 二句三年得,一吟双泪流。
>
> 知音如不赏,归卧故山秋。

他花了三年时间,在痛哭流泪的感情下找到这两句诗。如果不被知音人所欣赏,他就只好回到老家去高卧,一辈子不做诗了。

贾岛的苦吟,是把精力全用在律诗的中间两联上,特别是颈联。明代的杨慎在他的《升庵诗话》中说:

> 晚唐之诗,分为两派:一派学张籍,则朱庆馀、陈标、任蕃、章孝标、司空图、项斯其人也。一派学贾岛,则李洞、姚合、方干、喻凫、周贺、九僧其人也。其间虽多,不越此二派,学乎其中,日趋于下。其诗不过五律,更无古体。五律起结皆平平,前联俗语十字带过一串,后联谓之颈联,极其用工,又忌用事,谓之点鬼簿。惟搜眼前景而深刻思

之，所谓"吟成五个字，捻断数茎须"也。

这一段说明了晚唐诗的情况。张籍的影响，我以为未必如此显著；贾岛的影响，则确然如此。而且非但晚唐诸家多受贾岛影响，到了南宋，江湖诗人及四灵的诗创作，也大多用功力于五言一联。一联既得佳句，再配首尾以成全篇。这样做诗，是先有章句，然后有思想内容。思想内容是从一联佳句中生发出来的。因此，这些诗人的作品，往往是仅有佳句而无全篇的佳作。诸家唐诗选本，选贾岛诗，也像选孟郊诗一样，选不出公认的名篇。即以他费三年苦心吟成的两句来看其全篇：

> 圭峰霁色新，送此草堂人。
> 麈尾同离寺，蛩鸣暂别亲。
> 独行潭底影，数息树边身。
> 终有烟霞约，天台作近邻。

无可是一位擅书法、善作诗的高僧，长安人。俗姓也是贾。贾岛未还俗时，和无可同在青龙寺，以从兄弟相称。这首诗是送无可漫游江南，第一联说在山雨初霁的时候送别无可。第二联说无可带着拂尘离开了本寺，暂时和俗家的亲人在秋蛩的鸣声中离别。第三联就是他苦吟所得的名句，描写无可在旅途中独自行走，只有潭底的影子伴随；屡次休息的时候，也只是靠着树木。把这一联用在这首诗里，只是描写了无可旅程的孤独。最后一联，大约是说无可去的地方在天台附近，可见他毕竟与烟霞有缘分，得与天台名山为邻居。

再看他推敲所得的名句的全篇：

题李凝幽居

> 闲居少邻并，草径入荒园。
> 鸟宿池边树，僧敲月下门。
> 过桥分野色，移石动云根。
> 暂去还来此，幽期不负言。

《唐才子传》说这首诗是访李徐幽居而作，但《长江集》中却是《题李凝幽居》。李凝其人不可考。张籍也有一首《题李山人幽居》诗，开头云："襄阳南郭外，茅屋一书生。"可能是贾岛和张籍同到襄阳去访问这位山人李凝,在他的"幽居"中住了几天,临别时作此诗题赠。第一联写明"幽居"的环境:很少邻舍,一条丛草的小路,通入一个荒芜的园子,主人就闲居在这里。第二联描写这个少邻舍的荒园:归鸟已经栖宿在池边树上,而月光下还有一个和尚来敲门访问主人。这显然是夜间的情况。第三联从字面上讲:过了桥还分得野色。意思是说,过了桥还在郊野中。向来以为云生于山石,所以,如果移动山石,就会摇动云根。第四联是说:我这回暂时告别,不久还要来的。我和你已约好共同在这里隐居,决不会失约食言。

我们再看"落叶满长安"的全篇:

忆江上吴处士

闽国扬帆去,蟾蜍亏复团。

秋风吹渭水,落叶满长安。

此地聚会夕,当时雷雨寒。

兰桡殊未返,消息海云端。

此诗怀念乘船去闽中的吴处士,分别才一个月,吴处士还在水道旅程中,故诗题云"江上吴处士"。自从吴处士走后,月亮亏而又团。现在是渭水上刮起秋风,长安满地都是落叶的时候。回忆起我和吴处士在此地聚会的那天晚上,正是雷雨交加的初寒天气。可是你一去之后,还没有乘船返回,我只得向海天云水之间盼望你的消息。

这三首诗,总的看来都不能说是好诗。三联警句中只有"秋风吹渭水"一联,和上下文配搭得较为自然,其他二联显然都是硬装进去的。《题李凝幽居》一诗,较多为选家取录,但是我以为它是这三首诗中最差的一首。这首诗每二联之间,都没有逻辑的关系。第二联"僧敲月下门",暗示了诗人初访幽居,可是尾联却分明是诗人辞别之言。再说,全诗第二联写幽居夜景,第三联又好像是叙述诗人已走上归途,以致这首诗的主题和时间性都不明白。

沈德潜在《唐诗别裁》中选了贾岛的三首五言律诗:《暮过山村》、《赠王将军》和《宿山寺》,又加了一个注云:"长江有'秋风吹渭水,落叶满长安'句,风格颇高,惜通体不称,故不全录。"他已经认为这首诗有句无篇,但如果把此诗和《送无可上人》、《题李凝幽居》二诗比较一下,恐怕这首诗还应当说是较好的。

暮过山村

数里闻寒水，山家少四邻。

怪禽啼旷野，落日恐行人。

初月未终夕，边烽不过秦。

萧条桑柘外，烟火渐相亲。

沈德潜选录了这首诗，其实未必比《忆江上吴处士》好些。第二联也算是作者的名句，为宋人所称赏。但第三联与上下文的关系却使人无法了解。沈德潜在此诗下有一个评语："落日、初月，平头之病。"这是指出这首诗所犯的声病，他以为日、月二字都是入声，是犯了平头之病。但是这个评语是非常错误的，使人怀疑沈德潜是否了解何谓平头。

平头是沈约所发明的四声八病之一。沈约的原文已不可见，但他的八病说还部分保存在日本僧人遍照金刚所著《文镜秘府论》中，平头是八病中的第一病。"平头诗者，五言诗第一字不得与第六字同声，第二字不得与第七字同声。同声者，不得同平上去入四声，犯者名为犯平头。"又云："上句第一字与下句第一字，同平声不为病，同上去入声一字即病。若上句第二字与下句第二字同声，无问平上去入，皆是巨病。"

据此可知声病存在于五、七言诗的上下两句之间。所谓上下句，是第一、二句，第三、四句，第五、六句，或第七、八句。所谓第六字，即下句第一字；第七字即下句第二字。平头之病，在上下句第一、二字用同声字，但第二字尤其重要。例如"独行潭底影，数息树边身"，此联中"独"与"数"都是入声，已犯声病；但第二字"行"与"息"，一平一仄就没有问题。如果这一联的上下句第二字也同声，那就犯了平头之病，在诗的声调上是最不美听的。沈德潜指出的"落日"，在全诗的第四句，第二联的下句。它的调声关系在上句的"怪禽"。"怪禽"和"落日"，并不犯平头之病。沈德潜说"日"、"月"二字同为入声，犯了平头之病，把调声的关系牵涉到第四句和第五句了。他似乎忘记了律诗的第四句和第五句的第二字，本来应该是同声的。大约沈氏在抄诗之际，误把这两句诗认为一联的上下句，发现了"日"、"月"二字同声，贸然加注，说贾岛此诗犯了平头之病。这个注会贻误后学，所以我要在这里顺便指出沈氏的疏忽。

一九八四年十月十八日

65

枫桥夜泊

张继

月落乌啼霜满天，江枫渔火对愁眠。

姑苏城外寒山寺，夜半钟声到客船。

张继，字懿孙，襄州人。他的生平不甚可知，据诸家记录，仅知他是天宝十二载（公元七五三年）的进士。大历中，以检校祠部员外郎为洪州盐铁判官。刘长卿《哭张员外继》诗自注云："公及夫人相次没于洪州。"大约就在大历末年。他的朋友，除刘长卿以外，有皇甫冉、窦叔向、章八元、顾况，都是诗人。高仲武编《中兴间气集》，选录至德元载至大历暮年诗人二十六家的诗一百三十二首，其中有张继诗三首。高仲武评云："员外累代词伯，积习弓裘，其于为文，不自雕饰。及尔登第，秀发当时，诗体清迥，有道者风。如'女停襄邑杼，农废汶阳耕'，可谓事理双切。又'火燎原犹热，风摇海未平'，比兴深矣。"从评语看来，可知他家世代是诗人，现在已无法知道他是谁的子孙。他的诗见于《全唐诗》者，只有四十馀首，其中还混入了别人的诗。但宋人叶梦得曾说："张继诗三十馀篇，余家有之。"（《石林诗话》）可知他的诗，在南宋时已仅存三十馀首了。

在唐代诗人中，张继不是大家，恐怕也算不上名家，《唐诗品汇》把他的七言绝句列入"接武"一级中。如果这首《枫桥夜泊》诗没有流存下来，可能今天我们已忘记了他的名字。这首诗首先被选入《中兴间气集》，题目是《夜泊松江》。以后历代诗选，都收入此诗，直到《唐诗三百首》，使这首诗成为唐诗三百名篇之一，传诵于众口了。

从现存的张继诗中，可知他到过严州，有《题严陵钓台》诗；到过会稽，有《会稽郡楼雪霁》、《会稽秋晚》诗；也到过苏州，有《游灵岩》、《阊门即事》和这首《枫桥夜泊》诗。大约诗人在吴越漫游时，乘船停泊在苏州城外吴江上的某一个码头边歇夜。吴江的下游就称松江，故至今合称吴松江。流过上海的这一段，现在称为苏州河。

"月落乌啼霜满天"，第一句说明了季候。霜，不可能满天，这个"霜"字应当体会作严寒;霜满天,是空气极冷的形象语。因为严寒,乌鸦都无法睡眠,所以还在啼唤。半夜里已经月落,想必总在深秋或初冬的上弦。旅客在船中睡眠,这不是愉快舒服的睡眠,而是有羁旅之愁的睡眠。这一夜的睡眠又无人作伴,只有江上的枫树和夜渔的火光与旅人相对。这一句本来并不难解,只是把江枫和渔火二词拟人化。对愁眠,就是伴愁眠之意。后世有不解诗的人,怀疑江枫渔火怎么能对愁眠,于是附会出一种讲法,说愁眠是寒山寺对面的山名。直到现代,还有人引此说来讲此诗,大是谬误。接下去,诗人说在这样光景之下,旅客已经不容易入睡了,何况又听到苏州城外寒山寺里的钟声,铿铿地传来。这首诗是一般的赋写景物的诗,没有比兴的意义,读者也无可深入研究。可是到了宋代,欧阳修读这首诗,提出了一个问题。他在《六一诗话》中说:"唐人有云:'姑苏台下寒山寺,半夜钟声到客船。'说者亦云:句则佳矣,其如三更不是打钟时。"他以为三更半夜,不是打钟的时候,故诗句虽佳,却不符合现实。他的引文,误"城外"为"台下","夜半"为"半夜",不知是记忆之误,还是所见者为别的文本。

对于欧阳修提出的问题,许多人都不同意。《王直方诗话》引于鹄诗:"定知别往宫中伴,遥听维山半夜钟。"又白居易诗:"新秋松影下,半夜钟声后。"《复斋漫录》引皇甫冉诗:"秋深临水月,夜半隔山钟。"蔡正孙《诗林广记》亦引温庭筠诗:"悠然旅思频回首,无复松窗半夜钟。"这些都是唐代诗人所听到的各地半夜钟声。范元实《诗眼》又从《南史》找到半夜钟的典故。《石林诗话》又证明南宋时苏州佛寺还在夜半打钟。这样,问题总算解决了,欧阳修被认为少见多怪。

寒山寺本来只是苏州城外一座小寺,自从张继此诗流传之后,成为一处名胜古迹。在北宋时就有好事的慈善家捐资修茸。朱长文《吴郡图经续记》有一段记录云:

> 普明禅院,在吴县西十里枫桥。枫桥之名远矣,杜牧诗尝及之,张继有《晚泊》一绝。孙承祐尝于此建塔,迎长老僧庆来住持,凡四五十年。修饰完备,面山临水,可以游息。旧或误为封桥,今丞相王郇公居吴门,亲笔张继一绝于石,而枫字遂正。

据此可知寒山寺在宋代为普明禅院。凡是称"禅院"的,人们习惯上都还是称之为寺,那么它应当是普明寺。但是叶梦得说:"'姑苏城外寒山寺,夜半钟声到客船。'此唐张继题城西枫桥寺诗也。"(《石林诗话》)这里又出现了枫桥寺的名称。大概寒山寺、枫桥寺都是俗名,而普明寺是正名。不过,由于张继此诗的影响太大,自唐代至今，一般人都只知道寒山寺。

枫桥，在北宋时已误为封桥。王郇公是王珪，北宋仁宗时宰相，元丰六年封郇国公。他罢相后住在苏州，写了这首诗刻在石碑上，因此就纠正了封字之误。由此可知他写的诗题是《枫桥夜泊》而不是《夜泊松江》。关于这首诗和诗题，我们不免还有怀疑。如果张继的船就停泊在寒山寺外枫桥下，那么他听到的半夜钟声，一定就从岸上寺中发出，为什么他的诗句说是"姑苏城外寒山寺"，而且这钟声是"到"客船呢？我以为《中兴间气集》选此诗，题为《夜泊松江》，这是张继的原题。他的船并不是停泊在寒山寺下，或说枫桥下，而是在寒山寺及枫桥还相当远的松江上。这样，第三、四句诗才符合情况。《枫桥夜泊》这个诗题，看来是宋代人改的。《全唐诗》在此诗下注云："一作《夜泊枫江》。"可能这一段吴江又称枫江。后人不知，改为枫桥。由《夜泊枫江》而成为《枫桥夜泊》。

王珪写刻的《枫桥夜泊》诗碑，没有拓本传到今天，不知有无文字异同。南宋时龚明之作《中吴纪闻》，其中提到这首诗，第二句却是"江村渔火对愁眠"。到明代，王珪所写的那块碑大概已经遗失，因此由苏州书家文徵明再写一通，亦刻于石。这块碑，到了清代末年，已漫漶不清，于是由经学家俞樾（曲园）又写刻了一块诗碑。俞曲园这块碑正面写张继诗，后附跋语三行，文曰：

> 寒山寺旧有文待诏所书唐张继《枫桥夜泊》诗，岁久漫漶。光绪丙午，筱石中丞于寺中新葺数楹，属余补书刻石。
>
> 俞　樾

碑阴还刻有附记八行，文曰：

> 唐张继《枫桥夜泊》诗脍炙人口，惟次句"江枫渔火"四字，颇有可疑。宋龚明之《中吴纪闻》作"江村渔火"，宋人旧籍可宝也。此诗宋王郇公曾写以刻石，今不可见。明文待诏所书亦漫漶，"江"下一字不可辨。筱石中丞属余补书，姑从今本，然"江村"古本，不可没也。因作一诗附刻，以告观者：
>
> > 郇公旧墨久无存，待诏残碑不可扪。
> >
> > 幸有《中吴纪闻》在，千金一字是江村。
>
> 俞　樾

这是俞曲园写诗时对原诗文字发生了疑问，就写了这一段诗话。光绪丙午是光绪三十二年（公元一九〇六年），筱石中丞是江苏巡抚陈夔龙。他也写了一段题记，刻在碑侧。正书五行，文曰：

> 张懿孙此诗，传世颇有异同。题中枫桥，旧误作封桥。《吴郡图经续记》已据王郇公所书订正。诗中"渔火"，或误作"渔父"，雍正辑《全唐诗》所据本如此。然注云"或作火"，则亦不以"父"为定本也。《中吴纪闻》载此诗作"江村渔火"，宋人旧籍，足可依据。曲园太史作诗以证明之，今而后此诗定矣。光绪丙午，余移抚三吴，偶过此寺，叹其荒废，小为修治，因刻张诗，并刻曲园诗，以质世之读此诗者。

贵阳　陈夔龙

一首唐人的七言绝句，历代传抄，文字谬误，产生了这许多纠葛。俞曲园虽然说"千金一字是江村"，可是他自己却仍然写"江枫"，于是他的写本，正如陈筱石所说，从此成为定本。寒山寺因张继的诗而成为苏州著名的古迹，俞曲园的书法又为当世所重，而且俞曲园就在当年十二月逝世，这块诗碑极为中外人士所珍视，拓本流传甚广。日本旅游者来到中国，必去寒山寺观光，并顺便买一张俞曲园写的诗碑拓本回去作纪念。但是流传的拓本，只有碑面《枫桥夜泊》诗及跋语三行，碑阴及碑侧文字，向来不拓，因此我要给它们在这里做个记录，以保存这一段唐诗逸话。

一九四七年，苏州名画家吴湖帆，请诗人张溥泉也写刻了一块《枫桥夜泊》诗碑。张溥泉的大名也是"继"，请现代诗人张继写唐代诗人张继的诗，给唐诗又添了一段佳话。从此，俞曲园诗碑和张溥泉诗碑并列于寺中。听说，康有为也写过这首诗，有木刻在寺中，我没有见过。

一九三九年抗日战争时期，汉奸梁鸿志在南京成立了伪"维新政府"。当时日本大阪的《朝日新闻》社要举办大东亚博览会，想以这个名义把寒山寺诗碑运去，日本人所要的当然是俞曲园写的那一块。汉奸们怕触怒人民，不敢把原物送去献媚，于是请苏州石师钱荣初依原样复刻了一块。刻得极好，足以乱真。后来不知怎么，这块复制品也没有运去日本，就留在南京，至今植立在煦园里。

一首七言绝句，数百年来，为国内外人士如此爱好和重视。它又使一个荒村小寺成为千秋名胜。这是《枫桥夜泊》诗独有的光荣。

一九八四年八月十五日

【附 记】

近日读郑逸梅所著《文苑花絮》，其中记张溥泉书碑事，可补此文所未详，故节录于此。

> 吴湖帆以为俞曲园写的碑石已经残失，因此想到张溥泉亦名"继"，最好请他补写一石。但吴湖帆与张溥泉不相识，乃托濮一乘代请。不久，吴见报载张公逝世，甚恨请之已晚。不意过了几天，濮一乘以张公写本寄来，附函云："此乃张公逝世前一日所写。"湖帆悲喜交集，即嘱黄怀觉选石刻之，立于寺中。
>
> 张公写此诗后，亦有跋语，今并录于此：

> > 余夙慕寒山寺胜迹，频年来往吴门，迄未一游。湖帆先生以余名与唐代题《枫桥夜泊》诗者相同，嘱书此诗镌石。惟余名实取恒久之义，非妄袭诗人也。
> >
> > 民国三十六年十二月 沧州 张 继

又，近日又见一种宋人笔记，其中记王珪写此诗碑时，正在丧服中，故未署名。今王珪所写碑已不可见，不知此说信否。俞樾写此诗后，当年即下世。张溥泉写此诗后，越日即逝。此三事巧合如此，在迷信家看来，恐寒山寺诗碑很不吉利。附记于此，以供谈助。

一九八五年六月五日

66

苏耽佐郡时，近出白云司。

药补清羸疾，窗吟绝妙词。

柳塘春水漫，花坞夕阳迟。

欲识怀君意，明朝访楫师。

严维，字正文，越州（今浙江绍兴）人。早年隐居桐庐。肃宗至德二载（公元七五七年），以词藻宏丽进士及第。因家贫亲老，不能远离，授诸暨尉，年已四十馀。后历秘书郎，辟河南节度使幕府，迁馀姚令，终于右补阙。以上是《唐才子传》作者辛文房从严维诗集中钩稽出来的小传。但姚合《极玄集》说："严维，字正文，山阴人，至德二载进士，历诸暨及河南尉，终校书郎。"查诗集中有一诗，题曰：《馀姚祇役奉简鲍参军》，大约这就是辛文房以为他曾为馀姚县令的根据。其实"馀姚祇役"只是说他因公出差到馀姚，不能理解为任馀姚县令。

《国秀集》收"进士严维"诗三首，大约都是至德二载成进士前后的作品。《极玄集》选了他的诗四首，该是晚年的诗了。但《中兴间气集》中却没有严维的诗入选。

严维与刘长卿、朱放、丘为、李端为诗友，虽然不在大历十才子之列，但他的诗风也和十子差不多。在当时，严维大约还是一位名家，到了后世，声名渐减，也许是由于他存诗不多之故。《国秀》、《极玄》两集中所选的严维诗，到后世也并不为人称道。倒是这里选录的一首诗，却经常在诗话中被提出来评论。这首诗是酬答刘长卿而作。刘长卿任睦州司马时作了一首诗寄给严维：

陋巷喜阳和，衰颜对酒歌。

懒从华发乱，闲任白云多。

郡简容垂钓，家贫学弄梭。

门前七里濑，早晚子陵过。

此诗前六句是描写他的闲官生活,最后两句是将严维比为严子陵,希望他来会晤。严维写了一首诗酬答。这首诗第一、二句用了一个典故,其意义不很清楚。苏耽是汉文帝时桂阳人,因孝母而得道成仙。其事迹见于《神仙传》。苏耽没有做过佐郡的官职,也和白云无涉。严维此两句,意在恭维刘长卿,因为刘是睦州司马,正是辅佐郡守的官。"白云"是酬答刘长卿诗中的"闲任白云多"之句,其意义是可以理解的,但他用苏耽的故事却不甚可解。

"药补"两句是写刘长卿居官多暇,可以服药养生,在晴窗下吟哦好诗。"柳塘"两句是写睦州风景。最后两句是说:我明天就想雇船去拜访你。由此,你可以知道我怀念你的心情。这首诗,从整体来看并不好。颔联与颈联,没有关系。颔联又没有承上的作用,颈联没有启下的作用。再加上第一、二句意义不明,使这首诗好像是硬拼凑起来的四联八句。两本唐人诗选都没有选入这首诗,可知它在当时并不引起重视。

到了北宋,欧阳修作《六一诗话》,记下了一段他和梅圣俞谈诗的话,今全录于此:

> 圣俞尝语余曰:"诗家虽率意,而造语亦难。若意新语工,得前人所未道者,斯为善也。必能状难写之景,如在目前;含不尽之意,见于言外,然后为至矣。贾岛云:'竹笼拾山果,瓦瓶担石泉。'姚合云:'马随山鹿放,鸡逐野禽栖。'等是山邑荒僻,官况萧条,不如'县古槐根出,官清马骨高'为工也。"余曰:"语之工者固如是。状难写之景,含不尽之意,何诗为然?"圣俞曰:"作者得于心,览者会以意,殆难指陈以言也。虽然,亦可略道其仿佛。若严维'柳塘春水漫,花坞夕阳迟',则天容时态,融和骀荡,岂不如在目前乎?又若温庭筠'鸡声茅店月,人迹板桥霜',贾岛'怪禽啼旷野,落日恐行人',则道路辛苦,羁愁旅思,岂不见于言外乎?"

这一段话,表明了宋代人欣赏诗的方法。他们注意的是一联一句,并不重视全篇。而这也正是中晚唐人作诗的方法,先得一联好句,然后拼凑成诗。欧阳修在这一段诗话中,列举了梅圣俞所欣赏的唐人佳句,以为它们都能做到"状难写之景,含不尽之意",严维的"柳塘"两句也在其内。

后来,刘贡父(攽)作《中山诗话》,提出了异议:

> 人多取佳句为句图，特小巧美丽可喜，皆指咏风景，影似百物者尔，不得见雄材远思之人也。梅圣俞爱严维诗曰："柳塘春水漫，花坞夕阳迟。"固善矣。细较之，"夕阳迟"则系花，"春水漫"何须柳也。

刘贡父反对摘句论诗，以为不能见到诗人"雄材远思"的人格。这意见是正确的。但他接下去评论严维这两句诗，以为"夕阳迟"三字扣住了花，但"春水漫"何必要扣住柳呢？这个观点，使人不解。因此，就有胡元任在《苕溪渔隐丛话》中反驳道：

> 此论非是。"夕阳迟"乃系于坞，初不系花。以此言之，则"春水漫"不必"柳塘"，"夕阳迟"岂独"花坞"哉？

两人所争的是"夕阳迟"、"春水漫"和什么发生关系。刘贡父以为"夕阳迟"可以是写花，而"春水漫"却和柳没有关系。胡元任以为"夕阳迟"是形容山坞，"春水漫"是形容池塘，根本与花柳无关。如果依刘贡父的观点，那么，春水不能漫于柳塘，而"夕阳迟"又何以一定要在花坞里呢？

宋人作诗，讲究句法，上下要有联系。"柳塘春水漫"一句五字，就要研究"春水漫"与"柳塘"之间有何必要的联系。一个说"春水漫"与柳无关，所以诗句中的"柳"字是落空的，不如"夕阳迟"与花有关系。一个说"夕阳迟"是坞里的景色，和花也没有必要的关系，故不能说"夕阳迟"是扣住花的。宋人诗话中，常常有这样可笑的辩论，因而清人诗话中，就常常有驳正宋人的评语。

贺黄公（裳）《载酒园诗话》云：

> 宋人作诗，极多蠢拙，至论诗则过于苛细，然正供识者一噱耳。如严维"柳塘春水漫，花坞夕阳迟"，此偶写目前之景，如风人"榛"、"苓"、"桃棘"之义，实则山不止于榛，隰不止于苓，园亦不止于桃棘也。刘贡父曰："'夕阳迟'则系花，'春水漫'不须柳。"渔隐又曰："此论非是，'夕阳迟'乃系于坞，初不系花。以此言之，则'春水漫'不必'柳塘'，'夕阳迟'岂独'花坞'哉？"不知此乃酬长卿之作，偶尔寄兴于夕阳、春水，非咏夕阳、春水也。夕阳、春水，虽则无限，花柳映之，岂不更为增妍。倘云野塘山坞，有何味耶？

叶矫然《龙性堂诗话》也提到此诗：

> 刘贡父云："梅尧臣爱严维'柳塘春水漫，花坞夕阳迟'，固善矣。细较之，'夕阳迟'则系花，'春水漫'何须柳也。似未尽善。"余阅之，不觉失笑。"夕阳迟"，春日迟迟也。何为系花？"春水漫"，水流漫也，何关于柳？宋人之着相强解事，类如此。

严维这一联诗，还有人从另外一个角度来批评。明人胡应麟的《诗薮》云："严维'柳塘春水慢，花坞夕阳迟'，字与意俱合掌，宋人击节（以为）佳句，何也？"原来胡应麟把"漫"字误为"慢"字，因而以为"慢"与"迟"同义，在句法上是犯了合掌之病。他又说这两句诗意也是合掌，这就不知道他如何解释这一联了。

贺黄公还有一段议论云：

> 中唐数十年间，亦自风气不同。其初，类于平淡中时露一入情切景之语。故读元和以前诗，大抵如空山独行，忽闻兰气，馀则寒柯荒草而已。如严维"柳塘春水漫，花坞夕阳迟"，诚为佳句，但上云"窗吟绝妙辞"，却鄙。

这里讲到中唐初期的诗风，也就是大历诗风，往往有佳句而无全篇好诗。贺黄公赏识"柳塘"一联为佳句，却以上联"窗吟绝妙辞"为鄙句。这是他批评得还较为委婉，其实"柳塘"一联在全诗中却没有必要的联系，既不承上，又不启下，尽管这十个字写景极妙，但对于全诗却不起什么作用。严维另外有一联诗云："柳塘薰昼日，花水溢春渠。"（《酬王侍御西陵渡见寄》）完全同一意境，更可知是先有成句而后凑足全诗。但是读者是瞒不过的，到如今，也只有这一联代表他的名声。

杭州西溪，有一个地名，正叫花坞。四十年前，我曾于傍晚经过那里，微吟严维这两句诗，觉得情景宛然，很佩服诗人能捕捉这一时间的山容水色。同时诗人李嘉祐有一联云："野渡花争发，春塘水乱流。"（《送王牧往吉州谒王使君叔》）也可以和严维比美。

一九八四年十月十六日

67

　　在孟郊、贾岛的"寒瘦"与李贺、温庭筠、李商隐的秾艳之外,元和、长庆年间还有一个极为流行的元(稹)白(居易)诗派。元、白是亲密的诗友,互相唱酬,互相影响。由于志同道合,他们的诗自成一种风格,当时被称为元和体。他们的诗,无论文字或思想内容,都力求明白浅显,走文学大众化的道路。元稹在为白居易诗集作的序文中,说他们的诗,在"二十年间,禁省、观寺、邮候墙壁之上无不书,王公、妾妇、牛童、马走之口无不道。至于缮写、模勒,炫卖于市井,或持之以交酒茗者,处处皆是。"白居易自己也说:"自长安抵江西三四千里,凡乡校、佛寺、逆旅、行舟之中,往往有题仆诗者;士庶、僧徒、孀妇、处女之口,每每有咏仆诗者。"这是他们的诗在当时普遍为各阶层士民传诵的记录。但是,明白浅显、流利通俗的诗歌,很容易为典雅派诗人所轻视。时代稍后一些,有诗人杜牧,在他为李戡作的墓志中,叙述李戡的文艺思想云:"元和以来,有元白诗者,纤艳不逞,非庄士雅人,多为其所破坏。流于民间,疏于屏壁,子父女母,交口教授,淫言媟语,冬寒夏热,入人肌骨,不可除去。吾无位,不得用法治之。"这是杜牧用李戡的名义说出来的自己的观点。到了宋代,苏东坡在"郊寒岛瘦"一句之下,又加了一句"元轻白俗"。他批评元稹的诗体为轻薄,白居易的诗体为浅俗。古今中外,每一个国家民族的文学,自有这两种风格。走通俗化道路的文学,不能为士大夫所欣赏;文字典雅的士大夫文学,也不能为人民大众所欣赏。各有各的服务对象,我们无须在他们之间评定甲乙。

　　元白诗在唐诗中占有重要的地位,并不是由于他们的诗体通俗化,取得广大士民的爱好,而是他们首先有意识地提出了现实主义的文艺理论,强调文学的社会意义。陈子昂早已提出过诗要合于风雅比兴。元结也主张诗要"极帝王理乱之道,系古人规讽之流。"韩愈也有过"文以载道"的理论,这些观点,都是为元稹、白居易开了先河。到白居易才正面提出"文章合为时而著,歌诗合为事而作"。所谓"为时",就是说文艺创作必须能反映时代现实,并为时代现实服务;所谓"为事",就是说文艺作品必须写政治、社会、人民生活的具体事实,从而达到反映现实的目的。

白居易以为《诗经》的六义,比兴最为重要。通过比兴这种创作方法,使诗歌能起讽谕的作用。他列举《诗经》以后的诗人,如屈原、宋玉的楚辞,苏武、李陵的五言诗,他们所写的只是个人的牢骚失意,"河梁之句,止于伤别;泽畔之吟,归于怨思。"虽然苏、李以双凫一雁为离别的比喻,楚辞以香草恶鸟为君子小人的讽刺,还不失比兴之义,但毕竟题材只限于写个人的彷徨抑郁,不及其他。晋宋以后,谢灵运的诗歌,多写山水;陶渊明的题材,亦限于田园。此外江淹、鲍照之流,题材更狭。直到梁陈之世,诗人所作,都是嘲风雪、弄花草而已。论到本朝,白居易肯定了陈子昂、鲍防的"感遇"、"感兴"。对于李白,他以为是别人所不能企及的奇才,但是又说:在李白的诗中,风雅比兴,连十分之一都不到。对于杜甫,他首先赞扬杜甫的诗,格律精细,尽善尽工,可以传世者千余首。但是接着又说,杜诗中的讽谕意义的诗,如"三吏"、"三别"诸作,"朱门酒肉臭,路有冻死骨"等句子,也不过占全部作品的十分之三四①。

白居易对历代大诗人的评论显然是太苛刻了一点,但他并不是看不起他们,而是为了强调他所主张的诗要有讽谕作用这个观点。白居易生于代宗大历七年

---

① 白居易对于诗的观点,主要见于他的《与元九书》、《新乐府序》,本文中所用,或引原文,或用意译,不再逐一注出。

（公元七七二年），正是杜甫逝世之后一年。德宗贞元十六年（公元八〇〇年）举进士第，年二十八。贞元、元和之际，白居易在长安，把平日所闻所见的事情，写成十首《秦中吟》，开始实践他的诗歌理论。《秦中吟》十首的题材如《议婚》，劝人娶妻不要娶富家女；《伤宅》劝有钱人不要大兴土木，建造园林，不如把钱财用于拯救穷贱人；《不致仕》讽刺年满七十还不肯退休的官员；《轻肥》揭发宦官享用豪奢，与江南旱灾、衢州人吃人的惨况对照。这些题材，还只是一般的社会现象，可是这些诗流传出去以后，立刻引起贵人和闲人的反感。在《伤唐衢诗》中，白居易述说过当时的情况：

忆昔元和初，忝备谏官位。

是时兵革后，生民正憔悴。

但伤民病痛，不识时忌讳。

遂作《秦中吟》，一吟悲一事。

贵人皆怪怒，闲人亦非訾。

天高未及闻，荆棘生满地。

但是白居易并不因荆棘满地而感到此道难行。在元和四年，他又作了五十首《新乐府》，并且在序文里说明了他作这一组诗的方法与目的。他说："诗共五十篇，九千二百五十二字。每篇没有一定的句数，每句字数也不一定。关系在思想内容，不在文字表面。每篇第一句就是题目，每篇末句说明了主题，这是摹仿《诗经》的办法。诗的文辞朴素而直爽，是为了使读者容易了解。话讲得老实而迫切，是为了使听到的人受到教育。诗中所写的都是真实的事情，是为了使采录的人有根有据。诗体流利畅达，是为了可以作曲歌唱。总而言之，我这一组诗的创作动机是为君、为臣、为民、为物、为事，并不是为作诗而作。"

这五十首《新乐府》，讽刺了当时宫廷里和政治上许多使人民不满的现实，它们和《秦中吟》成为白居易的讽谕诗的代表作。当时白居易的官职是左拾遗，这是一个谏官，朝廷政治有什么不适当，谏官有进言规谏的责任。他作《秦中吟》和《新乐府》，自以为也是尽了谏官的责任，希望皇帝、宰相看到他的诗，采用他的意见，以改革朝政。哪里知道，诗流传之后，皇帝、宰相还没有知道，已惹起了许多有关人物的憎恨。他在给元稹的信中说："凡闻仆《贺雨诗》，而众口籍籍，已谓非宜矣；闻仆哭孔戡诗，众面脉脉，尽不悦矣；闻《秦中吟》，则权豪贵近者相目而变色矣；闻乐游园寄足下诗,则执政柄者扼腕矣;闻《宿紫阁村》诗,则握军要者切齿矣。大率如此,不可遍举。"

这是白居易成进士后积极做官,也积极做诗的结果。宪宗元和十年(公元八一五年)六月,宰相武元衡被刺死,白居易上书请查究刺客的背景。这样一来,他又得罪了幕后的文武大官。终于被降谪出去做江州司马,从此不再做讽谕诗。

《新乐府》五十首中,一般选本总是选《新丰折臂翁》、《上阳白发人》、《涧底松》、《卖炭翁》、《红线毯》等篇,现在我们避熟就生,选了这篇《两朱阁》。

两朱阁

刺佛寺寖多也

两朱阁,南北相对起。

借问何人家?贞元双帝子。

帝子吹箫双得仙,五云飘摇飞上天。

第宅亭台不将去,化为佛寺在人间。

妆阁妓楼何寂静,柳似舞腰池似镜。

花落黄昏悄悄时,不闻歌吹闻钟磬。

寺门敕榜金字书,尼院佛庭宽有馀。

青苔明月多闲地,比屋齐人无处居。

忆昨平阳宅初置,吞并平人几家地。

仙去双双作梵宫,渐恐人间尽为寺。

这首诗以一个三言句、一个五言句开始。第一句就是题目。第三、四句均为五言句,以下七言到底,共十六句。这就是序文所谓"篇无定句,句无定字"。题目下面有一句"刺佛寺寖多也",是摹仿《诗经》的小序,说明这首诗的主题思想,也就是诗的末句所讽谕的意义。

全诗开头四句,差不多是序言,还不是诗的本体,故不用七言句。看见长安道边,有两座红楼相对着,就要问:这是谁的家?有人回说:这是贞元皇帝的两位公主的住宅。这两句是问答句,上句问,下句答。唐诗中常见这种句法。用"借问"这个语词的,尤其明显。"借问酒家何处有",是问句;"牧童遥指杏花村"是诗人用叙述式作的答语。《新乐府》第三十一首《缭绫》有句云："织者何人衣者谁？越溪寒女汉宫姬。"这是双问双答式的句法。这些豪华美丽的缭绫是谁织造的？又是谁用来做衣裳穿著的？这是上句双问：是越溪上贫女所织造，是供皇宫里的妃嫔穿著的。这是下句双答。"帝子"这个名词，男女通用，王子和公主都可以称为帝子。

说明了两座红楼的来历之后，用四句七言来叙述两位公主死后，她们的住宅改为佛寺，给尼姑居住供养。诗人不直说公主死去，而用秦穆公的女儿弄玉，吹箫骑凤、得道成仙的故事来作比喻。以下四句写公主住宅改为佛寺后的寂静情况。接下去讲这两所挂着"敕建"金字匾额的佛寺，空房闲地多得很，而佛寺邻居的老百姓却苦于没有住处。"比屋齐人无处居"是关键性的句子，相当于七言绝句的第三句，是转句，由此句转到主题思想。接下去说，记得当年公主建造住宅的时候，强占了好几家平民的土地，现在公主亡故，住宅改为佛寺。这样下去，恐怕天下到处都会变成佛寺了。齐人，就是齐民；人间，就是民间。唐人避李世民的讳，凡是用到世字，都缺一笔，写作卋，凡是民字都改用人字。

贞元是唐德宗的年号。德宗有十一个女儿，这首诗中所说的不知是那两位。十一位公主中没有平阳公主。只有高祖李渊有一个女儿封为平阳公主，时代已远，白居易此诗用"忆昨"字，不可能是指这位平阳公主。因此，这"平阳"二字尚待考索。

"新乐府"并不是白居易首创的。当时有一位诗人李绅，字公垂，作了二十篇讽谕时事的乐府诗，标题曰《乐府新题》。元稹见到之后，选取了他认为最切时弊的十二篇，写了和诗。总题曰《新乐府》。白居易见了李、元二人所作，就扩大题材，陆续写成了五十篇，亦题曰《新乐府》。李绅的二十篇《乐府新题》已亡佚，现在见不到了。元稹的十二篇在《元氏长庆集》中，诗艺不及白居易。

所谓"乐府新题"，是对"乐府古题"而言。元稹另外有一卷诗，题名就是《乐府古题》。他有一篇序文，讲到有讽谕作用的乐府诗，尽管内容是刺美当今时事，但题目却都是沿袭汉魏以来乐府旧题。后来看到杜甫有《悲陈陶》、《哀江头》、《兵车行》、《丽人行》等歌行，都是就事命题，不再依傍古题。他与李绅、白居易认为杜甫这个办法是适当的，从此他也不再用古题作乐府诗。

由此可见，元、白的"新乐府"并不是他们创造的文学形式，而只是继承杜甫的诗艺创造。所谓"新"，是指新的题目，并不是新的曲调。原有的乐府旧题，如《饮马长城窟》、《东门行》、《上留田》之类都是曲调名;而杜甫、元稹、白居易所作,都是概括诗的内容以定题目。这种所谓"乐府新题",事实上只是诗题而不是乐府题。因此,元稹不采用李绅的《乐府新题》而改为《新乐府》。白居易又跟着用这个名词,使文学史家对唐代乐府的认识,易有错误。杜甫的《悲陈陶》、《哀江头》等作品,虽然摹仿乐府古题,自标新题,它们还是歌行体诗,而不是乐府。元稹、白居易的《新乐府》,也还是诗,可以称为乐府诗,而绝不是乐府。白居易把他自己的《秦中吟》十首、《新乐府》五十首编在"讽谕诗"四卷中,并不另分乐府一类,可见他自己也以为这些作品是诗而不是乐府。

唐诗中有许多用当时流行曲调名为标题的绝句或长短句诗,例如《凉州词》、《甘州》、《伊州》、《胡渭州》、《征步郎》、《回波乐》等,倒是真正的唐代新乐府。白居易自己也有《乐世》、《急世乐》、《何满子》、《杨柳枝》等作品,都用曲调名为题目,而且正是谱入这些曲子里令伶人歌唱的,这也是名副其实的唐代新乐府。《全唐诗》卷前有《乐府》十三卷,其取舍标准颇有问题,还可以商榷,但杜甫、元稹、白居易以及其他诗人所作"新乐府",都不予收录,这一点却是不错的。郭茂倩《乐府诗集》收入了元、白《新乐府》,对"新乐府"这个名词也不作分析解释,可知郭氏对唐代乐府的认识还没有清楚。

一九八四年十一月五日

68

　　白居易的诗文集名为《白氏长庆集》,前集五十卷,长庆四年元稹为他编定,并写了序文。因为当年正月,穆宗皇帝逝世,长庆尽于四年,故元稹给白居易题其集名为《长庆集》,表示这五十卷中的诗文皆作于长庆以前。后集二十卷,大和二年白居易自己编定,并写了自序。这二十卷,虽然仍为《长庆集》,所收已是宝历以后的诗文了。

　　元稹又编定了自己的诗文集,亦用"长庆"为集名,于是分别称为《白氏长庆集》和《元氏长庆集》。元白诗派,当时称为元和体,这是因为他们的诗流行于宪宗元和年间。宋元以后,也有人称之为长庆体,这个"长庆",不是年号,而是两家的集名。曾有人来问我:"为什么元和体又称长庆体,这两个时期有何不同?"这就是误以长庆为年号了。

　　《白氏长庆集》前后集的编法有些不同,值得我们注意。前集第一卷至二十卷都是诗,第二十一卷至第五十卷是各体散文。二十卷诗的前十二卷是以诗的内容分类,而每类每卷之下,又注明诗体。现在我们将第一至十二卷的分类目抄录于下:

第一卷	讽谕一	古调诗
第二卷	讽谕二	古调诗
第三卷	讽谕三	新乐府
第四卷	讽谕四	新乐府
第五卷	闲适一	古调诗

第六卷	闲适二	古调诗
第七卷	闲适三	古调诗
第八卷	闲适四	古调诗
第九卷	感伤一	古调诗
第十卷	感伤二	古调诗
第十一卷	感伤三	古调诗
第十二卷	感伤四	歌行曲引

集子虽说是元稹编定的，但诗的分类还是白居易自己定下来的。在《与元九书》中，他还自己解释了"讽谕"、"闲适"、"感伤"的意义。他说：

自拾遗来，凡所适所感，关于美刺兴比者；又自武德讫元和，因事立题，题为新乐府者，共一百五十首，谓之讽谕诗。

又或退公独处，或移病闲居，知足保和，吟玩情性者一百首，谓之闲适诗。

又有事物牵于外，情理动于内，随感遇而形于叹咏者一百首，谓之感伤诗。

这是白居易自己为他的诗按内容区分的三大类。讽谕诗第一、二卷，都用古调诗体。所谓古调诗，就是五、七言古体诗。讽谕诗第三、四卷，是《秦中吟》、《新乐府》及其他有比兴美刺的诗，以《新乐府》为诗体分类目。闲适诗四卷，都是古调诗。感伤诗四卷，前三卷都是古调诗，最后一卷为歌行曲引等杂言体诗。这一卷只有诗二十九首，但白居易最著名的作品《长恨歌》、《琵琶引》都在这里。

《白氏长庆集》后集，即全书第五十一卷至第七十卷，是作者从大和二年起开始编纂，有一卷编一卷。至会昌五年，编至第七十卷。又编续后集五卷，共七十五卷，见《白氏集后记》。但现今所见《白氏长庆集》只有七十一卷，后集二十卷的编法，与前集五十卷不同。现在把诗的卷目抄录于下：

第五十一卷	格诗	歌行	杂体
第五十二卷	格诗	杂体	
第五十三卷至	律诗一至		

诗共十六卷,其馀四卷为文。诗不再以内容分类,而以诗体分类。我们可以从这个目录,知道白居易对他自己所作的诗的体式概念。他把诗分为:律诗、格诗、半格诗、歌行、杂体五类。律诗和歌行,没有问题,人人都知道。所谓杂体,并不是某些特殊的诗体。第五十二、六十三卷前面都是格诗,后面有几首诗不是格诗;第六十七卷主要是律诗,后面有几首却不是律诗,作者就用杂体为区别,可知其意义等于"其他"。

格诗、半格诗,这两个名词是新见的,它与律诗对举,可知唐人用格律二字和我们今天的用法不同。我在高仲武的《中兴间气集叙》文中已见到他自言选诗的标准,是"朝野通取,格律兼收"。从文意揣测,上句的意思是说:无论在朝在野的诗人,都有作品选入;下句的意思,我最初还不明白,因为现在我们已把格律了解为一个概念,因而就把这个"兼"字随便读过,理解为凡是格律高的诗都得收入。及至看到白居易这个目录,才知道高仲武这一句应当理解为古体诗和近体律诗一概选录。格诗即古体诗,律诗即唐代新兴的近体诗。《白氏长庆集》前集目录中的古调诗,就是后集目录中的格诗。第六十九卷的半格诗,都是五、七言古诗,但是有的用对句,有的用散句而平仄粘缀,似古非古,似律非律,故称之为半格诗。格诗和半格诗这两个名词,不见于唐人其他文献,如果没有白氏诗集的目录,我们也许不会知道唐人用格律二字,原来是指古今两种诗体。

《文镜秘府论·论文意》云:"凡作诗之体,意是格,声是律。意高则格高,声辨则律清。格律全,然后始有调。"可知古诗重在内容,故称格诗,格是风格。近体诗重在声韵的美,故称律诗,律是音律。古诗意高而声韵不美,近体诗声韵美而意不高,都还不够,因此要求格律全。格高律清的诗,才可以称为有调的诗。调是风调,也就是现在我们所谓格调或风格。

讽谕诗是白居易的重要作品,但还不能说是代表作品。在当时及后世,使他享受大名的流行作品是以《长恨歌》、《琵琶行》为代表的感伤诗。这两首诗,几乎每一个选本都已选入,有过许多人注释或讲解,我不打算在这里重复,因此选了一首《霓裳羽衣歌》。这首诗是白居易晚年任苏州刺史时的作品,编在后集第五十一卷歌行类内。如果按照前集的分类法,它肯定也属于感伤诗。

霓裳羽衣歌

我昔元和侍宪皇, 曾陪内宴宴昭阳。

千歌百舞不可数, 就中最爱《霓裳》舞。 (一)

舞时寒食春风天, 玉钩阑下香案前。

案前舞者颜如玉, 不著人家俗衣服。

虹裳霞帔步摇冠, 钿璎累累佩珊珊。

娉婷似不任罗绮, 顾听乐悬行复止。

磬箫筝笛递相挽, 击扺弹吹声迤逦。 (二)

散序六奏未动衣, 阳台宿云慵不飞。

中序擘騞初入拍, 秋竹竿裂春冰坼。

飘然转旋回雪轻, 嫣然纵送游龙惊。

小垂手后柳无力, 斜曳裾时云欲生。

烟蛾敛略不胜态, 风袖低昂如有情。

上元点鬟招萼绿, 王母挥袂别飞琼。

繁音急节十二遍, 跳珠撼玉何铿铮。

翔鸾舞了却收翅, 唳鹤曲终长引声。

当时乍见惊心目, 凝视谛听殊未足。

一落人间八九年, 耳冷不曾闻此曲。 (三)

湓城但听山魈语, 巴峡唯闻杜鹃哭。

移领钱塘第二年, 始有心情问丝竹。

玲珑箜篌谢好筝，陈宠觱栗沈平笙。

清弦脆管纤纤手，教得《霓裳》一曲成。

虚白亭前湖水畔，前后只应三度按。

便除庶子抛却来，闻道如今各星散。 （四）

今年五月至苏州，朝钟暮角催白头。

贪看案牍常侵夜，不听笙歌直到秋。

秋来无事多闲闷，忽忆《霓裳》无处问。

闻君部内多乐徒，问有《霓裳》舞者无？

答云七县十万户，无人知有《霓裳》舞。

唯寄长歌与我来，题作《霓裳羽衣谱》。 （五）

四幅花笺碧间红，《霓裳》实录在其中。

千姿万状分明见，恰与昭阳舞者同。

眼前仿佛睹形质，昔日今朝想如一。

疑从魂梦呼召来，似著丹青图写出。

我爱《霓裳》君合知，发于歌咏形于诗。

君不见，我歌云：惊破《霓裳羽衣曲》。

又不见，我诗云：曲爱《霓裳》未拍时。 （六）

由来能事皆有主，杨氏创声君造谱。

君言此舞难得人，须是倾城可怜女。

吴妖小玉飞作烟，越艳西施化为土。

娇花巧笑久寂寥，娃馆苎萝空处所。

如君所言诚有是，君试从容听我语。

若求国色始翻传，但恐人间废此舞。

妍媸优劣宁相远，大都只在人抬举。

李娟张态君莫嫌，亦拟随宜且教取。 （七）

此诗题下原有"和微之"三字，是因为元稹先作此诗，故白居易和作一首。但现在《元氏长庆集》中却没有《霓裳羽衣歌》，大约是遗失未编入。《霓裳羽衣曲》是唐玄宗所制舞曲。传说玄宗曾登三乡驿,望女儿山,有感于神仙之事,回宫后遂作此曲。刘禹锡有《三乡驿楼伏睹玄宗望女儿山诗小臣斐然有感》,诗云:"开元天子万事足,惟惜当时光景促。三乡陌上望仙山,归作《霓裳羽衣曲》……"也有另一个传说:道士罗公远于中秋夜侍玄宗游月宫,在月宫中见仙女数百,素练宽衣,舞于广庭。玄宗问这是什么曲子,舞女回答说是《霓裳羽衣曲》。玄宗记住其声调,翌晨命伶官依声调谱曲,即命名为《霓裳羽衣曲》。这是当时盛行的歌舞,白居易诗中几次提到。宝历二年(公元八二六年),白居易从太子左庶子、分司东都出为苏州刺史,又想起了这个曲子。此时元稹为越州刺史,白居易因为苏州没有能歌舞《霓裳羽衣曲》的妓女,就向元稹要。越州也没有能歌善舞的人,只送了一份曲谱给白居易。白居易深感这个曲子可能失传,故作诗以寄其感慨。

全诗七言四十四韵,现在分段译述其大概。第一段二韵四句是引言:我在元和年间曾侍奉宪宗皇帝,在宫里参与内宴,见过不少歌舞,我最爱的就是《霓裳羽衣曲》。按元和二年(公元八〇七年)十一月,白居易从盩厔县尉被召入为翰林学士。三年五月,拜左拾遗。五年,除京兆府户曹参军。可知诗中所云参加内宴的时间,在元和三年五月至五年之间的一个寒食节。昭阳是汉代皇宫名,这里用以泛指唐代大内。

第二段五韵十句,叙述表演歌舞的时间、地点和舞女的服饰。诗人记得看到宫内演奏《霓裳羽衣曲》,是在寒食日内宴的时候,舞女都是绝色佳人,穿着特制的舞衣。虹彩般的衣裳和帔肩,头上戴着插上珠步摇的冠饰,身上有许多璎珞和玉佩。这些姑娘好像娇弱得连罗绮衣裳都还嫌重,回头倾听悬挂在架子上的乐器,走走停停,等待音乐开始。于是磬、箫、筝、笛等各种乐器都互相配合着,击、抶、弹、吹,一齐响起来了。

第三段十韵二十句描写宫中所见表演霓裳羽衣舞的盛况。《霓裳羽衣曲》是法曲,犹如现代的交响乐。它分三个部分:散序、中序、排遍。散序部分共奏六支曲子,没有节拍,音乐奏散序时,舞女还不翩翩起舞。所以诗中说"散序六奏未动衣",她们还好似巫山阳台峰上的宿云,懒洋洋地没有飞动。接下去,音乐转入中序,才开始有节拍,所以中序又称拍序。中序乐作,舞也开始。"中序擘騞初入拍"以下十四句,描写从中序至入破共十二遍的音乐与跳舞情况。中序第一遍初入拍的时候,大约音乐有爆裂声,所以作者用"擘騞"来形容,又比之为"秋竹裂"和"春冰坼"。以下四句,作者自注云:"皆霓裳舞之初态。"因为奏中序乐时,舞才开始,如回雪那样飘转，如游龙受惊时那样纵送。"小垂手"、"斜曳裾"都是舞姿名词，表演"小垂手"时如无力的柳枝，表演"斜曳裾"时如云气升腾。以下四句写舞女姿态。"烟蛾敛略"两句是说舞女眉目传情、衣袖低昂的媚态；这一队舞女的姿态好似上元夫人点头呼唤萼绿华，又好似西王母挥手与许飞琼分别。这里用四位女仙描写舞女两人一对的舞姿。再下去，用四句描写入破到曲终的情况。《霓裳羽衣曲》第三部分入破共十二遍，音乐都是繁音促节，像跳珠撼玉一般，因而舞姿也是急促捷速的。但到最后，却像鸾凤舞罢收翅，曲终的一声长引犹如太空中一声鹤唳。诗人最后说，当时第一次欣赏《霓裳羽衣曲》的歌舞，就觉得惊心动目，听也不厌，看也不足。岂知自从降官到民间，至今八九年，绝没有再听到演奏这个法曲，觉得耳朵也冷了。

第四段六韵十二句，叙述八九年来做地方官的生活。元和十年，降官为江州司马；十三年，量移忠州刺史，在这两地，都没有听到好的音乐。在江州只听到山魈夜语，在忠州只听到杜鹃悲啼。这两句诗为了要形容《霓裳羽衣曲》之美，就把江州和忠州的音乐比之为山鬼和杜鹃的很难听的声音。这种描写手法，宋人称为尊题格，目的是抑此扬彼，不惜写得太夸张。白居易在江州时，写过一首《琵琶行》，为夸张商船中女子的琵琶绝技，就说江州本地的音乐只有山歌与村笛，呕哑难听；又说在江州朝夕所听，只有"杜鹃啼血猿哀鸣"。这是白居易惯用的描写方法。

元和十四年冬，白居易被召还京，拜司门员外郎。明年，转主客郎中、知制诰。长庆元年十月，转官中书舍人。长庆二年七月，出为杭州刺史。诗中所谓"移领钱塘第二年"，就是长庆三年，这时他才有心情打听杭州的音乐。商玲珑的箜篌，谢好的筝，陈宠的觱篥，沈平的笙，这是他在杭州物色到的四位擅长吹弹管弦乐的姑娘。他都为她们写了诗，还把她们组织起来教练演奏《霓裳羽衣曲》。练成以后，就在西湖边虚白堂前演奏，可惜只公演了三次，他就任期已满，回京改官太子左庶子，分司东都洛阳。后来听说杭州这一个能奏《霓裳羽衣曲》的班子，也不久散伙了。

第五段六韵十二句，是叙述宝历二年来任苏州刺史以后的事。大意说：初到任时，从五月到秋天，一直忙于批阅公事，常常工作到深夜，没有时间欣赏音乐。到了秋天，稍有空闲，才想到《霓裳羽衣曲》。可是在苏州本地打听不到，听说你们越州有很多吹弹好手，因此我就写信问你：你们那边有没有会表演《霓裳羽衣曲》

的妓人。你回信说，越州七县十万户中，没有人懂得霓裳羽衣舞。你虽然没有为我觅到妓人，却寄了一首长歌给我，歌题是《霓裳羽衣谱》。按：这两句诗的意义不很明白。从字句间看，分明是说元稹寄了一首题为《霓裳羽衣谱》的长歌给白居易。但从下文"杨氏创声君造谱"一句看来，又好像元稹寄来的是一首长歌之外，还有一个曲谱。元稹的长歌已不可见，无法证实这两句诗的意义。

以下第六段七韵十四句，写他看了元稹寄到的曲谱，是用红绿二色写的四张笺纸，好似霓裳羽衣曲舞的一切实况都在其中。千姿万态的歌声舞容，恰与当年在宫中所见的一样。当时的种种姿态呈现在眼前，昔日今朝，宛然如一，好像在梦中见到，又像在画中显现。诗人发狂似地爱好《霓裳羽衣曲》，在好几首诗里写到了它：《长恨歌》里有"惊破《霓裳羽衣曲》"，《钱塘》诗中有"曲爱《霓裳》未拍时"。

以下第七段，八韵十六句结束。因元稹来信中说霓裳羽衣舞必须由绝色佳人来表演，诗人就发了一番议论：从来一切技能之事，都有创造之主。这个舞曲本是开元年间西凉节度使杨敬述创作后进呈给皇帝的，现在你又为它造了舞谱。你说这种舞很难物色表演的人才，必定要选美丽倾城的可爱的少女。可是这里，吴王夫差的女儿小玉，是绝世佳人，她早已像云烟一般飞去了；你们那边，西施是绝世佳人，也早已化成了尘土。馆娃宫、苎萝村里的美人，早已不再能像娇花一般的巧笑，至今苏州、越州，诚如你所说，都没有佳丽人才。那么，请你听我说，如果定要找到国色美人才能传授这种舞艺，恐怕这种舞艺将在人世间废绝不传。至于女人的美丑优劣，相差其实不很远，有些所谓绝世佳人，也只是被人家捧出来的。这里有一个李娟，一个张态，你莫嫌她们不美，我倒想将就一下，把她们训练成才。

白居易极喜爱音乐，每到一处，必有记录当地歌儿舞女的诗。因此，他的诗集里，有关唐代音乐的资料很多。《霓裳羽衣曲》是唐玄宗时新流行的法曲，到元和、长庆年间，地方上已很少有人能表演。白居易在宫中内宴时看到了盛大的表演，就对它热烈爱好。这首诗抒写了他对《霓裳羽衣曲》的感情，也在几条自注中给后世纪录了这个法曲的结构。如"散序六遍无拍"，"中序始舞，亦名拍序"，"霓裳曲破凡十二遍而终"，这些都见于他的自注，否则我们就无从知道。

《长恨歌》、《琵琶行》、《霓裳羽衣歌》都是白居易有所感伤而作的歌行体诗。他和元稹所作的长篇七言歌行，和盛唐诗人如高、岑、李、杜所作的不同，它们是用流利圆润的辞藻作的叙事诗。叙述之外，有描写、有议论；有时用对句，有时用散句。整首诗读到终结，仿佛是看了一篇用韵的散文，显然也像韩愈一样的以文为诗。这种歌行,既通俗易懂,又使人易于上口歌吟。所谓元和体,主要是指这一种长篇歌行及律诗。元稹在《白氏长庆集序》中说:"予谴掾江陵,乐天犹在翰林,寄予百韵律诗及杂体前后数十章。是后各佐江、通,复相酬寄。巴蜀、江楚间,及长安中少年,递相仿效,竞作新词,自谓为元和诗,而乐天《秦中吟》、《贺雨》、《讽谕》等篇,时人罕能知者。"白居易自己也说:"今仆之诗,人所爱者,悉不过杂律诗与《长恨歌》以下耳。时之所重,仆之所轻。至于讽谕者,意激而言质;闲适者,思澹而辞迂,以质合迂,宜人之不爱也。"由此可知,当时所谓元和体,后世所谓长庆体,都是指元、白二人的长篇律诗及歌行,而不是《秦中吟》、《新乐府》之类的讽谕诗,也不是自己陶写性情的闲适诗。

一九八四年十一月十日

闲适诗十一首

白居易

69

　　白居易诗二千八百馀首,讽谕诗仅占少数。《白氏长庆集》十三卷以下,不以类分,似乎以闲适诗为最多。在许多古调及近体诗中,有很好的诗,也有不少几乎堕入张打油的诗,可以说是"如长江大河,挟泥沙以俱下"。现在选录三首:

枯桑

道旁老枯树,枯来非一朝。

皮黄外尚活,心黑中先焦。

有似多忧者,非因外火烧。

赠韦炼师

浔阳迁客为居士,身似浮云心似灰。

上界女仙无嗜欲,何因相顾两徘徊。

共疑过去人间世,曾作谁家夫妇来。

浔阳春

春生何处暗周游,海角天涯遍始休。

先遣和风报消息,续教啼鸟说来由。

展张草色长河畔,点缀花房小树头。

若到故园应觅我,为传沦落在江州。

　　第一首诗的风格大似王梵志、寒山子,在白居易诗中,是很浅俗的作品。第二首是赠韦炼师的。炼师就是道士,不论男女,都可称为炼师。这位韦炼师是女道士,白居易赠她的诗却说:你是没有情欲的上界女仙,为什么来留恋我? 好像我们二人前世曾是夫妻。赠女道士的诗,如此措辞,在唐代诗人中,是绝无仅有的。尽管唐代的女道士,有些近似妓女,但白居易也不应当写出这样庸俗的诗来留在集中。第三首第二联"先遣"、"续教"、"报消息"、"说来由",用词也不免粗俗,在正统的诗人眼下,这些都是很不雅驯的诗句。苏东坡说白居易诗俗,大概都是指这一类诗,我在这里只是随意举出三首,它们也未必是最俗的诗。

五、七言长篇排律是白居易和元稹互相唱和的惯用诗体。排律虽开始于杜甫,但长到一百韵的排律却创始于元白。他们俩用这种诗体往还酬答,争奇斗胜,叙事抒情像写信一样。如有一首《代书诗一百韵寄微之》,题目就说明是代替书信的诗。在这首一百韵、一千字的长诗中,他叙述了从贞元年间他们两人开始定交以来的遭遇,很像一篇诗体的自传。现在节录其中一段,叙述当年在长安和朋友们春日游曲江池,与歌伶伎女一起野宴的情况:

> 往往游三省,腾腾出九逵。
> 寒销直城路,春到曲江池。
> 树暖枝条弱,山晴彩翠奇。
> 峰攒石绿点,柳宛麴尘丝。
> 岸草烟铺地,园花雪压枝。
> 早光红照耀,新溜碧逶迤。
> 幄幕侵堤布,盘筵占地施。
> 征伶皆绝艺,选妓悉名姬。
> 铅黛凝春态,金钿耀水嬉。
> 风流夸坠髻,时世斗啼眉。
> 密坐随欢促,华樽逐胜移。
> 香飘歌袂动,翠落舞钗遗。
> 筹插红螺碗,觥飞白玉卮。
> 打嫌《调笑》易,饮讶《卷波》迟。
> 残席喧哗散,归鞍酩酊骑。
> 酡颜乌帽侧,醉袖玉鞭垂。

这一段共十六韵,三十二句。开头二韵四句是从上文过渡到春游,"春到曲江池"是关键性句子。以下四韵八句,写曲江池山水景色。接下去又用四韵八句,描写在曲江池畔张帷幕,摆筵席,选请美丽的妓女。再用四句八韵,描写饮酒歌舞欢乐的热闹情况。最后二韵四句,写酒阑人散、骑马回家,是这一段诗的结束。

在元白诗流行的时候,元和体这个名词,在青年诗人中间,是一个新兴诗派的名词,大家摹仿着做;在老一代的正统诗人中间,却是一个被轻视的名词,大家不屑一顾。到了宋代,元和体只是唐诗的一派,人们对它的看法,和西昆体一样,并不再有轻视的意味。明代盛行唐诗,五、七言长篇排律也有人学着做了。大概是考虑到元和体这个名词的意义不很确定,人们就把元白式的长篇排律称之为长庆体。清初吴梅村的《圆圆曲》、朱彝尊的《风怀》诗,就是竭力学长庆体的。

赋得古原草送别

离离原上草,一岁一枯荣。
野火烧不尽,春风吹又生。
远芳侵古道,晴翠接荒城。
又送王孙去,萋萋满别情。

这一首是白居易早期作品,他自己编在"未应举时作"的一些诗中,但这首诗却是名作,宋人笔记《复斋漫录》记了关于这首诗的故事:白居易在长安,曾以他的诗卷去向当时的前辈诗人顾况请教。顾况一看他的名字,就说:"长安百物昂贵,居住在这里可不容易啊!"这句话表面上好像是因白居易的名字而开个玩笑,但也无意中流露出一点轻视这个后生小子之意。及至看到白居易这首诗,他很赞赏"野火烧不尽"一联。他就说:"能做这样的诗句,在长安居住下去也不难。刚才的话,我是说着玩的。"这个故事,不一定可信,因为有人考证出,白居易和顾况没有会面的机会。不过这两句诗确是佳句,好在它是一副对仗极其工稳的流水对,既刻划了原头春草顽强的生机,又可以用作各种比喻。这是有高度比兴意义的诗句,但是接下去两句颈联却大不高明:"远芳侵古道"就是"晴翠接荒城"。这两句诗只有一个概念,犯了合掌之病。宋人诗话里已有人批评过了。诗虽然主要是咏古原草,但它是为送别而作,所以结句要运用春草王孙的典故,点明送别之情。《复斋漫录》将此诗题作《咸阳原上草》,就使人不能了解结句的意义了。

书天竺寺

一山门作两山门，两寺元从一寺分。

东涧水流西涧水，南峰云起北峰云。

前台花发后台见，上界钟清下界闻。

遥想吾师行道外，天香桂子落纷纷。

这是白居易任杭州刺史时题天竺寺的诗，玩弄语文花巧，接连写了六句结构很新颖的诗句。杭州灵隐寺的山门也就是天竺寺的山门。山门内有冷泉亭，是两道溪涧的合流处。灵隐寺、天竺寺又同处在北高峰下，对着南高峰。白居易利用这样好的题材，写成此诗，自己也很得意，亲笔写了，留在寺里。到了宋代，苏东坡小时，曾听他父亲说，天竺寺里有白居易手书的墨迹。过了四十七年，苏东坡到杭州来作刺史，在游天竺寺的时候，访问了和尚，才知白居易的手写本已没有了，但是有石刻的诗碑还在。于是苏东坡也做了一首诗：

香山居士留遗迹，天竺禅师有故家。

空咏连珠吟叠璧，已亡飞鸟失惊蛇。

林深野桂寒无子，雨挹山姜病有花。

四十七年真一梦，天涯流落泪横斜。

香山居士是白居易晚年的别号。这首诗的颔联是摹仿白居易原作的句法。咏连珠、吟叠璧，是指原作的句法；亡飞鸟、失惊蛇，是说白居易墨迹已亡失。"飞鸟出林、惊蛇入草"，是唐人形容怀素草书的话。因为东坡此诗，白居易这首诗的句法，后来就被称为连珠格。张祜诗云："杜鹃花落杜鹃叫，乌臼叶生乌臼啼。"（《海录碎事》引）亦同。

花非花

花非花，雾非雾。

夜半来，天明去。

来如春梦几多时。

去似朝云无觅处。

期不至

红烛清樽久延伫，

出门入门天欲曙。

星稀月落竟不来，

烟柳昽昽鹊飞去。

白居易有许多小诗，极有情趣，可以看出他在追求新的形式。这里选了两首，前一首是变格的仄韵七绝，他把前两句各分为三三句法。后一首是传统形式的仄韵七绝，也可以说是七言的吴声歌曲。两首诗都是为妓女而作。"花非花"两句比喻她的行踪似真似幻，似虚似实。唐宋时代旅客招妓女伴宿，都是夜半才来，黎明即去。元稹有一首诗，题为《梦昔时》，记他在梦中重会一个女子，有句云："夜半初得处，天明临去时。"也是描写这一情况。因此，她来的时间不多，旅客宛如做了一个春梦。她去了之后，就像清晨的云，消散得无影无踪。

《期不至》题目就说明了有所期待，而其人却不来。期待的是什么人？题目和诗句中都没有说明，我们当然不便妄猜。但看作者预备好红烛清樽，等那人来一起饮酒消夜。可是等了好久，几次三番地出门去盼望，盼望不到又回进来，不知不觉天快亮了。一直等到星稀月落，竟是不来。如雾如烟的杨柳已经照上了微弱的阳光，栖宿在杨柳上的乌鹊也飞走了。这首诗写有所期待而不能如愿的情调极为宛转多情。在唐宋时代的现实生活中，这首诗所描写的只能是妓女之类的人物。但是，白居易写这两首诗，恐怕也还是作为一种比喻。

忆江南（三首）

江南好，风景旧曾谙。

日出江花红胜火，

春来江水绿如蓝。

能不忆江南？

江南忆，最忆是杭州。

山寺月中寻桂子，

郡亭枕上看潮头。

何日更重游？

江南忆，其次忆吴宫。

吴酒一杯春竹叶。

吴娃双舞醉芙蓉。

早晚复相逢？

　　这三首是白居易晚年在洛阳创造的新体诗，他采用三言、五言、七言句的混合体，使诗的音调脱离了单纯的五言或七言诗。这种句法的诗，更容易谱入乐曲中歌唱。在白居易身后不久，这种诗被称为"长短句"，但还属于歌行诗中的一种新体。更迟几年，它们与温飞卿的《菩萨蛮》，刘禹锡的《竹枝词》、《浪淘沙》，韩偓的《生查子》，都被名为曲子词，属于另外一种文学类型，即宋人所谓"词"。《忆江南》是早已见于《教坊记》的曲调名，白居易依照这个曲调的音节作词，从此它的句法形式便固定了下来。

　　刘禹锡看到白居易这三首新诗，也依式作了两首：

和乐天春词，依《忆江南》曲拍为句

春去也，多谢洛城人。

弱柳从风疑举袂，

丛兰裛露似沾巾。

独坐亦含颦。

春去也，笑惜艳阳年。

犹有桃花流水上，

无辞竹叶醉尊前。

惟待见青天。

　　白居易偶尔创造了一个新型式的诗，作了三首，以抒发他回忆江南风物之情。刘禹锡用白居易的格调，作《春词》，而内容并不是忆江南。从此，唐代新的歌曲

名，也像乐府古题一样，为诗人所采用时，可以不必顾到这个歌曲的原始内容。以"忆江南"标题的诗，其内容不一定是忆念江南。正如作古乐府的，如果用"饮马长城窟"为题，诗的内容并不必须写成边兵士的生活。这样一来，曲调名仅仅代表某一特定句式的诗体，成为各种不同形式的诗体名词。这个倾向，经过晚唐五代而到北宋，在词这种新兴文学类型发展完成时，被确定下来了。

一九八四年十一月十二日

【追 记】

写此文后旬日，偶然翻阅《唐诗三百首》，其卷五中有白居易诗"离离原上草"，题作《草》。有蘅塘退士旁批，其批第一、二句云："诗以喻小人也。"批第三句云："销除不尽。"批第四句云："得时即生。"批第五句云："干犯正路。"批第六句云："文饰鄙陋。"结尾两句批云："却最易感人。"

这个批解，可谓罗织周密，句句上纲。但是，此诗题作《草》，乃承《唐诗品汇》之误。《白氏长庆集》中明明题作《赋得古原草送别》。宋人删去"送别"两字，明人又删去"赋得古原"四字，于是诗题仅存一个"草"字。如果读者知道白居易此诗为送别而作，就可以知道蘅塘退士的旁批全不足信。如果用退士的旁批来解释这首送别诗，那么白居易简直是在咒骂朋友。

蘅塘退士不知道此诗原题，粗读一遍，就非常主观地定下它的主题思想是以草比喻小人。于是顺着这个观点一句句地批下去，对于一般读者，却是"最易惑人"。

现在我要恢复作者的本意，按照送别的主题来解释这首诗：前四句说草有强大的生命力，一年之中，有枯萎的时候，也还有繁荣的时候。"枯荣"两字，用得心细。是先枯后荣，不是先荣后枯。我们可以假定被送别的是一个落第进士。他失意回家，是他"枯"的时候。白居易赋诗送别，以草为喻。草的枯荣，是一年之间的事，现在虽然被野火烧枯了，得到春风一吹，立刻就会繁荣起来。这里就寓有安慰之意，形容他现在的枯萎，是由于野火，而且是野火所烧不尽的，所以不久就可以遇到春风吹拂，重新获得繁荣。下半首诗是说古原上的草，在春风之下，又生长出来，在古道荒城之间，欣欣向荣，成为远芳晴翠。现在我送你远行，看着这些原头芳草，有感于它们的枯荣遭遇，因而赋咏古原上的离离芳草，来寄托我的别情。

这样讲，和蘅塘退士的讲法完全不同，但是符合了原题意旨。尽管说："诗无达诂。"各人可以有各人的体会，但是，首先要掌握作者的创作动机，仍是必要的。

一九八四年十一月二十五日

会真诗

元稹艳诗

70

　　白居易生于大历七年（公元七七二年），元稹生于大历十四年，小白居易七岁。元稹卒于大和五年（公元八三一年），寿五十三。白居易卒于会昌六年（公元八四六年），寿七十五。白居易于贞元十四年（公元七九八年）进士及第，授官秘书省校书郎。元稹没有成进士，十五岁，明两经及第；二十四岁，中书判第四等，授官秘书省校书郎。元和元年（公元八〇六年）四月，宪宗策试制举人，应才识兼茂、明于体用科。登第者十八人，元稹为第一，拜右拾遗。白居易也参加科试，考试成绩入第四等，授盩厔县尉。元和二年十一月召入翰林为学士，三年五月，拜左拾遗。

　　元稹为右拾遗后，以上疏论事激直，为执政所忌，出为河南县尉。丁母忧，服除，拜监察御史。元和五年，贬为江陵府士曹参军。白居易为拾遗后，亦屡次上疏，谏论朝廷大事。元稹因得罪执政及宦官被贬，白居易曾上疏极谏。元和五年，秩满改官，除京兆府户曹参军。六年四月，丁母丧。九年冬，入朝，授太子左赞善大夫。十年七月，宰相武元衡在上朝时被刺死于路上。白居易首先上疏，请急捕贼以雪国耻。这一举措，得罪执政者及幕后人物，被贬官，出为江州司马。同年，元稹亦改官通州司马。元和十三年冬，量移忠州刺史。十四年三月，元稹、白居易及其弟行简相会于峡口，停舟夷陵三日，置酒赋诗，恋恋不忍别。本年冬，白居易蒙召还京师，拜司门员外郎。十五年，转主客郎中、知制诰，加朝散大夫。同年，穆宗即位，改元长庆，读元稹诗，大悦，即日命稹为祠部郎中、知制诰。所谓知制诰这个官职，知，就是担任，制诰是皇帝的命令文书。知制诰就是专管起草皇帝的命令文书。这个任务，向来是由翰林学士草稿后，从宰相办公的中书省呈送皇帝批阅的。元稹不是进士出身,不能为翰林学士。现在穆宗以元稹为祠部郎中而知制诰,这就使朝廷上众官哗然,以为"书命不由相府",众官非常轻视他。但是元稹草拟的制诰,文体古雅,与当时一般的公文绝然不同。于是大家非但没有话说,而且争相摹仿,从此改革了制诰的文体。当时人对这种文体称之为长庆体,这是长庆体的本义。宋元以后,被误认为与元和体同义了。元稹在穆宗的恩宠之下,再次升官,不久就召入翰林,为中书舍人、承旨学士。这是破格迁升,没有进士出身的人,一般不可能被任命这个官职。但是,正在被朝野讥笑的时候,穆宗又于长庆二年(公元八二二年)以元稹为权翰林学士、工部侍郎,拜平章事。所谓拜平章事,就是宰相了。因此,朝臣士子,无不轻笑,以为元稹无此资望。终于在长庆三年,为小人诬陷,罢相,出为同州刺史。

长庆元年、二年,白居易与元稹同在朝中,长庆三年七月,白居易求外任,出为杭州刺史,元稹也从同州刺史转官越州刺史。杭、越邻境,二人又多诗筒往来。文宗大和三年(公元八二九年)元稹被召还京,为尚书左丞。四年正月,出为鄂州刺史。五年七月二十二日,暴疾一日而卒。白居易在杭州三年秩满,除太子左庶子、分司东都。宝历二年(公元八二六年),又出任苏州刺史。文宗即位,改元大和,征拜白居易为秘书监,赐金紫。大和二年,转刑部侍郎。三年,称病归洛阳,求为分司。不久,除太子宾客。五年,除河南尹。七年,又授太子宾客、分司东都。从此绝意仕宦,优游养老。开成初,授太子少傅。会昌中,请罢太子少傅,以刑部尚书致仕。大中元年(公元八四七年)卒。

元稹与白居易的官运,几乎一模一样。二人都受到穆宗皇帝的器重,因为穆宗李恒自己也喜欢做诗。但尽管有皇帝的恩宠,把他们升擢到朝中高位,却敌不过执政者排挤,屡次被贬斥去做地方官。元、白二人在同为拾遗时,就成为诗友,二十多年间,互相唱和的诗,不下数百首。彼此各受影响,诗的风格,题材,多有相同处。白居易作《长恨歌》,元稹有《连昌宫词》;白居易作《琵琶行》,元稹有《琵琶歌》;白居易作《霓裳羽衣歌》,元稹有《何满子歌》。二人对于诗的理论,也大体一致。白居易有《与元九书》,元稹有《叙诗寄乐天书》,都是在互相往还的书简中,各自叙述了自己对于诗的观点。他们都主张诗应当有讽谕比兴的作用,白居易作了《秦中吟》十首、《新乐府》五十首,元稹有《乐府古题》十九首、《新乐府》十二首,都是他们理论的实践。

《白氏长庆集》按诗的内容分为讽谕、感伤、闲适三类,但在编后集时就不用这个分法，仍分为格诗、律诗二类。元稹在元和七年，把他的诗分为十体，但后来编集时也不用这个分法，而分为古诗、律诗、乐府、伤悼诗四类。

元稹的十体分法，事实上只有八体：

> 古讽　旨意可观，而词近古往者。
>
> 乐讽　意亦可观，而流在乐府者。
>
> 古体　词虽近古，而止于吟写性情者。
>
> 新题乐府　词实乐流，而止于模象物色者。
>
> 律诗　声势沿顺，属对稳切者（以七言、五言为两体）。
>
> 律讽　其中稍存寄兴，与讽为流者。
>
> 悼亡　不幸少有伉俪之悲，抚存感往，成数十诗，取潘子"悼亡"为题。
>
> 艳诗　又有以干教化者，近世妇人，晕淡眉目，绾约头鬟，衣服修广之度，及匹配色泽，尤剧怪艳，因为艳诗百馀首（词有今古，又为两体）。

这样分法，也像白居易一样，把文体与内容混淆在一起，很不科学。但后来的分法，把乐府和伤悼，和古诗、律诗并列，也仍是混淆了文体和内容。

"艳诗"这个名词，恐怕是元稹首先提出来的。据他自己的说明，似乎是一些描写妇女时装、服饰打扮的诗。但我们在《元氏长庆集》中所见到的许多艳丽的诗篇，却是抒写爱情的诗，而不仅写妇女的眉目服饰。伤悼诗一卷，即最初分类的悼亡诗，多数是哀悼他的元配妻韦丛而作。艳诗则是为青年时代所遇的情人崔莺莺而作。

贞元十六年，元稹二十二岁，旅游过蒲州（今山西永庆），借寓普救寺。有一位崔家的寡妇，带了她的子女要去长安，也住在寺中。寡妇姓郑，与元家有亲戚关系，排算起来是元稹的异派从母。这时蒲州发生兵变。崔家寡妇富有钱财，奴仆众多，大为惊骇，深恐变兵抢劫。幸而元稹与当地军官认识，请得军吏来寺保护，崔家方得安全。崔妇感元稹救护之恩，命她的儿子欢郎、女儿莺莺出来拜见。元稹惊于莺莺的美丽，不久就因侍女红娘的帮助，得与莺莺结为情侣。元稹住在寺院西厢，莺莺夜晚来，天明去，恩爱了几个月。后来，元稹因去长安参加书判考试，遂与莺莺诀别。此后，元稹联姻高门，娶了韦丛为妻，莺莺也嫁了人。一段私情，烟消云散。元稹非但写了许多追忆莺莺的诗,还写了一篇《莺莺传》以记录他的这一段情史。在《莺莺传》中,元稹将自己托名为张生,但没有给他起名字。宋人王楙著《野客丛书》说:"唐有张君瑞遇崔氏女于蒲,崔小名莺莺。"张生名君瑞,这是后人为了编这个传奇故事而补上的。

《莺莺传》中说张生曾写过一篇三十韵的《会真诗》,以记他和莺莺初次幽会的情况。但传文中不载此诗,却载了河南元稹的《续会真诗》三十韵。这是元稹故弄狡狯,所谓《续会真诗》就是张生的《会真诗》。今元稹诗集中的《会真诗》,也就是《莺莺传》中所谓《续会真诗》。

元稹的讽谕、感伤、闲适诗,都不如白居易所作的疏俊明快,倒是数十首艳诗是他的特长。《会真诗》是他的五言排律艳诗的名作,因此,我不选元稹其他的作品,而选讲《会真诗》:

> 微月透帘栊,萤光度碧空。
> 遥天初缥缈,低树渐葱茏。
> 龙吹过庭竹,鸾歌拂井桐。
> 罗绡垂薄雾,环佩响轻风。
> 绛节随金母,云心捧玉童。
> 更深人悄悄,晨会雨濛濛。
> 珠莹光文履,花明隐绣栊。
> 宝钗行彩凤,罗帔掩丹虹。
> 言自瑶华圃,将朝碧帝宫。
> 因游洛城北,偶向宋家东。
> 戏调初微拒,柔情已暗通。
> 低鬟蝉影动,回步玉尘蒙。
> 转面流花雪,登床抱绮丛。
> 鸳鸯交颈舞,翡翠合欢笼。
> 眉黛羞频聚,唇朱暖更融。
> 气清兰蕊馥,肤润玉肌丰。
> 无力慵移腕,多娇爱敛躬。

汗光珠点点，发乱绿葱葱。

方喜千年会，俄闻五夜穷。

留连时有限，缱绻意难终。

慢脸含愁态，芳词誓素衷。

赠环明运合，留结表心同。

啼粉流清镜，残灯绕暗虫。

华光犹冉冉，旭日渐曈曈。

警乘还归洛，吹箫亦上嵩。

衣香犹染麝，枕腻尚残红。

幂幂临塘草，飘飘思渚蓬。

素琴鸣怨鹤，清汉望归鸿。

海阔诚难度，天高不易冲。

行云无处所，箫史在楼中。

　　这首诗可以分为六段。第一段六韵十二句。前四句写天色渐晚，"葱茏"在这里恐怕应当解作朦胧；中四句写在井桐庭竹声中，有一个美人穿薄雾似的轻绡之衣，正在走过来，身上悬挂的环佩在风中戞响着。"龙吹"、"鸾歌"都是形容风声。"罗绡"两句是转折句，从写景过渡到写人。后四句将金母、玉童比喻那个美人。金母即西王母，她出来时有霓旌降节簇拥着。这里是指婢女红娘随侍而来。"云心"句也是同样的含意，但不知用什么典故。"更深"两句写美人来去的时间，也是"夜半来，天明去"之意。不守按照全诗叙述次序，这里似乎不应当讲到天明的事。我怀疑"晨会"两字可能有误。

　　第二段四韵八句。前四句描写美人的衣履钗帔，后四句是叙述语。用一个"言"字，即等于"她说"。诗人把这个美人比之为洛妃。她自己说：从瑶华圃来，本想到天宫去朝见青帝，因为中途经过洛阳城北，却想不到偶然走到宋玉家的东邻来了。这最后一句又是用了宋玉的《登徒子赋》的典故。这四句都是用形象语来表达，总的意义是说：她本想到佛殿上去焚香礼佛，却不意误走到西厢来了。

　　第三段四韵八句，叙述张生调戏成功。那美人始而微拒，继而柔情暗通。"低鬟"、"回步"两句形容她的心理，踌躇不决。最后却是转面登床，成就了交颈合欢的私情。

第四段四韵八句，描写交颈合欢时的美人姿态。从来诗人，不敢公然赋咏男女阴私之事，《玉台新咏》以宫体艳诗著名，也没有这样的作品。元稹这一段诗，真是杜牧所痛斥的"淫言媟语"。维护封建礼教者，当然要说他是名教罪人；主张典雅文学者，也以为这些诗句太粗俗下流。但是客观现实既已存在，有了元稹的先例，后世就只会变本加厉。以《莺莺传》为题材的《西厢记》传奇，在张生与莺莺幽会的这一场曲文，写得比诗句更为淫亵。自此以后，中国文学中出现了专以描写色情为题材的小说、戏剧和诗歌。始作俑者不能不推元稹。

第五段六韵十二句，写幽欢未足，天已黎明。双方海誓山盟，并互相赠送礼物，表明同命同心的永久的爱情。

第六段六韵十二句，写美人去后，衣裳上还沾染她的香气，枕上还留着她的脂粉。自己感到孤独，如临塘之草、思渚之蓬，没有归宿之处。弹琴，则发出怨鹤之声；仰望太空，也但见归鸿飞逝。想到自己与美人的居处，竟像海阔天高，不易接近。美人如行云飘去，不知何往，而自己却像箫史那样独居楼中，不能得到弄玉为伴侣。弄玉是神话中秦穆公的爱女，箫史是一个善吹箫的青年。他吹起箫来，引来了一只凤凰，箫史和弄玉公主一起乘在凤凰背上，上升成仙。这里是变用这个典故，说箫史没有得到弄玉，而仍在楼中。

元稹把这首诗写进了《莺莺传》中，这篇传奇文和这首艳诗就传诵于世。他的朋友李绅又为这篇传奇配上了一首《莺莺歌》，成为当时正在流行的一种说唱文学形式。白居易作了《长恨歌》，陈鸿又作了《长恨歌传》；沈亚之作《冯燕传》，司空图作《冯燕歌》；白行简作《李娃传》，元稹就作《李娃行》（已佚）。这都是同时的文学现象。有歌则配一篇传，有传则配一篇歌，显然可知这是民间说唱文学的需要。传的部分是说白，歌的部分是唱词。这种文学形式可能是受了佛教文学变文的影响，因为变文也是一段讲说、一段歌赞的说唱文体。

一歌一传的唐代传奇文学新形式，向戏剧方面发展，就会产生有道白、有歌唱的戏文、杂剧，向小说方面发展，就会产生词话和弹词。

一九八四年十一月十五日

诗三首

李 贺

71

十八世纪中期，英国出现了一位天才诗人：汤麦斯·却透顿（Thomas Chatterton 1752—1770）。他在十四岁时，便精通中古英语，伪造了许多中古诗人的作品，见者信以为真。但这位青年诗人穷苦得无法谋生，终于服毒自尽，在世仅十九年。十九世纪初，又出现了一位天才诗人：约翰·济慈（John Keats 1797—1822）。他和拜伦、雪莱齐名，为英国浪漫派三大诗人。他的诗设想幽深、辞藻冷艳。他也只活了二十六岁。

在他们之前一千年，我们中国早已有了一位享寿仅二十七岁的天才诗人李贺。李贺，字长吉，昌谷（今河南宜阳）人。皇族郑王的后裔，故自称唐诸王孙，生于贞元六年（公元七九〇年），卒于元和十一年（公元八一六年）。李贺七岁时即能作诗文，在张王、韩柳、郊岛、元白几乎同时活跃于诗坛，各自大张旗鼓、蔚成新的流派的时候，这个身材细瘦、通眉长爪的青年，却冥心孤往，向汉魏乐府、齐梁宫体诗中去吸取诗料。他常常带一个书童，骑着驴子，背一个破旧锦囊出去游览。想得一句诗，就记下来投入锦囊中，晚上研墨伸纸，把白天所得的诗句写成全篇。他的诗多用乐府古题，又好拟作古诗。文字秾丽幽艳，造句命意，不落寻常规格，兼有却透顿和济慈的特征。他留下了二百三十三首诗，死后十五年，杜牧为他写了《李长吉歌诗叙》一文。这是一篇著名的序文，杜牧用许多比喻来形容李贺诗的各方面风格：

云烟绵联，不足为其态也；水之迢迢，不足为其情也；春之盎盎，不足为其和也；秋之明洁，不足为其格也；风樯阵马，不足为其勇也；瓦棺篆鼎，不足为其古也；时花美女，不足为其色也；荒国陊殿，梗莽邱垄，不足为其怨恨悲愁也；鲸吸鳌掷，牛鬼蛇神，不足为其虚荒诞幻也。盖《骚》之苗裔，理虽不及，辞或过之。

《骚》有感怨刺怼，言及君臣理乱，时有以激发人意。乃贺所为，得无有是？

贺能探寻前事，所以深叹恨古今未尝经道者，如《金铜仙人辞汉歌》、《补梁庚肩吾宫体谣》，求取情状，离绝远去笔墨畦径间，亦殊不能知之。贺生二十七年死矣。世皆曰，使贺且未死，少加以理，奴仆命《骚》可也。

在这篇序文中，杜牧把李贺的诗比之为屈原的《离骚》。但是，他又说，《离骚》对君臣治乱有讽谕作用，李贺的诗，是不是也有呢？这里，他用了一个疑问句："得无有是？"可知他以为李贺的文辞可能已超越了《离骚》，而理还不及《离骚》，如果李贺不早死，他的诗中稍稍加一点"理"，就可以《离骚》为奴仆了。杜牧这个"理"字，曾引起后人不少议论，有人认为这个理字指思想内容，有人以为指思维逻辑，成为李贺研究的一个问题。

李贺的诗有十馀家的评本、笺注本。近百年来，最为流行的是清乾隆年间王琦（琢崖）编注的《李长吉歌诗汇解》。此书已于一九七七年由上海人民出版社印行，附有姚文燮、方扶南两家的评解。姚文燮著《昌谷诗注》，在王琦之前，其书有顺治刻本，已不易得。方扶南评语向来没有刻本，只有传钞过录本。现在把这两家的评解附在王琦本之后，一本书就可抵三本书，对学人很有帮助。不过书名改题为《李贺诗歌集注》，却是错了。李贺的诗集，古刻本称《李贺歌诗编》，王琦的原本也称《李长吉歌诗》。歌诗是可歌的诗，一个概念；诗歌是诗与歌两个概念，李贺的诗都是歌诗，书名称诗歌，便失去了原题的意义。

李贺诗虽然有许多注本，大家都只能注出典故，而典故在李贺诗中使用得并不多。李贺诗的难解，在他奇诡的想象和幽隐的句法章法。王琦的注本虽然比较好些，但还是有许多值得讨论的疑点。现在我们选几个例子来谈谈：

雁门太守行

黑云压城城欲摧，甲光向日金鳞开。

角声满天秋色里，塞上燕脂凝夜紫。

半捲红旗临易水，霜重鼓寒声不起。

报君黄金台上意，提携玉龙为君死。

这是李贺的著名作品。《雁门太守行》是汉代乐府旧曲，但今天所可见的古代歌辞是颂扬洛阳县令王涣的政绩的，与雁门太守无关，可知已不是原始的歌辞。梁代简文帝也作过一首《雁门太守行》，内容涉及边城征战之事。李贺此诗，大约是仿简文帝的。

《又玄集》选此诗，第二句作"甲光向日金鳞开"。北宋人所见李贺诗集，此句都是"甲光向日金鳞开"。王安石开始提出疑问：既然黑云压城，怎么还有太阳光能把甲胄照成点点金鳞呢？于是大家怀疑此句文字有误。后来居然有一个北宋刻本，此句作"甲光向月"，许多迷信古本的人，就以此为依据，定李贺原作是"向月"。王琦的注本也把此句定作"甲光向月金鳞开"，并解云："此篇盖咏中夜出兵、乘间捣敌之事。'黑云压城城欲摧'，甚言寒云浓密，至云开处逗露月光与甲光相射，有似金鳞。"但是，很使人诧异的是，他又辩驳了王安石的观点："秋天风景倏阴倏晴，瞬息而变。方见愁云凝密，有似霖雨欲来；俄而裂开数尺，日光透漏矣。此象何岁无之？何处无之？而漫不之觉，吹瘢索垢，以讥议前人，必因众人皆以为佳，而顾反訾之以为矫异耳。即此一节，安石生平之拗，可概见矣。"他这样痛斥王安石，以为既有黑云，又有日光照耀金甲，是随时随处可有的自然现象。然而他又不用"向日"，而采用"向月"，并肯定这是诗人描写中夜出兵的诗。一个人的体会如此矛盾，实不可解。其实，甲光如果向月，决不会见到点点金鳞。诗人既用金鳞来比喻甲光，可知必是在黑云间隙透出来的日光中。

第四句"塞上燕脂凝夜紫"，也还有疑问。诸家所注，都不很可信。"塞上"二字，金刻本作"塞土"，刘须溪的评本、吴正子的注本均承其误。不论是"塞土"或

"塞上"，注释者都引《古今注》注云："秦筑长城，土色皆紫，故曰紫塞。"王琦知道这个注不对头，他说这一句"当作暮色解乃是，犹王勃所谓'烟光凝而暮山紫'也。"他笼统地把这句诗讲作描写战场上的暮色，这也使读者不能不发问，诗句中明明有"燕脂"二字，为什么注家都好像没有看见，一个字的注释都没有呢？方扶南批了一句："燕脂，谓燕脂山所产之草。而黑云映日，有此怪光紫气。"这个批语，已接触到诗意，但还没有抓到要点。

我以为这一句应当引《后汉书·匈奴传》所载匈奴歌作注，诗意才能明白。匈奴歌云："夺我祁连山，令我妇女无颜色。"祁连山产燕脂草，匈奴妇女红妆，都用此草。汉兵夺得祁连山，匈奴作歌如此。李贺暗用此事，意思是说，大军所至，塞上燕脂也为之失色。凝夜紫，即夜凝紫，夜间寒冷，故红草凝冻成紫色。

此外各句，均已注解明白，不须多讲。全诗以六句写战斗，末两句提出主题，只是"士为知己者死"的意思。

苏小小歌

幽兰露，如啼眼。

无物结同心，烟花不堪剪。

草如茵，松如盖。

风为裳，水为佩。

油壁车，夕相待。

冷翠烛，劳光彩。

西陵下，风吹雨。

这首诗可以作为李贺风格的典型，用拟古的题材，发幽艳的辞藻。全篇用十二个三言句，音调已很急促。末二句"下"与"雨"协韵，更是戛然而止。形式在古诗与近体歌行之间，与李白用三言句的方法不同。

《玉台新咏》有一首《钱塘苏小小歌》，是齐梁时江南民歌。苏小小是一位美丽的妓女，歌云：

妾乘油壁车，郎骑青骢马。

何处结同心？西陵松柏下。

李贺喜欢这首诗，也拟作一首。不过原诗是歌咏活着的苏小小，李贺此诗是写死后的苏小小。看到幽谷中兰花上的露水，仿佛见到苏小小含泪的眼睛。可是现在没有东西可以和你缔结同心之爱了，我这里所有的只有旧时的烟花，现在已不堪剪取了。姚山期有《昌谷诗笺》，注这句诗，引《吴女紫玉传》的末句"玉如烟然"，毫不相干。董懋策《昌谷诗注》讲作"土花烟暗"，姚文燮讲作"风尘牢落，堪此折磨"，似乎都讲不通。我以为妓女有烟花之称。"烟中之花"是比喻其美而虚空。妓女生时，与人结同心者，惟有烟花；现在已化为亡魂，连烟花都不堪采剪了。以下四句写苏小小的服御，生前是锦茵、华盖、罗裳、玉佩，现在只有草茵、松盖、风裳、水佩了。然而苏小小身虽死，情犹在，仍然乘坐油壁车，在傍晚时等待她的骑青骢马而来的情郎。可是，从夕暮等待到夜晚，徒劳冷翠的烛光，从前在西陵松柏下缔结同心的情爱，现在的西陵只有风雨了。"冷翠烛"，即是磷火，江南人称为鬼蜡烛。"夕相待"，北宋刻本作"久相待"，也有几个版本跟着用"久"字，这都是过分相信宋刻本之误。"夕相待"，便有鬼气；"久相待"，便浅。不过，这首诗的题目，宋本作《苏小小歌》，我相信是李贺原题。因为《苏小小歌》已成为乐府诗题，李贺拟作，不会更改。从刘须溪评本以下，许多李贺诗集都已改题为《苏小小墓》，我以为是改错了。王琦注本云："一作《苏小小歌》，非。"未免颠倒了是非。张祜也有三首《苏小小歌》，但另外还有一首《苏小小墓》。

春坊正字剑子歌

先辈匣中三尺水，曾入吴潭斩龙子。

隙月斜明刮露寒，练带平铺吹不起。

蛟胎皮老蒺藜刺，鸊鹈淬花白鹇尾。

直是荆轲一片心，分明照见春坊字。

捉丝团金悬麜霓，神光欲截蓝田玉。

提出西方白帝惊，嗷嗷鬼母秋郊哭。

这是又一首有许多讲法的李贺歌诗。关键在于"直是荆轲一片心，分明照见春坊字"两句，其他诸句都是暗用剑的典故来描写剑的锋利，与"荆轲"两句并无关系。现在用我的讲法来试释这首诗。

先要说明诗题。春坊正字，是皇太子宫中的官属。皇太子居东宫，有左、右春坊。右春坊有正字二员。剑子,即短剑。唐代官员朝服上都有剑佩,此诗所赋咏的是李贺的一个官为春坊正字的朋友所佩的短剑。春坊正字的官品是从九品上,在朝官中品位最低。《旧唐书·舆服志》云:"六品以下去剑佩绶。"可知春坊正字官位虽卑,亦有剑佩,不过没有绶带。大约没有绶带的佩剑,都是比较短小的,故曰剑子。

太子属下的官,当然应当效忠于太子,荆轲就是效忠于燕太子丹的。剑是东宫颁发的,剑上铸有"春坊"二字,佩用这柄剑的人,分明看到"春坊"字样,就应当有荆轲那样的一片忠心。全诗都是描写利剑的句子,只有这两句是勉励佩剑的人忠于职守,也可以说这两句是主题思想,但此外诸句都是各不相关的赋体句法。全篇没有严密的结构,或许这就是杜牧所谓缺少一点"理",如果我们把这个"理"字理解为逻辑性的话。

王琦释此诗云:"疑是时春坊之臣有邪僻不正者,长吉恶之,而借此发挥以泄其不平之气。"这样解释,毫无依据。春坊之臣,怎么可以比之为"西方白帝"?联系上文"荆轲"二句,则这里的"西方白帝"只能是指秦王了。《又玄集》收此诗,"蛟胎"二句互倒,恐原本如是,盖"尾"字非韵,"刺"字是韵,与下句"春坊字"之"字"协韵。"分明"或作"莫教",王琦本即用"莫教",均不可解,宜以"分明"为是。

李贺的诗是汉魏乐府与南朝宫体诗融合起来的复活,但表现了唐诗的时代感。它与韩愈的古文,有精神上的共同之处,可以说都是古为今用。杜甫的句法,韩愈的文法,李贺的辞藻,三者融合起来,不久就影响出一个李商隐。

一九八四年十二月五日

诗二首

沈亚之

72

中唐后期,有一位很值得注意的诗人:吴兴沈亚之,字下贤。他的诗,在李贺、李商隐、施肩吾之间,属于齐梁宫体的唐律。他的作品流传于后世的为数极少,因而不是很有人知道他。他的生平经历亦仅有简单的记录:宪宗元和十年(公元八一五年)举进士,累进殿中丞、御史、内供奉。文宗大和三年(公元八二九年),柏耆为德州宣慰使,辟亚之为判官。其后柏耆得罪贬官,亚之亦贬为南康尉。最后一任官职是郢州掾。

元和七年,沈亚之考进士落第,将归家,李贺作《送沈亚之歌》云:

> 吴兴才人怨春风,桃花满陌千里红。
>
> 紫丝竹断骢马小,家住钱塘东复东。
>
> 白藤交穿织书笈,短策齐裁如梵夹。
>
> 雄光宝矿献春卿,烟底蓦波乘一叶。
>
> 春卿拾才白日下,掷置黄金解龙马。
>
> 携笈归家重入门,劳劳谁是怜君者。
>
> 吾闻壮夫重心骨,古人三走无摧捽。
>
> 请君待旦事长鞭,他日还辕及秋律。

沈亚之谪贬为南康尉的时候,殷尧藩有《送沈亚之尉南康》诗:

> 行迈南康路,客心离怨多。
>
> 暮烟葵叶屋,秋月竹枝歌。

孤鹤唳残梦，惊猿啸薜萝。

对江翘首望，愁泪叠如波。

张祜亦有《送沈下贤谪尉南康》诗：

秋风江上草，先是客心摧。

万里故人去，一行新雁来。

山高云绪断，浦迥日波颓。

莫怪南康远，相思不可载。

赴任郢州掾的时候，徐凝有《送沈亚之赴郢掾》诗：

千万乘骢沈司户，不须惆怅郢中游。

几年白雪无人唱，今日唯君上雪楼。

他的诗为李商隐所钦佩，有《拟沈下贤》诗云：

千二百轻鸾，春衫瘦著宽。

倚风行稍急，含雪语应寒。

带火遗金斗，兼珠碎玉盘。

河阳看花过，曾不问潘安。

杜牧也是沈亚之的好友，他有一首题作《沈下贤》的七言绝句，似乎是沈亚之死后悼念之作：

斯人清唱何人和，草径苔荒不可寻。

一夕小敷山下梦，水如环佩月如襟。

我辑集同时诗人为沈亚之作的诗，虽然有些地方不易了解，但都可以感到一种神韵。特别是李商隐的诗，标明为对沈亚之诗格的拟作，更可以帮助我们想象沈亚之诗的精神和面貌。

沈亚之的诗文今存长沙叶德辉刻十卷本《沈下贤集》，又涵芬楼影印明翻宋本《沈下贤文集》十二卷本。但每卷仅寥寥数页，所收诗文实不多。诗仅二十馀首，似乎没有他最好的作品。现在选录两首，都很像李贺和李商隐：

虎丘真娘墓

金钗沦剑壑，兹地似花台。

油壁何人值，钱塘度曲哀。

翠馀长染柳，香重欲熏梅，

但道行云去，应随魂梦来。

真娘是苏州名妓，死后葬于虎丘剑池旁，唐代诗人作诗凭吊的很多。沈亚之此诗应当和李贺、张祜的《苏小小歌》同读。"油壁"一联是以真娘比之为苏小小。"翠馀"一联的句法也和李贺的五律句法神似。正面讲：是说真娘衣上的翠色至今还染成柳色，而其脂粉香也已薰成梅花的香气。反过来讲：看到墓旁的梅柳，就忆念起真娘的衣翠粉香。结句暗用宋玉《高唐赋》中楚襄王梦见巫山神女的典故，希望在梦中遇到真娘。

汴州船行赋岸旁所见

古木晓苍苍，秋林拂岸香。

露珠虫网细，金缕兔丝长。

秋浪时回沫，惊鳞乍触航。

蓬烟拈绿线，棘实缀红囊。

乱穗摇鼯尾，垂根挂凤肠。

聊持一濯足，谁道比沧浪。

这首诗只有开头四句神似李贺，中间三联六句便觉重复而无变化。诗题是在船中赋岸旁风物，但仔细读这首诗，却好像人在岸旁水滨，写所见风物，而与船没有关系。结句说：姑且在水滨洗足，不敢与"沧浪之水浊兮，可以濯我足"（《孺子歌》）相比。这就与题目不符了。

沈亚之写了四篇传奇文：《湘中怨解》、《异梦录》、《秦梦记》和《冯燕传》，都是构思设想很新奇的小说。前三篇传奇中都有诗，而且都是很好的诗，但他的诗集和《全唐诗》都没有全部辑入，使沈亚之最好的诗反而遗失在集外，不为后人所注意，大为憾事。

《湘中怨》文中有一首《风光词》、一首《泛人歌》，都是楚辞体，已收入诗集。

《秦梦记》中有三首诗,一首是《挽秦穆公女弄玉公主》,五言律诗;一首是《别秦穆公》,三言七言歌诗;一首是《题秦宫门》,七言绝句。这三首诗都好,也已收入诗集中。

挽弄玉公主

泣葬一枝红,生同死不同。

金钿坠芳草,香绣满春风。

旧日闻箫处,高楼当月中。

梨花寒食夜,深闭翠微宫。

大和初年,沈亚之出长安城,住在橐泉旅舍。午睡中,梦入秦国,见秦穆公。穆公有女名弄玉,嫁箫史。时箫史已死,穆公乃嫁女与亚之。亚之题其与公主同居之宫曰翠微宫。一年后,公主忽无疾而卒。将葬,穆公命亚之为挽歌,亚之乃作此诗。首句"泣葬一枝红",直接点明诗题。"一枝红"即是花,把葬公主比之为葬花。"金钿"句,与《真娘墓》起句同。"香绣"句,也就是"香重欲薰梅"的变化。"旧日闻箫"一联,是很自然的流水对,回忆公主在楼头月下吹箫的情景。结句说将来在梨花盛开的寒食清明之夜,翠微宫却深闭而无人居住了。这首诗如果与李贺的《七夕》、《过华清宫》、《忆缉练》诸诗一起读,恐怕难以分别是谁作的。

《异梦录》中有两首诗:一首是七言绝句《春阳曲》,一首是五言律诗《西施挽歌》。这篇传奇小说记录了两个人的梦。一个是长安将家子弟邢凤,梦中遇到一个吟诗的美女,邢凤要求看她的诗卷。美人就将诗卷给他看,并允许他可以抄传一篇。邢凤就抄录了第一篇《春阳曲》,其词曰:

长安少女踏春阳,何处春阳不断肠。

舞袖弓弯浑忘却,罗衣空换九秋霜。

另外一个梦是诗人姚合讲的。他说:元和初年,他的朋友王炎梦见自己在吴王宫中,碰上西施葬礼。吴王非常悲悼,命臣子中的词客作挽歌。王炎也作了一首进呈,吴王甚为嘉奖。诗曰:

西望吴王国,云书凤字牌。

连江起珠帐,择水葬金钗。

满地红心草，三层碧玉阶。

春风无处所，凄恨不胜怀。

"踏春阳"是当时流行的一种舞蹈，又名"踏阳春"。"弓弯"是仰身折腰如弓的舞姿，传奇文中有说明。大约这种舞姿是当时新流行的，故邢凤不懂。全诗的意义有美人迟暮之感。在春天这种断肠天气，长安少女都在跳"踏春阳"舞。到了秋冬，罗衣都已换掉，舞袖弓弯也都忘却了。

《西施挽歌》起二句不甚可解。为什么说"西望吴王国"？似乎以越国人的身份来哀挽西施。"云书"是一种像云一样的篆文书写的凤字牌。但"凤字牌"是什么东西，我也讲不出，可能是古代举行葬礼时的一种铭旌之类的东西，在西施的传说中，她是投水而死的，所以挽诗说：沿江设置帐幕，挑选一处水清且深的地方为西施下葬。"满地红心草"一联是写吴王宫中的西施住处。结句说：这里已没有春风了，所以感到非常凄恨。春风是象征西施生存的时地。

这两首诗，沈亚之的诗集中都没有收录。《全唐诗》把它们编在第八六八卷"梦诗"类中，一首的作者是邢凤，另一首的作者是王炎。但《异梦录》是沈亚之所作传奇文，其中的人物，有虚构的，也有借用的。《春阳曲》是邢凤梦中所遇一个美女的诗，也不能算是邢凤所作，况且邢凤这个人，也可能是虚构的。《西施挽歌》是姚合的朋友王炎所作。姚合虽是沈亚之的诗友，但他是否真讲过这个故事，王炎是否实有其人，这些都是疑问。我以为从这两首诗的风格看来，它们肯定还是沈亚之的手笔。因此我在这里提出来，把它们归还给沈亚之。

一九八五年一月二十八日

73

朱庆馀是中唐后期的诗人，以诗受知于张籍。由于张籍的揄扬、推荐，登宝历二年（公元八二六年）进士第。官为秘书省校书郎。关于他的生平事迹，所可知者，只有这一些。他原名可久，字庆馀。《直斋书录解题》及《唐诗纪事》都说他是"以字行"。这是说他的大名"可久"已废而不用，即使在正式文件上也写的是"朱庆馀"。《唐才子传》却说："庆馀，字可久，以字行。"这显然是错了。如果他字可久，而"以字行"，那么他应以朱可久这个姓名传于后世了。又《唐才子传》说他是"闽中人"，而《全唐诗》小传却说他是"越州人"。看来应以《全唐诗》所记为是，因为张籍和姚合都有送朱庆馀归越州的诗。关于他登第的年代，《唐诗纪事》说是"登宝应进士第"。宝应是肃宗年号，其时张籍还没有出生，显然是宝历之误。

《唐才子传》说他"当时有名"。这句话反映出朱庆馀虽然有诗集一卷传于后世①，但他的诗名仅著闻于"当时"，过后几年，已不那么有名了。姚合是他的朋友，编选《极玄集》，没有选上他一首诗。韦庄编选《又玄集》，也没有选他的诗。韦縠的《才调集》中，只选了他一首《惆怅诗》（梦里分明人汉宫）。这首诗，以后也没有人选取。

《唐诗品汇》选了他两首五言律诗，编在第三等"馀响"一类。七言律诗一首都没有入选，七言绝句选了他四首，编入第二等"接武"一类：《宫中词》、《闺意上张水部》、《西亭晚宴》和《庐江途中遇雪》。在李攀龙的《唐诗正声》中，只留下《宫中词》

---

① 《全唐诗》收朱庆馀诗二卷，大概是后人分为二卷的。

一首,其馀三首都被淘汰了。

到清代,沈德潜选《唐诗别裁》,只选了朱庆馀一首七言律诗《南湖》,七言绝句一首也没有选入。而《南湖》这首诗,还注着"一作温庭筠",看来还有问题。直到蘅塘退士编《唐诗三百首》,选了他两首七言绝句:《宫词》和《近试上张籍水部》,总算是经过筛选之后冒出来的朱庆馀的代表作。朱庆馀的诗名,才得以重新显著。

宫词

寂寂花时闭院门,美人相并立琼轩。

含情欲说宫中事,鹦鹉前头不敢言。

这首诗《品汇》和《正声》都误题为《宫中词》。这一体的诗,唐人做得最多。宫词、宫怨、闺情、闺怨,内容都差不多。朱庆馀这首诗,还不够做唐人宫词的代表作。它被选入《唐诗三百首》,恐怕还是给另一首诗作陪伴的。

喻守真在《唐诗三百首详析》中把这首诗讲得相当透彻。现在引录在这里,不用我再讲,反正我的讲法也是这样:"花时应热闹,反说'寂寂',院门应开,反说'闭',见得此间是幽冷之宫,久已不见君王进幸。失宠者不只一人,故曰'相并','立琼轩'所以赏花,赏花常感怀,必互诉所苦。如此腾挪,方转出'含情欲说'四字来。满腔幽怀,虽欲诉说,但一看前头鹦鹉,深恐其学话饶舌,传与君王,故又不敢竟说。此诗妙在句句腾挪,字字呼应,写宫人之敢怨而不敢言之情,跃然纸上。"

喻氏的讲法是顺着诗句的次序分析了"美人"的心理过程。如果从诗人作诗的过程来体会,这首诗的最初成分必然是"鹦鹉"。诗人首先找到一个多嘴饶舌人的象征:鹦鹉。由此构思,得到"鹦鹉前头不敢言"这个警句,同时也明确了诗意。前面三句,便都是从这一句推理出来了。

宫词大多有比兴意义。我们读此诗,可以体会到,有许多事情或思想感情,为了有所顾忌,不便或不敢在难以信赖的人面前直说。在日常生活中,如果遇到这种情况,我们可以吟一句"鹦鹉前头不敢言"! 这就形象地表达了我们的思想。

可是,吴山民在《唐诗正声评酹》中评此诗道:"真得儿女子心小气怯性情。"他把这首诗理解为描写娘儿们"心小气怯性情"的作品,岂不和我们的理解相去很远?

有一本《唐诗三百首》，在这首诗下，批了一句道："深得慎言之旨。"可知批者以为这首诗的主题思想是告诫人们说话要谨慎。这又是道学家的别有会心，使作者哭笑不得。

闺意上张水部

> 洞房昨夜停红烛，待晓堂前拜舅姑。
> 妆罢低声问夫婿：画眉深浅入时无？

这首诗的题目，《全唐诗》和《唐诗三百首》都作《近试上张籍水部》，都是错的，应依《唐诗品汇》作《闺意上张水部》。唐人制诗题有一个惯例：先表明诗的题材，其次表明诗的作用。如孟浩然诗有《临洞庭赠张丞相》，诗的题材是"临洞庭"，诗的作用是"赠张丞相"。同样，朱庆馀这首诗的题材是"闺意"，作用是"上张水部"。如果此诗题作"近试上张籍水部"，那么诗中必须以临近试期为题材。虽然"待晓堂前"一句隐有"近试"的意义，但全诗并不贴紧"近试"。"张籍水部"这样的称谓，也显然不合唐人习惯。唐人常以官职名代替人名。张籍为水部员外郎，故称张水部。"籍"是名，只有长辈可以直呼其名，朱庆馀怎么可以直称张籍呢？

《唐诗纪事》和《全唐诗话》都有关于这首诗的记载：

> 庆馀遇水部郎中张籍，知音。索庆馀新旧篇二十六章，置之怀袖而推赞之。时人以籍名重，皆缮录讽咏，遂登科。庆馀作《闺意》一篇以献。籍酬之曰：
>
> > 越女新妆出镜心，自知明艳更沉吟。
> > 齐纨未足时人贵，一曲菱歌值万金。
>
> 由是朱之诗名流于海内矣。

从这一段文字叙述的次序看来，似乎朱庆馀以《闺意》诗献张籍，张籍答以"越女新妆"诗，因而朱庆馀的诗名流于海内，这些事都在朱庆馀登进士第以后。那么，"近试上张籍水部"这个诗题，显然是不合事实了。但是朱庆馀以诗受知于张籍，张籍为他推荐，助他成名，肯定是在朱庆馀进士及第以前。朱庆馀另有一首《上张水部》诗云：

出入门阑久，儿童亦有情。

不忘将姓字，常说向公卿。

每许连床坐，仍容并马行。

恩深转无语，怀抱甚分明。

由此可见张籍赏识朱庆馀之后，朱庆馀经常出入张家，连床并马，交情不浅。《闺意》一诗，决不是朱庆馀临近应试时献呈张籍的，更不可能是朱庆馀进士及第以后才献呈张籍。这段记载的叙事前后颠倒，妄改诗题，易使后世人误会。

我以为《闺意》诗是朱庆馀第一次向张籍献诗行卷的二十六首诗中的第一首。他把自己比作一个刚结婚的新娘。在新婚之夜，洞房中红烛高烧，新郎新娘都无暇安眠。新娘在梳妆打扮，预备等到天明，到堂前去拜见公婆。当她梳妆完毕，低声问新郎：我的眉毛画得怎么样？画深了吗？嫌浅吗？合不合当今的时样？大概当时妇女的眉样，一忽儿时行深色，一忽儿时行浅色，所以新娘感到不知如何画眉才好。白居易《长相思》词云："深画眉，浅画眉，蝉鬓鬅鬙云满衣，阳台行雨回。"可以证明朱庆馀这句诗也反映着一种社会现实，不是随意设想。

"停红烛"这个"停"字是留着烛火，不熄灭之意，从下句"待晓"二字可以体会。古代社会风俗，婚礼都在晚上举行。拜堂之后，新夫妇被送入洞房，行坐床撒帐礼。结婚的红烛始终燃烧着。这时新娘便梳妆打扮，新郎如果是知识分子，便在此时作催妆诗。等到天明，双双到堂前去举行谒见公婆的大礼。这样，婚礼才算完成。

这首诗的题目如果仅有"闺意"二字，那么我们讲到这里，就可说是把诗意讲完了。它是一首描写新娘闺情的诗，最多也只能解释为新娘要试探翁姑的好恶。但是，诗题在"闺意"之后还有"上张水部"四个字。这样，我们对这首诗的作用必须重新认识了。张水部不是化妆师，新娘画眉，与他有什么关系？可以想见，"画眉深浅入时无"只是一个比喻，其真实的含义是："请你指教，我的诗合不合时行的风格？"这样一讲，整首诗的作用就不仅是描写闺意了。孟浩然作《临洞庭赠张丞相》，后世的选本删去了"赠张丞相"四字，于是读此诗的人看不懂最后一联的意义。朱庆馀这首诗如果单单题作《闺意》，它只是一首以"赋"为创作方法的小艳诗。诗题加上"上张水部"四字，使我们知道诗人的意图别有所在，于是它就成为一首以"比兴"为创作方法的寓意诗。

张籍当然一看就懂,所以他立即回了一首诗。前二句:"越女新妆出镜心,自知明艳更沉吟。"越女指朱庆馀,因为他是越州人。"新妆出镜心"是说越女对镜自照,在镜中看到自己的新妆,"镜心"即"镜中"。"自知明艳"是说越女在镜中看到了自己的新妆容貌,也知道自己的美,"更沉吟"是说"还在自己想不定"。张籍的意思是对朱庆馀说:"你的诗,你自己知道是明艳的,为什么还是不能自信,要来问我呢?"

下二句:"齐纨未足时人贵,一曲菱歌值万金。"上句是自谦,"齐纨"与"越女"对称,指自己的诗不足为时人所贵重。张籍是和州人,不属于古之齐国或唐之齐州,这里用"齐纨"作比,想必另有典故。下句是赞扬朱庆馀的诗,一曲菱歌就可以价值万金。所谓"一曲菱歌",想必是朱庆馀写呈的二十六首诗中之一,否则这句诗就没有来历了。

查朱庆馀诗集中有三首诗大可注意,今全抄于此:

采莲

隔烟花草远蒙蒙,恨箇来时路不同。
正是停桡相遇处,鸳鸯飞出急流中。

榜曲

荷花明灭水烟空,惆怅来时径不同。
欲到前洲堪入处,鸳鸯飞出碧流中。

过耶溪

春溪缭绕出无穷,两岸桃花正好风。
恰是扁舟堪入处,鸳鸯飞起碧流中。

这三首诗的文句诗意完全相同,我怀疑是一首诗的三个稿本,朱庆馀的子孙为他编诗集时一起编了进去。《采莲》一首大约是定本,"恨箇"是唐人俗语,义同"可恨的是"。这首诗大约也在二十六首之中,故张籍举例以代表朱庆馀的全部作品,给以"值万金"的高度评价。"采莲"、"采菱",分别不大,诗中既未明言采莲,则张籍改称"菱歌",亦自不妨。况且,也可能当时朱庆馀写的题目正是"菱歌"。当然,我这样讲,都是揆情度理设想出来的,没有证据。但如果不这样讲,这末尾一句诗就无法体会了。

宋人洪迈在《容斋随笔》中讲到这首诗。他说:"此诗不言美丽,而味其词意,非绝色第一,不足以当之。"他能从这首诗中,看出这位新娘是绝色第一美人,这又是一种出人意外的体会了。

一九八五年一月十四日

74

在中唐诗人中，张祜虽然不能列为大家，但也不失为名家。他字承吉，南阳人，生长在苏州。志气高逸，有用世之志，关心于国家治乱之源。同时又行止浪漫，纵情声色。又和他的朋友崔涯说剑谈兵，行侠仗义，往来于江、淮、吴、越，一身而兼为才子、诗人、侠客、恶少。他有一首《到广陵》诗，是回忆早年生活的自述：

> 一年江海恣狂游，夜宿倡家晓上楼。
>
> 嗜酒几曾群众小①，为文多是讽诸侯。
>
> 逢人说剑三攘臂，对镜吟诗一掉头。
>
> 今日更来憔悴意②，不堪风月满扬州。

他的生卒年月和生平事迹，都不可考。大约生于德宗贞元初年，卒于宣宗大中年间，享寿六十岁左右。元和年间，天平军节度使令狐楚很器重他，将他的诗卷进呈，并上表举荐。表文云："祜久在江湖，早工篇什，研几甚苦，搜象颇深，辈流所推，风格罕及。"当时宪宗皇帝看了荐表，就问宰相，该如何处置。那时宰相是元稹，却没有诗人和诗人之间的同情心，他说："张祜雕虫小巧，壮大不为。若奖掖太过，恐变陛下风教。"这样一说，皇帝就把此事搁起，令狐楚的奏表，没有效果。张

---

① 群众小：与许多小人合群。此句说他虽然饮酒，却不与小人为伍，"群"是动词。

② 更来：再来，重到扬州。

祜既没有进士及第,又失去了由节帅举荐的惟一的入仕机会,从此只好谋食于节度使幕府,可是由于性格狷介狂傲,每一处都耽不长久。晚年居于丹阳,穷老而死。死后二十多年,后辈颜萱去他家访问。张祜生前住的屋子已经换了主人,遗族住在附近的矮屋里,只有一个寡妾崔氏。张祜有四子一女,三个儿子已经死亡,所馀一女已嫁,一子外出谋生。

张祜作诗甚多,杜牧赠祜诗云:"谁人得似张公子,千首诗轻万户侯。"(《登池州九峰楼寄张祜》)可是元明以来,张祜的诗已佚失很多,甚至他的名字,在《唐才子传》中也误为"张祐"了。这一切,都可见这位诗人身后的冷落情况。

《唐诗三百首》收了张祜的五首绝句,其中"虢国夫人"一首的"却嫌脂粉污颜色,淡扫蛾眉朝至尊",尤其是脍炙人口的诗句,于是近代人才知道唐诗中有一位值得注意的诗人张祜。可是张祜的诗,已有几百年没有单行本。我年轻时想找张祜的诗集,只有在《全唐诗》里才有,而我又买不起《全唐诗》。一九七九年,上海古籍出版社影印了南宋初蜀刻大字本《张承吉文集》,这是十卷本的张祜诗集,也是现存惟一的宋刻本张祜诗集。这个本子在元代时进入宫中,直到清朝,始终秘藏在北京皇宫里,没有人知道。康熙年间,此书被太监偷窃出来,卖给藏书家。于是又在许多藏书家的书库里秘藏了三百多年。最后归我的朋友祁阳陈澄中所有。澄中,字清华,一九四四年,我和他都在福建长汀战时厦门大学教书。有一次闲谈时,他透露了他的藏书中有毛斧季的《词谱》未刊稿本和这个宋本张祜诗集,这两部书都是使我艳羡不已的。抗战胜利,复员回沪,没有机会去找陈氏借看这两种秘笈。五十年代,陈氏在香港病故,遗嘱载明把他的藏书捐献给国家。此书才归北京图书馆收藏。

十卷本张祜诗集收诗四百六十八首,与《全唐诗》及其他明清二代所刻二卷本、五卷本张祜诗集对勘之下,才知道它们都是宋刻十卷本的前半部。由此可知,宋刻十卷本的第六卷以后诗一百五十首,已有六七百年没有人见到了。

蜀刻大字本《张承吉文集》的影印流传,是唐代文学研究和唐诗文献学的一件大事,所以我要不惮烦地在此叙述其经过。现在我们有了这个版本,对张祜诗的欣赏,扩大了眼界,对张祜诗的研究也增加了资料。

张祜早年,多作齐梁宫体绝句。内容是题咏音乐歌舞,记述旅游风物,写开元、天宝年间宫中的遗闻轶事。这些诗都极有神韵,如《题金陵渡》云:

金陵津渡小山楼，一宿行人自可愁。

潮落夜江斜月里，两三星火是瓜洲。

金陵渡是从镇江过长江的渡口。此诗写旅客夜宿在金陵渡口的小山楼上，在月斜潮落的时候远看对江有几点灯火光，知道这是瓜洲渡口，从而引起种种旅愁。诗人并不说明瓜洲与愁的关系，我们也不便故作解人。可能是他明天早晨就要过江到瓜洲上岸，也可能他是刚从瓜洲渡江来到这里。从诗意所暗示的看来，瓜洲显然是引起愁绪的地方。但诗人只在第二句中用"自可愁"三字略为透露，而以极平淡、极自然的一句"两三星火是瓜洲"来揭出旅愁的来处。这种不着痕迹的抒情，可以说就是神韵之所在。清初诗人王渔洋，就是主张诗要有神韵的，他的绝句诗，也就专学这一路子。不能体会其神韵的读者，把四句诗随便读下去，不会发现它们的逻辑关系，但也许能欣赏"两三星火是瓜洲"是写景佳句。能体会其神韵的读者，就不会把这首诗看作是仅仅写江上夜景了。

张祜对音乐极有兴趣，诗集中有许多题咏音乐的绝句。如《耿家歌》、《王家琵琶》、《董家笛》、《李家柘枝》、《听薛阳陶吹芦管》等，使人羡慕唐代音乐歌舞的盛况。

王家琵琶

金屑檀槽玉腕明，子弦轻捻为多情。

只愁拍尽《凉州》破，画出风雷是拨声。

题宋州田大夫家乐丘家筝

十指纤纤玉笋红，雁行轻过翠弦中。

分明似说长城苦，水咽云寒一夜风。

唐代公卿大夫家都养着乐妓，称为家乐。姓丘的妓女擅长弹筝，称为丘家筝；姓王的妓女以琵琶出名，称为王家琵琶。张祜每次参与宴席，听到名手音乐，就写一首诗记录下来。这里选了两首，第一首写琵琶，"金屑檀槽"是形容琵琶的制作华丽，"玉腕明"是赞扬妓女的美丽。子弦是小弦，轻轻地拨弄小弦，声音微细缠绵，如情人私语，故曰"子弦轻捻为多情"。琵琶弹的是凉州曲，弹到曲终部分入破时,音乐就趋于急促,弹琵琶的拨子就划出风雷之声了。唐人弹奏弦乐不用指爪,弹琵琶用一个象牙制或铁制的拨,弹筝用一个银制的假指甲,称为义甲。画出,也就是划出。

第二首写筝。第一句赞美弹筝人的手,玉笋代表手指。筝有十三弦,每弦有三柱,共三十九柱,排列成行,宛如飞雁。唐宋人歌咏弹筝,经常联系到雁行,以代替筝的弦柱,或以"雁啼"、"雁泪"来形容筝声。这里第二句也是说筝弦中发出雁行飞过之声。以下二句就形容大雁一队一队地飞越长城,在一夜大风中经受水咽云寒的苦难。这首诗也写得很灵活,关键在第二句,既点明了是咏筝,又联系上雁行来描写筝声。

张祜的宫体绝句,有三四十首咏开元、天宝宫中遗事的,最为唐诗中精品。宋人洪迈在《容斋随笔》中说:

> 唐开元、天宝之盛,见于传记、歌诗多矣,而张祜所咏尤多,皆他人诗所未尝及者。 如《正月十五夜灯》云:
>
> > 千门开锁万灯明,正月中旬动帝京。
> >
> > 三百内人连袖舞,一时天上著词声。
>
> 《上巳乐》云:
>
> > 猩猩血染系头标,天上齐声举画桡。
> >
> > 却是内人争意切,六宫红袖一时招。
>
> 《春莺啭》云:
>
> > 兴庆池南柳未开,太真先把一枝梅。
> >
> > 内人已唱《春莺啭》,花下僛僛软舞来。
>
> 又有《大酺乐》、《邠王小管》、《李谟笛》、《宁哥来》、《邠娘羯鼓》、《退宫人》、《耍娘歌》、《悖拏儿舞》、《阿鹤汤》、《雨霖铃》、《香囊子》等诗,皆可补《天宝遗事》,弦之乐府也。

这里,洪迈已列出了一个选目,这些诗中所咏,都是玄宗宫中歌舞宴乐的轶事。张祜作这些诗都在元和年间,离开元、天宝已有四五十年,这些诗料,大约都是得之于白头宫女或民间老辈的传说。诗固然都写得有神韵,但许多事实无法知道。耍娘是什么人? 悖拏儿舞又是什么样的舞? 这些都无可查考,可惜诗人没有留下一个详细的注。

宫词

故国三千里，深宫二十年，
一声《河满子》，双泪落君前。

张祜作《宫词》二首，这一首是他成名之作。二十个字，写老宫人的怨情。故国，即故乡。宫人年轻时从三千里外的家乡被选入宫禁，至今在深宫中已二十年了。一个"三千里"，一个"二十年"，深刻地勾勒了宫人的身世。她是宫中的歌女，每唱一声新流行的悲歌《河满子》，就不觉对君王掉下眼泪来。为什么对君王掉眼泪？怨他为自己的享乐，耽误了少女的青春。

杜牧有一首《酬张祜处士》诗：

> 七子论诗谁似公，曹刘须在指挥中。
> 荐衡昔日知文举，乞火无人作蒯通。
> 北极楼台长挂梦，西江波浪远吞空。
> 可怜"故国三千里"，虚唱歌词满六宫。

此诗首联将张祜比为建安七子，曹植、刘桢都待他指挥。颔联将令狐楚举荐张祜比之为孔融举祢衡。蒯通是齐国辩士，用邻妇乞火之喻劝说相国曹参重用贤士东郭先生和万石君，杜牧因无人在宰相元稹面前为张祜说好话，所以说"乞火无人作蒯通"。颈联上句说张祜只能长在梦里登上北极楼台，而终生飘流在西江波浪中。结联就赞扬他的宫词，尤其是"故国三千里"，虽然六宫宫女都在唱，对他却毫无效益。从杜牧此诗，可以知道这首宫词，虽然在今天看来，并没有什么出众的好，但在当时却为三千宫女所热爱，因为它写出了她们的怨情。杜牧的性格和诗风，很多地方和张祜相像，他对元稹、白居易的忌才轻士愤慨不平，因而为张祜写了这首诗。后来郑谷作诗寄酬高蟾时便说："张生'故国三千里'，知者唯应杜紫薇。"以为只有杜牧是张祜的知己。

张祜中晚期的诗格，显然有了变化。他有许多题咏名胜、史迹和献呈将相的诗，都用五、七言律诗或排律的形式。特别是他每到一寺，必有题诗。吴越间著名佛寺，差不多都经他品题了。《题润州金山寺诗》是为许多选本所采录的：

一宿金山寺，超然离世群。

僧归夜船月，龙出晓堂云。

树色中流见，钟声两岸闻。

翻思在朝市，终日醉醺醺。

这首诗第二句有两种文本。《文苑英华》、《三体唐诗》、《瀛奎律髓》、《唐诗品汇》均作"微茫水国分"，似乎宋人所见多如此。但现在新印出的蜀刻大字本也是南宋初的传本，独作"超然离世群"，也不似后人所改。从诗意看来，"一宿金山寺"以后，应该是感到自己"超然离世群"了。这一句与尾联上句"翻思在朝市"相呼应，如果用"微茫水国分"，那就接不上第一句了。

对于这一首诗，历代评论很不一致。方回《瀛奎律髓》说："此诗金山绝唱。"沈德潜《唐诗别裁》却说："此公金山诗最为庸下，偏以此得名，真不可解。"这是两个极端的评品。宋人认为是绝唱，而清人认为是最庸下的作品。这一案，我们该怎样裁判呢？

此外，对于中间二联，也有不同的意见。有人赞赏其颔联，有人赞赏其颈联。但对结句，几乎一致认为已堕入张打油诗格了。

我以为这首诗中间两联都不坏，描写屹立于江心的古寺很是贴切。但两联平列写景，承上而不启下，尾联便觉孤立。如果第二句用"微茫水国分"，则"翻思"二字尤其觉得没有来历。至于结句，实在庸俗，无可辩解。张祜诗犯此病者，还有不少。大抵功夫都费在中间二联，结尾便无收束能力。

题松汀驿

山色远含空，苍茫泽国东。

海明先见日，江白迥闻风。

鸟道高原去，人烟小径通。

那知旧遗逸，不在五湖中。

这首诗极为李梦阳所赞赏，他说："此作音响协而神气王。"唐汝询在《唐诗解》中也说："质净浑雅。次联峻爽，在四虚字。结更含蓄。大历以前语。"但此诗结句意义却不甚可解。唐汝询解云："因想世人皆以五湖为隐士栖逸之所，殊不知古时之遗逸，乃有不居五湖而在此中者。其意必有所指，地既无考，人亦宜阙。"因此他就说结句有含蓄，实则含蓄些什么，他自己也说不出。吴昌祺在《删订唐诗解》中删去了唐汝询的解释，批云："其驿或在吴越间，故望五湖而意其有逸民。"后来屈复却说："言高原小径，既通人烟，则遗逸斯在，而那知其不然也。"三家对结句的体会，都不相同。因为"那知"和"不在"的关系很不清楚。唐解"那知"为"岂知"：岂知旧时隐士，不在五湖而在此地。吴解"那知"为"安知"：你怎么知道旧时的隐士不会在这五湖中呢？屈解"那知"亦为"岂知"，但是作肯定语气：我以为这里一定有旧时隐士，哪里知道他们竟不在这五湖。不管怎样讲法，问题是此诗的颈联也是与领联平列写景，对结句的诗意不起转的作用，以致结句孤立，使读者无法测度其作意。

诗题《松汀驿》，从来没有人加注，不知在什么地方。唐汝询云："驿之所在未详，疑必依枕山陵，襟带江海。其高原险绝，则为鸟道；其小径幽僻，则通人烟。斯固隐沦之所藏乎？"唐、吴都是松江人，却不敢设想这个"松汀驿"乃是"松江驿"之误。在题咏旅途的唐诗中，没有见过第二个"松汀驿"，而"松江驿"却是常见的。许浑、窦巩都有题松江驿诗。由吴入越，舟行必取道松江。松江驿在太湖之东，故诗云："苍茫泽国东。"这个江字，大约很早已误成汀字，故各本都作松汀，而无法在地理书中找到作注的资料，张祜另有一首《松江怀古》诗：

> 碧树吴洲远，青山震泽深。
> 无人踪范蠡，烟水暮沉沉。

我怀疑前诗所谓"旧遗逸"，亦是指范蠡。前诗的结句是说：但恨如今的五湖中，已无范蠡可追随。这首诗的结句是说：在烟水沉沉的五湖中，无人能追踪范蠡。此二诗实是同一机杼。前诗如果删去中间二联，就和这首诗一式了。

十卷本的张祜诗集，七绝和五律为最多。第六卷中有《江南杂题》三十首，写江南风物，极有新隽句，即使不能说是"大历以前语"，至少还可以与大历十子较量。

一九八四年十二月十日

诗十首

姚合

75

姚合是玄宗时宰相姚崇的曾孙。宪宗元和十一年（公元八一六年）进士及第。历官武功主簿、富平尉、万年尉。宝应中除监察御史，迁户部员外郎。出为金州刺史，改杭州刺史。后又召入朝，拜刑部郎中，迁户部郎中、谏议大夫、给事中。开成四年（公元八三九年），出为陕虢观察使。最后一任官职是秘书少监。

看这一份履历表，可知姚合的官运是按照唐代文官制度很顺利地一步一步上升的。元和十一年，宰相李逢吉知贡举。姚合与李有关系，李就帮助他成进士。元和十二年九月，李逢吉罢相。以后的历任宰相，如令狐楚、裴度、元稹、李德裕，都和姚合有诗酒交情。当时的诗人，如韩愈、刘禹锡、贾岛、顾非熊、雍陶、李馀、马戴、张籍、罗隐、李频等人，又都是他的诗友。李商隐成进士后的第一任官职是弘农尉，因为断狱事得罪了观察使孙简，孙简罢了他的官。恰好姚合来代替孙简为观察使，他知道李商隐是杰出的诗人，就让李商隐回任原官。这件事使他在官场中博得好名。他的做官，大概是恪守道家清净无为之训，既不贪赃，亦不枉法。朝廷上下，各方关系良好，像他这样的官运人缘，在唐代诗人中是少有的。

姚合的诗，在当时已极为著名。他和贾岛是亲密的诗友，孟郊死后，贾岛的名字就和姚合联系起来，称为"姚贾"。但他们二人的诗格并不一样。《唐才子传》说："岛难吟，有清冽之风，合易作，皆平淡之气。兴趣俱到，格调少殊。所谓方拙之奥，至巧存焉。盖多历下邑，官况萧条，山县荒凉，风景凋敝之间，最工模写也。"这段文字，前半分析姚、贾二人的诗格。贾岛苦吟，其诗清冽；姚合把笔成诗，其诗平淡。二人的诗，都有兴趣，但风格却有些不同。由此，我们应当注意到，"郊岛"

这个名词,表示的是唐诗中的五言苦吟派,他们的诗都是艰涩的。"姚贾"这个名词,表示的是中唐五言诗的两种风格。以贾代表艰涩的五言诗,以姚代表平淡的五言诗。

至于说姚合的诗所工于模写的,都是风景凋敝的荒凉山县,这显然是指他早期的诗作而言。姚合做过的外任官职,只有第一任武功主簿,可以说是在萧条的下邑。此后在富平、万年,都是首都的畿县,已不能说是下邑,再以后任金州、杭州刺史,陕虢观察使,都是大行政区的长官,更不能说是"官况萧条"了。

姚合任武功主簿,最多不过三年,但当时他的诗名,却一向被称为姚武功。这在唐人的称呼习惯上,又是不合的。为什么他升迁了官职,还是称他为姚武功呢?这是涉及到他的诗,不是称他的官职。姚合在做武功主簿时写了许多诗,奠定了他的风格,使他出了名,于是当时人谈到诗,就提到姚武功,并不像一般习惯那样随着他的官职而改口。

姚合的诗集,据《郡斋读书志》著录有《姚少监集》十卷。但现在《全唐诗》中只有七卷,不知是否十卷为七卷之误,还是遗佚了三卷。不过现存诗集,似乎是编年的,次序和作者宦迹,大致不差,因此就不像有所亡佚。

姚合任谏议大夫时,曾选录王维、祖咏以下,至皎然、戴叔伦共二十一人的诗一百首,题为《极玄集》。其自序云:"此皆诗家射雕手也。合于众集中更选其极玄者,庶免后来之非。凡念一人,共百首。"[①]我们从这个选本,可以见到姚合论诗的标准,也是他自己作诗的规范。他以这二十一位诗人为开元、天宝以来诗人之杰出者,又从他们的诗集中挑了一百首,认为是"极玄"的作品。这一百首诗中,只有三首是七言绝句,八首是五言绝句,其馀都是五言律诗。此外,姚合还编过一卷《诗例》,选取古人诗中的对句,解说其用意之妙,评定其体式。这部书现今已失传了,但可知是研究律诗中对句技巧的。

姚合的诗,在当时既负盛名,影响所及,晚唐五代就有许多人学他的诗。到南宋中期,作为江西诗派的革命者,一群江湖诗人也学他的诗。元、明、清诗人作五言律诗,攀不上王维、孟浩然,也大多走姚合的路子。但是,我看许多唐诗选本中所选姚合的诗,似乎都和他的潜在影响不相称。唐末,韦庄嫌姚合选得太少,自己也续选了一部《又玄集》。他选了姚合五首诗:《山居》、《寄王度》、《武功县居》(三

---

① 今本《极玄集》只有九十九首。又,姚合这篇序文也是个残本。"极玄"即极妙。

首）。这五首都足以代表姚合诗的风格。到五代时韦縠选《才调集》，采取了姚合的诗七首，其中只有《寄王度》一首与《又玄集》同。另外有《穷边词》二首、《闻蝉》一首，都不是姚合的用力作品。《穷边词》是谄谀边将的应酬之作，《闻蝉》是学骆宾王而不及。可怪的是《唐诗正声》、《唐诗解》、《唐诗别裁》这三部重要的唐诗选本，都是只选了一首《春日早朝寄刘起居》。早期诗应当有富贵庄严气象，它应当用到的词藻决不是姚合所惯用的词藻。贾至、王维、岑参、杜甫四家名作在前，姚合不容不知道。他这首诗的重点肯定是在“寄刘起居”而不在“春日早期”。结句“莫笑冯唐老，还来谒圣君”，是全诗的主题，大约对刘起居有解嘲之意。至于前面六句描写早朝，无论诗意或词藻，都没有特长，况且颔联“彩仗迎春日，香烟接瑞云”，又显然是从李白的“霜仗悬秋月，霓旌卷夜云”（《侍从游宿温泉宫作》）窃取得来。《唐诗三百首》选入五言律诗八十首，姚合的诗一首也没有被采及。

近年来，唐诗选本很多，文学研究所的《唐诗选》收姚合诗四首。第一首是《原上新居》。这首诗在《全唐诗》中有一个注云：“一作王建诗。”在姚合的许多五言律诗中，偏偏选中这一首有问题的，难道选家以为这一首是姚合的“极玄”作品吗？第二、三首是《穷边词》，七言绝句，编注者以为是“赞扬守边将领防守有功，边地不受侵犯”。这是沿袭了谢叠山的讲法。谢云：“此诗颂边城贤守之德政，善于形容，有风人法度。”（《唐诗绝句注解》）似乎都没有体会到诗中阿谀边将、粉饰承平的意味。第四首是五言古诗《庄居野行》，写农民都进城经商，农业生产受到损害，人民粮食不足的现象。这是从今天要求现实主义的标准选定的，在姚合的全部作品中，这一类关心人民经济生活的诗，居于极少数。因此，这四首诗都不能代表姚合。近来我偶然注意到姚合在后世的影响，意外地发现了明清以来的唐诗选本，至少是对于姚合，选得很不公允。由此可知，要了解一个时代的文学，仅读选本是不够的。

现存姚合诗七卷，前三卷都是早期作品。第三卷中有《闲居遣怀》十首，《武功县中作》三十首，《游春》十二首，还有不少“闲居”诗，大概都是他任武功县主簿前后所作。安闲冲淡，气韵高古，“姚武功”的声誉从此鹊起。现在我从这一卷中选抄十首，以显现姚合诗的格调。

闲居遣怀（选一）

身外无徭役，开门百事闲。
倚松听唳鹤，策杖望秋山。

萍任连池绿，苔从匝地斑。
料无车马客，何必扫柴关。

武功县中作三十首（选四）

作吏荒城里，穷愁欲不胜。
病多唯识药，年老渐亲僧。
梦觉空堂月，诗成满砚冰。
故人多得路，寂寞不相称。

假日多无事，谁知我独忙。
移山入县宅，种竹上城墙。
惊蝶遗花蕊，游蜂带蜜香。
唯愁明早出，端坐吏人旁。

门外青山路，因循自不归。
养生宜县僻，说品喜官微。
净爱山僧饭，闲披野客衣。
谁怜幽谷鸟，不解入城飞。

长忆青山下，深居遂性情。
垒阶溪石净，烧竹灶烟轻。
点笔图云势，弹琴学鸟声。
今朝知县印，梦里百忧生。

游春十二首（选二）

悠悠小县吏，憔悴入新年。
远思遭诗恼，闲情被酒牵。

恋花林下饮，爱草野中眠。
疏懒今成性，谁人肯更怜。

卑官还不恶，行止得逍遥。
晴野花侵路，春陂水上桥。
尘埃生暖色，药草长新苗。
看却烟光散，狂风处处飘。

闲居遣兴

终年城里住，门户似山林。
客怪身名晚，妻嫌酒病深。
写方多识药，失谱废弹琴。
文字非经济，空虚用破心。

同卫尉崔少卿九月六日饮

酒熟菊还芳，花飘盏亦香。
与君先一醉，举世待重阳。
风色初晴利，虫声向晚长。
此时如不饮，心事亦应伤。

秋晚江次

萧萧晚景寒，独立望江壖。
沙渚几行雁，风湾一只船。
落霞澄返照，孤屿隔微烟。
极目思无尽，乡心到眼前。

这十首诗，文字平易，思想也并不深曲，一读即可了解，不用注释，每首诗的中间两联都很稳妥，好像是随手拈来，其实恐怕是费过一番推敲的。"与君先一醉，举世待重阳"这一联尤其灵活,是一联倒装的流水对。

唐代有几千诗人,才情、文学、见识,各有高下。姚合在唐诗中的地位,仅能占中上一席。《唐诗品汇》五言律诗卷中,将贾岛、姚合、许浑、李商隐、李频、马戴六人编为一卷,列于"正变",其说明云:"元和以还,律体多变,贾岛、姚合,思致清苦;许浑、李商隐,对偶精密;李频、马戴,后来兴致,超迈时人。此数子者,意义格律犹有取焉。故合其诗,共八十五首,为'正变'。"在高棅的唐诗人级别中,"正变"已属中下或下上。这一份试榜,我以为对姚合的评品,稍稍偏低了。但把李商隐的五言律诗,与许浑比类,仅仅赞赏他的对偶精密,这却大大地屈辱玉溪生了。

胡震亨《唐音癸签》论姚合云:"姚合诗洗濯既净,挺拔欲高,得趣于浪仙之僻,而运以爽亮;取材于籍、建之浅,而媚以蒨芬。殆兼同时数子,巧撮其长者。但体似尖小,味亦微醨,故品局中驷耳。"这是说姚合受贾岛、张籍、王建等同时人的影响,而巧妙地吸收了他们的长处,所得的成就是"洗濯既净,挺拔欲高"。我以为胡震亨这个评品极其适当,尤其是"挺拔欲高"的一个"欲"字。姚合诗虽然已做到清净无疵,但还只是"欲高"而未高。如果做到高处,就可升王维、孟浩然之堂了。

天下人才,中等最多。中等诗人要学李白、杜甫,怎么也学不到。学姚合却是最方便。姚合的诗并不很好,但在当时,诗名已高,在后世更常为诗家模式,就是这个道理。

一九八五年一月十日

76

诗十一首

寒山子

　　寒山子是王梵志以后的又一位唐代通俗诗人。王梵志的诗，从宋代起已经失传，直到敦煌石室中发现了唐人写本，我们现在才能见到。寒山子的诗，历代都有刻本，至今流传着。但是，寒山子这个人，以及他的诗集，还有许多疑问，没有解决。现在通行的《寒山子诗集》，是一位署名台州刺史的闾丘胤编的。编者在序文中介绍了这部诗集的来历，现在我译述其大概。

　　寒山子，不知其姓名，古老以来，都有人看见他，以为是一个疯狂的贫士。他隐居于天台唐兴县西七十里的寒岩，但时常到天台山国清寺来看他的朋友拾得。拾得是国清寺里一个管食堂的行者，他经常把残菜剩饭储存在竹筒里，寒山子来时，就把竹筒背回去。寒山子在寺内长廊下徐行漫步，独言独笑，快活叫唤。寺里和尚来干涉他，他就拍手大笑，好久才去。他衣服破旧，形貌枯悴，像一个贫士。戴一顶桦皮帽，脚下拖一双木屐。说的话疯疯癫癫，可是好像很有道理。

　　闾丘胤在长安，分发到台州刺史的官职。在即将离京赴任的时候，忽然患了头痛病。于是请医师治疗，岂知越治越痛。后来碰到一个名叫丰干的和尚，自称是特地从天台山国清寺来给他治病的。于是闾丘胤就请他救治，和尚笑说："身居四大，病从幻生。若欲除病，应须净水。"闾丘胤命家人取净水来，和尚将净水喷在闾丘胤头上，一会儿头就不痛了。和尚对闾丘胤说：

　　"你去台州，那边临海，有岚瘴毒气，必须小心。"闾丘胤问他，台州那边有什么可以请教的贤德之人。和尚答道："有，有，不过你见之不识，识之不见。如果你真要见，千万不可以相貌取人。有一个寒山，是文殊菩萨化身，现在国清寺。还有一个拾得,是普贤菩萨化身,像一个疯狂的穷人,现在国清寺厨房里当火伕。"和尚说过,就辞去了。

闾丘胤到台州上任之后,亲自到各大寺院中打听,众口一辞,果然有此二人。于是闾丘胤便到国清寺去进香,问寺里和尚:"你们这里有过一位丰干禅师,他住过的院子在哪里?还有一位寒山,一位拾得,住在什么地方?"住持和尚道翘回说:"丰干禅师的院子在经藏后面,现在没有人敢住,因为常常有一只老虎来叫吼。寒山、拾得二位,现在厨房里。"

于是和尚带闾丘胤来到丰干禅师住过的院子,开门进去,满地都是老虎脚印。闾丘胤问和尚:"丰干禅师在寺里做什么事?"道翘回说:"禅师在这里时,专管舂米,供养全寺僧众。"

随后和尚们带闾丘胤一行人到厨房里,在灶火前见有二人在向火大笑,闾丘胤便上前礼拜。二人连声�喝,互相携手,哈哈大笑道:"丰干饶舌,丰干饶舌。你们不识弥陀,为何却来拜我?"当时寺里僧众闻声而来,不胜惊讶:本州官长为什么前来礼拜两个灶下穷汉? 当时二人携手走出寺门,奔归寒岩。闾丘胤回郡城后,做了两套衣服,并预备香药等礼

物,派人送去。使者到寺里,才知二人一去之后,没有回来过。于是将衣服、香药送到山上,遇见寒山子。寒山子一边喝道:"贼! 贼!"一边退入山洞,说道:"回去告诉大家,各自努力。"当下山洞自然闭合,追寻不得。拾得也无踪无影。闾丘胤就吩咐道翘搜寻他俩的遗迹,在竹木石壁上和人家厅堂上抄得寒山子写的诗三百余首,又在土地堂墙壁上抄得拾得写的偈语数十首,编集成卷。

以上是今本《寒山子诗集》卷端闾丘胤序文的内容。闾丘胤是何许人,他官台州刺史在什么时候,都没有在集中留下记录,他这篇序文的末尾也不署撰写年月。寒山、拾得的诗中,也看不出年代。《四部丛刊》影印高丽刊本《寒山子诗集》,附有《慈受深和尚拟寒山诗》一百四十八首。前有署名"慈受叟怀深"的自述。开头说:

"寒山、拾得,文殊、普贤也。有诗三百馀首,流布世间,莫不丁宁苦口,警悟世人种种过失。至于幼女艾妇之姿态,恶少偷儿之性情,斟秤欺瞒,是非品藻,靡不言之。其间稠叠言之者,诚杀生也。"又云:"呜呼,圣人出现,混迹尘中。身为贫士,歌笑清狂。小偈长诗,书石题壁,欲其易晓而深诫也。"这是分析了寒山、拾得诗偈的内容及其意义。最后自述其拟作因缘云:"余因老病,结茅洞庭。终日无事,或水边林下,坐石攀条,歌寒山诗,哦拾得偈,适与意会,遂拟其体,成一百四十八首。虽言语拙恶,乏于文彩,庶广先圣慈悲之意。"这篇自述作于"建炎四年二月望日",正是北宋政权已被金兵摧毁,南宋政权尚未建立的时候,这位老人却悠闲地在太湖边上拟作寒山、拾得式的诗。

高丽刊本《寒山子诗集》的前半本是以南宋刻《三隐集》为底本的,每页版口均有"三隐"字。卷尾有《天台山国清禅寺三隐集记》一篇,文尾题"淳熙十六年岁次己酉孟春十有九日住山禹穴沙门志南谨记",文后附有陆放翁抄送释可明的一首寒山诗。

陆放翁与明老帖

> 有人兮山径,云卷兮霞璎;秉芳兮欲寄,路漫兮难征。 心惆怅兮狐疑,蹇独立兮忠贞。

此诗后有释志南作的附记:"此寒山子所作楚辞也,今亦在集中,妄人窜改附益,至不可读。放翁书寄天封明公,或以刻之山中也。"查《三隐集》所刻寒山此诗,首句作"有人坐山陉",第五句夺兮字,句下多"年老已无成众喔咿"八字,此诗遂不可读。因知陆放翁所见别有善本,而国清寺可明和尚刻集时并未依陆放翁所提供的文本改正。

《太平广记》卷五十五有《寒山子》一条。文云:"寒山子者,不知其名氏。大历中,隐居天台翠屏山。其山深邃,当暑有雪,亦名寒岩,因自号寒山子。好为诗,每得一篇、一句,辄题于树间石上。有好事者,随而录之,凡三百余首,多述山林幽隐之兴,或讥讽时态,或警励流俗。桐柏征君徐灵府序而集之,分为三卷,行于人间。十余年,忽不复见。"以下记咸通十二年(公元八七一年)毗陵道士李褐遇见寒山子的故事。

这一段记载,出于《仙传拾遗》,这部书应当是唐咸通以后、北宋太平兴国以前的道家著作。《太平广记》五百卷中,关于寒山子的记载,仅此一条,可知这是有关寒山子的最早记录。他只是天台山的隐士,有三百余首诗,由桐柏宫道士徐灵府编成集子三卷,并写了序文。记录中没有丰干和拾得,也不提国清寺。我以为这是寒山子及其诗的原始情况。

不知什么时候,有人托名唐台州刺史闾丘胤,把寒山子的诗集重新改编,加上了一篇序文,编造了丰干、拾得和寒山子的故事,说他们是弥陀、文殊、普贤的化身。又增入了拾得和丰干的诗偈,于是他们和国清寺发生了关系。从此,寒山子诗集成为佛家的典籍。《旧唐书·经籍志》中没有《寒山子诗》,这可能是当时此书还未入馆阁。《新唐书·艺文志》中著录《寒山诗七卷》,编入释家类,可知在北宋时,寒山子诗已属佛家。但这个七卷本是不是闾丘胤所编的那一本,还无法知道。

闾丘胤的序文没有记下写作年月,无从知其时代。北宋的《景德传灯录》已将闾丘胤序文中所述遇到的寒山、拾得的故事抄录进去,外加许多禅机问答,并说明他们是唐贞观初人。清初编《全唐诗》,把寒山、拾得和丰干的诗各一卷编在僧诗的卷首。《四库全书总目提要》把《寒山子诗集》编在王绩的《东皋子集》之后,王勃的《王子安集》之前。从此,文学史家都把寒山子诗列入初唐文学。

我还是以为《仙传拾遗》的记录比较可信,因为寒山子诗本身记录了它们的时代性。三百多首诗中,一部分诗和王梵志的诗极其相近,可以认为初唐作品;但另一部分诗却显然近似孟郊、贾岛的风格,不到中唐后期,这种风格的五言律诗还不可能出现。因此,我以为这部诗集是中唐时期一位隐名文士的作品,说他是大历中隐士,和作品的风格是可以符合的。

> 城中蛾眉女,珠佩何珊珊。
>
> 鹦鹉花前弄,琵琶月下弹。
>
> 长歌三月响,短舞万人看。
>
> 未必长如此,芙蓉不耐寒。

> 今日岩前坐,坐久烟云收。
>
> 一道清溪冷,千寻碧嶂头。

白云朝影静，明月夜光浮。

身上无尘垢，心中那更忧。

寒山唯白云，寂寂绝埃尘。

草座山家有，孤灯明月轮。

石床临碧沼，鹿虎每为邻。

自羡幽居乐，长为象外人。

我们先看这三首诗。第一首是全集中唯一的秾艳诗，明清人诗话中常常提起，但它不能代表寒山子的风格。第二、三首，我选出来为寒山子诗的代表，因为它们无佛道思想，句法、用字都是中唐诗格，在初唐贞观年间，绝对不可能出现这样的诗。

驱马度荒城，荒城动客情。

高低旧雉堞，大小古坟茔。

自振孤蓬影，长凝拱木声。

所嗟皆俗骨，仙史更无名。

生前太愚痴，不为今日悟。

今日如许贫，总是前生做。

今日又不修，来生还如故。

两岸各无船，渺渺难济渡。

以上二首，前者是道家思想，太息荒城古坟中，都是不能修炼成仙的世俗人。后者是佛家的因果报应思想，指出今天的穷人，由于前世不修善行。如果今生又不修善行，那么来生还是个穷人。这一类的诗，在寒山子集中并不多见。如果用统计数字来断定他的思想派别，似乎他的道、佛思想还不是主流。这一点，寒山子和王梵志不同。但是，试看下面二首诗，却又很像王梵志诗。

贪人好聚财，恰如枭爱子。

子大而食母，财多还害己。

散之即福生，聚之即祸起。

无财亦无祸，鼓翼青云里。

我见谩人汉，如篮盛水走。

一气将归家，篮里何曾有。

我见被人谩，一似园中韭。

日日被刀伤，天生还自有。

第一首戒世人莫贪财。第二首戒世人莫欺侮他人：欺人者，无所得；被欺者，终不失。思想、表现方法、辞句，都是王梵志的风格。可知这一类富有道德教育意义的白话诗，一向在民间流行着。

默默永无言，后生何所述。

隐居在林薮，智境何由出。

枯槁非坚卫，风霜成夭疾。

土牛耕石田，未有得稻日。

书判全非弱，嫌身不得官。

铨曹被拗折，洗垢觅疮瘢。

必也关天命，今年更试看。

盲儿射雀目，偶中亦非难。

以上第一首诗，劝人不要做默默无言无益于后辈的隐士。风霜枯槁的生活，非但不能卫生，反而会成夭疾。这种消极的隐居生活，正如土牛耕石田，永远不会"得稻"的。得稻，是"得道"的谐音，这两句用了风人诗的句法。第二首劝考试失败的人不要灰心。成败都是天命，你不去考，就放弃了机会。因此劝导今年再去试一下，说不定会偶然考中了呢！末句用了比喻格的成语，也是风人诗的表现方法。

这两首诗表现了积极的儒家进取思想，寒山子大有自我否定之意，在全集中也是很突出的。综合起来看，寒山子诗三百馀首，儒、释、道三家的思想都有，所以它们可以为道家、佛家利用去装点他们的文化，但两家都不能不说他是贫士、隐士。《仙传拾遗》给他添了一个告诫毗陵道士李褐的故事，使他列入神仙。闾丘胤附会了国清寺的故事，使他与佛家发生关系。诗集中有几首诗提到国清寺和丰干、拾得的名字，很可能是托名闾丘胤者混入的。

现在我们再看寒山子对自己这些诗如何说法：

> 有个王秀才，笑我诗多失。
>
> 云不识蜂腰，又不会鹤膝。
>
> 平侧不解压，凡言取次出。
>
> 我笑你作诗，如盲徒咏日。

> 有人笑我诗，我诗合典雅。
>
> 不烦郑氏笺，岂用毛公解。
>
> 不恨会人稀，只为知音寡。
>
> 若遣趁宫商，余病莫能罢。
>
> 忽遇明眼人，即自流天下。

这两首诗是寒山子的诗论，它们也反映出这是中唐时期的诗。他反对做诗要讲究四声八病，要有郑笺、毛传才使人懂得。他的诗是想到什么就说什么，但仍然是合于典雅的。必须重视声病，做诗要协宫商，正是中唐时期盛行的诗家理论，以皎然的《诗式》为代表的许多诗学理论著作，也兴起于中唐时期，而寒山子的诗正是这个时期的复古派。

王梵志和寒山子是唐代两位通俗诗人。他们的诗流行于一般人民中间，很少为士大夫所齿及。到了宋代，王梵志的诗已经失传，流行于民间的只有寒山子的诗，在闾丘胤那篇序文的影响下，拾得的地位升高了。在民间传说中，寒山、拾得的诗人形象逐渐消失，不知从什么时候开始，他们成为和合二仙，主宰男女婚姻幸福，家庭和睦。民间风俗画里，有两个青少年，一人手执荷花，一人手捧一个盒子，这就是和合的谐音。在结婚典礼上，这和合二仙总得挂在中堂，据说这就是寒山、拾得二人。清代雍正十一年（公元一七三三年），正式封寒山为和圣、拾得为合圣。从此，在民间风俗中，寒山、拾得被称为和合大仙，没有人知道他们是诗人了。

一九八四年十月二十一日

77

中唐诗馀话

　　《唐诗品汇》以武德至开元初为初唐,计九十五年,选诗一百二十五家。以开元至大历初为盛唐,计五十三年,选诗八十六家。以大历至元和末为中唐,亦五十三年,选诗一百五十四家。以开成至五代为晚唐,计七十年,选诗八十一家。从这个表中就可以看出,唐诗的极盛时代实在中唐。从来文学史家都以为盛唐是唐诗的盛世,因而论及中唐诗,总说是由盛而衰的时期。我以为这个论点是错误的。盛唐只是唐代政治、经济的全盛时期,而不是诗的或文学的全盛时期。中唐五十多年,诗人辈出,无论在继承和发展两方面,诗及其他文学形式,同样都呈现群芳争艳的繁荣气象。尽管在政治、经济等国计民生方面,中唐时期比不上开元、天宝之盛。在这一段时期中,军人跋扈,宦官弄权,李唐政权确已开始了衰败的契机,但诗和其他文学却不能说是由盛入衰的时期。我选盛唐诗人十六家,觉得已无可多选,因为留下来的已没有大家。但我选中唐诗人二十五家,觉得还割爱了许多人。同样是五十三年,即使以诗人的数量而论,也可见中唐诗坛盛于盛唐。

　　严羽作《沧浪诗话》,首先推宗盛唐,贬低中唐。他说:

　　　　论诗如论禅,汉、魏、晋与盛唐之诗,则第一义也,大历以还之诗,则小乘禅也,已落第二义矣。晚唐之诗,则声闻、辟支果也。学汉、魏、晋与盛唐诗者,临济下也;学大历以还之诗者,曹洞下也。大抵禅道惟在妙悟,诗道亦在妙悟。且孟襄阳学力下韩退之远甚,而其诗独出退之上者,一味妙悟而已。惟悟乃为当行,乃为本色。然悟有浅深、有分限，有透彻之悟，有但得一知半解之悟。汉魏尚矣，不假悟也。谢灵运至盛唐诸公，透彻之悟也。他虽有悟者，皆非第一义也。

我评之，非僭也；辨之，非妄也。天下有可废之人，无可废之言。诗道如是也。若以为不然，则是见诗之不广，参诗之不熟耳。

这是一篇盛气凌人的文章，居然先发制人，谁要是反对他的观点，就是不懂诗的人。他这篇《诗辨》，享有几百年的权威，后世诗家及文学史家都跟了他吹捧盛唐诗，好像王、孟、高、岑、李、杜以后，都是第二流诗人了。至于盛唐诗为什么好到如此，他也不能提出切实的理论，而以"以禅喻诗"的唯心论方法来摇惑浅学之徒。禅宗佛学标举一个"悟"字，否定研究经典，否定深入思考，否定身体力行，只要能"悟"，便可登时得道。但悟有两派，一派主张顿悟，属临济宗（派）；一派主张渐悟，属曹洞宗。严羽称誉汉魏的诗为至高无上，连"悟"都不需要。好像说：汉魏诗人随时随地抓起笔来，立即写成好诗。谢灵运至盛唐诸诗人，得力于"透彻之悟"，亦即是顿悟，属于临济宗的门下，所以是第一流的诗。大历以后的诗人，仅能得"一知半解之悟"，所以是曹洞宗门下的小乘禅，只是第二流的诗。至于晚唐诗，更是不入流的东西了。这便是严羽推崇盛唐诗的理论依据。

那么，什么叫"悟"？什么叫"透彻之悟"？什么叫"一知半解之悟"？严羽也没有正面的说明。不过，我们可以从反面来理解。他说：

夫诗有别才，非关书也；诗有别趣，非关理也。然非多读书、多穷理，则不能极其至，所谓不涉理路、不落言筌者，上也。

诗者，吟咏情性也。盛唐诸人惟在兴趣，羚羊挂角无迹可求。故其妙处透彻玲珑，不可凑泊。如空中之音，相中之色，水中之月，镜中之象，言有尽而意无穷。

近代诸公乃作奇特解会，遂以文字为诗，以才学为诗，以议论为诗。夫岂不工，终非古人之诗也。

这里三段文字，三个论点。第一段大意是说：诗不从学力中来，亦不从理智中来。但接下去却又说：如果不多读书、多穷理，就不能极其至。极其至，就是达到最高阶段。而最高阶段,就是"悟"。由此可知,他的所谓"悟",是以读书穷理为平时修养的基础。由此而获得"妙悟",写出诗来,没有书本知识和理智思考的痕迹。

第二段是用四个具体形象来比喻上文所谓"不涉理路、不落言筌"。这里所谓"兴趣",就是指盛唐诗人的"妙悟"。

第三段是批评"近代"诗人以文字、才学、议论为诗,就不免露出了"言筌"和"理路"的痕迹。

如果妙悟仍然要从多读书、多穷理得到,这个悟字已经和禅宗的悟有些距离,至少已落下乘的渐悟。看来严羽所谓妙悟,即是明清诗家所谓性灵,也就是梁启超所谓"因斯披里纯",现代所谓灵感。读书穷理是诗创作的修养基础,但诗决不能直接从书本知识和理性认识中产生,而是要从一时灵感的触发中产生。妙悟、兴趣或灵感,就是严羽所谓别才、别趣。他所谓"近代诗人以文字为诗,以才学为诗,以议论为诗",就是说诗中所表现的只是文字的功夫、学识和思想,而没有灵感。因此,这种诗就显得呆板凝滞,而"涉理路,落言筌"了。这一节话是针对江西派诗人而言的。

如果这样理解严羽之所谓妙悟,我以为他的观点是可以接受的,而且这不是唯心论的观点。不过这样的悟法已不是禅宗的悟。他用禅宗的术语来比喻诗法,没有考虑到各方出发点的不同,这是比喻错了。既说"非关书也,非关理也",又说"非多读书、多穷理,则不能极其至"。这就是他的矛盾,禅宗并不主张多读经、多穷理才能悟入。

严羽论诗推崇盛唐,是因盛唐诗人有兴趣、善妙悟;而大历至晚唐诗之所以愈趋愈下,是因为这些诗人最多只有"一知半解之悟"。这个观点是任何一个文学史家所不能接受的,因为其中颇有错误。第一,这是文学退化论。中唐以后的诗都不及盛唐诗,后人都不及前人。那么在中国文学史发展的长河中,《诗经》、《楚辞》以后,岂不是一代不如一代了吗?第二,把妙悟用于各体各类的诗。妙悟、兴趣或灵感,只能作为鉴赏一部分抒情诗的标准。至于咏怀、咏史之类的诗,反映社会现实的讽谕诗、新乐府诗、叙事诗,我们鉴赏这些诗,正是要体会作者的学识或思想,而并不要求作者有妙悟。作者也不可能因一时的妙悟或兴趣触发而写这种诗。李白的《古风》,杜甫的"三吏"、"三别",高适的《燕歌行》,可以体会到多少妙悟的效果?

严羽的妙悟论,尽管明清诗家改用比较具体的"性灵"、"神韵"等名词,但并不用来作为鉴赏诗的唯一标准。惟有他的独尊盛唐的观点，却仍然为明清以来诗论家所承袭，不过所举理由各有不同。

> 中唐诗近收敛，境敛而实，语敛而精。势大将收，物华反素。盛唐铺张已极，无复可加，中唐所以一反而之敛也。初唐人承隋之馀，前花已谢，后秀未开；声欲启而尚留，意方涵而不露，故其诗多希微玄淡之音。中唐反盛之风，攒意而取精，选言而取胜，所谓绮绣非珍，冰纨是贵，其致迥然远矣。然其病在雕刻太甚，元气不完，体格卑而声气亦降，故其诗往往不长于古而长于律，自有所由来矣。

这是明代陆时雍《诗镜》中的话。他为盛唐诗与中唐诗作比较。第一节说盛唐诗的风格在铺张，中唐诗的风格在收敛。第二节说盛唐诗如绮绣秾华，中唐诗如冰纨素淡。这两点是对中唐诗作较高的评价。但第三节提出中唐诗的缺点，在雕刻太甚，元气不完，体格卑，声气降。这样，又把中唐诗贬低了，仍然是严羽的论调：中唐不如盛唐。最后，他又指出：中唐诗因为有以上种种缺点，所以中唐诗人不长于作古诗而长于作律诗。这个观点，却犯了逻辑错误。他给人的体会，好像种种缺点都表现在中唐诗人所作古诗中，而律诗则为中唐诗的特长，没有这些缺点。

律诗虽然起于初唐的沈、宋，但盛唐诗人所作多为五言律诗，只有杜甫晚年才大作七言律诗。中唐是七言律诗大发展时期，故中唐诗人多作七言律诗。这是一种新的文学形式从始兴到繁荣的过程中所反映的必然现象，并不是由于中唐诗人的才情不适宜作古诗。

> 五律至中、晚，法脉渐荒，境界渐狭，徒知炼句之工拙，遂忘构局之精深。所称合作，亦不过有层次、照应、转折而已。求其开阖跌荡、沉郁顿挫如初、盛者，百无一二。然而思深意远、气静神闲，选句能远绝夫尘嚣，立言必近求夫旨趣。断章取义，犹有风人之致焉。盖初、盛则词意兼工，而中、晚则瑕瑜不掩也。

这是清乾隆时学者何文焕的话，专论中、晚唐五言律诗，见于《唐律消夏录》。第一节是贬词。但我以为这一节话仅适用于晚唐五言律诗，中唐诗人所作，还不至如此。第二节是褒语。我以为仅适用于中唐五言律诗。晚唐诗人所作，还够不到这个好评。最后的论断所指两个优缺点，也不能以整个时代来概括。中、晚唐五言律诗亦有词意兼工的，而初、盛唐五言律诗亦有瑕瑜不掩的。综观全篇论点，岂不还是严羽的盛唐最好论？

此外，还有许多诗话中评论唐诗，或者论古诗，或者论绝句，总的倾向几乎都说中、晚唐诗不如盛唐。这个几百年来盲目继承的论调，我以为必须纠正，中唐诗的"冤案"，必须平反。

中唐诗分前后二期，大历至贞元为前期。在这一时期中，五言古诗及律诗，都是王维、孟浩然诗风的延续。韦应物、刘长卿的五言诗，并不比王、孟逊色。七言律诗是杜甫律诗的继承，在杜诗的格调上有新的发展。虽然由于诗人的才情不如杜甫，没有杜甫那样沉郁深刻的作品，但题材内容有所扩大，作者愈多，毕竟还是七言律诗的盛世。绝句的成就，更是中唐高于盛唐。韩翃所作，未必亚于王昌龄。王建的宫词、刘禹锡的竹枝词，为绝句开辟了新的领域，亦盛唐所未有。

贞元至长庆为后期，这是唐诗的大转变时期。王维、孟浩然变而为孟郊、贾岛。杜甫的五、七言古诗变而为韩愈古体。白居易、元稹继承杜甫的新乐府，给它正名定分，并构建了现实主义的理论：诗的任务在讽喻时政，诗的创作方法要大众化。这种对文艺的积极的认识，又不是盛唐诗人所能想象的。此外，张祜的绝句，饶有兴趣；李贺的歌诗，幽怪秾丽而体格高古，也都胜过盛唐。

以上许多随便举出的例子，已足够显示中唐诗的丰富多彩。怎么能说它们是唐诗由盛入衰的现象呢？

一九八五年一月十五日

晚唐诗话

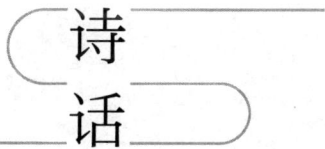

78

南朝宫体诗绮丽的辞藻，到盛唐时，已被摈斥在诗坛之外。王、孟的诗，固然清淡；即使李、杜、高、岑，也绝不堆垛秾艳的字面。从此以后，诗家一味崇尚清淡，到了郊、岛，已清淡到质朴无华的古拙境界，不免有人感到枯瘁。物极必反，首先出现了一个李贺。他从齐梁诗赋中汲取丽辞幽思，运用在唐代的声韵琅然的近体诗中，登时使唐诗开辟了一片新境界。受李贺影响的有施肩吾、段成式、温庭筠、李商隐。段、温、李三人都排行十六，所以当时人称他们的诗体为"三十六体"。

杜甫作诗极讲究句法，如《秋兴》八首之类，诗句都极为雄健。作长篇诗，又在叙事方法上，继承了司马迁、班固的史笔，如《北征》、《自京赴奉先咏怀》之类，形式是诗，精神却是一篇散文。这一特征，首先由韩愈继承了下来，于是使后世有"以文为诗"的评语。李商隐的诗，在句法与章法、结构方面，显然可以看出杜甫、韩愈的特征。

为了要运用绮丽的字面来结构对偶的律诗句法，有许多思想、情绪，甚至事实，不便用本色词语来表达，于是不得不借助于运用典故。在李商隐以前，诗人运用典故，不过偶尔用一二处，不会句句都用典故。而且一般的用典故都是明用，读者看得出，这一句中包含着一个典故。只要注明典故，诗意也就明白了。但是，李商隐的诗，往往是逐句都用典故，即使都注明白了，诗意还是不易了解。因为在运用典故的艺术手法上，他也有所独创。他在诗中运用典故，常常是暗用、借用或活用。典故本身所代表的意义，常常不是李商隐企图在他的诗中所显示的意义。

南朝宫体诗使用绮丽的辞藻，描写男女欢爱的宫廷生活。这些诗的思想内容,不会越出文字意境之外。因此,宫体诗的创作方法,绝大多数都是"赋"。李商隐有许多诗,也是组织了许多绮丽的辞藻,描写男女欢爱。但在文字表面现象的背后,还隐藏着与男欢女爱不相干的意义。这样,李商隐的艳体诗,或说情诗,仅是他的某一种严肃思想的喻体,我们说他是用"比兴"的创作手法来写这一类诗的。温庭筠与李商隐齐名,文学史上称为"温李",但温庭筠的诗很少用比兴手法。无论意义与价值,温庭筠的诗远不如李商隐。

在唐诗中,李商隐不能说是最伟大的诗人,因为他的诗的社会意义,远不及李白、杜甫、白居易的诗。但我们可以说李商隐是对后世最有影响的唐代诗人,因为爱好李商隐诗的人比爱好李、杜、白诗的人更多。北宋初年,以杨亿、刘筠等人为首的一群诗人,掀起了一个学习李商隐诗的高潮。他们刊行了一部唱和诗集,名为《西昆酬唱集》,后世就把李商隐风格的诗称为"西昆体"。自从欧阳修、石介、梅尧臣等提倡魏晋风格的古诗,黄庭坚又创立了江西诗派以后,西昆体就不时行了。但是,王安石还说:要学杜甫应当从李商隐入门。

明代是唐诗复兴时期,从前、后七子到陈子龙、钱谦益、吴梅村,都有李商隐的影响。清代中期以后,诗人好做情诗,专学李商隐的无题诗,流品愈下,出现了王次回的《疑云集》和《疑雨集》。再以后,就有鸳鸯蝴蝶派小说中的那些香艳诗了。

金代诗人元遗山的《论诗绝句》云:

> 望帝春心托杜鹃,佳人锦瑟怨华年。
> 诗家总爱西昆好,独恨无人作郑笺。

前二句是《锦瑟》诗中的句子,下二句说诗家都爱好李商隐的诗,但苦于不解诗意,最好有人把它们笺注明白,像汉代郑玄笺注《诗经》一样。这是历代以来读李商隐诗的人共同的愿望。到了明代末年,有一个道源和尚开始为李商隐诗作注解。这部书现在已经失传,无法见到,据说是"征引虽繁,实冗杂寡要,多不得古人

之意"。但清初王渔洋在《论诗绝句》中曾极力推崇他,比之为笺解《诗经》的功臣毛公与郑玄:

> 獭祭曾惊博奥殚,一篇《锦瑟》解人难。
>
> 千秋毛郑功臣在,尚有弥天释道安。

据宋人笔记《杨文公谈苑》云,李商隐每作诗文,一定要查阅许多书本,乱摊在屋子里,人家比之为獭祭鱼。原来水獭衔到了鱼,并不立刻吞食,它要把得到的鱼,一条一条陈列在面前,好像祭祀这些鱼。好久以后,才把这些鱼吃掉。李商隐乱摊书本,找寻资料,以写诗文,其情状也和水獭祭鱼一样。"獭祭"这个词语,现在已被用来讥讽人家东抄西袭做文章了。道安是苻秦时高僧,自称"弥天释道安",诗中用以指道源。

清初,朱鹤龄在道源注本的基础上增补了许多。其后,经过程梦星、姚培谦、冯浩等人的笺注考释,现在我们用的是冯浩的《重校玉溪生诗详注》。借助于这个注本,我们对李商隐诗中的典故,大致可以了解。但是,对于整首诗的涵义,还是不容易明白。尽管冯浩作了大量的考证笺释,恐怕还有许多不能作为定论的地方。

李商隐的诗,既然有了详尽的注解,还是不容易看懂,而读者偏偏还是爱好,这不是很有矛盾吗?并不矛盾。这正是唐诗的特征,尤其是在李商隐诗中体现了出来。唐诗极讲究声、色、意。首先是声,平仄谐和,词性一致,都是为了追求音律的美,所以称为律诗。隋代以前的五言诗,在不合乐的时候,都是平读的,像我们现在朗诵白话诗一样。唐代的律诗,即使不配音乐,也可以像歌曲一样吟唱,因为它的文字组织有音乐性。其次是色。它属于文字的美,是诉之于视觉的。李商隐极能组织绮丽的辞藻,他运用的单字和语词,浓淡,刚柔,非常匀称,看起来犹如一片古锦上斑斓的图案。最后才是意。深刻的思想、感人的情绪,都是诗的内容,我们称为诗意。李商隐的诗,尽管我们不能理解其诗意,但是它们的声、色同样有魅力能逗取我们的爱好。现在我举出一些历代以来众口传诵的名句:

> 永忆江湖归白发,欲回天地入扁舟。 (《安定城楼》)
>
> 水亭暮雨寒犹在,罗荐春香暖不知。 (《回中牡丹》)
>
> 身无彩凤双飞翼,心有灵犀一点通。 (《无题》)
>
> 纵使有花兼有月,可堪无酒又无人。 (《春日寄怀》)

> 一春梦雨常飘瓦，尽日灵风不卷旗。（《重过圣女祠》）
>
> 梦为远别啼难唤，书被催成墨未浓。（《无题》）
>
> 春蚕到死丝方尽，蜡炬成灰泪始干。（《无题》）
>
> 神女生涯原是梦，小姑居处本无郎。（《无题》）

以上八联都是不朽的名句。第一联不用绮丽字面，而句法却俨然为杜甫，钱良择在《唐音审体》中称之为"神句"。这些诗联放在全篇中，尽管全诗的涵意不甚可解，但就是这一联，已具有吸引人的魅力，使人击节心赏了。此外，还有许多联句，连意义都在可解不可解之间，只因为有高度的声、色之美，也使读者不求甚解而仍能感到它是好诗。

李商隐的诗，有许多题作《无题》、《有感》、《读史》的，这些诗题，并不像历来诗人那样，用以说明诗的内容。为了记录他的恋爱生活，或者发泄他的单相思情绪，他写了一首隐隐约约的诗，并不要求读者完全明白，于是加上一个题目：《无题》。如果他在社会生活、政治生活方面有所感触，也用艳情诗的外衣写下来，也题之为《无题》或《有感》。如果他对当时的政治、国家大事有所愤慨，他就用借古喻今的手法作诗，题之曰《读史》。"读史"就是"咏史"，这种诗题古已有之，"有感"也早有人用过，"无题"则是他的创造。此外，李商隐还有许多诗，用第一句开头二字为诗题，如《锦瑟》、《碧城》之类。这些诗，其实也就是"无题"。

白居易作《新乐府》，惟恐读者不明白他的诗意，在诗题之下还要摹仿《毛诗》，加上一个小序。例如诗题《杜陵叟》下面有一句小序："伤农夫之困也。"白居易希望自己的作品大众化，要做到"老妪都解"。尽管他的诗已经够明白浅显，他还是不惮烦地要在诗题上表现清楚。李商隐恰恰相反，诗意已经朦胧得很，还不愿加一个说明性的题目，留有馀地，让读者自己去感觉，而不是理解。白居易和李商隐，代表了两种文艺观点，两种创作方法，一个是现实主义，一个是近于象征主义。

现在就以《锦瑟》为例，看看历代以来许多人的体会：

> 锦瑟无端五十弦，一弦一柱思华年。
>
> 庄生晓梦迷蝴蝶，望帝春心托杜鹃。
>
> 沧海月明珠有泪，蓝田日暖玉生烟。
>
> 此情可待成追忆，只是当时已惘然。

宋人《许彦周诗话》云："《古今乐志》云：'锦瑟之为器也，其柱如其弦数，其声有适怨清和。'又云：'感怨清和，昔令狐楚侍人能弹此四曲。诗中四句，状此四曲也。'章子厚曾疑此诗，而赵推官深为说如此。"

这大概是解释此诗的最早资料。许彦周记录赵深的讲法，以为这首诗是李商隐听了令狐楚家妓弹奏锦瑟以后写的。锦瑟有四种音调，诗中两联四句即分别描写这四种音调。"庄生"句是写"适"，或"感"，"望帝"句是写"怨"，"沧海"句写"清"，"蓝田"句写"和"。这样讲诗，真是可谓曲解。"望帝"句勉强可以说是形容其怨，其馀三句就扣不上去了。瑟与琴一样，都是一弦二柱，锦瑟的柱数与弦数同，显然是胡说，既然李商隐自己没有注明此诗本事，又何从知道令狐楚家妓曾弹奏过适怨清和的瑟曲呢？但是，尽管许多人不能同意如此讲法，而王世贞还说："李义山《锦瑟》诗中二联是丽语。作'适怨清和'解，甚通。然不解则涉无谓，既解则意味都尽，以此知诗之难也。"（《艺苑卮言》）他以为李商隐的这一类丽语，讲不通就没有意思，讲通了反而又觉得不过如此，没有馀味了。这一评语，正说穿了李商隐诗的特征。

刘攽《中山诗话》说，锦瑟是当时某一个贵人的爱姬，《唐诗纪事》说是令狐楚的妾。总之，都以为锦瑟是人名，而这首诗是李商隐写他对锦瑟的爱恋。这一讲法，也只是臆说，毫无根据。

但是《唐诗鼓吹》中郝天挺注此诗，仍用"适怨清和"之说。廖文炳从而解云："此义山有托而咏也。首言锦瑟之制，其弦五十，其柱如之。以人之华年而移于其数。乐随时去，事与境迁，故于是乎可思耳（以上解第一联）。乃若华年所历，'适'如庄生之晓梦，'怨'如望帝之春心，'清'为沧海之珠泪，'和'为蓝田之玉烟，不特锦瑟之音，有此四者之情已（以上解中二联）。夫以如此情绪，事往悲生，不堪回首，固不可待之他日而成追忆也。然而流光荏苒，韶华不再，遥溯当时，则已惘然矣（以上解尾联）。"这样解释，已经是逐句串讲了，但是读者还未必能豁然开朗，信服他讲得不错，已表达了作者本意。

钱良择在《唐音审体》中释云："此悼亡诗也。《房中曲》云：'归来已不见，锦瑟长于人。'即以义山诗注义山诗，岂非明证？锦瑟当是亡者平日所御，故睹物思人，因而托物起兴也。集中悼亡诗甚多，所悼者疑即王茂元之女。旧解纷纷，殊无意义。"以此诗为悼亡而作，以锦瑟为兴感之物，朱彝尊、朱长孺、冯浩也都有此设想，不过对诗句的具体意义，各人的体会又各有异同。

　　"锦瑟无端五十弦"，钱氏云："瑟本二十五弦，一断而为二，则五十弦矣。故曰无端，取断弦之意也。"冯浩最初的笺解，以为此句是"言瑟之泛例"，引李商隐诗另一句"雨打湘灵五十弦"为例。又说："以二十五弦为五十，取断弦之义者，亦误。"又说："此悼亡诗，定论也。以首二字为题，集中甚多，何足泥也。"这样，冯氏虽然也以此诗为悼亡而作，但认为锦瑟和五十弦都没有任何寓意，而他在重校本中却同意了钱氏的讲法。

　　"一弦一柱思华年"，钱氏云："弦分为五十，柱则依然二十五。数瑟之柱而思华年，意其人年二十五岁而卒也。"杨守智笺云："琴瑟喻夫妇，冠以'锦'者，言贵重华美，非荆钗布裙之匹也。五十弦、五十柱，合之得百数。'思华年'者，犹云百岁偕老也。"何焯解此诗首二句云："首借素女鼓瑟事以发其端，言悲思之情，有不可得而止者。"冯浩笺云："杨说似精而实非也。言瑟而曰锦瑟、宝瑟，犹言琴而曰玉琴、瑶琴，亦泛例耳。有弦必有柱，今者抚其弦柱而叹年华之倏过，思旧而神伤也。"

　　"庄生晓梦"二句，钱氏以为"言已化为异物"。何焯云："悲其遽化异物。"冯浩则以为上句是"取物化之义"，下句则"谓身在蜀中，托物寓哀"。

　　"沧海月明"二句，钱氏以为上句言其"哭之悲"，下句"谓已葬也，犹言埋香瘗玉"。何焯以为"悲其不能复起之九原也"。这两家的意见是同样的，上句寓悲悼之意，下句惜其长眠地下。冯浩不同意这一讲法。他以为这首诗的下半是"重致其抚今追昔之痛"，"沧海"句是"美其明眸"，"蓝田"句是"美其容色"。

　　最后一联，"此情"二句，钱氏解释道："岂待今日始成追忆，当生存之时，固已忧其至此矣。意其人必婉弱善病，故云。"冯浩在初校本中，讲法与钱氏不同。他说："'惘然'紧应'无端'二字。无端者，不意得此佳偶也。当时睹此美色，已觉如梦如迷，早知好物必不坚牢耳。"但是在重校本的《补注》中，却全部否定了自己的旧说，认为钱氏"起结之解，究为近理。中四句必如愚解。"他承认钱氏对此诗首尾两联的解释，较为近理。可是还坚持他对中间二联的解释。

　　以上所引诸家，都是清初康熙、乾隆朝的笺注家。他们都认为这是一首悼亡诗，但是全诗八句，各人的讲法都不尽一致。即使有相同处，也是同中有异。总的说来，清代诗家均认为此诗为悼亡而作。只有一个纪晓岚，以为它是一首艳情诗："始有所欢，中有所阻，故追忆之而作。"(《李义山诗辨正》引)差距其实不远，只是那位美人死与不死之别而已。

据说有一个宋刻本李商隐诗集，第一首就是《锦瑟》，因此，何焯又曾以为是李商隐"自题其集以开卷"，此诗有自伤生平之意。此说记载于王应奎的《柳南随笔》，冯浩以为这不是何焯的话。近代张采田作《玉溪生年谱会笺》，关于《锦瑟》这首诗，就采用此说。最近出版了一部《李商隐评传》，其作者更以为这样讲法"最得其实"。他又从而"发挥"之。现在节录如下：

> 《锦瑟》实际上是李义山一生遭遇踪迹的概括，宋刊义山诗集把它置于卷首决不是偶然的。首联以"锦瑟"兴起，是虚写。"思华年"三字统摄全篇，是本诗基本主题思想的概括。中四句是纯系自伤生平之辞。"庄生"句包含两方面意思：一方面是实写，即追忆青年时代仙游生活。"庄生"，诗人自谓；"迷蝴蝶"，喻入道仙游。另一方面又是虚写，是说自己青年时代有过许多绮丽美好的理想，后来在冷酷的现实生活中逐一幻灭，化为泡影，晚年回忆起来真是既辛酸，又甜蜜。"望帝"句谓我满腹忧愤，惟有假诗篇以曲传。"春心"寓迟暮之感。"沧海"句取沧海遗珠之意，意思是说：沧海的遗珠长对明月而垂泪。"蓝田"句意思与上句相近，是说蓝田的美玉，每临暖日而生烟。总的说来，这两句诗义山自慨不遇。珠、玉，诗人自喻美才；泪、烟，抒写沉沦不遇之痛。尾联运用递进句式，今昔对照，突出诗人内心的惆怅寂寞。诗用反问句式更有力地肯定正面意思：凡此种种遭受，何待今天回忆，就在当时也够令人惆怅伤感的啊！又诗题曰《锦瑟》，取首二字为题，犹《无题》也。

作者每讲一个词语，都引李商隐其他诗中同一个词语为证。例如庄周梦蝶的典故，李商隐用过好几次，作者都引用来作为旁证，以证明这是写"游仙生活"。看到句中有"沧海"和"珠"字，就说这是"沧海遗珠"之意。从来讲唐诗的，何止数百家，尽有讲得很深奥屈曲的，但没有见过如此穿凿附会的讲法。李商隐原诗虽然不能逐句实讲，但体会其涵义，我以为悼亡之说，颇为近情。自伤生平的讲法，或者可以聊备一说，但如果用《评传》作者这样的曲解，恐怕无论如何也讲不清这是一首自伤生平的诗。

以《锦瑟》为例，可知李商隐的许多无题诗，尽管注明了诗中所用典故，还是不很容易了解其主题思想。

冯浩在几十年的研究及笺注工作以后,写下了两段结论。其一云:

> 自来解《无题》诸诗者,或谓其皆属寓言,或谓其尽赋本事。各有偏见,互持莫决。余细读全集,乃知实有寄托者多,直作艳情者少,夹杂不分,令人迷乱耳。《鼓吹》合诸无题诗而计数编之,全失本来意味,尤可噱也。

其二云:

> 说诗最忌穿凿。然独不曰"以意逆志"乎?今以知人论世之法求之,言外隐衷,大堪领悟,似凿而非凿也。如《无题》诸什,余深病前人动指令狐,初稿尽为翻驳,及审定行年,细探心曲,乃知屡启陈情之时,无非借艳情以寄慨。盖义山初心,依恃惟在彭阳,其后郎君久持政柄,舍此旧好,更何求援?所谓"何处哀筝求急管"者,已揭其专壹之苦衷矣。今一一注解,反浮于前人之所指,固非敢稍为附会也。若云通体一无谬戾,则何敢自信。

冯浩最初不赞成以前许多注释家的观点,他在初刻笺注本中,对前人以为有寄托的好些无题诗,一概批驳,断定它们都是描写爱情的艳诗。但后来对李商隐的生平遭遇,经过深入研究,发觉李商隐并不是一个风流浪子,他的那些艳诗,在很大的程度上可能是有隐喻的。于是他用"以意逆志"的方法,探索这些无题诗的微意。结果是,在他的重定本《笺注》中,他认为是有寄托的无题诗,反而更多于前人研究的结果。但是他也肯定有一小部分无题诗,还是赋艳情之作。在这种夹杂不分的情况之下,他认为必须有所区别,而《唐诗鼓吹》把李商隐的许多无题诗集中在一起,使读者不能区别鉴赏每一首诗的意味,这是他认为可笑的。

但是,对于李商隐的诗,运用"以意逆志"的方法来求解,冯浩也还不敢自信其无误。所以,我以为还是采取陶渊明的方法,"不求甚解"为妙。

一九八五年二月十八日

79

七言绝句四首 李商隐

> 七言绝句，古今推李白、王昌龄。李俊爽，王含蓄。两人辞、调、意俱不同，各有至处。李商隐七绝寄托深而措辞婉，实可空百代无其匹也。

这是清康熙时诗人吴江叶燮的话，见于他所著《原诗》。他对李商隐的七绝评价如此之高，大可注意。因为一般人读李商隐诗，往往为他的七律和五言排律所吸引，而不很注意到他的七绝。其实他的七绝量既不少，质亦杰出。

叶氏概括李商隐七绝的优点是"寄托深而措辞婉"，我以为这还是其一个特征。而且叶氏这一句话，我们还不妨理解为三个特征：其一是寄托既深、措辞又婉的诗。其二是寄托深的诗，措辞不一定婉。其三是措辞婉的诗，不一定有很深的寄托。除此以外，我以为李商隐还有一些俊妙的七言绝句，运用的创作方法还不是叶氏这一句话所能概括的。现在选他几首七绝来谈谈。

闺情

> 红露花房白蜜脾，黄蜂紫蝶两参差。
> 春窗一觉风流梦，却是同衾不得知。

这是唐诗中一首独特的闺情诗。绝大多数闺情诗，都是写妇女的伤春怨别情绪，惟有这首诗写的是一个女人睡在丈夫身旁梦见与她的情人欢会。这个题材，恐怕是古今闺情诗中绝无仅有的。第一句是写一朵美艳的花。花房、脾，都是指花心。红露是说红色而带露水的,白蜜是说白色而含蜜汁的。第二句说黄蜂与紫蝶都来向这朵鲜花采蜜。"两参差"三字用得极妙,表示蜂蝶并不同时来到。这两句诗已经把情况象征性地说明了。第三句才具体点明,这是那个女人在春窗下做的一个风流梦。为什么要说是"春窗"而不说"秋窗"呢? 因为这个"春"字并非必然用作窗的形容词,它的意义只是说明那个女人的情绪,应当理解为《诗经》中"有女怀春"的"春"字。第四句是主题思想所在。妻子在睡眠中做了一个风流梦,同衾人(指丈夫)却是一点也没有知道。

冯浩给这首的评语是"尖薄而率",可知他没有深入理解这首诗。他以为这是一首没有寄托的艳情诗,有些轻薄,而且表现得太直率。我以为这首诗可以理解为"寄托深而措辞婉"的代表作。有些人的思想、感情、行为,即使同在一起的人,或极其亲密的人,也不能了解,正如同床的丈夫还不知道妻子的思想、感情、行为一样。这是用有寄托的观点来解释这首诗,岂不是可以说是"寄托深而措辞婉"呢? 至少,这样一讲,它就不是一首轻薄的艳情诗。至于从这一寄托的意义去探索诗人所隐喻的具体动机,这就不可能求之更深了。

过楚宫

巫峡迢迢旧楚宫,至今云雨暗丹枫。

微生尽恋人间乐,只有襄王忆梦中。

楚襄王做了一个梦,梦见与巫山神女欢会。巫山神女是兴云降雨的神,这个神话见于宋玉的《高唐赋》。后世文学上就把"云雨"用作男女交欢的代词。李商隐诗中用楚襄王与神女的故事为题材的很多,这是其中之一。第一句用"迢迢"来形容巫峡,用"旧"来形容楚宫,就值得读者注意。言外之意,可知现在离巫峡(神女所居之地)已远,而襄王从前所居之宫亦已成为陈迹。可是,第二句说,神女所施行的云雨至今还在遮暗红叶的枫树。第三句是转句,引出第四句作对比。"微生"在这里可以讲作"一般人"或"众人"。大家都留恋人世间的快乐,只有楚襄王还在回忆当年的美梦。

从文字表面来讲,这是作者经过楚宫遗址而想起了楚襄王的神话,因而写了这首诗,形容巫山神女使人永久留恋。如果就这样讲,也很好,这首诗也很美了。但冯浩却说:"自伤独不得志,几于哀猿之啼矣。"这样一讲,这首诗也有寄托了。

冯浩的理解是认为李商隐写此诗以寄托他感慨身世，发出不得志的哀啼。主题是揭出了，但他没有详解，可能还有读者不能领悟。

李商隐的一生，被牵累在牛李党争这一个政治旋涡中。他早年为令狐楚所赏识，令狐楚有意提拔他。后来李商隐娶了王茂元的女儿。王茂元是李德裕的人，令狐楚是牛僧孺的人。这样，李商隐的婚姻，意味着背叛牛党而投靠李党。令狐楚死后，他儿子令狐绹的官位一天一天高起来，王茂元死后，李德裕的官位势力愈来愈降落。李商隐先后投奔郑亚和柳仲郢，在他们幕下为书记。郑、柳都是李德裕的人。宣宗大中二年(公元八四八年)，李德裕被令狐绹排挤，贬为崖州司户参军。三年十二月，卒于崖州。于是李党政治集团彻底崩溃，李商隐也随着柳仲郢的降官而回到郑州老家，不久即病故。当令狐绹权势日高的时候，李商隐屡次上书献诗，希望令狐绹顾念旧情，给予援助，但令狐绹绝不理睬他。

李商隐的诗，有很大一部分是写他在政治上的遭遇，有明说的，有隐喻的。这首《过楚宫》诗，我以为可能是在大中四年令狐绹为宰相时写的。第一句"巫峡迢迢旧楚宫"，这个"楚"字很巧妙地借用作令狐楚。这时他早已不在令狐楚门下，令狐楚的家岂不已成为既远又旧的地方。第二句是以"云雨"比喻权势，令狐楚虽然已死，但他的权势还没有衰败，因为他的儿子又当了宰相。第三句是比喻别人都沾受了令狐父子两代的恩泽，第四句以襄王比自己，只有我在回忆当年的美梦。

我把"至今云雨暗丹枫"一句讲作"权势还没有衰败"，可以有一个旁证：就在这首诗的下面，接着还有一首题作《深宫》的七言律诗。这两首诗恐怕是同时所作，因为意境差不多。《深宫》的结尾二句是："岂知为雨为云处，只有高唐十二峰。"意思是：想不到掌握大权的，只有令狐家。冯浩也说这首诗："与上章托意无殊，而吐词各别，真妙于言情者。"我想把他的结句改为"真妙于讽谕者"，那就明白了。

屏风

六曲连环接翠帷，高楼半夜酒醒时。
掩灯遮雾密如此，雨落月明俱不知。

这是一首咏物诗。题目是《屏风》，诗就描写屏风。四句诗，说的都是关于屏风的事。这种创作方法是"赋"。第一句写屏风的形状，一共六扇，钩连起来可以转折的,放在翠绿色的帷幕边。第二句写屏风所在的时地:高楼上,半夜里,主人酒醒之时。第三句写屏风的作用:掩灯、遮雾,把室内室外的一切光与景都严密地挡蔽了。第四句写屏风的效果:使室内的人不知一切外边的事,是天晴有月亮呢,还是在下雨?

很明显,初学诗的人也可以感到这首诗不仅是咏屏风,它还有言外之意。把屏风比喻为一种阻挡或隐瞒真实情况的人物,而它的主人又是在高楼上、半夜里,并且酒醉才醒。可见这是一个不能明察秋毫,而易受蒙蔽的人。诗题是《屏风》,那么这首诗可以解释为讽刺蔽贤之人。但冯浩以为不是。那么,从"雨落月明俱不知"这一句看,也可解释为讽刺被蒙蔽的达官贵人。但是,另外也可以把第二句和第四句认为是作者自写,那么,屏风对于诗人,就成为欺瞒他的小人了。

在李商隐的七言绝句诗中,这一首是写得最浅显的。它不是有什么寄托,而只是有所比喻,因为它并不像专指一件事,这就是"赋而比"的创作方法。至于这首诗的措辞,也不能说是婉,最后一句未免说得太显露了。

旧将军

云台高议正纷纷,谁是当时荡寇勋。

日暮霸陵原上猎,李将军是旧将军。

东汉明帝永平三年(公元六〇年),下令把辅助光武帝建立中兴大业的三十二位功臣大将画像于云台。在后世的文学词汇中,云台就作为一个论功行赏的地方。这首诗的第一、二句是说云台上议论纷纷,决不定谁是当时扫荡敌人的功臣。第三、四句也用了一个典故:西汉时名将李广告老家居时,有一天,带了一员卫士入山打猎,在农村里朋友家饮酒,不觉夜晚,已到宵禁时间。回到霸陵旗亭,被一个喝醉酒的霸陵尉斥骂,不准通行。卫士便说:"这是前任李将军。"霸陵尉道:"就是现任将军,也不许犯禁夜行,何况你这个前任将军。"这个故事形容人间的势利,以李广那样立大功的人,一到退休林下,失去权势,便为一个小小尉官所瞧不起。李商隐在这首诗的第三、四句概括了这个故事,联系上面两句,可以知道这首诗是写一个功高的将军,非但不能画像于云台,而且为卑官小吏所轻视。那么,李商隐所同情的"旧将军"是谁呢?冯浩以为是李德裕。因为宣宗大中二年七月,曾命令继承太宗的故事,增画功臣图像于凌烟阁上,想必当时一定有纷纷议论,谁应该算是功臣。李德裕有攘回纥、定泽潞之功，可是非但没有被定为功臣，而且已于上年贬官为潮州司马。当年十一月，又贬为崖州司户参军。李商隐这首诗，作于大中二年，为李德裕鸣不平，情事完全符合，用典也非常贴切，我以为冯浩的笺释是无可否定的。这是一首艺术手法很高明的讽谕诗。

【附 记】

刘言史有《乐府杂词》三首，其第三首云：

> 不耐檐前红槿枝，薄妆春寝觉仍迟。
> 梦中无限风流事，夫婿多情亦未知。

此诗与李商隐《闺情》诗同。刘言史与李贺同时，略早于李商隐，不知是一诗误入二人集中，或二人各有所作，偶尔意同。

一九八五年三月一日

五七言诗四首

温庭筠

80

　　温庭筠，太原人，字飞卿，太宗时宰相温彦博的后裔。他和李商隐同时，身世遭遇也和李商隐很相似，同是为令狐绹所压制。他的诗，风格与李商隐相同，当时便齐名并称为"温李"。虽然新旧《唐书》都有他的传记，可是都不详细，而且与其他资料出入很大。《旧唐书》说他："初至京师，人士翕然推重。然士行尘杂，不修边幅，能逐弦吹之音，为侧艳之词。公卿家无赖子弟，裴诚、令狐缟之徒，相与蒲饮，酣醉终日，由是累年不第。"《新唐书》说他："文思神速，多为人作文。大中末（公元八六〇年），试有司，廉视尤谨。庭筠不乐，上书千馀言。然私占授者已八人。执政鄙其所为，授方城尉。"这两段史传都没有说他成进士，但《新唐书》记载他在试场中严密监视之下，已为八个人做了枪手，而自己还能写成千馀字的考卷。最后两句，恐怕有节略。执政者既然鄙其所为，为什么还要授以方城尉之职？应该是进士及第之后，不给他做校书郎之类的清流官，而把他外任为县尉。

　　《全唐诗话》、《唐诗纪事》都说他是"谪为方城尉"，并且还载了当时朝廷的制词云："孔门以德行为先，文章为末，尔既德行无取，文章何以称焉。徒负不羁之才，罕有适时之用。"据此可知他的被降谪，是由于品德恶劣。但既然方城尉是降谪的结果，那么他原先又是什么官职呢？这一情况，也无可考查。

　　史传都没有说他做过国子助教，但《花间集》中却称他为"温助教"。又《宝刻丛编》记载有《国子助教温庭筠墓志铭》，为其弟庭皓所撰写。这就可以证明他最后的官职是国子助教，并不像《全唐诗话》所说的"流落而死"。近年夏承焘先生作《温飞卿年谱》，搜集资料甚多，考证甚详，但对于这些问题，还未能解决。大约温庭筠这个人,品德远不如李商隐。他的缺点,一是恃才傲物,喜欢讥讽别人,以致得罪了许多人。二是沉湎于酒色,行止不检,以致为士林所不齿。但他的仕宦前程,主要是为令狐绹所压制,这又和李商隐一样了。

温庭筠的诗,其声色之美,和李商隐不相上下,但其诗意却远不及李商隐。李诗有比兴者多,温诗纯用赋体,绝少言外之意。严羽《沧浪诗话》说宋初杨、刘等人倡"西昆体,即李商隐体,然兼温庭筠"。我以为这句话说倒了。西昆诗人虽然竭力摹仿李商隐,然而他们的诗,只能学到温庭筠。后世学西昆体者,也大多只学像了温庭筠。

明人顾璘在评点《唐音》时批评温庭筠道:"温生作诗,全无兴象,又乏清温。句法刻俗,无一可法。不知后人何以尊信。大抵清高难及,粗浊易流,盖便于流俗浅学耳。余故恐郑声乱雅,故特排击之。"清初贺裳在《载酒园诗话》中引述顾璘这段评论,但是他以为顾璘的话未免过分。他以为"大抵温氏之才,能瑰丽而不能淡远,能尖新而不能雅正,能矜饰而不能自然,然警慧处,亦非流俗浅学所易及"。综合这两家意见,我以为说温诗"句法刻俗,无一可法",确是排击太甚。我倒同意贺氏,以为温诗亦有"非流俗浅学所易及"之处。不过贺氏谓温庭筠的才情"能瑰丽而不能淡远"三句,我觉得也有些过分。淡远、雅正、自然,这三种风格,温庭筠并不是没有。

温庭筠的诗,有两种风格。一种显然是受李贺影响的齐梁体小乐府,和辞藻秾艳的七言律诗,这是贺裳所谓瑰丽的一面。另一种是写行旅、登览的五言律诗,这些诗仍然是从王维、孟浩然、刘长卿等人的风调发展而来,并不用瑰丽的辞藻,这是贺裳所谓淡远的一面。李商隐没有这一类的五言律诗,所以他的全部诗作,声、色是一致的。温庭筠的全集中,有声色截然不同的现象。

温庭筠诗集前三卷都是乐府诗。选题造句,摹仿李贺的痕迹非常明显,但有写得很好的,现在举例一首:

湘宫人歌

池塘芳意湿,夜半东风起。
生绿画罗屏,金壶贮春水。
黄粉楚宫人,方飞玉刻鳞。
娟娟照棋烛,不语两含嚬。

这首诗如果放在《李长吉歌诗》中，恐怕没有人能看出是温庭筠的诗。句法、结构、神情、面目，全是李贺的特征。全诗无法逐句讲解，只能大略感到第一、二句是写时、地。地是在池塘边的宫闱中，时是春天夜半。第三、四句是宫闱内景：有用翠绿色画的屏风，有滴漏报时的铜壶。第五句是点明题目：额上点着黄粉的楚国宫人。第六句不可解。"方飞"，一本作"芳花"，但也无法讲得通。不过这一句的作用，大概总是描写这两个宫女的装饰。第七、八句是写这两个宫女对着残棋短烛，含嚬夜坐，表现了她们的怨情。题目是《湘宫人歌》，内容就是"宫怨"。

三洲词

团圆莫作波中月，洁白莫为枝上雪。

月随波动碎潾潾，雪似梅花不堪折。

李娘十六青丝发，画带双花为君结。

门前有路轻别离，惟恐归来旧香灭。

《三洲词》，或称《三洲曲》，是流行于巴陵三江口的民歌。那地方的商人乘船从长江上下，贩货经商。歌辞内容就写商人重利轻别，使妻子在家空房独守，有华年易老之感。这首诗前四句是比喻。波中之月虽然是圆的，但波动而月就碎，这团圆便是虚假的。树枝上的雪虽然洁白如梅花，但它终不能折下来当作梅花，插瓶供赏。第五、六句写一个假拟中的李娘，年才十六，就已经嫁人了。结发、结带，都是结婚的代词。第七、八句写门前有水路直通扬州，做商人的丈夫轻易就离别而去，只怕你回来时已闻不到旧时的香了。"旧香"，用来象征青春年少。

过陈琳墓

曾于青史见遗文，今日飘蓬过此坟。

词客有灵应识我，霸才无主始怜君。

石麟埋没藏春草，铜雀荒凉对暮云。

莫怪临风倍惆怅，欲将书剑学从军。

这是一首和李商隐风格相同的七言律诗。所谓西昆体，从宋初的杨亿到明末清初的陈子龙、钱谦益，主要是摹拟这一路的律诗。它们音调雄健，辞藻丰腴，或者秾丽,诗意的逻辑结构明白清楚,在明、清人的鉴赏标准中,这是唐律的典范。

这首诗是温庭筠的名作,许多选本都选了它,也有许多人给作了注解。我本来不想在这里选讲。可是一检诸家注解,发现有几句似乎大家都没有讲通,因此就凭我的了解,提出另一些讲法,与读者商榷。

第一句的"青史",只有曾益注引江淹的文句"并图青史",算是注出了这个语词的来历。其实这个注可有可无,因为"青史"二字早已成为普通常用的名词,意义就是历史书。"遗文"二字,郝天挺注云:"《三国志》有《陈琳传》。"这样一注,这句诗就被解释为:"曾经在《三国志》这部史书中读到你的传记。"温庭筠分明说是"见遗文",怎么可以理解为在史籍中读到陈琳传记呢?问题在于"青史"二字不能仅讲作《三国志》之类的史籍。在文学修辞中,一切古书都可以称为"青史"。温庭筠这句诗是说:"我曾在古书中见过你的文章。"廖文炳解释就不用郝天挺的注,他说:"此言陈琳文章,曾于青史中见之。"这就讲通了。

第四句的"霸才无主",沈德潜释云:"言袁绍非霸才,不堪为主也。有伤其生不逢时之意。"这是以为"霸才"是指袁绍。但陈琳先在袁绍幕府,袁绍死后,归依曹操。袁绍既不是霸才,难道曹操也不是霸才吗?既以"霸才"为指袁绍,那么,"霸才无主"应当讲作"袁绍无主",怎么能讲作"袁绍不堪为主"呢?"无主"并不是"非主",这个讲法,显然是不通的。富寿荪在《校记》中指出了"沈说非是"。又引用纪昀的《瀛奎律髓刊误》云:"'词客'指陈,'霸才'自谓。此一联有异代同心之感,实则彼此互文,'应'字极兀傲,'始'字极沉痛。通首以此二语为骨,非吊陈琳也。虚谷以'霸才'为曹操,谬甚。"虚谷是《瀛奎律髓》的编者方回,他解此诗,以为"霸才"是指曹操。这与沈德潜同样错误,使下面"无主"二字讲不通了。纪昀驳斥了方虚谷之谬,而以"霸才"为温庭筠称许自己,我看也是半斤八两。既然温庭筠自叹"霸才无主",为什么不可怜自己,反而要可怜陈琳呢?中国社会科学院文学研究所编注的《唐诗选》采用了纪昀的讲法,解释道:"作者自命有经世之才而无所依托,所以对陈琳同情。"但是,紧接下去却又说:"陈琳先后依袁绍、曹操,也只是做一些文字工作,并非被重用,所以作者仍然觉得他可怜。"这一段解释岂非前后矛盾?到底谁是"霸才无主"呢?这里,只有四个可能。不是袁绍,便是曹操,而他们二人都用不上"无主"。不是温庭筠自己,便是陈琳,既然下半句是"始怜君",可知应当理解为作者温庭筠在怜陈琳这个王霸之才不遇明主。虽然怜陈琳,但也就是怜自己,这可以从上句"词客有灵应识我"的语气中体会出来。从思维逻辑的角度来看,这二句的次序是倒装了。先是怜惜陈琳的霸才无主,然后才希望陈琳地下有灵,会知道我和你的遭遇相同。这样理解,岂非句句都可通? 可是在四个可能中,偏偏没有人理解"霸才"是指陈琳,这却出于我的意外。

结句"欲将书剑学从军",郝天挺引王粲诗"从军有苦乐"作注,也只是注出了字面的来历,而没有注明其意义。廖文炳解释道:"余也飘零过此,追摹遗风,亦将以书剑之术,学公之从事于军中也。"《唐诗选》亦采此解,释云:"末两句说在这里临风凭吊,倍觉伤感,并非无故。因为自己也正要学陈琳的榜样,携带书剑去从军。"很奇怪,陈琳在袁绍、曹操军府中典记室,为军谋祭酒,这在当时都算作"从军",而温庭筠还要怜他"霸才无主"。温庭筠在令狐绚、徐商节镇幕中,也已经是"从军"了,为什么还要学陈琳的榜样? 我以为这一句的意义是弃文就武,用班超投笔从戎之意。作者既有感于陈琳的"霸才无主",因此想用自己的兵书、剑术去辅佐一位明主,以施展自己的王霸之才。他并不是要学陈琳的榜样,而是要以陈琳的遭遇为鉴戒。这一句诗,似乎前人都理解错了。杨炯《从军行》结句云:"宁为百夫长,胜作一书生。"他的从军,不是去当参军、记室啊!

八句律诗,有三句被讲解得歧义纷纭,这也是说诗不易的一例。

送人东归

荒戍落黄叶,浩然离故关。

高风汉阳渡,初日郢门山。

江上几人在,天涯孤棹还。

何当重相见,尊酒慰离颜。

温庭筠作行旅、送别诗,多用五言律体,与瑰丽的七言律诗、五言排律,或乐府诗迥然不同。如《利州南渡》、《商山早行》等,都是他的著名五律,已为许多选本所选录,现在避熟就生,举这一首为例。

诗题本作《送人东游》,但注云"一作东归"。我以为原本应是"东归",因为诗中有"天涯孤棹还"一句可知。但也许有人看了"浩然离故关"一句,便以为是东游,就改了题目。以误传误,至今未改正。现在我认定这是一首送友人东归的诗。

起二句点明题目:在黄叶纷纷坠落的荒城中,你浩然有出关回乡之志。"故关"即"旧关"或"古关",顾予咸注引庾信诗"函谷故关前",则此处恐怕也是指函谷关。大约有人以为"故关"即"故乡"，因此把诗的内容误为送人东游了。"荒戍"是荒凉的边城，可知送人之处不在都城，而在边远的小邑。颔联写景，点出东归的目的地，可知这位朋友是回到江汉之间的老家去。颈联抒情，从诗意看来，这两句也是倒装句。你是天涯孤客，现在回归老家，在这个江汉流域中，有几个老朋友还生存着呢？这是对东归友人的寂寞不得志表示同情，也感慨那边的旧友凋零，久无消息。结尾二句，表惜别之情，希望有朝一日，重新相见，大家喝一杯酒，以慰藉离别之情。"情"字不协韵，就用"颜"字代替。"何当"，唐人语，诗中常见，即"何时"、"何缘"。

这是五言律诗的正格。起承转合，思维逻辑很清楚。中间二联，一写景，一抒情，也符合于宋人一虚一实的要求。结句所表达的也是一般人临歧握别时的思想言语。无论从思想性或艺术性来衡量，这首诗都只是平稳而已，不能说有什么特长，在温庭筠的全部作品中，它也排不到上乘。但是，温庭筠生于晚唐，他的诗就列入晚唐诗。而晚唐诗是为后世诗论家所瞧不起的。高棅编选《唐诗品汇》，把晚唐诗人几乎都列入"馀响"一级。后来他选定《唐诗正声》（《唐诗品汇》的简编本），就根本不选晚唐诗。可知他以为晚唐诗中，没有正声。这种过于轻视晚唐诗的成见，使许多诗人的作品不能获得公正的评价。温庭筠、李商隐的那些秾丽的艳情诗，太突出了，为初、盛、中唐所未有，即使鄙薄晚唐诗的诗论家，也不能不另眼相看。至于温庭筠的那些歌咏行旅、游览山寺的五言律诗，就被压在"馀响"中，似乎远不如他的前辈诗人了。现在，我们即以这首《送人东归》为例，如果把它编在刘长卿、戴叔伦等大历诗人的诗集中，恐怕也不会有人发觉是误入。在《唐诗品汇》中，刘长卿、戴叔伦的五言律诗都列入"接武"一级，我就不能不为温庭筠叫屈了。

温庭筠的诗，文字与意境都比李商隐浅显。论艺术性，这是他的短处；论大众化，这是他的长处。韦縠《才调集》选温庭筠诗六十一首，李商隐诗四十首，为全书诸诗人中选诗最多的，这就反映着温、李诗在五代时的盛行，同时也说明了北宋初时流行西昆体的渊源。而温庭筠诗在当时，比李商隐诗有更多的读者，也由此可见。

宋代以后，情况一变。秾丽诗以李商隐为代表，选了李商隐就不选温庭筠。五言律诗因为属于晚唐而被轻视，于是温庭筠在唐诗中的地位大大地被贬低了。

贺裳着眼于温庭筠诗集中的一大半艳体诗，因而说他不能淡远、雅正和自然。现在我从温庭筠的五、七言律诗中摘选几联并不秾丽的名句，以供读者评品，大概可以证明温庭筠不是不能作淡雅自然的诗吧！

七律摘句

波上马嘶看棹去，柳边人歇待船归。（《利州南渡》）

一院落花无客醉，五更残月有莺啼。（《经李征君故居》）

庙前晚色连寒水，天外斜阳带远帆。（《老君庙》）

野船著岸偎春草，水鸟带波飞夕阳。（《南湖》）

湖上残棋人散后，岳阳微雨鸟归迟。（《寄李远》）

五律摘句

鸡声茅店月，人迹板桥霜。（《商山早行》）

萍皱风来后，荷喧雨到时。（《卢氏池上遇雨》）

波上旅愁起，天边归路长。（《旅次盱眙》）

千峰随雨暗，一径入云斜。（《处士卢岵山居》）

鱼盐桥上市，灯火雨中船。（《送淮阴县令之官》）

细雨无妨烛，轻寒不隔帘。（《偶题》）

野梅江上晚，堤柳雨中春。（《和段柯古》）

凫雁野塘水，牛羊春草烟。（《渚宫晚春》）

一九八五年三月十五日

81

　　贺黄公《载酒园诗话》曾把李商隐、温庭筠二人生平的长短得失做过比较。他说：诗歌笺启，二人都不相上下。李商隐有文集流传，温庭筠却没有。温庭筠有词，李商隐没有。李商隐进士及第，有科名；温庭筠没有。温庭筠有一个争气的儿子，诗人温宪；李商隐却没有。

　　词，应当称为曲子词，是温庭筠在文学上的最大贡献。尽管《唐书》本传说他"能逐弦吹之音，为侧艳之词"，含有鄙薄的意义。但这种"侧艳之词"却发展成为中国文学史上一种新兴的文学形式，温庭筠俨然成为这种新型文学的开山祖师。

　　从两汉到隋代，我国的音乐，一直是历代朝廷制定的中原华夏民族的音乐，称为雅乐。南北朝时代，西凉龟兹音乐侵入中国。到隋代，南、北政权统一后，正式吸收西凉龟兹的胡乐，结合雅乐，制定了一种新的音乐，称为燕乐。燕，就是"讌"，也就是"宴"。燕乐是宴会所用的音乐。至于朝廷举行的盛大典礼，仍用古典的雅乐。

　　唐代音乐，最初是继承隋代的制度。到玄宗时，又大量吸收西域各国的胡乐，制为歌曲，名为胡部新声，并成立左右教坊，以管理乐工杂伎。这是俗乐，亦为燕乐。朝廷大典礼所用雅乐，仍归太常寺管理。

　　安禄山乱后，有一个崔令钦，写了一部《教坊记》，记载教坊的制度与人物。其中最重要的部分是它记录了当时制定传唱的二百七十八个曲名。有了曲子，必须配以歌词。唐代诗人集中常有用歌曲名为诗题的，这些诗就是这个曲子用的歌词。李白有《清平乐》四首，王之涣有《凉州词》，白居易有《何满子》，又有《乐世》、《绿要》等，都是以曲名为诗题。但这些诗仍是五、七言绝句，从文字组织上，看不出各个曲调音节的不同。中唐以后,渐渐地出现依据曲调的节拍为诗,使歌唱时更便于配合音乐。例如刘禹锡的《春去也》,自注云:"依《忆江南》曲拍为句。""春去也"是诗题,而这两首诗是配合《忆江南》曲调用的歌词。其第一首云:

> 春去也,
> 多谢洛城人。
> 杨柳从风疑举袂,
> 丛兰裛露似沾巾。
> 独坐亦含颦。

句法、韵法、平仄粘缀,都不同于五、七言律诗。虽然编在诗集里,其实已经是曲子词了。不过在刘禹锡的时候,曲子词还没有离开诗而独立成为一种文学形式,所以在中、晚唐人的诗集中,这一种诗仅称为"长短句"而仍隶属于诗。

《菩萨蛮》是记录在《教坊记》中的一个曲名。有几种文献可以说明晚唐时这个曲子非常流行。一条是《唐诗纪事》所载:宣宗李忱爱唱《菩萨蛮》,需要新的歌词。宰相令狐绹请温庭筠代做了几首进呈。令狐绹嘱咐温庭筠保守秘密,但温庭筠却立刻宣扬出去,因而得罪了令狐绹。另一条是《唐书·昭宗本纪》载乾宁四年(公元八九七年),昭宗李晔为李茂贞军队所逼,避难在华州,"七月甲戌,与学士亲王登齐云楼,西望长安,令乐工唱御制《菩萨蛮》词。奏毕,皆泣下沾襟。"这位逃难皇帝的《菩萨蛮》词共有二首,今抄录其第一首:

> 登楼遥望秦宫殿,
> 茫茫只见双飞燕。
> 渭水一条流,
> 千山与万丘。
>
> 远烟笼碧树,
> 陌上行人去。
> 安得有英雄,
> 迎归大内中①。

---

① 大内:即皇宫。

温庭筠代令狐绹做了多少《菩萨蛮》曲子词，无从查考。我们今天能见到的，有《花间集》所载十四首，《尊前集》所载一首，共十五首。这里选录比较容易了解的四首，作为尝鼎一脔：

其一

小山重叠金明灭。　鬓云欲度香腮雪。　懒起画蛾眉。　弄妆梳洗迟。　　　照花前后镜。　花面交相映。　新帖绣罗襦。　双双金鹧鸪。

一般的曲子词，都分两段写。每段称为遍，或片。上遍与下遍之间，旧例要空一格（现一般空二格）。在音乐上，上遍是一支曲子的全部。下遍是这支曲子的复奏。因此，曲子词的上下遍，句法大体相同。《菩萨蛮》曲词上遍为七言二句、五言二句，下遍为五言四句。韵法是二句一韵。这首词的韵脚是灭、雪（仄声韵），眉、迟（平声韵），镜、映（仄声韵），襦、鸪（平声韵）。凡是《菩萨蛮》词，都用同样的格律。敦煌写本曲子词中有字句与一般格律不同的，都是歌唱者加进去的衬字。

这首词描写美人晓起的情景。上遍第一句，"小山"是屏风。一般的屏风，都是六扇相连，故云"小山重叠"。"金明灭"是写早晨的阳光。第二句意为浓厚的鬓发几乎要掩盖了雪白的面颊。第三、四句写美人晏起，梳妆迟了。下遍第三、四句写美人梳妆完毕后穿上新做的绣花衣服。看到衣上绣着成双作对的鹧鸪，因而有所感伤。

唐五代词的创作手法，可以温庭筠的词为代表。它们都不用虚字，没有表现思维逻辑的词语，组合许多景语、情语，让读者去贯串起来，体会作者所要表达的人物、景色、情绪。但这种创作手法，仅限于文人所作的曲子词。敦煌写本中有许多民间诗人的曲子词，写法就不同了。

其六

玉楼明月长相忆。　柳丝袅娜春无力。　门外草萋萋。　送君闻马嘶。　　　画罗金翡翠。　香烛销成泪。　花落子规啼。　绿窗残梦迷。

其九

满宫明月梨花白。 故人万里关山隔。 金雁一双飞。 泪痕沾绣衣。　　小园芳草绿。 家住越溪曲。 杨柳色依依。 燕归君不归。

其十一

南园满地堆轻絮。 愁闻一霎清明雨。 雨后却斜阳。 杏花零落香。　　无言匀睡脸。 枕上屏山掩。 时节欲黄昏。 无聊独闭门。

以上第六、第九首是怀念旅人之作。第六首上遍第一句可以解释为：玉楼中，明月光照着，有人在永远怀念。以下三句便是她所永远怀念的、当年送他出门的情景。那时柳丝袅娜，还在初春。门外芳草萋萋，我送你出门上马，看你去得远了，只听到马嘶声。下遍回过来写玉楼明月中的人，看着罗衣上金绣的翡翠鸟。蜡烛已快烧完，销融成泪了，这是表示夜深了。她睡在绿窗下，在残梦迷离中，看见窗外花落，听到树上鸟啼。

这样讲解，也还是"以意逆志"的方法。作者是否如此设想，我还不敢说。例如第一句"玉楼明月长相忆"，这是李贺、李商隐、温庭筠诗中所特有的句法。温庭筠用这种句法作曲子词，开创了唐末五代到北宋初期的词风。"玉楼"、"明月"，是两个景；"长相忆"是一个情。这三个词语的逻辑关系如何？是玉楼中的明月，还是明月中的玉楼？"玉楼明月"是长相忆的人所居住的地方，还是所怀念的地方？作者都没有表示明确，让读者自己去理解。第二句"柳丝袅娜春无力"就是一般诗人的句法。"柳丝袅娜"是柳丝娇弱。柳丝娇弱，便可以体会到春之无力。春是抽象的东西，它的有力无力，必须借具体景物来表现。这样讲法，这一句便是写景句。但是我们还可以体会得深一些。讲作：人到了春天，就像柳丝袅娜似的，困倦无力了。这样讲，这一句就成为修饰句，描写第一句中那个"长相忆"的人。此下第三、四句，意义明白，谁也不会理解错。下遍四句，堆砌了许多名物。"画罗金翡翠"，是不是应当理解为"用金线绣画的罗衣"？下一句"香烛销成泪"，没有不可解的困难。但它与上句有什么关系，也还难说。"花落"句与"绿窗"句的关系，也可
```
```

以有不同的体会。花落,子规啼,可以是梦中所见闻,也可以讲作它们使残梦醒来。"绿窗残梦迷"是全词的结尾句,也可能用以总结全文。那么,上片四句也可能讲作都是梦境。

第九首文字和意境都很明白,如白居易的诗。先以月照梨花起兴,想到万里外的故人。"金雁一双飞"也是指衣上的绣花。翡翠、鸳鸯、蝴蝶、鹧鸪、燕子,都是双宿双飞的,诗人往往用以象征生活在一处的夫妇或情侣。提到这些禽鸟昆虫,可以不点明"双"字。雁是群飞的鸟,但不是雌雄成对地双飞的,如果用以象征夫妇同行,就得说"一双飞";如果用以象征夫妇离别,就可以说"两行征雁分"(温庭筠《更漏子》)。下遍四句,如一首五言绝句,不需要解释。

第十一首写一个春困的女人,全体是客观描写。上遍四句以写景为主,故多用景语,而用"愁闻"二字反映出景中人的情绪。下遍以写情为主,故多用情语:无语,无聊,匀脸,掩屏,闭门,都是为表现情绪服务的。

从唐五代到北宋初期,曲子词都是给歌女在酒席上合乐演唱的,《花间集序》云:"绮筵公子,绣幌佳人,递叶叶之花笺,文抽丽锦;举纤纤之玉指,拍按香檀。不无清绝之辞,用助娇娆之态。自南朝之宫体,扇北里之倡风。"这就说明了曲子词在当时的作用,不过是由绮筵公子,写出宫体丽辞,交给绣幌佳人,按拍歌唱。从温庭筠、韦庄到欧阳修、晏氏父子,他们所写的曲子词的题材,大多是闺情、宫怨、送别、迎宾;只要求文字美丽、音调宛转,并不需要表达作者的思想情绪,更不需要有所寄托。但是,只有李后主亡国后的词,才开始有了作者自己咏怀的意味。及至苏东坡以后,词的题材内容,向诗靠近,于是它有时也成为作者言志的工具。清代的张惠言、张琦兄弟二人更进一步主张词必须重视立意,作词不能纯用赋体,必须有比兴、寄托,并以他们的理论建立了常州词派。追随二张理论的词人,都用作诗的手法来作词,词的本色从此便消失了。

张惠言编《词选》,用他的观点以读温庭筠的词,就把温庭筠的《菩萨蛮》看作是一组有组织地写成的咏怀诗。他解释第一首道:

> 此感士不遇也。 篇法仿佛《长门赋》,而用节节逆叙。 此章从梦晓后领起,"懒起"二字含后文情事。 "照花"四句,《离骚》"初服"之意。

又解释第六首云:

442

　　"玉楼明月长相忆"，又提"柳丝袅娜"，送君之辞，故"江上柳如烟"，梦中情景亦尔。七章"阑外垂丝柳"，八章"绿杨满院"，九章"杨柳色依依"，十章"杨柳又如丝"，皆本此"柳丝袅娜"言之，明相忆之久也。

解释第十一首云：

　　此下乃叙梦，此章言黄昏。

　　他以为《花间集》所收十四首《菩萨蛮》词是一篇《感士不遇赋》。第一首是主题先行，以下各首是"节节逆叙"。第十一首以后是叙梦境，也是说明第六首"绿窗残梦迷"的那个梦。又把十四首中所有杨柳结合起来，认为都是与第一首"柳丝袅娜"有联系。

　　我们能不能在这十四首词中体会到温庭筠寄托着他的"不遇之感"，这个问题暂且不提。先要看看温庭筠之为人，以及他的诗里有多少比兴寓意的篇什。温庭筠是个逞才气而生活放诞的文人，他当然也有牢骚，也有不遇之感，但他不是屈原式的人物。他的诗极少用比兴方法，《过陈琳墓》诗的"词客有灵应识我，霸才无主始怜君"，已经是他表白得最露骨的不遇之感了。诗既少用比兴，曲子词里更不会用比兴手法。这十四首《菩萨蛮》词，很可能就是他代令狐绹做了进呈宣宗皇帝，以供宫廷乐工演唱，当然更不可能，也不需要寄托他的不遇之感。因此，我以为张惠言兄弟的理论，可以用在苏东坡以后的一部分词作，但不能用以解释李后主以外的唐、五代词。

　　温庭筠的词，只能与六朝小赋一起欣赏。它们是中国文学中的一种美文学，不能评价太高，也不必轻视。

一九八五年三月二十日

82

　　杜牧是著《通典》的史学家杜佑的孙子。家世历代仕宦，是一个清贵子弟。他字曰牧之，李商隐有一首《赠司勋杜十三员外》诗，前四句云：

> 杜牧司勋字牧之，
>
> 清秋一首杜陵诗，
>
> 前身应是梁江总，
>
> 名总还曾字总持。

　　梁朝的著名诗人江总，字曰总持，李商隐诗用杜牧的名字来开玩笑，比之为江总。这首诗是杜牧官司勋员外郎时写赠的，故称之为杜司勋。

　　杜牧这个人，在唐诗人中有些突出。他的文学、思想和品德，都有互相矛盾之处。进士及第后，他在宣州刺史沈传师幕下为书记。听说湖州多美女，就去游览。湖州刺史崔公，是他的老朋友，把本州所有名妓都找来，供他选择，他却一个也不满意。刺史为他举行了一次赛船大会，引逗得全城姑娘都出来观看。杜牧沿着两岸一路物色过去，也看不到一个中意的姑娘。到了傍晚，忽然看见一个老太太带来一个十多岁的小姑娘，杜牧仔细一看，认为是绝世佳人。当下就托人去和老太太商量，要娶这个姑娘。老太太很畏惧，面有难色。杜牧说：现在不娶，我十年之后，会到这里来做刺史，那时再娶你的姑娘。如果十年不来，你的姑娘就可以另嫁别人。于是给了老太太许多财帛，以为订婚的礼物。十四年后，到大中三年（公元八四九年），杜牧果然来做湖州刺史。一到任，就访问那个姑娘，才知她已在三年

前嫁了人,而且有两个孩子了。杜牧大为惆怅,写了一首《怅别》诗:

自是寻春去较迟,不须惆怅怨芳时。

狂风落尽深红色,绿叶成阴子满枝。

这是杜牧第一个浪漫史,见于《丽情集》。故事可能是真的,但年代却不正确。沈传师卒于大和元年(公元八二七年),做宣州刺史必在此以前,大约应当在长庆末年。杜牧卒时年才五十,大约在大中五年。做湖州刺史之后,还入京拜考功郎中、知制诰。不久,又迁中书舍人。这样看来,他任湖州刺史也当在大中三年以前。从长庆末年到大中初年,已有二十多年,可知这个记载的年代是不可信的。

牛僧孺任淮南节度使,把杜牧请去掌书记。淮南节度使治所在扬州。扬州是个妓女乐舞荟萃的繁华都会。杜牧在牛僧孺幕下,白天办公,夜晚便出去狎妓饮宴,过他的风流生活。牛僧孺卸任临行时,取出一个大盒子,交给杜牧。杜牧打开一看,都是牛僧孺部下探子的报告,一条一条写着:"某月某日,杜书记在某处宴饮。""某月某日夜,杜书记在某妓院中歇宿。""某月某日,杜书记与某人在某处游览,有某某妓女陪同。"杜牧一看,大为羞惭,同时也深深地感激牛僧孺对他的宽容。牛僧孺稍稍教训他一番,劝他检点品德,不要太浪漫了。杜牧对牛僧孺是非常感恩的,牛僧孺死后,墓志铭便是杜牧做的。

牛僧孺卸任后,杜牧也升了官,到洛阳去任监察御史。他在离开扬州时,做了三首诗:

赠别二首

娉娉袅袅十三馀,豆蔻梢头二月初。

春风十里扬州路,卷上珠帘总不如。

多情恰似总无情，惟觉樽前笑不成。

蜡烛有心还惜别，替人垂泪到天明。

遣怀

落魄江湖载酒行，楚腰纤细掌中轻。

十年一觉扬州梦，赢得青楼薄幸名。

前二首是与他所眷恋的妓女离别时写赠她的。后一首是他在扬州这一段浪漫生活的总结，也是忏悔词。牛僧孺于大和六年任淮南节度使，至开成二年（公元八三七年）五月，上表请休，在扬州实为五年。杜牧诗云："十年一觉扬州梦。"如果不是夸张，必是在此前后还住过四五年。在他的诗集中，赋咏扬州的诗还有好几首，可见他对扬州是非常眷恋的。

寄扬州韩绰判官

青山隐隐水迢迢，秋尽江南草未凋。

二十四桥明月夜，玉人何处教吹箫。

韩绰是淮南节度使幕下判官，是杜牧的同事，恐怕也是他的狎邪游侣。这首诗是杜牧离扬州后因怀念他而写寄的。"草未凋"明刊本《樊川文集》、《唐诗品汇》及《全唐诗》均作"草木凋"，今依《唐诗别裁》改正。"草未凋"，可知是江南气暖，如果说"草木凋"，便不是描写江南风景了。扬州传说：隋炀帝曾于月夜同宫女二十四人吹箫于桥上，故诗中用"玉人"，向来都讲作"美人"。富寿荪《唐人绝句评注》据晋人裴楷、卫玠都有"玉人"之称，况且杜牧《寄珉笛与宇文舍人》诗亦有"寄与玉人天上去"之句，因而以为此诗中的"玉人"是指韩绰而言。这一讲法极为新颖，而且是有证据，可以讲通的。韩绰大概不久即逝世，杜牧有一首《哭韩绰》的诗哀悼他。

以上是杜牧第二个浪漫史。从淮南还京，官拜监察御史、分司东都①，于是他

---

① 洛阳是东都，有一部分中朝官员在洛阳办公，名为"分司"，即分管之意。

到了洛阳,这时李愿罢官在洛阳闲居,家妓美艳,生活豪奢,不时邀集当地名流置酒高会。因为杜牧是监察御史,有纠弹官员的职责,不便请他参加有妓乐的宴会。杜牧感到冷落,托人去向李愿说,希望被邀请赴宴。李愿不得已,就送了请帖。酒席间,杜牧瞪着眼看许多侍酒的妓女,连饮三杯问李愿道:"听说有一个名叫紫云的,是哪一个?"李愿就指点给他看。杜牧又瞪着眼对紫云看了好久,才说道:"名不虚传,该送给我吧?"李愿低头微笑,并不答话。许多妓女都回头来对着他笑。杜牧又连饮三杯,站起来朗吟了一首即席诗,意态闲逸,旁若无人:

兵部尚书席上作

华堂今日绮筵开,谁唤分司御史来。

忽发狂言惊满坐,两行红粉一时回①。

这是杜牧的第三个浪漫史。以后,他历任中外许多官职。外任做过黄州、池州、睦州、湖州刺史,每到一个州郡,都有赠妓、书情之类的诗作,不过没有故事记录而已。

写艳情诗,有风流放诞的行为,只是杜牧的文学生活的一面。他另外还有一面,那是他的政治生活。他为人刚直,有经纶天下的大志,敢于论列国家大事。他的散文如《罪言》、《原十六卫》、《战论》、《上李太尉论边事启》等,都是针对时事的政论。我们如果先读他的散文,想象不到他会做"十年一觉扬州梦"的诗句。这是我说他的一种矛盾。

杜牧的诗既写得风流旖旎,但是他对于诗的理论却又非常正统。他曾为平卢军节度巡官李戡作墓志铭,在这篇文章中,他记述了李戡的文艺观点:"诗者,可以歌,可以流于竹,鼓于丝。妇人小儿,皆欲讽诵。国俗厚薄,扇之于诗,如风之疾速。尝痛自元和以来,有元白诗者,纤艳不逞,非庄士雅人,多为其所破坏。流于民间,疏于屏壁,子父女母,交口教授,淫言媟语,冬寒夏热。入人肌骨,不可除去。吾无位,不得以法治之。"这一段话,对元稹、白居易的批判,可谓极其尖锐。如果杜牧自己不同意这个观点,他决不会在李戡逝世之后给他记录下来。因此,后世诗家评论杜牧,都引用这一段文章来代表杜牧的诗论。况且杜牧另有《献诗启》一

---

① 这首诗有不同的文体。"谁唤",一作"谁召"。"忽发",一作"偶发"。"两行红粉",一作"三重粉面"。均非。

文,叙述他自己作诗的态度云:"某苦心为诗,本求高绝,不务奇丽。不涉习俗,不今不古,处于中间。既无其才,徒有其奇。篇成在纸,多自焚之。"这也可见他是反对奇丽的。不过他自知没有作高古诗之才,而仅能作奇丽诗。但是,使我们怀疑的是,他既然批判元白诗为"纤艳不逞",为"淫言媟语",可是他自己的诗也有很多"纤艳"的"淫言媟语",这岂不是又一个矛盾呢?

现在流传的杜牧诗文集,只有一个明刊本《樊川文集》。这是杜牧的外甥裴延翰编定的。据裴序说,杜牧任中书舍人时,就生病了。搜集生平所作文章千百纸,一一丢在火里,只留下十分之二三。幸而裴延翰平时收藏了不少手迹,才收集到诗文四百五十篇,分为二十卷。在这个二十卷本之后,还有一个《樊川外集》,不知何人所编;又有《樊川别集》,是宋熙宁六年三月一日杜陵田概所编。田氏序称"旧传集外诗者,又九十五首,家家有之"。可知《外集》亦是晚唐、五代时古本,也可能是裴延翰搜辑附入。不过田氏说外集有诗九十五首,现在的外集却有诗一百二十七首,显然已有后人增入的。田概所编《别集》是从魏野家得诗九首、从卢讷家得诗五十首,都是《樊川文集》和《樊川外集》所没有的,另外又加一首《后池泛舟送王十秀才》,《外集》有此题而诗实为伪作。这样,《别集》应有诗六十首,今世传本不误。

《全唐诗》编录杜牧诗八卷,其前六卷就是《樊川文集》中的诗和《外集》、《别集》。后二卷诗及补遗,又不知来历。杜牧的一些著名绝句和纤艳之作,大多在《外集》和《别集》中,由此可知,杜牧有意使他的诗集面目符合于他的诗论,当时曾烧掉许多丽情诗,不编入集。后人从流传的钞本中一再辑补为《外集》、《别集》,才得保存了一部分。

杜牧诗的特长在七言绝句。大篇诗如《张好好》、《杜秋娘》、《华清宫三十韵》等也很著名,但比不上绝句有神韵。现在我们还是再欣赏他几首绝句。

过华清宫绝句三首

长安回望绣成堆,山顶千门次第开。

一骑红尘妃子笑,无人知是荔枝来。

新丰绿树起黄埃,数骑渔阳探使回。

《霓裳》一曲千峰上,舞破中原始下来。

万国笙歌醉太平，倚天楼殿月分明。

云中乱拍禄山舞，风过重峦下笑声。

玄宗与杨贵妃的轶事，开元、天宝年间的盛衰，中、晚唐诗人都极感兴趣，几乎人人都有诗咏叹，表示各种不同的感情。杜牧对骊山、华清宫屡有感兴，既作《华清宫》五言排律三十韵的长诗，又作此七言绝句三首。这三首诗，一般选本都只选第一首，第二首则宋人诗话中有过好评。至于第三首，就没有人提起过。这就反映出了历来诗家对这三首诗的评价。现把三首诗一起让大家评比。

第一首是咏蜀中进贡荔枝的事。"绣成堆"，指骊山像一堆锦绣。第一句写骊山，第二句写华清宫。这两句只是点题，还不知道诗人将说些什么。第三句一转，在红尘扬起的地方有一人骑马飞奔而来，同时在山上宫中，贵妃已在笑了。第四句不说贵妃知道四川新鲜荔枝已经送到，所以在笑，却说没有人知道是荔枝来了。这两句的表现手法很高明，第四句本来要说明第三句，但作者不从正面说明，而从反面说明，愈显得这是宫闱秘事。

第二首第一句说新丰市绿树丛中卷起了黄沙尘土。第二句说明这是派到渔阳去调查安禄山行动的探子回来了。有人报告玄宗，说安禄山即将造反。玄宗就派人去秘密调查。但这些使者受了安禄山的贿赂，回来报告说安禄山没有造反的迹象。其实这时安禄山已在发兵了。第三句也是一转，说这时骊山上还在演奏新制的《霓裳羽衣曲》，还在歌舞升平。可是，第四句说：待到歌舞完毕，大家下山来，中原已经破碎了。这首诗和第一首的作法不同。第三句第二字用平声字，因而是拗体绝句。主题思想是讽刺玄宗以荒淫误国，与第一首的用赋体也不同。

第三首是叙述安禄山在长安时得宠于玄宗和贵妃的时候，俨然是万国笙歌、陶醉于太平的时候，当时安禄山也在山上宫中参与跳舞，连山下人民都听到他们的笑声。这首诗只有一个"醉"字透露了讽刺之意，此外的字句都较为平淡，第三句尤其粗鲁。因此是一首写得失败的诗，无怪没有人提起。

赤壁

折戟沉沙铁未销，自将磨洗认前朝。

东风不与周郎便，铜雀春深锁二乔。

这是唐诗中第一流的怀古诗。赤壁是山名,山岸红赭,故名曰赤壁,在今湖北蒲圻县西北长江边。建安十三年(公元二〇八年),曹操造了几百条大战舰,准备大举征伐孙吴。周瑜采用黄盖所献的火攻计,趁东南风起,大破曹军于赤壁山下,将曹操的战舰焚烧无馀。铜雀台是曹操晚年(建安十五年)所造的楼台,上居姬妾歌伎,以供其四时行乐。这个台在今河北临漳县,就是当年曹魏的邺都。台已不存,遗址还在。二乔是乔公的两个女儿,据说长得极美。大乔嫁给孙策,小乔嫁给周瑜。以上是这首诗的历史事实。

诗的第一、二句说,当年赤壁大战时折断的戈戟还沉埋在江中沙土里,铁还没有销蚀。诗人捡到了几块废铁,自己拿去磨洗一番,认出是古代魏吴战争时的遗物。古代兵器上都铸有铭文,所以诗人能认得。这两句诗的作用也不过是点明题目,表示这是一首赤壁怀古诗。

下半首诗是诗人在赏玩这几块废铁时的感想。如果当时没有东南风而只有西北风,这场战争的结果就不同了。也许是曹军大获全胜,顺流而下,把吴国灭掉。诗人并不把这一感想如实地写下来,他改用形象思维来表达。如果东风不给周瑜以方便,那么二乔肯定会被曹操俘去,深藏在铜雀台上了。东风是自然现象,没有感情。在这句诗中,它被人格化了,似乎东风也对周瑜有好感,特地给他以方便。"铜雀春深锁二乔"是一幅很美的形象,但诗人只是用来代替孙吴的破家亡国。

"东风不与周郎便",从散文语法规律看,这是一种肯定语气,东风没有给周瑜以方便。但在唐诗中,它可以表达为假定语气。因为唐代诗人都尽可能不用"如果"、"倘若"、"何况"、"但是"这一类的转折语,只要上下句贯串得当,读者自能判断其语气。到了宋代,文言文的语法观念强了,诗人就不敢做这样的诗句,他们一定会写成"东风若不与方便"这样的句子。从此,诗与散文的句法没有区别,也就是以文为诗了。宋人《道山清话》论此诗云:"此诗正佳,但颇费解说。"他知道这首诗做得好,但是他无法解说,就因为他不了解第三句是假定语气。

清人吴乔撰《围炉诗话》,论此诗云:"古人咏史,但叙事而不出己意,则史也,非诗也。出己意,发议论,而斧凿铮铮,又落宋人之病。如牧之《赤壁》诗,用意隐然,最为得体。"他指出杜牧此诗用隐晦的方法来发议论,出新意,这是抓到要点的。但他以为这是一首咏史诗,却未免差错。杜牧此诗是怀古,不是咏史,这二者之间的区别,吴氏大约没有分得清。

泊秦淮

烟笼寒水月笼沙，夜泊秦淮近酒家。

商女不知亡国恨，隔江犹唱《后庭花》。

这首诗自从选入《唐诗三百首》以后，成为唐诗中最为家弦户诵的一首。近年出版的唐诗选本，几乎无不选取。注释已多，我本来不想在这里再讲。不过近来发现有两处诗义，未被注意，或者有些奇特的讲法，因而趁此机会，谈谈我的意见。

第一是关于"秦淮"的问题。所有的注释本都说秦淮就是秦淮河，这当然没有错。但是，从明代以来，一般人所知道的秦淮河仅是南京城内的一段。明清两代，这一段秦淮河两岸都是花街柳巷。这里有酒家，有妓院，有游船画舫。杜牧既然"夜泊秦淮近酒家"，而且还听到商女唱曲子，大家便以为就在这里。这却错了。原来秦淮河由东向西，穿过南京城，分两股流入长江。李白诗"二水中分白鹭洲"，这"二水"便是秦淮河的两股，中间的小岛便是白鹭洲。秦淮河口在唐代是长江的码头，当时客商船只到了南京都停泊在秦淮河口，杜牧夜泊秦淮，也是在这个地方。现在，白鹭洲早已没有，秦淮河口也不是江船上下的码头，于是这句诗的读者都误以为杜牧的船停泊在南京城里的秦淮河上。

秦淮河口既然在唐代是个水陆码头，那地方一定是个热闹去处，一定有酒楼歌馆、市肆旅店。杜牧在船上听到隔江有歌女在唱《玉树后庭花》这支陈后主的亡国之音，也一定在这个地方。所谓"隔江"，就是"隔岸"或"对岸"，是秦淮河口的对岸。这个"江"字不能理解为长江。陈寅恪在《元白诗笺证稿》中说：

> 牧之此诗所谓隔江者，指金陵与扬州二地而言。此商女当即扬州之歌女而在秦淮商人舟中者。夫金陵，陈之国都也。《玉树后庭花》，陈后主亡国之音也。此来自江北扬州之歌女，不解陈亡之恨，在其江南故都之地，尚唱靡靡之音，牧之闻其歌声，因为诗以咏之耳。此诗必作如是解，方有意义可寻。后人昧于金陵与扬州隔一江及商女为扬州歌女之义，模糊笼统，随声附和，推为"绝唱"，殊可笑也。

这一番解释，似乎有些"匪夷所思"。为什么这个商女，必须是扬州来的呢？就因为白居易诗说过"本是扬州小家女，嫁得西江大商客"（《盐商妇》），刘禹锡诗也说过"扬州市里商人女，来占西江明月天"（《夜闻商人船中筝》），于是作者就认定杜牧在船上听到的唱曲子的商女，一定是嫁在秦淮商船上的扬州姑娘。这个逻辑思维已经是很古怪了。再说，杜牧诗中没说这个商女是在船上唱曲子，作者何以知道她是在秦淮商人舟中呢？既然这个商女是在秦淮商人的船上唱，为什么杜牧又是隔着长江听到呢？这段解释，显然是前后矛盾。这首诗如果照陈寅恪的讲法，简直毫无意义可寻；如果照历来一般读者"模糊笼统"的了解，至少这首诗的意义是可以掌握的。意义是什么呢？吴昌祺说："此似讥艳曲也。"（《删订唐诗解》）我完全同意。杜牧是反对当时流行的靡靡之音的。不过他自己写的诗，也颇近似艳曲，归根结底，还是他自己的矛盾。

一九八五年三月二十四日

金陵怀古

许浑

许浑，字用晦，润州丹阳（今江苏丹阳）人。大和六年（公元八三二年）进士，历任当涂、太平二县县令。因为勤学劳心，损其健康，卧病多年。后来病愈，任润州司马。大中三年（公元八四九年），拜监察御史，历任虞部员外郎，睦州、郢州刺史。晚年退隐，居丹阳丁卯桥。自编其诗集，名为《丁卯集》。

许浑诗为晚唐一大家，长于五、七言律诗，纪游、怀古、赠别，都有佳句。七言绝句亦富情趣。《唐诗鼓吹》选许浑七言律诗至三十一首之多，颇可以反映他在晚唐诗人中的地位。

许浑也做过一个美梦，孟棨《本事诗》中有记录。据说他有一天睡梦中登上一座高山，山上有宫殿精舍，就找人一问，这是什么地方。听人说，这是昆仑山。走了一程，看到有几个人在宴会，饮酒作乐。看见许浑，便招手邀他去就坐同享。直到傍晚，有一美人取出笺纸，要求他赋诗。许浑诗没有做成便醒了，既醒之后，诗却做成：

> 晓入瑶台露气清，座中惟见许飞琼。
> 尘心未尽俗缘在，十里下山空月明。

过了几天，他又梦到山上，遇见那个美人。她说："你怎么把我的名字传到人间去了？"许浑连忙道歉，并说："我改一句罢。"于是把第二句改为："天风吹下步虚声。"可是，许飞琼的名字已流传在神话故事中，成为古典文学中的一位仙女了。"步虚"是道家的名词。仙人在天空中行走，脚步都踏在虚空，称为"步虚"；道家所唱的诗歌,称为"步虚词"。赋咏学道求仙的诗,便也称为"步虚词"。

以上是许浑的一个浪漫故事,可与李群玉同垂不朽。在这里,就算作讲许浑诗的一段入话。现在要讲的是他的一首著名的怀古诗。

金陵怀古

《玉树》歌残王气终,景阳兵合戍楼空。

松楸远近千官冢,禾黍高低六代宫。

石燕拂云晴亦雨,江豚吹浪夜还风。

英雄一去豪华尽,惟有青山似洛中。

金陵就是现在的南京。这个大城,在唐代以前,曾有六个朝代做过京都。这六个朝代是三国时的吴、东晋、宋、齐、梁、陈。陈后主陈叔宝被隋文帝杨坚所灭亡,金陵便结束了首都的地望。唐代诗人和历史学家常称金陵为六代或六朝故都。后世人直到今天,也还相沿成俗,称南京为六朝故都,甚至简称为六朝,这是失于考虑的。五代时的南唐、太平天国、民国政府,也都以南京为首都。从今天来说,南京已是九代故都了。

许浑这首诗,从陈后主亡国说起。陈后主亡国之时,还在教宫女唱新谱的歌曲:《玉树后庭花》。"王气"这个名词用在这里,有双重典故。第一,语源出于《晋书》。据说秦始皇时,有一个能看风水的人说,金陵这个地方,像龙蟠虎踞,有天子气象,五百年后,一定会出一个皇帝。始皇怕他子孙的皇位被别人夺去,就发兵把城北的山开掉,并把地名改为秣陵,以荡涤它的王气。第二,是陈后主自己的故事,见于《南史》。据说陈后主听到隋军已渡江进攻,便说:"王气在这里,别怕,敌人必定自会失败。"这个昏君到临死时还想依靠他的"王气"。所以许浑诗第一句便狠狠地讥笑了一下:"《玉树》歌残王气终。""景阳"是陈后主宫中的楼名。楼前有井一口,隋兵冲入景阳宫时,后主和他的孔贵妃、美人张丽华一起投井自杀,被隋兵拉了出来。所以许浑说:"景阳兵合戍楼空。"戍楼是边境上的碉堡,敌人已攻入京都,戍楼当然已空无一人了。这二句也是用对偶句法的。

颔联二句说六代以来的达官贵族的坟冢,现在已只见远近的松楸。向来是宫殿巍峨的地方,现在已只有高高低低的禾黍。这二句是以写景来抒述怀古之情,接下去颈联二句虽也写景,便比较空泛,并不贴切历史事实了。结尾二句,是从六代故都的观点来做结束,"英雄"指六代以来的杰出人物,并不指陈后主。我们可以解释为当时没有英雄人物,以致豪华被毁尽了。南京地形与洛阳相似,故李白《金陵》诗云:"苑方秦地少,山似洛阳多。"许浑诗即用此意。

以上是从文字典故表面解释一下。现在,接下去再参看一些对这首诗的总的理解。《唐诗鼓吹》有明代人廖文炳的解释云:

> 此感六朝兴废也。首言陈后主专事游宴,至于国亡,而《玉树》之歌已残,王气亦已尽矣。隋之韩擒虎将兵入陈,而景阳戍楼已成空虚,但见松楸生于千官之冢,禾黍满于六代之宫。冢殿荒芜,霸图消灭,良可惜也。自古及今,惟石燕飞翔,江豚出没,景物常存耳。若英雄一去,豪华殆尽,不复再留,岂有能若青山之无恙哉?

接着还有一段清人朱东岩的评论云:

> 刘梦得《西塞山怀古》,单论吴主事,只五句一转,用"几回"二字收拾世代废兴,手法高妙。许公此篇,单论陈后主事,只一起"王气终"三字,已括尽六朝,尤为另出手眼。"《玉树》歌残"与"景阳兵合"作对,直将鼎革改命大事,视同儿戏,真可慨也,松楸禾黍,皆当时朝朝琼树、夜夜璧月之地、之人,正与下"豪华"二字反照。嗟嗟!英雄已去,景物常存;雨雨风风,年年依旧。独前代豪华,杳不复留矣。"青山似洛中",犹言不似者之正多也。

朱东岩此论引刘禹锡《西塞山怀古》诗作比较,很有意思,现在把刘诗抄在这里,供读者参考方便:

西塞山怀古

王濬楼船下益州,金陵王气黯然收。
千寻铁锁沉江底,一片降幡出石头。
人世几回伤往事,山形依旧枕寒流。
今逢四海为家日,故垒萧萧芦荻秋。

许浑诗与刘禹锡此诗果然有些近似。"山形依旧枕寒流"和"惟有青山似洛中"用意同而许句较深。"人世几回伤往事"和"英雄一去豪华尽"亦是同一机杼的句法,两人都点出了怀古之意,其实不点出可以更妙。

唐汝询《唐诗解》评许浑诗云:

> 金陵本六朝建都之地,至陈主荒淫,王气由此而灭,故以《玉树》发端,遂言后主就缚景阳而戍楼空寂也。虽千官之冢树犹存,而六代之阙庭已尽,惟馀石燕、江豚,作雨吹风而已。然英雄虽去,而青山盘郁,足为帝都,徒使我对之而兴慨耳。

下面再看看金圣叹在《选批唐才子诗》中的解释。圣叹讲七言律诗,分前后两解:前四句为前解,后四句为后解。前解是开,后解是合。这就是起承转合的简化。他讲许浑此诗也分两解:

> [前解] 此先生眼看一片楸梧、禾黍而悄然追叹其事也。一、二,"《玉树》歌残","景阳兵合",对写最妙。言《后庭》之拍板初擎,采石之暗兵已上;宫门之露刃如雪,学士之馀歌正清;分明大物改命,却作儿戏下场。又加"王气终"、"戍楼空",对写又妙。言天之既去,人皆不应,真为可骇可悯也。于是合殿千官,尽成瓦散;六宫台殿,咸委积莽。如此楸梧、禾黍,皆是当时朝朝琼树、夜夜璧月之地、之人也。

> [后解] 此又快悟而痛感之也。言当时英雄有英雄之事,今日石燕亦有石燕之事,江豚亦有江豚之事。当时英雄有事,而极一代之豪华;今日石燕、江豚有事,而成一日之风雨。前者固不知后,后者亦不知前也。"青山似洛中",掉笔又写王气仍旧未终,妙、妙!

以上我抄录了明清四家对许浑这首诗的全篇讲解。一经对照,我们可以发现,除掉第一联二句,大家的意见相同之外,其馀三联,四家的体会各有参差。我们先看第二联"松楸"、"禾黍"两句。

> 但见松楸生于千官之冢,禾黍满于六代之宫。冢殿荒芜,霸图消灭。

这是廖文炳的讲法。他以为"千官冢"是六代以来许多官员的坟墓,与"六代宫"是对等平列的。上下两句，都是描写昔盛今衰的景象。但是，我们知道，松楸本来是种在墓地的树木，如果坟墓已荒凉无主，这些松楸必然已被人砍伐无存。向来诗家总以松楸之有无，来表现墓主有无子孙。由此可知，许浑这一联诗，"禾黍高低"是形容"六代宫"的荒芜，"松楸远近"却并不是形容"千官冢"的荒芜。于是朱东岩说：

> 松楸、禾黍，皆当时朝朝琼树、夜夜璧月之地、之人，正与下"豪华"二字反照。

他把上句的重点放在"千官冢"。意思是说，六代以来豪华的人物已成为松楸茂郁的坟墓，而豪华的宫殿已成为"禾黍高低"的田野。这样讲，这两句也是对等平列的。

> 虽千官之家树犹存，而六代之阙庭已尽。

这是唐汝询的讲法。他与朱东岩的讲法又有歧异，并不以为上句有盛衰之感。他给上句加了一个"虽"字，给下句加一个"而"字，再用"犹存"和"已尽"来表示他所理解的这两句的逻辑关系，于是它们就不是对等平列的了。按照一般作对偶句的习惯，一联两句，诗意总该是对等平列的，如果作者要用来表示因果关系，或正反、是非关系，上下句都必须有一个虚字来表明。许浑这两句诗全用实字，看不出诗意有正反关系。唐汝询的讲法不能服人，他是任意增字讲诗，恰恰成为曲解。

> 于是合殿千官，尽成瓦散；六宫台殿，咸委积莽。如此楸梧、禾黍，皆是当时朝朝琼树、夜夜璧月之地、之人也。

这是金圣叹的讲法。用朱东岩的观点，还抄了朱东岩的结句。他们都以为这首诗是"单论陈后主事"，所以"官"与"宫"都是陈朝的人与地。朱东岩没有分别说明，金圣叹却分别说明了，人是"合殿千官"，地是"六宫台殿"。许浑明明说是"六代宫"，金圣叹却移花接木，改为"六宫"。

总结四家讲法，我以为没有一家完全可取。首先要知道，许浑此诗虽以陈后主事起兴，怀古的对象却在六朝。题目既然是《金陵怀古》，诗意不能只局限于陈后主一朝。况且第四句已点明是"六代宫",更可知"千官"应当包括六代以来的人物。至于这二句诗的意义是慨叹六代繁华之地、之人,俱已成为陈迹,这是朱东岩、金圣叹的观点,没有错。廖文炳、唐汝询的讲法是不足取的。

现在接下去研究第三联"石燕"、"江豚"两句。这两句诗确是不易理解,摸不准作者写这二句的用意。"石燕",《唐诗鼓吹》注引《湘中记》云:"零陵有石燕,得风雨则飞翔。风雨止,还为石。""江豚",《唐诗解》注引《南越志》云:"江豚似猪,居水中,每于浪间跳跃,风辄起。"可知此二物都与风雨有关,但与金陵或六朝毫无牵涉。诸家解释,都无法单独讲此一联,总得与上下文联系起来理解。廖文炳说:"宫家荒芜,霸图消灭,良可惜也。自古及今,惟石燕飞翔,江豚出没,景物常存耳。"这是联系上句讲的。朱东岩说:"英雄已去,景物常存;雨雨风风,年年依旧。独前代豪华,杳不复留矣。"这是联系下句讲的。唐汝询说:"千官有家,六代无宫,惟馀石燕江豚,作雨吹风而已。"这也是联系上句的。吴昌祺在唐汝询的评论上加了一个眉批:"言石能作雨,豚亦兴风,而英雄一死,则无复豪华也。"(《删订唐诗解》)他又是联系下句了。按照一般习惯,律诗第五、六句一联的作用在启下,诗意总是贯注到最后两句的。朱东岩、吴昌祺的讲法是传统的读诗法。不过许浑这首诗的第七句实在是"松楸"、"禾黍"一联的概括,意义相同,故廖文炳、唐汝询的讲法也讲得通。他们都以为"石燕"、"江豚"一联的作用是为存亡对比服务。"石燕"、"江豚"代表万古常存的事物,千官、宫殿、英雄、豪华,代表已经消亡的六朝历史事物。

金圣叹的解释最为奇特。这里不再重录,请读者检阅上文。他用了一百字讲这两句诗,无缘无故地突出一个"事"字,和下句的"英雄"联系。对比的意义,不在存亡,而在"昔日英雄之事"和"今日石燕江豚之事"。昔日之英雄不知今日之燕豚,而今日之燕豚亦不知昔日之英雄。讲得似乎很有玄机,实则是自己没有明确的理解,这又是金圣叹大言欺世的一种手法。

贺裳《载酒园诗话》对于石燕的注,以为是"大谬",他说:"金陵有燕子矶俯临江岸,此专咏其景耳,何暇远及零陵。"他提出石燕指燕子矶,可谓妙悟。许浑作此诗时,可能是暗用燕子矶以代表金陵的自然风物。但既用石燕这个名词,就很自然地会利用零陵石燕与风雨的关系,形象地描写燕子矶头虽在晴天,亦似有雨。石燕虽出于零陵,诗家用作典故,当然不必"远及零陵"。不过,石燕问题解决了,使这一句诗扣紧了金陵。那么,江豚怎么办?是不是金陵有可能在历史或地理上，还可以找到一个江豚的记录？

留下来的，还有这首诗的最后一句"惟有青山似洛中"，应当怎样理解？廖文炳解释为："岂有能若青山之无恙哉？"这就丢开了"洛中"。朱东岩解释为："犹言不似者之正多也。"这个讲法是强调了"惟有"二字。"只有青山像洛阳，其馀一切都不像洛阳。"朱东岩的意思是以为应当这样讲。但是，如果说这是符合于作者本意的，那么，作者要表示的到底是什么呢？唐汝询释作"青山盘郁，足为帝都"。这说明他以为"洛中"是都城的代用词。全句的意思是："惟有青山，还像个都城。其他都不成其为都城了。"这样理解，我看也是讲不通的。谁能说一座山像一个都城呢？

金圣叹说："'青山似洛中'，掉笔又写王气仍旧未终，妙妙！"这个讲法，和唐汝询的出发点是近似的。金圣叹以为"洛中"代表"王气"，所以这一句诗是说王气仍旧未终，因为青山还在。金圣叹这一解释，反使人胡涂。许浑诗第一句就说"王气终"，怎么会在结句说"王气仍旧未终"呢？而金圣叹却连声叫好："妙！妙！""妙"在前后矛盾吗？

贺裳评此诗结尾两句云："语稍未练，亦自结得住。"他没有阐发诗意，只是说句子稍嫌不够"练"，但亦可以作为结句。这个评语非常含糊，"练"字尤为模棱。是语法没有精练呢，还是诗意没有表明？恐怕贺裳自己还没有理解这两句的意义。

《唐诗选》的编者解释云："这两句说英雄一去，豪华便尽，不复再留，只有青山依然无恙似洛中。从金陵想到洛阳，因为这两个地方能引起同样的感慨。"这一解释颇有意味，为前人所未道。可惜编者没有具体说明这个"同样的感慨"是怎么一回事，因而我不敢认为编者已理解了许浑的本意。

金陵的地理形势和洛阳相似，这是古代地理书上有记录的，应当引用来为这一句诗作注。但是注明了这一点，并不等于注明了诗意。许浑如果仅仅因两地形势相似而写出这句诗来为《金陵怀古》诗作结束语，又有什么意味呢？看来，许浑这首诗传诵了一千多年，始终还没有人理解其结句。

事情要追溯到二百七十年以前去。当司马氏的晋朝政权狼狈渡江、偏安江左的时候，许多士大夫都有国亡家破的痛苦。金陵正在孙吴故都的基础上修建为东晋新都。《世说新语》记载了一个故事："有一天，这些过江南来的人士，在新亭野宴，有一个周颢，瞭望金陵四周景色，叹息道：这里的风景跟洛阳一样，可是山河到底不同。众人听了都不觉流泪。"①"风景"跟洛阳一样,是指地理形势;山河不同,这个"山河",便是指统治区域了。

许浑诗隐隐用了这个典故,"惟有青山似洛中"也还是"风景不殊"的意思。当年从洛阳迁都到金陵,觉得金陵很像洛阳。现在金陵的六代豪华都已消逝,而自然风景依然和洛阳一样。这一句诗的作用,是呼应历史。从陈后主的亡国起兴,第二联立即提及"六代宫",表示这首诗并不专指陈朝。最后以东晋建都时士大夫流亡到金陵时的感想作结束。如果许浑作此诗时,没有联想到《世说新语》中这个著名的"新亭涕泪"的故事,我想他必不会写出这样一个结句。前辈讲诗诸公,也没有联想到这个故事,因此讲这句诗就都显得很勉强。现在我揭出了这句诗的真正典故,就帮助《唐诗选》的编者解释许浑这句诗,是因为这两个地方能引起同样的感慨。

许浑诗在后世的评价,差距很远,亦可见历代文人对诗的好恶不同。孙光宪是唐末五代诗人,是许浑的下一辈,他曾说:"世谓许浑诗、李远赋,不如不做,言其无才藻,鄙其无教化也。"这几乎是许浑同时代的评论,已把他的诗评价很低了。宋代诗人刘后村说:"杜牧、许浑同时,然各为体。牧于律中常寓少拗峭,以矫时弊;浑诗圆稳律切,丽密或过杜牧,而抑扬顿挫不及也。"(《后村诗话》)而陈后山却说:"后世无高学,举俗爱许浑。"(《次韵苏公西湖观月听琴》)可知在宋代,对许浑的褒贬亦已不同。宋末元初,方虚谷编选《瀛奎律髓》,评许浑诗云:"许诗工有馀而味不足,如人形有馀而韵不足,诗岂专在声病对偶而已。"又云:"浑句联多重用,其诗似才得一句便拿捉一句为联者,所以无自然真味。"这一评语,是论他联句多重复,诗没有韵味,但也肯定了他的"工",就是刘后村所谓"圆稳律切"。元代杨仲弘选《唐音》,明初高棅选《唐诗品汇》,都选录不少许浑的诗。《品汇》选许浑七律十七首,与李商隐十二首、刘沧十九首同列入"正变"卷,论曰:"元和后律体屡变,其间有卓然成家者,皆自鸣所长。若李商隐之长于咏史,许浑、刘沧之长于怀古,此其著者也……三子者,虽不足以鸣乎大雅之音,亦变风之得其正者矣。"

但是杨慎却对许浑的诗极其鄙薄。他说:"唐诗至许浑,浅陋极矣,而俗喜传之,至今不废。高棅编《唐诗品汇》,取至百馀首,甚矣,棅之无目也。棅不足言,而杨仲弘选《唐音》,自谓详于盛唐而略于晚唐,不知浑乃晚唐之尤下者,而取之极

---

① 《世说新语》原文:"周侯中坐而叹曰:'风景不殊,正自有山河之异。'皆相视流泪。"

多，仲弘之赏鉴，亦羊质而虎皮乎。"（《升庵诗话》卷九）这是宋代以来对许浑诗的最低评价。但沈德潜选《唐诗别裁》，还选入了许浑的五、七言律诗十二首，可知杨升庵的评品没有使人悦服。

一九八五年三月二十八日

郑谷,字守愚,袁州宜春(今江西宜春)人。应进士试十六年,至光启三年(公元八八七年)方才及第。授官京兆鄠县尉,迁右拾遗、补阙。乾宁四年(公元八九七年)为都官郎中。这是他最后一任官职,诗家称之为郑都官。此后不久就告老归隐而卒。估计他的文学、政治活动时期在唐懿宗咸通至昭宗乾宁、光化年间,大约有三十年光景,他的第一本诗集名《云台编》三卷,是随从昭宗避难华州,住在云台道院时所编。归隐之后,又编成《宜阳集》三卷,但现在他的诗集已统称《云台编》。

郑谷是晚唐的一位重要诗人。在他的时代,是诗坛领袖。他和许棠、任涛、张蠙、李栖远、张乔、喻坦之、周繇、温宪、李昌符是同时人,当时合称"芳林十哲",后世称"咸通十哲",与"大历十才子"先后辉映。温宪是温庭筠的儿子。

郑谷诗早年受知于李朋、马戴、司空图、薛能、李频。作诗千余首,《云台编》所收仅三百首。《唐才子传》称其诗"清婉明白,不俚而切"。这一评语其实偏低了。"不俚",是作诗的起码要求;"清婉明白",也只是初学作诗者的基本标准。一个著名诗人,必然已能超过这两个标准。郑谷诗致力于五、七言律诗,写景叙情,善于贴切;属对炼句,亦极工致,但气分风骨,终不及大历诸家。他以《鹧鸪》诗著名,当时人称他为"郑鹧鸪"。我们现在就读一读他的这篇代表作:

鹧鸪

暖戏平芜锦翼齐,品流应得近山鸡。

雨昏青草湖边过,花落黄陵庙里啼。

> 游子乍闻征袖湿，佳人才唱翠眉低。
>
> 相呼相唤湘江浦，苦竹丛深春日西。

此诗前解四句是描写鹧鸪在春暖之日，嬉戏于平原上，锦翼整齐。它的身分应当可以比之为山鸡。这句诗我可不懂，为什么把鹧鸪比之为山鸡？难道山鸡的流品高吗？下两句写洞庭湘水边的鹧鸪，下雨天在青草湖边飞过，花落时在黄陵庙里啼唤。后解四句是描写行人听到鹧鸪啼声。第七、八句应当和五、六句倒过来讲。在幽深的苦竹林中，夕阳西下时，这些鹧鸪在湘江沿岸相呼相唤，使旅游人听了，感动得掉泪。因为鹧鸪的啼声好像是在说："行不得也哥哥。"唐代歌曲中有摹仿鹧鸪啼声的曲子，名为《鹧鸪词》，这里说"佳人才唱"，就是说歌女闻鹧鸪啼声而唱起《鹧鸪词》来，并也有所感动而低眉发愁。

这首诗完全是咏物诗，八句全是赋体，不过描写鹧鸪而已。"雨昏"、"花落"一联很好，但用来咏杜鹃也未尝不可。在郑谷的诗集中，这首诗并不是最好的，更不能以此诗为他的代表作。但一时有"郑鹧鸪"之名，倒反而把他的好诗埋没了。

不过，对于此诗的理解，也有极为矛盾的评论。朱东岩在《唐诗鼓吹》中说这首诗"纯用比、用兴，故佳"。而金圣叹在《选批唐才子诗》中却说：

> 咏物诗，纯用兴最好，纯用比亦最好，独有纯用赋却不好。何则？诗之为言，思也。其出也，必于人之思；其入也，必于人之思。以其出入于人之思，夫是故谓之诗焉。若使不比不兴而徒赋一物，则是画工金碧屏障，人其何故睹之而忽悲忽喜？夫特地作诗，而人乃不悲不喜，然则不如无作。此皆不比不兴，纯用赋体之过也。相传郑都官当时实以此诗得名，岂非以其"雨昏"、"花落"之两句？然此犹是赋也。我则独爱其"苦竹丛深春日西"之七字，深得比兴之遗也。

读金圣叹这一段评论，可知金圣叹也以为此诗病在全用赋体，使读者无所感动。但是他又以为最后一句诗"深得比兴之遗"，这就全部推翻了他自己的上文。原来此诗又并非"纯用赋"体，最后两句，还是有比兴的。可是，我实在无法把这句诗讲出比兴的意义来。比的是什么？从何处兴起？金圣叹在讲解下半首诗时说："此七与八，乃是另写一人，闻之而身心登时茫然。然后悟咏物诗中多半是咏人之句,如之何后贤乃更纯作赋体。"这一段评论,真使人读之"身心登时茫然"。他说此诗结句是写另外一个人在听鹧鸪啼,并不是在青草湖边、黄陵庙里听的人。又说此诗虽然是咏物诗,却多半是在咏人。因此还不算"纯用赋",不过后世诗人却有"纯用赋"的了。金圣叹一开始就指出此诗纯用赋体,本来不错,不知怎么一回事,他又肯定了结尾两句有比兴意义。于是要从自己的矛盾中解脱,发现了咏物诗中多半是咏人,而咏人就是"比兴之遗"。这里只能说是反映了金圣叹的思想混乱到连自己也莫知适从。至于朱东岩说此诗好在"纯用比,用兴",他既没有指出比兴的意义在哪里,我们更是无法索解。

郑谷还有一首鹧鸪诗,倒是比出名的前一首好得多:

侯家鹧鸪

江天梅雨湿江蓠,到处烟香是此时。
苦竹岭无归去日,海棠花落旧栖枝。
春宵思极兰灯暗,晓月啼多锦幕垂。
惟有佳人忆南国,殷勤为尔唱愁词。

侯家歌妓能唱鹧鸪词,郑谷在筵席上听了,即作一诗,题目就称《侯家鹧鸪》。这样的诗题,在中、晚唐诗中常见,例如张祜集中就有《董家笛》、《丘家筝》、《李家柘枝》等十多首。

此诗是把歌妓唱的鹧鸪比之为被捕在笼中的鹧鸪。第一联写时节,正是江天梅雨淋湿花草的时候。江蓠是花名。第二联说被拘囚的鹧鸪无法再回到苦竹岭老家去,从前栖宿过的海棠树也都已花落春残了。第三联写春宵灯暗时,鹧鸪的乡思。而在晓月当空的时候,深闭在锦幕中的鹧鸪仍不停地悲鸣。第四联说,惟有这位歌妓也怀念南方,代你唱出了怀乡的愁绪。这一联点明题目,用在结尾,艺术手法极巧。第七句更好,既把鹧鸪比为失去自由的羁旅之人,又把歌女比为失去自由的鹧鸪。"惟有佳人忆南国",是说歌女怀念南方家乡。"殷勤为尔唱愁词",是说歌女唱鹧鸪词,既是唱出了自己的乡愁,也是代你唱出了乡愁。这首诗的艺术手法,是用双重比兴,比中有比,岂不是写得比前一首高明得多?我以为"郑鹧鸪"的代表作应该是这首诗。

郑谷还有一首著名的诗:

雪中偶题

乱飘僧舍茶烟湿，密洒歌楼酒力微。

江上晚来堪画处，渔人披得一蓑归。

这首诗在当时已广为流传，有一个姓段的赞善（官名）曾根据诗意画了一幅雪景。郑谷作了一首谢诗，题云："予尝有雪景一绝，为人所讽吟。段赞善小笔精微，忽为图画，以诗谢之。"这首诗的结句云："爱予风雪句，幽绝写渔蓑。"由此可知，画的是披蓑衣的渔翁在大雪中晚归的景象。在宋元人的话本小说中，每逢讲到下雪天，这首诗常常被引用来作"有诗为证"的唱词。

此外，郑谷诗集中有好几首拗体诗，也值得注意：

石城

石城昔为莫愁乡，莫愁魂散石城荒。

江人依旧棹艖艋，江岸还飞双鸳鸯。

帆去帆来风浩渺，花开花落春悲凉。

烟浓草远望不尽，千古汉阳闲夕阳。

倦客

十年五年歧路中，千里万里西复东。

匹马愁冲晓村雪，孤舟闷阻春江风。

达士由来知道在，昔贤何必哭途穷。

闻烹芦笋炊菰米，会向渔乡作醉翁。

这里选取两首为例。这两首诗的上半首平仄都不粘缀，一句之中不协，上句与下句之间不协。读来就感到声调急促，无抑扬摇曳的律诗特征。这种诗称为拗体诗，又名为"吴体诗"。我们已讲过杜甫的两首吴体诗（见第四十篇），现在可以参看。吴越方言与歌唱，在东晋时第一次为中原士大夫所接受，过江名士，多喜学吴语，乐府歌曲中也出现了吴声曲辞。从隋到盛唐，南方土音，又为中原士大夫所鄙弃。安史乱后，中原人士多流寓江南，于是渐渐有人爱听吴音。顾况、白居易等人的诗中，常见有吴吟、吴音、越调等语词。张祜诗有"更学吴音诵梵经"之句，可知僧尼也学吴音念佛经了。吴体诗本是吴越间人诵诗的调子，如果依调配字，就成为一种新体的律诗。从此以后，七律中有了这样一种格式，宋元以降一直有人仿作。

《瀛奎律髓》有"拗字"一类，选了杜甫以下唐宋五、七言拗体诗二十八首。现在抄录一首黄庭坚的诗，比较吟诵，可知江西诗派硬句的渊源：

题落星寺

星宫游空何时落，着地亦化为宝坊。

诗人昼吟山入座，辞客夜愕江撼床。

蜂房各自开户牖，蚁穴或梦封侯王。

不知青云梯几级，更借瘦藤寻上方。

一九八五年四月二日

游仙诗

曹唐

85

　　曹唐的事迹,《唐才子传》叙述较详。传云:"唐,字尧宾,桂州人。初为道士,工文赋诗。大中间举进士,咸通中为诸府从事。唐与罗隐同时,才情不异。唐始起清流,志趣淡然,有凌云之骨。追慕古仙子高情,往往奇遇,而己才思不减,遂作《大游仙诗》五十篇,又《小游仙诗》等,纪其悲欢离合之要,大播于时。"此外,《唐诗纪事》云:"初为道士,后为使府从事,咸通中卒。作游仙诗百馀篇。"又,《全唐诗》云:"初为道士,后举进士,不第。咸通中累为使府从事。"三段小传,其不同处只在曹唐有没有进士及第。唐宣宗大中共十四年,懿宗咸通共十五年。曹唐在咸通年中曾在几个节度使幕府中做事,传中言"咸通中卒"也大致不错。看来他早年是一个能文工诗的道士,后来做了许多游仙诗,大出其名,就被某些节度使录用。他没有举进士,在节度使幕中,恐怕地位很低,不是判官、记室之类。他的诗集中也看不出有与达官贵人交契的迹象。《唐才子传》还记录了他与罗隐互相嘲谑的故事,可是在两人的诗集中都没有互相唱和投赠的诗篇,可知他们的交情不深。由此看来,大概曹唐只是依靠他的游仙诗而垂名于后世。

　　曹唐诗未闻有单刻本。《全唐诗》收曹唐诗两卷,主要是大、小游仙诗。《大游仙诗》是七言律诗,集中仅存十七首,与《唐才子传》所言五十篇不合,显然已遗失了三十三首。《小游仙诗》九十八首,加上《唐诗纪事》中引用的一首,共存九十九首。大约原来是一百首,仅遗失一首。

　　游仙诗是很早就有的。梁昭明太子萧统编《文选》,把诗分为二十类,其第九类就是游仙。他选了晋代诗人何劭的一首、郭璞的七首,都是五言诗。大约游仙诗这个名目就起于晋代,当时道家思想成为时尚。文人都爱好阅读道家书籍,修心养性,炼丹服药,希望延年益寿,甚至飞升成仙。这种思想表现在文学中,就成为一种新的题旨,"游仙"这个名词就标志着这一种内容。唐人李善注《文选》,给郭璞的游仙诗做了评注:

> 凡"游仙"之篇,皆所以滓秽尘网,锱铢缨绂,餐霞倒景,饵玉玄都。而璞之制,文多自叙,虽志狭中区,而辞无俗累,见非前识,良有以哉。

前四句说游仙诗的内容应当是描写厌弃人间、鄙视仕宦,到洞府仙山中去服药修炼的事情。后四句是评郭璞的游仙诗,说他自叙太多,文辞虽然不俗,诗意却太狭窄。最后两句说:郭璞的游仙诗已有前辈批评过,很有道理。

所谓"前识"(前辈学者),指的是锺嵘。锺嵘在《诗品》中论郭璞云:

> 宪章潘岳,文体相辉,彪炳可玩。始变永嘉平淡之体,故称中兴第一,《翰林》以为诗首。但《游仙》之作,辞多慷慨,乖远玄宗。其云"奈何虎豹姿",又云"戢翼栖榛梗",乃是坎壈咏怀,非列仙之趣也。

他把郭璞的诗,比之于潘岳。郭璞是东晋初期的人,他的诗已改变了西晋平淡之风,所以为晋室中兴时期第一诗人。李充作《翰林论》,也把郭璞列于诗人之首。以上一段是他肯定郭璞的诗格,接下去就专评郭璞的《游仙》诗。他以为这些诗辞气激昂慷慨,与道家冲虚玄妙的气质距离太远。又举郭璞的两句诗为例,认为这些诗的内容只是在发泄其坎壈不得志的感情,像阮籍的《咏怀》诗,而一点没有仙趣。

以上是游仙诗起源的情况。道家思想不时行以后,通行了山水诗。再后,又通行了秾艳的宫体诗。从此没有人再作游仙诗了。

到了唐代,"仙"字产生了新的意义。唐代文人常把美丽的女人称之为仙女、仙人。因此,又把狎妓称为"游仙"。武则天时代,有一个文人张鷟写了一部小说《游仙窟》,就是记述他和一些妓女情爱的故事。小说中有许多五言诗,也就是一种新型式的游仙诗了。曹唐的《游仙》诗,便是从《游仙窟》发展而成。

大游仙诗今存十七首,似乎是插入在许多仙女故事中的诗篇。现在把十七个诗题抄录于此：

  （一） 汉武帝将候西王母下降

  （二） 汉武帝于宫中宴西王母

  （三） 刘晨阮肇游天台

  （四） 刘阮洞中遇仙子

  （五） 仙子送刘阮出洞

  （六） 仙子洞中有怀刘阮

  （七） 刘阮再到天台不复见仙子

  （八） 织女怀牵牛

  （九） 王远宴麻姑蔡经宅

  （十） 萼绿华将归九疑留别许真人

  （十一） 穆王宴王母于九光流霞馆

  （十二） 紫河张休真

  （十三） 张硕重寄杜兰香

  （十四） 玉女杜兰香下嫁于张硕

  （十五） 箫史携弄玉上升

  （十六） 皇初平将入金华山

  （十七） 汉武帝思李夫人

  这里一共有十一个故事。汉武帝见西王母的故事（一、二），刘晨、阮肇入天台山的故事（三至七），牛郎织女的故事（八），麻姑的故事（九），萼绿华的故事（十），穆天子见西王母的故事（十一），张休真的故事（十二），杜兰香的故事（十三、十四），秦女弄玉和箫史的故事（十五），皇初平的故事（十六），汉武帝和李夫人的故事（十七）。除张休真以外，其馀都是从士大夫到一般市民都熟悉的神仙故事。我怀疑曹唐这些诗都是当时说唱故事的艺人用作插曲的，正和《李娃传》之有《李娃歌》、《冯燕传》之有《冯燕歌》一样。曹唐为每一回故事配一首歌词，后人收集起来为他编诗集，只有写刘晨、阮肇入天台山遇仙女的诗至今还保存五首之多，其馀的故事只存诗一二首。如果一个故事配一首歌是最早的说唱文学形式，那么一个故事配许多歌便是已经发展了的说唱文学形式。从曹唐这些诗题中，我们分明可以看得出，诗是与故事的发展配合的。讲一段故事、唱一首诗（歌），已经完全是今天评弹的形式了。

到了宋朝,新兴了词这种文学形式。于是说唱文学中不再用诗为唱词,而改用词了。赵德麟的十二首《商调蝶恋花》鼓子词分段歌唱张生和崔莺莺的故事,就是当时鼓娘们的唱本。再后一些,到了金代,出现了董解元《西厢记》诸宫调,又是金代说唱张生莺莺故事的唱本了。

到此为止,我讲清楚了关于曹唐《大游仙诗》的两个问题:第一,游仙诗的起源与发展。第二,从它们的题目形式推测这些诗的作用,我以为是唐代评弹家的唱词。

《小游仙诗》今存九十九首,都没有题目,也不是赋咏某一故事。内容是写仙女的生活或思想感情,有些诗很近似闺情或宫词。这是以一百首诗为一组的杂咏体诗,钱珝有《江行无题》一百首,都是五言绝句,写江船旅游的风物。王建有《宫词》一百首,都是七言绝句,写宫闱杂事。罗虬有《比红儿》诗一百首,都是七言绝句,写他所悼念的妓女红儿。胡曾有《咏史》一百首,也都是七言绝句,咏历史人物。这一类诗,通称为"百咏诗",也兴起于唐代。

现在欣赏一下《大游仙诗》中的五首刘晨、阮肇入天台遇仙女的故事诗,可能它们已概括了整个故事。

刘晨阮肇游天台

树入天台石路新,云和草静迥无尘。
烟霞不省生前事,水木空疑梦后身。
往往鸡鸣岩下月,时时犬吠洞中春。
不知此地归何处,须就桃源问主人。

前六句是叙述刘、阮二人步入天台深处,一路所见景物。末两句是唱词结束,转入说话的暗示。廖文炳在《唐诗鼓吹》中解释云:"此言随树而入天台,踪迹罕至,石路如新。而其中云气和煦,草色幽静,绝无尘俗之染矣。到此烟霞之中,不记生前之事,但见水木清深,疑是梦后之身。五、六两句,言洞中所闻,乃仙家鸡犬。吾至此地,不可无主人以托宿焉,所以欲就桃源而问之也。"

这样已通讲了全诗,可以无须再释,以后各诗,打算仍是抄录廖文炳的讲解,供读者学习古人串讲诗篇的方法。不过这里要补充说明两点:(一)古人用"洞"

字,意义和现在不同。像这首诗中所谓"洞中",并不是指山的岩穴,而是指四山环绕的一片平地,就是西南各省所谓"坝子"。道家所谓"洞天福地",也就是与世隔绝的一块山中平原。(二)少数民族所住的深山中的坝子,也称为"洞",或写作"峒"。因此,"犬吠洞中"不可理解为狗在山洞里吠叫。

刘阮洞中遇仙子

天和树色霭苍苍,霞重岚深路渺茫。

云窦满山无鸟雀,水声沿涧有笙簧。

碧沙洞里乾坤别,红树枝边日月长。

愿得花间有人出,免令仙犬吠刘郎。

此诗前六句描写刘、阮一路行去所见风景。遇到许多桃树,采桃食之,顿时觉得身轻脚健。此时忽然有狗出来向他们狂吠,于是希望有人出来喝止这条狗。

廖文炳解释云:"此言来至天台,天气和而树色苍然,岚深霞重,其途又渺茫而极远焉。且云满于山,寂无鸟雀;水流于涧,若奏笙簧。其沙则粼粼皱碧,其树则灼灼殷红。是盖别有一乾坤,故日月之长,又异于人间之岁月也。不意仙家之犬,亦解迎人而吠。所愿花间有人,庶几免此,许我寻洞中之胜也。"

仙子送刘阮出洞

殷勤相送出天台,仙境那能却再来。

云液既归须强饮,玉书无事莫频开。

花当洞口应长在,水到人间定不回。

惆怅溪头从此别,碧山明月照苍苔。

此诗之前,大概还应当有一二首诗,咏唱刘、阮会晤仙女,仙女请他们吃胡麻饭的事。现在此诗已咏唱到仙女送别,显然是故事缺少了一大段。

廖文炳解释云:"此诗设为仙子之意以送之也。言殷勤相送,出山一别,岂得再来此仙境。君既归后,仙家之酒,须当强饮以消愁思,洞里之书,不可频开,以亵汗仙传。自此而思仙凡之事,亦相去悬殊矣。花开洞口,固无时而不在;水到人间,当无复有回时。今与两人溪边惆怅,空对碧山明月,照映苍苔而已。"

这里要补充讲的是：（一）"云液"是仙女赠刘、阮的酒名。她们劝刘、阮多饮仙酒，可以延年益寿。"强"，是勉强，不会饮酒也应当勉强饮几杯。（二）"玉书"是道家的书籍，内容大约是养生的药方或解灾辟邪的法术，故仙女劝他们在必要的时候才翻开来看。否则，如果经常翻阅，就会损坏了仙书。

仙子洞中有怀刘阮

不将清瑟理《霓裳》，尘梦那知鹤梦长。

洞里有天春寂寂，人间无路月茫茫。

玉沙瑶草连溪碧，流水桃花满涧香。

晓露风灯易零落，此生无处访刘郎。

廖文炳解释云："首言自别刘、阮之后，懒将瑶瑟理《霓裳》之曲，想刘、阮已归尘世，其梦当不及仙梦之长也。综彼此而言之，我居洞里，别有一天，而春光寂寂；君在人间，相寻无路，而月色茫茫。尘梦、鹤梦，其相去为何如哉？五、六句言仙家景物常在，而不得与刘、阮相赏，今刘、阮一去，俨若晓露风灯，易于零落，悠悠仙梦，乃与尘寰相隔，正未知此生何处可访问刘郎耳。"

刘阮再到天台不复见诸仙子

再到天台访玉真，青苔白石已成尘。

笙歌寂寞闲深洞，云鹤萧条绝旧邻。

草树总非前度色，烟霞不似往年春。

桃花流水依然在，不见当时劝酒人。

廖文炳解释云："此言苔石成尘，玉真之不见可知，尚有何于云鹤笙歌哉。盖当时草树烟霞，非不在望，而较之前度之色，往年之春，已异矣。虽桃花流水，依依不改，如不见劝酒之人何？"

故事大约到此讲完，这是最后一首唱词了。刘晨、阮肇的故事见于《幽明录》，只说刘、阮回到家中，所见的已是七世孙了。曹唐诗所表现的却是仙女思念刘、阮，刘、阮再入山访觅，却不见仙女。这是当时说书先生增添的部分，很像崔护桃花的故事，从神话变为传奇了。

《小游仙诗》也选录四首，以见一斑，不用解说了。

芝草芸花烂漫春，瑞香烟露湿衣巾。

玉童私地夸书札，偷写云谣暗赠人。

昨夜相邀宴杏坛，等闲乘醉走青鸾。

红云塞路东风紧，吹破芙蓉碧玉冠。

笑擎云液紫瑶觥，共请云和碧玉笙。

花下偶然吹一曲，人间因识董双成。

暂随皂伯纵闲游，饮鹿因过翠水头。

宫殿寂寥人不见，藕花菱角满潭秋①。

一九八五年四月五日

---

① "藕花"原作"碧花"。"碧"字与上句"翠"字重复，实在不佳。今改作"藕花"，好得多。我讲解唐诗而擅自改字，未免唐突。但想借此一例，与读者研究诗的用字法，也可以算作一次实验。

86

　　章碣，钱塘（今浙江杭州）人，不知其字，诗人章孝标之子。章孝标应进士试考了十年，至元和十四年（公元八一九年）方才及第。及第后，回家嘉庆①，先以诗寄家乡友人：

及第后寄广陵故人

及第全胜十政官，金汤镀了出长安。

马头渐入扬州郭，为报时人洗眼看。

　　诗意说进士及第比任官更为荣耀，我现在好比镀了金，出京回家省亲。旅程已经快要到扬州，故寄此诗报告朋友们，请大家洗净眼睛，改变对我的看法。以考上进士为镀金，是唐人俗语。"金汤"即"金液"。今人以出国留学或获得某种高一级的资格，称为"镀金"，语源即出于此。

　　章孝标这首诗反映了唐代知识分子对进士及第的重视，同时也反映了章孝标这个人的气度狭小。当时有诗人李绅就写了一首《答章孝标》的讥讽诗：

假金方用真金镀，若是真金不镀金。

十载长安方一第，何须空腹用高心。

　　章孝标读了此诗，大为羞惭，但因此而终于不成大器，官位止于秘书省正字。

---

① 唐人以进士及第后回家省亲，谓之"嘉庆"，又称"拜家庆"。

儿子章碣,也是屡试不及第。咸通末年(公元八七四年),颇有诗名,满心以为可以成名了。乾符中,高湘知贡举,章碣去应试。谁知高湘从长沙带了他的得意门生邵安石来,录取了安石而不取章碣。章碣怨恨之馀,写了一首使他幸而能够传名于后世的七绝:

东都望幸

懒修珠翠望高台,眉月连娟恨不开。

纵使东巡也无益,君王自领美人来。

这首诗以宫怨寄兴。按唐代选举制度,有时也在东都洛阳设置考场,不过不是常例。章碣大约在洛阳应试,故比之为"东都望幸"。第一句说:宫中美人懒得妆饰。第二句说:因为心有怨恨,眉毛蹙紧不开。"眉月"即月牙形的眉毛。第三句说:即使到东都去也没有好处。第四句说:谁知君王自己带领了美人来,不会宠幸宫中的美人。此诗对高湘的讽刺极妙。《唐诗品汇》只选了他两首七绝,这首之外,另一首是《焚书坑》。

焚书坑

竹帛烟销帝业虚,关河空锁祖龙居。

坑灰未冷山东乱,刘项从来不读书。

秦始皇帝为了箝制知识分子的思想,以巩固其独裁政权,收缴天下儒家书籍,统统烧掉。又把政治上的异己分子,主要是儒士,活埋了四百六十多人。这就是历史上所谓"焚书坑儒"。也可以说是世界史上第一次"文化大革命"。据《史记·始皇本纪》的记载,焚书是在始皇三十四年。当时,秦始皇命令史官速将秦国以外各国的历史书都烧掉。除了博士们所用的公家藏书以外,民间所藏"诗书百家"书籍,都要在命令到达后三十天内,上缴给本郡郡守或郡尉,即在当地焚烧净尽。烧书以后,人民中如有私相谈论诗书的,处以死刑。"以古非今",反对现政权者,杀其家族。官吏知而不揭发者,同罪。医药、占卜、种树的书,不必焚烧。

坑儒是在三十五年。当时在首都咸阳的儒生还有不满言论,始皇下令审问,定罪名为"为妖言以乱黔首"。审问之时,诸生互相检举揭发,最后把判定为犯禁的儒生四百六十多人,坑于咸阳。

由此可知，书是分散在各地焚烧的，坑儒只在咸阳。不知什么时候，有人把"焚书坑"三字连读，于是在临潼骊山下伪造了一处古迹：秦始皇焚书坑。章碣这首诗，是赋咏名胜古迹，也是怀古诗。诗意说：烧书（竹帛）的烟火销灭之后不久，秦始皇的事业就空虚了，因为始皇崩于三十七年七月。"祖龙"是当时人民称始皇的隐语，"祖"就是"始"，"龙"象征皇帝。始皇生前，用种种方法，固守他的关河。现在，他所居之处，固守也徒然了。故诗云："关河空锁祖龙居。"始皇焚书坑儒，也是为了锁住他的关河，惟恐读书人起来造反。岂知坑中的竹帛灰还没有冷却，关外已经有刘邦、项羽举兵造反了，而刘邦、项羽都不是读书的知识分子。

章碣此诗，立意很新，对仇视知识分子的秦始皇，讽刺也很尖锐。但这首诗的主题思想，却是说出了一个真理：革命的动力不在知识分子。知识分子能运用他们的知识，评论政治，是非、善恶、臧否，都可以凭他们的知识论定，但对于施行仁政的统治者，他们只能起锦上添花的作用；对于施行苛政的统治者，他们没有把他拉下来的能力。我国历史上聪明的统治者，对于"处士横议"，都不十分重视。秦始皇过高地估计了知识分子的作用，干出了焚书坑儒的蠢事，无补于他的"帝业"。倒是中国老百姓，尤其是被压迫的农民，知道他们自己的力量。所以他们会讥笑知识分子："秀才造反，三年不成大事。"

同时人罗隐也有一首《焚书坑》诗云：

> 千载遗踪一窖尘，路旁耕者亦伤神。
> 祖龙算事浑乖角，将谓诗书活得人。

此诗三、四句大意说秦始皇计算错误，以为诗书真能救活被压迫的人民，这一层意思，却可谓"先得我心"了。

章碣以为秦始皇是在骊山下掘一个大坑，用以焚书的。所谓"坑灰"，是指竹帛（书）的灰烬。这就与事实不符。坑是掘来用以活埋儒生的。宋初提倡西昆体的杨亿有一首咏秦始皇的诗（《始皇》三首之一），其结句云：

> 儒坑未冷骊山火，三月青烟绕翠岑。

这两句的诗意完全抄袭章碣，不过他改用项羽入关，焚烧阿房宫，火三月不熄的故事。方虚谷把此诗选入《瀛奎律髓》，评论道："第七句最佳，作诗之法也。坑儒未几,骊山已火。以一火字贯上意。"这样一讲,反映出作者与评者,都是糊涂虫。作者知道这是儒坑,不是焚书坑,但是他偷了章碣诗句,改了一个字,说是"儒坑未冷"。四百六十多个儒生是被活埋掉的,不是烧死的。坑既没有被火烧热,怎么说是"未冷"呢?这一句诗简直是事理不通,而方虚谷却以为此句"最佳",并且用来教人以"作诗之法",岂不可笑?方虚谷说此两句以一"火"字贯串,而没有想到儒坑中本来没有火。现在我给作者改一句为"焚书未烬骊山火",这才是"以火字贯上意"了。

章碣的诗,现在仅存二十六首于《全唐诗》中,七律为多,未见佳作。方干有《赠进士章碣》诗,首两句云:"织锦虽云用旧机,抽梭起样更新奇。"这是说他作诗虽用旧形式,却能有新意。结句云:"此时才子吟应苦,吟苦鬼神知不知。"可知章碣也像孟郊、贾岛一样是个苦吟诗人。只是才分不高,即使吟苦,也未能有足以使"鬼神惊"的佳句。

罗隐也有一首诗《送章碣赴举》,其颔联云:"久经离乱心应破,乍睹升平眼渐开。"似乎是在黄巢兵败之后才入京应举。但《唐诗纪事》说他是"登乾符进士",乾符只有六年,正是王仙芝、黄巢举兵之时。章碣既未在高湘榜下及第,或者在此后一二年内终于成了进士,但又与罗隐诗意不合。此后他的传记是"流落不知所终",恐怕也是战事的影响。

章碣还有一首诗值得注意:

> 东南路尽吴江畔,正是穷愁暮雨天。
>
> 鸥鹭不嫌斜雨岸,波涛欺得逆风船。
>
> 偶逢岛寺停帆看,深羡渔翁下钓眠。
>
> 今古若论英达算,鸱夷高兴固无边。

这首诗没有题目,只题作"变体诗"。律诗第一、三、五、七句向来不用韵,此诗却押了"畔"、"岸"、"看"、"算"四个仄声韵,这是他创造的变体律诗。顾况作"吴体"诗,温庭筠作"双声"诗,李商隐作"当句对"诗,和章碣这首"变体"诗,都反映着中唐以后,有人在律诗的形式方面,试探于创新,但是都没有成功。

一九八五年四月九日

87

李群玉是晚唐诗人中有特点的一个。字文山,湖南澧州(今澧县)人。《唐才子传》称他"清才旷逸,不乐仕进。专以吟咏自适,诗笔遒丽,文体丰妍。好吹笙,美翰墨,如王谢子弟,别有一种风流。"又说亲友敦促他入京应进士试,落第之后,就不再去。裴休为湖南观察使,厚礼聘请他佐理郡中事务,曾劝勉他说:"处士被褐怀玉,浮云富贵,名高而身不知。神宝宁久弃荒途? 子其行矣。"这大约是裴休罢任的时候,劝他入京求仕的话。大中八年(公元八五四年),裴休为宰相执政,使李群玉进呈诗三百篇,同时为他上表举荐,因而得授宏文馆校书郎。但他还是不乐为官,不久即告假回家,二年后逝世。《唐诗纪事》说:"群玉好吹笙,善急就章,喜食鹅。及授校书郎东归,卢肇赠诗云:'妙吹应谐凤,工书定得鹅。'"他的诗今存三卷,五言为多,颇有清新古雅之作。其生平事迹,大概如此。《唐才子传》有一段评论云:

夫澧浦,古骚人之国,屈平仕遭谮毁,不知所诉,心烦意乱,赋为《离骚》。骚,愁也。"已矣哉,国无人莫我知兮,又何怀乎故都?"委身鱼腹,魂招不来。芳草萋茶,萧艾参天,奚独一时而然也。群玉继禀修能,翱翔大化,人不知而不恤,禄不及而不言。望涔阳之无极,艳兰杜之绪馨。款君门以披怀,沾一命而潜退。风景满目,宁无愧于古人。故其格调清越,而多登山临水、怀人送归之制。如"远客坐长夜,雨声孤寺秋"、"请量东海水,看取浅深愁"等句,已曲尽羁旅坎壈之情。壮心千里,于方寸不扰,亦大难矣!

这一段文字，前段以李群玉比之为屈平，中段叙说李群玉的品德，后段评其诗格。我以为李群玉与屈平不同，他并非因不见用于朝廷而感到穷愁，也没有像屈平那样的叫苍天、叩帝阍。他根本是心甘淡泊、敝屣荣名的人，恐怕只能比之为陶渊明一流。不过评论中说他曾"款君门以披怀"，方干《经李群玉故居》诗中也说他："讦直上书难遇主，衔冤下世未成翁。"似乎李群玉曾向朝廷上书论政而未被采录，但现有的资料中却没有记载。尽管李群玉的传记资料不详，但已可知他的人品是高洁的。可是近来有一个唐诗选本却说："李群玉的诗内容不丰富，不脱山人、门客的题材，既歌咏闲适，又干求权贵。"这一评论真不知根据什么史料。李群玉生平只有裴休一个知己。裴休这样提挈他，他还是很恬淡。做一下校书郎，还是为了裴休的恩遇，此后便及早告退，并不想高升。他的诗集中根本没有一首干求权贵的诗。甚至在《蒙恩授官，言怀纪事》这首诗中，也没有感激涕零的表现。这段评论，很像是三十年代批判晚明小品文作家的，现在抄来评论李群玉，真是牛头不对马嘴了。

湖南湘阴洞庭湖边有一座黄陵庙，是祭祀帝尧的两个女儿的。据古代传说，帝尧二女，一名娥皇，一名女英，都嫁给帝舜。舜到南方去巡狩，娥皇、女英也随从同去。到了湘阴，二女留驻。舜帝独自南行，行到现在的湖南、广西交界处，所谓"苍梧之野"，得病而死，葬于九疑山下。后人为他建祠，至今九疑山下还有舜祠。娥皇、女英得到舜帝病死的消息，日夜悲哭，不久就投水而死。她们的眼泪洒在竹竿上，就成为湘妃竹。后人在湘阴为她们建祠，称为黄陵庙。

黄陵庙是李群玉经常经过的地方。他对这两位尧女舜妃的故事很为感动，每次经过必赋一诗，现在他的诗集中还存四首。据说他从校书郎告病假回湖南时，又经过湘阴，在黄陵庙题诗一首：

黄陵庙

小姑洲北浦云边，二女明妆尚俨然。
野庙向江春寂寂，古碑无字草芊芊。
风回日暮吹芳芷，月落山深哭杜鹃。
犹似含颦望巡狩，九疑如黛隔湘川。

这首诗很流利，诗意也明白清楚，无须注释。第二句是说庙中神像塑造得栩栩如生。中间二联在写景中表凄恻的怀古之情。结尾句设想二妃还好像在悲哀地遥望南巡的帝舜,可是隔着湘江的九疑山,在云雾之中,乌沉沉地望不清楚。

李群玉题诗之后,当晚就住在山下旅馆中。梦见两个女子,自言是娥皇和女英。因为被李群玉的好诗所感动,所以来致谢。并且说,两年之后,你将"游于汗漫",那时我们就可以和你叙会了。李群玉就和她们互叙情好,一会儿她们便倏然不见。两年以后,李群玉果然得病身亡,大约就是神女所谓"游于汗漫"去了。

这个梦,大约使李群玉很高兴,常讲给朋友听。《唐诗纪事》说"段成式志其事"。段成式是《酉阳杂俎》的作者,喜爱记录异闻奇事,但李群玉的故事却未见于此书。不过段成式有两首《哭李群玉》诗,我们非但可以由此知道李群玉曾自己夸说过这个美梦,而且也可以了解李群玉的人品:

哭李群玉

曾话黄陵事,今为白日催。

老无儿女累,谁哭到泉台。

哭李群玉

酒里诗中三十年,纵横唐突世喧喧。

明时不作祢衡死,傲尽公卿归九泉。

无独有偶,同时有一位四川诗人李远,字求古,也是一个"夸迈流俗,为诗多逸气"的人。宣宗时,宰相令狐绹要任命他为杭州刺史。皇帝说:"此人做诗,有'青山不厌一杯酒,白日惟销一局棋'的话,他整天饮酒下棋,能做地方官吗?"宰相说:"这是诗人偶尔感兴,未必真是如此懒散。"皇帝说:"好吧,让他去试试,看他政绩如何。"李远上任之后,果然清廉能干,大得民心。李群玉喜吃鹅,李远却爱吃鸭。凡有贵客经过他的治邑,他不送财物,只送两只绿头鸭。他又喜欢收藏历史文物,特别注意于天宝遗物,曾在关中一个和尚处访得一双杨贵妃的袜子,郑重珍藏,常常取出来给朋友们赏玩。李群玉在黄陵庙题诗时,李远正任江州刺史。李群玉从湖南东游,路过九江,访晤李远。二人谈笑永日,情谊极为契合。李群玉又讲起黄陵庙梦中的爱情遭遇,李远也取出杨妃的袜子给群玉欣赏,并说:"我自从得到这双又软又轻,既香既窄的妙物之后,每次一见,就好像身在马嵬坡下,与贵妃会合。"于是二人皆拊掌戏笑,各有赋诗(见《唐才子传》)。

这是两个诗人的色情狂故事,都可以用弗罗伊德的性心理分析方法来解释。这两个诗人,诗虽然写得很清逸,但人品都是端庄严肃,不像杜牧、温飞卿等人的风流放诞。因而他们都有被压抑的潜在意识。李群玉的梦,是他的潜在意识的暴露;李远的袜,也是潜在意识的寄托物。可惜当时两人所赋之诗没有流传下来。

李群玉还有几首黄陵庙诗,大约是早期所作,今一并抄录于此:

黄陵庙

黄陵庙前莎草春,黄陵女儿茜裙新。

轻舟短棹唱歌去,水远山长愁杀人。

题二妃庙

黄陵庙前春已空,子规啼血滴松风。

不知精爽归何处,疑是行云秋色中。

湘妃庙

少将风月怨平湖,见尽扶桑水到枯。

相约杏花坛上去,画栏红紫斗樗蒲。

湘中古怨(其三)

南云哭重华,水死悲二女。

天边九点黛,白骨迷处所。

朦胧波上瑟,清夜降北渚。

万古一双魂,飘飘在烟雨。

二妃庙、湘妃庙,都是黄陵庙。第一首是用竹枝歌体写黄陵庙下的姑娘们,穿了茜红色的新裙子,划船唱歌而去,使人感到水远山长,无可追踪。何义门评得好:"结句是欲往从之而无由,亦《楚辞》求女之意。"

第二首第一句写时,"春已空"即春光已尽。第二句用"子规啼血"来表现二妃的怨情。第三、四句说：不知二妃的精灵现在何处，我疑心她们在秋空中像巫山神女一样地行云行雨。这二句已透露了诗人的心理状态，为梦的预兆了。

第三首不敢曲解，似乎题目与诗不合，可能有错误。

第四首用赋体描写二女，全是这个神话的叙述。但结尾二句，已有"疑是行云秋色中"的幻想了。

一九八五年四月十二日

诗八首

刘驾

88

刘驾的生平不甚可知，合《唐才子传》及《全唐诗》两种资料，只能知道他字司南，江东人。大中六年（公元八五二年）进士。与曹邺为好友，二人俱工古风。邺先登第，不忍先归，居长安，待驾成名，乃同归范蠡故山。时国家收复河湟，驾献乐府十章，上甚悦，历官至国子博士。所谓"江东人"，又云与曹邺同归范蠡故山，似乎二人皆越中人。但曹邺小传明明说是桂州人，可知记传有误。

刘驾诗多五、七言古体。在律诗泛滥、人人竞争一联一句之奇的时候，作古体诗成为空谷足音，亦足以引人注意。但现存刘驾诗一卷中，就是古体诗也没有特异之作，所以在晚唐诸诗人中，他不能如陈子昂在武则天时代那样杰出。

早行

马上续残梦，马嘶时复惊。

心孤多所虞，僮仆近我行。

栖禽未分散，落月照古城。

莫羡居者闲，家边人已耕。

这篇《早行》是刘驾的著名作品，但也只是好在第一句。它和温庭筠《商山早行》诗中"鸡声茅店月，人迹板桥霜"二句，被称为描写旅人早行的佳句。

旅人在客店里，梦还没有醒，已经被僮仆催起身，出门赶路了。于是，骑在马上昏昏沉沉的，还是续做昨夜的残梦。每逢马嘶声，便吃了一惊。第三、四句说：早行人心情有孤独之感，因而走路不放心，有各种各样的顾虑。僮仆也和我一样，挨近了我一起走,不敢离开。第五、六句描写一个"早"字。树上的鸟还没有四散飞去,城头上还可见月亮正在落下。第七、八句写旅行人感到行旅的忙碌与辛苦,有点羡慕住在家里的人生活悠闲。但是,一看冢墓旁边已有人在耕地,便悟到居者也并不悠闲,他们也是要清早起来劳动的。这两句的意义是旅行人自己宽慰,也解释了上文"心孤多所虞"。

古出塞

胡风不开花,四气多作雪。

北人尚冻死,况我本南越。

古来犬羊地,巡狩无遗辙。

九土耕不尽,武皇犹征伐。

中天有高阁,图画何时歇。

坐恐塞上山,低于沙中骨。

这是一首讽谕统治阶级开边的乐府诗,在晚唐诗中,也可算是凤毛麟角了。诗意说:胡地的风不会催开花朵,四季的气候都只能酿雪。北方人有时都会冻死,何况我是南越来的人。这四句写出关后的气候感觉。中四句说:从古以来,这种犬羊所居之地,一直有帝王到处巡狩。九州土地还没有全部开发,可是皇帝还要发兵出征,开拓边境。下四句说:天上有一座高楼,永远在给开边的名将功臣绘画图像,以为奖励。这是指唐朝宫中的凌烟阁,阁上有历代文武勋臣的画像。结句是反话,但恐沙场上战死兵士的白骨,会比山还高。

贾客词

贾客灯下起,犹言发已迟。

高山有疾路,暗行终不疑。

寇盗伏其间,猛兽来相追。

金玉四散去,空囊委路岐。

扬州有大宅,白骨无地归。

少妇当此日,对镜弄花枝。

这首诗反映了当时商旅情况。商人住在客店里，天未明就出门上路，还说已经迟了。高山上有一条捷径，在昏暗中行走，一点没有顾虑。不提防那里有强盗，有猛兽；被害死了生命，金玉珍宝都被劫去，只有空的囊橐抛在路口。这个商人家在扬州，住的是大宅院，可是他的白骨却无法回去。当他在行路中被害的时候，家里的年轻妻子还正在对镜插花呢。

这首诗写得很紧凑简净，每二句概括一层意思，没有一个多馀的字句。“疾路”即快速的路，亦即近路，恐怕应当写作“捷路”。“伏其间”原作“伏其路”，重复了“路”字，今改为“间”字。

刘驾还有几首独创一格的诗，也抄出来展示他对诗的新形式的追求：

春夜二首

一别杜陵归未期，只凭魂梦接亲知。
近来欲睡兼难睡，夜夜夜深闻子规。

几岁干戈阻路岐，忆山心切与心违。
时难何处披衷抱，日日日斜空醉归。

郪中感怀

顷年曾住此中来，今日重游事可哀。
忆得几家欢宴处，家家家业尽成灰。

晚登迎春阁

未栉凭栏眺锦城，烟笼万井二江明。
香风满阁花满树，树树树梢啼晓莺。

望月

清秋新霁与君同，江上高楼倚碧空。
酒尽露零宾客散，更更更漏月明中。

　　这五首诗,每首的第四句都重叠三字,第四首连上句共叠四字。这决不是偶尔的事,显然是作者有意尝试,创造一种新颖的句法。但这只是一时文字游戏,不可能成为定格,所以后世诗人,虽也间或摹仿做一二首,不算是绝句的一体。但我们可以给它们定一个名称,叫做叠字诗。

　　　　　　　　　　　　　　　　　　　　　　　一九八五年四月十五日

89

贫女

秦韬玉

秦韬玉,字仲明,京兆人。他父亲是一个禁卫军官,但他却爱好文学,作诗恬和浏亮。他巴结上当时有权有势的宦官田令孜,由田令孜的提拔,不到一年,官至丞郎,为保大军节度使幕下的判官。僖宗避难入蜀,他也随驾同行。中和二年(公元八八二年),礼部侍郎归仁绍主试,僖宗特下敕命,赐秦韬玉进士及第,并命礼部把秦韬玉列入及第进士二十四人名额内一起安排官职。以后田令孜就汲引他为工部侍郎。

以上是《唐才子传》记载的秦韬玉的履历。由此看来,唐代三百年的诗人中,他的出身最为特殊。"丞郎"是县丞和校书郎一级的官职,一般都是进士及第后的第一任官职。秦韬玉未经考试及第,已经以丞郎的官位任职节度判官,这已经是破天荒的事了。后来又不经考试,而由皇帝的敕命成为及第的进士,更依靠宦官的提拔,一下子升迁为工部侍郎,官运迅速,也是自古未闻的。

秦韬玉诗有《投知小录》三卷,但现存于《全唐诗》中的只有三十六首,大多是七言律诗。诗不甚佳,而《贫女》一首却为历代传诵的名作。

贫女

蓬门未识绮罗香,拟托良媒亦自伤。

谁爱风流高格调,共怜时世俭梳妆。

敢将十指夸纤巧,不把双眉斗画长。

苦恨年年压金线,为他人作嫁衣裳。

这首诗写一个天生自然美丽的贫女,不学时世流行的梳妆打扮,因而不被人们赏识,嫁不出去。天天在家做针线活计,却是为别人做嫁时衣。诗的主题思想,一读就明白,显然是有比兴意义的。最后二句,尤其为历代以来,以文字工作为达官贵人服务的人,常常引用来发泄牢骚。"为人作嫁"这个成语,就是出于此诗。

但是,这首诗的总的意义,虽然人人都能了解,其中间二联却直到如今没有人能完全理解。我们先看一段《唐诗鼓吹》中廖文炳的解释:

> 此伤时未遇,托贫女以自况也。首言贫居蓬门,素不识绮罗之香,拟托良媒以通意,不免枉己以徇人,亦为之自伤也。喻不可托人荐拔以致用也。且以人情言之,格调之高,未必致爱;梳妆之俭,时所共怜。喻世有才德者则不之用;致饰于外者,则好之耳。五句言不敢以工巧夸世,六句言不敢以描画自骄。末则致其自伤之意。谓吾所最恨者,年年压金线,以作他人嫁时之服,惜我贫居,久不适人,其情于是乎可恻也。

再看新近出版的《唐诗选》,编者注释云:

> 风流,举止潇洒。高格调,胸襟气度超群。怜,在这里也是爱的意思。时世,当代。上句的谁字贯下句。这两句说:有谁欣赏不同流俗的格调,又有谁与贫女共爱俭朴的梳妆呢?也就是说,当时只有卑俗的格调和奢靡的梳妆才被人喜爱。

从元明到如今,我只见到这两段比较详细的解释,可以看清作者对此诗每一句的了解情况。《唐诗鼓吹》中朱东岩也有一段评解,说得很含糊,看不清他对关键句子的了解情况,故不录出。

以上两段解释没有多大差距。他们都把"谁爱"、"共怜"二句理解为平行句,"风流高格调"是属于贫女,"时世俭梳妆"也属于贫女。"敢将"、"不把"两句,廖文炳也理解为平行句,《唐诗选》编者虽没有讲到,但可知他和廖文炳的体会没有不同。

我认为,这两联四句,他们都讲错了。也许历代以来读此诗者,也都是这样讲法。那么,这首诗一向没有人完全理解,也说不定。不过,喻守真注解《唐诗三百首》,在此诗后的一段"作法"简释却很有意思:

  首句以"绮罗香"衬"贫"字。次句以"伤"字立意。颔联上句是自矜身分，下句是鄙弃时俗。颈联是不露才华，下句是不同流俗，末联是伤不得其时，"苦恨"是从"自伤"中来，"压金线"又从"针巧"[①]而来。贫女的拟托良媒，正反映诗人的无人汲引，不能得志……

虽然没有逐句讲明，但可知他都不把中二联的上下句理解为平行句。上句的理解没错，下句则似乎还没有讲通。

  这首诗牵涉到"时世妆"。如果不了解当时妇女的"时世妆"是什么样式就不容易了解第二联和第三联的下句。陈寅恪在《元白诗笺证稿》中，已搜集了一些关于从天宝至贞元、元和年间的妇女时行妆束的资料，现在可以利用他的研究成果来解释"共怜时世俭梳妆"及"不把双眉斗画长"这两句。这两句的意义弄清楚之后，才能正确地了解两联的作者原意。

  小头鞋履窄衣裳，青黛点眉眉细长。

  外人不见见应笑，天宝末年时世妆。

  这是白居易《新乐府》的第七首《上阳白发人》。说当时宫女的装束，还是天宝末年的时妆。鞋头小，衣裳也窄小，眉毛画得又细又长。当时民间妇女的装束已经改变，宫女的装束已成为老式，所以王建说幸而外人见不到这样装束的宫女，如果见到，一定会失笑。

  白居易《新乐府》有一首《时世妆》，记录了贞元、元和年间妇女的时妆：

  时世妆，时世妆，出自城中传四方。

  时世流行无远近，腮不施朱面无粉。

  乌膏注唇唇似泥，双眉画作八字低。

  妍媸黑白失本态，妆成尽似含悲啼。

  圆鬟无鬓椎髻样，斜红不晕赭面状。（下略）

  脸上不施朱粉。唇膏是乌黑的。眉毛画作八字式，好像在哭。梳两个圆鬟而

---

① 针巧：此字《唐诗品汇》作"纤巧"。《全唐诗》作"偏巧"；注云："一作纤。"诸家引用亦多作"纤巧"。只有《唐诗三百首》作"针巧"。观原诗下句对"斗画长"，则"针"字亦有理。

无鬓脚,像胡人的椎髻。总之,这样的妆饰是效法胡人的,所以白居易诗的结句云:

> 元和妆样君记取,髻椎面赭非华风。

同时元稹有一首诗《有所教》,大约是教训他家中妇女的:

> 莫画长眉画短眉,斜红伤竖莫伤垂。
> 人人总解争时势,都大须看各自宜。

第一句容易了解,不要画长眉毛,要画短些。第二句我们已不易了解。"斜红"是什么?白居易诗中也有"斜红",大约是涂胭脂的式样。白居易诗是说不涂红色而用赭色,元稹这一句是说,涂胭脂宁可竖,不要垂。但怎么叫竖与垂就不可知了。第三、四句是说:虽然人人都要学时髦妆饰,但也要看各人自己适宜于何种妆饰。("时势"即"时世")

贞元、元和以来通行的这种时世妆,称为"俭妆",因为比较朴素,不用脂粉而用赭色土粉,也较为俭约。《唐会要》载文宗时曾下诏禁止妇女"高髻俭妆、去眉开额"①。可知当时妇女的眉样,又从短眉而时行到剃去眉毛了。

看了这些有关唐代妇女装饰史的资料,可以对某些赋咏妇女生活的诗篇有更深的了解。例如朱庆馀的"妆罢低声问夫婿,画眉深浅入时无",这两句诗的时代背景,正是妇女眉样在转变的时候,所以新娘自己没有把握,不知道所画的眉样合不合时世妆。

秦韬玉的这首《贫女》诗起联和尾联都没有问题,大家所理解的也没有差距。主要是了解中间二联四句。

"谁爱风流高格调",此句是贫女"自矜身分"。她知道自己风格太高,无人喜爱。诸家所释,都是一样。不过"风流"二字,并非指"举止潇洒",而还是指妆饰高华。白居易诗中有几次用到"风流",例如:

---

① 《唐会要》卷三十一载唐文宗大和六年(公元八三二年)有司奏:"妇人高髻险妆、去眉开额,甚乖风俗,颇坏常仪。费用金银,过为首饰,并请禁断。其妆梳钗篦等,伏请敕依贞元中旧制。仍请敕下后,诸司及州府榜示,限一月内改革。"此文中"险妆"乃"俭妆"之误。《唐诗鼓吹》注引此文,作"俭妆",是。

> 风流夸堕髻，时世斗啼眉。
>
> 风流薄梳洗，时世宽妆束。

这里"风流"都与"时世"对举，两联都是平行句，可知"风流"也是指妇女妆饰时髦、漂亮的意思。秦韬玉这一句的意思是说："谁喜爱我这种不合时宜的高格调的打扮呢？"

接下去说："共怜时世俭梳妆。"这里一个"共"字，一个"俭"字，大家都讲错了，因此没有掌握到作者的原意。"共"字应讲作"许多人"、"众人"。"俭梳妆"本该是"俭妆"，因为要凑足七字，而加入一个"梳"字。整句的意思应当讲作："大家都喜欢时行的俭妆。"许多人不知道当时的时世妆名为"俭妆"，于是廖文炳讲作"梳妆之俭，时所共怜"。《唐诗选》编注者讲作："有谁与贫女共爱俭朴的梳妆呢？"这个"俭"被讲成可以肯定的美德了。

颈联二句就牵涉到画眉的问题了。当时是通行画短眉，或者甚至剃去眉毛的"时世"，那么，如果有一个姑娘自以为手指纤巧，偏偏要画长眉，岂非背时？诗人要描写贫女不敢背时，只得从俗，因此说："我不敢自夸手指纤巧，所以不画长眉。"喻守真以为这下句是表示"不同流俗"，恰恰是讲反了。

结尾句"为他人作嫁衣裳"，是"为他人＋作＋嫁衣裳"的结构法。这是一个拗句，又称折腰句。在诵读的时候，只能照一般七言句那样读作"为他＋人作＋嫁衣裳"。

一九八五年四月二十日

90

皮日休，字袭美，又字逸少，襄阳人，隐居鹿门山，自号醉吟先生。咸通八年（公元八六七年），登进士第，历官著作佐郎，太常博士。咸通九年，东游吴越，认识了陆龟蒙，互相唱和，结为诗友。著有《皮子文薮》十卷。

陆龟蒙，字鲁望，别号天随子、甫里先生、江湖散人、汉涪翁、渔父、江上丈人。苏州人，居临顿里，善为诗文，名振全吴。举进士，未及第。家有藏书万卷，嗜饮茶，在顾渚山下置茶园，又著《茶经》，卢仝以后，论茶道者推重之。乾符六年（公元八七九年）春，卧病笠泽，隐几著书，自编其诗赋铭记杂文为《笠泽丛书》四卷。中和初，以疾卒。

皮、陆二人自结交后，所为诗皆互相唱和，尝自编其唱和之诗为《松陵唱和集》。在文学史上，号称"皮陆"。他们的诗，在晚唐诗坛别成江湖隐逸一派。诗风清秀平淡，多题咏风物之作，无温李的缛丽，亦不作郊岛的枯槁。

现在我不想讲皮、陆的诗，但要讲他们二人开创的许多先例。首先是"丛书"这个名词，起于陆龟蒙的《笠泽丛书》。原意是个人的"杂著"，后来却成为许多书的结集。南宋时俞鼎孙编的《儒学警悟》是中国第一部丛书，可能也是全世界第一部丛书。

唱和诗是早已有的，从初唐的君臣唱和到元稹、白居易的唱和，都是一人首唱，一人奉和，题目虽同，诗还是各人各做。到皮、陆则开始了次韵唱和，即和作的诗必须依次用首唱诗的韵脚。例如皮日休有《新秋言怀寄鲁望三十韵》五言古诗一首,最初四韵是"郊"、"巢"、"蛸"、"敲"。陆龟蒙写了一首和诗,题云:《奉和袭美新秋言怀三十韵次韵》,这首诗的最初四韵也是"郊"、"巢"、"蛸"、"敲",以下也完全依次用皮日休原诗的韵脚。这就称为次韵和诗。陆龟蒙有一首《和张广文贲旅泊吴门次韵》,张贲停船在苏州时写了一首五言律诗,陆龟蒙依韵和了一首。后来又作一首酬答张贲,题目就称:《又次前韵赠张广文》,这样就是连作两首次韵诗了。自从皮、陆首创了次韵唱和之后,后世就有了一人首唱,众人次韵和作的风气。为了争奇斗胜,有时甚至和到许多首,称为"叠前韵"、"再叠前韵",一直到七叠、八叠。这样的诗,完全是矜夸用韵之巧,诗的内容当然不会好。

在皮、陆以前,没有唱和诗集。《松陵唱和集》之后不久,就出现了《西昆酬唱集》。从此诗的出版物中,又时行了一种唱和诗集。清代人喜欢结诗社,命题作诗,唱和诗集日益增多了。

皮、陆二人又喜欢做各种体式的诗。他们的诗集中都有一卷《杂体诗》,其中有杂言诗、齐梁诗、回文诗、四声诗、双声叠韵诗、离合体诗、古人名诗、六言诗、问答诗,可谓别开生面,洋洋大观了。皮日休有《杂体诗序》一篇,说明这些诗的渊源,其中大多数是六朝时已有。刘禹锡也做过回文、离合、双声叠韵等诗,现在陆龟蒙加以新变,给它们注入了新的生命。不过,这些诗体,毕竟是文字游戏,不能作为唐诗的发展。现在选录几首例子,看看晚唐诗人的以诗为游戏的雅兴:

(一)四声诗 四声诗四首,全是五言律诗。第一首平声,全诗都用平声字。第二首平上声,第一句全用平声字,第二句全用上声字。以下同样,一句平声字,一句上声字。第三首平去声,一句平声字,一句去声字,轮换到底。第四首平入声,也同样,一句平声,一句入声。下面是皮日休的《夏日平入声》:

> 先生何违时,一室习寂历。
>
> 松声将飘堂,岳色欲压席。
>
> 弹琴奔玄云,斸药折白石。
>
> 如教题君诗,若得札玉册。

(二)双声叠韵诗 五言绝句二首。一首用双声字,一首用叠韵字。下面是陆龟蒙的《叠韵山中吟》。第一、三句用平声韵,第二、四句用入声韵。每句五字同韵:

琼英轻明生，石脉滴沥碧。

玄铅仙偏怜，白帻客亦惜。

（三）离合诗　离合诗起于孔融。有二种，一种是单字离合，一种是名词离合。今各举一例：

皮日休：晚秋吟（以题字离合）

东皋烟雨归耕日，免去玄冠手刈禾。

火满酒炉诗在口，今人无计奈侬何。

此诗第一句末字与第二句首字合并，即为"晚"字。第二句末字与第三句首字合并，即为"秋"字。第三句末字与第四句首字合并，即为"吟"字。这就是所谓单字离合。

陆龟蒙：药名离合夏日即事

避暑最须从朴野，葛巾筇席更相当。

归来又好乘凉钓，藤蔓阴阴著雨凉。

仍用上下二句首尾二字结合，就是一个药名。此诗中所离是三个药名：野葛、当归、钓藤。但第三个药名显然是错了。药名只有钩藤，没有钓藤。而这句诗决不能以钩字结尾，可知陆龟蒙读错了药名。

（四）回文诗　回文诗起于晋朝的傅咸。他有回文反复诗二首，所以又称反复诗。一首诗，顺读倒读，都读得通，都是押韵的诗。六朝人的回文诗，都是四言、五言的短诗，作回文比较容易，七言律诗五十六字，作回文就不容易了。

陆龟蒙：晓起即事

平波落月吟闲景，暗幌浮烟思起人。

清露晓垂花谢半，远风微动蕙抽新。

城荒上处樵童小，石藓分来宿鹭驯。

晴寺野寻同去好，古碑苔字细书匀。

回文

匀书细字苔碑古，好去同寻野寺晴。

驯鹭宿来分藓石，小童樵处上荒城。

新抽蕙动微风远，半谢花垂晓露清。

人起思烟浮幌暗，景闲吟月落波平。

　　《杂体诗》一卷之外，皮、陆唱和诗中还有许多吴体诗，也值得注意。在讲杜甫诗的时候，我讲过他两首吴体七律，那是"吴体"这个名词初次出现。注释家都不很知道它的意义，直到清代的桂未谷还以为吴体就是吴均体。到中唐时期，在许多诗人的诗中常常可以见到吴声、吴吟、越调等名词，显然可知吴人吟诗的声调与中原不同。如果用吴人吟诗的腔调来做诗，就会做出一种拗句诗。但是，我猜想，这种诗用中原人的腔调来吟诵，是拗句；用吴声来吟诵，可能并不拗。中唐时期，中原人士到江南来的很多，他们喜欢听吴侬软语，于是吴声时髦起来。这情况，正和东晋时流行吴声歌曲一样。陆龟蒙是苏州人，他高兴做几首吴体诗。皮日休受他的影响，况且也在江南住过几年。他们二人的诗集中有好几首用吴体的唱和诗，可以证明吴体诗就是拗句诗，而不是吴均体。

　　《瀛奎律髓》卷二十五是"拗字类"诗，选录五言律诗十首，七言律诗十八首。方虚谷有一段解题云：

　　　　拗字诗在老杜集七言律诗中，谓之吴体。老杜七言律一百五十九首，而此体凡十九出。不只句中拗一字，往往神出鬼没，虽拗字甚多，而骨骼愈峻峭。今江湖学诗者，喜许浑诗"水声东去市朝变，山势北来宫殿高"、"湘潭云尽暮山出，巴蜀雪消春水来"，以为丁卯句法，殊不知始于老杜。如"负盐出井此溪女，打鼓发船何郡郎"、"宠光蕙叶与多碧，点注桃花舒小红"之类是也。……唐诗多此类，独老杜吴体之所谓拗，则才小者不能为之矣。五言律亦有拗者，只谓语句要浑成，气势要顿挫，则换易一二字平仄，无害也。但不如七言吴体全拗耳。

　　从这一段解题中，我们可以看出两个问题：（一）五言律诗有没有吴体？（二）一二字拗与全篇都拗，是否都是吴体？杜甫只在全篇都拗的七言律诗前说明是吴体，一二字拗的五言及七言律诗并不题作吴体。皮日休、陆龟蒙诗标明是吴体的，都是全篇拗句。他们也有一二句拗的五言或七言诗，但都不标明是吴体。由此可知，只有全篇拗句的七言律诗才是吴体，一二句有拗字的并不是吴体。因此，吴体与拗字并非一个概念。吴体诗是八句全拗。只有一二句用拗字的诗，只能称为拗字诗，或折腰体，不是吴体。五言律诗只有拗字，没有吴体。这一结论，是我参阅皮、陆两人诗集体会到的。

现在选抄一首陆龟蒙的吴体诗以供参考：

晚秋吴体寄袭美

荒庭古树只独倚，败蝉残蛰苦相仍。

虽然诗胆大如斗，争奈愁肠牵似绳。

短烛初添蕙幌影，微风渐折蕉衣棱。

安得弯弓似明月，快箭拂下西飞鹏。

一九八五年四月二十五日

三家咏史诗十首

咏史诗不是一种特定形式的诗，而是一种特定题材的诗。凡是歌咏某一历史人物或历史事实的诗，都是咏史诗。《文选》第二十一卷有《咏史》一类，选王粲《咏史》诗一首至虞羲《咏霍将军北伐》诗一首，共九家，诗二十一首。其中惟王粲、左思、张协、鲍照四人的诗题作《咏史》，此外，曹植称《三良诗》，卢谌称《览古诗》，谢瞻称《张子房诗》，颜延年称《秋胡诗》、《五君咏》。可知虽不以"咏史"作题目，只要题材是历史人物或历史事实，都属于咏史诗一类。这是咏史诗的先决条件。

我曾在讲陈子昂诗的时候提到过咏史诗。我说陈子昂的《感遇诗》三十八首中有一部分是咏史诗，也是根据那些诗的题材内容来区分的。从陈子昂以后，许多诗人都做过咏史诗，不过很少以"咏史"为题目。例如杜甫的《武侯庙》、《八阵图》是咏史诗，但《咏怀古迹》八首却是"怀古"诗，而不是咏史诗了。这里就牵涉到另一个条件，以历史人物或历史事实为题材的，也可能不是咏史诗。借历史人物或事实来抒发自己身世之感的，属于咏怀。游览古迹而触发感慨的，属于怀古。只有客观地赋咏历史人物或事实，或加以评论，或给前人的史论提出翻案意见，这才是本色的咏史诗。但这样的咏史诗，也还很难与咏怀或怀古分清界线。诗人笔下总有感情，绝对客观的咏史诗，毫无意义，恐怕许多诗人都不屑下笔。

但是晚唐时期，咏史诗似乎时行起来，先后出现了三位咏史诗作者：胡曾、汪遵、周昙。

胡曾的传记，以《唐才子传》所载为较详：

497

胡曾，长沙人也。咸通中进士。初，再三下第，有诗云："翰苑几时休嫁女，文章早晚罢生儿。上林新桂年年发，不许闲人折一枝。"曾天分高爽，意度不凡，视人间富贵，亦悠悠。遨历四方，马迹穷岁月，所在必公卿馆谷。上交不谄，下交不渎，奇士也。尝为汉南节度从事。作咏史诗，皆题古君臣、争战、废兴尘迹。经览形胜、关山、亭障、江海深阻，一一可赏。人事虽非，风景犹昨。每感辄赋，俱能使人奋飞。至今庸夫孺子，亦知传诵。后有拟效者，不逮矣。至于近体律绝等，哀怨清楚，曲尽幽情，擢居中品，不过也。惜其才茂而身未颖脱，痛哉！今《咏史诗》一卷（有咸通中人陈盖注），及《安定集》十卷行世。

这篇传记虽然对胡曾的生平出处没有详细记录，但可知其人品相当高尚。他的《咏史诗》在当时已普遍为人传诵。他的《安定集》诗十卷，今已亡佚，《全唐诗》中收录了他的杂律绝诗十二首，亦未见有哀怨幽情之作。《咏史诗》，《全唐诗》说原有三卷，今并作一卷。《唐诗纪事》说胡曾"有咏史诗百篇行于世"。现在《全唐诗》中共存一百五十首，都是七言绝句。所咏以历史古迹为多，没有时代次序，似乎随感随作。现在选录四首，以见一斑：

居延

漠漠平沙际碧天，问人云此是居延。

停骖一顾犹魂断，苏武争禁十九年。

垓下

拔山力尽霸图隳，倚剑空歌不逝骓。

明月满营天似水，那堪回首别虞姬。

华亭

陆机西没洛阳城，吴国春风草又青。

惆怅月中千岁鹤，夜来犹为唳华亭。

姑苏台

吴王恃霸弃雄才，贪向姑苏醉绿醅。

不觉钱塘江上月，一宵西送越兵来。

这四首，都有些像咏怀古迹，但没有诗人的感慨。除了第一首结句可以说是作者感怀以外，其他三首都只是概括了一个历史事实。第一首咏苏武被匈奴王扣留了十九年，现在我来到居延，如此荒凉的沙漠地，驻马一看也都要心惊魂断，想到苏武在这个地方住了十九年，怎么受得了。这首诗不坏，可惜不是胡曾的创作，他是剽窃了杜牧的诗：

边上闻胡笳

何处吹笳薄暮天，塞垣高鸟没狼烟。

游人一听头堪白，苏武争禁十九年。

第二首写项羽兵败别虞姬的故事，第三首写陆机的故事。陆机在洛阳被杀时叹息道："从此不能再听到华亭鹤唳了。"陆机是华亭（今上海市松江县）人，这地方海滨常有白鹤来栖息。第四首写吴王夫差耽于酒色，杀戮英雄，以致被越兵所灭。这三首诗都没有作者的意见，既无所感，又无评论。它们只是一个历史故事的歌诀，读了这个歌诀，就记起这个故事。正如《幼学琼林》、《龙文鞭影》这些通俗书一样，以一个四字句概括一个典故，给小学生念，帮助他们的记忆。胡曾的咏史诗，到明代还是农村蒙馆先生教小学生的历史课本。此外，我们又在《宣和遗事》中看到许多胡曾的咏史诗，被引用来作为"有诗为证"的唱词，可知这些诗曾为说唱史书的评弹家所利用，讲到有关的历史故事，就弹唱一首胡曾的诗。这又是咏史诗的第二个作用。由以上所举两个情况看来，这一类的咏史诗之所以在晚唐时候忽然有许多人大量的写作，一写就是一百多首，可知它们是当时的大众文学。

《唐诗纪事》记载了一段胡曾咏史诗的轶事：据说五代时蜀王衍也是个好色酗酒的荒淫国君，有一次在宴饮席上，他自己高唱一首韩琮的《柳枝词》，诗云："梁苑隋堤事已空，万条犹舞旧春风。何如思想千年事，谁见杨花入汉宫。"这是一首借咏杨柳来悼惜隋炀帝亡国的诗。当下有一个宦官就唱了胡曾的一首"吴王恃霸弃雄才"诗，蜀王听了便发怒罢宴。这件事也反映了胡曾咏史诗在当时的普遍流行。

汪遵是宣州泾县（今安徽宣城）人。幼年即为县中小吏，勤学苦读，咸通七年

（公元八六六年）登进士第，与胡曾是同时同辈。《全唐诗》中收录他的咏史诗五十九首，也都是七言绝句，风格与胡曾的诗一样。这里也选抄四首为例：

梁寺

立国从来为战功，一朝何事却谈空。

台城兵匝无人敌，闲卧高僧满梵宫。

燕台

礼士招贤万古名，高台依旧对燕城。

如今寂寞无人上，春去秋来草自生。

陈宫

椒宫荒宴竟无疑，倏忽山河尽入隋。

留得《后庭》亡国曲，至今犹与酒家吹。

白头吟

失却青丝素发生，合欢罗带意全轻。

古今人事皆如此，不独文君与马卿。

　　第一首咏梁武帝佞佛，被侯景围困，饿死台城事。第二首咏燕昭王筑黄金台招聘贤士事。第三首咏陈后主荒宴亡国，留下《玉树后庭花》歌曲，至今犹为酒家妓女吹唱，这二句显然是用杜牧《泊秦淮》诗意。第四首咏司马相如与卓文君的故事。

　　周昙的生平，我们所知更少。《全唐诗》小传只说他是唐末人，官为守国子直讲，有咏史诗八卷。现在《全唐诗》中改编为二卷，计诗一百九十首，不知是否全帙。但诗的数量已比胡曾和汪遵多了。

　　周昙的咏史诗是有组织有计划写作的。它按历史朝代分为十门，计唐虞门诗四首，三代门十六首，春秋战国门九十三首，秦门六首，前汉门十六首，后汉门十七首，三国门五首，晋门十一首，六朝门十九首，隋门四首，共一百九十一首。每首诗都以帝王将相为题,不像胡曾、汪遵那样用许多地名古迹为题,近似怀古诗。卷前还有二首序诗,题作《吟叙》及《闲吟》。《吟叙》云:

历代兴亡亿万心,圣人观古贵知今。

古今成败无多事,月殿花台幸一吟。

这是说明他作这些诗,虽然是在月殿花台闲暇之时偶然吟咏,目的还是提供读者观古知今,为历史的借鉴。但诗却做得不好,很有些道学气,观点也有些迂儒气,似乎比不上胡曾。今抄录二首供比较:

项籍

九垓垂定弃谋臣,一阵无功便杀身。

壮士诚知轻性命,不思辜负八千人。

颜回

陋巷箪瓢困有年,是时端木饫腥膻。

宣尼行教何形迹,不肯分甘救子渊。

第一首咏项籍垓下一败便轻生自杀,未免对不起八千子弟。第二首咏颜回,孔子教育门生太拘于形迹,为什么不教富有的子贡拿出钱来救济贫困多年的颜回?这样的史论,岂不很迂气?

以上唐末三家咏史诗,看来还是胡曾写的较为高明,所以还有单行本流传着,其馀二家都未见专集。但即使胡曾所作,《四库全书总目提要》还说:"其诗兴寄颇浅,格调亦卑。惟其追求兴亡,意存劝戒,大旨不悖于风人耳。"

咏史诗虽然并非开始于胡曾、汪遵,但大量结集,多至一百首的咏史专著,则是开始于晚唐的胡曾、汪遵。这就为后世文人开辟了一条著作道路。南宋诗人刘屏山作《汴京纪事诗》,专咏北宋汴都史事;清代诗人厉鹗作《南宋杂事诗》,专咏南宋史事。这一类的诗集,可以说都是晚唐三家咏史诗的苗裔。

一九八五年五月三日

92

　　韩偓字致尧①，京兆人，唐昭宗龙纪元年(公元八八九年)进士。他与韦庄都是唐代最后一辈诗人。当时宦官弄权，军阀跋扈，昭宗李晔于光化三年十一月，被左右军中将刘季述逼迫退位，因于东宫少阳院。韩偓与宰相崔胤定策诛杀刘季述。天复元年(公元九〇一年)正月，昭宗复位，崔胤晋爵为司空，偓等赐号功臣。五月，擢升为翰林学士，甚得昭宗信任，屡次召对，问以机密大事。因此为宦官所忌，攻讦韩偓漏泄宫禁中语言，阻止昭宗再召见他。十月，朱全忠逼帝幸凤翔，偓追至鄠县，见帝恸哭。至凤翔，迁兵部侍郎，进承旨。三年正月，帝还京师。二月，因为朱全忠所恶，贬为濮州司马。临行时，昭宗秘密与偓泣别。偓说："这个人比以前那些人更坏，我降官而死，也许是幸事，实在不忍看见他做出篡弑的罪行。"以后又贬为荣懿尉，徙邓州尉。天祐元年(公元九〇四年)四月，朱全忠逼帝迁都洛阳。八月，朱全忠弑帝于椒殿。天祐六年，召偓为学士。偓不敢入朝，举家南迁，至福建，依王审知。后唐同光元年(公元九二三年)，卒于南安之龙兴寺，年八十。

　　韩偓一生的政治生活，非常复杂。他和昭宗，有君臣知遇之感。崔胤是朱全忠的人，韩偓帮助崔胤，密谋诛杀刘季述，是借朱全忠之力肃清宦官势力。但诛杀刘季述的功臣中也有宦官。这些宦官分为二派，一派是朱全忠的人，一派是李茂

---

① 韩偓的字，《唐书》本传云：字致光。计有功《唐诗纪事》云：字致尧。胡仔《苕溪渔隐丛话》云：字致元。《四库总目提要》以为当作"致尧"，光与元皆形近而误。然吴融有《和韩致光侍郎无题三首十四韵》，吴融与韩偓同时同官，似不应有误。

贞的人。刘季述的被杀,造成了新的一群宦官的势力。韩偓和昭宗屡次密谈,既为新兴的两派宦官所忌,又为朱全忠所忌,韩偓虽然想为昭宗效忠,内诛宦官,外制军阀,以保全李唐政权,但他毕竟是个手无寸铁的文人,无能为力。终于被朱全忠斥逐出去,眼看昭宗被弑,结束了唐代的历史。

　　韩偓的诗集,从《唐书·艺文志》以后,历代著录的书名、卷数都不相同。但可知他有两部诗集:一部是一般的诗集,名为《翰林集》,或称《韩翰林集》,或称《韩内翰别集》,或称《韩偓诗集》,这一集中所收都是他平日抒情、咏怀、唱和、记事的诗,诗格清丽,与韦庄的《浣花集》相似。另一部名为《香奁集》,所有著录都相同,并无异名。这部诗集中所收都是描写女色和男女偷期密约的艳情诗,风格是继承李商隐的,但创作方法没有李商隐的朦胧隐晦。这一集诗被视为唐诗中最下流的,它在后世产生了许多不良影响。明清两代的色情诗人,都喜欢做这种诗,可以清代王次回的《疑云集》、《疑雨集》为代表。才子佳人小说中的"有诗为证",也都是这一派的诗,例如清末的《花月痕》、民国初年鸳鸯蝴蝶派小说《玉梨魂》和《雪鸿泪史》,都是。

　　但是,也有人以为韩偓是个正人君子,不是温飞卿那样的轻佻才子。《香奁集》中的诗,表面上看虽然赋咏的是男女私情,但骨子里却是暗写他和昭宗的君臣际遇,正如李商隐有些艳情诗是暗写他和令狐绹的关系。这样一讲,《香奁集》就成为一部有政治比兴的诗史了。清代末年,有一位满族诗人震钧写了一部《香奁集发微》,就运用这个观点给集中所有的诗作了笺释。他的依据是韩偓自己写的《香奁集序》和诗题下所注写作年月不合。韩偓在序文中说这一集诗的创作年代是"自庚辰、辛巳之际,迄己丑、庚子之间"。又说在这一期间,他"所著歌诗,不啻千首,其间以绮丽得意,亦数百首。往往在士大夫之口,或乐工配入声律。"庚辰是懿宗大中十四年(公元八六〇年),韩偓才十七岁。庚子是僖宗广明元年(公元八八〇年),韩偓三十七岁。这样说来,这一集中的诗都是他早年的作品。但是,集中有《无题》四首,小序云:"余辛酉年戏作无题十四韵……"辛酉是昭宗光化四年,也是天复元年(公元九〇一年),正是因诛刘季述有功,任翰林学士的时候。又有《袅娜》七律一首,题下注云:"丁卯年作。"丁卯是天祐四年,正是昭宗被弑,朱全忠篡位的时候。又有《深院》七绝一首,题下注云:"辛未年在南安县作。"又《闺恨》七绝一首,注云:"壬申年在南安县作。"又《闺情》七绝一首,注云:"辛未年在南安县作。"这三首显然都是晚年在福建的作品。为什么序文中说这一集诗是未登进士

的早年所作,而实际并不如此? 为什么还要在诗题下注明实际的创作年代? 震钧说:

> 序中所书甲子,大都迷谬其词,未可尽信也。 其谓庚辰、辛巳迄己丑、庚子之间者,考其时在僖宗之代,致尧方居翰林也①。 而一卷《香奁》,全属旧君故国之恩,彼时安所用此? 此未可信也。 又所谓"大盗入关"者,似指黄巢矣,而云"迁徙不常厥居,求生草莽之中,岂复以吟咏为意",则益可疑。 考巢贼乱后,致尧始贵,并无避地之举,直至梁移唐祚,致尧始"不常厥居",所谓"天涯逢故旧,避地遇故人"者,正此时也。 然则"大盗"盖指朱温,而避地则贬濮州,贬荣懿,徙邓州,南依王审知,均是也。 故《无题》诗序云:"丙寅年在福建寓止。"可征《香奁》一集,编于晚年梁氏既禅以后,故不得不迷谬其词以求自全云尔。

又说:

> 今集中诗凡有年之可考者,均在贬官以后,即《翰林集》亦始于及第之年。 未及第前,无一诗之在,抑又何也? 以此见《香奁集序》乃故为迷谬之词,用以避文字之祸,都非正言也。

凡是仔细读过一遍《香奁集》的人,对于这个疑问,恐怕都会与震钧持相同的解释。现在让我们用这个观点来看几首诗:

懒卸头

侍女动妆奁,故故惊人睡。

那知本未眠,背面偷垂泪。

懒卸凤皇钗,羞入鸳鸯被。

时复见残灯,和烟坠金穗。

这是一首五言古诗,也可以说是仄韵拗体五言律诗。但《花草粹编》却把它作

---

① 按庚辰至庚子,皆在龙纪元年进士及第之前,时韩偓尚未入仕,震氏云偓"方居翰林",误。

为《生查子》词收入了。因为音调与《生查子》词完全一样。苏东坡有一首诗，题云《送苏伯固效韦苏州》，诗云：

> 三度别君来，此别真迟暮。
> 白尽老髭须，明日淮南去。
> 酒罢月随人，泪湿花如雾。
> 后夜送君时，梦绕湖边路。

这首诗既见于东坡诗集，又见于东坡词集，亦题作《生查子》。东坡诗题所谓"效韦苏州"，是指韦应物。查今本韦应物诗集中没有这样声调的诗，很可能是韩致尧之误。从这一个例子可知唐代末年，诗的句法音律已在变革，也是从诗发展为词的一个迹象。

震钧在《懒卸头》这首诗后，加了一个笺释云："一腔热血，寂寞无聊，惟以眼泪洗面而已。"我以为这样笺释，还没有能透发出政治比兴的意义，它仍然是在为艳情诗作解释。韩偓另外有一首诗，癸酉年在南安县作的《闺情》，也用《懒卸头》，可以引起我们的注意：

> 轻风的砾动帘钩，宿酒初醒懒卸头。
> 但觉夜深花有露，不知人静月当楼。
> 何郎烛暗谁能咏，韩掾香焦亦任偷。
> 敲折玉钗歌转咽，一声声入两眉愁。

我以为这两首诗是同时所作，表现的也是同一类型的情绪。既然是在南安时所作，可知作者当时的情绪是正在考虑要不要到福州去依附王审知。"懒卸头"即不想改妆，二诗中都表达了这个意志。"懒卸凤皇钗，羞入鸳鸯被"这一联的喻意最为明白。"宿酒初醒"是指在长安时的政治生活，犹如酒醉一场。"时复见残灯"一联，分明是说唐代的灭亡。此外一些诗句，都是借妇女的闺情来表现自己的政治悲愤。因此，震钧把《香奁集》比之为屈原的《离骚》。他说："《香奁》之所以同于《离骚》，以其同是爱君也。所以异于《离骚》，《离骚》以美人比君，《香奁》以美人自比。如第一首《幽窗》，纯描怨女之态，而实以写羁臣也。大抵致尧素性修洁，不肯同流合污，故以静女自方。"这意见也说得很好，不过集中诗并不全是以静女自比：

荐福寺讲筵偶见又别

见时浓日午，别处暮钟残。

景色疑春尽，襟怀似酒阑。

两情含眷恋，一饷致辛酸。

夜静长廊下，难寻屐齿看。

　　这首诗是记述在荐福寺听讲佛经的席上偶然见到那个人，一见之后，随即分别，因此作这首诗来抒写惆怅的情怀。问题是："偶见"的那个人是谁？如果是一个互相爱恋而不得在一起的女人，这首诗就是单纯的艳情诗。但震钧说："此首在朝日作。唐代重行香，此是因行香暗及宰相，碍于朱全忠，不得尽言也。"他以为这是在节日到佛寺里去烧香的时候，偶然见到宰相，因为碍于朱全忠，不敢多谈，匆匆分别。这样的"以意逆志"，当然也讲得通。尾联可以解释为见面后夜晚回忆，一切已成过去，连脚迹印都不可见了。这样讲，那么这首诗又具有政治比兴的意义了。

　　可能有人会怀疑，用这样的方法来讲诗，一切色情诗、香艳诗岂非都可以讲作有比兴意义的吗？是的，我说，应当有这个疑问。不过，如果你多读古诗，你就能发现，有些诗是作者确无比兴寄托，而读者可以用比兴寄托来讲解，并且以比兴寄托的意义来引用这首诗。另一种诗是作者确有寓意，但文字表面不很看得出来，读者也不容易体会作者的寓意，这就失之交臂了。《香奁集》中的诗，如果说是有比兴意义，也只是以政治情绪比作恋爱情绪，或者如震钧所说，以"闺情"为"离骚"。这种比兴，很难将一诗一句，实指其为某人某事。震钧的"发微"，只是根据诗中所表现的情绪，揣摩韩偓政治生活中某一时期所可能有的情绪。这样的笺释，可信的成分不大。我不同意震钧的笺释，但同意他对《香奁集》的评价，它不是简单的艳情诗，作者是有所寄托的。序文所述与诗集中的自注明显有矛盾，这是作者有意暗示读者的破绽。这是第一个论证。另一个论证是韩偓的另一首诗，题目是《思录旧诗于卷上，凄然有感，因成一章》：

　　　　缉缀小诗钞卷里，寻思闲事到心头。

　　　　自吟自泪无人会，肠断蓬山第一流。

这首诗也是给读者的暗示,如果作者自知这些诗是为男女爱情而作,为什么还要恐怕无人懂得呢？末句"肠断蓬山第一流",又是一句双关典故,既可以释为指天仙美女,又可以指翰林学士。所以震钧在此诗后笺云:

> 此则忍俊不禁处。一生心事,和盘托出。盖《香奁集》画龙点睛处也。其云:"自吟自泪无人会。"盖早知后人必以《香奁集》为郑卫之音矣。

这一段话,确是"发微"了。可是从元人《瀛奎律髓》以来,评论韩偓诗者,都没有注意这一序一诗。胡震亨说:"韩致尧冶游情篇,艳夺温、李,自是少年时笔。《翰林》及南窜后,顿趋浅率矣。"(《唐音癸签》)沈德潜说:"偓早岁喜为香奁诗,后一归节义,得风雅之正焉。"(《唐诗别裁》)此二家都以为《香奁集》诗是韩偓早年作品,好像都没有看见诗题下作者自注写作年代。方虚谷说:"香奁之作,词工格卓,岂非世事已不可救,姑流连荒亡,以抒其忧乎？"(《瀛奎律髓》)他知道这些诗不是早年作品,也知道是"抒忧"之作,但他不能认识这是诗人寓意之作,而以为是诗人自写其消极的醇酒妇人生活。这三家都不免使韩偓慨叹"无人会"了。

胡震亨《唐音癸签》中有一节说:

> 宋元编录唐人总集,始于古律二体中备析五、七等言为次。于是流委秩然,可得具论:一曰四言古诗,一曰五言古诗,一曰七言古诗,一曰长短句,一曰五言律诗,一曰五言排律,一曰七言律诗,一曰七言排律,一曰五言绝句,一曰七言绝句。

这是胡震亨记录他所见宋元人编辑的唐人诗集的分类目录,查唐代诗人自己或后辈所编诗集如韩愈、白居易、元稹等集,现在所见都是唐编旧本,只分古诗、律诗两类。《香奁集》是韩偓自己编定的,其分类方法已经和胡震亨所说的一样。但排律这个名词,晚唐时还没有产生,看来今本《香奁集》和《翰林集》都经宋元人重新编定,不是韩偓自编的原样。

分类《香奁集》中果然有"长短句"一类,值得我们注意。长短句是五言、七言混合体的歌诗,有时还加一二个三言句。这种诗体,盛唐时已有,李白称为"三五七言"。中、晚唐时,乐府、歌行、曲子词,都用杂言,于是产生了"长短句"这个名词,以概括当时一种新的诗体。但到了北宋,长短句这个名词的概念已与诗分离,而属于一种新兴的文学形式。这种文学形式,在五代时称为曲子词,到了南宋,才定名为词。

《香奁集》的分类,如果不是韩偓自己分的,至少也该是北宋初期人分的。在七言古诗之后,五言律诗之前,有"长短句"诗六首:《三忆》(三首),《玉合》、《金陵》、《厌花落》各一首。揣测编者之意,似乎以为这是五、七言古诗的变体。《三忆》三首,完全是拟作沈约的《六忆》诗,本该属于乐府诗。《玉合》等三首的声律就有些不古不今,非诗非词。

玉合

罗囊绣,两凤皇;玉合雕,双鸂鶒。

中有兰膏渍红豆,每回拈着长思忆。

长思忆,经几春;人怅望,香氤氲。

开缄不见新书迹,带粉犹残旧指痕。

金陵

风雨潇潇,石头城下木兰桡。

烟月迢迢,金陵渡口去来潮。

自古风流皆暗销,才鬼妖魂谁与招;

彩笺丽句徒已矣,罗袜金莲何寂寥。

读这两首诗,再和温庭筠的《菩萨蛮》对比,你就可以明白,长短句是晚唐的诗体,它倾向于作为曲子词。曲子词是按现成的曲调配合的诗,它的声律逐渐与诗分化了。《玉合》或《金陵》如果是一个曲调名,有现成的曲谱,那么它们也是曲子词了。区别仅仅在此,因此,王国维辑录韩偓的词,把这两首和《生查子》、《三忆》都收了进去。

一九八五年五月七日

秦妇吟

韦庄

93

　　韦庄，字端己，长安杜陵人。少年时，孤贫力学，才敏过人。乾宁元年（公元八九四年）进士及第，释褐，授校书郎。李询为两川宣谕和协使，辟庄为判官。后受王建辟，掌书记。未几，朝廷征为起居郎，王建上表留之。及王建自立为蜀王，庄为其心腹，首预其谋。凡郊庙之礼，册书敕令，皆出庄手。以功臣授吏部侍郎同平章事。

　　韦庄应举入京，正值黄巢率军攻破长安。僖宗李儇幸成都，庄困居长安。及黄巢兵败，长安解围，庄始得脱身东行，流离迁徙于汴洛、吴越、湖湘之间，作诗清丽飘逸，都是一些怀旧伤时的作品。及至成都，寻得杜甫所居浣花溪故址，虽芜没已久，而柱砥犹存，遂重作草堂居之。殁后，其弟蔼编集其诗六卷，为《浣花集》。

　　韦庄为唐末五代诗人，与韩偓同为唐诗的殿军。他曾于光化三年（公元九〇〇年），选杜甫以下一百五十人之诗三百首，分为三卷，以继姚合所编《极玄集》，故名之曰《又玄集》。

　　韦庄非但是唐末诗人一大家，也是著名的词人。他的词，在文学史上与温庭筠齐名，合称"温韦"。《花间集》第一卷即收温、韦两家词，对北宋初著名词家欧阳修和晏殊父子都有影响。

　　韦庄在东游时曾作长诗一首，名曰《秦妇吟》，描写他亲身经历的兵乱情状。其中描写了黄巢军队占领下的长安，有"内库烧为锦绣灰，天街踏尽公卿骨"这样的诗句。这首诗当时流传出去之后，引起了公卿贵族的愤怒。韦庄自己也很后悔，向各处去回收抄本。但这首诗已广泛流传，许多人家的屏风、幛子上都有写这首诗的。直到他临终时,遗嘱上还写着不许家里挂《秦妇吟》幛子。后来韦蔼给他编定诗集,也没有把这首诗编进去。因此,从宋代以来,虽然这件事记录在孙光宪的《北梦琐言》中,但谁也没有见过《秦妇吟》。

清光绪二十六年(公元一九〇〇年),甘肃省敦煌县东南鸣沙山的石室中发现了许多古代写本书籍及文件,其后相继被英国人史坦因、法国人伯希和取去了一大半。经过整理,发现了几个《秦妇吟》写本,最早的是唐天复五年(即哀帝天祐二年,公元九〇五年)张龟的写本。这时韦庄还在世。其次是贞明五年(公元九一九年)安友盛写本,在韦庄死后不久。可知当时《秦妇吟》已流传到辽远的西域边疆,无法回收了。这些写本,由伯希和整理写定全诗,寄回中国,于是我们才能见到这首失传了一千年的叙事长诗。

韦庄是封建士大夫阶级知识分子,他对黄巢的农民起义,自然持反对的态度。他在这首一千六百六十六字的叙事诗中,描写了黄巢占领长安时,由于军队纪律不严,人民遭受掳掠和奸淫的情况①;但同时也谴责了关外许多节度使的拥兵自保,不肯出兵勤王。从全诗的倾向性看来,韦庄是两边都否定的。但主要的一面,还是在谴责黄巢,所以他称之为"贼"。

近几十年,《秦妇吟》从敦煌石室中被发现以来,还从来没有人选读,今天要找一个印本也不容易了。长篇叙事诗,在中国古代诗坛上历来就不多,《孔雀东南飞》以后,名篇屈指可数。作为我国漫长的封建社会中篇幅最长的叙事诗,《秦妇吟》应当有它的文学史地位。为了免得它再度失传,我把《秦妇吟》作为韦庄的代表作来讲解。从个人的成败来看,黄巢是个失败的农民革命领袖;如果从他所领导的革命的影响来看,这一场革命毕竟加速了李唐政权的崩溃。因此,从这一意义来认识《秦妇吟》,它是反映唐代政治现实的最后一首史诗。正如杜甫的《北征》,是盛唐最后一首史诗。现在,我也将《秦妇吟》作为我在本书中选讲的最后一首唐诗。

秦妇吟

中和癸卯春三月,洛阳城外花如雪。

---

① 黄巢军队在攻入长安以前,纪律是很好的。《旧唐书·僖宗纪》说:"自淮以北,整众而行,不剽财货,惟驱丁壮为兵耳。"

东西南北路人绝，绿杨悄悄香尘灭。

路旁忽见如花人，独向绿杨阴下歇。

凤侧鸾欹鬓脚斜，红攒翠敛眉心折。

借问女郎何处来？含嚬欲语声先咽。

回头敛袂谢行人：丧乱漂沦何堪说！

三年陷贼留秦地，依稀记得秦中事。

君能为妾解征鞍，妾亦与君停玉趾。

这是全诗第一段，八韵十六句。起二韵写这首诗中所叙事的时和地。时是中和癸卯春，唐僖宗中和三年（公元八八三年），地是在洛阳城外。虽然花依然盛开，但四方路上都没有行人，因此也没有尘土扬起。下二韵是写人。忽然看见杨树下有一个女人在歇脚。她头发蓬松，鬓脚不整，皱紧眉头，好像很悲哀的样子。再下四韵八句是问答。诗人问姑娘从何处来？女郎在未回答之前，声音先就抽咽了。后来回头对行人（发问的诗人）说："我是因为兵乱流落到这里来的。在长安城里沦陷了三年，至今还记得那边的情况。如果你愿意为我解鞍下马，在这里休息一会儿，我也可以为你停留一会儿（讲讲我的经历）。"

黄巢于广明元年（公元八八〇年）十二月攻入长安，自称齐帝。唐僖宗仓皇逃难，奔入成都。中和三年三月，李克用击败黄巢兵，收复长安。这首诗开始就说明"中和癸卯春三月"，可知诗中叙述的女郎是在长安被困三年，直到黄巢败逃后才脱身东行，漂泊到洛阳来的。这就是韦庄本人的遭遇，他正是在长安沦陷三年，而于癸卯三月离长安到洛阳的。因此，这首诗用女郎自述的口气，这个女郎就代表了韦庄本人。

前年庚子腊月五，正闭金笼教鹦鹉。

斜开鸾镜懒梳头，闲凭雕栏慵不语。

忽看门外起红尘，已见街中擂金鼓。

居人走出半仓皇，朝士归来尚疑误。

是时西面官军入，拟向潼关为警急。

皆言博野自相持，尽道贼军来未及。

须臾主父乘奔至，下马入门痴似醉。

适逢紫盖去蒙尘，已见白旗来匝地。

这是第二段，八韵十六句。叙述广明元年十二月五日黄巢军队攻入长安的情况。从这一段起，都是女郎的自述。诗意仍以二韵四句为一个小段落。诗人把这个女郎安排为一位长安贵人家里的侍女：那天早上，她打开了镜盒，还懒得梳头，独自靠着栏杆，正在教鹦鹉说话，忽然看见门外尘土飞扬，接着又看见街上有人在打鼓。居民们都慌慌张张地走出门去，上朝办公的官员都赶回家来，还怀疑他们所听到的消息不确。这时西边有官军开拨进城，打算调到潼关去担任警备。同时有消息传来：博野军（京都禁卫部队）已顶住了敌人，敌人一时不会打进城。谁知道我家主人骑马赶回来，人都如痴如醉了。他说：看见皇帝已逃难出城，敌人的白旗已经遍地都是，冲进城来了。

扶羸携幼竟相呼，上屋缘墙不知次。

南邻走入北邻藏，东邻走向西邻避；

北邻诸妇咸相凑①，户外崩腾如走兽。

轰轰昆昆乾坤动，万马雷声从地涌。

火迸金星上九天，十二官街烟烘炀。

日轮西下寒光白，上帝无言空脉脉。

阴云晕气若重围，宦者流星如血色。

紫气渐随帝座移，妖光暗射台星拆。

以上是第三段，八韵十六句，写黄巢部队入长安城的情况。前八句写长安城中慌乱的景象，人民都互相呼唤着东躲西藏。屋子里是一片混乱，门外是兵马驰突。后八句写皇城里起火，夜晚的天象也显示着灾难。长安皇城中南北七条街，东西五条街，都是政府公署仓库所在之处。宦者星共有四个，在皇位左右，这里用以比喻拥护皇帝逃难的内官。皇帝所在之处，天上有一股紫气，皇帝改换居住的地方，紫气也跟着迁移。台星是三台星，共有六个，是三公的天象。现在台星也被敌人

① 相凑：相聚集。

的妖光所拆散了。这是用以比喻朝廷官员都逃散了。

家家流血如泉沸，处处冤声声动地。

舞伎歌姬尽暗捐[1]，婴儿稚女皆生弃。

东邻有女眉新画，倾国倾城不知价。

长戈拥得上戎车，回首香闺泪盈把[2]。

旋抽金线学缝旗，才上雕鞍教走马。

有时马上见良人，不敢回眸空泪下。

西邻有女真仙子，一寸横波剪秋水。

妆成只对镜中看，年幼不知门外事。

一夫跳跃上金阶，斜袒半肩欲相耻[3]。

牵衣不肯出朱门，红粉香脂刀下死。

南邻有女不记姓，昨日良媒新纳聘。

琉璃阶上不闻行，翡翠帘间空见影。

忽看庭际刀刃鸣，身首支离在俄顷。

仰天掩面哭一声，女弟女兄同入井。

北邻少妇行相促，旋解云鬟拭眉绿[4]。

已闻击托坏高门[5]，不觉攀缘上重屋。

须史四面火光来，欲下回梯梯又摧。

烟中大叫犹求救，梁上悬尸已作灰。

妾身幸得全刀锯[6]，不敢踟蹰久回顾。

旋梳蝉鬓逐军行，强展蛾眉出门去。

旧里从兹不得归，六亲自此无寻处。

---

① 暗捐：悄悄地抛弃。

② 盈把：把，即握。盈把，即满手。

③ 相耻：耻即辱，加以侮辱。

④ 眉绿：画眉毛的青黛色。

⑤ 击托：即敲打。托，同拓，有打击之义。

⑥ 全刀锯：从刀锯之下保全了生命。

以上是第四段,二十一韵,四十二句。写妇女所受的兵灾战祸。先用四句作概括:家家流血,处处冤声,伎女小孩,都被抛弃。其次写四邻妇女受难殒命的情况。东邻美女是被掳掠去的,西邻、南邻少女是被杀死的,北邻少妇是被火烧死的。每人用四韵八句来叙述。最后三韵六句是女郎自述:她幸而没有被杀,但被军人胁迫,不敢不答应,只好梳理头发勉强展眉,装出笑容,跟着他走。从此之后,归不得家门,四亲六眷也都断绝来往。

一从陷贼经三载,终日惊忧心胆碎。

夜卧千重剑戟围,朝餐一味人肝脍。

鸳帏纵入岂成欢? 宝货虽多非所爱。

蓬头垢面眉犹赤①,几转横波看不得。

衣裳颠倒言语异,面上夸功雕作字。

柏台多士尽狐精②,兰省诸郎皆鼠魅③。

还将短发戴华簪,不脱朝衣缠绣被。

翻持象笏④作三公⑤,倾佩金鱼⑥为两史⑦。

朝闻奏对入朝堂,暮见喧呼来酒市。

以上是第五段,九韵十八句。女郎被迫嫁给黄巢部下的军人之后所看到的新贵人的种种情况。开始六句是叙述自己的生活。自从落在黄巢军人手中,已有三年,整天都是又惊又忧。夜晚睡在戒备森严的武器重围里,每天吃的只有一味被杀的人的心肝。虽然与那军人同睡,哪里有什么欢爱。金银宝物虽然抢来了不少,可不是我所爱的。因为那个军人蓬头垢面,一副"赤眉贼"的样子,几次三番地看,总是看他不顺眼。从此以下五韵十句,描写黄巢新朝廷中的文官。这批人衣裳都穿不整

---

① 眉犹赤:西汉末,樊崇起兵反王莽,兵皆画眉作红色,当时称"赤眉贼"。

② 柏台:御史台,御史大夫的公署。

③ 兰省:秘书省,又称兰台、兰省。有校书郎等郎官。

④ 象笏:象牙做的朝版。

⑤ 三公:大司马、大司徒、大司空。

⑥ 金鱼:三品以上官员佩带金鱼。

⑦ 两史:柏台、兰省,合称两史。谓御史大夫与御史中丞。

齐,说话多是外地口音,立过功勋的人,脸上都刺字雕花。柏台、兰省里的官员,尽是一些狐精、鼠魅。头发没有留长,已戴上了簪子,晚上睡觉,连朝衣都不脱下,就裹在绣花被子里了。作三公的人,连朝笏都不会捧,常常是翻转捧的;作两史的人,连金鱼都颠倒挂的。这些人,早晨去上朝奏事,下午傍晚都哄到酒店里去酗酒。

> 一朝五鼓人惊起,呼啸喧争如窃议。
>
> 夜来探马入皇城,昨日官军收赤水。
>
> 赤水去城一百里,朝若来分暮应至。
>
> 凶徒马上暗吞声,女伴闺中潜色喜。
>
> 皆言冤愤此时销,必谓妖徒今日死。
>
> 逡巡走马传声急,又道官军全阵入。
>
> 大彭小彭①相顾忧,二郎四郎②抱鞍泣。
>
> 沉沉数日无消息,必谓军前已衔璧③。
>
> 簸旗掉剑却来归,又道官军悉败绩。

以上是第六段,九韵十八句。写长安城中人民所知的唐军与黄巢军战争情况。有一天,黎明时,城里人民都惊醒起身,大家在叫喊,或窃窃私议。据说昨夜有骑马的探子进入皇城,报告官军已收复了赤水镇。赤水镇在长安城西渭南县东,离长安只有一百多里。官军如果早晨出发,晚上应当可以到达长安。听了这个消息,骑马的凶徒们都丧气吞声,被他们霸占的女伴们都在屋子里偷偷地高兴。大家以为这些妖徒今天必死无疑,各人的冤愤可以销气了。过了一会儿,又有人骑马奔来传报消息,说大队官军已经进城。这时,黄巢部下的将军大彭小彭都在担忧,黄巢和他的兄弟也上马哭泣了。可是沉重地过了几天却无音信,大家以为黄巢已向官军投降。谁知道他们又挥旗舞剑,高兴地回来,还说官军已吃了个大败仗。这一段叙述的历史事实是中和二年二月泾原大将唐弘夫大败黄巢部将林言于兴平,同时王处存率兵二万人攻入京城,受到百姓的欢迎。黄巢率领部下逃

① 大彭:时溥;小彭:秦彦。二人都是彭城(今徐州)人。

② 二郎、四郎:二郎即黄巢,他排行第二。四郎是他的弟弟黄揆。

③ 衔璧:帝王兵败投降,向胜利者衔璧请罪。军,指官军。

去。岂知王处存军队纪律更坏,军士入城后,大肆奸淫抢劫。黄巢军从灞上分几路反攻。王处存军队仓皇溃乱,迅即败退。黄巢收复长安,恼怒百姓欢迎王处存,把所有的青年壮丁都杀死,街坊上流血成渠。

> 四面从兹多厄束,一斗黄金一升粟。
> 尚让①厨中食木皮,黄巢机上刲人肉。
> 东南断绝无粮道,沟壑渐平人渐少。
> 六军②门外倚僵尸,七架③营中填饿莩。
> 长安寂寂今何有？废市荒街麦苗秀。
> 采樵砍尽杏园花,修寨诛残御沟柳。
> 华轩绣毂皆销散,甲第朱门无一半。
> 含元殿上狐兔行,花萼楼前荆棘满。
> 昔时繁盛皆埋没,举目凄凉无故物。
> 内库④烧为锦绣灰,天街⑤踏尽公卿骨。

以上是第七段,十韵二十句。写官军败退,黄巢收复长安后的情况。官军虽然退出长安,但仍把长安四面包围着,阻止了黄巢的粮食运输。城中米价飞涨,食物供应困难。尚让家的厨房里只有树皮可吃,黄巢的餐桌上供应的惟有割下来的人肉。人民一批一批地饿死,埋葬在沟壑里,所以坟多而人少了。禁卫军的营门外靠着饿死的僵尸,营里也满是死人。整个长安都城,冷冷清清的一无所有,八街九市,过去繁华的地方,现在已长出了麦苗。杏园中的花木,已被人砍伐去做柴火;御沟两旁的杨柳,也因为军人修寨子而被砍伐光了。一切华美的屋宇、锦绣、丝毂,都已销散;朱门甲第的富贵大家已破败了一大半。皇宫里的含元殿、花萼楼,已是荆棘丛生,让狐狸、野兔去游行了。总而言之,往昔的繁盛都已消失;满眼

---

① 尚让:黄巢的宰相。

② 六军:左右羽林军,左右龙武军,左右神策军,称为六军,都是保卫京师的禁军。

③ 七架:未详。《长安志》有七架亭,在禁苑中,去宫城十三里。恐怕不是此诗所云七架营。陈寅恪以为"架"字乃"萃"字之误,引《穆天子传》中"七萃之士"以解释此诗,亦恐非是。因此诗中名物词语皆不用古典,且所有的写本都没有作"萃"字的。

④ 内库:内藏库,唐太宗在禁城内置库,后世皇帝以为私有库藏。

⑤ 天街:禁城内的街道。

所见,已不见旧有的人物。皇宫贮藏珍宝锦绣的内库,已烧成一大堆灰烬;在天街上行走,脚下踏到的都是公卿贵族的骸骨。

> 来时晓出城东陌, 城外风烟如塞色。
> 路旁时见游奕军, 坡下寂无迎送客。
> 霸陵东望人烟绝, 树锁骊山金翠灭。
> 大道俱成棘子林, 行人夜宿墙匡月。

以上是第八段,四韵八句。从此以下,写女郎走出长安后一路所见所闻。这四韵一段是个序引。她说:那天早晨走出东门,城外的风景宛如边塞上一般。一路上常常看见有军人在巡逻;山坡下也不像太平时候那样有接送客人的热闹。东望霸陵,不见人烟。骊山上虽然还有茂盛的树木,但金碧辉煌的台殿楼阁,已经不见了。过去的车马大道,已成为荆棘丛林;路上没有宿店,旅行的人到了夜晚,只好露天睡在断墙脚下。

> 明朝晓至三峰路①, 百万人家无一户。
> 破落田园但有蒿, 摧残竹树皆无主。
> 路旁试问金天神②, 金天无语愁于人。
> 庙前古柏有残蘖, 殿上金炉生暗尘。
> 一从狂寇陷中国, 天地晦冥风雨黑。
> 案前神水咒不成, 壁上阴兵驱不得。
> 闲日徒歆奠享恩, 危时不助神通力。
> 我今愧恧拙为神, 且向山中深避匿。
> 寰③中箫管不曾闻, 筵上牺牲无处觅。
> 旋教魔鬼傍乡村, 诛剥生灵过朝夕。
> 妾闻此语愁更愁, 天遣时灾非自由。
> 神在山中犹避难, 何须责望东诸侯!

---

① 三峰路:三峰,即华山。三峰路,即去华山的大路。

② 金天神:华山之神。

③ 寰中:此寰字不可解,英人嘉尔斯引《正字通》解作"宫周垣也",即殿庭的围墙。然则"寰中"就是"庙内"。

以上是第九段，十二韵，二十四句。写女郎在第二天继续东行至华阴县的情况：她一路行去，只见人烟寥落，田园破败，竹树失去主人，都被摧残得不成样子。走过华山神庙，就进去问问山神。山神说，我比你还忧愁得凶，简直无话可说。庙前古柏树都被砍光，仅馀残蘖；殿上的铜香炉也已黯然失色，积满灰尘。自从黄巢起兵造反以来，天昏地暗，风雨如晦。香案上的神水也失去法力，诅咒不灵了；壁画上的阴兵阴将，也不会显神通了。平时受人民的祭祀供奉，现在危难的时候，却没有神通的能力帮助人民。我做神实在不行，心里非常惭愧；只好躲避在深山里。现在我的庙里已没有箫管之声，也没有人来献三牲给我吃。我没有办法，只好派魇鬼到村子里去，害死几个男女过日子。女郎听了山神的话，愈加忧愁，原来这是天降灾难，神与人都无办法。神还要到深山中去避难，那就不必责怪东方的许多掌兵的将军了。

这一段是诗人借金天神的话来讽刺潼关以东那些节度使的。他们拥兵自保，对黄巢军没有办法，但却纵容部下虐害百姓。正如金天神的失去神通，靠手下的小鬼去祸害老百姓一样。东诸侯，主要是指淮南节度使高骈。由于他的失策，黄巢军队才能渡淮而北，长驱直入东、西京。

> 前年又出杨震关，举头云际见荆山。
>
> 如从地府到人间，顿觉时清天地闲。
>
> 陕州主帅忠且贞，不动干戈惟守城。
>
> 蒲津主帅能戢兵，千里晏然无戈声。
>
> 朝携宝货无人问，暮插金钗惟独行。

以上是第十段，只有五韵十句。从此以后，写女郎出潼关以后情况，这一小段是过渡性质的交代。杨震关即潼关。杨震是东汉时一位大学者，华阴县人，被称为"关西孔子"。女郎一出潼关，就望见荆山，进入虢州地界。顿时觉得天地清闲，一片太平景象，如同从地狱里来到人间。陕州主帅指虢陕观察使王重盈，蒲津主帅指河中节度使留后王重荣。当黄巢军队攻破潼关时，兄弟二人都只是上一个奏表，报告军情，自己却并不出兵迎击，关起城门自保。诗人借女郎的话，说他们"忠且贞"、"能戢兵"。一个是"不动干戈惟守城"，一个是"千里晏然无戈声"，都是讽刺话。但在女郎的心目中，这里是太平世界，清早身上带着珍宝，夜晚头上插着金钗,孤身行走,都没有强徒来抢劫。

此段第一句"前年"二字恐怕有误。从上下文看来,似乎应当是"前天"的意思。但各个抄本都作"前年",不便妄改,姑且照抄。

明朝又过新安东,路上乞浆逢一翁。

苍苍面带苔藓色,隐隐身藏蓬荻中。

问翁本是何乡曲,底事①寒天霜露宿?

老翁暂起欲陈词,却坐②支颐仰天哭。

乡园本贯东畿县③,岁岁耕桑临近甸。

岁种良田二百廛,年输户税三千万。

小姑惯织褐绅袍,中妇能炊红黍饭。

千间仓兮万斯箱,黄巢过后犹残半。

自从洛下屯师旅,日夜巡兵入村坞。

匣中秋水拔青蛇,旗下高风吹白虎。

入门下马若旋风,罄室倾囊如卷土。

家财既尽骨肉离,今日垂年④一身苦。

一身苦兮何足嗟,山中更有千万家。

朝饥山草寻蓬子,夜宿霜中卧荻花。

以上是第十一段,十四韵,二十八句。写女郎在新安县东遇到一个老翁。老翁自述其所受灾难,官军对人民的抢劫搜括比黄巢更凶。女郎说:在新安东郊,因为找茶水喝,遇到一个老人家,脸色青苍,躲藏在芦花堆里。她问老人家是哪里人?为什么在这么大冷天露宿在芦花堆里?老人想回话,又坐下来两手扶头,仰天大哭。后来他说:我是本地人,家有良田二百廛,每年要缴税三千万。家里小姑娘会织绸子做袍褂,中年妇女能做红黍饭。家中有粮仓千间,储粮一万箱。黄巢

---

① 底事:何事,为什么。疑问语。

② 却坐:退坐。

③ 东畿:畿是京都四周的地区。怀、郑、汝、陕四州为东畿,设东畿观察使。

④ 垂年:各个写本均同,但不可解,大约是垂老之意。

军队过后,还剩一半。自从官军开到洛阳,日日夜夜有巡逻兵到村坞里来骚扰。他们拔出了剑,挥舞着白虎旗,像一阵旋风似地下马冲进门来,把我家里抢得一扫精光。家里既已一无所有,只好骨肉分散,各自去谋生路。我现在是一个孤苦老头,可是山里还有几千万家难民,在吃草根,露天睡在芦花堆里。

这一段诗中所有数字,都是夸大了的,不可认真。"年输户税三千万",罗振玉校本改为"三十万"。周云青注本依罗改本,亦作"三十万"。他还引用《通典》,唐代上户丁税,每年缴十文。三千万就该有三百万户,这个数字似乎过多。于是改为"三十万",就只有三万户,差不多了。其实唐代户口税制度,先根据贫富差别来定每个丁男的人头税。上户是富户,每年缴税十文,是一个上户丁男应缴的税额。如果家有三丁,每年就得缴税三十文。再说,东畿一县,也不会有三万户之多。三千万果然过多,三十万也还是夸大的。老人家有"良田二百廛",一廛是一百亩,二百廛就该有二万亩。如果这个老人是拥有二万亩地的大地主,他决不会流落到骨肉分散,自己睡在芦花被里。还有,躲在山里的难民也不会有千万户。

读唐诗,对于这种用数字的描写方法,千万不宜用数学观念去和诗人算账。李白的"白发三千丈",就是改为三尺,也还嫌长。罗振玉是个通人,也能作诗,应该懂得唐代诗人的习惯,可是他居然不顾校勘学的严谨原则,自作主张,把"三千万"改为毫无根据的"三十万"。按照诗的声律,这个字必须用平声字,作者韦庄懂得声律,所以他用"三千万"。如果这个地方该用仄声字,他肯定会用"三十万"。罗振玉这样一改,周云青还在注文中认为"似是",这就非但暴露出他们都不懂声律,而且还侮辱了作者韦庄,使他表现为连平仄和谐都不懂的诗人了。

不但是数字的夸张,就是人名、地名,唐代诗人也都是作为修辞方法使用的。王之涣的"黄河远上白云间,一片孤城万仞山",是极有气魄的名句,可是有人偏要用地理观念来妄改。有的说:黄河怎么会上到白云里去? 只有黄沙,堆得高,才能"远上白云间"。有的说:黄河离凉州城有一千多里,作《凉州词》就不该用"黄河"。其实,能读诗的人,知道诗人是在写塞外风光,他把几个特征结合在一起:浩瀚的黄河、孤城、高山、羌笛、没有春意。诗人并不专咏凉州,而富于地理观念的读者就感到不对头了。如果碰到一个富于数学观念的读者,他一定会把"万仞山"也改一改。因为一仞是八尺,万仞就有八万尺,凉州城外哪有八万尺的高山?

妾闻此老伤心语，竟日阑干①泪如雨。

出门惟见乱枭鸣，更欲东奔何处所？

仍闻汴路②舟车绝，又道彭门③自相杀。

野色徒销战士魂，河津半是冤人血。

适闻有客金陵至，见说④江南风景异。

自从大寇犯中原，戎马不曾生四鄙⑤。

诛锄窃盗若神功，惠爱生灵如赤子。

城濠固护教金汤⑥，赋税如云送军垒。

奈何四海尽滔滔，湛然一境平如砥。

避难徒为阙下人，怀安却羡江南鬼。

愿君举棹东复东，咏此长歌献相公。

以上是第十二段，十一韵，二十二句。这是全诗的结束，诗人仍借女郎的话，说明了此诗的创作动机。女郎听了老人的伤心话，整天哭泣，泪落如雨。出门惟见枭鸣，不见人迹。想再往东走，可到底何处是好？听说去开封的路断了，又听说彭城在内乱。郊野、河边，全是死尸。恰好有人从金陵（南京）来，说江南的风景大不相同。自从黄巢军队进犯中原以后，江南倒很太平，四郊没有战事。那边的主帅像有神力似地镇压盗贼，惠爱百姓如同子女一样。那边城池坚固，攻打不下；各处缴纳到军营中来的赋税多得很。当四海八方都乱得如洪水滔滔的时候，独有江南一块土地却平坦如砥。我是个京城里的人，现在却逃难在异乡；因为渴望安全，反而羡慕做江南的鬼。我希望你赶快乘船向东去，把这首长诗献给江南的相公。

前半段是叙述黄巢军队退出长安后，骚扰洛阳、开封一带的情况。后半段颂扬江南的太平安定。诗结句所谓"相公"，是指镇海军节度使、同平章事周宝。周宝驻守润州（镇江），保持了江南的太平。韦庄从长安出来，在洛阳住了一时就到

---

① 阑干：纵横。

② 汴路：到开封去的路。

③ 彭门：即彭城（徐州）。

④ 见说："见"字作"被"字解。见说，即被告知。

⑤ 四鄙：四郊。

⑥ 金汤：金城汤池。比喻坚固的城池。金城，犹言铜墙铁壁。汤池，沸水的城濠。"教"字不可解，疑有误。

江南。这首诗大概是他为了献给周宝而作，因此以颂扬周宝为结束。

这首诗大体上虽然写黄巢军队的奸淫烧杀，但从老人的口中吐露出来的，却是官军比黄巢更坏。《北梦琐言》说：这首诗因"内库烧为锦绣灰，天街踏尽公卿骨"两句而为公卿所惊讶，恐怕也并不全是为此，可能还是触怒了那些"东诸侯"。

一九八五年五月十五日

94

晚唐诗馀话

晚唐诗人亦不少，我只选讲了十七家，仅是走马看花。马戴的诗，严羽评为晚唐第一。杜荀鹤诗，宋人以为高古淳朴，贺黄公则斥之为粗鄙陋劣。曹邺诗罕有称道，而锺伯敬亟为赞赏。这些都是论晚唐诗可以研究的问题，本书亦无暇涉及。杨升庵说："晚唐之诗，分为两派：一派学张籍，则朱庆馀、陈标、任蕃、章孝标、司空图、项斯其人也；一派学贾岛，则李洞、姚合、方干、喻凫、周贺其人也。其间虽多，不越此二派。学乎其中，日趋于下。"（《升庵诗话》卷十一）这晚唐两派之说，颇为文学史家采用。我以为如此分法，尚未探源。所谓张籍一派，应溯源于大历诗人之钱起、郎士元；贾岛一派，应溯源于二孟（浩然、东野）。而这两派诗人又彼此出入于王维、韦应物。此外，另有一派起于王建、李贺、张祜，则温庭筠、李商隐、杜牧、施肩吾、罗隐、韩偓诸家是也。虽然成就有高下，风格有雅俗，总是梁、陈馀韵的复兴，与张籍、贾岛不同源流。

晚唐人多致力于五、七言律诗，作乐府歌行者极少，作古诗者更少。故后世人所谓晚唐体，指的都是五、七言律诗。杨升庵又论晚唐五言律诗云："五言律起结皆平平，前联俗语十字一串带过。后联谓之'颈联'，极其用工。又忌用事，谓之'点鬼簿'，惟搜眼前景而深刻思之，所谓'吟成五个字，拈断数茎须'也。"这样，虽然简化，但已指出了晚唐体的特征。晚唐诗人才学都不高，情趣也不够丰赡，几乎是为作诗而作诗。风雅比兴，就其总体来说，都不及中唐诗人。他们平常总在一联一句中求工稳贴切，得到一联佳句便可拼凑成诗，故大多数诗人仅有佳句而无名篇。后世人论晚唐诗，也往往都只能赏其佳句。何文焕在《唐诗消夏录》中评中、晚唐五律云：

> 五律至中、晚，法脉渐荒，境界渐狭。徒知炼句之工拙，遂忘构局之精深。所称合作，亦不过有层次、照应、转折而已。求其开阖跌宕、沉郁顿挫如初、盛者，百无一二。然而思深意远，气静神闲。选句能远绝夫尘嚣，立言必近求乎旨趣。断章取义，犹有风人之致焉。盖初、盛则词意兼工，而中、晚则瑕瑜不掩也。

这一段话前半指出中、晚唐五言律诗的缺点，后半则指出其长处。但此评以中、晚唐诗相提并论，我以为颇不公允。中、晚唐诗，差距甚远，未可一概而论。至少，所谓中唐，应从贞元以后的诗人说起，如姚合之流。若大历十才子所作，词意兼工者俯拾即是，尚无此病。至于说晚唐佳句，"犹有风人之致"，我亦不以为然。所谓"风人之致"，是指一首诗可以反映民风，这应当指全篇而言。从一联一句中求风人之致，恐怕无此可能。

宋代初期，杨亿、刘筠等作诗专学温庭筠、李商隐，称西昆体。又有惠崇、希昼等九个和尚，作诗专学许浑、方干，有诗集盛传于当时，称《九僧诗》。这是晚唐诗给宋初的影响。欧阳修对这两种倾向都不满意，对西昆体则"患其多用故事，语僻难晓"，对九僧诗则说他们"区区于风云草木之类"。在他的影响之下，晚唐诗渐被冷淡。苏东坡、黄庭坚学杜甫、韩愈，诗风一变。尤其是黄庭坚，以他的盘空硬语，创立了江西诗派，称霸于北宋诗坛。

到了南宋，江西派的诗流于艰涩拙朴，于是又有人回过头来学晚唐诗，韩驹曾说："唐末诗人虽格致卑浅，然谓其非诗不可；今人作诗，句语轩昂，止可远听，而其理则不可究。"（《诗人玉屑》十六引《陵阳室中语》）所谓"今人作诗"，就是指江西派中的诗人。奇怪的是，韩驹自己也属于江西诗派，他这几句话，无异是自我否定。

杨万里早年也是作江西派诗的，到晚年时却转变了。他有《读笠泽丛书》诗三首，其一云：

> 笠泽诗人千载香，一回一读断人肠。
> 晚唐异味同谁赏，近日诗人轻晚唐。

于是便出现了"永嘉四灵"①和"江湖派"②诗人。这一群诗人都学贾岛、姚合，做五言律诗，又有叶水心为他们作理论的宣扬。南宋后半期诗坛，几乎都以晚唐体为宗。江西诗派消失了。

但同时严羽作《沧浪诗话》，却竭力提倡盛唐。他有一段话专论宋初以来的诗风：

> 然则近代之诗无取乎？曰：有之。吾取其合于古人者而已。国初之诗，尚沿袭唐人。王黄州学白乐天，杨文公、刘中山学李商隐，盛文肃学韦苏州，欧阳公学韩退之古诗，梅圣俞学唐人平淡处。至东坡、山谷，始出己意以为诗，唐人之风变矣。山谷用功，尤为深刻，其后法席盛行，海内称为江西宗派。近世赵紫芝、翁灵舒辈，独喜贾岛、姚合之诗，稍稍复就清苦之风，江湖诗人多效其体，一时自谓之唐宗。不知止入声闻、辟支之果，岂盛唐诸公大乘正法眼者哉？

这一段话是最简明的宋代诗史。严羽以禅学论诗，主张作诗当以盛唐为法，是正宗的大乘禅；晚唐诗还只是略得皮毛的小乘禅。

严羽是宋末人，他的理论，在当时未有显著的影响。元人作诗，虽然以唐诗为宗，也还没有在初、盛和中、晚之间有所偏重。因为金、元诗人如王若虚、元好问诸人，论诗的对象首先要抨击江西诗派。

到了明代，前后七子都标榜盛唐诗法，以此为学诗的最高境界。严羽的《沧浪诗话》，至此才发生影响。从明初到隆庆、万历年间，诗人们一致推崇盛唐。可惜明代诗人之所以主张"诗必盛唐"，是从复古运动出发，他们的诗都是盛唐的模仿作品，艺术的创造性非常稀薄，有"泥美人"之诮。后来，袁宏道等兄弟三人崛起于公安，论诗主白居易、苏东坡，以流畅平易为上，号称"公安派"。接着，锺惺、谭元春起于竟陵，又很不满于公安三袁诗的便捷浅俚，提出幽深孤峭的标准以论诗，是为"竟陵派"。"公安"、"竟陵"两派都攻击前后七子的"诗必盛唐"论。在创作实践上，"公安派"走了宋诗的道路；"竟陵派"则走了晚唐诗的道路。锺惺选定《唐诗

---

① 温州人赵师秀号灵秀，翁卷号灵舒，徐照号灵晖，徐玑号灵渊，称"永嘉四灵"，成为南宋一个诗派。
② 南宋时，杭州书商陈起刻印《江湖群贤小集》，收刘克庄、姜夔、葛天民等数十家的诗集。这些人称为"江湖诗人"，亦成一派。

归》，屡次为晚唐诗辩护、翻案，于是晚唐诗又一度时行起来。然而好景不长，到陈子龙、钱谦益出来，都提倡盛唐诗，学其雄浑高华的风格、黄钟大吕的声调。于是"竟陵派"的议论，一蹶不振，晚唐诗从此消失了它们曾经光荣过的地位。

一九八五年五月十三日

唐女诗人

95

诗出于歌,歌起于民间。民歌的开始,很可能属于妇女的劳动歌谣。从独唱而至于互唱,由互唱而至于对唱,再由对唱而至于问答,于是男女诗人都有了。《诗经》中如《王风·伯兮》,《郑风》中的《山有扶苏》、《狡童》、《将仲子》,都是妇女所作,可惜没留下姓名。五言诗起于汉代,已有好几位女诗人见于著录。窦玄妻的《古怨歌》、苏伯玉妻的《盘中诗》、乌孙公主的《悲愁歌》、卓文君的《白头吟》,都是好诗。蔡文姬的《悲愤诗》,作五言长篇,更是杜甫《北征》诗的泉源。魏、晋以下,历代都有女诗人,或则见于著录而诗与名俱亡,或则诗存而名佚。但锺嵘《诗品》中,还论到汉代的班婕妤、徐淑与齐代的鲍令晖、韩兰英,这几位女诗人的作品现在都不可见,但她们的姓名能列入《诗品》,可知当时必有杰出的作品流传。

到了唐代,男诗人既多,女诗人也并未示弱。不过由于封建社会礼教的约束,女诗人的才名,不出于闺阁。她们又不能应进士试,用不到行卷。她们没有社会生活,作诗也限于闺中抒情,因而极少流传出去,到后世便如云烟之消散。但是即使如此,《全唐诗》中还保存了几百首女诗人的作品,仍然反映着这是清代以前女诗人最多的时代。

唐代女诗人中最著名而作品现存最多的只有三家:李冶、薛涛、鱼玄机。李冶和鱼玄机都是女道士,薛涛是成都妓女。她们都有社会交际生活,常与文人唱酬,因此她们的诗流传最多。三人中,李冶的时代最早,我已在讲中唐诗的时候讲过她的诗。薛涛年齿略迟于李冶,其声名卓著时期,大约在贞元至元和年间。她的诗相传有五百首,南宋时还流传着她的《锦江集》五卷,可是现在仅存八十九首了。

薛涛的诗大多是七言绝句,但其压卷①之作却是一首五言律诗:

酬人雨后玩竹

南天春雨时,那鉴雪霜姿。

众类亦云茂,虚心能自持。

多留晋贤醉,早伴舜妃悲。

晚岁君能赏,苍苍劲节奇。

有人雨后赏竹,做了一首诗,写给薛涛看。薛涛也做了一首,以酬答他的好意。"酬"不是"和"。和是要用原韵的,酬不必用原韵。但既然称为"酬",诗意便应当照应原作。薛涛一看原作,便想到竹的特征表现在冬季,故古人以松竹梅为岁寒三友。现在此人却在雨后玩竹,便不是恰当的时候。所以她第一联便说:你在南方的春天雨后玩竹,哪里能看到它不畏霜雪的姿态呢?接下去说:但是,春天是草木茂盛的季节,在这时候玩竹,至少可以看到它能以虚心自持,也就不同于"众类"了。这一联的对法比较灵活,从词性的角度看它,似对非对,属于假对一类,或曰假借对。从意义的角度看这是一联流水对,或曰十字对。因为诗意不是两句平列,而是以十字为一意的。颔联是咏竹。晋代有山涛、王戎等七位高士在竹林中饮酒赋诗,称为"竹林七贤",故诗曰:"多留晋贤醉。"舜帝南巡,死于苍梧。他的二位妃子在竹林中哭泣,眼泪滴在竹竿上,成为湘妃竹,又名斑竹,故诗曰:"早伴舜妃悲。"因为七贤的时代在舜妃之后,故用"早"字,以点明时代。结尾一联照应了起联。大意说:你如果能到年终时候再来玩竹,就可以见到它不畏霜雪的劲节了。这首诗对原作者大有讥讽之意,但说得非常委婉。诗意既佳,句法亦苍老,在中唐五言律诗中,可以列为佳作。

鱼玄机诗一卷,四十九首,现在还有一个南宋刻本。此外,《文苑英华》载鱼玄机《折杨柳》一首不见于集中,故现存诗五十首。她的诗以五、七言律诗为多,功力在薛涛之上,与李冶不相上下。

---

① 古人编诗集,把他最好的一首编在卷首第一篇,称为"压卷"。这个名词,用到后世,泛指全集中最好的作品,不一定编在卷首。

赠邻女

羞日遮罗袖，愁春懒起妆。

易求无价宝，难得有心郎。

枕上潜垂泪，花间暗断肠。

自能窥宋玉，何必恨王昌。

　　这是一首极其大胆的诗，封建社会中的女诗人，能在诗中表现这样风流浪漫的思想情感，并不很多。但在唐代，却不止鱼玄机一人。诗题曰《赠邻女》，看诗意，大概这位邻家姑娘是被一个薄情男子抛弃了的。鱼玄机写这首诗安慰并鼓励她。第一联写这个姑娘的生活，从侧面表现她的情绪。怕见阳光，故以罗袖遮掩太阳；早晨懒得起来梳妆，因为有春愁。愁字的说明，就在下面第二联："易求无价宝，难得有心郎。"说得多么沉痛！在这个社会中，男子几乎个个都是无情无义的，要找一个"有心郎"，比找一件无价之宝更为困难。这个邻家姑娘，因为有这样深刻的春愁，所以她睡着时也偷偷地哭泣，在花园里也无心赏花，而暗自伤心。鱼玄机用这一联来具体描写了邻女的春愁。但鱼对这位邻女的只会伤心，只会暗哭，虽然非常同情，却觉得她未免太懦怯了。对于这样一个处于被动地位的弱女子，鱼要鼓励她争取主动，创造自己的生活。鱼在结尾一联中，把宋玉比喻为"有心郎"，把王昌比喻为负心郎①，即抛弃邻女的那个男子，而组织成一联为妇女争取自由和独立的响亮口号："自能窥宋玉，何必恨王昌。"

　　刚才我说，在唐代，写这样大胆的诗的女诗人，不止鱼玄机一人。现在就举一首李冶的六言诗：

八至

至近至远东西，至深至浅清溪。

至高至明日月，至亲至疏夫妻。

　　在封建宗法制度中，夫妻是五伦之一，又是三纲之一。夫为妻纲，妻是从属于

---

① 宋玉有《登徒子好色赋》，讲到有一个东邻姑娘，在墙头上偷看了他三年。鱼玄机诗用此典故，寓意要邻女自己去找爱人。王昌，魏晋时人，风神俊美，为时人所赏，但无薄幸事。此诗仅为借用而已。

夫的。夫妻的爱情,不是双方均等,而是由宗法制度分配的。夫对妻,主权大于爱情;妻对夫,义务大于爱情。由封建婚姻制度结合的夫妻,他们之间,即使双方都有爱情,这种爱情也是由封建制度维持着的。李季兰看穿了这种夫妻关系,用一句六言诗就揭发了这种夫妻关系的本质:表面上是最亲密,实质上是最疏淡。前面三句,都是比喻,用来证明"至亲至疏"的辩证观点。

这首诗,岂不是也可以说是非常大胆的作品吗?

武则天是一位杰出的女政治家。她执政二十年,有功有过,互不相掩。我们不在这里评论她的政治,只限于赏鉴她的才华。她也是一位杰出的诗人,所作诗文很多。《旧唐书·经籍志》著录她有《垂拱集》一百卷,《金轮集》十卷,可惜现在仅存诗四十六篇,在《全唐诗》中。

武后有《九日游石淙》诗七律一首,命群臣和作,有石刻至今犹存。她的原唱中有"万仞高岩藏日色,千寻幽涧浴云衣",亦可谓一时佳句。但最能表现其浪漫性格的却是她自制的商调曲《如意娘》:

看朱成碧思纷纷,憔悴支离为忆君。

不信比来常下泪,开箱验取石榴裙。

有人怀疑此诗不是武则天作的,因为从诗意及语气看,不像是一位执政的女皇身份。这是由于误解此诗,认为是作者自己抒情。当然,武则天不会有这一类型的爱情苦闷。但这是她写的乐府歌辞,给歌女唱的。诗中的"君"字,可以指任何一个男人。唱给谁听,这个"君"字就是指谁。正如现代歌星手执话筒,唱着"我爱你"、"我念你",使听众不免动心,就可收到恋歌的效果。你如果把这一类型的恋歌认为是作者的自述,那就是个笨伯了。

诗四句,意义明白,不用注解。我只要提出其第一句,可见武则天对于妇女的相思病,极有深刻的体会。"看朱成碧"是视觉的错乱。妇女在极度苦闷的情绪中,官感会发生异状。对于色、声、香、味的感觉,都会反常。武则天以"看朱成碧思纷纷"来形容这个女人的"憔悴支离",确是符合于生理学、心理学的经验之谈。

这首诗,岂不是也可以说是女诗人大胆之作吗?

上官婉儿是上官仪的孙女。上官仪是初唐诗人,首先制定律诗对法的人。婉儿继承家学,写诗作文都是第一流的。武则天当政时,她在宫中为昭容①,帮助武后进用文人学士,提倡文化。武后朝臣中,诗人最多,与婉儿很有关系。评论沈佺期、宋之问二人诗篇优劣的,也就是她②。她虽然因为附从安乐公主事被杀,但玄宗在开元初年还特别命臣下编集她的诗文为《上官昭容集》二十卷。这个集子现在也已亡佚,《全唐诗》中只存她的诗三十二首。

彩书怨

叶下洞庭初,思君万里馀。

露浓香被冷,月落锦屏虚。

欲奏江南曲,贪封蓟北书。

书中无别意,惟怅久离居。

题目是乐府曲名,以前没有见过,大约也是新创的曲调。诗体却是五言律诗。这个题目和这首诗连在一处,就可以知道这是初唐的作品。因为初唐时,五言律诗还可以谱曲入乐。中唐以后,没有以五言律诗为乐府歌辞的情况。

一个女人在秋天怀念她的离居已久的丈夫,因而作此诗。第一句就点明时季,同时也暗示作诗的动机。不了解这句诗的来历,就只能体会到它是说明作诗的时季,而不能体会到它所暗示的作诗动机。现在我们把这句诗的来历注明:

嫋嫋兮秋风,洞庭波兮木叶下,

白蘋兮骋望,与佳期兮夕张。

这是屈原《九歌》中的四句。"叶下洞庭初",即"洞庭波兮木叶下",这是点明"怨"的时季。但《九歌》原文在此句下还说明在这个秋风落叶的时候,盼望神来的吉日,预先备好酒食,以供迎迓。"与佳期兮夕张",在《九歌》中是迎神之词,在此诗作者所暗示的意义,却是希望丈夫归来的吉日。许多诗人运用古典成语,往往含有歇后的作用。即用的字面是上句,用的意义却在下句。这也是读诗时应当注意的。

---

① 昭容,皇后宫中女官名,为九嫔之一。位正二品。
② 见本书第六篇。

你如果理解了第一句的双重意义,就能体会第二句并不单是承接上句的字面意义,它同时还承接了上句所暗示的意义。第二联是描写这个与丈夫"久离居"的女人的孤寂之感。露浓则天寒,天寒而无人共枕,就觉得被冷了。月落则即将黎明,到了黎明时候,锦屏中还是空虚无人,可知整夜的闺房中,始终是独自一人。

第三联上句"欲奏江南曲",此句亦必须先了解《江南曲》的内容,然后才能了解它与下句的思想关系。据吴兢的《乐府古题要解》云:江南曲是古代相传的曲子。古词有"江南可采莲,莲叶何田田",又云:"鱼戏莲叶东,鱼戏莲叶西,鱼戏莲叶南,鱼戏莲叶北。"看来是很早期的江南民歌,故歌词非常素朴、简单。吴兢说,后世人作"江南曲",内容都是"美其芳晨丽景,嬉游得时"。据此,可以了解这一联诗是说:我本来想写几篇描写良辰美景、及时行乐的"江南曲",可是为了要争取时间,封发寄到蓟北去给你的信,"江南曲"就无心作了。蓟北、辽西,都是当时军人远征的地方。

第四联结束全诗。急于要封发的信,也没有别的内容,只是表示我和你离居已久的惆怅心情而已。这并不是表示信的内容简单,而是表示满纸都是离情别绪,顾不到写别的家务事。此诗题目是《彩书怨》,另有一个版本作《彩毫怨》,意义均同。"书"是信札,"毫"就是笔。这结尾一联是照应了诗题的。

五言律诗的格调形成于武后朝,文学史上虽然归功于沈、宋,但我想上官婉儿也一定有一份功绩。但看此诗,工稳不亚于沈、宋,对仗贴切是她祖父的遗教。"江南曲"本来不是此诗中必要的词语,但为了给"蓟北书"找配偶,就想到了"欲奏江南曲"一句,于此可以欣赏她对法之灵妙。

《全唐诗》第二十九卷所录女诗人诗,有许多是出于传奇小说,未必真有此作者,故不可尽信。现在选录几首作者较为可信而诗极好的。

盛小丛是晚唐时越中(绍兴)歌妓。大中年间,李讷为浙东观察使,夜登城楼,听到歌声激切,极为赞赏,命人将歌者找来,才认识是盛小丛。当时监察御史崔元范在李讷幕中,将奉召入京,李讷置酒送行,席上就命盛小丛唱歌劝酒。在座的主客都作了诗。盛小丛唱的是她自制的曲子:

突厥三台

雁门山上雁初飞,马邑阑中马正肥。

日旰山西逢驿使①，殷勤南北送征衣。

这是一首边塞词。首联二句极自然，极豪放，声调又响亮。第三、四句写驿使忙于为边疆战士输送寒衣，题材也极能表现边塞风光。女诗人的作品中，像这样的诗极少见。读此诗，可以想象，盛小丛必然是个豪迈的姑娘，不是娇柔的女士。当时李讷首先赋诗：

绣衣奔命去情多，南国佳人敛翠蛾。

曾向教坊听国乐，为君重唱盛丛歌。

王莽时，御史的官名为"绣衣执法"，故后世以"绣衣"为御史的代词。"南国佳人"指盛小丛。"敛翠蛾"即蹙紧眉头，表示送别的情绪。"曾向教坊听国乐"是李讷自述曾在长安听过教坊乐工所奏的国乐，代表国家的第一流音乐。结句说：现在为你送行，重新再请听一遍盛小丛的歌声。这是把盛小丛的歌唱比之为教坊里的乐曲。

崔元范也赋了诗，李讷幕下的判官杨知至，也有一首诗，均保存在《全唐诗》中，今不再抄录。不过杨知至诗的起二句云："燕赵能歌有几人，为花回雪似含颦。"似乎盛小丛是个北方人，流落在浙东为歌妓的。我想江南歌女恐怕不会作这样豪放的歌词。

徐月英是江淮间的妓女，也是晚唐人。她有《送人》一首，在唐人绝句中，可以列入佳作之林。

惆怅人间万事违，两人同去一人归。

生憎平望亭前水，忍照鸳鸯相背飞。

这首诗大有神韵，但是得之于自然，不是刻意琢磨出来的。平望是吴江上的驿亭，送人上船都在此地。"鸳鸯相背飞"是象征手法，不是实指鸳鸯。"两人同去一人归"，岂非"鸳鸯相背飞"了吗？

徐月英还有一首不全的诗，现在仅有二句，也可谓佳句：

---

① 此句《升庵诗话》所引作"昨夜阴山逢驿使"，似较好。

枕前泪共阶前雨，隔个窗儿滴到明。

这二句被宋代女词人聂胜琼偷了去，补凑成一首《鹧鸪天》词：

玉惨花愁出凤城，蓬花楼下柳青青。 尊前一唱阳关曲，别个人人第几程。 寻好梦，梦难成。 有谁知我此时情。 枕前泪共阶前雨，隔个窗儿滴到明。

一九八五年五月二十五日

六言诗

我国初民时代的诗歌都是四字一句,最早的如《尧民击壤歌》、《康衢谣》、《卿云歌》等谣谚,皆见于古书所引。《诗经》是周代诗的结集,全是四言诗了。大约到战国后期,南方的楚国人歌唱四言诗的时候,在句中或句尾加上一个和声"兮",于是开始出现了五言句,例如:

吉日兮良辰(《楚辞·九歌》)

瑶席兮玉瑱(同上)

嫋嫋兮秋风(同上)

广开兮天门(同上)

有鸟自南兮,来集汉北。(《楚辞·九章》)

滔滔孟夏兮,草木莽莽。(同上)

其小无内兮,其大无垠。(《楚辞·远游》)

经营四荒兮,周流六漠。(同上)

"兮"字的作用是一个音符,用以表示它上面那个字应当曼声吟唱。这些句子,形式上虽是五字句,但还不能说是五言诗句。到后来,这个"兮"字被换上一个有意义的实字,于是才成为五言诗句。例如汉李延年作歌云:

北方有佳人,绝世而独立。

一顾倾人城,再顾倾人国。

宁不知倾城与倾国,佳人难再得。

"宁不知"是衬字,除掉它,就是句法整齐的五言诗。它代替了周代的四言诗,成为汉、魏、南北朝时代诗的主要句式。这首早期的五言诗,还看得出从"兮"字改用实字的痕迹。如果我们把它写成以下的句子,意义并不缺少:

> 北方兮佳人,绝世兮独立。
>
> 一顾兮倾城,再顾兮倾国。
>
> 倾城兮倾国,佳人兮难得。

由此可知,五言句既然比四言句多了一个字,它的思想内容也应该多一些。如果五言句可以删去一个字而无损于它的思想内容,这就是一个多余的字。宋人说:一首五言律诗,一共四十个字,要如四十位贤人,缺不得一个。其实不但是五言诗,七言诗也何尝不是这样。每句之中,不能有不起作用的字。以一般的情况来讲,周秦的四言诗发展而为汉魏的五言诗,每一个诗句的内容都有所充实。从五言而至七言,也同样应使诗意随字数而增加。

周秦以前,汉族人的语言,纯用单音词。一词一义一音。《诗经》里的四言句,多数是以二字为一个音节,两个音节构成一句。诗歌句法的音节结构,用偶数,不用奇数。这种习惯,发展并表现在另一种新的文学形式——赋。但同时,人民的语言中,复音词日渐多起来,偶数的四言句往往不够表达一个概念。在音乐方面,以四言诗合乐,又觉得呆板。于是兴起了新的诗歌句式——五言。从此以后,诗句字数不从偶数发展,而从奇数发展,故五言诗变而为七言诗。

六言诗是四言诗向偶数发展的一支细流。它最初也起源于楚歌,在五言句中加一个衬字:

> 望夫君兮未来,吹参差兮谁思。 (《楚辞·九歌》)
>
> 帝子降兮北渚,目渺渺兮愁予。 (同上)
>
> 捐余玦兮江中,遗余佩兮澧浦。 (同上)
>
> 折疏麻以瑶华,将以遗兮离居。 (同上)

每句六字,是偶数;但音节是每句三个,是奇数。例如第一例:"夫君"、"未来",是两个音节。如果不用"兮"字,则单独一个"望"字,只有半个音节。添一个"兮"字,便凑合三个音节。第二例更为明显。"帝子"、"北渚",两个音节。"降"字唱时用曼声,才成为一个音节。由此可以悟到,六言诗是五言诗的曼声改为实字。

不过改曼声为实字之后，句子结构必须是整齐的三个音节(2＋2＋2)，不能像楚辞句法的"望＋夫君＋兮＋未来"。

六言诗是指六个都是实字的诗体。任昉的《文章缘起》说六言诗起于汉代的谷永。杨慎说：《文选》注中引董仲舒琴歌两句，亦六言，时代在谷永之前。谷永的六言诗，今已失传。董仲舒的琴歌非全章。现在可见的六言诗有孔融所作三首，今录其第一首：

> 汉家中叶道微，董卓作乱乘衰。
> 僭上虐下专威，万官惶怖莫违。
> 百姓惨惨心悲。

晋代的陆机有乐府诗《董逃行》，也是六言句。今抄录二章：

> 和风习习薄林，柔条布叶垂阴。
> 鸣鸠拂羽相寻，仓庚嘈嘈弄音。
> 感时悼逝伤心。

> 日月相追周旋，万里倏忽几年。
> 人皆冉冉西迁，盛时一往不还。
> 慷慨乖念凄然。

孔融所作三首，已佚失题目，内容都是写董卓弄权肆虐的政治情况。陆机所作五首，都是慨叹人生多故，盛衰无常。二诗形式一致，都是以五句成篇，这恐怕不是偶然相同，而是配合乐曲《董逃行》的节奏写作的。孔融所作，可能也是《董逃行》的歌辞。因为《董逃行》的内容正是写董卓之乱的。

陆机还有一首乐府诗《上留田行》，六言九句，亦可注意。六言诗用于乐府歌辞，为什么最后都以一个单句结束呢？

嵇康有六言诗十首，各有题目，很像一组咏史诗。今抄录二首以见一斑：

惟上古尧舜

> 二人功德齐均，不以天下私亲。
> 高尚简朴慈顺，宁济四海蒸民。

东方朔至清

> 外似贪污内真，秽身滑稽隐名。
>
> 不为世累所婴，所欲不足无营。

十首诗全是逐句用韵，仍是乐府诗的形式，因此我怀疑六言诗起源于魏晋乐府歌曲。当时诗体质朴，这些诗实在没有诗味。现在我们且看三百年以后梁、陈诗人陆琼的一首六言诗：

> 蒲萄四时芳醇，瑠璃千钟旧宾。
>
> 夜饮舞迟销烛，朝醒弦促催人。
>
> 春风秋月恒好，欢醉日月言新。

此诗题为《还台乐》，见《乐府诗集》，可知也是乐府歌辞。六言六句，又是一体。中间"夜饮"、"朝醒"一联，极为精妙。韩愈诗"银烛未销窗送曙，金钗半醉座添春"（《酒中留上襄阳李相公》），大有皎然所谓"偷意"的嫌疑。

初唐时，李景伯、沈佺期、裴谈，各有一首《回波乐》词，都是六言四句。沈佺期词云：

> 回波尔时佺期，流向岭外生归。
>
> 身名已蒙齿录，袍笏未复牙绯。

《回波乐》是舞曲。唐中宗时举行内廷宴会，命词臣作歌词。沈佺期才从岭南赦回，尚未恢复牙笏绯袍，故作此词，表示希望。"齿录"对"牙绯"，也是假借对，"录"是"绿"的谐音。

以上从汉魏以来直到初唐，六言诗作者虽不多，但也未尝绝迹，所以我说这是诗史中的一股细流。不过从所有这些作品看来，六言诗仅用于乐府曲辞，而不是文人抒情述志的诗体。所以古本书籍中仅称"六言"，而不称为"六言诗"。

到盛唐时，王维写了七首六言诗，描写他在"辋川"庄园中的闲居生活。今选录四首：

辋川六言

采菱渡头风急，策杖林西日斜。
杏树坛边渔父，桃花源里人家。

萋萋春草秋绿，落落长松夏寒。
牛羊自归村巷，童稚不识衣冠。

山下孤烟远树，天边独树高原。
一瓢颜回陋巷，五柳先生对门。

桃红复含宿雨，柳绿更带朝烟。
花落家僮未扫，莺啼山客犹眠。

这是诗了。平仄粘缀，词性对偶整齐，可以称为六言绝句了。但是音调平板，不适合于吟哦，只能供朗诵用。"桃红复含宿雨"一首是著名的，但又见于皇甫冉诗集。

王维的诗友刘长卿也有五首六言诗，今选抄其二：

送陆澧归吴中

瓜步寒潮送客，杨花暮雨沾衣。
故山南望何处？ 秋水连天独归。

苕溪酬梁耿别后见寄

清溪落日初低，惆怅孤舟解携。
鸟向平芜远近，人随流水东西。
白云千里万里，明月前溪后溪。
惆怅长沙谪去，江潭芳草萋萋。

"瓜步寒潮"一首又见于李嘉祐诗集中。《全唐诗》中还有许多六言诗，互见于几个人的集中，最多的是中唐诗人。大约当时六言诗盛行，互相传抄传诵，以致混淆了作者。"清溪落日"一首共八句,首尾用散句,中间二联用对句。这样,六言诗发展为律诗了。

但是,窦弘馀的诗集中,有一篇《广谪仙怨》,也是六言八句。他在诗序中说:玄宗在安禄山乱时,逃难人蜀的路上,很后悔不听张九龄之言,以致国家不可收拾。因此谱了一支笛曲,名曰《谪仙怨》,以寄托他悼念贤臣之意。这个曲子在大历年中盛行于江南。刘长卿降官为睦州司马时,在一处宴席上听到这个曲子,就谱作曲词,但刘长卿并不知道这个笛曲的来历和寓意。因而他补作一首,名曰《广谪仙怨》,意思是增广刘长卿词的内容。

根据窦弘馀所述的故事,后世词家就把刘长卿这首原题为《苕溪酬梁耿别后见寄》的六言诗,改题为《谪仙怨》,并把八句分为上下片,每片四句,于是这首六言律诗一变而成为词了。但韩翃也有《送陈明府赴淮南》和《河上寄故人》二首,都是六言八句,无论如何,总该算是中唐的六言律诗。

六言律诗作者甚少,绝句则愈作愈好,宋代诗人如王安石、秦观、参寥子、康伯可等,都有很好的六言诗。现在选录张继一首,以结束唐人六言绝句:

奉寄皇甫补阙

京口情人别久,扬州估客来疏。

潮至浔阳回去,相思无处通书。

六言诗从古代乐府歌曲中解放出来,成为不合乐的诗的形式,为时不久,又被唐代新流行的歌曲吸收进去。与刘长卿、窦弘馀同时的韦应物有一首《三台》、一首《古调笑》,都是六言句的曲词。

三台

冰泮寒塘水绿,雨馀百草皆生。

朝来衙门无事,晚下高斋有情。

古调笑

河汉,河汉,晓挂秋城漫漫。

愁人起望相思,塞北江南别离。

离别,离别,河汉虽同路绝。

王建有《宫中三台词》二首、《江南三台词》四首。《三台》是当时新行的小曲，故后世称为《三台令》，认为是一个词调名。今选录《江南三台词》二首：

扬州桥边小妇，长干城里商人。
三年不得消息，各自拜鬼求神。

青草湖边草色，飞猿岭上猿声。
万里三湘客到，有风有雨人行。

王建也有《调笑》一首，即韦应物的《古调笑》，大约这是一个古代传下来的曲子，故韦应物加"古"字。后世称《调笑令》。

团扇，团扇，美人病来遮面。
玉颜憔悴三年，谁复商量管弦。
弦管，弦管，春草昭阳路断。

戴叔伦有一首《转应曲》，就是《调笑》：

边草，边草，边草尽来兵老。
山南山北雪晴，千里万里月明。
明月，明月，胡笳一声愁绝。

这是一首边塞词，在唐诗中亦为仅见之作。韦、王、戴三家所作，句式、韵法都相同，已成定格，故后世划入词调，名《调笑令》，或《转应曲》，但南唐词人冯延巳有三首《三台令》，却就是《调笑令》。由此可知，《转应曲》或《调笑令》，就是《三台》的变体。以六言四句为本体，加了四个二言短句。今选抄冯延巳一首：

南浦，南浦，翠鬓离人何处。
当时携手高楼，依旧楼前水流。
流水，流水，中有伤心双泪。

六言句不但用入了唐五代的曲子词，也用入了北曲小令。请读一支元人张小山的《晚步》，调名《天净沙》：

吟诗人老天涯，闭门春在谁家。

破帽深衣瘦马，

晚来堪画：小桥风雪梅花。

以上叙述了六言诗的起源与流变。另外，还有一首顾况的《渔父引》，六言三句，尤其是中唐六言诗的新体。但此诗不见于顾况诗集，而见于宋人记录。黄山谷、徐师川都很爱此诗，全文借用来作为《浣溪沙》的上片。因为无法证明此诗确是顾况所作，更无从知道这三句是否全篇，题目是否原有，故只能作为附录，以备参考：

渔父引

新妇矶边月明，

女儿浦口潮平；

沙头鹭宿鱼惊。

一九八五年五月二十九日

联句诗

汉武帝元鼎二年(公元前一一五年)春,起造了一座柏梁台。此台用香柏为梁,故名柏梁。元封三年(公元前一〇八年),在柏梁台上开宴,规定二千石以上的官,能作七言诗者,可以坐在上席。于是皇帝首先作了一句七言诗,亲王、大将军、丞相等按官位高低每人接下去作一句,都用皇帝所作第一句的韵脚。从此文学史上出现了第一首连句体的《柏梁诗》。"柏梁诗"既是诗题,又是诗体名词,后世的一切联句诗都可以称为"柏梁诗"或称"柏梁体"①。太初元年(公元前一〇四年)十一月,柏梁台被大火烧毁。"柏梁诗"遂成为此台唯一的纪念文献。

柏梁诗

日月星辰和四时(帝)

骖驾驷马从梁来(梁孝王)

郡国士马羽林材(大司马)

总领天下诚难治(丞相石庆)

和抚四夷不易哉(大将军卫青)

刀笔之吏臣执之(御史大夫兒宽)

撞钟伐鼓声中诗(太常周建德)

宗室广大日益滋(宗正刘安国)

---

① 连句,齐梁以后称为联句。柏梁体是连句诗的名称。《沧浪诗话》以每句用韵的诗为柏梁体,非也。

周围交戟禁不时（卫尉卿路博德）

总领从宗柏梁台（光禄勋徐自为）

平理清谳决嫌疑（廷尉杜周）

修饰舆马待驾来（太仆公孙贺）

郡国吏功差次之（大鸿胪壶充国）

乘舆御物主治之（少府王温舒）

陈粟万石扬以箕（大司农张成）

微道宫下随讨治（执金吾中尉豹）

三辅盗贼天下危（左冯翊盛宣）

盗阻南山为民灾（右扶风李成信）

外家公主不可治（京兆尹）

椒房率更领其材（詹事陈掌）

蛮夷朝贺常会期（典属国）

柱枅欂栌相支持（大匠）

枇杷橘栗桃李梅（大官令）

走狗逐兔张罘罳（上林令）

齧妃女唇甘如饴（郭舍人）

迫窘诘屈几穷哉（东方朔）

　　从梁王以下二十二人都是文武官员，每人作诗一句，讲他自己的职责。例如太常卿是礼乐官，他管的是"撞钟伐鼓"。宗正卿是主管皇族的，所以他知道"宗室广大"，贵族愈多。京兆尹是首都市长，最怕"外家"和"公主"，他管不了。大官令是管理果树园的，他不会做诗，只会凑合果名七字。上林令是管理上林苑的，而上林苑是皇帝的猎场，"走狗逐兔"是他的本职。最后还有二人：郭舍人是武帝的管家，东方朔是文学侍从，此二人都以滑稽著名，故以诙谐的诗句结束。郭舍人说：我咬宫女的嘴唇，甜得像饴糖一样。东方朔说：我做不出七言诗，窘得简直没有办法了。

　　这里有许多官名，如大鸿胪、大司农、执金吾、京兆尹等，都是武帝太初元年（公元前一〇四年）所设置，元封三年还没有这些官职。梁孝王名武，是汉文帝的儿子，元封三年以前早已去世，怎么还能"从梁来"。这些都是疑点，因此有人以为是伪作,但此诗见于《三秦记》,即使是后人伪作,时代也相当早,它仍然可以说是最早的联句诗。

晋武帝司马炎的时候,有一个贾充,历官尚书令、司空、太尉。他娶李丰的女儿为妻。李丰得罪被杀,他的女儿也判处流徒。贾充便再娶郭配的女儿。后来李女得赦回来,皇帝允许贾充兼有二妻,称为左、右夫人。可是郭夫人不许李夫人同居,贾充只得为李夫人另建住宅而不与郭夫人往来。李夫人名琬字淑文;郭夫人名槐,字玉簧。李夫人有文才,贾充去看她,二人联句成诗一首。这是比较可信的一首最早的联句诗。

与妻李夫人联句

室中是阿谁, 叹息声正悲。 (贾)

叹息亦何为, 恐但大义亏。 (李)

大义同胶漆, 匪石心不移。 (贾)

人谁不虑终, 日月有合离。 (李)

我心子所达, 子心我亦知。 (贾)

若能不食言, 与君同所宜。 (李)

这是一首对话体的诗。每人两句,用同样的韵脚。贾充问:谁在屋子里叹气?李夫人说:我叹气是为了怕夫妻的情义有所缺损。贾说:夫妻情同胶漆,我的心终不改变。李说:这很难说,日月也有离合。贾充说:不用担忧,我们二人是彼此知心的。李说:只要你说话算数,我就与你一起过活。

此后,联句诗绵延不绝。齐代诗人谢朓似乎很高兴和朋友联句,他的诗集中还有七篇连句诗:其中《阻雪连句遥赠和》一篇,是和江革、王融、王僧孺、谢吴、刘绘、沈约共七人的连句,每人作五言四句,谢朓首唱。这首联句诗不是七人在一起时同作的,是用通信方法互相赠和的,故题目说明是"遥赠和"。这又是联句诗的创格。

梁元帝萧绎有《宴清言殿作柏梁体》,是摹仿汉武帝与群臣联句,每人各作七言一句,叙述本人的职责。可惜全诗已亡佚,仅存三句。

梁武帝萧衍有《清暑殿效柏梁体》一首,也是与群臣联句,每人作七言一句,各人讲他的本职。

梁简文帝萧纲有《曲水联句》，是他为皇太子时与朝臣王台卿、庾肩吾等人的联句，每人作五言四句，赋咏曲水。太子作结句。

梁诗人何逊也喜欢联句。他的诗集中有联句诗十六首，都是每人作五言四句，有《拟古联句》、《相送联句》、《至大雷联句》、《折花联句》等，题材有所扩大了。但像《送褚都曹联句》一首，全文只有四句，句下都不注明作者，显然是只保存了他自己所作四句，而没有保存其他作者的诗句。

齐梁以后联句之风颇为冷落了一时。到唐初，太宗李世民于贞观三年（公元六二九年）大破突厥后，宴请突利可汗于两仪殿，也效法汉武帝与群臣联句为柏梁体。《全唐诗》中收此诗，联句者为淮安王、长孙无忌、房玄龄、萧瑀，太宗首唱七言一句。其后，高宗李治有《咸亨殿宴近臣诸亲柏梁体》一首，仅存高宗首唱"屏欲除奢政返淳"一句。中宗李显景龙四年（公元七一〇年）正月五日在蓬莱宫大明殿看吐蕃人骑马之戏，也和群臣作了一首柏梁体联句诗。这首诗共十四句，中宗首唱之外，参加联句者十三人。皇后、公主、昭容作六句，都是女诗人。最后由吐蕃舍人明悉猎作结句，这又是联句诗的新样。以后几朝皇帝，不见有与群臣联句的记载，但文宗李昂与柳公权的联句却又是唐史上著名的事。

由于开国以后三朝皇帝的提倡，联句诗在唐代繁盛起来。《全唐诗》第七八八至七九四卷所收全是联句诗。从李白、杜甫起，有颜真卿、顾况、皎然、白居易、刘禹锡、韩愈、孟郊、段成式，直到皮日休、陆龟蒙，从开元、天宝至唐末，联句的风气没有中止过，可知联句诗特盛于唐代。

唐代的联句诗，有二人联句或数人联句。有每人作二句或四句的，有五言的，有七言的，也有三言的。但都是数人合作一诗，共赋一事一物，而没有对话体。像贾充和李夫人的对话体联句诗，文学史上恐怕仅此一首。

李白有《改九子山为九华山联句》是李白、高霁、韦权舆三人联句。李白先作两句，高霁续作两句，韦权舆再续两句，最后李白又作结尾两句。颜真卿有《登岘山观李左相石尊联句》，参加者有皎然、陆羽等二十八人。颜真卿作五言二句为首唱，接下去每人续作两句，成为一首五言五十六韵排律，这是作者最多的一首联句。

李益有《天津桥南山中联句》一首，参加者为韦执中、诸葛觉、贾岛，主客共四人，每人作五言一句，合成绝句一首。这是最简单的联句诗。诗云：

野坐分苔席，（李）山行绕菊丛。（韦）

云衣惹不破，（诸葛）秋色望来空。（贾）

李绛、崔群、白居易、刘禹锡四人的《杏园联句》是每人作二句的七言律诗：

杏园千树欲随风，一醉同人此暂同。（群上司空）

老态忽忘丝管里，衰颜宜解酒杯中。（绛上白二十二）

曲江日暮残红在，翰苑年深旧事空。（居易上主客）

二十四年流落者，故人相引到花丛。（禹锡）

这首诗是崔群首唱，他先作两个起句。"上司空"是指定要谁接下去，司空是李绛的官名。于是李绛续作一联，并指定要白二十二接下去，二十二是白居易的行次。白居易作了颈联，指定主客郎中刘禹锡作结句。这个办法，就是现代赌酒、赛球的"点将"。

白居易与刘禹锡，韩愈与孟郊，皮日休与陆龟蒙，是作联句诗最多的搭档。他们的联句多数是每人作五言四句。首唱者作起句两句，可以是散句，也可以是对句。接下去再作一联对句。第二人接下去作对句两联。如是轮番各作两联，到最后才以两个散句结束。这样的联句，可以成为五十韵、一百韵的长篇排律。

韩愈与孟郊的《城南联句》是一首著名的五言联句。它创始了一种新的联句法。韩愈先作第一句。孟郊作第二、三句。接下去韩愈作第四、五句。如此轮番写下去，最后韩愈以一句结尾，全诗长到一百五十四韵，三百零八字。这种联句方法，名为跨句联法。过去都是每人作两句或四句，概念是完整的，对偶也是由各人自己结构。现在韩愈改为从第二句联起，就必须先对上句，然后作第二联的上句，留给对方去找下句。这样就避免了一人自作对联。在思想内容方面，要先补足对方出句的诗意，然后自己提出半个概念，让对方去补足。这样的联句，就比较难做了。自从韩愈创造这个联句形式后，唐诗中只有陆龟蒙、皮日休、嵩起三人的《报恩南池联句》用过这个联法。宋代以后，联句作者很多，一般都是用跨句联法作五、七言律诗。每人作两句或四句的联句方法不用了，作长篇排律的也极少了。

一九八五年六月五日

98

　　本文目的在将唐人关于诗的评论研究作一个鸟瞰。其实,我在讲诗的时候,已随时接触到这一方面的情况,本文只是再综合一次而已。诗论、文论,都属于文学批评,是文艺学的一个专题。关于唐代诗论,已有郭绍虞、罗根泽、朱东润、王运熙、方孝岳诸家的专门研究成果,各种版本的《中国文学批评史》讲得都很详尽,读者可以参阅。此外,陆侃如、冯沅君的《中国诗史》,也讲到过唐人诗论,读者亦可与各本《中国文学批评史》参详。因此,本文只是把唐人诗论作一个提纲挈领的概述,所以名之曰"鸟瞰"①。

　　文学批评,产生于文学繁荣的时代。繁荣是百花齐放、百家争鸣的现象。唐诗在继承齐、梁、陈、隋及北朝的基础上,逐渐繁荣,逐渐形成了本时代的文化特征。王、杨、卢、骆以后诗风大盛,作为唐诗第一个特征的律诗,在声律、体制等各方面都成熟了。从初唐到中唐前期,诗人们所要研究的,主要是格诗的"格"和律诗的"律",现在合称为"格律"。汉魏以来传统的五言古体诗,唐人称为格诗。格诗要讲究"风骨"。这个名词,到晚唐时,皮日休、陆龟蒙写作"风格"。可知,风格就是风骨。后世文论家没有注意这一字之变,往往把风格与风骨认为是不同的概念,因此就讲不清楚。律诗的"律",是指音律而言,不是"法律"、"规律"的"律"。所以唐人论律诗,都注意于词句的音乐性。

　　初唐时期的诗论,较多的是关于律的研究。齐梁诗人沈约首创的四声八病

---

① "鸟瞰"是个外来语,中国原来没有。它是 bird-eye view 的译语,如鸟飞空中,俯瞰大地,虽见全形,实在只是一个轮廓。

说,在这个时期被重视而采用了。四声是平、上、去、入。在两句诗中,要使字声和谐,就创造并确定了调声的方法,这就是所谓"平仄粘缀"。八病是平头、上尾、蜂腰、鹤膝、大韵、小韵、旁纽、正纽,都是上下两句之间的声病,例如平头是指上下两句第一字和第二字都同声。如"芳时淑气清,提壶台上倾"一联中,芳、提,都是平声;时、壶,也都是平声,读起来就不美听了,这叫做犯了平头之病。"避忌声病",也是当时诗人所十分注意的。

律诗要用对偶句。如何作对,也是初唐人最关心的。上官仪首先归纳出六种对法:(一)正名对(即的名对。如以"天地"对"日月")。(二)同类对(如以"秋雨"对"春风")。(三)连珠对(如以"微微"对"漠漠",又名叠字对、重言对)。(四)双声对(如以"槐黄"对"柳绿",用双声字)。(五)叠韵对(如以"旁皇"对"尚羊",用叠韵字)。(六)双拟对(如以"花明柳暗"对"月白风清")。此后就有人接着研究对法。元兢作《髓脑》,提出六种对法;崔氏提出三种对法,皎然提出八种对法。

有一个日本和尚弘法大师,在贞元年间来中国求佛法。他也关心中国诗学,抄集了不少中国诗学资料,回国后编成一书,名曰《文镜秘府论》,以供日本诗家借鉴。我国初、盛唐时期有许多研究诗格的著作,例如元兢的《髓脑》、王昌龄的《诗格》,至今均已亡佚,幸亏《文镜秘府论》中还保存了一部分。《文镜秘府论》的内容,即以研究声病为主。据此书的记录,八病已扩大到"二十八种病",对法已增添到"二十九种对"。根据此书所反映的情况,可知唐代初期的诗论,集中于研究律诗的声病及对偶。

关于诗的风骨与作用,未见有专书论述。但陈子昂在《与东方左史虬修竹篇序》中曾慨叹"汉魏风骨,晋宋莫传","齐梁间诗,彩丽竞繁,而兴寄都绝"。李白作《古风》诗也说:"大雅久不作,吾衰竟谁陈。""自从建安来,绮丽不足珍。"杜甫作《戏为六绝句》,以表示他的诗学观点。他以为作诗应"方驾屈宋",不应作"刘梁后尘"。这些论调,虽然仅见于片言只语,却分明看得出他们在诗的辞藻及思想内容两方面,都主张恢复到魏晋以上,直到《诗经》、《楚辞》。

元结编《箧中集》,就是针对当时诗家只讲究声病而不注意诗的内容及作用的。他在序文中说:"近世作者,更相沿袭。拘限声病,喜尚形似。且以流易为辞,不知丧于雅正。然哉?彼则指咏时物,会谐丝竹,与歌儿舞女,生污惑之声于私室可矣。若令方直之士,大雅君子,听而诵之,则未见其可矣。"他虽然批评近世诗人的"拘限声病,喜尚形似",但并不否定这种诗。他以为这种"会谐丝竹"的诗,只能用于私室宴会，让歌儿舞女去讴唱，以供嬉乐；而正宗的诗，则必须风骨雅正，为"方直之士"、"大雅君子"所"听而诵之"。这个观点，就为后来白居易把诗分为讽谕、闲适、感伤三类的根据。

贞元、元和、长庆这一段时期，经梁肃、柳冕、权德舆、独孤及而至于韩愈，古文运动的文艺理论在唐代文学的发展上起了很大的作用。有许多思想观点，从初唐以来已有人分别提到，但到韩愈才构成一个完整的理论系统。他在捍卫儒学的基本思想上，对文学的社会作用与创作方法，提出了明确的口号。他主张"文以载道"，就是说文学作品要有思想性。一般诗人都以诗的功能为"缘情体物"，即歌咏事物，以抒发性情。"载道"就是对"缘情"的否定。他主张为文要"能自树立，不因循"；又主张为文要"务去陈言"、"词必己出"，都是提倡文学的创造性，反对摹仿古人，反对袭用陈言滥调。这些话都是针对当时文风的弊病而说的。

白居易对诗的观点，更为积极。他在给元稹的一封长信中痛快淋漓地讲了诗的意义和作用。他主张诗要为政治服务，在上的统治阶级应当"以诗补察时政"，在下的诗人应当"以歌泄导人情"。诗必须通过比兴手法寓有讽刺时政的作用，所谓"兴发于此而义归于彼"。否则，但有美丽的佳句，而不起讽谕作用，无益于治道，那就只是"嘲风雪，弄花草"的无聊作品而已。他说自己在年轻时，做过许多诗，朋友都以为好，其实还没有认识到写作的责任。年长做官以后，与人谈话，常常关心时事；读书史时，多研求政治得失，于是才知道文章应当为时代而作，诗歌应当为时事而作。这些话，就是说文学创作必须能够反映时代和社会。白居易的诗论，已接近了近代西洋文学中现实主义的理论，但另一方面，也还是继承并发扬了"六义"的传统诗教。

从韩愈到白居易的诗论，虽然如洪钟震雷惊动当代，但在同时代诗人的实践中，可以说没有起多大的作用。温飞卿、李商隐反而把绮辞丽句推上了高峰，贾岛、姚合仍然依靠风云花草才能成诗。这时的诗家，已不必再研求四声的粘缀和八病的避忌，他们所注意的是搜集许多可以摹仿、抄袭、学习的佳句，编成一本摘句图，作为自己的"枕中秘"。例如齐己有《玄机分别要览》一卷，撷录古人诗联，以风、赋、比、兴、雅、颂为分类法。姚合有《诗例》一卷，亦是摘取古人诗联，叙其措意，各有体要。李洞有《诗句图》一卷，摘取贾岛警句五十联及其他唐人警句五十联。郑谷有《国风正诀》一卷，亦是撷取诸家诗联，分为六门，注明其比兴意义。这些书现在都不传了。现在只存皎然的《诗式》五卷、张为的《诗人主客图》一卷。这两种书,仍是以摘选佳句为主。总之,从中唐后期至唐末,诗学研究都集中在律诗的句法。

司空图的《诗品》一卷,是唐代诗论中突出的著作。他用二十四首四言诗描写二十四种诗的境界,或谓风格,例如他描写"典雅"的诗境云:

> 玉壶买春,赏雨茅屋。 坐中佳士,左右修竹。
> 白云初晴,幽鸟相逐。 眠琴绿阴,上有飞瀑。
> 落花无言,人淡如菊。 书之岁华,其曰可读。

诗写得很好。但要从这样一首诗中体会典雅的诗境,至多也只是一种象征性的诗铭,我以为不能算是文学批评。

一九八五年六月十日

99

一 什么叫绝句?

绝句是以四句为一首的诗,每句五言或七言。这是大家都知道的,没有人会发问。现在要问的是:这种体式的诗,为什么名叫"绝句"? 这个"绝"字是什么意思?

光是一句诗,不论是五言或七言,不可能表达一个完整的概念。例如《古诗十九首》第一首第一句"行行重行行",第二首第一句"青青河畔草",我们读了之后,得到什么概念呢? "走啊走啊",走到哪里去? "河边的青草",又怎么样呢? 我们必须读下去,读到第四句,才能获得一个完整的概念:

> 行行重行行,与君生别离。
>
> 相去万馀里,各在天一涯。
>
> 道路阻且长,会面安可知?
>
> 胡马依北风,越鸟巢南枝。
>
> 相去日已远,衣带日已缓。
>
> 浮云蔽白日,游子不顾返。
>
> 思君令人老,岁月忽已晚。

弃捐勿复道，努力加餐饭。

这首诗一共十六句，四句为一节，表达一个概念，或说一个思想段落。这样的四句诗，在南北朝时代的文艺理论上，就称为"一绝"。绝就是断绝的意思。晋宋以后的诗，差不多都是四句为一绝。不管多长的诗，语言、音节、思想内容，都需要连续四句，才可以停顿下来。

青青河畔草，郁郁园中柳。

盈盈楼上女，皎皎当窗牖。

娥娥红粉妆，纤纤出素手。

昔为倡家女，今为荡子妇。

荡子行不归，空床难独守。

这首诗前段六句，后段四句，可见是汉魏时代的诗，四句一绝，还没有成为规格。如果齐梁时代的诗人做这首诗，他们肯定会删掉两句，或再加两句。

四句一绝，这个观念是自然形成的，从《诗经》以来，绝大多数诗都是以四句为一个段落。但它成为诗的规格，并给以"绝"的名称，则为齐梁以后的事。陈代徐陵编《玉台新咏》，收了汉代的四首五言四句诗，给它们加了一个题目"古绝句"，又收了吴均的四首五言四句诗，题目是"新绝句"。这里反映出"绝句"这个名词是当时新产生的。既然把四首原来没有题目的汉诗称为"古绝句"，就不能不把同时代人吴均的四首称为"新绝句"了。新、古二字是作品时代的区别，不是诗体的区别。这种诗体，只叫做"绝句"。但是，作《玉台新咏考异》的纪容舒却把"新绝句"改为"杂绝句"，又加了说明："体仍旧格，不应云新。当由字形相近而误。"他以为吴均这四首绝句还是和汉代的四首同一体格，不是唐代近体诗中的绝句，所以不能说是新绝句，因此就大笔一挥，改作"杂绝句"。理由是"新"字与"杂"字"形近而误"。这是一种荒谬的校勘学，"新"字和"杂"字的字形决不相近，他的理由实在非常武断。

在北周庾信的诗集里，有两个诗题《和侃法师三绝》、《听歌一绝》，都是五言四句诗。庾信和徐陵是同时人，不过一在北朝，一在南朝，可见绝句在南北朝都已定名、定型，而且可以简称为"三绝"、"一绝"了。

《诗经》里的诗,大多数是四言四句,古人称为"一章",实际上也是"一绝"。汉魏五言诗以四句为全篇的很少,因此没有必要把四句的诗定一个诗体名词。但在较长的诗篇里,四句一绝的创作方法已自然形成了。到晋宋以后,由于民间歌谣的影响,诗人喜欢模仿四句的民歌,就大量出现了五言四句的小诗,这时候,才有需要给这一类型的诗定一个名叫做"绝句"。

宋元时代通行把"绝句"称为"截句",以为"绝句"是从律诗中截取一半,似乎不知道"绝句"的产生早于"律诗"。如果说绝句是半首律诗,就应该先有八句的律诗了。这个观点,是违反诗体发展史的现实的。

二 古绝句与近体绝句

徐陵所谓古绝句,是指汉魏五言四句的诗。它们有押平声韵的,也有押仄声韵的。有第一句起韵的,也有第二句才起韵的。但是它们不讲究声调,也不谐平仄。吴均、庾信的绝句,出现了对句,也偶尔有平仄粘合的,不过还没有全篇平仄和谐的。除开吴歌西曲这些民间绝句以外,庾信似乎是文人中写绝句最多的。他的诗集第六卷全是绝句,而且卷尾有三首七言绝句。

初唐后期,诗句的平仄和谐成为诗的声律。四声八病的理论,愈来愈被重视。五言古诗、七言歌行,各自发展成为五言律诗、七言律诗。齐梁时期的绝句也趋于服从声律,讲究平仄和谐,于是形成了唐代的绝句。唐代人把新规格的绝句和五、七言律诗都称为近体诗,而把传统的一切五、七言诗称为古体诗,或者干脆称为古诗。《玉台新咏》里的"古绝句"、"新绝句",在唐代人看来,一律都是古体。

于是我们要改变一个概念:古体和近体是诗体的区别,而不是作品时代的区别。因为唐代诗人既做近体绝句,也还做古绝句。

庾信的一卷绝句,最可以看出从古绝句发展到近体绝句的情况。我们不妨举几个例子:

听歌一绝

协律新教罢,河阳始学归。

但令闻一曲,馀声三日飞。

这首诗第一、二句是对偶句,但对得还不工整。从词性看,"协律"是职官名,"河阳"是地名;"协"与"河"不成对,"律"与"阳"也不成对。但从全句看来,勉强可以算作对句。从声律看,如果用近体绝句的标准,那么这首诗中有五个字是平仄不合格的。"教"应用平声字,"令"应用平声字,"声三日"应用仄仄平字。因此,这一首还是古体绝句。

另外有一首:

暮秋野兴

刘伶正提酒,中散欲弹琴。
但使逢秋菊,何须就竹林。

这首诗的第一、二和三、四句都是合格的对句。平仄粘合,全都符合唐代近体绝句的标准,因此,我们可以说:这是一首近体绝句。但这样完整的诗,在庾信集中还是不多。

代人伤往

杂树本唯金谷苑,诸花旧满洛阳城。
正是古来歌舞处,今日看时无地行。

七言四句诗,在齐梁时已出现不少,但庾信这一首最接近唐人绝句。这首诗只有第四句是不合声律的。如果把"日"字改用平声字,"时"字改用仄声字,"无地"改用仄平字,就是一首近体绝句了。至于第三句平仄组合与第二句相反,这种格式在唐人绝句中称为"拗体",或称"折腰体",它可以使整首诗的音调健硬,亦是近体绝句的一格,不算声病。杜甫就很喜欢做这种绝句。

三 律诗与绝句

现在一般人都以为五言或七言八句,中间有两联对偶句,这叫做律诗;五言或七言四句的诗,叫做绝句。于是,绝句就不是律诗。又有人把律诗称为格律诗,于是绝句就好像不讲究格律的了。还有,一般人都以为律诗的"律"字是规律、法律的"律"。现代汉语从古汉语的单音名词发展到双音名词,于是在"律"字上加一个

"格"字,成为"格律"。于是"律"字的意义更明确地表示为规律的"律"了。

以上这些概念实在都是错误的,这些错误大约开始于南宋。在唐代诗人和文学批评家的观念里,完全不是这样。

律是唐代近体诗的特征。唐人作诗,要求字句的音乐性。周颙、沈约以来的四声八病理论,为唐代诗人所重视,用于实践。四声则分为平仄两类,属于仄声的上去入三声,可以不严格区别,所以四声的理论,实际上仅是平仄的理论。唐代诗人认识到诗句要有音乐性,必须在用字的平仄上很好地配合,于是摸索出经验,凡是两句之中,上一句用平声字的地方,下一句必须用仄声字,尤其是在每句的第二、四、六字,必须使平仄"粘缀",这样的诗句,才具有音乐性。律诗的"律",是"音律"、"律吕"的律,不是"规律"的律。我们可以举殷璠在他所编《河岳英灵集》里的一节话:

> 昔伶伦造律,盖为文章之本也。 是以气因律而生,节假律而明,才得律而清焉。 宁预于词场,不可不知音律焉。

就是这一节,已经可以证明唐代诗人创造"律诗"这个名词,其意义是"合于音律的诗",也就是"有音乐性的诗"。殷璠的意思是说:诗的声调合于音律,就会产生诗的气势,表明诗的节奏。(这两句是说诗的外形,即语言文字。)一首诗由于平仄粘缀得好,吟咏之时就容易透发作者的才情。(这一句是说诗的音乐性与内容的关系。)

既然如此,凡是一切要求讲究平仄、避免八病的诗,应该都是律诗。不错,唐代诗人是这样看的:绝句也是律诗。韩愈的诗文集是他的女婿李汉编定的,白居易的《白氏长庆集》和元稹的《元氏长庆集》,都是作者自己编定的。这三部书中的诗主要是按形式分类,总的分为"古诗"和"律诗"两大类。讲究平仄的五七言绝句,都编在"律诗"类中,不讲究平仄的古体绝句都编在"古诗"类中。这就可以证明唐代人以为近体绝句也是律诗。

南宋人编诗集,常常分为"古诗"、"五律"、"七律"、"绝句"等类,从此就把绝句排除在律诗之外。南宋人讲起近体诗,常常用"律绝"这个语词,绝句与律诗便分家了。唐代没有"律绝"这个语词。唐人只说"古律",表示传统的古体诗和新兴的律体诗,或说近体诗。

用"格律诗"这个名词来表示唐代兴起的律诗,这恐怕是现代人开始的错误概念。在唐代人的观念里,格是"格诗",即讲究风格的诗,也就是古诗;律是"律诗",即讲究声律的诗,也就是近体诗。高仲武在他编的《中兴间气集》的序文中说明他选诗的标准是"朝野通取,格律兼收",这是说:不论作者有无官职,不论诗体是古体或近体,凡是好诗都要选入。白居易的《白氏长庆集》分为前后两集,是他两次编集的。前集有"古调诗"九卷、"律诗"八卷,后集有"格诗"四卷、"律诗"十一卷。"古调诗"即"格诗",都是指古体诗。另外有一卷题作"半格诗",所收的诗,大体上都是古体,但常有对偶句,或者用平仄粘缀的散句。这些诗似古非古、似律非律,所以名曰"半格诗"。作《唐音审体》的钱良择注释道:"半是齐梁格,半是古诗,故曰半格诗。"又说:"格诗,是齐梁格也。"这个注释是错误的。在唐人观念里,无论汉魏、齐梁,都是古诗,不能把古诗和齐梁诗对立起来。"格"是风格,做近体诗要讲究声律,作古体诗要讲究风格。齐梁诗是一种风格,汉魏诗也是一种风格,不能说"格"是专指齐梁格的。唐人厌薄齐梁诗体的浮靡,要求继承汉魏诗的风格,这是从诗的内容讲的。"风格"这个名词,唐代似乎还没有,他们或称"标格",或称"风骨",所谓"建安风骨",就是指汉魏诗的风格。《文镜秘府论·论文意》云:"凡作诗之体,意是格,声是律;意高则格高,声辨则律清,格律全,然后始有调。"

以上这些引证,都说明"格律"是两回事,不能把唐代律诗称为"格律诗"。我们如果要一个双音词来称呼唐代的律诗(包括绝句),应该名之为"声律诗"。

四 绝句的结构

从前写文章的人,特别是学习唐宋八家古文的人,都讲究一篇文章的结构,要有"起、承、转、合"。这是从写作实践中归纳出来的创作方法。写文章不完全同于说话。说话可以较为随便,说颠倒了可以随即改口纠正,写成文字形式,就必须先考虑一下合于逻辑的次序。要说明一个观念,应当从什么地方说开头(起),接下去应当怎么说(承),再接下去,应当如何转一个方向,引导到你要说明的观念(转),最后才综合上文,说明你的观念,完成这篇文章的目的任务(合)。这四个写作程序,事实上就是表达一个思维结果的逻辑程序,原是无可非议的。不过,有些滥调古文家太拘泥于这四个程序,甚至在八股文兴起以后,它们又成为刻板的公式:第一、二股必须是起,第三、四股必须是承……这样一来,"起承转合"就成为教条,成为规律,使能够自由发挥思想和文字的作者,不得不起来反对了。

诗和散文虽然文学形式不同,表达思想感情的方法也不同,但其逻辑程序却是相同的。我们在绝句这种诗的形式上,可以特别明显地看到:一般的绝句,往往是起承转合式的结构。由于诗有字数的限制,文字的使用不能不力求精简,"之乎者也"这种语气词固然绝对不用,连动词也可以省掉,主谓语也可以颠倒。因此,四句之间的关系,就不像散文那样明显。但是,如果你仔细玩味体会,还是可以发现大多数绝句的结构是可以分析出"起承转合"四个过程的。

先举王昌龄的《出塞》诗为例:

> 秦时明月汉时关, 万里长征人未还。
> 但使龙城飞将在, 不教胡马度阴山。

题目是《出塞》,诗人首先就考虑如何表现边塞。他从许多边塞形象中选出了"明月"和"关防",再用"秦汉"来增加它们的历史意义。从这一句开始(起),一个"塞"字就勾勒出来了。但是,光这一句还不成为一个概念,"秦时明月"和"汉时关",怎么样呢? 诗人接下去写了第二句(承)。这第二句,我们不必讲解,一读就知道他很容易地完成了征人"出塞"的概念。两句诗,还只是说明了一个客观现实:有许多离家万里的军人在塞外作战,不得回家。"出塞"的概念是完整了,但诗人作这首诗的意图呢,还无从知道。于是他不能再顺着第二句的思想路线写下去。他必须转到他的主题思想上去,于是他写下了第三句。这第三句和第一、二句有什么关系? 看不出来,使读者觉得非常突兀。于是诗人写出了第四句。哦,原来如此,他把第一、二句的客观现实纳入到他的主观愿望里去了,主题思想充分表达,诗也完成了(合)。读到第四句,我们才体会到前面"秦时明月"、"汉时关"、"万里长征"这些修辞的力量。如果胡马不能度阴山而入侵,则秦汉时的明月边关就成为新时代的明月边关,而万里长征的人也都可以还家了。

一首绝句的第三句,总是第一、二句和第四句之间的挂钩。绝句做得好不好,第三句的关系很大。唐诗中的五、七言绝句大多数用这种结构:四个散句的起承转合式。所谓散句,就是句与句之间,不讲究对偶。

> 回乐峰前沙似雪, 受降城外月如霜。
> 不知何处吹芦管, 一夜征人尽望乡。

这是李益的诗,题目是《夜上受降城闻笛》。此诗第一、二句是对句,"回乐峰前"就在"受降城外",两句是平起,都是点明题目中的"受降城"和"夜"。所以第二句不能说是承句。第三句转到"闻笛",第四句结束,说明"闻笛"后的征人情绪。凡是第一、二句作对句的绝句,常常只有起、转、合三段。

现在再看一首顾况的《宫词》:

> 玉楼天半起笙歌,风送宫嫔笑语和。
> 月殿影开闻夜漏,水精帘卷近秋河。

此诗第一、二句是散句,第三、四句是对句。第一、二句有起承关系,第三句既不是转,第四句也不是合。这两句的创作方法是"赋",就是"描写"。它们是用来描写前两句所叙述的宫中夜宴情景,特别渲染了"玉楼天半"。这首诗有人说是写宫怨的诗,我以为看不到有表现"怨"的比兴意义。因为全诗四句都是客观描写,没有表现诗人的主观情感,也没有代替某一个失宠的宫嫔表现其怨情。所以题目只是《宫词》而不是《宫怨》。这样的绝句很难说第三、四句是合,凡是第三、四句作对句的绝句,它的结构方式常常有这样的情况。

> 岁岁金河复玉关,朝朝马策与刀环。
> 三春白雪归青冢,万里黄河绕黑山。

这是柳中庸的《征人怨》,它代表了绝句的另一种结构方式。第一、二句是对句,第三、四句亦是对句,整首诗以两副对联构成。四句之间,非但没有起承转合的四段关系,甚至也体会不到起承关系。勉强分析,可以认为第三、四句是起,第一、二句是合,这是一种倒装的结构。从逻辑思维的顺序来讲,第三、四句是描写塞外荒寒的景色。在这样荒寒的塞外,征人岁岁年年驱驰于金河与玉门关之间,朝朝暮暮过着骑马挥刀的生活。四句诗全是客观描写,没有从正面写征人之"怨",而让读者自己去体会其"怨"。全诗的主题思想隐伏在第一、二句,所以我们可以认为这是"合"的部分。

作者在这首诗中,还运用了另一种艺术句法。在每一句中,都用了成对的语词。"金河"对"玉关","马策"对"刀环","白雪"对"青冢","黄河"对"黑山"。这种对偶形式,名为"当句对",非但上句与下句成对,在本句中也还有对偶。当句对并不是两联结构式绝句的必要条件,这里引用柳中庸这首诗,只是顺便了解一下唐诗中有这样一种句法。

两联结构式的绝句,杜甫诗集中有好几首。他有一首题曰《漫成》的诗:

> 江月去人只数尺,风灯照夜欲三更。
>
> 沙头宿鹭联拳静,船尾跳鱼拨剌鸣。

也是四句平行的描写句,比柳中庸那一首更分别不出起合关系,因此更难找出它的主题思想。作者题曰《漫成》,表示这是偶然高兴写成的,等于画家随手画一幅素描,只是一种练习方法。

以上所举诸例,李益的一首是一、二对句,三、四散句,正合于一首七言八句律诗的后半首。顾况的一首是一、二散句,三、四对句,正合于八句律诗的前半首。柳中庸、杜甫的二首是两联结构,正合于八句律诗的中段。至于用四个散句组成的绝大多数绝句,就等于八句律诗的首尾四句。因此,就有人说绝句是截取八句律诗的一半,从而把绝句称为"截句"。但是,在北周诗人庾信的诗集中,这些结构形式都早已出现了。上文所引的"协律新教罢"一首,就是五言八句律诗的后半首。"刘伶正捉酒"一首,就是八句律诗的中段。另外有一首《行途赋得四更》:

> 四更天欲曙,落月垂关下。
>
> 深谷暗藏人,敧松横碍马。

这就是八句律诗的前半首。庾信的时代,八句的近体律诗还没有产生,但唐诗绝句的各种结构方法却已具备,可以证明绝句并不是截取律诗的一半。甚至,我们还有理由推测律诗的句法是古绝句的发展。

唐代诗人对于诗的句法结构,随时都有新的创造,他们不甘心为旧的形式所拘束。在绝句这方面,元稹有一首值得注意的诗:

> 芙蓉脂肉绿云鬟,
>
> 罨画楼台青黛山。
>
> 千树桃花万年药,
>
> 不知何事忆人间?

　　这首题为《刘阮妻二首》(之二)的诗,是咏刘晨、阮肇入天台山遇到仙女的故事。前三句是平行句,列举了天台山中的美好事物。第一句是说仙女的美,第二句是说仙山楼阁的美,第三句是说山中花草的美。(脂肉,即肌肉;万年药,即食之长寿的草药。)第三句以后,我们在讲的时候,必须补充一句诗人省掉的话:"既然有这么好的生活环境,"于是得到第四句:"你们为什么还要忆念人间而回来呢?"

　　这首诗是三句起、一句合的结构方式,极为少见,恐怕是元稹的创造。由此可见,起承转合,是一般性的诗文结构原则,变化运用,则是作者的创造能力。

　　本文曾在一九八一年《语文学习》发表过。当时应编者之请,为唐诗绝句写一篇专文,谈谈绝句的起源和发展。我曾计划就历代各种文学形式有系统地各写一文,从文学形式的角度探索其承先启后的情况。这个计划被教学工作与患病阻止了,迄未实现。现在只有这一篇,附在本书,聊以充数。原来不在本书的计划中。

一九八五年五月附记

100

我国文学，繁荣最早。商周之时，民间歌谣和士大夫的诗，据说已有三千多首。孔子删汰其十分之九，存其精华，得三百又五篇，编成一部最早的诗选集，现在称为《诗经》。孔子是最早的选家，也是最早的编辑。

孔子的编选工作，历代都有继承人。东汉王逸编《楚辞》、梁昭明太子萧统编《文选》、陈徐陵编《玉台新咏》，这是汉魏六朝仅存的三部诗文选集。此外还有许多选集，均已亡佚。

唐代三百年间文学昌盛，诗的繁荣尤其凌驾前代。因此，诗的选集随时有人编撰，几乎接踵而出。每一个选集，都代表当时的诗风，亦反映编选者的文艺观点。现在将唐宋以来最重要的唐诗选集编列书目，供研读唐诗者参考。

一　唐　人　选　唐　诗

（一）《国秀集》三卷　国子生芮挺章编　进士楼颖序

此书选录武则天朝诗人李峤、宋之问等至天宝末年诗人王湾、祖咏等共九十人的诗二百二十首。但现在所传此书已缺漏了吕令问、敬括、韦承庆三人的诗四首。所选各人之诗数，亦有与目录不合者。实在只有八十五人，诗二百十八首。又楼颖序称："自开元以来，维天宝三载，谴谪芜秽，登纳菁英，可被管弦者，都为一集。"因此历来著录者，都以为此书编成于天宝三载。其实是楼颖的序文写得不明白。天宝三载是此书开始选编的年份。开元是秘书监陈公与国子司业苏公建议选编此书的年代。书编成于何年，序文中没有交代。大约在天宝末年，安禄山叛变之前。

"可被管弦者"是此书选诗的标准。当时正是律诗成熟的时候，故选家以音律和谐、可以配合乐曲的诗为合格。由此亦可知当时的五言古诗、律诗都可以合乐歌唱。

(二)《河岳英灵集》二卷　丹阳进士殷璠集

此书有殷璠自序，又有《集论》一篇。序中略述历代以来诗的风格："武德初，(轻艳的)微波尚在。贞观末，标格渐高。景云中，颇通远调。开元十五年后，声律、风骨始备矣。"又叙述此书内容云："粤若王维、王昌龄、储光羲等二十五人，皆河岳英灵也。此集即以《河岳英灵》为称。诗二百三十四首，分为上下卷。起甲寅，终癸巳。"甲寅是玄宗开元二年(公元七一四年)，癸巳是天宝十二载(公元七五三年)。这两个年份，可能是选诗起讫的年份，天宝十二年，未必是成书的年份。向来著录家都以为《国秀集》是现存最早的一部唐人选唐诗集，现在看来，《河岳英灵集》的成书，可能在《国秀集》之前。

《集论》中讲到选诗的标准："璠今所集，颇异诸家，既闲新声，复晓古体。文质半取，风骚两挟。言气骨则建安为传，论宫商则太康不逮。"这是说他选的诗新旧兼收。新声指律诗，古体指古诗。以下四句，都是分指古律而言。文是律诗，质是古诗。风指古诗，骚指律诗。气骨是古诗的要求，宫商是律诗的要求。

此书在每一位诗人名下，都有一段评论。先概括这位诗人的风格，然后举出他的一些佳句，开了摘句评诗的风气。例如评岑参云："参诗语奇体峻，意亦造奇。至如'长风吹白茅，野火烧枯桑'，可谓逸才。又'山风吹空林，飒飒如有人'，宜称幽致也。"

(三)《箧中集》一卷　元结编

元结的文艺思想是主张复古的。在散文方面，他是古文运动的先导。在诗方面，他认为新近流行的诗，"拘限声病，喜尚形似。且以流易为词，不知丧于雅正。"因此他推崇沈千运、孟云卿等七人的五言古体诗，将箧中所有二十四首，编为一卷，以"传之亲故"。

此书选编宗旨，与《国秀》、《河岳》二集，截然不同。虽然只是二十四首诗的小集，却代表了当时五言古诗的精萃。

（四）《搜玉小集》一卷

此书无选编者姓名，亦无序跋。所选皆初唐人诗，最早者魏徵，最迟者刘希夷、裴潾。编次杂乱，似非成书。但郑樵《通志》已载此书名目，云是"唐人选当时名士诗"，则此书为唐人旧本无疑。旧目称入选者三十七人，诗六十三首。今本但有三十四人，诗六十二首。

此书时代当在《国秀集》之前，今附于《箧中集》后。

（五）《中兴间气集》二卷　渤海高仲武编

高仲武自序谓选诗"起自至德元首，终于大历暮年，作者数千，选者二十六人。诗总一百四十首（今存一百三十二首）。分为两卷，七言附之。略叙品汇人伦，命曰《中兴间气集》"。此书于每一诗人，亦有评语，即所谓"略叙品汇人伦"也。"七言附之"一句，极可注意。可见大历时犹以五言诗为正宗，七言诗只是附庸而已。

（六）《御览诗》　令狐楚奉敕纂

此书又名《唐歌诗》，又名《选进集》，又名《元和御览》。宪宗李纯爱好诗歌，元和年间命翰林学士守中书舍人令狐楚编录近代及当代名家诗进呈以供御览，即此书也。

此书不分卷，选大历至元和诗人三十家，诗二百八十九首。所选之诗，皆近体五、七言律诗及歌行，无古诗。由此可见，此一时期，近体七言诗正在盛行，古诗不为世重，与《河岳英灵》、《中兴间气》二集的编选宗旨恰巧相反。

（七）《极玄集》二卷　姚合选

姚合为中唐后期著名诗人，宪宗元和十一年（公元八一六年）进士及第。此书当编于元和、长庆年间。原有自序，已佚缺，仅存四句云："此皆诗家射雕手也。合于众集中更选其极玄者，凡念一人，共百首。"这是说，所选二十一位诗人，都是高手，现在从各人集中选其极玄之作。极玄，即是极妙。

此书所选从王维以下至戴叔伦，都是中唐前期诗人。全是五言律诗及绝句，无一首七言诗。姚合自己的诗，亦以五言律诗为最工。他的诗开晚唐诸家五律的风气,故此书于晚唐诗风大有关系。

此书于每一位诗人名下,附注小传,为研究唐诗者提供可靠的传记资料,亦为选集附作者小传开了先例。

(八)《又玄集》三卷　韦庄编

姚合编《极玄集》以后七十年,诗人韦庄于昭宗光化三年(公元九○○年)续选了一部《又玄集》,自序称选"才子一百五十人,名诗三百首"。今传本仅有诗一百四十二家,或者是举成数而言。

此书所选诗,五、七言古律及歌行均有,不像姚合之专选五言诗。虽则沿用姚合的书名,其实宗旨已不相同。卷下所录有无可以下释子诗十家,李冶以下妇女诗十九家,亦为诗选兼收僧道及女子诗开了先例。诗家时代则从盛唐的李白、王维至同时代的方干、罗隐,几乎有一百七八十年之久,也和以前几部选集仅选最近几十年作品者不同。

此书在我国早已亡佚,明清人均未见过,但在日本却有流传。一九五七年,日本京都大学清水茂教授读了夏承焘教授的《韦端己年谱》,知道中国已无此书,就寄赠夏老一份书影照片。夏老即交与上海古典文学出版社影印出版,今天我们才能见到此书全帙。

(九)《才调集》十卷　韦縠编集

此书有编者韦縠自序,略云:"暇日因阅李杜集、元白诗,其间天海混茫,风流挺特。遂采摭奥妙,并诸贤达章句,不可备录,各有编次。或闲窗展卷,或月榭行吟;韵高而桂魄争光,词丽而春色斗美。但贵自乐所好,岂敢垂诸后昆。今纂诸家歌诗,总一千首,每一百首成卷,分之为十目,曰《才调集》。"

此书今世传本亦十卷,诗一千首,从盛唐的王维、李白起到唐末,但无杜甫诗。序文云分为"十目",但今本不见分目。从第一卷到第八卷,每卷第一人选诗特多,如第一卷以白居易诗十九首开始,第二卷以温飞卿诗六十一首开始。而第五卷中又有白居易诗八首,似乎有张为《主客图》的意义。原本每卷必有类目,今已佚失。

编者韦縠是五代时后蜀的诗人,官监察御史。当时的诗风继承晚唐的清丽一派,故所选多中、晚唐秾丽诗。温飞卿选六十一首,李商隐选四十首,元稹选五十七首,杜牧选三十三首,韦庄选六十三首,由此可知其倾向。北宋初的西昆体诸诗人即奉此书为圭臬。

以上九种是我们今天能见到的唐人选唐诗,为研究唐诗的重要参考书。从这些选集的评论或取舍中,可以见到唐诗各个时期的风尚。有些书中采录的诗篇,字句亦有与现代所传的不同,因此它们也是研究唐诗颇为有用的校勘资料。

(十)《珠英学士集》五卷　崔融集

武后曾命武三思等修《三教珠英集》一千三百卷。参加修书的都是著名的文人学者凡四十七人,称为"珠英学士"。崔融编集他们所作诗为《珠英学士集》五卷,崔融自作序。

(十一)《正声集》三卷　孙翌集

孙翌,字季良,开元间人。选时人诗三卷为《正声集》。此书已佚,不可得见。但知其以刘希夷诗为冠,又知其录陈子昂诗十首。

(十二)《丽则集》五卷

此书题李氏撰,不著名。选初唐至开元时人诗三百二十首,分门编类。贞元中,郑馀庆为序。

(十三)《南薰集》三卷　窦常撰集

此书选韩翃至皎然三十人的诗三百六十篇,分三卷。不用上中下或一二三分卷法,以为这样就有等级高低的嫌疑,故分题为"西掖"、"南宫"、"外台"三卷。每人均系名系赞。

(十四)《唐诗类选》二十卷　顾陶选

顾陶是会昌四年(公元八四四年)进士,官太子校书郎。选唐一代诗一千二百三十二首,为《唐诗类选》二十卷,大中十年(公元八五六年)自为序。

(十五)《翰林学士集残本》一卷

此书为初唐诗文选集之残本。仅存诗一卷,计唐太宗、许敬宗、长孙无忌、上官仪以下十七家，并失名一家，凡诗五十一首，多不见于《全唐诗》。原本为唐人写卷子残帙，早年流传于日本。清光绪年中，贵阳陈矩访书日本，传钞得之。既归，刊本传于世。翰林学士，玄宗开元二十六年（公元七三八年）始置。此卷无书名，而所收皆初唐人诗，疑《翰林学士集》非其原名。

以上（十至十三）四种是已亡佚的唐人选唐诗集。《唐诗类选》还存几个残卷，影印在《四部丛刊》三编中。《翰林学士集》有清光绪中贵阳陈氏刻本。此外，敦煌卷子中有许多唐诗写本，都是各人随意钞写以供吟诵的。原来并不是一个选集，罗振玉取诗数较多的一卷，刊入《鸣沙石室遗书》，题作《唐写本唐人选唐诗》。上海古籍出版社以此卷与其他九种唐人选唐诗合为一集，称《唐人选唐诗十种》，从此，学者就不必分别访求了。

二 宋人选唐诗

（一）《文苑英华》一千卷

这是宋太宗赵炅命学士李昉、徐铉等人编的一部大规模的文学选集。因为萧统的《文选》所收至梁代而止，此书继续《文选》，故始于梁代，选录梁、陈、隋、唐的诗文辞赋。从太宗太平兴国七年（公元九八二年）开始，至雍熙四年（公元九八七年）始成书。其中梁、陈、隋的诗文极少，诗的部分，可以认为是宋代第一部唐诗选集。当时唐人诗集还没有多少亡佚，故所选录的资料都保持原本面目，亦为研究唐诗的第一手资料。

（二）《唐文粹》一百卷　姚铉编

姚铉亦北宋早期人，太平兴国年间进士，官至两浙转运使。他把《文苑英华》中唐代诗文选了一个简编本，名曰《唐文粹》。这部书和《文苑英华》不同。《文苑英华》是许多人合作选编的，选录标准不一致。《唐文粹》是姚铉用他自己的文艺观点选编的。唐诗部分，他纯取古体诗，不收五、七言近体诗，可见他是一个复古思想家。这部书的诗歌部分，可以目为唐代古体诗选。

（三）《唐百家诗选》二十卷

此书相传为王安石所编。晁氏《郡斋读书志》著录称宋敏求编，而由王安石改定的。不管是谁所编,它总是一部北宋时期的唐诗选。选诗一百又八家,诗一千二百六十二首。李白、杜甫、韩愈、王维、白居易等大家的诗都不选入,可知编选者是因为大家、名家的诗集,人人都有,易于见到,小家诗人多,诗集流传不广,故专选一本第二流以下的唐诗。

(四)《万首唐人绝句》九十一卷　洪迈编

洪迈于淳熙年间编录唐人绝句五千四百首进呈孝宗赵眘。孝宗问:唐人绝句共有多少? 洪迈回答说有一万首。孝宗即命他编足一万首。到光宗绍熙三年(公元一一九二年),洪迈才编成进呈。全书原有一百卷,每卷一百首,现今传本已有残缺。

洪迈此书,为了凑满一万首,内容非常芜杂。有宋初人的诗混入,亦有从律诗中截取四句,作为绝句编入。学术性不高,仅可供校勘用。但此书实际已不是选集,而是唐人绝句的总集了。

(五)《众妙集》一卷　赵师秀编

赵师秀是南宋江湖诗人,作诗崇尚晚唐的姚合。他选了这一本唐诗,从初唐的沈佺期到晚唐的王贞白,共七十六人,都是五、七言律诗,不选古体。五言律诗占十分之九,七言律诗仅十分之一。这也反映了当时江湖派及四灵派都刻意作中、晚唐五言律诗,因而出现了这部选集,以供诗家揣摹。

(六)《谢注唐诗绝句》五卷　赵蕃　韩淲选　谢枋得注解

此书为宋元之间风行的唐人绝句选本。所选不过百首,皆浅显平正之作,用以教小学生。谢枋得,字君直,号叠山。他的评语,大多已抄入《唐诗品汇》。但我国已几百年不见此书刻本,直到清末才从日本传回来。

(七)《三体唐诗》六卷　周弼编

周弼,字伯弼,宋理宗时江湖诗人。此书为研讨律诗作法而编。所谓三体,是指七言绝句、五言律诗和七言律诗。周氏把律诗句法分为虚实二种,写景是实句,抒情是虚句。一首律诗的八句,必须虚实配搭得好,根据这个观点,他把七言绝句分为七种格式,七言律诗分为六种格式,五言律诗分为七种格式。

周氏此书，重视律诗句法，意在挽救当时江湖派末流诗人句法油滑之弊。但把作诗方法，归纳成许多定格，亦不免太机械。

三　金元人选唐诗

（一）《唐诗鼓吹》十卷

此书相传是金代诗人元好问选定的。现在流传的版本有元郝天挺的注，明廖文炳的解，清朱三锡东岩的评释。全书十卷，专选王维、高适以下至晚唐、五代七言律诗九十六家，诗五百九十六首，但是有宋初诗人胡宿诗二十三首误入。

南宋中、晚期，诗人争学晚唐五言律诗；在北方的金元，则诗人都作中、晚唐七言律诗。故南宋的《众妙集》多取五律，而北方的《唐诗鼓吹》全取七律。

（二）《唐音》十四卷　杨士弘编

此书为元人杨士弘所编，有至正四年（公元一三四四年）八月朔杨氏自序，可知书成于此年。全书十四卷。第一卷为"始音"，收王、杨、卢、骆四杰诗。杨士弘认为此四人诗仅是唐诗之开始，还不算唐诗正声。故此四家诗不属于初唐。第二卷以下为"正音"六卷、"遗响"七卷。就是把唐诗分为二级。但李白、杜甫、韩愈的诗都没有选入。

把唐诗分为三期：初盛唐、中唐、晚唐，给六韵以上的律诗定名为排律，都是杨士弘创始的。现在通行的《唐音》有明人顾璘的批点本。

四　明人选唐诗

（一）《唐诗品汇》九十卷、拾遗十卷　高棅编

高棅是元末明初人，此书初编九十卷，成于洪武二十六年（公元一三九三年），选唐诗六百二十家，诗五千七百六十九首。洪武三十一年，又作拾遗十卷，增补作者六十一家，诗九百五十四首。

高氏此书编辑的观点，很受杨士弘《唐音》的影响。杨把唐诗分为三期，高分

为初、盛、中、晚四期。杨分诗为正音、遗响二级,高分为正始、正宗、大家、名家、羽翼、接武、正变、馀响、旁流等九级。大略以初唐为正始,盛唐为正宗、大家、名家、羽翼。中唐为接武。晚唐为正变、馀响。僧道、妇女及无名氏诗为旁流。反映出来的仍是文学退化论。

(二)《唐诗正声》二十二卷　高棅编

此书是《唐诗品汇》的简编本,专选编者所谓正声,故详于盛唐而略于晚唐。

(三)《唐诗选》七卷　李于鳞选

此书虽题曰"李于鳞选",但李于鳞(李攀龙字)实无此书。李有《古今诗删》三十四卷,选录古逸至唐代诗。唐以后即为明诗,多采录同时朋旧互通声气之诗,而宋元诗不采一首。盖明代前后七子作诗以盛唐为标格,李梦阳倡导"不读唐以后书",故不选宋、元诗,以为宋、元诗不足学也。

坊贾取《古今诗删》中唐诗部分,别出单行,题曰《唐诗选》,在当时颇为风行,因其代表明代七子诗派的观点。至明末清初,对此书的非议就多起来了。

(四)《唐诗解》五十卷　唐汝询解

唐汝询,字仲言,云间(今上海市松江县)人。他五岁时就因病双目失明,靠耳听心记学习,博通经史百家之书。他根据《唐诗正声》及《唐诗选》二书,略有增减,给每一篇诗作了注解。这是第一部卷帙较富的唐诗注解本。

唐汝询是晚明人,但此书原本刻于万历四十三年(公元一六一五年),未见传本。现在一般所见都是顺治十六年(公元一六五九年)武林赵氏临云阁刻本。

(五)《唐诗归》三十六卷　锺惺　谭元春编

锺惺(字伯敬)、谭元春(字友夏)都是竟陵(今湖北天门县)人。他们继公安三袁之后,论诗主张发自性灵,以抗议前、后七子的摹仿盛唐。他们的文学理论被目为"竟陵派"。二人合编《古诗归》十五卷、《唐诗归》三十六卷,刻于万历四十五年(公元一六一七年)。他们别出手眼,选释古诗及唐诗。当时以新奇炫人耳目,颇有影响。至明末清初,为钱谦益、吴伟业诸人批斥,追随者渐少。但对此书的评论,至今犹不一致。

(六)《唐诗镜》五十四卷　陆时雍编

陆时雍,字仲昭,桐乡人。崇祯六年(公元一六三三年)贡生。他撰《古诗镜》三十六卷、《唐诗镜》五十四卷。论诗以神韵为宗,情境为主,似乎有对抗锺、谭之意,亦代表晚明一家诗论。

这两部《诗镜》久无刻本,不易见到。但其《总论》一卷已由丁福保抄出,刊于《历代诗话续编》中。丁氏称"其论汉魏迄唐各家诗,确有见地,非拾人牙慧者所可比拟。"

五　清人选唐诗

(一)《唐才子诗》七卷　金人瑞选批

此书为金圣叹选批诗文刊本之一。书名全文为《贯华堂选批唐才子诗甲集七言律》。盖选七言律为甲集,其后或当有五言律为乙集,书未成而圣叹被杀。此书选讲唐人七言律诗六百首,分为七卷,每卷分上下二卷,实为十四卷。书名虽云选批,内容实为解释。

圣叹讲律诗,创始了分前后二解的办法。他以每首律诗的前四句为"前解",后四句为"后解"。前解二联为起承句法,后解二联为转合句法。讲诗有妙悟处,也有迂腐处。金圣叹评点诸书,在清初风行一时,此书亦代表他的一家之言。

(二)《而庵说唐诗》二十三卷　徐增著

此书有康熙元年(公元一六六二年)徐增(而庵)自序。略谓"诗道散失久矣。人皆狃于时习,不知古人之用笔。其选唐诗也,取其近乎己者,如高、李、锺、谭之选诗是也;则唐诗竟为高、李、锺、谭之诗,非唐诗也。故选唐诗,必先正其眼目,循其径路;升其堂,入其室,得其神理意趣之所在而选之。"这些话已说明了他是反对高棅、李攀龙、锺惺、谭元春的选诗标准的。至于他自己的选诗标准,则并未说得明确。

关于讲诗的方法,他也说道:"有才者纵横出奇,有学者博综示奥,有力量者气象开弘,有神韵者寄托玄妙。至于解数与起承转合之法,人多略之。后有作者,不免议其后矣。"由此也可知他的论诗是追随王渔洋的,讲诗是用金圣叹的方法。这两家正是当时诗坛的时髦人物。

此书大概盛行于康熙年间,乾隆以后,诗论家数渐多,唐诗选本亦日新月异,此书渐渐不为世人所知。

(三)《删订唐诗解》二十四卷 吴昌祺评定

吴昌祺,字绥眉,别号樊桐山人,亦云间人。此书为唐汝询《唐诗解》的删节订正本。因唐氏注释太繁,且多重复,故删削大半。唐氏解诗有未顺未达者,吴氏以眉批订正之。但亦有唐解可取而吴解反而错的。

此书有吴氏自序,作于康熙四十年(公元一七〇一年),大约刊刻成书亦在此后一二年间。

(四)《唐音审体》二十卷 钱良择编

钱良择,字木庵,虞山(今常熟)人。此书以辨体为主,故按各种诗体分别编选唐诗。在每一种诗体的卷前,有一篇总论,详述体式的源流演变。对于诗意,仅偶而有一些评注,不是此书撰述目的。

此书刊于康熙四十三年(公元一七〇四年)。

(五)《唐贤三昧集》三卷 王士禛选

王士禛,字阮亭,别号渔洋山人,世称为王渔洋。其论诗主神韵自然,以救明代诗人之失。此书专选盛唐诗人之作,以见其所谓神韵的范例。

(六)《〈唐人万首绝句〉选》七卷 王士禛选

此为洪迈《唐人万首绝句》的选本。选诗人二百六十四家。诗八百九十五首,分为七卷,约为原书十分之一。仍用其神韵说为选诗标准,所选甚精。书成于康熙四十七年(公元一七〇八年),过三年,渔洋即去世了。

(七)《御选唐诗》三十二卷 附录三卷

清圣祖康熙帝命词臣编《全唐诗》,于康熙四十二年编成,共九百卷。又命臣下精选一部可以代表唐诗全体面目的集子,由臣下分别选录,而由他自己决定。

康熙五十二年编定,书名《御选唐诗》。因为是皇帝御选的书,无人敢评论。《四库全书总目提要》只恭维它"博收约取,漉液熔精",这不过是说此书选得好而已。

(八)《唐诗别裁》二十卷　沈德潜编

沈德潜,字确士,号归愚,苏州人。他是康熙、乾隆两朝的诗人及诗论家,官至内阁学士兼礼部侍郎,甚得皇帝信任。康熙、乾隆二帝的诗,大多是他的代笔。康熙中叶,诗家都学宋元诗,又是王渔洋的神韵说盛行的时候。沈德潜主张作诗当以李、杜为宗,不能局限于王、孟、韦、柳的清微古淡一派。他编选了这部《唐诗别裁》,初刻在康熙五十六年问世,到他晚年,又重新编定,扩大了选材内容,以求反映唐诗的全面。重订本于乾隆二十八年(公元一七六三年)印成,就是现在流行的版本。

此书在清代诗坛有很大的权威性,一方面纠正了宋元诗派的主理智,取清丽;另一方面又否定了神韵派的肤浅轻浮。但沈德潜颇有宋代道学家的正统儒学观点,他谨守温柔敦厚的诗教,以张籍的《节妇吟》为思想有问题,"恐失节妇之旨",故不选入。由此可见他的封建礼教思想十分迂执。这种观点,往往表现在他的评语中,不可不注意。

(九)《唐诗叩弹集》十二卷　续集三卷　杜诏　杜庭珠　编

康熙后期,掀起了品赏唐诗的高潮,《唐诗品汇》又时行了。但《品汇》以初、盛唐诗为正宗,对中、晚唐诗,所选甚略。故杜氏选元和以至唐末的诗,为《唐诗叩弹集》,以为《唐诗品汇》的补编。

(十)《唐诗合解》十二卷　王尧衢注

王尧衢,字翼云,苏州人。作《古诗解》四卷,《唐诗解》十二卷,合称《古唐诗合解》,刊于雍正十年(公元一七三二年)。其后《唐诗解》传刻多,《古诗解》废而不刻,书名遂称《唐诗合解》,此"合"字已不可通。亦有单刻唐诗部分而仍题书名为《古唐诗合解》者,尤为谬误。然此书在清代嘉庆、道光以后,除《千家诗》、《唐诗三百首》之外,最为盛行。至民国初年,亦为畅销书。石印本甚多,皆名曰《古唐诗合解》。

此书选注五言古风二卷,七言古风一卷,五言绝句一卷,七言绝句二卷,五言律诗二卷,七言律诗三卷,五言排律一卷,总十二卷。选诗标准是:"取格调平稳,词意悠长,而又明白晓畅,皆时人所常诵习者。"注解方法则自云:"注古诗每于转韵分解处见神情,并字句之工而一一详说之。注律诗则分前、后解,写题中何意。并注明起承转合,章有章法,句有句法,字有字法。务必字字得其精神,言言会其意旨。注绝句虽只起承转合,分贴四句,其笔法多在转合反挑侧击,妙处不同。亦有一气浑成,能入化境者,则又不拘常格。"

以上选注宗旨,皆见于王氏自述《凡例》,可以代表清人读唐诗方法。此种方法,对一般初学青年,可以有启蒙入门的效果,但如果运用时太机械,则不免堕入评点八股文习气。

此书原刻本有圈点。《凡例》云:"体格兼胜,入题探奥者,用密圈。词气清新,景物流丽者,用密点。其有字关题眼,或旁挑反击,前后呼应,神情在虚字者,俱用单点点出。"这也是明清人评点古文、时文的方法。坊间重刻本,因刻工较繁,大多删去圈点。

此书注解,皆袭取前人旧说。诗法评论,多取李于鳞之说。分解讲诗,用金圣叹法。评论中多采金圣叹、徐而庵,亦兼取锺惺、谭元春。鉴赏观点,不主于一派。

(十一)《唐律清丽集》六卷 徐日琏 沈士骏辑

乾隆二十二年(公元一七五七年)春,乡试、殿试均不考经判,而改试五言八韵唐律。于是徐、沈二人赶编了一部专收唐人五言长律的选集,分应制、应试、酬赠、纪述四门,自四韵至百韵,均有选录。这是一部供应举子投考学习的投机书。卷首有二十二年孟冬望日沈德潜写的序。徐日琏、沈士骏都是沈德潜的同乡和学生,沈又是沈德潜的族孙,大约此书是在沈德潜指导之下迅速编成的。虽然是一部应试投机书,但专选唐人五言律诗的集子,却只此一部。

此书每卷第一行题作《唐人五言长律清丽集》,这是全名。面页题作《唐律清丽集》,这是书名。书口题作《清丽集》,这是简称。"清丽"是选诗的标准。所选诗详于初、盛唐,略于中、晚唐,而选杜甫诗最多,仍是高棅以初盛为正宗的观点。

(十二)《唐律消夏录》五卷 顾安评选 何文焕增评

乾隆二十一年丙子,苏州人顾安,字小谢,评选了一部唐人五言律诗,分五卷。每诗有圈点,附评论。书名《丙子消夏录》。他在自序中说明他的评论注重于阐发

"古人命意、立法、修辞之道"。至乾隆二十七年,嘉善人何文焕重刻顾安此书,增加了他的评论,改书名为《唐律消夏录》,而扉页上却题作《唐诗消夏录》。

何文焕是一位诗人、诗论家,又是出版商。他曾于乾隆三十五年编订刊行《历代诗话》,卷尾附有他的《历代诗话考索》,议论见解,都有长处。顾安的《丙子消夏录》原刻本我没有见过,但看《唐律消夏录》中何文焕的增评,似乎比顾安的评论高明得多。

《丙子消夏录》出版后一年,科举考试才改用五言律诗。何文焕在乾隆二十七年重刻顾安此书,恐怕也是当时有此需要。

(十三)《网师园唐诗笺》十八卷　宋宗元笺

宋宗元,字悫庭,苏州人。以四十年之力,选唐诗而笺之,其书刊于乾隆三十二年。宋氏自序,说明其选诗宗旨在以温柔敦厚为指归。他说:"窃谓诗以永言,敦厚温柔而已。舍是,无问平奇淡丽,皆所必黜。其或索枯险以为高,修容服以矜媚,是皆误于彼之所谓指归,而实倍乎诗人之指归者也。"这一段话主要是对锺、谭说的。因为锺、谭编《唐诗归》,正是所谓以枯险为指归也。"修容矜媚"一句,大概又兼指王渔洋了。

此书虽名曰笺,实则仍是注释典故。专以温柔敦厚为选诗标准,就不免有些道学家气。

(十四)《唐诗三百首》　蘅塘退士编

此书为近代最通行之唐诗选本。卷首有蘅塘退士序,甚简短,今全录之:"世俗儿童就学,即授《千家诗》,取其易于成诵,故流传不废。但其诗随手掇拾,工拙莫辨。且只五、七律、绝二体,而唐宋人又杂出其间,殊乖体制。因专就唐诗中脍炙人口之作,择其尤要者,每体得数十首,共三百馀首,录成一编,为家塾课本。俾童而习之,白首亦莫能废,较《千家诗》不远胜耶? 谚云:'熟读唐诗三百首,不会吟诗也会吟。'请以是编验之。"

可知当时《千家诗》为童子学诗之启蒙读物,作者不满于其内容芜杂,故有此选。但此书既出,虽盛行数百年不替,而在清代,《千家诗》仍不能废。"三百千"犹为儿童启蒙必读之书。

此书非诗家评诗之选本,编者目的仅在作为青少年文学读本,但供一般人阅读,亦极适宜,故销行极广,使其他前人诗选大受冲击。接踵而出者有《唐诗三百首续编》、《唐诗六百首》,皆书坊投机牟利之物。

蘅塘退士向来不知为何许人。其书原刻本已不可见,不知刊刻年代。近人考得编者蘅塘退士为无锡人孙洙之别号,其人为清乾隆十六年进士,则此书必为其退隐后所编,编成刊行当在乾、嘉之际。

以上清人评选唐诗十四种。其中一部分是流行广泛的选本,一部分是有专题偏重的诗选,都是近代研究唐诗者必须经常参考的书。

宋元以来,唐诗选本最多,本文所介绍的,仅是其中比较重要的一部分。方回(字虚谷)的《瀛奎律髓》倒是一部非常重要的唐诗研究参考书,但因为此书并非专选唐诗,故未列入这个目录。

一九八五年六月二十五日

后记

《唐诗百话》全书编成，写了《序引》，自己又回顾一下。忽然感到，我这本书，有一个很大的缺点：目的性不明确。到底这本书是为谁写的？有哪些读者会认为这本书有需要？

古今中外一切文学作品，都是供人们随时随地浏览，以消遣闲暇、陶冶性情，一般读者并不把文学作品作为研究对象。根据近年来的语文教育水平，一个初中学生应当能阅读《三国演义》、《水浒传》这一级的古典文学作品。一个高中学生应当能阅读《长生殿》、《牡丹亭》这一级的古典戏剧，也能看得懂《唐诗三百首》及《古文观止》中的一部分文言散文。一个语文基础更好的高中毕业生，应当能自己阅读时代较古的韵文和散文。这样，一个普通青年的语文文化水平也就够了。他们读唐诗，尽管可能有体会不够或误解的情况，但大概都能获得消遣闲暇、陶冶性情的效果。他们是在欣赏文学，不是研究文学。这也足够了。

像唐诗、宋词、《水浒》、《红楼》这一类普通文化读物，向来没有注释，这也并不妨碍读者的欣赏。从来没有一个读者想查考大观园在什么地方，也没有人想到查考《水浒传》中一百单八位头领有几个是实有其人。读到唐诗"商女不知亡国恨"，也没有人查问这个商女是本地人还是外地人；读到"江枫渔火对愁眠"，也没有人怀疑这个"江枫"是树呢还是一座桥。如果有人提出这些古怪问题，肯定有许多读者会诧为异想天开。

可是，有不少笺释、分析、评论文艺作品的学者，偏偏喜欢提出诸如此类的古怪问题，从而又得出各种新颖惊人的答案。我开始写这本书的时候，只是打算从文学欣赏角度来诠释每一首诗的涵义，最多兼做些扫除语文障碍的工作。可是，在写作进行过程中，一查阅各种版本的新旧著作，才发现了许多古怪问题，不但近年来有，而且是历代都有。这样，就不免要做些查核、考证、辨驳的工作。这样一来，不知不觉地离开了帮助读者欣赏唐诗，而把读者引进到研究唐诗的路上去了。当然，唐诗不是不值得研究，不过，如果为欣赏而做这种研究工作，对于一位仅仅要欣赏唐诗的读者，却是加重了不必要的负担。

因此，我感到，这本书的问题是写得不上不下。如果把它作为唐诗研究的专著，则学术水平远远不够高；如果把它作为唐诗欣赏的普及读物，则又显得太繁琐，有许多枝节话，本来不用牵涉进去的。现在，书已写成，也无法改弦更张，我只希望读者各取所需，如果我能在欣赏与研究两方面，都能提供一点启发的话，就算它没有失败。

最后，需要说明几点：

（一）这部书稿，几乎写了十年，虽然预先有一个全盘计划，但也有随时改变的。书中所讲到的，不免有重复，也可能在重复中有差异。现在已无暇细核，请读者发现时赐教。

（二）唐诗的集本、选本，实在太多，每一首诗的文字，诸本皆有异同。例如《唐诗三百首》，铅印本就不知有多少版本。其中文字差异，由来已久，没有见到蘅塘退士的原刻本，就无法断定是原本之错，还是翻印之错。本书中所采用的诗题及本文，大多依照《文苑英华》或《唐诗品汇》。见于《唐人选唐诗》者，大多依照唐选旧本。

（三）诗的文字，悉依旧本，但繁体字均改为简化字。有些字容易误会者，仍用繁体字，尤其是人名和地名。原诗名物有用古代写法者，仍保存原样，但在著者的文章中，改从今通行写法。如"凤皇"，古人皆不作"凰"，今仍依原字排版，但著者之文中则改作"凤凰"。又如"蒲桃"，诗中保存原字，文中则用"葡萄"。

（四）本书所用诗人像是从一个日本古代刻本《诗人图像》中选用。此书现藏华东师范大学图书馆，原为盛宣怀愚斋藏书。原书为和装本，无序跋说明，仅存唐宋诗人图像四十馀幅。似乎是一个残本，其书来历不明，可能是一个我国明代刻本的翻版。

施蛰存

一九八六年四月一日

索引

本书论述中颇有诗学名词、词语以及成语，因散见于各篇，不易检索，为此编制索引给读者提供方便。书中所论诗学名词、词语及成语的各篇目次序，择要以数字标注于括号内。

五 画

584

"秦时明月汉时关"

"秦时明月汉时关,万里长征人未还。但使龙城飞将在,不教胡马度阴山。"这是唐代诗人王昌龄的著名绝句,唐时已经为旗亭所广泛传唱。以后的唐诗选本里差不多都选了它,现在初级中学一年级的文学课本里也把它选了进去,可知它真是一首历来为广大人民喜爱的作品。

欣赏古典诗歌,也正如欣赏一切文学作品一样,我们通常总是从它直接传达给我们的因素来作初步估价的。诗是音乐性很强的文学作品,我们吟诵一首诗,首先注意的当然是它的音乐效果,也就是它的音调,正如听人家唱歌,有时还没有知道那歌辞的内容,就已经觉得那个歌很好听了。王昌龄这首诗的音调非常高亢,因而能充分表现塞上健儿的悲壮激烈的感情。从诗的技巧上来说,这首诗之所以能使读者高唱入云,主要的恐怕在于作者将第二句写成了拗句,使第三句更显得低沉,因此也就使第四句的音调更加高昂起来了。

可是,光是音调高亢,还不能使它成为一首好诗。因此,我们就要注意它直接传达给我们的第二个因素,那就是它的主题思想。王昌龄这首诗的主题思想一读就可以了解,并不隐晦,而且这主题思想也并没有什么独特的意义,一般说来,也还是唐代诗人常作的边塞诗的内容。我这样一说,你一定要问,那么这首诗到底好在哪里呢。我说,好在主题思想的表现手法。一首七绝,总共二十八个字,本来容不下很复杂的思想内容。可是尽管你只有一点点平常得很的思想,如果能施以高度的艺术处理,就能使它成为一首突出的好诗。

我们如果从这一角度去研究,就可以了解为什么历来关于这首诗的评论都集中在第一、二句。从文字看,第一句和第二句都很明白易懂,但第一句和第二句的关系,却是众论纷纷,成为未有定论的争点。

明代诗人李于鳞选唐诗,认为这首诗是唐代七言绝句中压卷之作。这样一推崇,引起了明清以来许多诗评家的议论。王世贞首先作了一个解释:"李于鳞言唐人绝句当以'秦时明月汉时关'压卷,余始不信,以少伯集中有极工妙者。既而思之,若落意解,当别为去取,若以有意无意,可解不可解间求之,不免此诗第一耳。"《艺苑卮言》王世贞的意思以为这首诗好在有意无意,可解不可解之间,所以它不落意解,就是说不能从字句上去解释,所以好。这种欣赏方法,不用说我们今天大不赞同,就是在当时也引起了不少异议。

这二十八个字,到底是什么地方可解不可解呢? 当然只有第一句。为什么明月是秦时的? 为什么关是汉时的? 这明月和关与万里长征的人有什么关系? 王世贞讲不出一个道理来。讲不出道理的作品就是好作品,王世贞这种唯心主义的美学观念当然要受到现实主义批评家的攻击了。可是他还有一个同道,选《唐诗归》的锺伯敬。锺伯敬说:"龙标七言绝,妙在全不说出,读未毕而言外目前,可思可见矣,然终亦说不出。"这一节话虽然论到王昌龄所有的七言绝,但他既批在这一首诗前面,当然有以此为例的意义。他以为作者没有说出主题思想,所以读者也到底说不出一个道理来,因而这首诗就"妙"了。这不是和王世贞一样的观念吗? 不过我们却不了解,既然这首诗没有读完就可以见到它的"目前"的意义,还可以想到它"言外"的意义,有这样深刻的了解力,那么为什么还会说不出来呢? 锺谭派论文艺的肤浅和玄虚,于此可见。

杨慎在他的《升庵诗话》中说:"此诗可入神品。'秦时明月'四字,横空盘硬语,人所难解。李中溪侍御尝问余,余曰:'杨子云赋:挽枪为闉,明月为堠。此诗借用其字,而用意深矣。'盖言秦时虽远征,而未设关,但在明月之地,犹有行役不逾时之意。汉则设关而戍守之,征人无有还期矣,所赖飞将御边而已。"杨升庵才学淹博,但他解释文艺作品,常犯穿凿之病。大概当时人对这首诗的第一句,大家都讲不出,所以他在"人所难解"的时候,来自矜其独得之秘。我们且不管他这一节话里的其他问题,单看他对这一句诗的解释。他以为这一句诗应该解作"在那秦代还是一片明月,而到了汉代已设置边关的地方"。这样讲,其实只是按照语法次序解释,未必是人所难解。人家就正因为不能把"明月"讲作"明月之地",所以才感到费解耳。因此,杨升庵这一讲法,似乎向来没有被人接受。

直到明末，唐仲言著《唐诗解》，才对这首诗有较好的解释。他说："匈奴之征，起自秦汉，至今劳师于外者，以将之非人也。假令李广而在，胡人当不敢南牧矣。以月属秦，以关属汉者，交互其文，而非可解不可解之谓也。"这是对王世贞的批判。唐仲言以为'秦时明月汉时关'，只是修辞上的互文现象，并不难解，总的意思不过是说秦汉时代直到唐代的边关明月而已，这一说法，因为是从修辞学的观点来解释，就非常切实，因而为一般释诗者所采用。现在初中文学课本上对这句诗的注解，也正是根据这一说数的。

作者运用巧妙的修辞手法，并联系到历史，把这第一句起得非常雄健，非常突兀，因而使第二句中所描写的征人，赋有了历史的意义。这不仅是一个时代的征人的悲哀，也正是秦汉以来一切站在国防线上的征人的悲哀。人民希望有一个李广那样的名将出来防阻胡马南侵，但是统治阶级的昏庸腐化，却不能满足人民的要求，以致远戍的人民好久不得回家。

这首诗之所以成为好诗，这第一、二句的高度艺术性是很有关系的。但是，以上的解释，还只是从这首诗的语言文字直接传达给我们的意义来了解的。这是我们对这首诗的初步了解，也就是锺伯敬所谓"可见"的"目前"之意。如果我们要求进一步去思索它的"言外"之意，那就得参考著《诗比兴笺》的陈沆的话了。陈沆为了笺释王昌龄的另外一首诗《古意》的结句："一人计不用，万里空萧条。"他就联系到"秦时明月"这一首。他说："此所谓一人计不用，即彼诗之'龙城飞将'也。其指王忠嗣乎？忠嗣身佩四节，控制万里，为国长城，数上言禄山有异志，使明皇用其言，则渔阳之祸不作。故诗叹边臣之用舍，关天下之安危也。旗亭画壁，传诵千古，但知赏其音调，亦有能言其旨趣者乎。"

诗的言外之意，大概都是释诗者以意逆志之所得。我们当然不能说作者确有此意，但也可以说作者未必没有此意。何况中国诗向来有"兴寄"的传统。我以为经陈沆这样一讲，这首诗至少就有了更强的讽谕作用，也就有了更强的现实性了。

一九五六年十月六日

说李白诗《梦游天姥吟留别》等五首

一 《梦游天姥吟留别》

这是李白的一首著名的歌行,唐诗选本中大都选入。文字并无艰涩处,不需要多少注解。全篇结构可以分为三部分:第一部分是开端四句,第二部分是从"天姥连天向天横"至"仙之人兮列如麻"这一大段,此后直到篇末成为第三部分。就题目看,这第二部分应该是全诗的主体,因为它生动地描写了作者梦游天姥山的所见所遇。文辞光怪陆离,显然继承了楚辞的艺术传统。诗人告诉我们:这天姥山高过五岳和四万八千丈的天台山。他梦中到了这山里,走在半峰上还见到海中日出,又听到天鸡的啼声。但是经过了许多崎岖曲折的山路之后,正在迷途之间,忽已天色冥暮,听到的是熊咆龙吟似的泉声,看到的是雨云和烟水。这种深山中的夜景,别说旅客为之惊心,就是林木与峰峦,也要觉得战栗。这时候,忽然又碰上了奇迹:崖壁突然崩裂,宛如开了一个石门。其中别有一个天地,别有一群人物。诗人看到这许多霓裳风马的"云之君"和鸾凤驾车、龙虎奏乐的"仙之人",不觉惊心动魄,蓦然而醒。以上概括了这第二部分的大意,我们就不难体会到诗人对于这一次梦中之游是并不乐意的。

正因为不乐意,所以诗人在醒来时便勾起深沉的感慨,甚至长叹起来。这就接上了第三部分的诗句。就诗意而论,这第三部分才是真正的主体,因为作者把主题思想放在这里诉说出来。但是在这一部分的十二句中,我们可以找到两个观念:一个是"世间行乐亦如此,古来万事东流水"。这是说人间乐事都如梦一样的空虚无谓,所以自古以来,万事皆如流水一般,过眼即逝,抓握不着。这是一种消极的人生观,一种虚无主义。另一个观念是"安能摧眉折腰事权贵,使我不得开心颜"。这是一个刚正不阿的诗人,从趋炎附势的社会中脱逃出来之后的自誓,它代表着一种积极的人生观,一种反抗精神。这两个观念的思想基础显然是不同的,甚至是相反的,然而作者却把它们写在一起,这就引出了一个疑问:到底哪一个观念是这首诗的主题呢?

当然,从来没有一个讲诗的人只看见作者这一个观念而无视于另一个观念。但在这两个观念的轻重之间,或说因果之间,看法稍有不同,即可能对这首诗的意义作出不同的结论。作《唐诗解》的唐仲言是侧重于前一个观念的,所以他说道:"此托言梦游以见世事皆虚幻也。……我今别君而去,放鹿山间,乘之以遍访名山,必不屈身权贵,不得豁我之襟怀也。"这样讲法,就意味着作者基于他的消极的人生观而不屑屈身权贵,因为这也是一种虚幻的事情。作《诗比兴笺》的陈沆是把这两个观念联合起来讲的,他说:"'世间万事东流水,安能摧眉折腰事权贵'云云,所谓'平生不识高将军,手污吾足乃敢嗔'也。"这一讲法,不免有些含混。作者并没有把这两句诗结合在一起,况且作者明说"世间行乐皆如此,古来万事东流水",更不可能把这一观念黏贴到底下那一个观念上去。

但是陈沆对全诗的主题却是把握住的,他说:

> 此篇即屈子《远游》之旨,亦即太白《梁甫吟》:"我欲攀龙见明主,雷公砰訇震天鼓,帝傍投壶多玉女。三呼大笑开电光,倏烁晦冥起风雨。阊阖九门不可通,以额叩关阍者怒"之旨也。太白被放之后,回首蓬莱宫殿,有若梦游,故托天姥以寄意。……题曰《留别》,盖寄去国离都之思,非徒酬赠握手之什。

我以为这一节话是完全可以同意的,引李白《梁甫吟》诗句作旁证,也的确看得出这两首诗的意境有共同之处。李白留别诗中还有好些句子也可以帮助我们肯定这一看法。例如《留别曹南群官之江南》云:"时来不关人,谈笑游轩皇。献纳少成事,归休辞建章。"《留别王司马嵩》云:"愿一佐明主,功成还旧林。西来何所为,孤剑托知音。"又《还山留别金门知己》云:"方希佐明主,长揖辞成功……归来入咸阳,谈笑皆王公。一朝去金马,飘落成飞蓬。宾友日疏散,玉樽亦成空。"又《留别广陵诸公》云:"中回圣明顾,挥翰凌去烟。骑虎不敢下,攀龙忽堕天。还家守清真,孤洁励秋蝉。"这些诗篇,连同留别东鲁诸公的《梦游天姥吟》,可以相信都是开元天宝之际作者从翰林放归后,客游梁宋齐鲁而至于宣城这一路漫游中所作。诗人原意想为国家人民有些建树,可是到了长安之后,李隆基却仅仅以词林弄臣待之,他虽有"献纳",却"少成事",因而感觉到万事皆空。然而势成骑虎,凛不敢下。好容易从天庭中跌落下来,才得"还家守清真",保持了自己的"孤洁",回忆过去这一段生活,仿佛一个惊险的恶梦,因而以梦游天姥为比喻,在辞别东鲁诸公的时候一抒怀抱。

我们如果从这一角度去了解这首诗,就可以明白这首诗的主题并不在"托言梦游以见世事皆虚幻",而确是在于"安能摧眉折腰事权贵,使我不得开心颜"。作者将这两句来做结句,就表示他的宗旨在此。我们肯定了这一点,再回头来体会上边那两句诗,就可以明白作者所谓"世间行乐"和"古来万事"都并不是普遍地否定人生的一切,而只是否定他在长安时的翰林生活,这种生活,在别人也许以为是"世间乐事",在作者却以为"亦如"一个险梦,只好把它们和其他一切同类的事情当做"东流水"罢了。

讲到这里,我们对这首诗的第三部分便已完全了解,因而也不可能得出作者在此诗中表露消极的虚无主义人生观的结论。现在我们只留下一个疑问:这首诗的第一部分那四句诗说明了什么意义?关于这个问题,陈沆的笺释也接触到了。他说:"首言求仙难必,遇主或易,故'我欲因之梦吴越,一夜飞度镜湖月',言欲乘风而至君门也。"这样解释,我以为也是可以信服的。李白一生的思想,出入儒道,旁及纵横,而以道家思想为基础。汉以后的道家,常以求仙服药为修身立命之术,李白早年也跳不出这一个圈子,所以他的诗歌中时常杂以仙心。但李白在生活的实践上到底信不信神仙可求呢?我以为他并不真信。尽管他"五岳寻仙不辞远",但也不能不说出真心话:"海客谈瀛洲,烟涛微茫信难求。"这个"信"字,说得何等坚决!寻仙只是为了客游,客游是为了"结交赵与燕",从任侠和谈谐的道路上去待时。"寸心无疑事,所向非徒然,"可见他不是没有目标的浪游。不过他并不刻意去求达到他的目标,他的出处是纯任自然的。所以他说:"越人语天姥,云霓明灭或可睹。"天姥不是海外仙山,而是现实世界上最高的地方,它虽然在"云霓明灭"之中,但是人们既然说它"或可睹",那就不妨去游一遭。"时来不关人,谈笑游轩皇,"也就是这个意思。

谁知这一游却大失所望,诗人感悟到求仙既不可能,立功亦成空愿,于是有

"仙宫两无从,人间久摧藏"之叹了。("仙宫"是"仙"与"宫"两件事,故曰"两无从",此句常被忽略。)

然而我们的诗人到底甘心于"久摧藏"吗?不,绝对没有!这以后,我们知道他找上了永王璘。

二 《子夜吴歌》两首

这是《子夜吴歌》四首中的第三首和第四首。子夜歌原是南朝吴声歌曲的一种,一般形式总是五言四句,李白这四首诗全是五言六句,并未采用吴歌的传统形式,只是袭用了乐府古题,表示这四首诗都是女子的哀歌而已。

从形式论,这四首诗还属于律诗,不过是三韵律诗,而不是四韵律诗。也有人称之为"半律诗",因为律诗的主体是中间两联,如果只有一联,岂非适得一半?李白这四首诗中,只有第一首第三、四句"素手青条上,红妆白日鲜"是对偶句法,更可以看得出"半律"的意义。其馀三首中,并无对偶,但因为纯是律诗的音调,所以他们也还是律诗,而不是五言古诗。唐律中原有全篇不用对偶的,例如孟浩然的"挂席东南望"及"水国无边际"二诗及李白自己的《夜泊牛渚》皆是。

"长安一片月"这一首是写许多军士妻子的苦痛。丈夫远戍玉门关,她们的怀念之情,非秋风所能吹尽,惟有盼望到胡虏既平,丈夫罢征归来,此情才能消释。人民憎恨统治阶级穷兵黩武的情绪,因而就从这首诗中反映出来了。

唐仲言解释这首诗说:"言捣衣寄边,而风吹不尽者,思念玉关之情也,安得征夫之稍息乎?不恨黩武而言未平,深得风人之旨。"这个解释,我以为还可以商榷。唐氏从温柔敦厚的诗教观点出发,所以说作者"不恨黩武而言未平",是作者的"风人之旨",我以为这正是作者的艺术手法,言"未平"以反映其恨黩武之意,比正面指斥统治阶级的黩武更耐人寻味。作者并非"不恨黩武",恰恰是深刻地痛恨着黩武。

人们向来总把这首诗的前四句一气念下去,然后再接念后二句。甚至还有人以为前四句已是一首完整的诗篇,后二句反而是多馀的。例如吴绥眉评唐解云:"结二句似乎可去,得解而其妙乃出。"这就坦白地说出他原以为后二句可删,只因为唐仲言标举"风人之旨",才体会出作者之"妙"。殊不知这首诗的主题全在后二句,岂可认作馀文?从思想过程来说,此诗第一二句只是起兴。作者把地点安排在长安。为什么定要在长安？因为长安是首都，在首都城中还有千万家妇女在捣衣寄边，则州县乡村中征抽出去的兵士可见更多了。妇女夜间捣衣，何以一定是"寄边"？这是当时很平常的妇女生活现实，杜甫也有一首"捣衣"诗："亦知戍不返，秋至拭清砧。已近苦寒月，况经长别心。宁辞捣衣倦，一寄塞垣深。用尽闺中力，君听空外音。"李白所听到的就是这种"空外音"，所以他立刻便联想到戍卒和战争。

但是这种声音是秋风传达过来给他听到的。秋风一起，则万木凋零，一切全归肃杀。可是这许多捣衣声中传达出来的怀念玉关之情，却绝非秋风所能吹尽，于是诗人联系到秋风，写下了这第三、四两句。这两句的艺术结构是承上启下，既不能与上二句割断，亦不能与下二句分离。因此，凡读到第四句而停顿下来的，都是习惯于"四句一绝"的规例，而不知此等六句律诗原是一气呵成的作品，中间停顿不得。

第五、六两句，作者的表现方法也是很深刻的。他如果说："若要吹尽这些玉关情，除非荡平胡虏，使兵士回家来。"这样，就只是表达了人民的愿望，而没有表达人民憎恨战争的情绪。所以诗人一定要说"何日平胡虏"，才见得这战争是年深日久的灾难，而使人民反统治阶级的意识跃然于纸上了。

第四首"明朝驿使发"，主题明显，不烦诠释。曰"明朝"，曰"一夜"，可见此事何等急迫！然而征袍制成后，却不知要"几日"才能到达临洮，可见这兵士的妻子虽然知道这是"远道"，却不明白到底有多远。正因为如此，才描写出了临洮是很远很远的地方。思念体贴之情既如此之急迫，偏偏道远路长，不能立刻就把寒衣寄到丈夫手中，那得不急坏了人？我想作者也就是要从这一段殷勤迫切的感情中烘托出人民厌恨征戍之意吧。这一首诗，应该以第一、二、五、六句联为一体，三、四两句只是渲染"一夜絮征袍"的艰苦。抽针尚且嫌冷，拿剪刀当然更禁受不了，然而她必须在"一夜"之间从事"裁缝"，岂不是艰苦至极？

三 《送友人》

这是一首典型的五言唐律。李白的作品，惟古体和歌行纵横排宕，有不羁之概，一作律诗，便只好贴然就范，风格反而逼近杜甫，即如此诗，放在杜甫集中，恐亦不易辨别。

题目是《送友人》，从内容看来，应该是为送别而作。开头二句写送别之地，总在城外山水之间。北郭东城，不可拘泥，不妨讲作此地在城之东北郊也。第三句紧接上文，点明题意，底下即承以"孤蓬万里征"一句，说明此友人乃只身飘泊，远适异乡，可见主客双方，都不以此别为乐事。萧士赟注曰："孤蓬，草也，无根而随风飘转者。自喻客游也。"说此句是作者自喻客游，大误！盖如此一讲，则此诗应题作"别友人"而不该题作"送友人"了。此二句就思想论，上句为因，下句为果，蝉联而成，但就句子形式论，却是很好的一对，词性排列，毫不参差，"一为别"对"万里征"是很灵活的对偶，不能谓之不工。此种对偶句，品格最高，因为读者往往不觉其为对句也。

"浮云"、"落日"两句是即景抒情，游子此去，既成万里孤蓬，岂非宛如眼前的浮云；送行的老朋友，当此落日斜晖，更多好景不常，分携在即之感。唐仲言引古诗"浮云蔽白日，游子不顾返"为此二句注释，很容易惑乱作意。"浮云蔽日"与"浮云落日"二语，诗家用处有别，决不可混而为一。如果要注，似乎可以引陈后主诗："思君如落日，无有暂还时"，较为适当。按李白送别诗常用"落日"，例如《送裴大泽》诗："好风吹落日，流水引长吟。"又《灞陵行送别》："古道连绵走西京，紫阙落日浮云生。"又《送杜秀之入京》诗："秋山宜落日，秀木出寒烟。"又《送族弟锦》诗："望极落日尽，秋深暝猿悲。"皆明用"落日"。此外尚有《送张舍人》诗："白日行欲暮，沧波杳难期。"《送吴五之琅琊》："日色促归人，连歌倒芳樽。"《送裴十八归嵩山》："日没鸟雀喧，举手指飞鸿。"又《送别》："云帆望远不相见，日暮长江空自流。"又《送崔度还吴》："去影忽不见，踟蹰日将曛。"也都是写到落日的。总而言之，主客分程，必在夕暮，故可断定是即景抒情之句也。

结尾两句是写友人既上路之后，作者的情怀非常悲怆，但他不直说自己此情，而用"萧萧班马鸣"来表达之。"班马"是离群之马，作者的马和友人的马，也早已成为好朋友，一朝分别，马也不免悲鸣。马尚如此，更何况人！顾小谢解此句曰："尚闻马嘶，荡一句。"他的意思是说：友人既别，行行渐远，不可得见，然而尚闻马嘶之声。故以此句为荡开一笔的句法。这样讲固然也可以，但作者用"班马"一词的意义却透剔不出来了。所以我还喜欢用我的讲法，认为这是深入一句，而不是"荡一句"。

四 《登金陵凤凰台》

李白这一首诗向来为评论家所乐道,常常被比之于崔颢的黄鹤楼诗。相传李白登黄鹤楼,想题一首诗,忽见崔颢所作,自觉无法胜过,遂搁笔不作。至金陵,乃题凤凰台,成此诗。严羽以为崔颢《登黄鹤楼》诗是唐人七律第一首,刘后村以为李白此诗可为崔颢敌手,但后人还不很赞同,例如金圣叹、吴绥眉都认为此诗远不及《登黄鹤楼》。由于这一段关系,所以我们最好把这两首诗放在一起看。

崔诗开头四句:"昔人已乘黄鹤去,此地空馀黄鹤楼。黄鹤一去不复返,白云千载空悠悠。"这一意境,在李白笔下却只用:"凤凰台上凤凰游,凤去台空江自流"两句就说尽了。我以为这是李白胜过崔颢的地方,但金圣叹却说:

> 人传此诗是拟黄鹤诗,设使果然,便是出手早低一格。盖崔第一句是去,第二句是空……今先生岂欲避其形迹,乃将去空缩入一句,既是两句缩入一句,势必句上别添闲句,因而起云"凤凰台上凤凰游",此于诗家赋比兴三者竟属何体哉?

又吴绥眉也跟着说:"起句失利,岂能比肩黄鹤?"可知金、吴两家都认为李白此诗发句疲软,故不如崔作之有气势。其实他们是以两句比两句,当然得出这样的结论,不知崔作第三、四句的意思,在李作已经概括在第一、二句中;而李作第三、四句则已转深一层,从历史的陈迹上去寄托感慨了。方虚谷曰:"此诗以凤凰台为名,而咏凤凰台不过起语两句,已尽之矣。"此说很有卓见,可惜他不与崔颢的四句作比,以见李白的艺术概括能力,仅仅说是以两句咏尽凤凰台,然则底下六句难道不是咏凤凰台吗?

崔诗一起四句,一首律诗用去了一半,故馀意便不免局促,只好以"晴川历历汉阳树,芳草萋萋鹦鹉洲"两句过渡到下文的感慨。李诗则平列四句,上两句言吴晋故国的人物已归黄土,下两句则言眼前风景,依然是三山二水,这一对照,抚今悼古之情,自然流露,而且也恰好阐发了发端二句的意境。

最后两句,二诗同以感慨作结,且同押"愁"字。崔颢是对"江上烟波"而愁念"乡关何处",李白所愁者是为了"浮云蔽日"以致"长安不见"。崔颢所耽心的是一身一己的归宿,李白所耽心的是小人道长,贤者不得其位。可见崔颢登高望远之际,情绪远不如李白之积极也。再说这两句与上文的联系,也是崔不如李。试问

"晴川历历，芳草萋萋"与"乡关何处是"有何交代？唐仲言解释道："汉阳之树，遍于晴川，鹦鹉之洲，尽为芳草；古人于此作赋者亦安在耶？怅望之极，因思乡关，而江上之烟波，空使我触目而生愁也。"奇怪得很，正在怀古，忽然想起家乡，这一思想过程，很不自然，岂非显然是解释得非常别扭？不是唐仲言解释得别扭，实在是作者做得别扭。也不是作者做得别扭，而是作者的思想在此处本来是很别扭也。试看李白诗：三山二水这两句既承上，又启下，作用何等微妙。如果解作眼前风景依然，这是承上的讲法；也如果解作山被云遮（青天即云的意思），水为洲分，那就是启下的讲法。从此便自然而然地联想到浮云蔽日，更引起"长安不见"之"愁"，思想过程，岂非表达得很合逻辑，而上下句的联系，也显得很密切了。萧士赟注曰："此诗因怀古而动怀君之思乎？抑亦自伤谗废，望帝乡而不见，乃触境而生愁乎？太白之志，亦可哀也。"这解释也完全中肯，因怀古而动怀君之思，"三山"、"二水"两句实在是很重要的关键。

由此我们可以得出一个结论：李白此诗，从思想内容、句法章法来看，它是胜过崔颢的。然而李白有摹仿崔作的痕迹，也无可讳言，因而我们只能评之为青出于蓝。方虚谷论这两首诗的"格律气势，未易甲乙"。刘后村以李诗为崔诗之敌手，都不失为持平之论，金圣叹、吴绥眉不从全诗看，只拈取一句以定高下，未免诞妄。

说 "飞动"

·读杜小记·

杜甫常常用诗的形式,表达他对于诗的理论。《戏为六绝句》、《偶题》、《解闷》五首,是他论诗的专篇,此外,散见于其他诗篇中的一联一解,数量也很多。集合起来研索,可以全面地了解他对于诗的观点。这个工作,已有许多人做过,但体会和阐释不尽相同,因此,我还敢于提供一些个人的看法,以待商榷。

杜甫诗中,屡次用"飞动"这个语词,其有关诗论者,有下列几句:

> 意惬关飞动,篇终接混茫。　（《寄高适岑参》）
>
> 平生飞动意,见尔不能无。　（《赠高式颜》）
>
> 神融蹑飞动,战胜洗侵凌。　（《寄峡洲刘伯华》）
>
> 精微穿溟滓,飞动摧霹雳。　（《夜听许十六诵诗》）

有时为了平仄关系,改用"飞腾":

> 飞腾知有策,意度不无神。　（《奉寄李十五秘书》）
>
> 前辈飞腾入,馀波绮丽为。　（《偶题》）
>
> 飞腾无奈故人何。　（《奉寄高常侍》）

无论"飞动"或"飞腾",从这些例句中揣摩,都是形容诗的一种气势,其意义大约有些像现代语的"生动"。这个语词,不是杜甫的创造,而是当时文学批评中的一个流行语。皎然《诗式》有《诗有四离》一节,其四曰:"虽欲飞动而离轻浮。"意思是说:诗虽然要求飞动,同时也应当注意不要流于轻浮。但是什么样的诗才是"飞动"的呢?《文镜秘府论》列举诗有十种体势,其第七体就是"飞动体"。其解说云:

> 飞动体者,谓词若飞腾而动是。 诗曰:"流波将月去,湖水带星来。"又曰:"月光随浪动,山影逐波流。"此即飞动之体。

这一条非但可以证明杜甫诗中用"飞腾"即是"飞动",而且还可以从所举二联了解唐人所谓飞动的诗句是什么样子。因此,我揣测"飞动"或"飞腾",近似我们所谓的"生动"。

诗要做到飞动,首先要用词语来表现。一首诗,无论五言或七言,词语结构的单位是句。能够表现飞动体势的诗句,才算佳句,故杜甫诗中常常提到"佳句":

> 美名人不及,佳句法如何?(《寄高适》)
> 故人有佳句,独赠白头翁。 (《奉答岑参》)
> 词人取佳句,刻画谁与传?(《白盐山》)
> 赋诗分气象,佳句莫频频。 (《秋日寄题郑监湖上亭》)
> 为人性僻耽佳句,语不惊人死不休。 (《江上值水》)

为了要锻炼出佳句,杜甫的造句工夫是非常艰苦的。他讲究句法,要做出"惊人"之语。他作每一句诗都要经过再三修改,改后还要自己朗诵,检查合不合诗律:

> 赋诗新句稳,不觉自长吟。 (《长吟》)
> 陶冶性灵存底物,新诗改罢自长吟。 (《解闷》)

"稳"是佳句的标准。怎样才算是"稳"呢?杜甫的条件是:对于诗句的外形,要求中律;对于诗句的内涵,要求立意清新。

在杜甫的时候,唐律还在形成和发展的过程中,尤其是七言律诗。杜甫一生研求音律,为唐律创造了许多艺术手法。他有一首《又示宗武》诗,有句云:

> 觅句新知律,摊书解满床。

这是叙述他的儿子宗武跟他作诗的情况,用一个"解"字,便反映出他自己觅句知律的决窍。原来他为了追求诗律之"稳",常要翻阅满床的书,从中物色最适当的词藻。这和李商隐的"獭祭鱼"一样。现在,他的儿子也懂得摊书满床了,所以父亲承认他已懂得诗律。他还在《遣闷》诗中说:"晚节渐于诗律细",道出了自己一生作诗甘苦,到了晚年才能写出律法细密的诗句。杜甫的最工稳的律诗,大多是晚年作品,可以证明他这句话的真实性。他为了追求诗律完美,不但要写出"惊人"的佳句,还要写出使鬼神也吃惊的佳句:

> 思飘云物动,律中鬼神惊。
> 毫发无遗憾,波澜独老成。 （《赠郑谏议十韵》）

"律中"即"中律",也就是合律。但是,光是律法细密,只是完美了诗的外形,还不能成为飞动的佳句。飞动的重要因素,在诗的内涵。杜甫常常用一个"意"字即我们所谓"诗意",有时也用一个"思"字,即我们所谓"思想内容"。上面所引四句,他把佳句的条件次序排定了。先要有像云物一般飘动的思想内容,其次才要有使鬼神吃惊的音律,这样的诗,才可以算是毫无缺点的老成作品。他赠李白的一首诗,也显示了同样的观点:

> 白也诗无敌,飘然思不群。
> 清新庾开府,俊逸鲍参军。

他赞赏李白的诗有飞动的思想内容,与众不同,因而具有庾信的"清新",鲍照的"俊逸"。

> 意惬关飞动,篇终接混茫。 （《寄高适岑参》）
> 飞腾知有策,意度不无神。 （《奉寄李十五》）
> 平生飞动意,见尔不能无。 （《赠高式颜》）
> 政简移风速,诗清立意新。 （《奉和严中丞》）
> 定知深意苦,莫使众人传。 （《寄贾至、严武》）
> 病减诗仍拙,吟多意有馀。 （《复愁》）

以上六联,都用"意"字,联系起来,可以很清楚地体会到杜甫观念中诗意和飞动的

关系。第一个例句说得最明白:诗意惬当,诗句才能飞动。这"惬当"二字,我们还可以引一首诗来作参证:

> 郑李光时论,文章并我先。
>
> 阴何尚清省,沈宋欻连翩。
>
> 律比昆仑竹,音知燥湿弦。
>
> 风流俱善价,惬当久笙箜。

(《秋日夔府咏怀寄郑审李之芳》)

这首诗赞赏郑、李二人的诗作,第三、四句是说他们的诗意如阴、何、沈、宋,第五、六句是说他们的诗音律谐和,因而自然达到"惬当"的成就。第二个例句是赞赏李十五作诗,由于"意度"有神,所以知道他有办法使诗句飞腾。"意度"即"意境"。第三个例句是说见到高式颜,就引起了自己飞动的诗意。高式颜是高适的侄子,也是诗人。第四个例句说明了诗的立意新,才是清诗。这里,我们如果联系"清新庾开府"这一句,可知杜甫所谓"清新"、"清诗"、"清词"、"新语",都是指诗的思想内容。《解闷》第六首尤其可以作证:

> 复忆襄阳孟浩然,清诗句句尽堪传。
>
> 即今耆旧无新语,漫钓槎头缩项鳊。

这是说孟浩然诗有新意,句句可以传世,故可称清诗。如今襄阳老辈诗人中,没有能作新语的,只好去钓鱼了。第五个例句说贾至、严武的诗意深刻,是从苦吟中锻炼得来的,应当珍惜,不要随便让人家流传。第六个例句说自己病虽略愈,诗还不能做得工稳,不过吟咏既多,诗意却累积了不少。

作诗要有独创的新意,意愈丰富,随时驱使,加以完美的音律,便成为飞动的佳句。杜甫每次提到"意"字或"思"字,总连带用"飞动"或表示飞动的语词,可知他以思想内容为佳句的主要条件。有一首诗,题为《江上值水如海势聊短述》,诗云:

> 为人性僻耽佳句,语不惊人死不休。
>
> 老去诗篇浑漫兴,春来花鸟莫深愁。
>
> 新添水槛供垂钓,故著浮槎替入舟。

> 焉得思如陶谢手，令渠述作与同游。

这首诗是观江水暴涨而作，诗的内容却全是讲自己作诗的经验，没有一句写到江水。第一联说自己向来喜欢从苦吟中寻觅佳句，第二联说如今老了，作诗只是随便即兴，对春天的花鸟也不耐深思（"愁"是"思"的代字）。第三联说自家新近设置了玩水的器物。第四联说希望有诗思如陶谢之流，一起来同游作诗。为什么看了江水，想到陶谢的诗思？我们看他在诗题中加了"如海势"三字，就可以悟到杜甫常常以奔涌的水势来形容飞动的诗意。"精微穿溟涬"，"篇终接混茫"，"波澜独老成"，"文章曹植波澜阔"，"词气浩纵横"，这些词语，都是诗意丰富生动的形象。另外还有一联：

> 诗尽人间兴，兼须入海求。（《西阁》）

简直说人间诗兴已经用尽，还得到大海中去求取灵感了。这就是他看到江水如海势而联想起陶谢诗思的理由。

综合以上所引许多谈诗的零章断句，杜甫对诗的理论已灼然可知，《戏为六绝句》《偶题》诸作，只是这些观点的结集，基本上是一致的。意惬、律中，才是飞动的诗句，而二者之间，意尤其重要。王世贞论李杜云：

> 太白诗以气为主，以自然为宗，以俊逸高畅为贵；子美以意为主，以独造为宗，以奇拔沉雄为贵。
>
> 太白笔力变化极于歌行，少陵笔力变化极于近体。李变化在调与辞，杜变化在意与格。

这两个论点，也注意到杜甫与李白在创作方法上的不同，杜甫重"意"，李白使"气"。可知王世贞着实研究过一番杜甫的诗论，不是从直觉得出的结论。但是，他说："杜变化在意与格。"这里的"格"字，我以为应改为"律"字，因为格还是属于意的。

杜甫的诗论，并不是他一家的独见。《文镜秘府论》有《论文意》一篇，专论诗文造意之法，有云：

> 凡属文之人，常须作意。凝心天海之外，用思元气之前。巧运言

词，精练意魄。 所作词句，莫用古语及今烂字旧意。

或曰：诗不要苦思，苦思则丧于天真。 此甚不然。 固须绎虑于险中，探奇于象外，状飞动之句，写冥奥之思。

前一条就是杜甫所要求的要有"新语"，后一条完全与杜甫的"飞动"说符合，可知杜甫的这些诗论，都代表了盛唐时流行的观点，没有《文镜秘府论》，就难于取证了。

一九八〇年六月十日

说杜甫《戏为六绝句》

　　一九八〇年五月，我要为在华东师范大学举办的古代文艺理论师训班讲两小时课。我就想讲一讲杜甫的《戏为六绝句》。关于这六首绝句，我向来以为没有什么歧义，大家的认识都是一致的。我只想通过这六首绝句，来讲讲杜甫对诗的一些观念。在上课前三天，才看到郭绍虞同志编的《杜甫戏为六绝句集解》。原来郭老早已把历代文评家对于这六首诗的解释汇集在一起，其中有许多我没有见到过的僻书，使我得此一编，省却许多检书之劳。

　　郭老按每一首诗的每一句或二句，胪列历代评论，按观点异同区分，最后下了自己的断语。从这里，可以清楚而全面地看到历代杜诗专家对这六首绝句的体会和解释。细读一过之后，出乎意外地，才知道这六首诗竟会有这么许多不同的解释。而其中多数人自以为是的解释，却是我期期以为不可的妄说。因此，我决计专写一篇文章，把我对于《戏为六绝句》的解释提出来，就正于海内学者。可是，一直没有时间提笔写此文，直到现在，病休医院，闷得慌，每天写一二页，总算把这篇文章写成，把我的意见提了出来，很愿意听听海内同志的反应。

一

　　　庾信文章老更成，凌云健笔意纵横。

　　　今人嗤点流传赋，不觉前贤畏后生。

　　"文"，"文章"，唐人用这两个词语，都包括诗文辞赋在内，并非单指散文。杜诗:"何时一樽酒,重与细论文。"此"论文"也可以解释作谈诗。

"老更成",重在"更"字。杜甫对庾信的诗赋,特别赞赏其入北朝以后的作品,这有"暮年诗赋动江关"一句可证。早年的作品,虽然已有成就,但老年的作品,更有成就。所以直截了当地说"庾信文章老更成"。

"老更成"与"老成"不同。杜甫《赠郑谏议诗》:"毫发无遗憾,波澜独老成。"此处所谓"老成",是指诗的风格苍老,不是诗人年龄之老。而"庾信文章老更成"的"老"字,则分明是指庾信的"暮年"。"老更成",所以能"动江关"。

第二句"凌云健笔意纵横"是解释上句的。"凌云"比喻高。"凌云健笔",就是说"笔法高超"。什么样的文章才算得"笔法高超"? 或者说,庾信暮年的文章,高超在哪里? 杜甫说:在"意纵横"。这个"意"字,从来没有人特别加以注意,更没有人知道它在杜甫的文学批评字汇中有其特定的涵义。我在《说"飞动"》一文中,曾指出杜甫论诗,兼及内容与形式。关于内容,都用"意"字或"思"字,即诗意;诗思,关于形式,都用"律"字或"句"字,即句法音律。

> 政简移风速,诗清立意新。(《和严武诗》)
> 病减诗仍拙,吟多意有馀。(《复愁》)
> 意惬关飞动,篇终接混茫。(《寄高適岑参》)

从这三联中可以体会到杜甫以为诗有新意才算得清;诗意的储备多,则篇篇有新意,即使"吟多"而"意"仍有馀。诗意虽丰富,也要用得惬当,才能使诗篇飞动,使读者读到篇终,有不尽之感。

> 思飘云物动,律中鬼神惊。
> 毫发无遗憾,波澜独老成。(《赠郑谏议》)

这二联尤其可见杜甫以"思"字与"律"字对举的意义:诗意(思)如云物之飘动,句律之妙,使鬼神为之惊讶,这样的诗,才做到"毫发无遗憾",而达到"老成"的境界。

"纵横"是言其丰富。"豺虎正纵横","词气浩纵横",都是杜甫使用"纵横"的例子。

两句诗是起承结构。下句阐释上句。在下句中,又是下半句阐释上半句。杜甫在这六首组诗中,首先提出庾信,以代表"前贤"。对于庾信一生的作品,他特别赞赏其晚年作品，因为有了更丰富、现实的思想内容。杜甫用"清"字，或"清新"二字，都是专指思想内容的，所以"清新庾开府"这一句，正可以用来和这两句互证。

由此可知，"清新"和"老成"不是对举或平列的两件事。郭老采取杨升庵的观点，以为"杜老诗风，即在能兼'清新'、'老成'二者，故其推尊庾信，亦即在此"。这样一来，对整首诗的解释，甚至对以下五首诗的解释，我和郭老就不可能一致了。

第三、四句本来很明白，可以译为："现代人对流传已久的庾信作品，非但不能赏识，反而妄加批评，嗤笑指点，岂不感到前辈作家在害怕你们吗？"这个"赋"字，也不可死讲，它就是第一句的"文章"。诗至此处应该用一个仄声字，作者就用了一个"赋"字。"流传"可以释作"著名"，因为古代作家的作品，能流传到今天的，总是著名的作品。"不觉"，应当解释为"岂不知"。杜甫有一首《花鸭》诗云：

> 不觉群心妒，休牵众眼惊。

意思是："岂不知有许多鸟在妒忌你吗？你不要太突出，使群众惊异呀！""前贤"是以庾信为代表的前代作家。"后生"就是"嗤点流传赋"的"今人"。"畏后生"用《论语》"后生可畏"成语，有一点讽刺意味。诸家解释此二句，无多大差异。惟汪师韩解云："今人诋毁庾信之赋，岂前贤如庾者，反畏尔曹后生耶？"可谓奇谬。

二

> 王杨卢骆当时体，轻薄为文哂未休。
> 尔曹身与名俱灭，不废江河万古流。

杜甫作此诗，完全用散文句法，并无颠倒、节缩的词语。意思也很明白。前一首诗是批判当代青年对古代作家庾信的轻视。这一首是批判他们对现代前辈作家的哂笑。

杜甫说：王杨卢骆的文章，尽管你们这些轻薄之徒写文章加以攻击哂笑，但还是代表他们时代的文体。"当时体"反映了杜甫的历史唯物主义观点——一时代有一时代的文体，每个作家都为当代文体所拘束。只有极少数人能有创新的气魄，但也不是说他们立即建立了新的文体。

接下去，杜甫谴责这些轻薄之徒：你们这些人，现在虽然有些小名气，可是你们一死，你们的名气也消灭了。至于王杨卢骆呢？他们的作品将如长江大河，永远流传下去。

这样一首清清楚楚的诗，几十年来，我从来没有想到可以有不同的诠释。但是，读了郭老所辑录的历代注家的评论，却打开了眼界。《九家注杜诗》是宋人所撰，却把第二句释为"四子之文，大率浮丽，故公以之为轻薄为文，而哂之未休也"。刘后村是南宋著名诗人，却在《诗话》中说："杜子美笑王、杨、卢、骆文体轻薄。"黄生是清初文评家，著有《杜工部诗说》，颇有高见，但他解释这首诗，却说："当时体三字，出后生轻薄之口，非定论也。"原来他以为轻薄之徒，讥笑四杰之文为"当时体"。后来居然有人跟着他这样讲。仇兆鳌的《杜诗详注》，一向被认为较好的杜诗注本，今天还在广泛流行，可是在这两句下，却注云："此表章杨王四子也。四公之文，当时杰出，今仍轻薄其为文而哂笑之。"还有施鸿保，他把"轻薄为文"解说为"此诗谓后生轻薄之人，讥笑前辈为文也"。由此可见，"轻薄为文哂未休"一句，竟有许多名家读不懂，讲不对，甚至连郭老也认为"轻薄为文"是"当时讥哂四子之语"，不过不是杜甫讥哂四杰为文轻薄，而是当时的后生小子讥哂四杰的话。于是，这句诗被解释为："四杰为文轻薄，被后生小子讥笑不休。"

一句文从字顺的七言诗，被列位杜诗学者讲得支离破碎，又通过郭老的分析评断，做出结论，几乎成为标准解说。于是今天在各大学中文系讲授文艺理论或杜诗的教师，都在这样讲、这样教、这样注释。岂非怪事！

问题出在"轻薄"二字。许多人不了解"轻薄"是"轻薄子"的省略，硬要派它为一个普通的状词。又相信了九家注本所引的一段《玉泉子》，连郭老也说："此正时人讥哂四子之证。"还有人从《旧唐书·文苑传》中引用了裴行俭的话，说王勃等人"虽有文才，而浮躁浅露"。郭老就下断话说："此又四子立身为文不免轻薄之证。"但是在杜甫的词汇中，"轻薄"就是"轻薄之徒"。

> 纷纷轻薄何须数。（《贫女行》）
> 洗眼看轻薄，虚怀任屈伸。（《赠王契四十韵》）

这两处的"轻薄"显然都是指人。《赠王契》诗和《莫相疑行》都是和《六绝句》同一段时间中所作，可知二诗中所谓"轻薄"就是"当面输心背面笑"的那些"年少"。再说，杜甫对于诗的一些观点，以及他使用的文学批评词汇，显然都从《诗品》和《文心雕龙》中得来。"轻薄为文哂未休"这一句，就是从《诗品序》中的"世有轻薄之徒，笑曹刘为古拙"这一句借鉴得来。

《九家注杜诗》中所引《玉泉子》一段，实乃抄自《唐诗纪事》。这段文字非全文，未免断章取义。全文见于《朝野佥载》，论卢照邻文时有此一段，且有例句。但该文仅论杨、骆为文，好用人名、数字，并未说他们文体轻薄，更不是通论四杰。且下文云："如卢生之文，时人莫能评其得失矣。"可见对卢照邻还是肯定的。郭老误信此不完整的引文，在断定"此正时人讥哂四子之证"之后，反而根据这个资料，肯定四杰的文体轻薄。

"当时体"被理解为贬词，"轻薄为文"被理解为四杰写轻薄的文章，"哂未休"被理解为没有主语的动词结构，既看不出何人在"哂"，因而下句的"尔曹"也不知是谁，于是这首诗完全失去了作者的本意。

三

纵使卢王操翰墨，劣于汉魏近风骚。

龙文虎脊皆君驭，历块过都见尔曹。

既然把第二首诗的"轻薄为文"误解为指四杰的文风，对这一首诗的前二句，当然就认为对卢、王（代表四杰）的贬辞。第二句本来是结构平常的句子。卢、王的文章，虽然劣于汉魏，但是还近于风骚。可是许多人想不通，你说卢、王的文章比不上汉魏，倒反而近于风骚，这不是连汉魏作家都给杜甫抹黑了吗？"轻薄为文"的四杰，还能"近风骚"吗？众口一辞，认为这是绝对不可能的。于是给杜甫创造了一种新的句法，把"汉魏近风骚"五字连读，说四杰的文章比不上近乎风骚的汉魏作家。这样一讲，"近风骚"就与卢王不相干了。王十朋、刘辰翁、浦起龙、黄生、杨伦、卢元昌、仇兆鳌这许多杜诗注释家都这样讲。他们都熟读杜诗，竟没有一个人觉得这样讲完全不符合诗的句法。只有钱谦益、汪师韩、许宝善三家按照句法解释。可是郭绍虞同志的断案却说："夫劣于汉魏，则不能近于风骚，钱氏之说，显与文学演进之序相背。故自以'汉魏近风骚'五字连读为宜。然如赵次公辈谓汉魏近于风骚，而卢、王比之为劣，则亦非是。盖此句上文有'纵使'二字，可知'劣于'一句正为杜甫称引后生之言，而非杜甫之语。"据此，可知郭老解此句为"尽管你们以为卢王的文章比不上近乎风骚的汉魏作家"。对这两句诗作如此了解，我实在有些惊异。"纵使"二字的下文呢？第三、四句无论如何接不下去！

做诗，为了四声平仄的关系，不能不把词语改变位置。又不能不用代词。这两句诗中，"卢王操翰墨"应理解为卢王做文章。但"纵使卢王操翰墨"，不能理解为"即使卢王做文章"。如果这样讲，好像卢王从来不写文章的了。这两句的散文结构，应当是"卢王操翰墨，纵使劣于汉魏，（但仍）近于风骚"。"劣"与"近"，是两个比较状词，出现在同一句中，只能隶属于同一个主词。如果说：卢王的文章劣于汉魏，而汉魏则近于风骚，我以为万无这样的诗句。

既然劣于汉魏，怎么还能近于风骚？这个问题直到郭老都没有想通。这是因为他们脑子里有一个"文学演进之序"。按照这个"序"的观念来评论文学创作，一定会产生这样一种逻辑：现代作品如果比不上明清，当然更比不上宋元。以杜甫为代表的唐代文论家，没有这个"序"的观念。他们说"汉魏"或"魏晋"，意思是指有"风骨"的诗。也就是有思想内容的诗。他们说"齐梁"或"梁陈"，意思是指辞藻华丽的诗。他们说"风骚"、"诗骚"或"风雅"，意思只是"诗"字的代词。杜甫说卢王的文章"劣于汉魏近风骚"，意思是说它们纵使缺少风骨，但毕竟还是诗。这样理解，就不违背"文学演进之序"了。

杜甫说卢王的作品近于风骚，也是有根据的。《旧唐书·卢照邻传》称卢"著《释疾文》、《五悲》等颂，颇有骚人之风，甚为文士所重"。又《杨炯传》云："炯献《盂兰盆赋》，词甚雅丽。"又骆宾王曾自言"体物成章，必写情于小雅"。这都是四杰文章近于风骚之证。除了"轻薄为文"者之外，大约唐人对四杰都是这样看法。一方面了解"当时体"的局限性，一方面还肯定他们的诗人地位。

此诗第一、二句既已被曲解，接下去的第三、四句当然更讲不清楚。"龙文虎脊"不过是骏马的代词，"历块过都"也只是疾驰的意思。"君"就是"尔曹"，而这里的"尔曹"，仍是第二首诗中的"尔曹"。这两句诗的意思，本来很简单。杜甫不过用以说明：人人都可以骑骏马，骑上了骏马能不能飞奔疾驰，这就要看你们的驾驭本领了。"龙文虎脊"是指四杰的文章，也通指初唐的文学作品。你们后生小子，仍然应该向他们学习。学习之后，能不能超过他们，这是你们自己的事。

杜甫只用了两个典故，以代替两个名词，害得历代注家都瞠目不解。多数人把"君"字解作"君王"，也有人以为指的是"卢王"；"尔曹"，也居然有人以为指卢王，还有人以"龙文虎脊"为指四杰，而把"皆君驭"讲作"为君王所驭"。大家都在瞎子摸象，自以为有所得，讲得活灵活现，其实全无是处。郭老的断案，也模棱得很，没有明白的表态。归根结蒂，病根在于把"汉魏近风骚"五字连读，使上下句的关系都无法弄清楚。

四

才力应难跨数公，凡今谁是出群雄。

或看翡翠兰苕上，未掣鲸鱼碧海中。

此诗诸家解释，无大出入。诗意是针对同时诗人而言，其意仍在"尔曹"。第一、二句是倒装句法。先提出问题：当今诗坛，谁是杰出的大作家呢？再提到以前三诗中举及的庾信与王、杨、卢、骆，用"数公"来概括。杜甫认为当代诗人的才力，恐怕没有人能超越这几位前代诗人。何以见得？杜甫说：在当代诗人中，偶尔也可以见到栖止在兰苕上的翠鸟，可是还没有从碧海中钓得鲸鲵。这里是用两个具体形象来比喻两种作品。翡翠是美丽的小鸟，兰苕是柔弱的花草；鲸鱼是大鱼，碧海是汪洋浩渺的境界。上句比喻那些虽然美丽，毕竟渺小的作品，下句比喻伟大的作品。当代诗人没有写大作品的才力，所以他们中间还没有出类拔萃的英雄。论才力，这些人恐怕还难于超越前辈诸公。

有人以为"出群雄"是杜甫自负，然则"鲸鱼碧海"就应该是杜甫自夸其作品了。这样解释，未免上纲。不过在这六首组诗中，可以感觉到杜甫对当时某些轻视前辈的青年诗人，是很有反感的。这一组诗是宝应、广德年间（七六三—七六四）在成都所作，当时杜甫在严武幕府，可能有些后生小子瞧不起他。他有一首题作《莫相疑行》的诗，在永泰元年（七六五）即将离蜀时所作，有句云：

晚将末契托年少，当面输心背面笑。

寄谢悠悠世上人，不争好恶莫相疑。

同时还有一首《赤霄行》，其中有两句云：

孔雀未知牛有角，渴饮寒泉逢抵触。

都可以想见当时确有一些人对他"当面输心背面笑"。《六绝句》很可能为这些青年而作。如果从这一背景去理解，那么，此诗的"凡今谁是出群雄"一句是对这些青年人的告诫，指出他们中间，虽然有些人还能写出些"翡翠兰苕"式的作品，但还未见有"鲸鱼碧海"式的大作品。你们虽然嗤点前辈作家，但你们的才力还未能超越这"数公"。

五

不薄今人爱古人，清词丽句必为邻。

窃攀屈宋宜方驾，恐与齐梁作后尘。

此诗也是按照一般语言逻辑写的，文从字顺，毫无晦涩难解处。第一句的结构和"劣于汉魏近风骚"一样，应当读作"不薄今人，爱古人"。"不薄"和"爱"，在诗的修辞学上，称为"互文见义"。"不薄"就是"爱"。作者的意思是：不管对于古代作家，或现代作家，我们都不应当轻视他们。或者说，都应当爱好他们。用两个不同的语词表述同一个意思，是为了使诗句生动，要不然，如果杜甫写作"不薄今人不薄古"或"既爱古人又爱今"，就不成其为诗句了。读诗的人，遇到这种句法，不必研究"不薄"与"爱"之间的异同。

"今人"是谁？"古人"是谁？是这一句的又一问题。从全诗结构看来，作者显然是把屈宋代表古人，把齐梁作家代表今人。因此，庾信与四杰都属于今人了。今人与古人，齐梁与屈宋，杜甫用以代表两种创作倾向：（一）清词，清新的思想内容；（二）丽句，优美的句法。于是杜甫说：为什么不薄今人，又爱古人呢？因为"清词"与"丽句"是文章中必须兼备的。既要向古人学习清词，又要向今人学习丽句。所以，清词必与丽句为邻。"必为邻"出于《论语》："德不孤，必有邻。"文章只有清词而无丽句，或只有丽句而无清词，仅是孤德。这第二句诗是承上句而来，用以说明上句。

接下去，第三句是照应清词的。杜甫以屈宋代表有清词的文章。谁要是想跻攀屈宋的文章，总得要能赶得上他们。第四句照应"丽句"。你们要学齐梁体，也不是容易的事，说不定还跟不上他们。"窃攀"是对敢于学习屈宋的人说的，"恐与"是对瞧不起齐梁的人说的。很明显，杜甫这首诗是对厚古薄今的人说的。

"不薄今人爱古人"句法与"劣于汉魏近风骚"同，熟读唐诗者向来没有疑义，因为这种句法读得多了。但是，不知怎么，居然有人不从习惯的句法去求解，偏要把自然的结构讲成拗涩的结构。"汉魏近风骚"五字连读后，现在又把"今人爱古人"五字连读。王嗣奭《杜臆》把这一句解释为"我不薄今人之爱古人，而辞句必与为邻也"。仇兆鳌《杜诗详注》跟着说："今人爱慕古人，取其清词丽句而必与与邻。"郭老的断案，也以为"五字连读，说最近是"。

"不薄今人爱古人"这一句,虽然现在已因郭老的断案而普遍地被误读、误解、误注,但过去总还有许多人没有读错。至于"清词丽句必为邻"这一句,可以说历来没有人读懂。"清词丽句"如果是一个东西,他将与什么东西为邻呢?高明如钱谦益,他也只会说:"期于清词丽句,必与古人为邻。"以后许多注家,也就一致解为"清词丽句必与古人为邻"。那么这句诗对上句的"今人",有何照应?对下面两句,有何关系?词句怎么与人为邻?谁都没有讲明白。

因为"清词丽句必为邻"这一句几百年来没有人读懂,这整首诗也是几百年来没有人能正确理解。甚矣哉,读诗解诗之难也!

六

> 未及前贤更勿疑,递相祖述复先谁?
> 别裁伪体亲风雅,转益多师是汝师。

这是最后一首诗,有总结性质。诗句也很清楚,没有什么疑难。第一句"未及前贤更勿疑",与第一首诗"不觉前贤畏后生"可能相为照应。则此处之"前贤"也是指庾信之类的前辈诗人。不过,是什么人"未及前贤",在这首诗中确是不易看清,因而产生了许多不同的解释。

我们读了以前的五首诗,可以感到杜甫这一组诗是针对某些讥笑他的人而写的。第一首的"后生",第二、第三首的"尔曹",这一首诗的"汝",都指的是这些人。如果统一了这些语气,就可以看出"未及前贤"是这些人讥笑杜甫的话,说他的诗做得不及前辈。于是杜甫说:不错,我的诗确是不及前辈,这无可怀疑。不过,自有文学以来,一代一代的作家都是递相祖述(学习)的,你们学习上一代的作家,上一代的作家也曾学习他们的上一代作家。每一代的作家都是"未及前贤",你说谁是最先的不学而贤的作家呢?这两句也是起承结构,第二句解释第一句。

接下去,第三句指出向前辈作家学习的门径:要能别裁伪体,靠近风雅。这里的"亲风雅",就是第三首诗里"近风骚"。杜甫没有说明什么叫"伪体",但从句法上看来,不近风雅的诗就是伪体。做诗总得像诗,做出来的不像诗,那就是伪体。在这里,杜甫并没有把诗的标准提得很高,由此就反映出他认为这些讥笑他的人做的诗,还是不亲风雅的伪体,所以最后一句说:你们要向一代一代的前辈学习。这叫做"转益多师"。对前代诗人来说他们是"递相祖述";对后生小子来说,你们要"转益多师"。这两个短语是互相呼应的。只有"转益多师"才是你们的求师之道。所以结句说:"转益多师是汝师。"

钱谦益说:"今人之未及前贤,无怪其然也。以其递相祖述,沿流失源,而不知谁为之先也。"王嗣奭说:"今人才力未及前贤,以其递相祖述,愈趋愈下,无能为之先者。"杨伦注"递相祖述"句云:"谓时辈自相学拟,无能相尚也。"以上诸家都把"递相祖述"看成否定语气,认为文学退化的现象,下文就都讲错了。黄生虽然说:"自屈宋以来,作者皆递相祖述,以流传于后。"但接下去讲"复先谁",却说:"然则言祖述于今日,不先齐、梁,将谁先乎?"又以为杜甫主张先学齐梁了。

这首诗也是历来没有人讲通过。其实,只要注意到第二句是反诘之辞,就可以体会到"未及前贤"是杜甫引用后生小子讥笑他的话。如果当时有新式标点,只要写成"'未及前贤'更勿疑",就免得许多人胡猜了。杜甫决不认为文学今不如古。"后贤兼旧制,历代各清规。"能写这样的诗句,他会说今人不如前贤吗?

感谢郭绍虞同志集录的许多资料,使我看到了有关《戏为六绝句》的大量诠释。我读杜诗,只是杨伦、仇兆鳌两本,向来没有区别其优劣。这回仔细比对,觉得还是杨伦的注释较好。王嗣奭的《杜臆》是解放后才印行的书,但仇兆鳌曾见到稿本,采用了许多。关于《戏为六绝句》,仇注几乎全用《杜臆》。但是,王嗣奭的见解,实在不高明,此人似乎未尝多读诗,对于诗的句法,所知甚浅。

一九八四年五月二十五日

我写《唐诗百话》

从一九三七年起，我进入高校任教，随即中止了文学创作，一直生活在古典书城中。这是职业改变的结果，倒不是"江郎才尽"，写不出东西来了。要说写作，我的主观愿望，宁可写小说，而不想写什么学究气的研究论文。我的古典文学知识，只够应付教学，谈不到研究，因而也从来不想写关于古典文学的文章。但是，经常会有一种苦闷。在大学里担任了十多年教学工作，每逢填写表格，在"有些什么著作"这一格中，我总感到无法填写。我的著作？只有五本小说集，两本散文集。这些都不是学术著作，填写上去未免给"教授"职称丢脸。一九五七年以后，幸而被剥夺了任何著作的出版权利，也不再要我填表格，这样混过了二十年，倒也心安理得。

三中全会以后，精神上和生活上都获得第二次解放，表格也接着来了。还有人邀我去参加各种学会。这一下，我的苦闷也回潮了。怎么办？该写一本关于古典文学的小书出来充实充实表格了吧？于是，在一九七七年的一个冬天，上海古籍出版社的陈邦炎同志来找我，希望我提供一二种出版物。我才下决心写一本关于唐诗鉴赏的书。当时就拟定了书名《唐诗串讲》，约期一年交稿，让出版社列入一九七九年的出版书目。

一九七八年，我用全力来写这部书稿，到年底，写成了五十篇。关于唐诗，过去也曾写了一些文字，但都是课堂教学用的讲稿。我早知道，我只会写讲稿，因此书名就标明"串讲"。五十篇写成，自己读一遍，果然，讲稿气味很浓。我感到有点扫兴。另一方面，五十篇只写到中唐诗人，似乎本书还没有全。于是，一边修改成稿,一边继续写下去,一九七九年,只写了十多篇。

两年的写作,我对唐诗的认识有了转变。我才知道唐诗也该用研究方法去鉴赏。过去,包括我自己,只是就诗讲诗,从诗的文学本身去理解和鉴赏,因而往往容易误解。一个词语,每一位诗人有他特定的用法;一个典故,每一位诗人有他自己的取义。每一首诗,宋元以来可能有许多不同的理解。如果不参考这些资料,单凭主观认识去讲诗,很可能自以为是,而实在是错的。

一九八〇年到一九八二年,杂务太多,又出门旅游,开会,只能抽暇修改了一些旧稿,新写的只有二三篇,没有时间,也没有兴趣写下去了。一九八三年,生了一场破腹开腔的大病,在医院里住了十八个月,居然不死。一九八四年九月,出院回家,身已残废,行走不便,只能终日坐着。这就给我以安心写文章过日子的条件。我立即继续写下去,到一九八五年六月,写满了一百篇,总算大功告成,放下了一个重负,履行了对出版社的诺言,虽然已愆期交货。

现在看来,这部书比较像是一种新型的诗话,因此改名为《唐诗百话》。我曾有一百首欣赏碑版文物的绝句,名为《金石百咏》,一九七九年在香港《大公报》发表。又选定了一百块书法佳妙的唐碑,加以叙说,名为《唐碑百选》,从一九八一年起在香港的《书谱》双月刊发表。现在加上这本《唐诗百话》,可以说是我在三中全会以后贯彻了自己的"三百方针"。遗憾的是,我已退休,没有表格需要填写了。

《解放日报·读书》专刊的记者采访,要我写一篇文章,谈谈《唐诗百话》。我就把我的情况汇报如上,响应巴金同志号召,句句是"真话"。

一九八八年二月六日

诗与词有什么不同？

诗与词都是世代文学中属于韵文的文学形式。要说明它们有什么不同，应当从几个方面来区别，而最主要的是应当从它们的作用来看。诗是运用语言文字的美妙结构，供人们吟咏的；词是运用语言文字的美妙结构，还要能配合音乐，作为某一乐曲的歌词，供人们歌唱的。简而言之，诗和音乐没有关系，而词是依附于音乐曲调的。

但是，我们说："诗和音乐没有关系"，这句话只适用于唐宋以后。在唐代还不能这样说。因为诗这个字的涵义，在文学史的各个时代，都不很相同。

诗，最早是指《诗经》中那些作品。这些作品，大部分是周代的士大夫和民间的诗歌，形式一般是四言一句，四句一章，三章或四章为一篇。这些诗歌成为古代文学的经典著作，列为六经之一。秦汉时代的人，提到诗，就意味着这部古代的诗选集。因此，在这时期，诗的涵义是《诗》。例如说："诗三百"，意思就是：《诗经》中的三百零五篇作品。这许多诗，在当时都是可以配合音乐，用来歌唱的。从语言文字的角度讲，叫做诗，从音乐性的角度讲，叫做歌。诗都是可歌的，歌唱的都是诗。因此，在《诗经》时代，不能说诗和音乐没有关系。

到西汉时代，诗还是专指《诗经》的作品。不过在这个时期，已经没有人歌唱这些作品，它们的曲谱也早已失传。在汉代人的观念中，诗和音乐的关系，逐渐消失了。

屈原、宋玉等楚国诗人，写了《离骚》、《九歌》、《招魂》等楚国风格的诗歌，到了汉代，这些诗歌被称为"楚辞"。意思是楚国歌曲的唱辞。从汉高祖到汉武帝都喜欢楚歌。汉武帝又设置了一个中央音乐机构,名为乐府。从这个乐府中制定了不少曲谱和歌辞,颁布到民间传唱。于是从西汉后期起,诗这个字的涵义变了。它只指四言、五言或七言的文学形式,只能吟哦,而不能配合乐曲,以供歌唱。同时,因为有了"乐府歌辞"这个名称,这个"辞"字便被理解为可以配合乐曲歌唱的文学形式。而它的形式,必须配合乐曲的音节,以决定文字的句式,它不像诗一样,可以全篇是四言、五言或七言的句式。

魏晋以后,诗和歌辞是两种不同的韵文文学形式。诗和音乐没有关系,它不是乐曲的歌辞。歌辞是可唱的,它依附于乐曲,其形式也被决定于乐曲的节奏。

到了唐代,汉魏以来的乐府歌辞已经失传了它们的乐谱,只剩一个曲调名,例如"饮马长城窟"、"东门行"之类。文人所作,都是摹仿古人,并不真有曲谱可以依照。这种作品,虽然仍用汉魏乐府曲调名为标题,其实已不是歌辞。这种作品,后世称为"乐府诗"。把它们划归诗的一类,就说明它们已不能入乐了。

杜甫、李白有许多作品,都用乐府旧题,或自制新的乐府题,如"兵车行"、"新安吏"、"蜀道难"之类。这些诗也并不配入音乐,成为当时的新曲子。因此,它们也是乐府诗。

但是,唐代有许多从西域流传来的歌曲,如凉州、伊州、摩多楼子、绿要等,从玄宗皇帝设置的音乐机构"教坊"中制定乐谱,颁布流行之后,这些新曲子在民间传唱,常常请诗人们配撰歌辞。于是唐诗中出现了大量的以"凉州词"、"伊州歌"、"乐世词"之类的诗题。而这些诗最初几乎都是七言绝句。这些作品,从形式看,是唐代的律诗。从题目看,从它们的作用看,是新的乐府歌辞。这样,又不能说诗和音乐没有关系了。

现在,我们要注意,汉魏时期用"楚辞"、"歌辞"的"辞"字,在沈约《宋书》中,大多已被简化为"词"字。唐代的"凉州词",实在就是凉州曲的歌辞,也就是我们今天所谓唱词。这是音乐题目,不是诗题。而这个词字,就成为"诗词"的"词"字的起源。

中唐以后,诗人为乐曲配歌词,不再用单调的绝句诗,而稍稍照应到乐曲的节奏,改用三、五、七言混合的诗体。这种诗称为"歌诗",意为可歌唱的诗。这个名词,反映出当时已认为诗本来是不可歌唱的,现在出现了一种新的诗体,它可以作为唱词了,故名之曰"歌诗"。但是,歌诗的形式,和五、七言诗的形式还相去不远。例如李贺的诗集名为《李贺歌诗编》,他的诗和李益的诗在当时都曾谱入歌曲,流行于歌坛。但他的诗的形式与音节，还没有离开古体或律体诗。同时另外有些诗人，完全依照曲调的节奏来造句配词，例如白居易、刘禹锡的《望江南》，温庭筠的《菩萨蛮》，这些作品，当时还称为"长短句"。这是一个过渡时期的名词。从形式来讲，它们不是句法一致的作品，而是句法不一致的作品。它们已不像是诗，故不说它们是诗。但它们还属于诗的新品种。

长短句发展到五代时期，从《花间集》叙文中，我们知道它们称为"曲子词"。到了北宋，这种文学形式，已经和诗完全脱离关系而独立了。但它们还被称为"长短句"、"曲子词"，或"乐府歌词"，到南宋时期它们才被定名为"词"。这个词字，从此成为一种新兴的文学形式的名称，它与诗分开了。

从此以后，诗与词的第一个不同处是：诗只能吟哦，不能作为乐曲的歌词。而词是依靠乐曲来决定其形式的。

诗与词的主要的不同点既已明白，词字的来历也已弄清楚，接下去要说明的二者之间的不同之处，都是小事情了。例如，关于形式，唐代以后，直到今天，诗的形式没有变。不外乎五、七言古体、律体二种。词则每一个曲调有它自己的句式，各各不同，只能以长短句这个名词来概括。从唐五代到北宋初期，词都是篇幅较短的小令，每首不过几十个字。从北宋中期以后，发展成为慢词，每篇有长到一百多字的。

词最初只用于酒楼歌席上妓女的歌唱，歌词的内容只限于伤离、怨别、春感、秋悲之类。因此，除了标明曲调名之外，别无题目。从苏东坡起，扩大了词的内容，需要有一个题目来概括词意。于是，词有两个题目，第一个题目是词调名，第二个题目是词题。例如"忆旧游·寓毗陵有怀澄江旧友"，这是张炎的词。"忆旧游"是词调名，"寓毗陵有怀澄江旧友"是词题。第一个题目等于汉魏以来乐府歌辞或乐府诗的题目。但当时并不需要有另一个说明内容的题目，因为曲调名本身说明了内容。例如"从军行"，是曲调名，而这首歌辞的内容也必然是与从军有关的。早期的词，也是如此，调名和歌词内容是一致的，后来歌词内容离开了调名的含义，就有另加一个题目的需要了。

在用字的声韵方面，诗与词也大有不同。诗的调和声音，要求分清平仄。凡是应当用仄声字的地方，可以用去声、上声或入声字。词的声音要求更严。它不但要分清平仄，还要分清四声。有些词调，该用仄声的字，还要区别去声和上声。该用去声的地方，不得用上声。不能因为去上同属仄声而混用。

　　至于押韵，词也比诗的韵法繁复。一首七言绝句诗，二十八字，只用一个韵。但一首小令词，例如《荷叶杯》，只有二十三字，却有三个韵。韵法的变化，各个词调都不同。

谈谈《孟才人叹》

中唐诗人张祜，有一首诗，题目《孟才人叹》。诗前有一段序，记录了孟才人的故事。唐武宗李炎病危时，有一个他所宠爱的宫女孟才人侍候在病床旁。皇帝问她："我死之后，你怎么办？"孟才人指着她的笙袋子答道："我用这个来上吊。"接着又说："我给皇上唱个歌罢？"皇帝点头允许。于是孟才人唱起一个调名"何满子"的歌。刚唱了第一句，就倒地而死。皇帝赶紧召医生来救治，医生一看，说："不成了，胸口还温暖，可是肠已断了。"过了几天，皇帝也死了。出殡的时候，皇帝的棺材重得许多人都抬不起。宫中太监说："莫不是要等孟才人吧？"于是就去把孟才人的棺材抬来，果然，皇帝的棺材抬得起了。于是把孟才人的棺材葬在皇帝陵旁。

这是一个宫廷秘史，外边无人知道。后来，进士高璩在宴会上，从一个宫中的伶人那里，听到了这件事，因此流传出去。过了一年，诗人张祜在嘉兴遇到高璩，也听到这件事，于是诗人写了一首《孟才人叹》，以表示他对孟才人的感叹。这首诗作于大中三年（八四九）。武宗死于会昌六年（八四六），是孟才人和皇帝死后三年的事。诗云：

偶因歌态咏娇嚬，传唱宫中二十春。

却为一声何满子，下泉须吊孟才人。

以后，又写了一首《宫词》，也是以孟才人的故事为题材的，诗云：

故国三千里，深宫二十年。

一声何满子，双泪落君前。

这首诗，大约曾传到宫中，引起了宫女的感伤，人人吟唱。有杜牧赠张祜诗的末句："可怜'故国三千里'，虚唱歌诗满六宫。"可以为证，因为张祜被元稹和白居易压抑，不得进身入仕，故杜牧说：尽管你的歌词为六宫宫女所唱，却对你一点没有好处。这就是"虚唱"的意思。

这首诗，我在《唐诗百话》中讲过，但没有联系到《孟才人叹》。因为前者是为孟才人的事叹息，而后者已泛咏一般宫女，怜悯她们的幽闭生活，所以诗人题作《宫词》。

老友钱歌川前年送了我一本散文集《云容水态集》，其中有一篇《张冠李戴》，就讲到张祜这两首诗。他根据沈括的《梦溪笔谈》，以为《唐书》中把孟才人的事误为王才人，这就是"张冠李戴"了。但是，他接下去说："孟才人唱这首诗，感伤到了极点。该诗作者张祜，因见孟才人歌唱他的诗这样伤心，自然也就感慨得很，进而写了《孟才人叹》。"

原来老朋友弄错了，他以为孟才人唱的"何满子"歌，就是张祜这首《宫词》，他没有看清楚《孟才人叹》的诗序，没有想到张祜在大中三年才知道孟才人的故事，怎么会先写那首《宫词》呢？这可又是一次"张冠李戴"，可惜老朋友已作古人，只好由我代他改正了。

"何满子"是唐玄宗时流行的曲名，声调悲哀。据说有一个沧州歌人，名叫何满子，他犯了法，判了死刑，就献出这个曲谱，想以此赎罪，结果还是未能免了一死。因此，这个曲子就名为"何满子"。

一九九一年六月十五日

闺情诗

日本早稻田大学松浦友久教授写了一本《中国诗歌原理》。去年，辽宁教育出版社印出了它的中译本，著者托责任编辑寄给我一册，直到上月才有时间拜读了一遍。

此书中有一篇题作《诗与性爱》，这是一个时髦的热门课题。近年来，欧美文艺批评家有很多人喜欢谈"女性主义"，性爱尤其是文艺分析中的一个新方向。

松浦教授这一篇的重点是《唐诗中表现的女性形象和女性观》，而集中在讨论"闺怨诗"。著者认为"闺怨诗"（包括"宫怨"、"闺情"）是一种爱情诗。他发现这一类爱情诗都是用"第三人称角度客体手法"来写作的。因此，他得出结论是："唐人的爱情诗中用第一人称的手法很贫乏。"

这个观点引起了我的兴趣。我在写《唐诗百话》的时候，也谈到了"闺情"、"闺怨"这一类诗，但没有注意到它们的表现手法：是第一人称，还是第三人称？是主体写法，还是客体写法？

于是我对"闺情诗"做了一番考察，弄清楚了"闺情诗"的源流。我得到的结论是：（一）闺情诗不是爱情诗。（二）闺情诗是一种代言体诗，不可能用第一人称的主体写法。

我这里所谓"闺情诗"，也包括"闺怨"、"宫怨"，甚至"宫词"在内。松浦教授以"闺怨"来概括这一切描写女性形象的诗，我现在改用"闺情"来代表，因为在我国诗题的类目中，向来用"闺情"。《艺文类聚》中，已正式将"闺情"列为类目。

"闺情"这个诗题，出现得并不早，大约在武则天时代才成立。但这种诗的题材内容，可以追溯到《诗经》。"自伯之东"、"君子于役"，都是闺情诗。徐幹有一首诗，题为《室思》，"室"是"室人"，"思"是"情思"，可以说这个诗题是"闺情"的前身。

在《玉台新咏》里，我找到了吴孜的《春闺怨》，萧纶的《代秋胡妇闺怨》，还有一首皇太子的《春闺情》。这里，"闺怨"、"闺情"都开始出现了，但还没有成为一种特定的诗题，还得加一个"春"字，以说明"怨"与"情"的季节性。

初唐诗人袁晖有四首闺情诗，分别题作"正月闺情"、"二月闺情"、"三月闺情"、"七月闺情"。盛唐时，张说有一首《三月闺怨》。由此，我猜想，无论"闺情"或"闺怨"，可能都来自民间歌曲，为近代俗曲《四季相思》、《十二月花名》的始祖。

《代秋胡妇闺怨》这个诗题亦可注意。诗题中用"代"字的有两种：一种是用在汉乐府题上面，例如《代饮马长城窟行》。《饮马长城窟》是汉代乐府曲名，当时有配合这个曲调的歌词。后代诗人用这个曲调，另谱题材内容与原作不同的歌词，于是在这个曲名上加一个"代"字，这就是所谓"因旧曲，谱新词"。这种诗题多见于魏晋时代，正是汉代乐府曲辞衍变的时候。另一个"代"字，就如《代秋胡妇闺怨》这个诗题所用。在初唐诗中，我们还可以见到崔液的《代春闺》，刘舜夷的《代闺人春日》、《代秦女赠行人》。这些"代"字都说明闺情诗一开头就是诗人代他所同情的妇女抒情述怨。如果说它们是爱情诗，也只是诗人代作的爱情诗，而不是诗人自己的爱情诗。因此，这一类诗，当然不可能用第一人称的写法。

一九九一年十二月十日

西　明　寺

　　不久以前,报载考古队在西安发掘出唐代长安西明寺的遗址,有一些铜铁器具铸有"西明寺用"的文字,可以作证。这个消息,我感到很有兴趣,因为我注意过这个著名的大寺。

　　查《唐两京城坊考》,西明寺在长安朱雀门街西南延康坊,朱雀门街是长安皇城前中央大街,朱雀门就是皇城的中央大门。这条大街,把长安城平分为东西两半,东半城属万年县,西半城属长安县,每县各管五十五个街坊。延康坊在西城,正在西半之东,是个热闹地区。

　　西明寺的屋宇,原先是隋朝时尚书令、越国公杨素的住宅。杨素的儿子杨元感造反,失败被杀,这所屋子便没收充公。唐高祖武德年中,这所屋子成为万春公主的住宅。到唐太宗时,把这屋子赐给魏王李泰。李泰死后,子孙把屋子卖给公家。高宗显庆元年,因为太子病愈,得菩萨保佑,就利用这所屋子建立佛寺,赐名西明寺,从此成为长安城中著名的大寺。到宣宗大中六年,改寺名为福寿寺。这样,可知西明寺存在了一百九十五年。

　　温飞卿有一首《题西明寺僧院》诗,其颔联云:"为寻名画来过寺,因访闲人得看棋。"可知西明寺中有名画,温飞卿是专为看画而来游这个寺院的。《唐书·温庭筠传》说:飞卿于大中初应进士试。他这首诗的结句是:"自知终有张华识,不向沧洲理钓丝。"口气非常自负,肯定自己不会落第。据此,又可知这首诗作于大中初年,即将参加礼部考试的时候。过不了几年,西明寺就改名了。

　　西明寺曾以牡丹著名。元稹也曾有诗咏之:

花向琉璃地上生，

风光旋转紫云英。

自从天女盘中见，

直至今朝眼更明。

（《西明寺牡丹》）

关于西明寺中的名画，所有温飞卿诗集的注释本，都没有加注，大约谁都不知道西明寺中有些什么画。我却在张彦远的《历代名画记》中找到了：

西明寺额，玄宗朝南熏殿学士刘子皋书。　入西门，南壁有杨廷光画神两铺。　东廊东面第一间，传法者，图赞褚遂良书。　第三间，利防等。第四间，昙柯迦罗，并欧阳通书。

这段记录，似乎偏重于书法，而略于画。画的又似乎都是神与高僧。欧阳通、褚遂良都是初唐著名书家，当然值得看看。但温飞卿却说是"为寻名画"而来，我就不能不嫌张彦远记得太草率了。

秋 夕

银烛秋光冷画屏，轻罗小扇扑流萤。
瑶阶夜色凉如水，卧看牵牛织女星。

这是唐代诗人杜牧的一首《秋夕》诗。几年前，《文史知识》上有一篇臧克家同志的分析欣赏文章。臧克家同志说：他从小就记得第三句是"天阶夜色凉如水"，现在却发现有的文本作"天街"，而赏析家据此以为这首诗写的是"宫怨"。因此一字之差，使整首诗境界全非。

臧克家同志对这首诗的理解，以为是写一个十二三岁少女的秋夜闲情，既非写"宫怨"，也非写"闺怨"。"扑流萤"和"卧看牵牛织女星"都是写少女的动作，而并不表现少女的情怀。如果把"天阶"改成"天街"，就把这个少女写成"宫女"了。

臧克家同志对这首诗的鉴定，我完全同意。它的确不是"宫怨"，也不是"闺怨"，而只是写一个天真的少女的秋夜闲情。不过，我以为，"天阶"与"天街"，并没有多大区别。

唐诗的文本，确是差异很大。一部《唐诗三百首》，翻印过几百年、几百版，其中文字错误不少。杜牧这首诗，就有三个字，各本不同。"银烛"或作"红烛"，"卧看"或作"坐看"，再加上"天阶"和"天街"。为什么有各种不同文本？我以为都是赏析家根据自己的理解来改定的。

"红烛"与"银烛"，作"银烛"的版本较多。我也以为应当是"银烛"，唐代诗人的修辞手法，自成一套惯例。他们使用状语，尤其是色彩字，往往有象征意义。

"银烛"配合秋景，"红烛"则表示春夜了。"银烛"不能讲作"白烛"，而"红烛"也未必一定是红色的。正如诗中用"黄花"，总是指秋天的花，虽然春天也有黄色的花。

"天阶"与"天街"的问题，在"天"字，而不在"阶"或"街"。臧克家同志把"天阶"解释为"天井里的平台"，我以为不可能有这样讲法。他无非是要把这首诗的地点定在宫廷之外。无奈这个"天"字是不可能曲解的。"天街"只能是首都皇宫前的大街。一个宫女怎么会躺在东西长安街上看牛女星呢？"天阶"只能是宫中院子里的台阶，那么，这个少女就不能不是一个"宫女"了。如果不承认这首诗是写"宫怨"的，就非把"天"字改掉不可。臧克家同志查过两部《樊川文集》，发现原本都是"瑶阶"而不是"天阶"，为什么不恍然大悟，肯定这是作者的原始文本，有利于对此诗的解释？

有人觉得一个少女，夜晚躺在台阶上或大街上看秋天的星星，很不雅，于是又把"卧看"改为"坐看"，这是道学家选诗常有的事。无奈旧本都是"卧看"，无法偷天换日的。

这首诗选入《唐诗三百首》以后，成为唐人七绝名作。其实，我以为它不该享此大名。因为这首诗的结构，表现在诗意的逻辑性上，很有问题。试看第一句，是写室内景，第二句却写室外事。第三句写室外景，第四句却写室内事。如果说这个少女躺在"瑶阶"上看星星，那么，又是写室外事。这样，第二、三、四句都是写室外的景与事，第一句更是落空了。

重印后记

一

施蛰存先生文集"古典文学研究编"第一卷《唐诗百话》面世以来,深受海内外学术界高度评价和广大读者热烈赞誉,美国耶鲁大学等名校也将本书作为汉学研究课程的教材。施老将数十年来对中国古典诗学的潜心探索,以严谨考证和比较文学研究的方法融贯于一书,尤其是毫不因袭前人的选诗、说诗视角和贯通中外古今的大家气度,在唐诗研究上别开生面,极具新意。

此次以国际标准开本重新排印前,又对全书予以全面读校,订正了尚存的疏误。对唐诗原文,如见到更为合适的版本,也择善而从。如第七十篇元稹《会真诗》文字有四处修改:㈠"更深人悄悄,晨会雨蒙蒙"中"雨蒙蒙"改为"雨濛濛"。(因下文也有蒙字:"回步玉尘蒙。")㈡"言自瑶华浦,将朝碧帝宫"中"浦"改为"圃"。㈢"眉黛羞频聚,朱唇暖更融"中"朱唇"改为"唇朱"。㈣"气清兰麝馥"中"兰麝"改为"兰蕊"。又如第六十九和八十一篇引刘禹锡《春去也》,"丛兰挹露似沾巾"中"挹"改为"裛"。对唐诗的标点,也基本上统一为单句用逗号,双句用句号。

本书第二十七篇论述李颀《听董大弹胡笳声兼语弄寄房给事》。此诗诗题自北宋以来直至当代,历代学者均未读懂,在编纂唐诗总集或选集收录此诗时,常对诗题随意予以颠倒或删改。施老认为关键在于理解"语弄"的意义,他指出"语"为琵琶声,"弄"为琴曲,从而揭破了这个千古之谜。原书引了杜甫《咏怀古迹》、刘长卿《听杜别驾弹胡琴》、白居易《琵琶行》中的四个例句作为旁证,此次重印又增补了白居易《听李士良琵琶》诗"声似胡儿弹舌语"和元稹《琵琶》诗"学语胡儿撼玉铃",进一步阐明"语"即琵琶声。

原书《索引》未分类别,此次重印已按收词笔画排序(同笔画中以笔顺为序),同时适当增补了部分名词和词语,如原收"变风",未收"正风"等,此次予以增补,以更便于读者查检。

以上修改增订均经施老审正。在读校过程中,曾得到诗词名家、著名学者刘永翔教授很多帮助,谨在此深致谢意。

编　者
二〇〇一年十月八日

二

《唐诗百话》此次收录于《施蛰存全集》,对全书文字又作了一次全面的校订。为使诗词研究者和广大读者较全面地了解施先生关于唐诗的理论与观点,特选录了施先生从上世纪五十年代至九十年代所撰写的与唐诗研究有关的十篇文章,想必读者也乐于阅读。

施先生在《文集》本《唐诗百话·新版引言》中说:"这个版本,应该视作本书更臻完善的第三个版本。"编者衷心期望施先生在天之灵,当也会首肯"本书为更臻完善的第四个版本。"

林玫仪、刘永翔、戴扬本、刘军、李保阳等诗词名家、著名学者,以及张蝶娜、方学毅、郑必达等老师,为《全集》本《唐诗百话》顺利排印,均鼎力赐助,谨深致谢意!

本次整理校订过程极为匆促,不当之处仍望专家学者与广大读者不吝指教。

编　者
二〇一〇年十一月十八日

三

承蒙高教分社范耀华老师策划,本书得以作为高校用书便于莘莘学子阅读学习。趁此次重新排印的机会,最近发现的施蛰存先生原先考虑拟作十余次修改的记录，得以按先生之意在清样上逐一予以修订。又蒙先生最为信任的台湾著名诗词研究学者林玫仪教授，惠寄经施先生和她均详予审读过的繁体版《唐诗百话》，于是我们又以上述两种版本再次予以全面严谨详尽的审校，从而完成了更为完善的《唐诗百话》第五个版本。

印行名著要有敬畏之心。

由于施蛰存先生的崇高声望和《唐诗百话》在海内外久获好评，近年也遭逢多次盗印，其中有的甚至还自诩用力之深，然而其印本却误讹甚多，有的部分频现错字，连最基本的读校也未能完成。希望读者能谨予鉴别。

编　者
二○一七年十月八日

ISBN 978-7-5675-6732-0

9 787567 567320 >

定价：128.00元

www.ecnupress.com.cn